詩學

关于诗本体诗创造及诗传统

洪迪 著

作家出版社

道可道，非常道。名可名，非常名。无，名天地之始；有，名万物之母……此两者，同出而异名，同谓之玄。玄之又玄，众妙之门。

——《老子》一章

写诗这种活动比写历史更富于哲学意味，更被严肃地对待……

——亚里士多德《诗学》第九章

诗者，持也，持人情性。……人禀七情，应物斯感，感物吟志，莫非自然。

——刘勰《文心雕龙·明诗》

目 录

下篇 诗传统

第十五章 诗美创造主体

第十六章 诗美评介传播接受主体

绪　言

诗学，当是关于诗的学问。世界上关于诗的第一部专著是古希腊亚里士多德《诗学》。它一开头便说："史诗和悲剧、喜剧和酒神颂以及大部分双管箫乐和竖琴乐——这一切实际上是摹仿，只有三点差别，即摹仿所用的媒介不同，所取的对象不同，所采的方式不同。有一些人（或凭艺术，或靠经验）用颜色和姿态来制造形象，摹仿许多事物，而另一些人则用声音来摹仿；同样，像前面听说的几种艺术，就都用节奏、语言、音调来摹仿"，"而另一种艺术则只用语言来摹仿，或用不入乐的散文，或用不入乐的'韵文'"。[1]中国第一部诗学专著是南梁刘勰《文心雕龙》，只论及"用语言"的文学。更早的汉代《毛诗序》则从诗说到歌、舞。可见诗有广、中、狭三义。广义的诗包括所有门类的文学艺术；中义的诗包括所有样式的文学；狭义的诗只指"用语言"的"诗"，无论押韵不押韵、分行不分行。本书剿袭亚里士多德大著之名，却只在广、中义诗的大背景下，专说狭义之诗，尤其是其中的中国新诗，更凸显其中的先锋诗，而又在美学精神上通贯于广、中、狭义之诗。

人所以需要诗歌，创造诗歌，是为了从沉重的现实生活的大地上腾起，愉悦自身，解脱自身，超越自身，净化、静化、美化自己的身心。诗以创造诗美为宗旨。生命借诗美的羽翼翔飞天宇。

我们寻问诗本体，最终获得四个关键词：生命、创造、诗美、语言。于是便有了诗的本体四说：生命说、创造说、诗美（四层）说与语言说。诗是人的生命体验、创造与超越。诗是人的生命力高激发态的一种审美生命。诗美宛如桃子，有皮、肉、核、仁四层。皮为形式美，肉为形象美，核为情感美，仁为意蕴美。它们互相渗透，像四个捣碎重捏过多次的泥人，你中有我，我中有你，然后又浑然融合成有机整体。而诗美创造更是与诗语言创造难解难分的同一过程。创造是诗本体中最根本的核心。诗人创造四层结构的诗美，创造生成性的诗语言，也创造与生命同构的艺术生命。诗本体可以说是生命，是创造，是诗美，也是语言。更可以合起来说，诗是诗人倾注自己的生命以生成性语言创造出来的与生命同构的诗美。诗是生命的翔飞，而其原动力是创造。

诗美创造的全过程，包括创作者的创造过程和编辑出版评介传播者与接受者的再创造过程。传播者是创造者与接受者的中介，在现代显得不可或缺，日益重要。创作者、传播者与接受者在诗美创造的全过程中，发挥着各自的主体能动作用，共同圆成诗创造。

诗美创造的总体可以归结为诗美时空建构，亦即诗美境界的创造。各种诗美时空建构与其演化动力密切相关。如果以其主导面来划分，诗美时空演化动力便可分作七类：意动型、情动型、象动型、形动型、韵动型、语动型，以及意、情、象、形、韵与语兴较为均衡的综合动力型。明乎此，我们可以在诗美时空建构即意境创造上具有更高的自觉性与控制力，更精湛的关于诗的道、艺、技的有机统一，或曰专业化。

诗美创造总归要落实到诗的语言呈现上。诗语言基于日常语言又超越日常语言，有自己的沉默性、意象性、象征性、表现性、直觉性、主情性、音乐性、整体性、审美性、独创性、共享性和超越性等十二种特性。诗语言是以日常语言为元符号的生成性的审美的情感符号。诗美境界总归是在现实大地上腾飞的超现实的幻象世界，亦即诗性赛博空间，其所使用的语言也只能是超语言的语言。诗是超语言的语言艺术。

诗美创造与诗语言创造是有机统一浑然一体的。诗的道、艺、技一气贯通终于晶结为诗文本。综观诗歌艺术可概之曰一体二翼：意象艺术、抽象艺术与叙述艺术。若以诗歌创作喻鹏，意象艺术与抽象艺术是其两翼，叙述艺术则为其首尾躯干。在全体诗艺中，意象艺术以其鲜活的意象、意象群与意境呈现，占据吸引眼球的显赫地位；抽象艺术处于内层，提供诗的骨架支撑，凝结诗的意味，促使诗的凝重和大气，而叙述艺术不仅可以融会此两者，从而统领全局，且更在全诗的充实完形上，尤其是调式与风格上起主导作用。这是古人赋比兴的现代发展。

树立大诗歌理念是诗学即创造诗美学所倡导的，因为它最利于诗美创造和诗歌繁荣发展，它通贯于诗学即诗美学亦即诗歌文艺学的本体论、创造论、语言论、主体论、继承论、批评论、传播论和接受论等一切领域，因为它是我们对于中外古今诗歌进行比较会通研究时得出的重要而必然的结论。所谓大诗歌理念，其基本内涵有三：一、确立诗歌的最高审美理想为对于纯诗美的无限追求；二、确立诗歌的最大外延为对于中外古今一切诗歌的极限包容。大诗歌理念在诗歌标准上指明最高的，又容许最低的，更追求永恒的，即推崇真诗、好诗、大诗，又承认中外古今一切被称为诗者皆为诗，承认所有人心目中以为诗的都是诗。三、视中外古今一切真诗、好诗、大诗为既共时又历时的有机整体，是全球诗歌永世的滔滔长河，任何诗人及其诗作都是其中的水滴和浪花。大诗歌理念认为，好诗的标准非常简单：愈接近纯诗美愈好，愈能经久赏读的愈好。而纯诗美则要求诗的意蕴、情感、意象、形式、韵律、结构、意境、语言等等通体皆美。好诗就是诗美含量高的诗。诗在本质上无分中外古今。诗既有国界也无国界，而其最本质的东西则是世界性的，全人类共通的，亦即超越时空的。中国新诗自觉不自觉地背负着融合中外古今的十字架，朝着中国诗现代化、大众化、世界化的方向，已跋涉了整整一个世纪。有了大诗歌理念和对诗本体与诗创造及诗传统的根本解悟，当可大力促进这种自觉性，从而加速其历史步伐。

树立诗的大继承理念也是诗学所倡导的。从人类文化尤其是世界诗歌的多元一体的历史和现实出发，其必然的归结是诗的大继承理念，是诗的非个人理论与拿来主义。诗的全球化大继承理念的内部有机结构的特征有二：一是由亲师友、本民族国家与全球化三层构成的三位一体的同心球，即为诗歌继承主体所面对的诗继承客体。二是各层同心球内三者的疏密结构合成一种诗歌继承的自然的亲疏关系。然而诗歌大继承理念的核心要求，则是不论远近亲疏，唯好唯美唯有用是求，凡有利于诗创作的中外古今一切好东西统统拿来。在拿来之后，其运用的要妙则在于包容、扬弃、创新。

中国历来是诗歌大国强国。在近现代中国现代化全球化的大潮中，中国新诗应运地充当了马前卒与鼓风者。悠悠而匆匆地转眼百年。百年新诗的业绩成就是巨大的，作为中国传统诗歌的长子权早已紧紧在握，尽管至今仍在被广泛认可的途中。中国新诗沉重的十字架是背定了的。而面对自己至伟新天命的克尽，则应当底气十足，勇毅前行。

诗是心声，诗学当是关于心声的心声。

飞吧，关于生命翔飞的翔飞。

注释：

[1] 亚里士多德：《诗学》，人民文学出版社 1962 年版，第 3—4 页。

老舍文集

上

第一章

大诗歌理念

1. 诗：无解的司芬克斯之谜

诗是无解的司芬克斯之谜。中外古今，百千次破解谜底，又千百次重新破解。也许，诗国的俄狄浦斯王永远不会出现。关于诗的种种界说定义，或重其一端，所见者纷纭；或取其综合，所成者各异。人人自信骊珠在握，共识终成巴别之塔。

重其一端或两端者，有"诗言志"[1]，"诗缘情而绮靡"[2]，"诗者，持也；持人情性"[3]，"诗是强烈情感的自然流露"[4]，"诗可以解作'想象的表现'"[5]，"诗是记忆术"[6]，"诗歌是爱的内部导体"[7]，"诗，就是紧张的、强化的生活"[8]，"诗的本质是真理之创建（Stiftung）"[9]，"诗是存在的真正的拓扑学"[10]，"诗乃存在者之无蔽的道说"[11]，"语言本身就是根本意义上的诗"[12]，"诗歌是所谓经过磁化并带有电荷的语言"[13]，"诗是高级的对话"[14]，诗是"改变和伪装"的"白日梦"[15]，"诗歌本质上……是神的诏语"[16]，"诗是旗帜和炸弹"[17]等等。志、情、爱、梦、生活、想象、记忆、真理、存在、道说、语言、神诏，个个被作为诗的本质、本体而强调。

取其综合者，有"诗者：根情，苗言，华声，实义"[18]，"诗歌是多成分的艺术"，"在诗歌中，它包括思想、形象、感情，特别是受一定韵律统一规范的声音之间之各种相互联系"[19]，"诗的定义可以说是：用一种美的文字——音律的绘画的文字——表写人底情绪中的意境"[20]，"诗＝（直觉＋情调＋想象）＋（适当的文字）"[21]，"（情＋力）＋（音＋色）＝诗"[22]，"诗是由诗人对外界所引起的感觉注入了思想感情，而凝结为形象，终于被表现出来的一种'完成'的艺术"[23]，"诗是一种集中地反映社会生活的文学样式，它饱和着丰富的想象和感情，常常以直接抒情的方式来表现，而且在精炼与和谐的程序上，特别是在节奏的鲜明上它的语言有别于散文的语言"[24]。所有这些都指明，诗是多种因素有机组成的艺术，只是对于组成因素及其比重各人所列的不甚相同。

诗的本性决定了它的奥秘最难穷尽。存在生成本质。宇宙间一切存在，其本质莫不处于永恒的生成中。事物的发展变化不会终结，人的认识能力亦有其历史的限制，对事物奥秘的探究也便无法穷尽。谁也不能宣布自己像宙斯掌握雷电一样拥有最后的绝对真理。诗更有其特有的难以洞悉的四重难处：第一，诗即是人。诗是生命的一种存在方式。但是，世间最难认识的正是人，正是人的生命本性及其意义。虽然古希腊特尔斐的阿波罗神庙上早已刻着"认识你自己"的铭文，但至今人认识得最肤浅的便是"自己"。第二，诗是以艺术语言构成的语言艺术。语言是人所创造的奇迹。诗的生成性语言讲求即兴的创造，更是必须当时显现的奇迹的奇迹。第三，诗的质体是诗美。美的本质因其宽广多样时时幻变而更难窥探。第四，诗的生命在于创造。诗的太阳，每一首都是新的。它是不可重复的，无论是他人或自己。诗美质体处于永远激荡的创造性流动中。赫拉克利特说，"人不能两次踏进同一条河流"[25]。诗的激流，当你一脚踏进去尚未提起，即已面目全非。所以，作为生命的体验、创造与超越，诗的奥秘永远无法彻底揭开。诗的司芬克斯之谜只能永远无解。或者说，它是一个无理数，是 π，它的一切谜底，注定了永远是近似值。

于是各类诗观的并存不可避免。最广义的诗，不必见诸文字，可以体现于各种艺术样式，甚至深入到人的生活方式的各个领域，成为生活之诗和诗化生活。单就狭义的文字的诗来说，古今诗观的广狭亦有霄壤之别。比如，贾宝玉对薛蟠道："押韵就好。"[26]押韵，已是韵文，便算是诗。这是古人比较宽容的诗观，至今仍有较大影响。当今某些年轻人比较狭窄的诗观，只信某种或某些实验、探索先锋诗是诗而排斥其余，甚至判定一些老诗人也未必能真正跨入诗的王国。究竟什么是诗？如果下个最广泛也许最有用的界说，那就是：诗是存在于古往今来一切被认为是诗的东西中所共有的东西。因此，要理解诗之所以为诗，最好的办法是多拿一些中外古今的诗，尤其是比较公认的好诗来读读。也可以下个最富于实践又最难获得认可的界说：诗是你自己最独特的语言创造，能给人以心的解悟与美的享受。

2. 诗：旋转于多重怪圈中的豹子

诗的名字就叫骚动不安，而骚动不安正是创造的特征与内驱力。

诗，从来且永远骚动不安，当今更其骚动不安。诗是里尔克的豹子，"强韧的脚步迈着柔软的步容／步容在极小的圈中旋转，／仿佛力之舞围绕一个中心，／在中心一个伟大的意志昏眩"[27]。

诗永远旋转于多重怪圈之中。

诗的意志昏眩乃是命中注定。

诗是生活的反映。诗是生命的存在方式。两个命题形若冰炭。其实，生命的展开即为生活，生活就是生命的过程。

诗是耀眼的榴花，绽裂的石榴。生命之树以拂天花果自豪，却不忘将丛密的根须深植生活的大地。

诗来自生活吗？是的。没有广袤仁慈的大地，树且不存，何花果之有！

诗表现生命吗？是的。诗毕竟是生命的体验、创造与超越。大地不仅以花木为子宫，为奉献的双手；且更生养最有灵性的生命致力于美的语言创造。

诗永远骚动于生活与生命环成的怪圈。

一切生命只能归附于大自然。唯有人，才能依赖自然而又创造人的自然。人的自然有两个：身外的宇宙，身内的宇宙。大宇宙的极远处与小宇宙的极深处，原来正是一点，是始点与终点的合一。宇宙终归只有一个，终归只有一个有限而无垠的球体，诗燃烧于宇宙的中心又将光芒射向八极。

诗的面向世界与深入内心，从根本上应当合二而一。诗的表现自我和反映现实亦当融为一体。

诗永远骚动于大小宇宙合成的怪圈。

诗也骚动于现实与梦幻的怪圈。

诗永远是现实与超现实的统一。最逼真的描摹也会有所舍弃，有所掩藏，有所强调，有所凸现。这便是最轻度的着色与变形，最初始的超现实。

诗人最迷醉也最清醒。诗人的一生只是一个不醒的梦，在梦中，他创造美，创造语言。他说出真理，作出预言。他只有在梦中最为清醒。当他接触现实的时候，他在做梦。当他做梦的时候，他优游现实的心脏。他将现实与梦幻融为一体，并不始于运笔疾书之时。在他呱呱坠地的第一声啼哭中，梦幻与现实即不可解脱地纠缠在一起了。

在梦中，人最为真诚、真实，也最亲近真理。

诗便是美的梦。

不可重复是诗的本性。不可重复的东西又注定是不可理解的，而诗又须深入最广大的人心。这便是诗的永恒苦恼。

每一首都是独创的崭新的诗美时空，每一行都有独创的新意象或新意味，这才是真的诗，纯粹的诗，才是真正的不可重复。然而，新的只能产生于旧的母腹，且脐带永远无法切断。诗只能在传统、反传统之间骚动不安。

传统表现为文化。诗贵空灵，重创新，必须反文化。但诗本身即是一种艺术文化。一种反文化的文化，荒谬至极。而诗正是囚禁于这荒谬的笼子里，永无开释之期。

诗是情感时空与智力时空的统一。

无情即无诗，但理智与智慧在现代诗中越来越显现其不可或缺。智力是建构现代诗美时空的钢筋水泥。机智、幽默、反讽、佯谬即吊诡等等，无不是智力的闪光。

但情感仍为诗的生命之水。诗也须非理性与无意识。诗是有意味的形式与有形式的意味的统一。

情与智、理性与非理性、意识与无意识，各各向自己的一极牵引与汇集。在牵引与汇集之间达致平衡是诗的痛苦，也是诗的欢乐。

诗是一种语言艺术，以艺术语言为中介为本体的语言艺术。但这种艺术的重要艺术手段，便是反语言，反对普通语言的惯常用法。诗飞翔于语言内部，又从内部破坏语言，而这破坏即是创造。反语言是艺术语言的创造本质。诗是一种反语言的语言艺术，也是创造语言的语言艺术。

3. 纯诗或纯诗美

追求纯诗，几乎是诗人的本能，即便根本否定纯诗的，也在不自觉地追求纯诗。诗的质体是诗美，所谓纯诗也就是纯粹诗美的诗。不过，这里所说的纯诗美或纯诗，对通常的纯诗概念有所校正。

纯诗概念的提出者，有人说是保尔·瓦雷里，有人说是爱伦·坡，也有人追溯到锡德尼，或者康德。的确，爱伦·坡说："文字的诗可以简单界说为美的有押韵的创造。它的唯一裁判者是趣味"，而"趣味使我们知道美"。[28] 显然已包含了诗须创造纯诗美的观点。第一个使用"纯诗"一词的确为保尔·瓦雷里，是他在 1920 年为柳西恩·法布尔的诗集《认识女神》所写的前言中提出来的，而后又在《纯诗》等一系列讲演中作了阐述。他说："我所说的纯，是物理学家所说的纯水的纯。"他要求"能创造一部没有任何非诗歌杂质的纯粹的诗作""在这种作品中，任何散文的东西都不再与之沾边，音乐的延续性，永无定止意义间的关系永远保持着和谐，彼此间思想的转换与交流似乎比思想本身更为重要，线条艺术便包含了主题的现实。"同时，他又认为："这是一个难以企及的目标，诗，永远是企图向着这一纯理想状态接近的努力。""纯诗只是处在无限中的一种极限，是语言美的强力的一种理想……但它却是向着纯粹作品迈进的一个重要方向。了解这一点是很重要的：所有的诗都趋向成为某种绝对的诗。"[29] 可见，瓦雷里的纯诗理论大体包含：一、纯诗是完全排除非诗成分的作品，"任何散文的东西都不再与之沾边"。二、纯诗是"音乐化"了的"与梦境很相似"的"诗的世界"。三、诗是依赖语言而呈现的。"在创造一个诗意的世界的诸多方式中，在将其再创造、丰富的方式中最古老的、可能也是最受尊崇，但也是最复杂、最难以利用的方式便是语言。"[30] 而"语言的实际和实践部分、逻辑习惯与逻辑形式，语汇间的混杂与非理性……的冲突，使得这种绝对的诗的创造成为不可能的事情"[31]。"所谓诗，实际上是用摆脱了词语的物质属性的纯诗片断而构成的。"[32] 四、纯诗观念对于诗美的创造和再创造都具有很大的价值。显然，瓦雷里的纯诗观念与爱伦·坡的一脉相承，并且发展得较为完整。

在中国，20世纪二三十年代有人提起并实践这种纯诗理论，其要旨亦不外乎爱伦·坡与瓦雷里所主张的。八十年代又有人提倡，且有将纯诗归结为纯悟性、纯感情、纯感觉、纯意象、纯音乐、纯语感或纯语言种种倾向。不过，这些都不免以偏概全，还是以纯诗美较为恰切。

应当承认，爱伦·坡和瓦雷里的纯诗概念和纯诗理论在大体上是合理的，有用的，可以接受的，虽然它曾受到诟病，也确有所偏颇与缺失，现在可以且应当予以校正。在此基础上，我们应当建立起更为健全的新的纯诗概念和纯诗理论来。

4. 非诗与不纯的诗

与诗相对待的是非诗。与纯诗相对待的是不纯的诗。不纯的诗不等于非诗。纯诗只是诗人所孜孜追求的理想境界，永远不可企及的极限。世界上实际存在的都是不纯的诗。

现实的诗可分另两个部分：诗美质体与非诗美载体。对载体的解释也是各不相同。美国第一个桂冠诗人沃伦将众说所排斥的事物加在一起，列举如下：

第一，理念真实、概括、"释义"

第二，精确、复杂、"理智"的意象

第三，不美、不可接受或中性的材料

第四，场境、叙述、逻辑过渡

第五，细节拘泥、精确描述，以及抽象的现实

第六，色调与情绪的转换

第七，反语

第八，诗韵变异、节奏的戏剧化，以及噪音等等

第九，音步毛病

第十，主观的与个人的元素

不过，他同时指出："上述十条之中的各项，没有一种纯诗理论会把它全部排除在外，而且，事实上，所列的各项也并不处于同一平面。"[33]

诗中载体是否统统有害无益？这是需要深入探讨，区别对待的。这里关系到诗观与诗艺两个方面的问题。诗观问题主要涉及对于诗的作用和功能的理解。孔子曰："诗，可以兴，可以观，可以群，可以怨。迩之事父，远之事君。多识于鸟兽草木之名。"[34]就认为诗的作用不仅在于审美，在于抒情言志，还有认识社会和自然事物，感奋和团聚大众，提出社会政治批评，增益家国兴旺发达，乃至扩充博物常识等非常广泛的作用。简言之，诗除了审美抒情，还可以且应当作某用。诗需要质体与载体并存，审美与教化同在。应当承认，在中国，由于儒家思想在历史上长期占主导地位，这种诗可以且应当作某用的诗观，可谓根深蒂固。应当连根铲除吗？不必，亦不可。鲁迅说"一切文艺，是宣传，只要你一给人看"。"那么，用于革命，作为工具的一种，自然也可以的。""但我以为一切文艺固然是宣传，而一切宣传

并非全是文艺，这正如一切花皆有色（我将白也算作色）而凡颜色未必都是花一样。革命之所以于口号，标语，布告，电报，教科书……之外，要用文艺者，就因为它是文艺。"[35]同理，诗也可以作宣传等用，可以在质体之外有载体。但这作某用的载体，必须为诗质体所能负载者，载之仍然是诗，甚至反有助于诗质体，而诗美中的教化则须为诗美所溶解同化，否则就会使不纯的诗转化为非诗或伪诗。

不过，这里面还有个诗艺即诗美创造能力问题。非不为也，是不能也，心有余而力不足。以蹩脚散文或韵文来冒充诗，便是伪诗。但有些本意倒不在冒充，只是功力不足，所以还是称作非诗为好。非诗往往跟诗观上的缺陷或偏颇相联系。为了便于识别，也可将它们区别分为若干类型。

格律型。这在古时比比皆是。平仄粘连，对仗押韵，一概中式，只是毫无或很少诗味。现代人的某些旧体诗，则是此风的变奏。

排列型。分行排列，俨然像诗。甚至别出心裁，专求以排列取胜。古代一些缺乏诗意的回文诗、宝塔诗，便属此型。外国人也有将英文单词FEECE（羊毛）拆开，排列成羊皮状的图案，题为《羊毛》。当今中国，玩此类花样者也不乏其人。如《运气》一诗，将斜写的"伸不直懒腰生你湿了火星是足尖走动时声音走过"与横写的"赛场上去你时间的暴死"，作相交状，并自注中间一字为"火"与"死"的重叠，实在奥妙难窥，无法领受其中存在与否的诗味。

叙述型。缺乏情感的抒发或表现，很少意象的生动和新鲜，只是将胸中的意思直白地叙述出来。当前某些拙劣的仿口语诗多属此类。不过，应当声明，绝非一用叙述便成非诗。相反，叙述倒是最高的诗美艺术。应当排斥的只是非诗叙述。

说教型。或图解某种观念，或宣讲某种生涩的哲理。这类一度充斥诗坛的非诗，如今已经少见。但值得注意的是又有一些以别一形态堕入此道。如《象征主义》一诗："有一种声音能代替语言／那便是鸟／有一种动物能代替鸟／那便是人／鸟象征人／声音象征鸟／不知你听懂没有。"应当说，两个"代替"也有点借智巧而得的诗意，但全篇只是某种观念的演绎。

滞后型。请看随手抄录的《雨后草原》："草原上，滑动一粒粒珍珠／无数朵小黄花，摇着金／又大又圆的太阳挣脱绿纱／还有一半裹得紧紧／／马儿一群，羊儿一群／牧包旁有喧闹的彩云／小溪在流，泉水在喷／牧场弹奏亮晶晶的弦琴／／一缕炊烟，一条生活的小路／一刻不停地向上延伸／起自草原，铺向云空／牧民的夙愿叩响了幸福的窗门。"应当说，这是一首还算不错的诗，如果出现在20世纪50年代前期；但在80年代后期，就显得平庸了。诗中描绘性的意象，过于浮夸的诗美时空，特别是象征系统的陈旧，已经很难满足当今的诗歌审美需求了。这就成了滞后型的非诗或诗美纯度较低的诗。

先锋型。以先锋或探索的姿态出现，显得光怪陆离，其实内里很少甚至全无诗美质体，应当谓之伪先锋型非诗。比如有一首《果》："修着／在／久以就／的／是个故事的／这你发生／／替时／就肤色／在村／／被你走中过你／留／下着的／一层／树。"汉语的结构似乎被彻底"革新"过了，不知人世间有谁能享受其中诗美，除非作者自己。

废话型，又称"乌青体"。诗人乌青有首《对白云的赞美》："天上的白云真白啊／真的，很白很白／非常白／非常非常十分白／极其白／贼白／简直白死了／啊……"。就是"乌青体"的典型之作。前几年就曾引起网友、读者和诗歌界的争议，后来再度引发热议与网友竞相模仿，被纷纷转发，不仅冲上微博话题榜，粉丝更是超过四千万。应当说"废话"是可以入诗的，中外古今不乏适例，往往增添诗味。但又并非任何废话即可成诗。当今轰闹的这些"乌青体"确如有评论所说，不是真正的诗，只是以诗为名义炮制的一个网络卖点，是无关文化的娱乐符号。

脏话型。一度"下半身写作"甚嚣尘上，其中某些粗制滥造分行的文字，只有"下半身"，没有或很少有美的创造，当然无法归入诗的范畴。

5. 散文·诗·散文诗

要在散文与诗之间划出一道截然的界线来，也许是一种愚蠢。

著作《自然辩证法》的哲人早就指出："严格的界线是和进化论不相容的——甚至脊椎动物之间的界限，也不再是固定的了……'非此即彼！'是越来越不够用了。"[36] 但是，诗和散文毕竟是两种不同的文学样式。古人早已注意及此。最早是文笔对举。《南史·颜延之传》说："竣得臣笔，测得臣文。"或以诗笔对举。《沈约传》云："谢玄晖善为诗，任彦昇工于笔，约兼而有之。"现代意义的散文，周作人在《谈虎集·美文》中说它是"记述的，是艺术的，又称作美文。这里边又可以分出叙事与抒情，但也很多两类夹杂的"。郁达夫说："当现代而说的散文我们还是把牠当作了外国字 Prose 的译语，用以与 Verse 对立的。"[37] 诗与散文的本质区别，不在是否押韵，是否抒情，是否用语言创造艺术美，关键在于所创造的艺术美不同：一个是诗美，一个是散文美。而清醒的文体自觉有利于诗美的创造。

吴乔辨别诗文的比喻是精彩的："意喻之米，文喻之炊而为饭，诗喻之酿而为酒；饭不变米形，酒形质尽变；嚼饭则饱，可以养生，可以尽年，为人事之正道；饮酒则醉，忧者以乐，喜者以悲，有不知其所以然者。"[38] 形质结构与功能两方面都说到了。

瓦雷里在《诗与抽象思维》中的比喻同工异曲：散文与诗，"正像走路和跳舞"。其区别有三：第一，走路有明确目的，总是要走到哪里去。跳舞则不然，一套动作"本身就是目的，跳舞并不是要跳到哪里去。如果跳舞追求一个物体的话，那只是一个虚构的物体，一个状态，一个幻境，一朵花的幻想，生活的一个末端，一个微笑——这个微笑最后出现在从太空把微笑召唤来的那个人脸上"。这是最根本的区别。第二，走路总是一步一步连续向前移动。转变与曲折是存在的，跑和跳是偶然现象。线性的连续是走路的必然的基本形态。跳舞也不完全排斥线性的连续，但跳跃和旋转，连续性的中断，轨迹的繁复与多变，时常以不同的方式回归起点等，则是常态。它的基本特点是非线性的旋跳。第三，跳舞必须讲求韵律，讲求节奏与旋律。走路的步伐也是一种节奏，但远没有跳舞对于音乐性的刻意追求。主要是这三条。前一条是目的与功能各异，后两条是结构与表现形式不同。从一定意义上说，表现形式也是舞蹈的目的。在艺术上往往形式大于内容，即是内容。

细品这两个绝妙比喻，我们可以领悟诗美与散文美的某些质的区别。但是，现代诗却越来越明显地追求诗的散文美。照理，诗的散文美仍然是一种诗美，而不同于散文的散文美。否则，便是诗流于诗家大忌的散文化了。反过来，20世纪八九十年代连小说都在进行"造句运动"的语言变革，也有一种诗化的倾向。而精美的散文又素来追求诗美。它可以像诗一样美，又不失其为散文。这样，诗与散文的界限就更其难以固定不变和绝对分明了。散文诗的兴起，便是有力的证明。

如果说散文是饭，诗是酒，那么散文诗便是古人的浊酒了。浊酒与清酒不同，是酒又类似甜酒酿，并不去掉酿过的米粒。意仍在于醉，亦可以作点心。"潦倒新停浊酒杯"[39]，"浊酒一杯家万里"[40]，似乎古人更喜欢浊酒。如果说散文是走路，诗是跳舞，那么散文诗便是时装表演。时装模特以走路的姿态寓跳舞的实质。时装模特走走停停，转动亮相，无非是显示一种美。不过透过形体美与姿态美还要炫耀服装美，它不是通常的走路，不仅仅以走动与舞姿为目的，它是推销时装的广告性表演。它与单纯的走路或跳舞都有区别。不过，散文诗的领域颇广，也非清一色。有靠近诗的，几乎纯粹抒情；也有靠近散文的，重于叙事或说理。但散文诗毕竟不是诗散文，总体上应当居于诗的家族，是诗与散文杂交的一个变种，应当发挥自己体裁上的特长与优势。在坚持自己的诗性、酒性、舞蹈性的同时，尽可以向散文与诗多方学习、拿来，充实发展自己，尽可以当点心，做广告，尽可以使舞步更为健美与潇洒。散文诗应当使散文与诗都望之垂涎三尺，都不知不觉向它靠拢。散文诗应当自觉得天独厚。散文诗人可以且应当有使散文诗与诗与散文并列的文体自觉。

不过，倘若我们换个角度和着眼点，也可使散文诗一分为二：诗性强者归宗于诗，余者则进散文的祠堂。在国际诗坛上，尤其是法国，这种不分行的诗，因其诗性极强，就同分行的一起都叫作诗，不叫散文诗，而且风头正健，多为矫矫的弄潮儿，大可瞩目。

6. 大诗歌理念

开宗明义，诗学探究的首要问题，当然是：诗是什么？什么是诗的本质、本性、本体？而在诗本体的追根探究中，我们自然达致大诗歌理念。

大诗歌理念体现着划分与整合相统一的科学方法。一方面，通过一层层的划分，将非诗划出去；另一方面，又通过一级级的整合，将诗性的东西融合起来。如此划分与整理的结果，我们可以获得大诗歌理念的要旨，即以纯诗或曰纯诗美为内核的一整套同心圆的意象。最大最外层的一圈是作为人"掌握世界"四种方式之一的"艺术精神的""方式"的创造物。马克思指出，人掌握世界具有"对于世界的艺术精神的，宗教精神的，实践精神的"和理论精神的四种方式。它们各用"所专有的方式掌握"[41]世界，各有自己独特的人化的创造物。因此，诗首先是人用艺术精神的方式掌握世界的创造。这就是最广义的诗的界定。

其次外层的一圈是将艺术类与文学类划开，这文学类就是中义的诗。凡文学类都是用"语言"来表现的，便与艺术类用其他艺术符号来表现有着质的不同。凡"质"，事物的性质本质，都是相对性与绝对性的统一。相对于最大圈外即不属于"对世界的艺术精神的"掌握方式的东西，文学与艺术是同质的，相对最大圈内自身的东西，即文学与艺术相互对峙，则两者是异质的。就是说，文学与艺术之间具有相对的质的不同。再次层的一圈，则将文学类中的诗与非诗划开，一切具有较强诗性的文学作品都是狭义的诗。本诗学所倡导的大诗歌理念，是就狭义的诗歌而言的。它在狭义的诗中又作了具体分析。

大诗歌理念基本内涵的三条，已在"绪言"中论及，兹不赘。这里要进一步讨论的是：大诗歌理念为什么能够成立？

先看，为什么应当确立诗歌的最高审美理想为对于纯诗美的无限追求？这决定于诗的本体、本质、本性。既然决定诗歌本体的是生命、创造、诗美、语言四个关键词，是由此而构成的生命说、创造说、诗美（四层）说与语言说的诗本体四说，那么诗歌的最高审美理想就非为对于纯诗美的无限追求不可。从生命本性看，只要活着，就要繁衍，就要发展，就要进化，作为生物进化最高成果的人尤其如此。要么不写诗，要写诗当然企求愈写愈好。而好诗就是诗美纯度高的诗。这就从根本上决定非向诗美纯度的极限进军不可。从创造的本性看，创造是人的生命根本区别于其他一切生命的精华所在。创造的本性便是常动不居，便是不断地除旧布新。停止是创造的天敌或曰杀手。人的创造诗美，创造诗语言，犹如穿上一双红舞鞋，就其本性而言，只能舞动不止，死而后已。再加上诗美的创新本性、诗语言的审美性与生成性，这次第怎一个"创"字、"纯"字了得！诗歌的最高审美理想只能是对于纯诗美的无限追求，别无选择。

再看，为什么应当确立诗歌的最大外延为对于中外古今一切诗歌的极限包容？这也决定于诗的本体、本质、本性。人要诗歌干什么？诗歌当不了饭吃、衣穿、房子住。诗或曰诗美所具有的功能或曰作用，是无用的大用。这大用是指自娱娱人，找乐子罢了，或者说得积极一些，净化、美化、静化人的灵魂，超越、升华人生。既然找的是一种高雅的乐子，如果将杠子放到最低，只要能自得其乐就可以了。

不论东方、西方，中国、外国，人人都有自己对诗歌的看法，有自己的诗观。人人都在自己的心目中自觉不自觉地画出一个圆来，圆内是诗，圆外不是诗。这些圆的圆心与半径各不相同，而重叠与部分重叠、错综交合的情况非常复杂。大诗歌理念画一个大圆，将所有这些圆统统包含在内，而其圆心则为纯诗美。

大诗歌理念为诗歌范围所画的大圆，大到什么程度？有说押韵就是诗，有说分行就是诗，有说押韵不押韵、分行不分行都可以是诗。那么诗与散文的分界线何在？在于本文中诗美含量达到一定程度。然而这"程度"各人的定法各不相同。最后只能将各人心目中认为是诗的统统算作诗。这就是大圆之大的极限。

再从大诗歌理念的推论看，为什么说诗在本质上无分中外古今呢？诗有国界吗？有人主张有，甚至认为诗是无法翻译的。弗洛斯特说："Poetry in something which gets lost in translation."（诗就是经过翻译损失掉的那些东西。）也有人对着说，诗就是经过翻译损失不掉的东西。其实，诗的意蕴美、情感美、意象美、意境美，只要翻译得传神，是损失不掉的。波斯诗人我默·伽亚谟的《鲁拜集》在本国不大出名，然而经过费慈吉拉德的英译，却成了风行世界的名著。郭沫若在其中译本《鲁拜集·小引》中说："翻译的功夫，做到了费慈吉拉德的程度，真算得和创作无异了。我的译文又是英文的重译，有好几首也译得相当满意。读者可在这些诗里面，看出我国的李太白的面目来。"有人说："最好的翻译，就是创作。"[42]翻译当然不等于创作，但在忠于原作的前提下胜于原作，这也是可能的。不过，对诗的音乐美、格律美、形式美、语言之美，不论多么好的翻译，大都会大打折扣甚至丧失殆尽。说诗既有国界又无国界，而其最本质的东西是世界性的，全人类相通的，这才是符合实际的。帕斯在诺贝尔文学奖受奖演说《对现时的寻求》中说："现代性的寻找是一种返本归原。现代性把我引向了我的开始、我的古代。决裂成了和解。……我回到了原地，发现现代性不在外部，而在我们内部。这是今天，也是最古老的古代；它是明天，也是世界之初；它生活了千年，但又刚刚诞生。它讲纳瓦语，写9世纪中国的表意文字，同时又在电视屏幕上出现。"[43]他也显然提示：就其本质而言，诗是超越时空的。说到底，诗乃人的审美的创造之花，而人总是人，不论中外古今，虽然其表现形态和生存方式会因时因地而不断变异。

《庄子·德充符》借仲尼之口说："自其异者视之，肝、胆、楚、越也；自其同者视之，万物，皆一也。"这并非绝对的相对主义。事物确有现象与本质之分，而本质也是有层次性的，有一层更深于一层的本质。就我们所讨论的诗歌美学而言，生命以生成性语言创造诗美，就是最本质的东西了。大诗歌理念的立论，是通观古今中外诗歌的现象的最表层与本质的最深层，因而有最大的包容量，又倡导最强的向心力。大诗歌理念为诗建造了一座顶天盖地的金字塔，竭力向两极拓展：纯诗美的追求无限，诗概念的包容至极限。大诗歌理念的融和贯通着诗的大继承理念，承认世界诗歌是个历史性的整体，是包括超越时空的东西与因时因地因人瞬息万变的东西的有机整体。

在大诗歌理念的涵盖与指引下，诗论诗艺上的许多矛盾与对立，诸如文学与政治、责任与自由、为人生与为艺术、中心与边缘、民间与知识分子、平民性与贵族性、质体与载体、本土与外来、传统与个人化、继承与创新、怀旧与前瞻、当下与永恒、普遍性与具体性、抽象与意象、叙述与呈现、再现与表现、现实与超现实、情感与意蕴、内涵与形式、形式与意味、对话与独语、诗美与诗语言、诗语言与超语言、格律诗与自由诗、古诗与新诗，等等等等，皆可消解、并存、相通、互补、和合或超越。在比较研究中所得的大诗歌理念是诗美学上的一个大题目，甚至是总题目，值得各方协力深入探讨。大诗歌理念在之后的诗学即创造诗美学探讨中，亦将贯串始终。

注释：

［1］《尚书·舜典》。

［2］陆机：《文赋》，《中国历代文论选》上册，中华书局1962年版，第137页。

［3］刘勰：《文心雕龙·明诗》。

［4］华兹华斯：《〈抒情歌谣集〉1800年版序言》，伍蠡甫主编《西方文论选》下卷，上海译文出版社1979年版，第17页。

［5］雪莱：《诗之辩护》，《英国作家论文学》，生活·读书·新知三联书店1985年版，第90页。

［6］阿兰：《优美艺术的体系》，《法国作家论文学》，生活·读书·新知三联书店1984年版，第87页。

［7］［13］让·儒夫：《一个诗人的辩解》，《法国作家论文学》，生活·读书·新

知三联书店 1984 年版，第 334、332 页。

［8］让·罗贝尔：《论诗》，《西方现代诗论》，花城出版社 1988 年版，第 688 页。

［9］《海德格尔选集》上，生活·读书·新知三联书店 1996 年版，第 295、294、295 页。

［10］［11］［12］海德格尔：《诗·语言·思》，文化艺术出版社 1991 年版，第 19 页。

［14］阿雷桑德莱：《受奖演说》，《诺贝尔文学奖获得者诗选》，中国文联出版公司 1986 年版，第 391—392 页。

［15］《弗洛伊德论美文选》，知识出版社 1987 年版，第 37 页。

［16］柏拉图：《文艺对话录》，新文艺出版社 1956 年版，第 38 页。

［17］马雅可夫斯基语，转引自何其芳《关于写诗和读诗》，作家出版社 1956 年版，第 4 页。

［18］白居易：《与元九书》，《中国历代文论选》上册，中华书局 1962 年版，第 396 页。

［19］保尔·克洛代尔：《诗歌是艺术……》，《法国作家论文学》，生活·读书·新知三联书店 1984 年版，第 130 页。

［20］宗白华：《新诗略谈》，《中国现代诗论》上编，花城出版社 1985 年版，第 29 页。

［21］田汉、宗白华、郭沫若：《三叶集》，上海亚东图书馆 1920 年版，上海书店 1982 年重排，第 8 页。

［22］王独清：《再谭诗——寄给木天、伯奇》，《中国现代诗论》上编，花城出版社 1986 年版，第 104 页。

［23］艾青：《诗论》，人民文学出版社 1980 年版，第 172 页。

［24］何其芳：《关于写诗和读诗》，作家出版社 1956 年版，第 27 页。

［25］赫拉克利特：《著作残篇》，《古希腊罗马哲学》，商务印书馆 1961 年版，第 27 页。

［26］见《红楼梦》第二十八回《蒋玉菡情赠茜香罗　薛宝钗羞笼红麝串》。

［27］里尔克：《豹——在巴黎动物园》。

［28］爱伦·坡：《诗学原理》，伍蠡甫主编《西方文论选》下卷，上海译文出版社 1979 年版，第 499—501 页。

［29］《瓦雷里诗歌全集·瓦雷里论诗文献》，中国文学出版社 1996 年版，第

304—315 页。

[30][31][32] 瓦雷里:《论纯诗（之一）》,《瓦雷里诗歌全集》,中国文学出版社 1996 年版,第 307、310—311、304 页。

[33] 沃伦:《论纯诗与非纯诗》,《国际诗坛》第二辑,漓江出版社 1987 年版,第 41 页。

[34]《论语·阳货》。

[35] 鲁迅:《文艺与革命》,《鲁迅杂文全集》,河南人民出版社 1994 年版,第341 页。

[36]《马克思恩格斯选集》第 4 卷,人民出版社 1995 年版,第 318 页。

[37] 郁达夫:《现代散文导论（下）》,《中国新文学大系导论集》,上海良友复兴图书印刷公司 1940 年版,第 201 页。

[38] 吴乔:《答万季野诗问》,《清诗话》上册,上海古籍出版社 1978 版,第27 页。

[39] 杜甫:《登高》。

[40] 范仲淹:《渔家傲·秋思》。

[41]《马克思恩格斯选集》第 2 卷,人民出版社 1995 年版第 19 页。

[42] 韩麟符:《译语》译文中语,转引自曹聚仁《曹聚仁书话》,北京出版社1998 年版,第 139 页。

[43] 帕斯:《太阳石》,漓江出版社 1992 年版,第 339—343 页。

第二章

诗的创造本体

7. 创造：人与诗

诗是人的创造之花。

而人，是宇宙的创造之花。

《尚书·泰誓》早已断言："惟人万物之灵。"人之所以灵于万物者，在于能够决定他自己的行为方式，即人是创造性的。人是创造工具的动物，既创造通常的工具，用来生产物质财富；又创造特殊的工具，即语言文字，用来生产精神财富。人正是在创造工具并运用工具创造人化的世界中创造了自身，人是自己的上帝或女娲。

在人的全部创造物中，最富于创造性的是诗。人掌握世界的四种方式中，实用的方式目的在于求善，追求客观事物对主体的有用性、价值，解决合目的性问题。理论的方式目的在于求真，追求对于客观事物的科学认识，解决合规律性问题。信仰的方式目的在于求信，追求对于未知世界的某种猜想与假说，追求某种心理寄托和归依，解决合信赖性问题。审美的方式目的在于求美，追求在客体主体化和主体对象化的双向过程中的感受与体验，解决合感受性问题。它们在心理特征的认识和方法上也有显著差别。就其心理活动特征的主导面来说，实用的方式是欲（欲望），理论的方式是智（理智），信仰的方式是意（意志），审美的方式是情（情感）。就认识方法来说，实用的和理论的方式着重于认知，主要是运用抽象思维。审美的和信仰的方式着重于体验，主要是意象思维。相应地，它们也表现为四种不同的实践方式。而归根是人的四种不同的生存方式。当然，人掌握世界的真、善、美、信四种方式，在实际活动上又是相互渗透、相互包容的，很少以纯粹的形式存在。尤其是审美的方式，由于美的特质特性，简直是四种掌握方式的高度综合。

就其本质而言，美主要由形、真、善、信、情、韵、新七种因素系统结构而成。美的核心内涵是真与善的统一，并由信作为审美理想和人生向往而照亮。情、韵与形是美所特有，赖以使美与真、善、信相区别。新即创造，为四种掌握共有，而以美为最。审美方式是人的最具创造性与个性的掌握世界方式，也是人归于生命本真的存在家园。一切艺术在本质上都是诗，而语言文字之诗则是艺术皇冠上的明珠。人与在、思、言、诗的合一，人与诗的合一，使人臻于生命的纯粹、生存的本真状态，而其交汇点即为创造。

没有创造便没有诗之人，也没有人之诗，宇宙间最具创造性最富于人性的东西便是诗。什么是神、上帝？"上帝就是人的本质"。[1]"人认为上帝的，其实就是他自己的精神、灵魂，而人的精神、灵魂、心，其实就是他的上帝。"[2]因而诗又最具有神性。诗的神性最根本的呈现是诗美蕴涵上人性的本真圆美与艺术语言上的生动气韵。说到底，神性是人的真善美信四位一体的极致。

8.诗：人性的极致

茫茫宇宙，人在哪里？在无穷的星体中，有一颗绕太阳旋转的小小行星。经过亿万斯年的死寂，它诞生了单细胞阿米巴，乃逐步繁衍出30余万种植物和100多万种动物。在这芸芸众生中，有一群猿猴直立起来，解放了手，昂起了自由转动的头，这便是人。人啊，渺小而伟大！

本质存在于关系和过程之中。作为生存、实践与认识主体的人，从根本上说，处于三种关系之中：人与自然的关系，人与社会（人与人）的关系，人与自身的关系。人的本质，即在这三种关系的交汇点上。这三种关系表现为人与自然的物质交换过程、人的社会交往过程、人自身的发展与精神活动过程。这三种过程的合一就是人的物质文明、政治文明、精神文明、社会文明与生态文明相统一的历史创造过程，也是人的本质、人性的生成过程。"不仅五官感觉，而且连所谓精神感觉、实践感觉（意志、爱等等），一句话，**人的**感觉、感觉的人性，都只是由于**它的**对象的存在，由于**人化的**自然界，才产生出来。五官感觉的**形成**是迄今为止全部世界历史的产物。"[3] 人性的形成与发展同人的社会历史创造过程相一致。

人是实践的动物。作为有生命的自然存在物，人有基于生命本体的各种需要，而"人的需要"即是"人的本质"[4]。人的需要，说到底，无非是一要生存，二要繁衍，三要发展。告子所谓"食色，性也"[5]，即指前两项人的基本需要。马斯洛将第三项发展称作高级需要，包括安全需要、归属和爱的需要、自尊需要、自我实现需要与审美需要等。[6] 人赖以满足需要的基本途径首先是物质生产劳动，然后是社会交往与精神生产劳动。所有这一切都是人的实践活动，亦即广义的文化创造活动。人以各种实践活动创造文化的过程和结果，满足需要并创造新的需要，既人化着自然界，又生成自己的人性。人是通过社会实践创造文化的动物。

人是创造的动物。首先是创造工具与符号，成为人创造一切的焦点或辐射源。符号即广义的语言文字是生产精神文明的工具，在当今与未来的社会中显得越来越重要。对于日益全球化的社会，有后工业社会、信息社会、资讯社会、知识经济社会、符号制造术（semiurgic）社会[7]、互联网自媒体社会、后现代社会等等名称，五花八门，不一而足。但有两点是明确的：一、符号越来越重要；二、创造是灵魂。其实，创造从来且永远是人之所以为人的灵魂。在人的自我实现需要中，最核心的就是创造，创造力的发挥及其成就。人如果可以有高低之分，那么愈有创造性、愈有人性的人，就愈高级。这是任何财富、权力和其他身外之物所不能代替的。人性有两个基本点：创造能力与仁爱胸怀。尼采说"上帝死了"，福柯进而宣布"人死了"。现代科学技术以几何级数的加速度发展，的确使很多人丧失了任何理想和信仰，丧失了对人和社会的人文关怀。但是人性的创造能力与仁爱胸怀是相辅相成的。没有创造终将使仁爱胸怀失去物质基础，没有仁爱胸怀亦使创造能力失去持续的内驱力。两者是人走向未来的两条长腿，缺一不可，否则人便寸步难行，乃至自取毁灭。

人是自由的动物。人在运用工具与符号创造文化的过程中，自由并不是行为的随心所欲，毫无拘束。"自由就在于根据对自然界的必然性的认识来支配我们自己和外部自然"。"真正的人的自由"是"那种同已被认识的自然规律和谐一致的生活"。而"文化上的每一进步，都是迈向自由的一步"[8]。自由是能力与权利、目的与手段的统一，也是一种享受，一种需要，一种在社会历史中发展着的人的发展需要。在社会历史发展中，自由成了"人所固有的东西"[9]。社会实践是自由的基地，也是自由的表现。说到底，实践自由即是顺其自然，按照事物内在的客观规律办事。而自由的最自由的表现便是创造。创造以实践为基地，以自由为归宿。人的实践臻于自由的境地，即为创造之极致。正是在这一点上，人的实践本质、创造本质、自由本质三者融为一体。人啊，在永远的创造自由的实践中，自由创造着自己的实践、创造、自由的本质！

而诗，正是人的自由生命的自由创造的极致，人性的极致。诗美创造是诗的意蕴创造、情感创造、形象创造、形式创造与语言创造的有机统一。诗美意蕴可以上天入地、包罗万象，但又焦聚于一个核心：对人的生存状态的反思，对人的终极关怀。诗美情感无论抒发表现喜怒哀乐爱恶欲各种激情、情绪和心境，无非是对非人性的鞭笞，或者对人性良善的赞颂与追求。诗美形象的创造，从意象呈现到诗美时空建构，从气韵生动到意境神妙，都通向创造一个与有机生命同构的艺术生命。诗美形式的创造，无论内形式的整体有机结构，外形式的音乐美与建筑美，都力求与内在的形象美、情感美与意蕴美相一致相融合。而诗语言的创造则是这一切的起始与归宿，以生动流畅的语感语言韵致为灵魂。一首诗，无论短长，都是意蕴、情感、形象、形式、结构、语言的六重创造，都是创造生命的生命创造，创造自由的自由创造，创造人性的人性创造，都经验、体验、体现、表现、呈现着人的最本质的东西，最神性的东西。说到底，诗，只要是真诗好诗大诗，即是人性的审美的极致。

9. 诗的创造本体

究竟什么是诗？大诗歌理念为此画出了一个大圆。圆周包容了中外古今关于诗歌界定的芸芸众说。这些关于诗歌的界说，总起来看，不外是三个阐释维度。一个是诗美的组成因素，诸如思想、真理、爱、情感、情绪、协调、意境、力、色、音等。或突出其一项二项，或取其多项的综合。一个是诗美创造过程的心理活动，诸如感觉、想象、反映、表现、记忆、创建，乃至梦或神诏，也是强调其一二项或取其综合兼有。再一个是归结到诗美呈现的"媒介"语言符号，揭示其特点为精练与和谐的、节奏鲜明的、音律的、绘画的、经过磁化并带有电荷的通信、对话、无蔽的道说等。这些关于诗的界说阐释，个个包含着一定的真理性，但都未臻于完善，甚至尚未攫住诗美最核心最本质的东西。

倒是老托尔斯泰一语正中靶心，且直透底层："愈是诗的，愈是创造的。"[10]是的，诗以创造为本体，诗的最本质的东西就是创造。阿波利奈尔亦有见于此："诗歌即意味着创造：所以只有那些能发明会创造的人，才配称为诗人。……只要具有果敢精神和力求创新，在任何领域里都可以成为诗人。"[11]"总之，现代诗人是创造者、发明家和先知"。[12]但是，狭义的诗人毕竟不同于"可称为诗人的科学家"。科学家揭示科学真理，发明新的器物，而诗人只创造诗美。诗美由形、真、善、信、情、韵、新七个因素有机构成，关键在于一首诗必须是一个新的有机体，一个运用语言符号创造而成的与自然生命同构的生命体。所以，"狭义的诗却表示语言的尤其是具有韵律的语言的特殊配合，这些配合是无上威力所创造，这威力的宝座却深藏在不可见的人类天性之中。而这种力量是从语言的特性本身产生的，因为语言更能直接表现我们内心生活的活动和激情，比颜色、形相、动作更能作多样而细致的配合，更宜于塑造形象，更能服从创造的威力的支配"。[13]诗人以语言创造诗美。"诗人就是说话的人，命名的人，他代表美。……而美才是宇宙的创造者。"[14]

爱伦·坡直接用创造给诗下定义。他说："文字的诗可以简单界说为美的有韵律的创造。"[15]他在创造之前加了两个限制的修饰词，正好抓住了诗创造什么的两个焦点。一个是诗语言。他突出了作为诗语言灵魂的韵律，或曰语感的音乐性。另一个是诗美。而"美是诗的必要的关联物和超越任何目的的目的"[16]。所谓超越任何目的的目的，就是指诗的倾向于美，"是朝向你的真正的生命，爱已把你的这一真正的生命从这个你改变为另一个你自己"[17]。诗是人以生成性语言去审美地掌握世界的一种生命存在方式。所以诗是存在真正的拓扑学，乃存在者之无蔽的道说。

如是，我们便抓住了诗的创造本体论的一条基本的中心线索：创造——生成性语言——与生命同构的审美的情感的艺术生命——人的美化或美化的人。如是，诗美本体语言符号说、四层（结构）说、生命说与创造说，便贯通融合成一体了，而以创造说为核心与统帅。诗的创造本体论包含三个方面：一、创造何物？创造诗语言与诗美。诗语言既是中介又是创造物。诗美与诗语言既非全等又大体同一，不可分离。二、以何创造？在诗美创造过程中，诗人凭借与掌握着三件东西：宇宙间万事万物在创造主体所激起的感觉、感受、体察与体验，社会历史的文化积累，日常语言。诗人借此三者在创造诗语言的内部创造诗美。三、为何创造？为了人。为自己亦通向为他人。为了人的净化、美化、静化。为了人的纯粹，为了人的生命归于本真状态，本真生命的自由存在。所有这一切的中心与根本，便是创造。因为创造是人性中最本质的东西的最高表现与最大发挥。创造是过程更是产物，归根是最本真最自由最人性的人的自我实现。

诗或诗美这朵创造之花，是宇宙间一切创造物中最富于创造特性的创造物。创造的最根本的特性是决不以任何方式重复自身或他人。创造就是永远求新、革新、出新。汤之《盘铭》曰："苟日新，日日新，又日新。"显示了中华民族富于创造精神的伟大传统。诗从内涵意蕴情感到外表形象形式，均须日新又新。新诗人往往将诗写得不像诗，不像当时流行的诗。

"吾令羲和弭节兮，望崦嵫而勿迫。路漫漫其修远兮，吾将上下而求索。""亦余心之所善兮，虽九死其犹未悔。"[18] 中国第一位大诗人这种上下求索、九死未悔的创造精神，正是诗歌最本质的东西，正是真诗人最本己的东西。

10. 创造：发现与组合

创造在于发现。不错，发现新大陆是创造，发现天鹅也有黑的是创造，发现地球绕着太阳旋转更是创造。然而，人类还创造了电灯、电话、电视、电脑、互联网，创造了神话、宗教、哲学、文学、艺术，创造了宇宙间前所未有的形形色色许许多多东西。这就需要发明。发明是无中生有，发现只是对已有者的揭示、解蔽。当然，对于前所未有的整个人工自然的创造，也是广义的发现，或者说是以发现为基础的。问题是这种发现的关键何在？在于发现一种新的组合方式。选择组合所需的元件是发现，将选取的元件以一定配比组合成崭新创造物，是更重要的发现，更根本的创造。

创造的奥秘重在组合。组合的奇妙，奇妙的组合，乃创造的灵魂。所谓组合，包括两个要素：元件的质和量，组成的方式。元件的质指构成创造物的各种不同元件内部固有的规定性，它们的物质和性状。元件的量，则指构成创造的某种元件的个数。组成的方式，指的是各种元件组成创造物的配比和结构形式，也就是一定量的种种元件，如何排列组合以部分、层次等联结形式构成的一个新的系统。没有元件当然无从组合，而仅仅由于结构形式各别，亦即排列组合方式不同，事物亦可显出不同的性质和面貌。

组合就是改变系统的结构。宇宙是一个有机整体，一个最大的系统。分开来看，无论胀观、宇观、宏观、微观、渺观各个层次的世界，万事万物无一不成系统。凡是系统，皆由诸要素以一定结构组成并具有相应的功能。系统是结构与功能的统一体。所谓创造，除了某些天赐式的偶然所得，大多是运用现有的物质和精神条件，通过人的有目的的活动，获得具有某种新结构、新功能的新事物，以适应人的新需要。新事物的新功能必然与新的结构相联系。所谓创造，就是通过劳动或其他活动，把原有的几个系统拆成几个部分，再将各有关系统的有关部分作为元件，另外又加上一些新的元件，以新的形式组合起来。创造总是解构与建构的统一。例如，要创造一个抗病高产的水稻新品种，可以选取一个抗病而低产的品种、一个高产而不抗病的品种，加以杂交，打破各亲本原有的遗传性，并使各遗传因子有新的组合，从而在杂交后代的众多变异中，选取最佳组合，即抗病高产两种特性刚好结合在一起的植株，加以定向培育定型。现代科学技术的发展出现了新的特点，以往那种"技术突破型"逐渐让位于"系统合成型"。美国阿波罗计划负责人韦伯说阿波罗宇宙飞船的技术，其中没有一项是新的突破，都是现成的技术。"关键在于能否运用系统方法构成一个新的系统。"就一定的意义上说，综合就是创造。从系统论的观点来看，创造的关键，在于改变系统的结构，也即是组合。

组合的要旨在于促使事物质变。组合也是创造性思维的着力点。诗既然以创造为本体，诗美创造自当在如何组合上狠下功夫。诗美创造既然包含着意蕴、情感、形象、形式、结构和语言的六重创造，其各种创造都有相对的独立性和生成性，又互为表里、相互交错、渗透融合、浑然一体，其复杂性与有机性又不得不使之成为万物之灵的最高创造。就意蕴美的创造来说，组合的元件虽为各种概念，但其组合方式却以超乎意义的意味为旨归。这就使得意义溶解于情感成为必要条件。就情感美的创造来说，组合的元件虽为喜怒哀乐爱恶欲各种情感情绪的体现，但其组合方式却追求情感色彩的含蓄与情绪感染的深挚与自然。这又使得情感意蕴的形象化显得至关重要。于是，意、情、象又作为全诗的组合元件，从内形式到外形式，从音乐美到建筑美，需要创造性地精心排列组合。而这一切，呈现于接受者面前的只是语言文字。作为语言文字，其元件是意象（具象）词和抽象词。其排列组合方式，一方面需要遵循抽象思维逻辑规律和日常语言的语法，另一方面又须运用意象思维逻辑规律，突破日常语法，尊重诗语言的生成性与创造性。诗的创造本体落实到操作层面上，便具体化为涵意、蕴情、显形、含韵的语言文字如何遣词造句，如何排列组合，从而创造出意象形象统一的审美的艺术生命，创造出宇宙间罕有的独特诗美来。诗美创造的奥秘确凿在于语词的排列组合，更在于语词所蕴含的意象、情感、意蕴和气韵的有机的排列组合。

11. 创造：解构与建构

建构与解构是结构主义与后结构主义哲学用语，都同结构相关。"结构是一个由种种转换规律组成的体系。"[19]它包括了三个特性：整体性、转换性和自身调整性。一个整体并不是各个部分的简单总和，它具有因整体结构所产生的新质，即系统质。皮亚杰提出"一切结构主义的中心问题"，即"种种结构是否都具有一个形成过程"[20]。回答是肯定的，这个结构的形成过程就是建构。建构是事物的生成过程，而且贯穿于它的萌发、形成，各种转换以至衰亡的全过程。事物的建构与其生命共始终。

"解构"一词在西方尤其在当今中国，往往被误解为单纯的否定、批评、怀疑、破坏、消解，而忽略其更为重要的肯定、建设、创造的一面。"解构"一词德里达用得早而且多。他解释道：

> 人们一开始记住它的是它涉及到结构，因为我用这个词的时候，结构主义正处在统治地位：解构在当时被认为同时具有结构主义和反结构主义的姿态。在某种程度上，它的确是这样的。解构不是简单地对体系论的结构的分解；它也是一个关于根基的问题、关于根基与构成根基的事物之间关系的问题，它也是关于结构关闭的问题，关于整个哲学结构

的问题。解构不仅涉及到这种或那种的建构活动，也涉及到系统的体系论主题（achitectonic motif）……解构首先与系统有关。这并不意味着解构击垮了系统，而是它敞开了排列或集合的可能性……解构不是一块擦去了文字的白板（tabularasa）；这也是为什么解构又同怀疑或批评相区别的原因。[21]

德里达还说：

我当然要强调这样一个事实，即解构运动首先是肯定性的运动……也是对于存在（Being）的一种思考，是对于形而上学的一种思考，因而表现为一种对存在的权威或本质的权威的讨论，而这样一种讨论和解释不可能简单地是一种否定性的破坏。[22]

德里达说得很清楚：第一，解构不只是对系统结构的消解、分解、破坏、拆毁、击垮，不只是对事物的否定，而同时包含着积极的肯定，包含着建构和创造活动。解构是在对原有结构否定性分解的同时，着重于肯定性的重组，重新排列组合。第二，解构并不限于文本和文化范畴，而是像建构一样普遍发生于从存在到意识的所有领域。可以说，建构是立字当头，立中有破，侧重于事物的生成和建设；解构是破字当头，破中有立，着重于结构的重组与创造。建构与解构是对于同一事物的同一过程的相反两个维度的考察，却要比一枚硬币显现为不同的两面深刻得多。两者相互渗透、深入、构成，浑然一体。从大宇宙到小宇宙无不一边在不断地建构、建设、生成，一边在不断地解构、重组、创新。

诗美创造尤其如此。它是最富于创造性的建构，但同时又必须是双重的解构。一重，是解构诗人所直接接触的客观现实，亲身经历、经验、感觉与体验，和以语言文字为中介的社会历史。再一重，是前人的诗作和文化遗产。诺思洛普·弗莱说："诗只能由另外一些诗构成。"[23] T.S. 艾略特甚至说："诗歌是自古以来一切诗歌的有机整体。"[24] 这就是沉重的负担与巨大的动力。任何人的创造都不能从零开始。诗人必须将前人的大量诗作从负担变成动力，必须破字当头，勇敢解构。只有解构才能有效地吸收营养，才能在继承的基础上创造。而诗美又只能在前人积累的文化大背景中创造，对于现有文化也必须破字当头，勇敢解构。一切皆须重组，一切皆须在解构中建构。不少后朦胧诗人一度高喊反传统、反文化、反语言，一叠声地反反反，当时颇为惊世骇俗，其实亦不无合理因素。不过这"反"至少有相反的两种：一种是对所反的东西认真解构，予以创造性地继承，是辩证的扬弃；一种是漠然无知而弃若敝屣，是形而上学的绝对抛弃。显然，前一种"反"，才是我们所应有的，而绝不是后者。智利诗人帕拉自称"反诗人"，倡导"反诗歌"，拉丁美洲和欧美的评论界曾经为之哗然。其实他说："反诗歌，说到底，不是别的，就是传统的诗歌，而丰富以超现实主义的精髓……然而它应该是这个国家这个大陆的心理的、社会的观点的结果，可以被认为是一种真正的诗歌的理想。""反诗歌，就是返回于其根子的诗歌。"[25] 说得好，一切冠以"反""后""超"字样的东西，都应当奠基于"返回于其根子"而出之于崭新创造。返根与创新正是趋于两极而重合。这也正是解构与建构在根本上相统一的奥妙所在。创造的奥秘重在组合，组合即是建构，而建构的前提在解构，而这种解构的出发点与归宿又是建构。谁若不明乎此，谁就无法真正写诗。

12. 创造：旧与新的张力

真正的创造必须保持旧与新之间的张力。新与旧相比较、相对待而存在。并不是任何新出现的东西都具有新的特质。真正的新必须对于现有的世界作出某一方面的或大或小的贡献。无论是被登记的技术专利，哲学的一个新观念，音乐的一个新曲子或曲调，还是文学的一部小说或一首诗，其共同的成分就是创造性。没有创造性因而没有新贡献的东西，就不配称新，不是真正的新。真正的旧则是指过时了的东西，被实践所抛弃的东西，不再在现实中起作用了的东西。《老子》和《论语》，荷马史诗和屈原骚赋，虽然出现于几千年之前，仍然不是真正的旧了，因为它们包含着今天仍然有用的东西。新与旧都不能单纯从其出现的时间上去判断。

说到诗，所谓新，则是指它的现代性，它的创造性。从时间上说，诗的现代性是流动的。20世纪初年在说现代性，当今21世纪同样在说现代性，相隔100年的两种现代性是一样的吗？从诗歌史上说，有现实主义、浪漫主义、现代主义、后现代主义，以不同的风格流派相继出现，而在这些主义成为诗歌主潮的当年，不都具有自己的现代性吗？它们在当时都是崭新的诗歌，各领风骚若干年。赵翼《论诗》云："满眼生机转化钧，天工人巧日争新。预支五百年新意，到了千年又觉陈。""李杜诗篇万口传，至今已觉不新鲜。江山代有才人出，各领风骚数百年。"然而已觉不新鲜的李杜诗篇，在1300年后的今天仍在万口传诵，这又是什么缘故？杜甫《戏为六绝句》说："王杨卢骆当时体，轻薄为文哂未休。尔曹身与名俱灭，不废江河万古流。"元好问《论诗三十首》也说："一语天然万古新，豪华落尽见真淳。南窗白日羲皇上，未害渊明是晋人。""池塘春草谢家春，万古千秋五字新。传语闭门陈正字，可怜无补费精神。"都说明诗和诗人有两种，一种是过眼烟云，即使当年红极一时，终归身名俱灭，云散烟消；另一种则为万古常新，江河长流。不过，这种万古常新的诗和诗人亦大多可以一分为二：有随时消长的一面，更有与时俱新的一面，真正永恒的一面。真正的好诗皆能终古万口长传。

关于诗的现代性，茨维塔耶娃有句话说得极好。她说："现代性并非我的时代所有东西的叠加。现代是一个时代的标准，人们的评判标准；它不是时代的订货，而是时代的展示。现代性本身就是一种精选。真正现代的作品在时间上是永恒的，因此，除可供判断当前的时代外，现代就是与永远同时，就是与一切同时。""现代性在艺术中是优秀之于优秀，也就是与迫切性相反：拙劣之于拙劣。"[26]对于诗来说，最美才最新，现代性在本质上等于永恒性，等于创造性。经典性的真诗好诗大诗总是蕴含着一种与时俱新的特质，使得无论何时何地的受众读来，都感到这是时人的新作。

诗人的诗美创造能力、诗的原创性从何而来？是的，会有柏拉图所说的"神助"或者中国古人所谓"神来之笔"，得益于个人无意识尤其是集体无意识的光顾，而终究是诗人智力、勇气和劳作换来的。

人类的文化创造，是一场没有终点的接力跑。任何个人只有参加到这个永远的行列中去，才能有所发明，有所创造。任何在文化上以"白手起家"自诩的个人，他所"创造"的只能是笑话或空白。当然，诗歌创作注重生活积累，行万里路与读万卷书同等重要。大字不识的斛律金能唱出"天苍苍，野茫茫，风吹草低见牛羊"，是因为他一直生活在大草原，此诗为他即目所见，即兴所致。谢灵运的"池塘生春草"，也是他久病新起，登池上楼即景即兴所致。而这位永嘉太守文化素养之高，亦为当时所罕匹。孔子主张"述而不作，信而好古"[27]。其实他在述中就有作，因述古而更好地创新。他所说的"温故而知新"[28]，我们更可理解为不知故则无从知新创新。据说，大约100年前，德国皇帝视察了柏林的威尔海姆大学的一个新建天文台，德皇问天文学家："天文学中什么是新的？"教授回答说："啊，陛下对已有的天文学知识了如指掌了吗？"[29]我们需要了解旧的东西以便通过对比来理解；然后，才能集中于新的不同的东西上，用我们自己的创造能力去构建新的东西。这也就是在解构的基础上去建构。

因此，"我们的任务是在旧的稳定的因素（即传统）与新的有活力前景的因素之间建立平衡"[30]。不仅"技术创新过程在旧的持续性与新的活力之间存在着根深蒂固的张力"[31]，而且所有文化创造，所有艺术创造包括诗美创造，同样如此。要知道，个人和社会既喜新厌旧，又喜旧厌新。任何产品或作品要获得社会大众的真正喜爱，最佳的选择是在新与旧之间建立某种动态平衡，保持适当的张力。这里用得上儒家"中庸之道"的古训。但所谓"中庸"绝不是折中调和，半新不旧，绝对平均值。这是一种在综合整合旧有最好东西的基础上的大力创新，一种在大继承基础上的大创新。这是一种延续的断裂，断裂的延续。创新必须飞跃，必须断裂；然而这种断裂所造成的深谷，仍然为多数人所飞跃得过去。这就是用旧创新时保持新旧平衡和张力所应掌握的度。人们对于这种新创造，既有强烈的新鲜感，又隐隐适应某种恋旧的习惯性。《红楼梦》第三回写宝、黛初次见面：

> 宝玉看罢，因笑道："这个妹妹我曾见过的。"贾母笑道："可又是胡说，你又何曾见过他？"宝玉笑道："虽然未曾见过他，然我看着面善，心里就算是旧相识。今日只作远别重逢，亦未为不可。"贾母笑道："更好，更好，若如此，更相和睦了。"

真是一见钟情。此时的林妹妹在宝哥哥眼中，借用别林斯基的话来说，是"似曾相识的不相识者"。[32]

中国新诗已有百年的历史了，至今仍被讥为写诗的比读诗的更多，上世纪90年代以来连写诗的也时见离去。造成这种景况的原因比较复杂，并非一言可尽。然而有一点是明显和重要的，问题出在新诗之"新"上。新诗当然该新，否则便不叫新诗了，问题是在新诗的如何出新、创新上。不少人归咎于受到外国诗的影响太大了，归咎于"全盘西化"。毋庸讳言，中国新诗受到外国诗的影响确实很大，但从总体上说，好影响多于坏影响；而且问题是出在对于外国诗如何学习借鉴上，而不是该不该学习受影响上。也有人归咎于继承古典诗词传统不足。这倒是确实的，特别是自20世纪80年代以来，问题更为突出。但我们以为，最大的也是最根本的问题在于新诗如何出新、创新。看来，对于新诗求新存在着这样几个认识上的误区：其一，新诗出新就是赶快跟着外国的新诗潮跑，其实还是跟着新翻译的外国诗的诗风跑，以国人未见的新花样来出风头。其二，以"先锋""实验""探索"乃至"非""反""后""超"等等为名，自行翻新花样，以"新"自喜。

应当承认，确实创造了一些好的先锋诗、实验诗或曰探索诗，功不可没。但也在此种名目下滥造了让人看而莫名其妙、读而生畏生厌的东西，大倒人们读新诗的胃口。其三，将新诗的创新、新诗的现代性归结为时髦，形式上的前所未有，而不是着力于创造新诗美。不懂得对于艺术，对于诗，只有美方为新。真正的诗的现代性乃在于创造了常新之美。

注释：

[1][2] 费尔巴哈：《基督教的本质》，商务印书馆 1984 年版，第 51、43 页。

[3]《马克思恩格斯全集》第 3 卷，人民出版社 2002 年版，第 305 页。

[4]《马克思恩格斯全集》第 42 卷，人民出版社 1979 年版，第 37 页。

[5]《孟子·告子上》。

[6] 马斯洛：《动机与人格》，华夏出版社 1987 年版，第 44 — 59 页。

[7] 博德里拉语，见道路拉斯·凯尔纳和斯蒂文·贝斯特：《后现代理论——批判性的质疑》，中央编译出版社 1999 年版，第 153 页。

[8]《马克思恩格斯选集》第 3 卷，人民出版社 1995 年版，第 456 页。

[9]《马克思恩格斯全集》第 1 卷，人民出版社 1956 年版，第 63 页。

[10] 转引自艾青：《诗论》，人民文学出版社 1980 年版，第 105 页。

[11][12] 阿波利奈尔：《新思想和诗人们》，《法国作家论文学》，生活·读书·新知三联书店 1984 年版，第 54、56 页。

[13] 雪莱：《诗之辩护》，《英国作家论文学》，生活·读书·新知三联书店 1985 年版，第 93 页。

[14] 爱默生：《诗人》，伍蠡甫主编《西方文论选》下卷，上海译文出版社 1979 年版，第 489 页。

[15] 爱伦·坡：《诗的原理》，伍蠡甫主编《西方文论选》下卷，上海译文出版社 1979 年版，第 501 页。

[16][17] 马利坦：《艺术与诗中的创造性直觉》，生活·读书·新知三联书店 1991 年版，第 143、144 页。

[18] 屈原：《离骚》。

［19］［20］皮亚杰：《结构主义》，商务印书馆 1984 年版，第 2、5 页。

［21］［22］《一种疯狂守护着思想——德里达访谈录》，上海人民出版社 1997
　　　　　年版，第 19、18 页。

［23］弗莱：《知识之源》，转引自卡勒：《结构主义诗学》，中国社会科学出版
　　　　社 1991 年版，第 59 页。

［24］《艾略特诗学文集》，国际文化出版公司 1989 年版，第 5 页。

［25］《帕拉谈诗六章》，《国际诗坛》第 2 辑，漓江出版社 1987 年版，第 77—
　　　　78 页。

［26］茨维塔耶娃：《诗人与时代》，《茨维塔耶娃文集·散文随笔》，东方出版
　　　　社 2003 年版，第 302 页。

［27］《论语·述而》。

［28］《论语·为政》。

［29］［30］［31］转引自 H. 波塞尔：《创新：持续与活力之间的张力》，《自然
　　　　辩证法研究》，2003 年第 9 期。

［32］别林斯基：《论俄国中篇小说和果戈理君的中篇小说》，伍蠡甫主编《西方
　　　　文论选》下卷，上海译文出版社 1979 年版，第 378 页。

第三章

诗美结构

13. 诗美四层说

是的，诗即是人。人在诗美创造中倾注自己的生命，倾注自己的人生体验，自己的思想、意识、直觉、情感、想象和幻想，自己心灵的内在的节奏与旋律，并将这一切凝结成语言，成语感的流动。这便是诗的质体，便是诗美。

事物无不具有一定的结构。结构的要素及其组合方式，决定事物的本质。诗美亦然，是具有一定结构的有机体。若喻之为球，中剖之，即可见剖面上有四个同心圆，显出四层结构，依次互为表里。亦可喻之以桃子，即为皮、肉、核、仁四层。表层为形式美，次层为形象美，三层为情感美，四层为意蕴美。外两层可统称表现美，内两层即为内涵美。而结构美、意境美、语言美和气韵美通贯全诗，将四层结构融合成浑然一体。意溶于情，情显为象，象凝成形，赖言语以表之，即为具体的诗。

诗的意蕴美是诗人主体独特而深刻的生活感触和人生体验的诗化。它包含着一定的思想、意识、经验、观点、观念，又不能仅仅归结为此。与其说是意义，毋宁说是意味。它将真与善、历史与现实、现实与理想、时间与空间、感情与理性、理性与非理性、外宇宙与内宇宙、个体与群体、天与人等等，神幻而美妙地融合为一。它对主体十分真诚，又自觉不自觉地体现着时代精神。它的深层是宇宙意识与生命意识。意蕴美必须溶于情，显于象，流动于音律。而情中之意无法还原为观念，象中之意必大于思想，音律中之意更流动而不可确指。故诗往往只可意会，难以言传。诗意的复述，最好是朗诵原诗。解诗有赖于妙悟。诗的意蕴美给人灵魂以震颤，以启示，以净化，以某种深刻的感受，但与种种说教无缘。它的创造，有赖于理性、智慧，也得力于非理性和潜意识。它是诗人整个生命的熔铸，并非理智冰冷漠然的推衍，而又须借沉思以智性之光予以通体照亮。意蕴美决定情感美的素质与浓度。

诗的情感美是诗美的灵魂，是意蕴美与形象美的中介。它溶解意蕴，使之化为诗美；充溢形象，使之生意盎然。它使意、情、象化合为意象美和意境美。它是诗美创造的生命之水、原动力。它催发灵感，释放潜意识，激活想象，漾动韵律。诗的情趣是诗趣的核心。诗可以抒发感情，但真谛在于表现情感，使诗美与生命律动成为同构。情感可分为激情、情绪和心境三个层次。激情热烈而奔涌，情绪朦胧而摇荡，心境平淡而沉潜。三者皆可化作诗美，后者更为清醇，与宇宙意识和生命意识更为谐合。情感的倾向有两大类，形成悲剧与喜剧。幽默接近机智，能使喜剧趣味高雅。悲剧更能深入人心，从根本上促使情感向美升华。故深刻的喜剧，往往渗透着悲剧因素。

诗的形象美非融铸意蕴与情感不可，否则形象便成为无生命的空壳。意、情、象融合成意象美，它的创造，源于客观物象的反映、刺激与记忆，凭借主体情感的推动与充盈，成于联想、想象与幻想的改造组合与创造。无象不成诗。想象力是诗人极其重要的艺术才能，柯勒律治甚至称之为诗才的灵魂。在意象美的创造中，主体创造力有极大的自由度，可以"精骛八极，心游万仞"，以至"情瞳眬而弥鲜，物昭晰而互进，倾群言之沥液，漱六艺之芳润，浮天渊以安流，濯下泉而潜浸"。[1] 意象往往变形，其跨度有大有小，当以最鲜活地表现情感美意蕴美者为佳。

诗的形式美包括建筑美与音乐美。建筑美主要是指诗的分节、建行和书写外貌。分节，尤其是建行，是音乐美的重要内容；押韵与格律可以加强音乐美。但音乐美的灵魂在节奏与旋律，源于诗人心灵的内在律动。古人以气论诗，气即发于生命之呼吸，气之长短强弱迟急与节律，便构成音乐美的核心。

诗的意境美或曰诗美时空通贯全诗，几乎等于诗美整体。意境美不仅是意象、意象群和意象群落的集合。诗中有所谓智语、情语、景语，皆为构成意境美之材料。诗的意蕴美、情感美和形象美，以至音乐美，为诗美结构所牢笼、所组合，乃成意境美。而意境的佳妙以气韵生动为极致。无论意蕴美、情感美、形象美、建筑美，皆以最佳地构成或表现生动气韵为灵魂的意境美者为最，否则便成赘物或害物。王国维论词，"以境界为最上"[2]，其理实通于中外古今一切之诗美创造。

诗的语言美有广狭二义。狭义的语言美指诗的语言运用，修辞、炼字、炼句，更指语音、语势与语感。广义的语言美即从语言角度观察领悟的诗美全体。从广义上可以说，"诗到语言为止"。但要科学地说，诗所用的并非普通会话语言，是一种以语言为元符号的情感符号系统。诗的语言往往"超语义"。当然，超语义仍以语义为依托、为根据。离开语义便无从可超。所谓"不着一字，尽得风流"，实即"语不涉难，已不堪忧"[3]之意。并非真的一张白纸，也非一堆有音无义的文字排列。从一定的意义上说，语感是诗的有意味的形式。但语言毕竟不是线条色块或音符，不能将诗的美感仅仅归结为语感的流动。诗美是诗的意境美与语感相表里的共振与流动。

以上即为诗美四层说之大要。以此说概之，便可见古今中外一切堪称诗者之共质，在诗美的意、情、象、形四个层次，虽各有偏重，然无一偏废；纵有流变，仍不出其网之恢恢。以此说纵观当今诗坛，其进退得失之所在，变动起伏之因由，纷争驳难之症结，皆大体洞然。

14. 意蕴美：从意义到意味

将诗美仅仅归结为"有意味的形式"或"语感的流动"，虽包含一定的真理性，仍是一种偏颇。诗是一种由艺术语言生成的语言艺术。诗从语言开始，也到语言为止。而在终始之间，已画出一个完美的圆，创造了整个诗美质体。索绪尔指出："语言可以比作一张纸：思想是它的正面，声音是它的反面；人们不能够切去反面而不同时切去正面。"[4]他说的只是普通会话语言。就诗的语言来说，在纸的正面，除了思想、概念、意义，还有情感、情绪、形象、音乐要素等等。语言的能指与所指是无法割裂的。即使是音乐，也"并非自在自为地对我们的内心如此充满意义，如此令人深深感动，以至可以把它看作情感的直接语言；而是它同诗的原始联系赋予节奏的运动和声调的抑扬以许多象征意义，使我们误以为，它直接向内心倾诉又直接发自内心"[5]。中国书法的风骨、力度与气韵生动，又何尝不是书法家人格和情操的投射与充溢？诗的意味的核心是情意，是情感美与意蕴美。它是诗人主体情绪化、意象化、韵律化了的生命意识与人生体验，是意义的诗美升华。

仅归结为意义、意思或意识，归结为政治意图、伦理说教、哲理宣谕或"时代精神的单纯的传声筒"[6]，也是一种偏颇。美是人的对象化，是真与善相统一的感性化。诗不应该也不可能排斥或驱逐意义。作为艺术文化的诗，虽然以语言的意象形态高高飘浮于审美的太空，终究脱不掉是一定社会的政治和经济的反映和表现。诗终究受到政治的促进与制约，其内涵也无法与政治绝缘。诗的净化静化功能本身便是一种道德上的潜移默化，一种导引心灵趋善的绝妙途径。人是社会四维时空的一个坐标点，不仅受制于当代的社会物质生活条件，而且浸沉于当代的社会意识形态、当代的文化环境。当代人的思想、意识、情感、情绪、心态、需求与倾向的总和，尤其是体现社会历史本质的主流或潜流，凝聚成时代精神。诗是时代最敏感的琴弦，它的震颤更不能不体现时代精神。但是，问题的关键在于诗中的一切意义必须升华为诗美，化作意味，化作诗的意蕴美。恩格斯关于不应该"为了席勒而忘掉莎士比亚"[7]的告诫，关于"作者的见解越隐蔽，对艺术作品来说就越好"[8]的原则，确为深谙艺术本质的不刊之论。意义上的固体形态应当禁止入诗。意义必须溶解于情感与情绪，其溶解度愈大愈好；而饱和意蕴的情感与情绪，又必须形象化、情感化，成为心灵上可视、可听、可触摸、可感知的东西，成为意象和意象群体，进而构成诗的意境即诗美时空，而流动为生意盎然的韵律与语感。没有诗美的升华，最好的意义也只能成为诗的负累，诗的戕杀。

　　诗美意蕴的总根是生命意识，是爱，是自我意识与使命意识、自爱与爱人的统一，是天与人、生与死、爱与憎、幸福与受难、欢乐与痛苦、历史与未来、希望与绝望的统一。爱国主义、英雄主义、民主主义、社会主义、国际主义、世界主义、人道主义等等皆由此派生与推衍，而时代精神又给予这一切以时间与空间上的明显界定，以民族与社会历史特征上的深刻烙印。丹纳在《艺术哲学》中有一段关于"我们精神上的地质形态"的精彩论述。他说："在时间侵蚀之下，我们重重叠叠的地层一层一层剥落，有的快一些，有的慢一些。容易开垦的土质好比松软的冲积层，完全堆在浮面，只消铲几下就去掉了；接着是黏合比较牢固的石灰和更厚的砂土，需要多费点儿劲才能铲除。往下是青石、云石，一层层的片形石，非常结实，抵抗力很强；需要连续几代的工作，挖着极深的坑道，三番四复的爆炸，才能掘掉。再往下是太古时代的花岗石，埋在地下不知有多少深，那是全部结构的支柱，千百年的攻击的力量无论如何猛烈，也不能把那个岩层完全去掉。"[9]这种"精神上的地质形态"，实质上也就是人性的立体层面结构。对于丹纳的理论，我们可以修正补充两点：其一，人性层面结构并非静态的，而是动态的。随着时间的推移，它在剥落，也在生长。它的更替也不只是一层一层渐次变动，上动下不动；而是上下相应一齐变动，只不过其激烈程度愈深层愈缓和罢了。其二，就各个个体、各个大小群体而言，相互之间的差别，愈表层愈显著，愈深层愈微小。可以说，在人性的地心，全人类的共性交聚于一点。因此，诗人的体验人生，发掘人性，需要面向生活，增长阅历，更需要体验自我，深入内心。向外宇宙的拓展与内宇宙的沉潜，貌似相反，实则相成。阅历体验的广度与深度强度相互促发内外交感，相得益彰。愈是深入自我的内心，愈能通向千万人的心灵。诗美意蕴可以表现生命意识的各个侧面，人性结构的各个层次，以逼近中心与深层为好，而最佳的当是多侧面多层次的立体呈现。

韦勒克与沃伦在《文学理论》中主张以"不同的层面来区分的方法","取代那种传统的、往往造成误解的内容和形式的二分法"[10],颇有见地。对于诗,从某种意义上说,形式也是内容。而且就诗的四层结构来说,各中间层面,相对于外层是内容,相对于里层又是形式,都是形式与意味的统一。形式本身即自有意味,源于诗人主体生命的熔铸。比如诗的行节排列的建筑美,不仅与诗的生命节奏、诗的音乐美相表里,它自身的视象图案亦可造成一定的美感。对于美,能引起美感的东西便是内容,便是人的自由自觉活动的对象化。至于诗的音乐美、形象美与情感美,那就更是如此,其本身都各有形式的意味与内涵的意味。实际上,诗美的层面结构是个有机整体,一个自圆的生命。

诗的意蕴美的创造,当然有赖于理性与智慧,也不可否认得力于非理性和无意识。弗洛伊德关于意识、前意识与无意识的划分及其相互关系,并非瞎说。荣格的集体无意识又是弗氏理论的发展。他认为:"个人意识的内容主要由名为'带感情色彩的情结'所组成,它们构成心理生活中的个人和私人的一面,而集体无意识的内容则是所说的'原型'。"[11]无意识有先天的遗传,也有后天的获得。无意识受到某种激发,冲破前意识阻拦的阈限,便浮现于意识,往往表现为诗的灵感。诗中意蕴的各个部分,侧面、层次,构建为有生命的整体,虽不排斥理性与智力的参与,又不靠理智的逻辑推理。它有生动气韵氤氲其间,似各自分割断裂而又浑然一体,似荒谬无理而又深蕴至理。如此方能使意义化为意味,方得意蕴美创造的精髓。

"夫诗有别材,非关书也;诗有别趣,非关理也。然非多读书,多穷理,则不能极其至。"[12]严羽此言深得诗美主体建构与诗美创造真谛。诗人可以且最好同时是哲学家与学者。但当进入灵感爆发的创造期,他可以同时是音乐家、画家、建筑师、醉汉、预言家、魔术师、梦幻者与巫觋,又切不可是学者与哲人。在平时,在诗人抒情场的建构过程中,在生命体验的积聚期,诗人应当多读书,多穷理,且多多益善。但在诗创作期,在构思运笔的时候,切勿掉书袋,涉理路,落言筌，最好将胸中的学问与哲理忘个干干净净，将身上的学者哲人放逐出十万八千里之外。当然，从前门放逐会打后门偷偷进来，不过已是一个不见形迹的潜隐于诗美中的精灵。

15. 情感美：中介与内驱力

诗的情感美是诗的灵魂，是意蕴美与形象美的中介，形式美律动着的内涵。它是诗美创造的生命之水、原动力与内驱力。

《毛诗序》云："诗者，志之所之也，在心为志，发言为诗。情动于中而形于言。"情、志是二而为一的东西，抒情与言志，既矛盾又统一，统一在志溶于情，意蕴溶解于情感之中。从根本上说，诗乃情之美，是溶意之情审美的语言呈现。

诗美以幻变着意象的诗美时空而显现。它以意象为建构的基元。在诗美创造中，以情感为中介，意与象融合而成意象。意是抽象的。用抽象的概念、判断、推理将某种意义叙述出来，不是诗；将概念一一化为形象对应物，然后用抽象逻辑联结起来，也易缺少生气缺乏意味，不是好诗；只有情感充沛，流动其间，诗才能生意盎然，形象鲜活，意蕴有味。"诗者，根情"[13]，"诗之为学，情性而已"，[14] 皆深得诗家三昧。

情感是诗的原动力，诗必因情而发。刘勰辨别"为情而造文"与"为文而造情"[15]，十分精到。诗人胸中之意，久经沉思，蓄而成愤，变成不吐不快的意志、激荡奔突的情感，方能愤然、郁然、欣然而命笔，即是为情造文。反之，胸中本无所积，眼前又无感触，只为赋诗而"强说愁"，叹孤独，道荒谬，或者爱呀死啊一阵悲欢，麦地家园一番慨叹。这种为文造情、虎皮羊质的东西，是很难骗得过、吓得倒人的。情感也是诗的内驱力。一切诗兴都以情为基调、为底色。诗的意象联结为意象群，建构为诗美时空，有自己不同于抽象逻辑的独特的意象逻辑。诗因情而动，合情即为合理。它凭借想象而飞翔，而想象的内驱力便是情感。情感是诗美创造的生命之水。

诗中的情感往往可分为三个层次。其一是激情,多为当时的强烈刺激所触发。它热烈而奔涌,如火之炽,如水之湍。它色彩鲜明而较单纯,或爱或憎,或悲或喜,起伏的振幅较大。浪漫主义诗歌多为激情的喷吐。所以华兹华斯要说"诗是强烈情感的自然流露"[16]。当代的自白派也喜欢"高烧103度"[17]。以激情入诗,明快而易于感人;也易直露而少节制,其味难以隽永。其二是情绪,往往产生于激情的强烈爆发之前或之后,是激情的预感或余绪。它朦胧而摇荡,可感而不甚分明,振幅不大也不小,色调丰富而融合,又透露出主导的大体倾向,往往怨而不怒,哀而不伤。它是五十弦的无端锦瑟,"此情可待成追忆,只是当时已惘然"[18]。现代主义诗歌多追求某种情绪的表现。朦胧诗之所以朦胧,也同表现的是情绪而不是激情这一点分不开。以情绪入诗,其味隽永,失在易于流入晦涩。其三是心境,是长期养成的一种相当稳定的心理状态,因而平淡而沉潜。它是一片秋水,平静明澈又汪洋不见涯涘。日月照临,灿然一派明光。风雨暴至,容受而不显惊骇。其诗美清醇,且往往体验生命的哲理大而且深。其失在易偏于枯干,或淡而寡味,或冷而瘦硬。呈现心境的诗,西方较少。意象派的某些小诗庶几近之。新超现实主义者也流露出这种倾向。中国古诗,陶渊明和王维,柳宗元和苏轼晚年的诗作,可以代表。苏轼评柳宗元诗说,"发纤秾于简古,寄至味于澹泊",[19]"外枯而中膏,似澹而实美"[20],便道出诗呈现心境特有的境界。

情生于欲,人的情感导源于人的需要能否满足。诗情是诗人对客观事物的主体的价值认识与审美评价。凡能满足人的物质与精神需要的事物,会引起肯定性质的体验;凡不能满足人的渴求的事物,或与人的意向相违背的事物,则会引起否定性质的体验。人的体验生命和人生,当然离不开哲理的思维与反思,但主要是油然而生的情感与情绪。人的情感起伏不定,丰富多彩,喜、怒、哀、乐、惊、恐、爱、憎、恶、欲、适、憾等等,或相斥,或相容,渗透交错,百态纷呈。就其主导性质而言,无非肯定与否定,爱或憎。而憎是爱的负值。"文学总根于爱"[21],鲁迅此言深涵至理。

诗中的情感多以个人的色彩和形式出现。诗人、抒情者与说话人往往合而为一。也有相互离析的，但诗人主体的情感与情绪不管如何隐藏或变形，是很难也不必摆脱干净的。黑格尔在《美学》中指出："诗人把目前的世界吸收到它的内心世界里，使它成为经过他的情感和思想体验过的对象。只有在客观世界已变成内心世界之后，它才能由抒情诗用语言掌握住和表现出来。"[22]而苏珊·朗格却强调诗"表现的正是人类情感的本质"，[23]诗中情感的个人性与人类性的统一，至关重要。不是自居大我代表，只唱大言高调，而是诗人一颗赤子之心，通向最广大的人群，以人类的命运为诗心的负荷，与天下共忧乐。如此，便能使最独特的自我的意识与情感，同最深广的宇宙意识、生命意识与人类情感本质，在出发点和终点上合而为一。

16. 形象美：诗美时空的幻象

诗是由语言文字凝固而成的诗美时空。诗的感性显现是包括形象美与形式美的表现美。前者是诗美的外形式，直接诉诸感官。后者是诗美的内形式，只能借心灵的感官而显现。两者互为表里。

诗中的形象，就其本质而言，无不来自客观事物的形相。比如现今描绘的龙，只存在于乌何有之乡。但将臆想的龙之形象拆开来看，其特性不过是"角似鹿，头似驼，眼似兔，项似蛇，腹似蜃，鳞似鱼，爪似鹰，掌似虎，耳似牛"。这鹿、驼、兔、蛇、蜃、鱼、鹰、虎、牛，皆为客观世界的实有之物。所以，再现性的描摹，永远是诗美造象的基本功，正如绘画中的素描。

诗中的形象，对客观事物的形相总是介乎似与不似之间。似就是逼真。只逼近真，仍不全等于真。古典诗美多竭力向真逼近，现代诗美反而从似逃遁。不过，尽管逃之夭夭，灼灼其华仍生于似真的泥土。在似与不似的超现实幻变的中间地带，诗的造象正可大显身手。

似有形似与神似。神不离形而贵于形。顾恺之尝画裴楷像，颊上加了三根毛，观者顿觉神明殊胜。张僧繇画龙，每不点睛，恐其飞去。

传神正在阿堵中。这加毛与点睛，仍有其形似在也。诗的形象也须基于形似又透过形似力求神似，现代诗美的远离形似正是力求神似的发展。

诗美形象的变幻，主要有选择、组合与变形三法。选择，择其要者，遗其琐屑，着力画眼睛，于头发则从略。在求似中已含不似。组合，将选择来的细部、零件，以一定的排列方式加以组织结合。其组合方式可以大体形似客体，也可以超越客体形相，只凭审美理想与情感表现的需要，任主观想象纵横驰骋，组合出世上绝无的奇谲诡怪的幻象幻景来。王维作画常不问四时景物，以桃李芙蓉同作一景。姜太公坐骑、喷火女怪之类，都是赖奇特的组合而造成的幻象。如果先将选择来的零部件加以缩小、放大、扭曲，再以想象与幻想的方式奇妙地组合起来，所得的幻象幻景离实物原型就更远，这就是超现实的变形。其实，诗中的形象无不经过变形。选择是轻度变形，缩放与扭曲是进一步变形，再加随意组合是极度变形。在变形的幅度上，现代诗与古典诗，现代主义超现实主义与现实主义，几乎处于相反的两极。而在这两极之间仍须相通平衡和合。

诗的形象，不管变形幅度的大小，都是再现与表现的结合，都是一种审美呈现。"外师造化，中得心源。"[24]张璪此言深得艺术造型三昧。诗体现得尤为淋漓尽致。造化是外宇宙，客观世界，诗的感觉原生态。经过精心选择的细部细节，应力求惟妙惟肖，活灵活现。但在组合与变形上就须中得心源，向内宇宙寻求灵感，迁想妙得，异想天开。苏轼《琴诗》云："若言琴上有琴声，放在匣中何不鸣？若言声在指头上，何不于君指上听？"声不在琴，亦不在指，在琴指之间，在两者的交互作用，在琴与指的变动关系上。诗的形象亦如之，不在物，不在心，在心物之间，造化与心源的相互融合。所以，诗美时空总是显现为一种基于现实又超越现实的幻景，其中活动着众多借语言呈现的意象、虚象和幻象。

诗美形象的创造离不开五官感觉。有五官的通感，主要是视觉和听觉。不仅是肉体耳目的直接视听，更在于心灵耳目的灵视与灵听。

就视觉而言，有直视、悬视与内视。直视是指诗美创造主体直观外物。当下即悟，从眼前所见的审美对象中，直接营构出诗的意象。王夫之强调："身之所历，目之所见，是铁门限。"[25] 苏东坡诗云："作诗火急追亡逋，清景一失后难摹。"[26] 近年有人着重诗的原生态感觉，也是解悟到直视是诗美形象创造的现实基础，是"铁门限"，但又不能停留在囿于视网膜映象的灭点透视法。"吴楚东南坼，乾坤日夜浮。"即使登上崔巍的岳阳楼，又怎能见此景象？这就须凭想象而作悬视。当诗人凭借想象而置身杳冥的太空，鸟瞰大千世界，这种从总体上把握的视觉审美方式，即为悬视。《西京杂记》载司马相如的"赋迹赋心"说云："合綦组以成文，列锦绣而为质，一经一纬，一宫一商，此赋之迹也。赋家之心，包括宇宙，总揽人物，斯乃得之于内，不可得而知。"赋迹可以直视，赋心则须悬视，须作"大人游宇宙"的想象。悬视审美对象，可使诗美意象形成三种组合方式。一是把不同时地的审美视野进行空间并构。二是把同一审美视野中的不同物象围绕视觉焦点进行虚实并构。三是综合上述两者更大的变形幻化。诗更有内视之法，需要别具"天眼"。《法苑珠林》说："凡是天眼，远近皆见，前后内外，昼夜上下，悉皆无碍。"天眼是一种宇宙透视，主要凭借心灵的直接洞穿力，而不是尽目力的外在观照所能求觅。张彦远云："凝神遐想，妙悟自然。物我两忘，离形去智。"[28] 这就是借天眼而内视的一种艺术创造的境界。内视之境，视觉审美的客观视野转化为主观视野，重在对精神时空的营构。只有内视才能创造无象之象的大象。

在诗美造象上，无论追求的艺术形象似或不似、形似或神似，无论运用的观察法是直视、悬视或内视，无论结构方式为选择、组合、变形或新创，运行于其中的生命之水都是饱和意蕴的审美情感。贯之以情，统之以意，诗美形象才能气韵生动。所以在诗中，形象美实际上是以意象与意境而存在。象蕴情而涵意即为意象。意象主要依照意象逻辑而联结成意象群体，然后在总体上构建意境即诗美时空。闻一多提倡的绘画美，实际上是指意象美与意境美。不过，在现代诗中，在个体意象上可能有清晰的画面，但在意象所建构的整个诗美时空上，却往往不再有清晰画面了。通过时空错乱与大幅度变形，已无法归之于直视甚至悬视。现代诗的完整性，主要依靠情绪的起伏流行的一贯性，诗美意蕴的统一性与焦聚性，不在活动画面的可视性。只在现代诗中寻找可视性与绘画美，也是难以赏鉴现代诗的原因。

17. 形式美：生命律动的外化

诗，呈现于接受者之前的，是一组语言文字。视之，一堆分行或不分行的文字。听之，一阵悦耳或不悦耳的音响。可视，便可从中创造出建筑美来。可听，又可从中创造出音乐美来。建筑美与音乐美便构成诗的形式美。作为诗美艺术媒介的语言文字，有形、音、义。由形，导向建筑美；由音，导向音乐美；由义，导向意象美等等。

诗的音乐美是通过音响变化在听觉上直接呈现的一种诗美。音乐美的核心是旋律。旋律的基础是节奏，韵是一种复沓，一定的韵律是创造音乐美的重要手段，有助于某种节奏与旋律的创造。诗的节奏与旋律，匀称均齐是一种和谐，一种美；参差错落也可以是一种和谐，一种美。某种音响上的张力平衡都可以是一种和谐，一种美。格律诗有音乐美，自由诗也有音乐美。不过，两者的特点与侧重面不同。现代格律诗要求各行顿数的均齐，各节行数的匀称，要求一定的韵式，显出音节上的人工装饰美。现代自由诗不拘行的顿数、节的行数，多不押韵，依靠语言的自然节奏创造旋律，追求丽质天生的裸体美。

现代诗的建筑美是通过诗的书写（印刷、视频）外形在视觉上直接显示的一种诗美。现代诗可以一句数行或一行数句，可分节亦可不分，节无定行。它的建行与建节大有文章可做。它不仅在整体或局部外形上可以造成有助于意象美和意境美的某种图案，而且更能直接地增益或减弱诗的音乐美。诗行的排列宁可舍弃某种有趣的图案，绝不损失其内在的音乐美。诗的建筑美是音乐美在视觉上等值的外层显现，是音乐美的空间化，是凝固了的音乐美。

从根本上说，诗的形式美是生命律动的外化。在诗中，生命之美液化了，以美的情感与情绪流贯运行。或起或伏，或泻或止，或徐或疾，或暗通而明续，或急湍而沿洄，自有节奏，自有旋律。诗的神髓乃在于诗美情感的律动。《礼记·乐记》云：诗者"本于心，是故情深而文明，气盛而化神，和顺积中而英华发外"。意溶于情而情深，情充于象而文明。象的生动声的抑扬相辅而行。情动于中，外显为象、声的谐合，则气盛而化神。诗的音乐美本质上是情的律动，气的律动，人的生命的律动。而诗的建筑美，又内在地制约于诗的音乐美和事象上的造型美。换句话说，人的以诗的方式存在的生命，其内层是诗的情意，情意的律动有意象的变幻与音响的节奏旋律，有诗的由行节排列而成的书写外形，内外交感亦交融，生命的诗美律动在视觉与听觉上的直接显现，即为诗的形式美。

对于诗，形式也是内容。诗的形式美是诗美的一个组成部分，当然也是诗的内容。如果撇开诗的形式美，诗美的有机组成遭到破坏，整个诗美都将不复存在。当然，诗的形式美也仅仅是内容的一个部分，不是全体，任何以部分代替全体的尝试或企图，都将归于失败。曾经有人将诗美仅仅归结为音乐美，主张纯诗就是纯粹的音乐美。但是，谁也无法将语言的语音与语义割裂开来，谁也无法将语词蝉蜕为音阶。实际上，诗的音乐美虽然离不开语音上的音响、节奏与旋律，但在神髓上更依赖于情感的运行与意象的变幻所生成的内在节奏与旋律。曾经有人将诗美归结为建筑美，大力提倡图像诗，强调"以图示诗"，其极端也只能走向非诗。文字虽然也有形状，尤其是汉字的方块更便于排列组合；但文字毕竟不是绘画中的线条、明暗或色块，中国诗也无法等同于中国书法。用文字的形状来构成图像而显示诗美是很有限度的，强调过分必然走向反面。诗美只能是形式美与内涵美的统一，是人的生命的诗化的整体存在。

18. 诗的先天痼疾：无言之言

薛宝钗有个娘胎里带来的病根，亏了一个和尚传给海上仙方，配成冷香丸,病犯时吃一颗便好,却终身不断根。诗也有先天痼疾,而且不止一个,又没有现成的冷香丸可吃,实在痛苦不堪。写诗,创造诗美,实质上便是对于诗的先天痼疾的疗救。

诗的先天痼疾之一:无言之言。

"诗人倾心于沉默,却又只能求助于话语。"[29]帕斯此言深得诗之真谛,切中这个先天痼疾的症结。

诗的本性在于沉默。诗是一种神谕,一种创造,一种审美体验。其极致便是审美与创造的高峰体验。马斯洛说:"这种体验可能是瞬间产生的、压倒一切的敬畏情绪,也可能是转眼即逝的极度强烈的幸福感甚至是欣喜若狂、如醉如痴、欢乐至极的感觉。"[30]在这个短暂的时刻里,自我意识悄然消逝,觉得自己已经与世界紧紧相连融为一体,感到自己窥见了终极的真理、事物的本质和生活的奥秘。高峰体验在《庄子》中叫作适,还分出适人之适、自适其适和忘适之适等不同高度的境界。最高境界的忘适之适也叫坐忘,自身与欢乐并忘于天人合一。通向坐忘的主要途径是心斋,听之以气,虚而待物。高峰体验来自各个方面,诸如爱情,审美感受,创造的冲动,奥义的顿悟,与大自然的交融,某种体育运动和舞蹈等等。诗的高峰体验往往是双重或三重的,是审美的,也是创造的,有时又是顿悟的发现。可以说,没有高峰体验便没有真正的好诗。所以诗人无不祈求诗的灵感翩然而至。

诗美创造是三重沉默。一重是诗美创造过程的沉默。诗来自生活,但诗人必须以虚静之心对待与深入生活。郭沫若说:"我想诗人底心境譬如一湾清澄的海水,没有风的时候,便静止着如像一张明镜,宇宙万汇底印象都涵映着在里面;一有风的时候,便要翻波涌浪起来,宇宙万汇底印象都活动着在里面。这风便是所谓直觉(Inspiration),这起了的波浪便是高涨着的情调。这活动着的印象便是徂徕着的想象。这些东西,我想来便是诗底本体,只要把他写了出来的时候,他就体相兼备。"[31]在生活中,诗人的心愈沉静虚默,其容受量便愈大。心中的东西积蓄多了,灵感才能不期而至。便是灵感爆发之时,诗人尤须虚静默处。好诗诞生于诗人的沉默。再一重,诗美本身便是沉默。

麦克利许说:"一首诗不应说明什么／而应该本身就是什么。"[32]解释了诗美的沉默本性。孔子曰:"天何言哉?四时行焉,百物生焉,天何言哉!"[33]好诗亦当如是。诗美意象要自然呈现出来,诗美的情感与意蕴则须深隐于诗美时空之中,耐人寻味。便是有些叙述诗,似乎以大白话唠叨直说,其实也是借反讽与幽默,借字面与话中的隐意之间的张力与撞击而生发诗味。好诗是沉默,是金。又一重,诗美的接受也需要沉默。诗的阅读与欣赏是二度创造,是诗美创造的最后完成,需要虚心体味与联翩浮想,非静默幽处、沉思清赏不可。以沉默之心对待诗美的沉默本性,方能渐入诗之妙境。

但是,诗毕竟是精美的语言艺术。郭沫若上面这段话有个缺失或不足,把诗的本体与语言分开了,而且把写了出来看得过于轻易。其实,诗的语言也是诗的本体,不只是诗的形相,而是通贯充盈于诗之体相浑一。对于诗,无相即无体。诗美创造运行于语言内部。好诗往往不是先想好了要写什么,再把它转换成语言。诗人心中诗的体验与感受,浮动着的意象,激荡着的情意,没有凝结为诗的语言,仍然不是诗。从这个意义来说,诗美创造便是一种语言创造。

而语言并非沉默。语言并不只为诗而存在。语言是人际交往的符号系统。叙述与阐释是它的主要功能。在会话语言和科学语言中,说得愈明白愈确切愈好。以阐述的语言来创造沉默的诗美是不可克服的矛盾。但诗除了借语言以表现,又别无他法。这是诗的天生的语言痛苦。无奈,诗必须突破与超越日常语言,创造一种诗的语言,一种以语言为元符号的审美的情感符号系统。所以,诗是一种表现诗的沉默本性的沉默语言,一种无言之言。严沧浪所谓"羚羊挂角,无迹可求",正是着眼于诗的"言有尽而意无穷",着眼于"吟咏情性"的本质。[34]司空图所谓"不着一字,尽得风流",其实不只是"含蓄"一品的境界,而是出于诗美本性对语言的根本要求。

无言之言是诗的先天痼疾,也是诗美创造大显身手的用武之地。创造无言之言是诗的语言创造的总体要求,一切语言策略与技巧皆由此而派生。无论是诗美意象创造和诗美时空建构,无论是诗的形式美、形象美、情感美、意蕴美和结构美的创造，在语言策略上，皆须少而精、精而新、新而美、美而隐、隐而深，力求无言。

诗人无言，诗无言。无言的诗人以无言之言创造无言之诗，诗乃渊默而雷声。

19. 诗的先天痼疾：非美之美

诗的质体是诗美，写诗的根本是创造诗美。

诗美是艺术美的一种，显然是人的劳动的创造物。马克思认为，作为生活乐趣的劳动，"是**自由的生命**表现"，"满足了人的需要，从而物化了的本质"，[35] 诗人通过劳动品的自由创造，将自己的生命、情感、情趣，人的自由自觉的类本质，熔铸于生成性的语言，物化成诗。诗美，就其层次结构而言，具有形式美、形象美、情感美和意蕴美，互为表里又相互渗透，而为结构美通贯全体，赖语言以呈现。诗美在形式不即是形式，是有意味的形式与有形式的意味的统一。它是合规律性的真与合目的性的善的统一，又充溢着创造主体的情感与情趣，氤氲着生命的灵气。诗美突出创造精神，永远日新又新。

创新这个要素，通贯于诗美结构的各个层面，渗透到诗美的各个要素，没有独创性便没有诗的一切。爱迪生在《论洛克的巧智的定义》中说："凡是新的不平常的东西都能在想象中引起一种乐趣，因为这种东西使心灵感到一种愉快的惊奇，满足它的好奇心，使它得到它原来不曾有过的一种观念。"奇化，或曰陌生化，是一条贯串于各个方面的诗美艺术原则。写诗没有不变的成法，要说有，便是创新，不断变革。不可重复是诗美的根本特征。把诗写得不像诗，尤其不像当前流行的诗，往往是诗人的精心追求。

但是，这里有一种无法逃避的危险，一个不可克服的矛盾。诗美的一度创造在于诗人，但它的最后完成与实现，则须经过读者或曰受众的二度创造。读者的美感与二度创造同步。"对于没有音乐感的耳朵来说，最美的音乐**毫无**意义，不是对象。"[36] 对于缺乏诗美的再创造与鉴赏能力的人，诗美并不存在，不是对象。诗的审美定势特别强大，即使是真正具备接受诗歌能力的读者，也是如此。由于诗的审美定势、旧的诗观，赏读者往往落后于诗人新的诗美创造；又较少自觉到自己诗观的陈旧，自己审美定势的作怪，反而责怪诗人的标新立异，甚至认作不美，根本不是诗。在中外诗歌发展史上，"这也是诗吗"的责问，在各种不同的情势下，断而复续，一再提出来，且将一再提问下去。新与旧、美与丑，总是相比较相对待而存在而发展。一种新创造的诗美，在开始总要被人认为非诗、非美，遭到抵制或排斥，这可算是一条规律。这便是诗的又一个天生痼疾：非美之美。

这是无法根治的。诗美必须创新。诗美又必须再创造，被感知，被接受。两者时常矛盾。两者都根植于诗美的本质、本性。诗歌的不断发展正是在克服这个无法消除、时常激化的矛盾过程中实现的。在疗救诗的非美之美这个无法根治的先天痼疾中，有三条值得注意。

一是所创造的必须是真正的新诗美。并不是所有标新立异，所有在时序上新出现的东西，都是新生事物。新生事物有两个必备条件：其一为新出现，前所未有；其二为符合事物的本性和内在发展规律，两者缺一不可。新生事物是总体发展行程中的必然一环。其表现形态可能为连续性的延伸，也可以是连续性的中断，而在断裂之后又连续发展。诗人，尤其是青年诗人，乐于当先锋，不惮于多方实验、探索。这是有利于诗歌发展的可喜现象。但是，探索不能只限于形式，更要深入到内涵，力求表里同步变革，相得益彰。诗史上的不少先锋派人物，往往只成为替大诗人鸣锣开道的名家或昙花式人物，此中消息值得深思。

二是所创造的新诗美还须注意飞跃的跨度，不要走极端。这恐怕是解决两难问题的无法之法。庄子行于山中，见大木枝叶茂盛，伐木者弃而不取。问其故，说是无所可用。庄子曰："此木为不材得终天年。"庄子出山，投宿朋友家，朋友杀了不能鸣的雁待客。学生疑而问道："昨天山中之木，为不材得终天年。今主人之雁，以不材死。先生将何以处之？"庄子笑曰："周将处乎材与不材之间。"[37]诗美创造，同样以介乎新与不新之间、异与不异之间为好。孔子的"过犹不及"这句话并不错，如果将"过犹不及"与"处乎材与不材之间"，理解为寻找事物发展的最佳点，便甚为正确。诗美必须创新，但在创新中又不可走极端。这里，也包含着对于传统的继承，对于读者的尊重，对于诗的可接受性的关切。根本无人接受的诗，恐怕再美也传不到后人。

三是创造新的诗观，新的审美理想与情趣，创造新的读者群。"艺术对象创造出懂得艺术和具有审美能力的大众"[38]。尊重读者的审美能力，培养新的审美理想与情趣。要以作品和理论尽力掌握大众，使之改变口味，乐于且善于接受新的诗美。诗的欣赏能力与阅读程序也有关，受到某种文化背景的制约。改变文化背景与阅读程式，难解的作品便变得可以赏析。同时，诗人也要悟贾宝玉在梨香院之所悟，认识自己的分定，各种不同风格流派的诗歌只能掌握各自的读者群。诗总是有自己一定的读者圈的。在真正创造新诗美的前提下，读者圈当然越大越好。雅俗共赏的骨子里是雅，这雅又为更多人所欣赏，因而似俗。真正俗不可耐，即使一时赏者众，终将为众所弃。真正的雅俗共赏恐怕只有大诗人才能做到。

这三条之间显然有矛盾，但更有内在的同一性。看来，疗救诗的非美之美先天痼疾的医案，当从三者的交汇点中去寻找。不过绝不会有成方，也无法制成冷香丸。

20. 诗的先天痼疾：隐意之意

意蕴美居于诗美的核心。这就产生了诗的又一先天痼疾：隐意之意。

"诗言志"是中国最古典的诗教，一直流溯至今。20 世纪 80 年代以来，质疑甚至抛弃者渐多。可能基于两方面的因由。一是对于一度泛滥的分行的非诗说教的反拨，追根错怪了言志传统。一是对于西方现代美学和诗学的接受有所偏颇。比如，克莱夫·贝尔所说的美是"有意味的形式"，[39]包含着一定的真理性，更适用于视觉艺术。如果用之于诗，又只注重形式而忽略有意味，就容易排斥言志之说。其实"诗言志"这句话并不错，在于如何理解与阐释。应当从诗的本性出发，根据一定的文化背景去妥善解释：什么是志？如何言志？

什么是志？《毛诗序》"诗者，志之所之。在心为志，发言为诗。情动于中而形于言"云云，大家都熟悉。这里，在心之志与动于中之情，是二而一的东西。但后来的诗论重情主志分为两派。而对志的解释，又有重意志或重意义的区别。从诗的本性、本质来看，诗是人的创造物，是人的自由生命的表现和对象化。或者说，诗是生命的一种存在方式。对象化、物化，熔铸到诗中的生命，从根本上说，是诗人的情怀。这里的情怀包含三重含义。一重，诗人的气质和人格，是诗美创造的主体。一重，诗人的思想和认识。诗中的意义和主题直接与此相关。一重，诗人的情感、情绪、情趣。"诗者，持也；持人情性。"[40]情本乎性，性即人格与气质。性的激发与流动便是情。诗中之情与审美趣味分不开，便融成某种情趣。这三重融汇在一起便是诗人的情怀。诗人的情怀有意识到的部分，也有无意识、非理性部分。这无意识、非理性部分渗透于人格、思想与情感，在诗美创造中起着潜隐而强烈的作用。《尚书·舜典》的"诗言志"，在《史记·五帝本纪》写作"诗言意"，而陆机《文赋》则云"诗缘情"。其实，言志、言意、缘情是一个意思。诗是表现诗人的人格气质和思想情感的审美的创造物。

如何言志？从不同的视角去看，可以有两条途径。一条是通过意象。意溶于情，情化为象，意、情、象融合成意象，然后组合成意象群和意象群落，再建构成诗美时空。诗中赖语言所呈现的只是意象组合而成的诗美时空，诗人的情、意或志隐藏于其中、其后或其外。一条是通过语言。言此射彼，言简意赅，言显意隐，尽力构成字面与字底、言内与言外之间的张力，创造沉默的语言，无言之言，不落言筌，韵味无穷。实质上，两条途径只是一条。意象赖言语以呈现，言语的沉默主要依靠意象投射。前一条是后一条的中心线。后一条包容前一条而更为宽阔，将意象呈现与巧妙叙述融为一体，通过精心结构，创造交织在一起的多种张力，以最少的词语蕴含最多的意味。两条途径有同一的出发点和归宿，围绕着同一个中心点运行。这便是一个字：隐。

诗的隐意之意这个先天痼疾也是与诗共存亡，难以根治的，但又非治不可。治疗的基本办法是将真意变形深隐，花样层出不穷，一整套诗美创造艺术几乎无不与此密切相关。而创造无言之言，增强诗的张力，则是它的主要着力点和当今的生长点。这里需要进一步说明的是诗中的欲隐之意，并非诗人在动笔之前就已十分明确整体完成的抽象概念。诗人胸中之意融合着意识与无意识、理性与非理性、自觉与不自觉，先是混沌一团，渐次明朗，处于逐步生成之中，且最终仍留下许多可以填补的空白。诗人胸中之意必然化作涌动的情感与情绪，是一种审美的情意难分的情怀与情趣，往往外化、幻化为诗美意象，建构成诗美时空，在此过程中发展与实现自己。诗人的情怀与情趣激荡、流行于诗语言的创造流程，逐步发展与凝结成诗。诗的意蕴美与情感美只能在诗语言的生成中发展完成，绝非游离于其外。郑燮题《竹》云："文与可画竹，胸有成竹。郑板桥画竹，胸无成竹。浓淡疏密，短长肥瘦，随手写去，自尔成局，其神理具足也。……然有成竹无成竹，其实只是一个道理。"又云："总之，意在笔先者定则也，趣在法外者化机也。独画云乎哉！"[41]此理确实通乎诗及其他艺术。文与可强调胸中构思，郑板桥强调临机发挥。其实胸中构思总要在创作过程中修改与发展，临机发挥之前也不可能胸中无半点构思，两者不过是程度与侧重点不同而已。定则与化机总是在创作实践中相统一的。而且，笔先之意绝非纯粹抽象，必须化而成趣，成为意趣、意味。而诗美趣味之创化，重在意蕴之深隐。诗的隐意之意是诗的先天痼疾，也是诗的生命之所在。

21. 诗的先天痼疾：失真之真

"动物只是按照它所属的那个种的尺度和需要来构造，而人懂得按照任何一个种的尺度来进行生产，并且懂得处处把内在的尺度运用于对象，因此人也按照美的规律来构造。"[42]马克思在《1844年经济学哲学手稿》中的这段话，不仅指明了人的生产劳动与动物的本能活动的根本区别，而且揭示了作为艺术美要素的真的实质。人在生产任何一种产品时都同时生产美。人的任何一种劳动产品中都包含着艺术美。艺术美的产生是两种尺度的统一：一种是对象的尺度，一种是人的尺度。这里的尺度是指事物的内在规律。合规律性即是真，真实和真理。美的规律是作为主体的人的内在规律与作为对象的事物本身的规律相统一，而且侧重于主体的运用，人的内在规律对于事物的客观规律的拥抱和融合。作为艺术美的要素，真有两种，物的真和人的真，是两者的统一，且以后者为主导。人的真也就是生命的真，真诚的人格，真挚的情感，历史的真实，人生的真谛。说到底，美是人的生命自由自觉的有形式意味的对象化。

显然，将艺术之真，美之真，仅仅归结为对于客观事物表象描摹得惟妙惟肖，是一种浮浅的审美观和艺术观，近乎有害。即使进而归结为对于客观事物的真实性与规律性的如实揭示，仍然没有触及问题的要害。在某种情况下，由于更为似是而非，可能危害有加。中国古典美学和诗学早已有见于此，拈出一个"似"字，而且区分形似与神似，以神似为上。似，便不是原样照搬，而是有所取舍，有所变化。神似，更着眼于精神实质，深入到内在魂魄。相马唯求神骏，不问牝牡骊黄。更进一层，神似，似谁之神？似对象物之神，更似主体人之神。所谓"诗中须有我，画中亦须有我"[43]，所谓"人人有一段真面目溢露于楮笔之间"[44]，所谓"诗之传者都自性灵"，"诗难其真也，有性情而后真"[45]，都说的是艺术神似的要妙在于创造者真生命之倾注。这是各种艺术样式，各种艺术美，求真的共同规律。

乔纳森·卡勒认为，"或许可将逼真性划分为五个层次"："首先是社会造就的文本——所谓'真实世界'。其次是一般的文化文本：文化的参与者所共同承认的知识是这一文化的组成部分……这一层次与第一点有时不易区分。第三，一种体裁的文本或程式，所谓文学和艺术方面的逼真性。第四，或许可称之为对于艺术性的符合自然的态度，其中，文本能明确援引或揭示第三类逼真性，以增强自身的权威

性。最后，还有某些互文性产生的比较复杂的逼真，意指一部作品以
另一部作品为基础或起点，因此理解时必须考虑与后者的关系。"[46]
从读者接受的角度对于艺术之真的层次结构作如此具体的分析，是有
相当真理性的，也是有益的。但是，将真实世界归结为社会造成的文
本，或者文化文本，或者干脆说成世界是由语言构成的，就有失偏颇。
美之真，诗之真，绝不能最终归结为虚假。人和人的世界都是客观存
在的，尽管可以由语言作表述，尽管有着深厚的文化积淀，尽管是长
期社会历史发展的结果，毕竟是真实的，是不以人的意志为转移的客
观存在，而在人的认识中也包含着一定的客观真理。世界与真理是相
对的也是绝对的。这是诗美创造所追求且能在一定程度上获取的东西。
求真是一种诗的永恒，而失真只是其精美巧妙的手段而已。当然，达
致文本呈现之美的精美巧妙的手段本身，也是诗美的重要内涵。

　　诗的几个先天痼疾，无言之言、非美之美、隐意之意和失真之真，
互相渗透交织，互相制约促进，共同构建诗的本质、本性、本体，又
共同衍生出诗美创造的种种艺术原则、策略、手法与技巧。诗之存亡
生死皆系于此。

　　不同的艺术要求真又各有其特征。诗美在形神、物我之间，尤重
我之神，以至改变物之形成为艺术创造的一种手段，且越走越远。这
同诗美的突出创造格外求新和力求意蕴深隐有内在的必然联系。求新，
求隐，求奇，追求陌生化，皆须变形，在外貌上失真。

　　以形的失真寻求神之真髓，失真之真成了诗的又一失天痼疾。其
疗治之法亦为诗美艺术的一大原则。

　　典型化是以失真求真之一术。诗的典型化的要妙在于选择与省略。
选择的标准有两条。一是细节的生动性，着重于事物的形貌。二是个
性化，体现客体的个性，更体现主体的个性，找出两者的交汇点。选
择即包含着省略，将未入选者统统略去，且愈少而精愈好。典型化颇
重形似，力求形神兼备。但一经选择与省略，显然不是与原物的纤毫
毕肖，已失其真。诗的典型化的精髓是意象意境的个性化、陌生化与
神韵化。以典型化为主的创作方法便是诗的现实主义。

象征化是以失真求真之又一术。这里的象征取其最广义，以此象征彼，言他而显此，相当于古人所谓比兴，可以包容隐喻与拟喻，虚化与暗示等等。诗中呈现的意象和诗美时空，可以是典型化的，也可以是虚幻化的，而毫无象征意味的诗是很少有的。诗中一有象征，便须言马指鹿，更失其真。

虚幻化更是以失真求真之一术，包括变形、时空切合、虚化和幻化。狭义的艺术变形是指将事物形相的局部或全体，加以放大、缩小或扭曲，以实在的事物为基础，有意加以歪曲。时空切合是将时间与空间先加切割，然后加以颠倒、错位，重新组合，从而使与时空无法剥离的事物随之变形。虚化是指诗中呈现的某种具体景象，被符号化了，并非实指，而是投射到许多相类似的事物及其意蕴。幻化则走得更远，诗中呈现的景象，荒诞而虚幻，根本不存在于现实世界。变形、时空切合、虚化和幻化，都是变幻现实的外貌，都是超现实，只是程度与方式不同。就失真而言，以此为甚。诗的现代主义超现实主义多用虚幻化与象征化。

从外表看，典型化、象征化，尤其是虚幻化，力求失真，失去形貌表象之真。但在实质上，失真的要旨正在于求真，追求宇宙、历史、人生、生命之真理、真谛。创造诗的超现实世界，正是失真之真的症结所在及其疗救的根本。

22. 结构：从人的生命到诗的生命

从诗美质体讲，意蕴美、情感美、形象美和形式美都是它的元素，四者必须以一定的方式组合，才能融为一体。这种由于一定的结构即组合方式而生成的诗美，便是诗的结构美。它是诗美的格式塔质。对于一首诗，拆开来说，意蕴美有自己的组合方式，有自己的结构美；情感美、形象美、音乐美和建筑美都有各自的组合方式，各自的结构美。作为诗中基元的意象，其意、情、象的组合方式也有结构美。从意象到意象群体到整个诗美时空，更须精心结构，巧妙地排列和组合，更有结构美。这是全诗的结构之美的核心与主体。诗的艺术构思正是着力于此。王之涣《登鹳雀楼》："白日依山尽，黄河入海流。欲穷千里目，更上一层楼。"第一句是时，第二句是空，时与空一交合，雄伟阔大的景象即在眼前。前两句是景，后两句是意，意与景一并构，便互相渗透而融合，生成四维的诗美时空。此诗的结构美正寓于这交合并构的组合方式之中。诗的结构千变万化，竭尽诗人创造之能事，诗的结构美也就显出千姿百态。

从人的生命到诗的生命，结构美的创造是其关键。诗美时空必须是一个活的有机体。它必须具有 种生命的形式所应具有的基本特征：能动性，不可侵犯性，统一性，有机性，节奏和不断成长性等等。诗美时空的结构必须具有生成性与自组织性。从诗的第一行到最末一行，它是胎儿一样逐步生成的。它的转变与延续，仿佛在自动运行，并非诗人硬要它如此。否则，便会生意索然。即使诗本文的创造业已完成，它的诗美时空仍然与读者共享，在读者的再创造中继续存活，继续生长。好诗千万年之后仍是活体。诗美时空必须具有统一性与有机性。诗中意象和抽象词都是活的细胞。意象群与意象群落，诗行与诗节，都像是细胞组成的各种器官，然后合成一个有机体，完整的诗美时空。诗美时空必须具有节奏性，不仅有音响上的节奏性，而且有意象与意象、意象与非意象在联结上的节奏性，更有涌动于其中的情感与意绪上的节奏与旋律。诗的神韵往往寓于节奏与旋律之中。诗美时空的结构必须具有不可侵犯性。它在语言表现上是不可增删的，有如宋玉的那位东家之子，"增之一分则太长，减之一分则太短；著粉则太白，施朱则太赤"。[47]只有当诗人所创造的诗美时空在结构上自动生成一个有节奏的不可侵犯的统一的有机整体，诗才能成为与人的生命"同构"的生命。当然，所谓"同构"，本来是抽象代数学的基本概念之一，指一个代数系统（如群、模、线性空间等）到另一同类型的代数系统上保持代数运算一对一的映射。借用到诗美学上，指的只是类似而不是等同；只是一种投影，而不是一种复制。诗有自己的表现性规律。诗所创造的是由艺术符号排列和组合起来的生命的幻象。

《罗丹艺术论》深蕴艺术的三昧，颇通于诗美创造。罗丹说："没有生命便没有艺术。"[48]他称赞希腊的雕刻："生命使它们跳动的肌肉显得灵活而温暖。"[49]他献出创造艺术生命的"神秘的钥匙"："生命的幻象是由于好的塑造和运动得到的。"[50]什么是"好的塑造"？第一，千万不要看形的宽广，而是要看形的深度"[51]。艺术的真实，"不是浮面的；而是好像生命本身一样，是自内至外的"[52]。第二，"明暗交接线，处理得如此精微，好像要溶化在空气中"。整个艺术形体应当是"黑与白的卓绝的交响曲"[53]。而"所谓运动，是从这一个姿态到另一个姿态的转变"[54]。这些"神秘的钥匙"同样可以开启诗的生命之谜。诗同样需要有好的塑造和运动。同样需要深度，需要交接线的精微与溶化，谱成卓绝的交响曲，同样需要意象的流动与跳跃，需要不同时空的转换与变幻。诗需要形神兼备而气韵生动。

罗丹曾经背诵了维克多·雨果的诗句："我们从来只见事物一面／另一面是沉浸在可怕的神秘的黑夜里。／人类受到的是果而不知道什么是因：／所见的一切是短促、徒劳与疾逝。"然后说道："每一杰作都有这种神秘性，总有一些迷惑。"[55]他还说："神秘好像空气一样，卓绝的艺术好像浴在其中。"[56]也许，这种空气一样的神秘性，也是诗的杰作所不可或缺的吧。它可能是灵感狂暴的擦痕，也可能是诗人对于宇宙与生命的最深邃的探索的一些迷惑。在诗的结构美的创造中，一切都太清楚了，太有条理了，诗的生命也就接近完了。

23. 气韵：创造的动力与风骨

气韵说是以气韵为核心的关涉到艺术的本体论、主体论、创造论、接受论与批评论的一套美学理论，在中国古典美学中占据特殊重要的地位，足以与意象意境说相媲美。它的基本原理在现代诗美学中同样适用。

气韵说的哲学基础是气一元论。气，本指云气，象形。中国气论第一个哲学形态是《老子》。其四十二章云："道生一，一生二，二生三，三生万物。万物负阴而抱阳，冲气以为和。"《庄子·知北游》说得更为直捷："人之生，气之聚也；聚则为生，散则为死。""通天下，一气耳。"古人认为，宇宙之间最原始的存在是气。这气，恍惚窈冥，至大无外，至小无内。混沌为一曰元气，分而为二曰阴阳。阴阳和合，化生万物。气是宇宙本体，从物质到精神，从无生物到生物，到人及其精神，统统是气。气的聚散变化即是万事万物运动生死的根源和内驱力。在艺术创造和艺术作品中所运行和凝结的则是艺文之气。

最早以气论文的是曹丕。他在《典论·论文》中说："文以气为主，气之清浊有体，不可力强而致。"最早以气论画的是顾恺之。他在《画评》中批评说："画列女，刻削为容仪，不画生气。"到谢赫的《古画品录》才有"气韵生动"之说，更列为"六法"之首。

美学的韵，有两个阐释维度：和谐与节律。将韵的和谐涵义解释得最透彻的是北宋范温。他说："夫俗者，恶之先；韵者，美之极。""且以文章言之，有巧丽，有雄伟，有奇，有巧，有典，有富，有深，有隐，有清，有古。""然而一不备焉，不足以为韵，众善皆备而露才用长，亦不足为韵。必也备众善而自韬晦，行于简易闲澹之中，而有深远无穷之味。""测之而益深，究之而益来，其是之谓矣。其次一长有余，亦足以为韵；故巧丽者发之于平澹，奇伟有余行之于简易，如此之类是也。""夫惟曲尽法度，而妙在法度之外，其韵自远。"[57]这里指明：第一，韵是美的最高境界"美之极"；第二，韵须备艺术风格之众善，至少是两种对立风格兼备，且臻于和谐；第三，能潜隐，不直露，有余味；第四，曲尽法度而妙在法度之外。阐释韵之和谐涵义甚为到位。

韵的另一重涵义为节律。《文心雕龙·声律》云："异音相从谓之和，同声相应谓之韵。"从音声讲，韵文的韵脚即是有规则的押韵，就叫韵。引申出来，韵为节律。气能成韵而运化是有节律的，其节律又源于其内部的阴阳对立所生的变化，且为趋于和谐的运动。宗白华说："气韵，就是宇宙中鼓动万物的'气'的节奏，和谐。"[58]周汝昌说："谢赫之言'气韵生动'，即谓艺品之具有生命如'活人'也。"[59]这些说法都是极中肯的。

气韵的极致则为神妙。美学之神有两个方面，或与形相对待，或状变化无端。又有神明之美与神动之美的区分。神动之美正是神明之美的运动变化，神明之美有赖神动之美以显现。无神动神明无以显，无神明神动无以变；神明神动交合，方能臻于神化的妙境。气韵说最重神动，不传神即无气韵可言。司空图《二十四诗品》中崇尚"不著一字，尽得风流"的"含蓄"，实为诗美境界的极致。他所倡导的"知其咸酸之外"的"醇美""韵外之致""味外之旨"的"全美"[60]，正是含蓄神妙的别一说法。王士祯《香祖笔记》所谓"神韵天然""神到不可凑泊""舍筏登岸，禅家以为悟境，诗家以为妙境"，是其神韵说的要旨。而神韵说正是气韵说的发展。

气韵说在如何达到"气韵生动"的具体发展中，最突出的有三点：其一，师造化，得心源。唐张璪有句名言："外师造化，中得心源。"[61]正是抓住了美从何来的根本。苦瓜和尚强调："山川使予代山川而言也。山川脱胎于予也，予脱胎于山川也。搜尽奇峰打草稿也。山川与予神遇而迹化也。所以终归于大涤也。"[62]山川与大涤子神遇而迹化，合而为一。师造化与得心源，内外双向交流交会交合，既能建构审美创造主体，又能贯乎审美创造与再创造的全过程，而艺术作品则为其生动气韵的结晶。其二，守定则，贵化机。恽正叔《南田论画》说："笔墨可知也，天机不可知也。规矩可得也，气韵不可得也。以可知可得者，求夫不可知与不可得者，岂易为力哉！"郑板桥也说："意在笔先者，定则也；趣在法外者，化机也。独画云乎哉！"[63]气韵正是天机、化机所在，亦为艺术家的苦处与乐处所在。其三，审虚实，求神妙。《文心雕龙·隐秀》说："文之英蕤，有秀有隐。隐也者，文外之重旨者也。秀也者，篇中之独拔者也。""夫隐之为体，义主文外，秘响傍通，伏采潜发。""使玩之者无穷，味之者不厌矣。"隐秀近乎虚实。《南田论画》说："气韵自然，虚实相生，此董、巨神髓也。""天外之天，水中之水，笔中之笔，墨外之墨，非高人逸品，不能得之，不能知之。"[64]王原祁也说："宋元各家，俱于实处取气。惟米家于虚中取气。然虚中之实，节节有呼吸，有照应，灵机活泼，全要于笔墨之外有余不尽，方无罣碍。"[65]跟他学画的族弟王昱《东庄论画》则说："尝闻夫子云：'奇者不在位置，而在气韵之间。不在有形处，而在无形处。'余于四语获益最深，后学正须从此参悟。"所有这些都强调虚隐更重于实秀。无实秀无以成虚隐，而生动气韵多从虚隐出也。

生动气韵在艺术作品中终须凝结成形，乃有艺术品的风骨。气动生风，风动成韵，风阻显力，力凝成骨。刘勰说："诗总六义，风冠其首，斯乃化感之本源，志气之符契也。是以怊怅述情，必始乎风；沉吟铺辞，莫先于骨。故辞之待骨，如体之树骸；情之含风，犹形之包气。结言端直，则文骨成焉；意气骏爽，则文风清焉。"[66]刘勰在美学上将气、风、力、骨贯串起来，而以力的显示为焦点。说到底，风、力、骨都是气的表现形态，也是韵的依托之所。

总之，气动生韵，气凝成骨。落实到一首诗的诗美创造，气韵首先是创造的内在动力。一首诗从意象到意象群体，到意象呈现与抽象叙述的交互融合，到整个诗美时空的建构，都须精心结构，巧妙布局，乃成结构美。这里的着力点，是诗的结构美要做到自然而然。苏东坡《文说》云："吾文如万斛泉源，不择地而出。在平地滔滔汩汩，虽一日千里无难。乃其与山石曲折，随物赋形，而不可知也。所可知者，常行于所当行，常止于不可不止，如是而已矣。其他虽吾亦不能知也。"写诗亦当如此，依生动气韵而起伏流转，自然行止，方能结构天成，风骨亦天成。

注释：

[1] 陆机：《文赋》，《中国历代文论选》上册，中华书局1962年版，第135页。

[2]《王国维学术经典集》上，江西人民出版社1997年版，第324页。

[3] 司空图：《诗品·含蓄》。

[4] 索绪尔：《普通语言学教程》，商务印书馆1980年版，第158页。

[5] 尼采：《悲剧的诞生》，生活·读书·新知三联书店1986年版，第203页。

［6］［7］［8］《马克思恩格斯选集》第 4 卷，人民出版社 1995 年版，第 555、559、683 页。

［9］丹纳：《艺术哲学》，人民文学出版社 1963 年版，第 351 页。

［10］韦勒克、沃伦：《文学理论》，生活·读书·新知三联书店 1984 年版，第 161 页。

［11］荣格：《心理学与文学》，生活·读书·新知三联书店 1987 年版，第 53 页。

［12］［34］《沧浪诗话校释》，人民文学出版社 1961 年版，第 23、34 页。

［13］白居易：《与元九书》。

［14］班固：《汉书·翼奉传》。

［15］刘勰：《文心雕龙·情采》。

［16］华兹华斯：《〈抒情歌谣集〉1800 年版序言》，伍蠡甫主编《西方文论选》下卷，上海译文出版社 1979 年版，第 17 页。

［17］普拉斯：《高烧 103°》。

［18］李商隐：《锦瑟》。

［19］《苏东坡全集》（上），中国书店 1986 年版，第 559 页。

［20］《苏轼文论辑录》，《宋金元文论选》，人民文学出版社 1984 年版，第 175 页。

［21］鲁迅：《而已集·小杂感》，《鲁迅全集》第 3 卷，人民文学出版社 1981 年版。

［22］黑格尔：《美学》第三卷下册，商务印书馆 1981 年版，第 212 页。

［23］苏珊·朗格：《艺术问题》，中国社会科学出版社 1983 年版，第 7、50 页。

［24］转引自潘天寿：《中国绘画史》，上海人民美术出版社 1983 年版，第 77 页。

［25］王夫之：《姜斋诗话》，《清诗话》（上册），上海古籍出版社 1963 年版，第 9 页。

［26］苏轼：《腊日游孤山访惠勒惠思二僧》。

［27］杜甫：《登岳阳楼》。

［28］张彦远：《论画》，《历代论画名著汇编》，文物出版社 1982 年版，第 39 页。

［29］帕斯：《论诗与诗人》，《世界文学》1991 年第 3 期。

［30］马斯洛：《谈谈高峰体验》，《人的潜能和价值》，华夏出版社 1987 年版，

第 366 页。

[31] 田汉、宗白华、郭沫若：《三叶集》，上海书店 1982 年版，第 1 页。

[32] 麦克利许：《诗艺》。

[33]《论语·阳货》。

[35]《马克思恩格斯全集》第 42 卷，人民出版社 1972 年版，第 37—38 页。

[36][42]《马克思恩格斯全集》第 3 卷，人民出版社 2002 年版，第 274、
305 页。

[37]《庄子·山木》。

[38]《马克思恩格斯选集》第 2 卷，人民出版社 1995 年版，第 10 页。

[39] 克莱夫·贝尔：《艺术》，中国文联出版公司 1995 年版，第 10 页。

[40] 刘勰：《文心雕龙·明诗》。

[41][63]《郑板桥全集》五编《题画六十五则》，中国书店 1985 年版。

[43] 邵梅臣：《画耕偶录·论画》。

[44] 袁中道：《中郎先生全集序》，《明代文论选》，人民文学出版社 1993 年
版，第 341 页。

[45] 袁枚：《随园诗话》，蓝天出版社 1998 年版，第 536 页。

[46] 乔纳森·卡勒：《结构主义诗学》，中国社会科学出版社 1991 年版，第
210 页。

[47]《宋玉对楚王问》。

[48][49][50][51][52][53][54][55][56]《罗丹艺术论》，人民美术
出版社 1987 年版，第 32、29、33、30、30、31、33、93、92 页。

[57] 范温：《潜溪诗眼》，见《永乐大典》卷八〇七，转引自钱钟书：《管锥编》
第四册，中华书局 1979 年版，第 1362—1363 页。

[58] 宗白华：《美学散步》，上海人民出版社 1981 年版，第 51 页。

[59] 周汝昌：《中国文论〈艺论〉三昧篇》，《北京大学学报》1998 年第 1 期。

[60] 司空图：《与李生论诗书》。

[61] 转引自潘天寿：《中国绘画史》，上海人民出版社 1988 年版，第 77 页。

[62] 道济：《苦瓜和尚画语录》，《历代论画名著汇编》，文物出版社 1982 年
版，第 366—369 页。

[64] 恽正叔：《南田论画》，《历代论画名著汇编》，文物出版社 1982 年版，第
337 页。

［65］王原祁:《麓台画跋》,《历代论画名著汇编》,文物出版社 1982 年版,第
　　　 390 页。

［66］刘勰:《文心雕龙·风骨》。

第四章

诗的生命本真

24. 生活·生命·生存

诗人主体与客观世界的关系问题，在诗美创造中至关重要，带有根本性的意义。中国新诗在 20 世纪后半叶的历史演变，雄辩地证实了这一点。

上个世纪 50 年代流行过"诗是生活的反映"命题，加上当时普遍认同的车尔尼雪夫斯基"美是生活"[1]的定义，一并奉为金科玉律，确实影响了一代诗风。直到七八十年代，才有了"诗要表现自我"的说法。后来流行起一个新的命题："诗是生命的一种存在方式。"与此相应的有朦胧诗与后朦胧诗。显然，这些都反映了在诗人主体与客观世界的相互关系上的两极摆荡。特别是对这两个命题的片面理解，更加剧了这种摆荡。

"诗是生活的反映"命题，大体正确，但失之粗疏，容易将掌握世界的审美方式混同于实用方式或理论方式。50 年代不少诗人面向生活，深入生活，获得清新而喜悦的灵感，这是极好的创作基础。可惜往往浮浅理解"反映"的涵义，只将生活的表象直接往纸上搬，轻忽了诗人主体的能动作用，轻忽了以审美方式掌握世界的特殊性。

80 年代的不少诗人起来强调表现自我，是对于 30 年来诗歌弊病的一种救治；进而提出"诗是生命的一种存在方式"，是对于"表现自我"理解的深入，也大体正确。但同时出现了另一种偏颇，一味强调诗人主体的自我体验，甚至排斥深入生活、直面人生，等而下者只是制作一些轻浮空洞的纸花。生活永远是诗美创造的第一源泉。连歌德也曾告诫："要面向现实世界，设法把它表达出来。""要是他只能表达他自己那一点主观情绪，他还算不上什么；但是一旦能掌握世界而且把它表达出来，他就是一个诗人了。此后他就有写不尽的材料，而且能写出经常是新鲜的东西，至于主观诗人，却很快就把他的内心生活的那一点材料用完，而且终于陷入习套作风了。"[2]

值得注意，90 年代有一种虽不强大却颇为可喜的趋向：追求诗人主体与客观世界的融合。比如，王家新的《诗》，一开头说，"在长久的冬日之后 / 我又看到长安街上美妙的黄昏 / 孩子们涌向广场 / 一瞬间满城飞花"，似乎纯然客观生活场景的再现。第二节却是"一切来自泥土。在洞悉了万物的生死之后 / 我再一次启程 / 向着闪耀残雪的道路"，诗人厕身诗境，且使生活场景虚化。尔后便主体情意与客观景物相互深入而交融，凸现了"日夜兼程朝向家园"的主旨。不是单纯客观景物的再现，也不是纯粹主体情意的表现，而是将两者自然地交合起来，使诗人主体与客观世界打成一片。王自亮的《巴蜀人》，开头是"蜷伏着，多少年来 / 用滑竿抬走贫困，那是巴蜀人 / 欲雨的雾，调子灰蓝的光芒 / 山城矗立，火把疾驰"，将巴蜀人及其生存环境通过诗人的主体感受概括地凸现出来。第二节，诗人以稔熟者的回顾展现巴蜀人多彩的历史画面。末节又回到目前的川江："波浪像合唱团的全体歌手 / 深沉地吟哦起来 / 巴蜀人，松明一样兀自燃着。"全诗致力于诗人主体与客观对象相融合，人与其生存环境相统一。一些实力诗人已逐渐觉悟到，诗的表现生命体验，不可能只是单向地一味向内心挖掘，否则一泓无源静水难免发霉或枯竭。基于 90 年代新诗的这一趋向，我想提出一个新的命题："诗是人的一种审美的生存方式。"

诗是人的一种审美的生存方式，诗是生命的一种存在方式，诗是生活的反映，三个命题并不截然相悖，而是相互包容、基本一致。但在关键词上又显然有别，生活、生命、生存，一字之差，所指的诗人主体与客观世界相互关系的清晰度与准确性，迥然不同。生活是生命的展开和过程，归根是相一致的东西，但反映生活云云，往往会对反映与生活作双重的误解，容易只偏重客观世界一面。生存方式实即生命的存在方式。但若只着眼于生命，只着重于内心体验，而置存在一词已隐含的环境之义于不顾，便会偏重诗人主体一面，而导致极端主观性与个人化。生存方式则明指生活环境的不容忽略，利于将人的存在就生命需求与生活环境两方面综合观之，不得不注意诗人主体与客观世界的和谐统一。

诗是人的一种审美的生存方式，试图更为深入地揭示诗的本体、本质、本性，从而特别强调：首先，从生命本体上突出以审美的方式掌握世界，从形而上层面瞩目对人的终极关怀，有利于诗美蕴涵的凝重与深广。其次，在诗人掌握世界的方式上，更自觉地将生命体验置于现实生活中，追求在客体主体化与主体对象化的双向过程中，在重视客观观察基础上深刻感受、体验与启悟，有利于诗美表现的主客观相谐和，诗美质体与生命同构。最后，由于语言也是人的一种生存方式，诗美与诗语言实质上同一。将人的生存方式予以情感化、感悟化、形式化和符号化，便是诗语言亦即诗美的实际创作过程和归宿。诗是人以生成性语言去审美地掌握世界的一种生存方式。这种生存方式最富于创造性，诗终究以创造为本体。

25. 诗：追问与求索

夸父与日逐走，是中华民族自强不息、永远求索的集体无意识的原形。他永远不会衰老，更不会道渴而死。失去青春与干渴而死的是他的手杖。而邓林竖起无数新的手杖。深入体内的时间与空间给他以不息的驱迫。但他永远捕捉不到太阳。

西西弗是西方的夸父，更突出了徒劳的永恒。但他比推上又滚下的巨石更坚硬而有力量。加缪说得好："造成西西弗痛苦的清醒意识同时也就造就了他的胜利。不存在不通过蔑视自我超越的命运。"[3]

诗正是为寻找家园而流浪或追日或滚石的苦痛的清醒意识。大诗人的作品中无不充满追问与求索精神。《天问》问天，一口气问了170多个问题。"遂古之初，谁传道之？上下未形，何由考之？冥昭瞢暗，谁能极之？冯翼惟象，何以识之？明明暗暗，惟时何为？阴阳三合，何本何化？"从宇宙、时空、阴阳问起，俨然上帝气派。《离骚》则云："驷玉虬以桀鹥兮，溘埃风余上征。朝发轫于苍梧兮，夕余至乎县圃。欲少留此灵琐兮，日忽忽其将暮。吾令羲和弭节兮，望崦嵫而勿迫。路漫漫其修远兮，吾将上下而求索。"上天下地，唯美人佚女是求，孜孜求索无已。作为中国历史上第一位大诗人，屈子留下永恒的伟大启示：诗本体即在于追问与求索。

追问什么？宇宙生命的本真意义。太史公曰："亦欲以究天人之际，通古今之变，成一家之言。"[4]即是此意。《史记》乃无韵之《离骚》，一部伟大史诗。保罗·高更自杀念头定后，日夜赶作最后一幅油画，题曰：

我们从何处来？

我们是谁？

我们往何处去？

此画又何尝不是色彩的诗篇？症结在于这些横亘天人之际的根本问题，谁也无法给出终极的答案。地球上世代相续的哲人、诗人们永无休止的追问，即构成答案的历史形态，真、善、美、信相交合的生命与诗的本体。

追问即是求索。求索是行动上的追问，追问是思想上的求索。歌德即是浮士德。真正的诗人都是浮士德。浮士德与梅非斯特签订合约："如果我对某一瞬间说：'停一停吧！你真美丽！'那时就给我套上枷锁，那时我也情愿毁灭！"[5]诗人的这种合约早已签订于前生，且永世无法撤毁。要旨即在于永不停驻地求索。求索是创造的动力和过程，亦即创造本身。

诗是人类拯救自己的闪光花环，在寻找家园的永远流浪中定位自己的本体、本性。流浪的罗盘与舵轮只能是追问与求索。就诗美的本体的生成而言，诗是生命的体验、创造与超越。生命体验是诗美创造的动因与基础。"体验"一词，在中国诗评诗论界，自20世纪80年代中期以来，其使用频率极高。但因其与诗的本体论与创造论关系极大，仍有予以深究之必要。

可以从认识论与本体论两个层面去理解体验。从认识论看来，体验与观察、实践在主客体相互关系上有别：后两者主客体相互对峙，而前者则浑然同一。观察是主体显然在客体之外，进行观照与考察。主客体作为反映者与被反映者截然相互外在。实践是主体对客体进行变革，深入客体内部，显然有利于观察的深入，也为体验提供了客观基础，但还不同于体验，仍然是主客体互为他者，相互作用。体验以与实践不同的方式深入到客体内部，即以想象的方式、移情的方式、自居的方式进入客体，从而使主体与客体同一。比如，对于一匹马，观察只能观其形状，察其习性。实践，通过饲养、解剖及其他，为观察提供远为深刻全面的基础，但也仅限于此。而体验是体验者将自己设想为马，使自己直接具有马的生活与感受，用得上一句成语：设身处地。最主要最不可或缺的体验，则是自身的生命体验，自我体验。这是主体能够体验一切客体的内在基础。可见，就认识论而言，体验具有五个特点：一、不同于观察的主客体相互外在，而是主客体相互深入。二、不同于实践的主体施加质体性的变革于客体，而是主体以联想、想象、幻想、同构、同化等方式，使非人客体人化，使所有他者化作自我。三、实践与观察都可以排除情感的作用，而体验必须以情感为内驱力，为融合主客体的内在要素。四、在整体观照与感情幻化的前提下，客体进入主体、主体进入客体，相互并吞交融，而臻于主客体的直接同一。五、体验者以实践、观察为客观基础，而极大地发挥了主体的能动性，以主体的灵性照亮客体，灵化客体。

从本体论看来，观察只停留在认识论范畴，只作为人的一种机能而存在。实践与体验都具有本体论意义。但人的实践本体着重以求善的实用方式和求真的理论方式掌握世界，而人的体验本体则以求信的信仰方式和求美的审美方式掌握世界。实践本体着重于物质性，体验本体集中于精神性。人的生存与发展固然离不开实践本体，但人的超越与升华则有赖于体验本体。体验是一种融知、情、意、欲为一体的总体生命形式，是理智与情感、理性与非理性、意识与无意识的统一，是一种寻求意义、赋予意义、追问求索的精神活动。人之所以为人，其本体首要在于实践，而超越必待于体验。

明乎此，体验在诗美创造中的主导地位便毋庸置疑。体验活动贯穿于诗美创造的全过程，体验成果凝结为从内涵美到表现美的诗美整体。诗美创造的生命体验，其核心即在追问与求索，内涵美的深沉追问，使诗与生命同构。海德格尔认为每个伟大的诗人都只有一首"独一的诗歌"，"走向这首歌的漫长道路本身乃是诗意地追问的道路"[6]。诗意的追问、求索在生成性语言内部进行。因为语言本原的属人性质，同时意味着人生在世的基本的语言性。而诗又是超语言的语言艺术。生命在无尽的历史进程中溶化自己，完美自己。"艺术结构与生命结构的相似之处"，使艺术品看上去像是"一种生命的形式"[7]。作为艺术皇冠上的明珠，诗尤其如此。西美尔在《现代文化的冲突》中指出："生命能够以它自身选定的主题直接表现它自己，而不需要任何传统和固定的形式，为了保持自身与思想的完整性，它必须摆脱一切被规定和预先被规定的形式。"而诗美本体即在对于人与美的本源、本质、本性的不断追问、求索中生成与发展。

26. 诗：呼号与沉默

诗不能给予，只能唤起。呼号是诗的必然。沉默是更深沉而有力的唤起。

诗美创造并未完成于诗人创作之时，必有待于受者的二度创造。诗是一种对话。首先是作者与宇宙人生对话，然后是作者与受者对话，最后是受者通过作者与宇宙人生对话。此一对话流程畅通，诗美创造即告完成。诗人将自己的生命体验熔铸于诗，唤起受者与自己相似的体验。受者的再体验虽不会同诗人的体验完全相同，但总有重合部分，大体相类，其要点在于由读诗而被唤起。

其实，诗人作诗时并不心心念念想着唤起受者，或者说，他心目中的受者往往是自己。他只在唤起自己，甚至连自己也溶化在诗的兴会里。诗美创造往往是最真诚的独白，最痴迷的自言自语。他在生命体验中有一种深切的感受，偶然的会心、独领的感悟、勃兴的情感、奇妙的美感，或悲哭，或大笑，或长吁，或怒号，或多种情感色调杂陈的莫名冲动郁结于胸，犹如怀胎十月的婴儿躁动母腹，非诞生不可。诗人常有情不自禁的呼号。

但是，正是诗人的这种自我呼号，对受者最能唤起。其奥妙司马迁早已察觉。他在《屈原贾生列传》中指出："夫天者人之始也，父母者人之本也。人穷则反本。故劳苦倦极未尝不呼天也，疾痛惨怛未尝不呼父母也。屈平正道直行，竭忠尽智以事其君，谗人间之，可谓穷矣。信而见疑，忠而被谤，能无怨乎？屈平之作《离骚》，盖自怨生也。"反本呼号，尽人皆然。诗的本质即在于反本呼号，故能通于众人之心。年轻的郭沫若又从另一角度揭示其秘。他在《女神·序诗》中说：

> 女神哟！
> 你去，去寻那与我的振动数相同的人；
> 你去，去寻那与我的燃烧点相等的人。
> 你去，去在我可爱的青年的兄弟姊妹胸中，
> 把他们的心弦拨动，
> 把他们的智光点燃吧。

诗的唤起作用，其本根在于诗人建构自己的诗美创造主体，凭自己的心弦振动数和智光燃烧点等同于最广大的读者。这有赖于诗人平时的以气质为核心的修养功夫。在作诗时只作为情不可已的呼号，致力于唤起自己，唤起自己的良知与良能、情感与理智、理性与非理性、意识与无意识，以至沉睡在精神领域最底层的集体无意识，他就能不期而然地跟最大多数的人对话。愈是独语愈成对话，这是诗美创造的一个本体性的绝妙悖论。

另一个更为深刻的悖论：最能唤起众人呼号的是沉默。海德格尔

认为："在纯粹所说中，所说独有的说之完成乃是一种开端性的完成。纯粹所说乃是诗歌。"[8]维特根斯坦则说："对于不可说的东西必须沉默。"诗的独语与对话、呼号与唤起，其本体是生成性的诗化语言。套用一句基督教的话语，诗美即是"言成肉身"。瑞士基督教哲学家巴尔塔萨在《圣神逻辑学》中说"上帝为何不降身为天使或为世界本身，却偏偏为肉身，为血肉之躯，让肉身与上帝同在，并赞美它"。撇开这句话的宗教神学含义不说，只作为一种隐喻象征的借用，上帝之言与肉身的统一，正是诗美本体。一方面是语言，是蕴涵丰盈而玄远的语言，是博爱与救世的神性；一方面是肉身，是情感深挚、形象生动、形式灵妙的诗美感性化的血肉之躯。必须是两者的统一，方成为诗化的语言，或曰语言化诗美。但是，诗语言必须纯粹，而归于沉默。

是的，诗正是不可言说的东西。一说，诗之灵妙气韵便会走样甚至丧失。犹如道、禅、神性，在本质上是无法用日常语言言说清楚的，必须受之于直觉的启示感悟，所以禅师往往干脆就用棒打或猛喝。但是，诗毕竟是诗。诗的启悟与诗美享受一体，且其媒介与本体合一，筌与鱼同体，即是诗化语言。诗这种超语言的语言艺术，无法离开日常语言而超越而神妙。这是诗美创造的难处，更是它的妙处。诗是以非说不可的独特言说表现不可言说的东西。

出路只有一条，将现有的日常语言予以诗性改造。这种改造只能是个体化的，每一个诗人、每一首诗都必须进行独创的语言的诗性改造，且将其最后完成留给每个受者。而其改造的目标是纯粹。所谓纯粹，包括三个要点：一是有趣味，可以沉浸于诗味的审美享受；二是能启悟，可以在诗美陶醉之中获得对于宇宙人生之新启悟；三是省言语，以最省净的语言文字涵蕴最丰盈的审美享受与启悟。愈趋于这三个要点，愈见诗化语言之纯粹，愈见诗美之纯粹，而其极限便是沉默。

鲁迅在《故事新编·出关》中写孔、老两位先哲会见，在作了简短对白之后，大家都从此没有话，好像两段呆木头。大约过了八分钟，孔子这才深深地呼出了一口气，就起身要告辞，一面照例很客气地致谢着老子的教训。两位大哲人的相对默坐，正是最好的心灵相互唤起，最好的对话。《庄子·天运》云："孔子见老聃，归，三日不谈。弟子问曰：'夫子见老聃，亦将何规哉？'孔子曰：'吾乃今于是乎见龙。龙，合而成体，散而成章，乘乎云气，而养乎阴阳。予口张而不能嗋，予又何规老聃哉！'子贡曰：'然则人固有尸居而龙见，雷声而渊默，发动如天地者乎？'"不错，诗的语言本体即在于渊默而雷声。

27. 诗：流浪与家园

蛇诱惑夏娃。她和亚当偷吃了智慧树上的果子，人类遂有原罪，被逐出伊甸园。亚当与夏娃生了孩子该隐和亚伯。该隐杀了亚伯。耶和华说："地开了口，从你手里接受你兄弟的血。现在你必从这地受咒诅。你种地，地不再给你效力，你必流离飘荡在地上。"[10]博尔赫斯《创世记·第四章第八节》说：

> 那是在原始的荒野，
> 两条胳膊抛出一块巨石，
> 没有喊声，只有血，
> 那是第一次有了死亡，
> 我已经不记得我是亚伯还是该隐。

我们都是亚当与夏娃的子孙，是亚伯也是该隐。

人类从始祖开始，便失去了家园，永远流浪。在永远流浪中回返家园，是诗的神圣使命，也是诗的灵魂与骨血，诗的本性，诗的本体。

智慧树并不生长在伊甸园里，或者说，伊甸园不在天上。上帝创造的并不是人，只是人形动物，伊甸园中的亚当与夏娃，只有在摘取并嚼食了智慧之果以后，才是文化的动物，人类创造的文化创造着人本身。动物是单纯的自然存在物，只有人，既是自然存在物，又是人化自然的创造者。人有两种遗传因子，DNA：生物的与文化的。

但是，文化又是制造人间罪恶的凶器。该隐用以击杀亚伯的巨石，正是文化。人类在不断发展自身的历史途程中，同时又在每时每日重演着该隐与亚伯的故事，自相残杀，自我戕害。愈是文明，愈是现代，愈更隐蔽，愈演愈烈。地球上的公害犹如飘浮挪亚方舟的汤汤洪水。物质文明和科学主义的万吨汽锤与激光手术刀，将立体的活生生的人性压平、击碎、肢解。尤其是后现代主义的解拆深度、消解历史意识、消除审美距离和销蚀主体精神，使人的精神领域荒芜成堆放垃圾的广场。巨大的焦虑与不安定感成为现代、后现代的世纪病，驱使人们直奔兽性大作、发疯或自杀的边缘而茫然无知。现代人几乎成了发疯的金钱豹，浑身金钱叮当作响嗜血成性，张牙舞爪，相互扑杀，以嚼啮同类为乐事，然后穿上红舞鞋旋转不已。其惕然醒觉者瞥见鲁迅所立苔藓丛生的《墓碣文》：

> 于浩歌狂热之际中寒；于天上看见深渊。于一切眼中看见无所有；于无所希望中得救。……
>
> 抉心自食，欲知本味。创痛酷烈，本味何能知？
>
> 痛定之后，徐徐食之。然其心已陈旧，本味又何由知？
>
> 答我。否则，离开！……

而死尸已在坟中坐起。瞥见者能疾走逃离吗？

人文精神是避弹衣、防毒面具和挪亚方舟。

人文科学（拉丁文词源 humanitas，意即人性、教养），一般指对社会现象和文化艺术的研究与创造，包括语言、文学、音乐、美术、建筑、历史、哲学等等。文艺复兴时代借人文科学以高扬人文精神，肯定现世人生的意义，要求个性自由，人性解放，提倡属人的东西和以人为中心。人文精神的核心是对人的终极关怀，是人的自我实现与超越，人的全面发展。

人的全面发展是人类真正的家园，不仅是精神的家园，也是生命本体本真的家园。人在全面掌握世界中全面发展自身。真、善、美、信是人的本质、本性、本体赖以确实存在的四极。掌握世界的求善的实用方式，固然是人赖以生存和发展的基础，但又须从求真的理论方式、求信的信仰方式、求美的审美方式三个维度超越，人才能不异化、退化为非人，才能趋于全面发展而回返人类真正的家园。

审美活动以超越功利的形式求取超级功利，在将主体生命熔铸于客体的过程中，使生命主体获得净化与升华。在这个过程中，主体与客体的以二分法相对待的界限逐渐泯灭，客体激发主体情意，主体又移情于客体，两者相互撞击振荡，相互深入渗透，凭借联想、想象、幻想而使主体与客体、人与天、物与我融合为真幻莫辨的审美世界，使审美的认识与实践、理想与现实、创造与欣赏合为一体。在这个过程中，人最自由、最潇洒，超然凌越于世俗的实务，进入身心怡悦的美妙境界。在这个过程中，人可以获得天人浑一、物我两忘的审美的诗的高峰体验。

广义地说，美与诗同一。狭义地说，诗是美的语言创造。诗的创造与再创造过程，就是审美地即艺术地掌握世界方式的实现。诗，作为审美创造的成果，将人的生命自由的象征结晶为生成性语言。于是，人藉此获得美化与升华，回返人类真正的家园。但这是个体性与暂时性的回返，永远的流浪仍然是人的宿命。不过，人愈是永远流浪，愈是渴求回返人性的家园。因此，诗，诗美创造，是人的发自本性的内在需要。那种以为诗在现代社会必定沦落乃至消亡的浅薄之见，实质上是后现代主义消解人性的悖谬，正属于应救治之列。

在回返家园与永远流浪之间，诗定位自己的本体、本性。诗乃人类拯救自己的闪光花环。

28. 诗：受难与有福

耶稣对门徒说："若有人要跟从我，就当舍己，背起他的十字架，来跟从我。因为凡要救自己的生命的，必丧掉生命；凡为我丧掉生命的，必得着生命。"[11]倘若将耶稣改成缪斯，这段话也是真的。真正的诗人必为殉道者。诗人之道便是诗美。诗美只能包含不能归结为哲学与宗教之道。宇宙人生之道必须在情感中溶解，在形象与形式中结晶，且直接羽化成语言，才能成为诗美。

背起十字架去殉道，即是自甘自愿去受难。人生写诗受难始，且与苦难至死难分离。欧阳修在《梅圣俞诗集序》中说：

> 予闻世谓诗人少达而多穷。夫岂然哉！盖世所传诗者，
> 多出于古穷人之辞也。凡士之蕴其所有，而不得施于世者，
> 多喜自放于山巅水涯之外，见虫鱼草木风云鸟兽之状类，往
> 往探其奇怪，内有忧思感情之郁积，其兴于怨刺，以道羁臣
> 寡妇之所叹，而写人情之难言，盖愈穷则愈工。然则非诗之
> 能穷人，殆穷者而后工也。

这话也对也不对。穷为穷达之穷，指不能当大官，不能施展自己抱负于世间。欧阳修所说诗"愈穷则愈工"，不无道理。这有两个原因。一是穷者胸中有所郁结，不平则鸣，言之有物。这个道理司马迁和韩愈都说过。太史公举实例："屈原放逐，乃赋《离骚》；……《诗》三百篇，大抵贤圣发愤之所作也。此人皆意有郁结，不得通其道。"[12]韩文公打比方："大凡物不得其平则鸣，草木之无声，风挠之鸣；水之无声，风荡之鸣……金石之无声，或击之鸣。人之于言也亦然，有不得已者而后言，其歌也有思，其哭也有怀。凡出乎口而为声者，其皆有弗平者乎！"[13]二是穷者多有闲暇，亲近大自然，体物易精。这当然是尚有饭吃的穷者，否则连诗也作不成了，遑论工拙。实质上这里的"穷"是与"达"相对待，指当不了官，无法兼济天下。内有郁结，外精体物，缪斯最乐于造访，故诗"殆穷者而后工也"。

不过，诗亦确能穷人。或者说，真正的诗人，都是老天爷注定他受穷的。诗的掌握世界的方式是艺术的即审美的掌握方式，不同于实用的掌握世界的方式。诗人特别真诚，特别富于情感，特别喜爱大自然，特别善于意象思维，敏于语感的气韵。但也因此，对于世间的俗务显得特别笨拙，不善于处理人际关系，做官或经商皆非其所长。诗

人往往清高自傲，而其耿直与聪明适足以放大他的迂愚，更易于得罪人。他时时沉湎于诗美世界，而在现实世界中显得丧魂落魄。他的"少达而多穷"岂不理所当然？不过，少数达而诗仍工者的例外还是有的。

问题更在于诗人必须具备悲天悯人的仁爱胸怀，"俨然释迦基督担荷人类罪恶之意"[14]。对于人间的种种不平、各式荒谬，不断上演的大小悲剧，诗人也往往激动不已。"风乍起，吹皱一池春水。"[15]这对于常人，确系"干卿何事"，但在诗人，便兴起一首绝妙好词。"风里落花谁是主？思悠悠！"[16]提出这种傻问题，且继之以悠悠之思者，除了诗人和诗人气质的哲人，还会有谁？无怪乎诗人之心往往如丁香，"空结雨中愁"了。诗人，尤其是大诗人，用得上《庄子·齐物论》中的一句话："天地与我并生，而万物与我为一。"但哲人庄周藉此而放达，作逍遥游。而诗人却将天地万物所受之苦难，荷集于一己之身，怎不痛苦万状，无时可已！他要拯救人类，解除痛苦；但又穷极潦倒，手无缚鸡之力，心与力几乎处于两极，因而加倍受难。

诗人这种基督式的受难，亦深切地表现于诗美创造的过程中。从诗思的混沌到豁然开朗，从情感与情绪的莫名涌动到突然为某种启悟所照亮，从情怀的郁结到生动意象的浮想联翩，从诗美内涵的生成到诗化语言的创造，几乎每一步都会碰上困难，尤其是语言的痛苦非个中人无法知晓。每一首诗的创作都如一个产妇之临盆，阵痛在所难免。也有脱口而出的短诗创作，不过是在无意识中作了较长时间非自觉的酝酿。但就作诗的总体而言，无不呕心沥血。诗人往往短命，虽关乎其生活之受穷，亦非与此无关。

但是，真正的诗人有福了。诗人在受难中获福。诗美创造的同时便是诗美享受。这是最高品位的享受，远超乎肉体感官享受的上界享受。当其臻乎极致，便能进入诗的高峰体验，进入主要复合着情感的、妙悟的、价值的、审美的、创造的和生命的六种高峰体验的超级高峰体验，因而获得人间的最高福祉。

诗人以献身诗美创造作为生命自我实现的方式，是他们根据先天与后天的主客观条件所作的自由选择。叔孙豹云："豹闻之：太上有立德，其次有立功，其次有立言。虽久不废，此之谓不朽。"[17]传世的诗作留下万古常新的审美对象，以无言之言净化、美化、静化人的灵魂，为人类寻找精神家园，融立言、立德于一体，即是诗人在世上建立的一种艺术文化的功业。诗人倾注自己的生命于诗中，其生命亦藉不朽诗篇以长存。这是诗人永久的获福。即使退一万步说，诗人的创作未能传世，甚至在当世亦不获发表，但只要诚心创作，在诗美创造过程中亦可愉悦自己，美化自己的灵魂，崇高自己的人格，亦不失为一种高级的享受，有意义的人生。

从诗人的受难与有福去理解诗美本体，从流浪与家园、追问与求索、呼号与沉默诸多不同维度去理解诗美本体，是一种求心的掘进与探究，在它们前方的交点，便是对于诗美本体的立体的活生生的理解。

29. 诗：生命的体验

诗是人的生命体验。人在与自然、与社会、与自身三种关系的交汇点上，生成并显现自己的本质。人的生命体验，便是向自然、社会和自身三种维度的汲取与深入。

最初始也最深层的生命体验，是人与大自然的亲子关系。这是比死亡更为永恒的天然连结，是注定的命运。人只能依靠自然、顺从自然而维持生命，发展自身，繁衍族类。要征服、奴役、掠夺自然，向自然强行索取，每一次都会受到应有的惩戒。天人合一终究是唯一可取的生存方式。作为生命的体验，诗凭直觉与大自然相亲相爱。大自然与诗互相渗透，互为内容，厌弃大自然便是厌诗本身。返回自然是诗的本能追求。翻开《诗经》，第一句便是："关关雎鸠，在河之洲。"是恬美而悦乐的自然景色。即使艾略特《荒原》，也无法弃绝自然。它的开头依然是："四月是最残酷的月份，在死地上／养育出丁香，扰混了／回忆和欲望，用春雨／惊醒迟钝的根。"在诗中，最迟钝的根也渴望春雨的惊醒。诗的生命意识，在底层，作为深厚的土壤，是人与自然的和谐，是亲切依恋的天人相与。

　　人愈向大自然深入，便愈感到自己生命存在的渺小与短暂。太阳是宇宙间无数发光星体中的一颗，地球是它的一颗小行星。而人，只是这个小球体上一百多万种动物中的一种，况又"年命如朝露，人生忽如寄"[18]。但在这茫茫宇宙中，迄今为止，唯一能反思自身的渺小与短暂的只有人。人是宇宙的原点。人以精神的慧光球面放射，透越宇宙之外；又在自己灵魂内部，开拓了一个足以包容宇宙的精神世界。渺小与伟大，瞬间与永恒，两对矛盾交织于人的生命意识之中，造成永久的心灵激荡。这便是深入诗美意蕴内核的宇宙意识。它在本质上是一种人生慨叹。曹孟德的横槊赋诗，陈子昂的怆然涕下，李太白的举杯邀月，苏东坡的以酒酹江，无不因此而发。郭沫若的《凤凰涅槃》，郭小川的《望星空》，艾青的《光的赞歌》，杨炼的《飞天》，亦皆有感于此。生命的体验到极深处，有一种悲凉的虚无感，再透进更深层，又是一种汇滴水于大海的为群体演进而奉献的奋发而恬静的境界。作为生命意识大背景的宇宙意识，其实质是穿越人生虚无的一种对永生的执着追求。

　　作为自然的高级生命体，人的深层本质仍然蛰伏着自然属性、人的本能。弗洛伊德在《自我与本我》中"把本能分为两种。一种是性本能或叫作爱的本能"，第二种是"死的本能"。其实，归根到底只有一种本能，便是生的本能，要生存，要繁衍，要发展。死的本能只是生的本能的负值表现。人是一切动物中最社会化的动物。在社会实践中，个体与个体、个体与群体、群体与群体之间，不同的愿望与努力难免发生摩擦与冲突，形成各种社会矛盾与斗争。它深隐着死的本能、憎的本能。但人们之间的相互依存、相互需要是更根本的一面，它体现了生的本能、爱的本能。首先是性爱，同时也有亲属之爱，师生、朋友、同道，以及对于民族、国家、人民乃至人类之爱。就内在的心理层面来说，个体与群体的矛盾即体现为自我意识与使命意识的对立统一。诗中的时代精神、世界主义、人道主义等等，皆为使命意识的拓展与衍生。诗的生命体验归根结蒂是一种爱的体验。

现代人喜欢谈论孤独感与荒谬感。也有人说"真正严肃的哲学问题只有一个——自杀"[19]。现代社会条件下的个体的自我意识，容易陷入自我中心，或自我放逐，便会作茧自缚，与周围人群发生心理上的阻隔，更易产生孤独感。但是，"悲莫悲兮生别离，乐莫乐兮新相知"[20]，乃古今共感。"嘤其鸣矣，求其友声"[21]的合群需要，是人性更本质的一面。孤独感流露于诗中，已隐含打破它的潜在愿望。诗中的孤独感当有大小之别。大孤独感出自悲天悯人的博大胸怀，通向千万人的内心并使之净化。小孤独感纠缠于一己的琐屑与卑微，降低诗的格调。荒谬感是现代人的某种觉醒，人的世界正是在荒谬中包含着合理，在无序中体现有序，而且在总体上曲折地走向合理与有序。一个已经觉悟到荒谬的人，应当超越荒谬，从荒谬中解脱自身。在诗中表现某种荒谬感，也应是求解脱的一种方式。在现代西方，某些时期在一些特定的条件下，自杀几乎成了一种时髦。普拉斯的"死／是一门艺术，所有的东西都如此，我要使之分外精彩"[22]，一时成为广泛传诵的名句。当然，在某种条件下，自杀也是一种必要的抗争。但人生毕竟不能以自杀为唯一的或最佳的归宿，也不见得是强者的最高表现。

作为诗质体的诗美，以生命体验所得的生命意识为内涵，诗的情感情绪、意蕴意味皆由此而派生，而交融。人的生命体验，以宇宙意识为大背景，以人与自然的谐和为深厚的土壤，而赫然挺立于其上的是发自生之本能又深蕴社会内涵的爱。性爱是生命活力的自然体现。博大的人类之爱拓展了诗的胸怀。也有缘于热爱生活的对于非人性的憎恶，也有孤独感、荒谬感与死的意念等等，而真正深刻的生命体验，必然是这一切的超越。聂鲁达说："所谓作诗就是刹那间的严肃的行动，在其中有孤独与连带感、感情与行动，对自己或对人类的接近与自然神秘的启示成了对等的东西。"[23]确实，人的生命体验，殊途而同归，错综而整一。生命体验的大彻大悟，必然趋向美的升华、生命的超越，而归于生命的纯粹。以纯粹的生命入诗，便在根本上导致诗的纯粹。

30. 诗：生命的创造

诗是生命的创造，是人的生命力高激发态的一种审美的语言创造。诗的创造，需要对于人本身的深切的生命体验，也须同时进行文化、语言和诗美的三重创造。

人自己便是上帝、普罗米修斯和女娲。在作为生命展开的社会实践中，人创造着人化的自然、人的世界、文化的世界，也创造着人本身。如果说人的全部创造活动是一个椭圆，那么它的两个焦点便是工具和符号。马克思肯定了"富兰克林给人下的定义是 a toolmaking animal，创造工具的动物"[24]。卡西尔又"把人定义为符号的动物（animal symbolicum）"[25]。两者正可互补。创造性是"最重要的人类的特质"。"作为创造者的人"（homo creator），[26] 才显出与动物最本质的区别。诗正是人的最富于创造精神的最自由自觉的创造物。

作为艺术文化的诗，离不开自己的文化背景与文化传统，也不能不表现某种文化心态与文化内涵。艾略特主张"诗歌的非个人理论"，强调"诗歌是自古以来一切诗歌的有机整体"这一概念。指出"传统是具有广泛得多的意义的东西"，"不但要理解过去的过去性，而且，要理解过去的现存性"。甚至宣称在诗人的作品中，"不仅最好的部分，就是最个人的部分也是他前辈诗人最有力地表明他们的不朽的地方"。[27] 在揭示诗的文化性质上深刻而有力。但也有偏颇与流弊。后现代主义诗歌的"反文化"的"嚎叫"，在革除学院派典故生僻、文化积淀过厚、情性隐晦的诗风流弊与强调诗的独创性上，亦有其独特贡献。反文化联系着反传统、反语言、反诗，都包含着一定的艺术创新的合理要求。但任何创新都只有站在传统巨人的肩膀上，才能突出自己的高度。诗以独特的语言创造诗美，贡献于艺术文化的发展。

诗的语言必须是生成性的，创造性的。现成的会话语言较适用于表达意义，交流思想。但诗的主旨在表现有意味的形式和有形式的意味，创造诗美。"诗从本来意义上就并不是一种叙述，而是创造出来的作用于知觉的人类经验。"[28] 因此，诗创作不仅需要充分发挥现成语言内在的塑造意象、表现情感、滋生意味的艺术功能，更要从遣词、造句、谋篇上适当破坏现成语言的规则，有所突破，有所创新。它要创造一种迥异于普通语言的艺术符号系统，一种以语言为元符号的情感的审美符号系统。这是对语言的一种诗的超越。诗歌是在语言内部生成的。诗人往往"不是先想好了要写什么，然后再把它转换成语言"，而是语言创造与诗美创造融为一体，同时实现。"书写始终是一种试验。"[29]诗的语言有时是一种魔术的工具，只要把一个词放到从未有人想到位置上，便能产生令人惊讶不已的效果。诗的语言正是诗人创造力投放的一个焦点。

诗的语言创造的目的在于创造诗美。美是人的本质的对象化，是自由的表现。人总是要以自己的创造活动向自然、社会和自身争取自由，总是要自觉不自觉地将自己的生命力自由地熔铸于活动的对象。这熔铸表现成有意味的形式与有形式的意味的统一，便是美。克莱夫·贝尔认为美是"有意味的形式"[30]，比较适合于某些抽象的美术与音乐，倘若只偏重于"形式"而运用于语言艺术便露出明显的缺陷。有人说诗的美感来自语感的流动，"诗人只把直觉到的组合成有意味的形式，成为语感，他的生命就得到了表现"。[31]其实，语感虽是诗语言中极为重要的东西，仍不能代表其全部，而诗美创造亦不能仅仅归结为诗的语言创造。诗美的内涵是诗人的整个生命体，或者说是他所体验的人类经验。生命的呼吸不只灌注于诗的语感或诗的形式美，而是充满于诗的建筑美、音乐美、情感美和意蕴美由表及里的全体诗美，充溢于诗的整体语言呈现。

诗，艺术文化是一重创造，诗的语言又是一重创造，诗美质体更是一重创造。诗美质体凝结为诗的语言，又体现为艺术文化，三者基本重合但又不是全等，所处的层面不同。在创造实践中，三者可以完全融合，也可能出现某种偏离。三者都需要人的生命力的高度凝聚与尽心倾注。诗不能不成为人的生命皇冠顶上光华夺目的明珠。

诗创造的过程是人的生命展开中最令人心醉神迷的华彩段。它的全过程包括诗人创作与读者欣赏两个阶段。诗人创作又可分为生命体验的积聚期和灵感爆发的创造期。积聚期是通常所说的生活积累和情感酝酿。诗的生活积累当然离不开诗人的生活经历，更重要的是诗人在生活中的感觉、感触、感悟。诗的生活需要广度，更需要深度与强度。强度则体现着诗人的主体性的高扬，表征着诗人感受情感色彩的丰富性与浓度。诗人面对生活，应当有第三只眼睛、第三只耳朵，有第六感官。诗心与天地之心、时代之心、亿万人之心，要赤裸裸地碰撞与拥抱，融为一体。诗人的感觉要异常敏锐与独特，要善于保持原生态，要透过感觉有强烈的感知与深秘的感悟。诗人对世界是一种审美的情感的把握，有反映，有选择，有知觉，有体验，有顿悟，有评价，有创造。"在那刹那间我经验到的诗，与后来我所唱出的感觉，是真的有过还是只是一种诗兴呢？是瞬间的东西还是永恒的东西呢？我自己也不明白！"[32]这才是真正的诗化生活。它是主体与客体的交感交融，是意识与无意识、感性与知性、理性与非理性相互交错、相互协同的结果。当然，在灵感爆发的创造期更是如此，是进入了一种白炽化的濒乎迷醉的境地，进入了心理上的高峰体验。"其始也，皆收视反听，耽思傍讯。精骛八极，心游万仞。其致也，情瞳昽而弥鲜，物昭晰而互进。"[33]虽有选义考辞的语言痛苦，终获"粲风飞而飘竖，郁云起乎翰林"[34]的心手交畅之悦乐。读者欣赏阶段，程度上虽有差异，但在实质上同样需要经历类似诗人创作的两个时期。不过他与诗美创造之间已隔了一层中介：诗人创作的诗篇。他的创造活动受到诗本文的催发、促进与制约，是一种再创造。这种再创造也是生命的一种存在方式。

　　诗本文是诗人生命创造的结晶，本身也是一个有机的生命体。它也有自己的"活力"或"生机"，有自己生动的"气韵"，是一种"动力形式"，整个结构都是由有节奏的活动结合在一起的。诗是生命所创造的生命，又反过来创造创造者的生命。人创造诗，诗创造人。在这一循环往复以至无穷的创造过程中，人不断地因诗而向美升华。人不死，创造不死，诗亦不死。

31. 诗：生命的超越

超越是创造的精髓，没有超越就无所谓创造。超越是创造的动力、出发点和归宿。生命每秒钟都在创造自身，超越自身。作为人的创造之花，诗不可能不是生命的超越。

诗必须超越现实。并非要脱离现实，而是要深入现实又超越出之。现实如天地之包容，如大气之拥塞四围深入肺腑，即使要脱离也神仙乏术。王国维说："客观之诗人不可不多阅世，阅世愈深则材料愈丰富愈变化。""主观之诗人不必多阅世，阅世愈浅则性情愈真。"[35] 有鉴于叙事文学与抒情文学的区别，诗人须"不失其赤子之心"，也须不失之于不曾深察。阅世与赤子之心、材料与性情这两对密切相关的矛盾，可以且应该用另一种方式来解决。阅世深仍可葆其赤子之心。只有阅世深的赤子之心，才是超越繁杂庸俗也超越幼稚的成熟的赤子之心，才是丰赡的纯一，真正的诗人之心。同样，材料愈丰富愈变化也不碍作诗，反而是作好诗的深厚基础。艺术都是再现与表现的统一。但诗是飞鸟、云霞，不是蚯蚓或蝼蛄。诗在本质上是超现实的，它将外部现实与内部现实、客观事实的世界与主观理想的世界、现实与梦幻融为一体。诗人总是善梦者。在知觉客观现实的当时，便已自觉不自觉地将主观情感与某种理想投射于客观事物。在创作时，更从心象起飞，遨游于神奇的想象与幻化的天国。诗的真实注定了是一种以超越现实的幻景出现的深层的历史与时代的真实，直抵历史本质和事物的核心。

诗必须超越人生。而这种超越，并非要去出家坐禅或自杀。人的个体总是处于一定的生存圆中。它的圆心会有所变动，半径也会有所伸缩，但人天生是此圆中困兽。人有饮食男女之大欲，有生老病死之大限。人有升沉或成败之常态，有喜怒哀乐之常情。大欲不可去，大限无由破。常态亦在所难免，唯常情可因修炼而超脱或超越。诗的超越人生，不过是对于常情的一种诗化的升华，一种人生态度的净化、美化、静化。人生在世，庸庸碌碌，或争利，或争名，或争气，终或失利、败名、受气。也有成功的，名利双收，趾高气扬，终是受困于名缰利锁的俗物或浊物。但超越生存圆又是人的追求，其结果是圆心高度的上升与起伏曲折，其大趋势则为铁的必然。个人的生存圆真正扩大与上升，唯有一法：融个体于群体，轻俗物而重精神。个人的穷通得失、死生荣辱当置之度外，将自己的才智、精力、生命奉献于民族、国家、人类的群体。融渺小的水滴于大海的永恒。古人有立德、立功、立言之说。诗人之功多限于广义的立言。而立言之本终不离立德。人格的崇卑从根本上决定诗品的高下，这是无法回避或作伪的。诗人之所以高于俗人，正在于从精神上、人格上超越生存圆。诗的生命主体应归于精神的纯粹。诗的生命体验亦以此为旨归。

诗必须超越诗的艺术。不仅要使诗的艺术纯熟至于无技巧，更要使诗的艺术陌生化而至于不像现有的诗。中国诗从《诗经》、楚辞、乐府、古体、近体、词曲、新诗一路发展下来，不说内涵的意蕴情愫，单说句式与格律，都是一再将诗写得不像以前的诗。艺术的灵魂比水更为流泻不息，比火更为跃动不定，诗尤其如此。诗贵新，停滞或重复便是死亡通知书。诗可以在不同的层面上改革与创新；可以在意蕴与意味上出之以现代意识与时代精神，或在广度上大力开拓，或在深度上锐意挺进；可以在情感与情绪上变更色调，或在配比上神奇组合，或在浓淡上新妙独擅；可以在意象与意境上生面别开，或显特创的比喻象征，或构奇丽的诗美时空；可以在节奏音律上特谱新声，添造新的旋律、韵律或格律；可以在诗行排列上匠心独运，结构各种建筑美；更可以在几个层面同步创新，以求表里相得益彰。而所有这一切，都是在深谙传统诗艺基础上，或延伸，或断裂，或换向，有所因革，又锐意出新。不墨守成规，不目空一切，更不以无知与怪癖而自傲自喜。不因一阵喝彩而晕倒，不为一时冷落而自弃，唯知孜孜求新，多方探索。创造的精神，不断超越自身的勇气与奋进，一旦滞塞，诗人的艺术生命也便戛然而止。

诗的超越现实、超越人生、超越诗的艺术，总根于生命的超越。在客观现实与诗的现实之间，并非直接的简单的联结，中间隔着诗人主体的中介。诗人熔铸于诗中的对客体的认识，不是将客观事物简单地位移，妙肖地再现，而是予以着意变形，奇妙组合，精心创造。在表现客体中，诗人的主观情感与审美理想起到编剧与导演的作用。一首诗的创作过程，是诗人生命的一次诗的升华，诗的超越。超越现实、超越人生、超越诗艺实为三位一体，共同体现着诗的生命超越。

32. 诗：生命的立体呈现

人的生命是多侧面多层次的有机体，是物质与精神、生理与心理的统一体。作为生命的体验、创造与超越，诗应当是生命的立体呈现。

生命处于永恒的流动之中。人在创造与开拓人的世界的同时，也创造与开拓着自身的内部世界。人的日益发展的生命的立体性，体现于实践活动深度与广度的拓展，体现于人性本质的侧面与层次的增多，也体现于精神活动的意识、前意识、无意识、想象、情感与情绪的丰富与锐敏。诗并不单纯地呈现客观物质世界，或是主观精神世界。诗所面对的物质世界，照耀着精神的灿烂阳光。诗所沉潜的精神世界，矗立于物质的坚实大地。诗所呈现的世界可以有所侧重，但都是客体与主体的统一。

波普尔认为存在着三个世界：物理世界、精神世界和思想的客观内容世界。诗属于第三种。但它是迥异于科技产品和科学理论的艺术创造物，是人类精神之花。诗最富于精神性，又最具有生动鲜明的物质形相。诗的基础材料是意象和抽象词，用以构筑意境即诗美时空，呈现诗的审美世界。诗的呈现不仅是再现，也不仅是表现，是综合两者的创造。

对于诗，没有纯粹的再现。再现的最高要求显然是与原物完全一样。这不可能，也不成其为艺术。人物雕塑，可以造个与真人一样大小的，依旧不会说话和行动。要完全一样，只好请模特本人站到展览厅里去。可是这么一站，便不存在雕塑艺术了。任何艺术的本质，都是假，假得真，便是美。分歧集中在对真的理解上。再现派主张模仿客体，要逼真，惟妙惟肖，愈像愈好。但模仿说始祖亚里士多德也说，诗要像画一样，"求其相似而又比原来的人更美"[36]。这个"更"，便是要做假，或者说比真的更真。后来就发展出典型论来。即使像大观园这样"像画儿一般若照样儿往纸上一画"，也是必"不能讨好的"。还得像薛宝钗所说的，"该多该少，分主分宾"，要添、减、藏、露，这便有赖于表现。最严格的再现模仿，也无法完全排除表现。

对于诗，也没有纯粹的表现。诗的表现离不开意象与韵律。最奇妙的意象，最怪异的幻景，拆开来，其砖块无不由现实的泥土制成。比如，"满谷的鱼骸在祈雨的洞箫里流着黯淡的血"[37]，是离奇的幻象，但其中鱼骸、洞箫、祈雨、流血等等，又是寻常事物。"上帝凝成了屏幕上的星星／用宽大黑袍覆盖着那夜／我是一个很容易在衣褶中入睡的人"[38]，亦颇神幻，但其中除了上帝皆可见于现实生活。而上帝之类宗教或神话形象，仍然是以人间为原型的创造。一切超现实意象幻景，都可以找到其根植于现实的原始材料。一切艺术表现都以再现为基础，无不包含着再现。

为了创造诗美，必须将再现与表现统一为呈现。诗，确有偏于造境或写境的，但所造之境当合乎自然，所写之境亦应趋向理想，都是再现与表现以一定配比的融合，都是创造性的呈现。中国古典诗词讲求情景交融。好诗景语又皆为情语。"与其在悬崖上展览千年／不如在爱人肩头痛哭一晚"[39]，是情语，又何尝不是情状的再现？

人的认识，是基于实践的能动反映，是反映、选择与创造的统一。诗人有敏锐独特的感受，丰富异常的想象，有极为灵敏的灵视灵听等心灵感觉。诗的创作过程，有反映，有由情感与审美理想所控制的选择，更有在反映与选择基础上的创造。创造凭藉想象，重在组合。有意象的组合，更有全体诗美时空的组合。组合的元素大多来自客观现实的反映与选择，组合的方式则有赖于灵感驱动下的想象与幻想，高度发挥创造主体的自由自觉精神。于是，诗美创造便不可能不是综合再现与表现的呈现。

诗是生命的立体呈现。一要在呈现中融合再现与表现。二要呈现生命，呈现深入生活底蕴而又超越生活的纯粹生命。三要呈现生命向内宇宙开掘钻探的丰赡而深邃的立体性，呈现生命向外宇宙多方位伸展的全部丰富性与生动性，呈现生命的最强活力。这是导源于诗歌本质的审美理想，虽不能至，心向往焉。

33. 异趋的交汇：生命的纯粹

当年，各种异趋的诗观和诗作，正意兴未阑，各自趋向自己的极端。很少有人意识到前方有一众多异趋者的交汇点。

冷情绪。对浪漫主义热烈抒情的一种反叛。冷隽确也有味。现代诗从直接的感情抒发走向情感的表现，无疑是一种进步，但走到极端，便将诗作智力空间的单一归结。或者主张放逐一切情感的反抒情。而无情即无诗。诗人的情感真的冷到绝对零度，便什么诗都不会写了。

反意象。对意象派的一种厌弃。意象密度浓得化不开，一味追求表面的五光十色，琳琅满目，确也可厌。诗是一种生命的舒适。为七宝楼台而搜肠刮肚，岂不是太累？但反意象反到彻底，便成一片枯干的抽象，诗国岂不成了玄学的殖民地？

反文化。对学院派的一种鄙薄。诗中文化积淀太厚，性情晦隐，生僻典故的枯叶便会发出腐臭。且弄到佶屈聱牙，读诗成了自虐。好诗多空灵而纯净。但诗本身即是一种文化，反到头岂不反掉自己？

反语言。用口语写诗。用啤酒瓶去敲破夜光杯。口语能写出好诗，能明白如话又诗味盎然，能深入浅出。但用夜光杯去喝葡萄酒或茅台，又何尝不可？宣布只有啤酒才是酒，诗国未免寂寞。

纯语感。让诗向中国书法或美术音乐看齐。中国书法的美感无疑来自线条流动的气韵。音乐和美术也可纯粹到只有音响或线条色彩所组成的旋律。但诗不仅是"有意味的形式"，更是有形式的意味。诗的意蕴美虽然被人以各种方式去放逐，但诗与大自然一样惧怕真空。诗到语言为止。但语言可以与干瘪了的思想离婚，而溶于情、化为象的意蕴，以一片鲜美的青春，为诗语言的本能无法拒斥。

纯感觉。作为诗的源头活水，感觉直接通向大自然与广大人心。敏锐、新鲜、强化的感觉，是拨动诗弦的如花妙指。感觉是诗的酵母和培养基，诗的感觉应当从世俗的实用性和功利性脱胎出来。而在最佳感觉上的事物，也应当像埃利蒂斯一样，"认为它们具有纯洁和神圣的两重性"[40]。超现实主义者极其重视感觉，是在一定的角度和程度上窥见了诗创造的奥秘。但感觉又无法纯净成毫无意识、毫无理性蕴涵的空蝉壳。否则，诗的鸣蝉早已杳然飞去。

非理性。在诗创造的灵感喷发的高潮中，诗人会陷入失去自主的迷狂。此境早为柏拉图所发觉。他只能归结为："诗歌本质上不是人的而是神的，不是人的制作而是神的诏语；诗人只是神的代言人，由神凭附着。"[41]弗洛伊德揭开了潜意识的深秘，作了较为科学的解释。非理性的积极参与，潜意识的突然浮现，导致类似"自动写作"妙境的出现，确为诗人的衷心企盼。但如强调无理性而至极端，那诗只能蜕变为疯人的谵语。据说轻度精神病患者可能是艺术天才，但疯人院绝非诗人荟萃之所。

无警句。崇尚对诗的整体把握，成为有生命的活体。"有句无篇"确非好诗。而"有篇无句"，追求一种极端的朴素，一种简捷，一种气韵生动的有机整体性，确能臻于诗家的上乘。但标榜"无一句是诗，无一首不是诗"，便易成一种误解了。其实，生物体的任何一部分离开整体皆成死物。但当构成生命整体时，连一个细胞也是活的。只要全篇是诗，篇中之句，除了病句或败句，便不可能不是诗句。

体现种种诗观的诗作，都出现过好诗。碰撞是难免的，竞争理所当然。相互吸引和相互渗透，也在自觉不自觉地悄声进行。各有所长，又各有所偏。尽管五彩斑斓，杂声交作，不见大潮和潮头的驳乱无章的波峰四起，但明眼人已透过美丽或不美丽的混扰，瞥见内里，于众途异趋中察觉前方潜隐的交汇点：生命的纯粹。

是的，纯粹的生命，生命的纯粹，从最核心本根上袒裸了诗的本质。现今的中国诗坛，令人可喜的是不约而同地潜隐着四种互为表里的回归：诗的回归，感觉的回归，语言的回归，人的回归。当然，这些回归都不是真正回到始点，回到各自的原始状态；而是走向一个类似始点的新境地，一个前所未有的并将作为新始点的终点。

诗的回归。对纯诗的追求，几乎是各派诗人的共同目标。即使否认纯诗的诗人，也在努力追求诗美。不过，对纯诗的界定，却又各不相同：或为纯意象，或为纯情感，或为纯感觉，或为纯语感。其实，诗的质体是诗美。具体的诗即为互为表里的形式美、形象美、情感美和意蕴美以不同比例相融合的质体和一定的载体所构成。对纯诗的追求是诗人的文体自觉。

感觉的回归。原生态的感觉是一片混沌。其中现实与幻景、理性与非理性纠缠不清，音响、色彩、形象、情感与意义混淆难分，诗的光彩与巫的神秘融会一体。原始人的感觉多为粗陋的原生态，几乎都是诗人和巫觋。随着文明的发展，人的感觉为文明所浸染，更多地向理性发展，趋向抽象，讲求逻辑，注重实利。感觉中的音乐性、形象性、情感性、象征性和无理性极大地衰减了。感觉的回归，就是要重新强化其中偏重于艺术的这些特性。但又不是也不可能回到原始的粗糙。现代诗人的情感应当貌似混沌的原生态，但其中的形象已是现代风味，情感更为细致而复杂，意蕴更加宏富而深沉。不是排除任何文化积淀和理性，而是使之溶化无迹。

语言的回归。语言向科学化的发展，往往以牺牲其审美特性为代价。语言的回归，便是复活、强化和新创其音响、表象、抒情等审美特性。它与回归的感觉相互表里。它的内涵不仅在于语感的音乐性和情绪性，而且在于导源于感觉的形象、情感和意蕴的审美表现。可以说，诗美最终归结为广义的语言美。但诗的气韵生动又不能仅仅归结为语感。诗人的语言自觉是文体自觉的深化。

人的回归，是回归的诗的最后归宿，也是回归的感觉与语言的最后归宿。人的回归应当包括诗人的主体性的自觉与高扬，诗中人生的体验和人性感悟的体现，以及诗篇成为与生命同构的有机整体。正是这一切熔铸而为诗美。

34. 诗是存在的拓扑学

这个命题是海德格尔给出的。他说"但思之诗是存在真正的拓扑学。// 这一拓扑学告诉，/ 存在真正出现的行踪"。[42] 这段话的另一中译本则为："而运思之诗 / 实乃在之地志学（die Topologie des Seyns.）。// 在之地志学 / 以在真实到场 / 公布着在之行止。"[43] 两段译文的差异，关键在对 Topologie 一词的不同译法。而此词本来就有地志学与拓扑学以及局部解剖学诸义。海德格尔就喜欢采用多义词，在诸义间活动且兼而统之，只是苦了中译者。

拓扑学是数学的一个分支，研究几何图形在连续改变形状时还能保留不变的一些特性，它只考虑物体之间的位置关系而不考虑它们的距离和大小。如果两个图形之间有一拓扑变换存在，这两个图形就叫作同胚的图形。如果一曲面能变成另一曲面，它们就同胚。例如球面、立方形与椭圆面同胚。而地志学亦可包含大地形貌上的拓扑变换，在这两节诗中，海德格尔的 Topologie 的根本用意，则指"告诉存在真正出现的行踪"，或曰"以在的真实到场公布着在之行止"。这样，诗是存在的拓扑学这一命题的涵义便显豁了：诗以存在的真实到场，呈现存在的行踪，且揭示其变中的不变。诗是存在的拓扑变换，两者同胚。或者说，诗应当将存在的生命呈现为生命的存在。这是一个关于诗美本体与诗美创造的深刻命题。

存在着的人即此在，是"除了其他存在的可能性外还能够发问存在的存在者"[44]，是"这样一种生命物，它的存在就本质而言是由能说话来规定的"[45]。而"此在本质上就是：存在在世界之中"[46]。人总是且只能存在于环境之中，存在于社会环境和自然环境之中。人通过社会实践同自然和社会进行着物质的或精神的交换与交往，而语言即深居社会实践内层。此在的本质在于它的生存。人的生存有本真状态与非本真状态两种样式。然而"此在首先是常人而且通常一直是常人"[47]。"这个常人却是无此人"[48]，在芸芸众生中迷失自身。人生在世不免陷入生存的非本真状态。所以，"此在的存在即烦"[49]，且往往荒谬。而诗，即因此出现。

说到底，中外古今一切诗歌只有一个主题：表现人的生存状态，以求超越非本真而归于本真状态。所谓饥者歌其食，劳者歌其事，咏叹爱仇、生死、离合、祸福的悲欢，乃至为国之利病、民之休戚而歌唱，无不通向人的生存状态。从《诗经》、《楚辞》、汉魏乐府、唐诗宋词，到元人散曲、明清诗词、现代新诗，莫不如此；从古希腊抒情诗和史诗，到欧美现代诗，亦不例外。不论直接间接，诗总是要表现人及其世界的存在，也就是宇宙人生。诗歌有一种精神感染力，通过直接间接的受者，其影响可及于广大民众。"这种精神感染渐渐导致一种生存方式，一种理解世界的方式，及一种美化生活、改变现实的方式。"[50] 这就是诗歌无用的大用。

但是，诗表现人的生存状态，表现存在，采取一种特殊的方式，一种拓扑变换的方式。这正是诗美创造的要妙所在。这是变与不变两个方面的有机统一。

就变的方面来说，诗所创造的人及其世界大异于现实生活形貌。让·贝罗尔说得好：

> 吉约姆·阿波利奈尔曾说当人们想模仿人的行走时，他们便发明了车轮。而车轮与腿并不相似。同样，我们也可以说，当人们想表述人与世界，以及人面对世界和生活所产生的感情时，便创造了诗，而诗与日常语言迥然不同。[51]

就诗与存在的关系而言，存在着两种拓扑变换：情景的与语言的。诗源于现实又超越现实。诗，就其表现生活、表现社会历史的基本精神来说，是现实主义的；就其表现方式的基本途径来说，又是超现实主义的。诗是现实主义与超现实主义的统一。现代诗更偏重超现实主义，更远离对现实的径直模仿。现代诗在形貌上总是现实的投影、扭曲与变形。与此相应，诗语言亦与日常语言迥然不同。变的本真就是创造。诗人同步创造诗美和诗语言，在创造诗语言中创造诗美，亦在创造诗美中创造诗语言。

就不变的方面来说，"美是作为无蔽的真理的一种现身方式"[52]，而"真理的本质揭示自身为自由。自由乃是绽出的、解蔽着的让存在者存在"。[53] 让存在者存在，其本真状态即是自由。而自由是存在论之生存论真理的本质。在从存在到诗的拓扑变换中，生活的真理被绽出与解蔽，生存的自由被释放与追求。自由的真理，真理的自由，正是诗与存在的拓扑变换中不变的东西。诗正是以此追求超越生存的非本真状态而归于本真状态，归于生命的纯粹。

就这样，在诗与存在的拓扑变换中，有大变，有不变，为不变而大变，借大变求不变。在大变与不变的统一中，创造无法分离的诗美与诗语言，而诗的无言之言、非美之美、隐意之意、失真之真等先天痼疾亦因此产生，其疗救之道即为诗的拓扑变换。

诗是存在的拓扑学。

注释：

[1] 车尔尼雪夫斯基：《生活与美学》，人民文学出版社 1957 年版，第 6 页。

[2]《歌德谈话录》，人民文学出版社 1982 年版，第 96—97 页。

[3][19] 加缪：《西西弗的神话》，生活·读书·新知三联书店 1987 年版，第 158、2 页。

[4] 司马迁：《报任少卿书》，《评注昭明文选》卷十。

[5] 歌德：《浮士德》上，第一部第四场《书斋》，上海译文出版社 1982 年版，第 101 页。

[6][52][53]《海德格尔选集》上，上海三联书店 1996 年版，第 413、276、226 页。

[7][28] 苏珊·朗格：《艺术问题》，中国社会科学出版社 1983 年版，第 55、145 页。

[8]《海德格尔选集》下，上海三联书店 1996 年版，第 986 页。

[9] 维特根斯坦：《名理论（逻辑哲学论）》，北京大学出版社 1988 年版，第 88 页。

[10]《旧约全书·创世记》第 4 章。

[11]《新约全书·马太福音》第 16 章。

[12]《史记·太史公自序》。

[13]《送孟东野序》，《韩昌黎全集》，中国书店 1991 年版，第 276 页。

[14][35]《人间词话》，《王国维学术经典集》上，江西人民出版社 1997 年版，第 347 页。

［15］冯延巳：《谒金门》。

［16］李璟：《浣溪沙》。

［17］《左传》襄公二十四年。

［18］《古诗十九首·驱车上东门》。

［20］屈原：《九歌·少司命》。

［21］《诗经·伐木》。

［22］普拉斯：《拉扎勒斯女士》。

［23］［32］聂鲁达：《受奖演说》，《诺贝尔文学得奖者诗选》，中国文联出版社
　　　1986 年版。

［24］马克思：《资本论》第 1 卷，人民出版社 1975 年版，第 204、24 页。

［25］卡西尔：《人论》，上海译文出版社 1985 年版，第 34 页。

［26］兰德曼：《哲学人类学》，贵州人民出版社 1988 年版，第 242 页。

［27］《艾略特诗学文集》，国际文化出版公司 1989 年版，第 2 页。

［29］［40］埃利蒂斯：《光明的对称》，《国际诗坛》1987 年第 2 辑。

［30］克莱夫·贝尔：《艺术》，中国文联出版社 1984 年版，第 4 页。

［31］《诗刊》1989 年第 11 期。

［33］［34］陆机：《文赋》。

［36］亚里士多德：《诗学》，人民文学出版社 1962 年版，第 50 页。

［37］万夏：《空谷》。

［38］海男：《门下的风》。

［39］舒婷：《神女峰》。

［41］柏拉图：《文艺对话录》，新文艺出版社 1956 年版，第 38 页。

［42］海德格尔：《诗人哲学家》(彭富春译)，《诗·语言·思》，文化艺术出版
　　　社 1991 年版，第 19 页。

［43］海德格尔：《从思的经验而来》(孙周兴译)，《海德格尔选集》下，上海三
　　　联书店 1996 年版，第 1162 页。

［44］［45］［46］［47］［48］［49］海德格尔：《存在与时间》，生活·读书·新
　　　知三联书店 1987 年版第 10、32、17、159、157、280 页。

［50］［51］让·贝罗尔：《西方现代诗论》，花城出版社 1988 年版，第 685、
　　　680 页。

第五章
诗语言的特性

35. 诗美与诗语言的同异

诗歌与语言一同发祥于人之所以为人的本根。人是会说话的生命，又是会唱歌的生物。人创造语言，又为语言所创造。"语言产生自人类本性的深底。""语言不是活动的产物，而是精神不由自主的流射（eine unwillkührliche Emanation des Geistes），不是各个民族的产品，而是各民族由于其内在的命运而获得的一份馈赠。""语言与人类的精神发展深深地交织在一起，它伴随着人类精神走过每一个发展阶段，每一次局部的前进或倒退，我们从语言中可以识辨出每一种文化状态。"[1] 诗歌正是人类的精神之花。诗歌语言直接从原始语言发展而来。所以说"纯粹所说乃是诗歌"[2]。

在原始语言的发展历史中，逐渐分化出各具特质的多种语言：科学语言、会话语言、艺术语言。而艺术语言又可细分为散文语言和诗歌语言等。原始语言处于未分化的混沌状态，天然倾向诗歌语言。人几乎在会说话的同时就会唱歌。但原始语言的直接继承者是普通会话语言，主要用来在人际交往中说明事实，交流思想。在人类精神的发展历史中，真、善、美、信四种掌握世界的方式也相应地发展起来，乃有科学语言和艺术语言的产生。科学语言主要用来表述事实和真理，以求真为目的。艺术语言主要用来表现艺术美，以求美为目的。而以语言为介质与质体的艺术美，既有散文美，更有诗美。语言从一开始就选择了朝着诗歌或散文一个方面优先发展的方向，而终于发展成语言的两种表现形式。"诗歌从感性现象的角度把握现实，知觉到了世界的外在和内在的表现，但它非但不关心现实的本质特性，反而故意无

上篇·诗本体／

101

视这种特性；于是，诗歌通过想象力把感性的现象联系起来，并使之成为一个艺术—观念整体的直观形象。散文则恰恰要在现实中寻找实际存在（daseyn）的源流，以及现实与实际存在的联系。"[3] 诗歌是舞蹈，散文是走路。后者也须讲求步态之美，终有欲达的目的地。而前者纯粹以求美为目的。科学语言也有科学美的追求，而且有科学诗的创作。总之，无论会话语言、科学语言、艺术语言都包含着创造诗美的因素，而诗歌语言的天职只是创造诗美。

诗美是诗语言的灵魂，而诗语言又是诗美的生命之水。实际上，诗美创造与诗语言创造是同一过程。并非先创造了诗美然后用诗语言予以表述或表现，诗美创造只有在诗语言创造的内部方能进行与实现。就此而言，诗从语言开始，亦到语言为止。诗最后呈现于接受者之前的，正是且只是充盈着诗美的诗语言。然而，又绝不能将诗美创造简单地等同于诗语言的语感或语趣的创造，更不能只局限于所谓语言诗的创作，尤其是流于"玩语言"乃至语言文字游戏。

这里需要较为深入精微的辨析。比如，戴望舒的《雨巷》一诗脍炙人口。它的语感、韵律，所创造的氛围都很好。然而人们仍可以要求它的诗美蕴涵更为凝重深广一些，更非诗只能这般写法。他本人的《萧红墓畔口占》便与《雨巷》迥异。这当然也是由于两者的语感、韵律、氛围等的不同，但也显然不仅仅在此。而且人们还可究问：为什么两者的语感、韵律、氛围等等会显然有别呢？其答案不能不是诗美创造还包含着诗语言创造以外的东西。就说倡导"诗到语言为止"的韩东，他的《有关大雁塔》名噪一时，固然得力于此诗的语言方式，难道与它所表现的思想蕴涵的新鲜独特无关吗？还是他本人说得好："真正好的诗歌就是那种内心世界与语言的高度合一。"[4] 是的，诗人内心世界与诗语言需要高度合一，但又并非完全等同。

索绪尔提出："用所指和能指分别代替概念和音响形象。"[5] "在语言里，我们不能使声音离开思想，也不能使思想离开声音。"[6] 的确，语言的思想与语音不可分割，落到语词则是语义与语言的形、音分不开。然而语感大多偏于语音，语趣则有时偏于语词的书写形式和涵义。诗美具有意蕴、情感、形象、形式四重结构，诗人内心世界往往偏重于诗的意蕴美、情感美、形象美，而诗的语感之美则多偏重于诗的形式美尤其是音乐美。纵然是古典的格律诗之美，亦不能归结为音乐美或者语感之美，何况现代的自由诗，更不能将诗美与语言简单地等同起来。

索绪尔还指出："语言和言语活动不能混为一谈；它只是言语活动的一个确定的部分，而且当然是一个主要的部分。它既是言语机能的社会产物，又是社会集团为了使个人有可能行使这个机能所采用的一整套必不可少的规约。"[7]从发生学上说，言语活动先于语言，但在尔后的实际运用上说，又是语言先于言语。诗人在进行诗语言创造时，实际上在实践一种最富有创造性的言语活动。一首诗就是诗人的一篇言语。这篇言语既是独白，又是与任何一个接受者的交谈，而以诗美创造为目的，为灵魂。它与发表科学论文或政治宣言截然不同，亦不同于日常的会话。

诗语言创造是诗人在创造一种生成性语言。所谓生成性实即创造性。语言可以由个人创造吗？一般地说，不能。普通会话是个人为了自己的目的运用现成的语言所进行的言语活动。唯有诗人被赋予一种特权：可以且应当创造语言。大诗人往往是本民族的语言大师，甚至是民族语言的创造者与革新者。

诗人在创造诗美时为什么可以且不得不革新民族语言呢？民族语言以普通会话语言为主体。这种以表达思想为目的的普通语言非常不适用于呈现诗美。无奈，诗人不得不对它进行改造和革新。他不是对整个民族语言予以革新改造，只在创作每一首诗时使诗语言处于呈现诗美的最佳状态，于是便很自然地创造出新而且美的语言方式来。当一首好诗流传开来时，民族语言便会不知不觉地略有改变。就这样，好诗流传多了，民族语言也就有所变化发展。

总之，诗语言与诗美基本相同又有需要精微辨析的差异。两者的大同有二：创造是同一过程；接受亦即再创造也是同一过程。正因为如此，时下多将两者完全等同起来。其实，两者的精微差异有三：一是在诗美与诗语言创造过程中，两者的暂时分离是时常发生的。或者诗人心中有一团情愫，有一种感触和解悟，就卡在喉头之下，一时无法用最恰切的语言表达出来，所以有"世界上没有比语言的痛苦更强烈的痛苦了"（诗人纳德松语）之说。或者突然有神来之笔，有了绝妙好诗句，诗人知道它好，但好在什么地方，有着什么样的情感意蕴，诗人自己也说不清楚。就是说，意在笔先或者笔在意先两种情况，在诗歌创作中会时常发生的，这里有着诗美与诗语言之间的一种精微差别。二是诗美创造自然的着重点是诗美内涵与诗美形式的有机统一。诗语言创造的自然着重点是词语的选择与排列组合，词句所蕴诗意的建构，语趣的生发，语感的流动以及语音的哑响、律动和韵致。两者既平行又共振，既相异又相成。三是诗美创造的极致是脱去语言外衣而裸体；诗语言创造的极致是俘获尽可能多的诗意和诗，两者从反向离去又对面相逢合而为一。

诗人是鱼，诗语言的水之冷暖，自当深知。

36. 诗语言：本体性与工具性

多维深入探究现代诗语言特性，可以发现其内蕴五种二重性，即内在五对基本矛盾：本体性与工具性、意象性与抽象性、日常性与超越性、自语性与宣传性、言说性与沉默性。这五种二重性纵横交错，贯通融合，浑然一体。

先探讨诗语言的本体性与工具性。

语言关乎人的本质、本性、本体。《淮南子·本经训》所谓"昔者苍颉作书，而天雨粟，鬼夜哭"，张彦远《论画·叙画之源流》说"颉有四目，仰观垂象。因俪鸟龟之迹，遂定书字之形。造化不能藏其秘，故天雨粟；灵怪不能遁其形，故鬼夜哭"，都将语言文字的创造，作为人类惊天动地的大事。语言文字不仅是人掌握世界的工具，且直接构成人的本性，而通向宇宙本体。本体性与工具性的对立统一，是语言固有的第一对基本矛盾。

用于精神文明创造和人类社会交往，语言的工具性不言而喻。不过，科学语言是科学家特意造出来专用于本门科学的，其工具性色彩特别浓重。自然的日常语言是人类社交中长期近乎自然形成的，其工具性也很明显。诗语言的工具性，亚里士多德亦早已指出：诗歌"只用语言来摹仿"，用语言作为"摹仿所用的媒介"[8]。所谓"诗言志"，志藉言以传达，也表明语言是工具性的。《文心雕龙·明诗》云："诗者持也，持人情性。"持，掌握，亦着重在工具性。中外古人都只以语言为诗美创造的工具，而不知语言更有本体性的一面。这种情况到17世纪西方哲学发生了"认识论转变"时更有所加强。由笛卡尔开创，洛克继承，康德作出决定性推进，至黑格尔视理性为最高主宰，"一切都必须在理性的法庭面前为自己的存在作辩护或者放弃存在的权利"[9]，在"理性王国"中，语言的工具性更被绝对化了。

直到20世纪初，哲学又发生了"语言学转向"，人们才认识到语言的本体性这个更为根本的一面。所谓哲学的"语言学转向"，就是以语言取代理性为哲学的中心，即所谓"语言问题是哲学思考的中心问题"，[10]"全部哲学即是'语言批判'"[11]。一些哲学家将语言作为人和世界的本体。海德格尔说："语言的生存论存在论基础是言谈……如果言谈是展开状态的源始存在论性质，那么言谈也就一定从本质上具有一种特殊的世界式的存在方式。"[12]"语言是存在的家。人以语言之家为家。"[13]维特根斯坦则说：**我的语言的界限**意谓我的世界的界限。"[14]都将语言与人及其世界作了本体性的联结与归结。

现在的问题是语言在什么意义上才是世界的本体？从波普尔所划分的世界1、2、3来看[15]，世界2是精神活动，世界3是精神活动的产物，显然都与人及其语言分不开。只有物理性的世界1，可分为两部分，一部分是人的认识与实践活动所及的，另一部分则是人尚未及到的，且无限广大。人的活动能力所及的世界，可说是属人的即人化的世界；这人的活动能力未及的世界，即为自在的宇宙。人化的世界因人而使语言参与构成世界本体。自在的宇宙也非与人毫无关系。一方面，宇宙自大爆炸膨胀到地球上有人类诞生演化至今，就其现实的结果来看，似乎宇宙演化正是为人的诞生而属于人。另一方面，人化的世界正在加速地日益扩大，而就其可能性来说，则终将遍及全宇宙；若从人的思维能力来看，更早已遍及乃至超越全宇宙。所以，"在实践上，人的普遍性正是表现这样的普遍性，它把整个自然界……变成人的**无机的**身体"。[16] 说到底，语言是构成人之所以为人的本体，因而也是属于人的即日益人化的世界的本体。

因此，即使是科学语言，也有本体性的一面，虽然相对地比较小。日常语言的本体性就比较大了，语言表达是人之所以为人的重要方式。诗歌创作和欣赏是最为人性的表现方式，诗语言也就更以本体性为其特性的根本。

诗属于世界 3，且是一种最精美的语言艺术，自然最富于语言本体性。海德格尔强调："每个人都总是诗意地栖居[17]"，"我们的此在根本上乃是诗意的"[18]，因为"人之存在建基于语言"，[19] 而"语言本身就是根本意义上的诗"[20]。他简直将人之存在、语言、诗三者画上等号。这当然并不全面，却抓住了三者最深层的根本及其本质关系。人确是语言所创造的文化的产物，诗美亦确以语言为本体，而生命的纯粹即为诗之纯粹。

就诗语言来说，工具性浮在表层，本体性隐于内核。诗语言的本体性着重体现于五个方面：（1）根植于无意识，更多地期待着体现灵感的神来之笔。（2）表现为非理性，最富于情感性，即使是诗美意蕴也须溶解于情感之中。（3）遵循着语言说。在诗中，不是诗人在说话，而是语言本身在说话。诗语言在生成过程中自行创造。（4）极趋于沉默性，竭力追求语言上的以少少许胜多多许。（5）悟生命之真谛。在丰富的人生经验中解悟生命的本真意义。总之，诗语言的工具性显然根植本体性，而诗语言的本体性则一方面表现于工具性，另一方面更在诗美创造中有超乎工具性的直接体现，体现于诗语言的意象性、超越性、自语性，尤其是沉默性，从根本上体现了诗语言的特性与特质。

诗语言的本体性与工具性的二重性是其他二重性的总根，一切由此派生。

37. 诗语言：意象性与抽象性

"夫人之立言，因字而生句，积字而成章，积章而成篇。篇之彪炳，章无疵也。章之明靡，句无玷也。句之清英，字不妄也。振本而末从，知一而万事毕矣。"[21]章亦称节。刘勰将字、句、节、篇间的相互关系说得比较辩证，是双向规定和组构的。中国人用汉字，汉字营构自有规律。许慎"六书"的基础是象形。象形有侧视形、正视形、后视形等，造字近于画画。这是汉字营构的第一层级。在象形的本根上生发出指事、会意、形声。此为第二层级。转注、假借是第三层级。汉字这种以象形为本根的三级拓展营构方式，大异于西方的表音文字。汉字讲求形、音、义，义与形的关系密切程度远大于音。汉字也有符号性，但其符号选取的随意性要小得多。因其在相当程度上决定于象形，能指与所指，即字义与外界物象具有天然联系，往往望字即可生音解义，表音文字难以望其项背。

汉语由字组词，方式多样灵活。其方式大体有三：一是序易义更，如水井、井水，风流、流风，手枪、枪手，等等。二是字共义邻，如风力、风味、风采、风姿、风度、风格等。三是缀字增义，如社会、社会学、社会主义、社会主义社会等。汉语词性更视句中语境而变动，其语法相当灵活。西方有识人士对于汉语特强的诗性大为赞佩。费诺罗萨说：

> 我们表现事物关系越是具体，越是生动，诗就越出色。我们在诗中需要成千上万个活动的词，每个字尽其所能显示动力和生命力。……诗的思维靠的是暗示，靠将最多限度的意义放进一个短语，这个短语从内部受孕、充电、发光。在中文中，每个字都积累这种能量。……中文可以用比喻组合的方式建立更巨大的结构。它所取得的思想无不比表音语言所能取得的更为生动，更为持久。这种图画性方法，不管中文是不是其最佳范例，将是世界的理想语言。[22]

中文很可能是世界上最诗性最本体性的语言。而其诗性正是建筑在本体性与工具体的矛盾之中。尤其是本体性，更从中衍生出语言的形象性。

诗语言的本体性首先根植于无意识，根植于个人无意识和集体无意识。工具性只表达意识层面，只有本体入到意识冰山的水下。弗洛伊德认为，诗与"白昼梦"相似[23]。"梦的思想中最有力的因素是被压抑的本能冲动"，它"创造了一种表现形式"[24]，使内隐的梦的思想"转化为感觉形象和视觉情景的混合物"[25]。这主要依靠梦的凝结工作（work of condensation）和梦的移置（dream-displacement）这"两名工匠"[26]。在这种转换过程中，"我们用来表达比较精密的思想关系的所有语言工具——连词和介词，以及名词、形容词、代词的变格和动词的时态及语态的变化——都被省略了"，而且"抽象的词都回复为构成其基础的具体的词"[27]。因此，在诗语言中就有了由无意识而表现为非理性。这种非理性又表现为诗语言的情感性与意象性，而情感性又主要寄寓在意象性之中。于是，诗语言便有了意象性与抽象性的二重性。这样，我们可以找到诗语言的大体平行的两条相互对待的线索：

本体性——无意识——非理性——意象性

工具性——意识——理性——抽象性

其实，古人"六义"的赋、比、兴，早已触及诗语言的抽象性与意象性的二重性。赋主要是抽象叙述。比兴是通过比喻、象征、暗示等的意象呈现。意象呈现在诗美创造中特别重要，不仅可以"写物以附意，飏言以切事"，而且起物托喻，婉而成章，"称名也小，取类也大"。[28]诗语言的本体性正是依靠触发无意识，出之以非理性而作意象呈现。英美意象派特别强调"呈现一个意象"[29]，且"绝对不使用任何无益于呈现的词"[30]。诗的意象呈现以意象为基元，运用特殊的意象思维逻辑规律，作情感性非理性的呈现，充分调动明喻、隐喻、象征、暗示、虚化、并置、共振、氛围等手法，使想象与幻想淋漓尽致，创造可供审美的变了形的白昼梦。

但是，基于理性的抽象叙述，在诗美创造中仍然不可缺少。20 世纪 90 年代的诗歌对此有较好的认识和表现，因而有不同于朦胧诗、后朦胧诗的自己的特色，诗的抽象叙述以抽象词为基元，亦可兼用意象，然后运用抽象思维逻辑规律，作理性的判断叙说铺陈。抽象叙述易于将诗的骨骼支撑起来，犹如皇冠的金丝框架，而意象呈现则为其上所镶嵌的珠宝，两者不可偏废。将艾略特的诗与意象派诗作一比较，从其大小重轻的差异中，即可窥见此中奥妙。

诗语言应当在其意象性与抽象性的相互对立中保持平衡与张力。

38. 诗语言：日常性与超越性

就其实质而言，诗语言与日常语言是两种不同质的符号系统。日常语言功能在叙事表意，诗语言功能在传情审美。《庄子·外物》所谓"得鱼而忘筌"，"得兔而忘蹄"，"得意而忘言"，指出意与言可以相剥离，深得日常语言的实质。然而诗语言则不然。钱钟书说：

> 《易》之有象，取譬明理也，"所以喻道，而非道也"（语本《淮南子·说山训》）。求道之能喻而理之能明，初不拘泥于某象，变其象可也；及道之既喻而理之既明，亦不恋着于象，舍象可也。到岸舍筏，见月忽指。获鱼兔而弃筌蹄，胥得意忘言之谓也。词章之拟象比喻则异乎是。诗也者，有象之言，依象以成言；舍象忘言，是无诗矣，变象易言，则别为一诗甚且非诗矣。故《易》之拟象不即，指示意义之符（sign）也；《诗》之比喻不离，指示意义之迹（icon）也。不即者可以取代，不离者勿容更张。[31]

这段话说得深致入微，细辨了诗与哲学以及日常语言的区别。这里有着言、象、意、美四者关系。日常语言只要言与意两者，言为能指,意为所指,得意即可忘言。哲学尤其是《易》,往往以言呈象,以象喻意,以言象为能指,所指可以多方乃至无尽,但获得道意之后仍可舍去言象,言象与道意仍可分离不即。而诗则不然。诗所求者虽亦有意或道,更根本的是美,道意须涵于美中,无美即无诗。而诗美离不开形式,离不开语言,所以,"舍象忘言","无诗","变象易言,则别为一诗甚且非诗矣"。这就是指言、象、意、美四者不可分离。就诗语言与日常语言而言,诗语言虽亦兼有抽象叙述与意象呈现,但日常语言言多象少,且其言、象、意可以剥离更换,而诗语言则言少象多,其言、象与诗美诗味浑然一体,无法剥离更换。两者确有质的区别。所以,严格地说,诗是超语言的艺术。

日常语言本来不是为诗而存在的。它以交流思想的信息性、重于传达的工具性与约定俗成的符号性为特征,能指与所指关系越明确越好。不过,在原始人那里,神话、诗歌、语言三者同源而合一,日常语言与诗语言处于未分化的混沌状态。后来,为了社会交往和科学认识的需要,语言的叙事表意功能越来越强,以至分化出尽力排除形象性与抒情性的科学语言。同时,由于诗美艺术的发展,诗语言也成为审美的情感符号系统。

但是,作为审美的情感符号系统的诗语言,仍只能以日常语言作为基础,为元语言。同日常语言相比较,诗语言的字、词不能生造,语法亦须基本遵守,抽象思维逻辑规律也不能完全抛弃不用。而诗语言又非超越日常语言不可,否则便无法创造诗美。于是诗语言便不能不有日常性与超越性的二重性。

诗语言的超越性主要表现在四个方面:一是意象性,二是情感性,三是突破性,四是生成性。意象性与情感性是诗美的主要特征,自不可少。突破性是指对于日常语言的字词涵义、语法、逻辑、语词排列组合方式的突破,创造新的句式和新的言说方式。其重心在于创造惊讶或曰陌生化效果和多维投射。埃利蒂斯说:"我一贯要求自己的作品避开词的通常用法,并具有新颖独到之处。……诗在语言上的成功取决于组词的方法。这种方法在日常生活中是无关紧要的。……然而,诗歌表现必须产生惊讶的效果。……看哪，过去从未有人想到把这些词放在这个位置上！我们会突然感到像有一股电流穿过全身。而日常会话中缺少的正是这股电流。"[32]帕斯说："不管怎样，诗歌与语言，或者与语言表层，进行决裂，以便进入语言的内部。"[33]"一个人唯有感受了摧毁语言或创造另一种语言的诱惑，体验了无法表达的涵义的魅力，体验了无法表达的涵义的同样可怕的魅力之后，他方成为一个诗人。"[34]"因此，诗是一种超出语言的语言或是运用语言工具去摧毁语言。"[35]两位大诗人都把自己的诗语创造的重点和难点放在对于日常语言的突破和"摧毁"上。不过，这种"摧毁"只能是适度的。不足寡于诗味，太过又无法与受者沟通。其最佳状态当是"诗是无法解释的，但并非不可理解"[36]。既有陌生化的惊讶效果，又因语言的多维投射蕴含特别丰富。

诗语言的生成性，除了最后落实到阅读欣赏过程中接受者二度创造的客观可能性以外，最主要的是诗作成篇的自组织性。在诗美创造的实际过程中，诗语言的自组织性主要建立在两个基点上：一是诗中的基本喻象与象征；二是全篇诗语言的整体性。诗中的基本喻象与象征，往往是诗的灵感喷发口、诗中之眼，是诗的生殖细胞、受精卵。诗的生命发端于此。帕斯在谈及自己的创造时说：

> 一般来说，我对将要写的东西没有一个明确的构思。很多时候我觉得脑子一片空白，没有一点主意，然后突然出现了第一句。瓦莱里说，第一行诗是件礼物。确实如此：第一行诗是我们听写下来的。是谁赠给了我们这行诗？不知道。过去人们认为是神灵、是缪斯、是上帝，是一个外界力量。19世纪时则以为它是诗人才华的赠品。可才华又是指什么？以后又有另一种说法，说它是无意识。事实上，当一行诗出现后，它就支配起整首诗。诗歌是对那一行句子的发展：有时顺着它写；有时逆着它写；还有的时候，诗歌一旦写成，第一行诗就消失了。总之，我写那行诗，另一个生灵也在写

那行诗。[37]

这是灵感的恩施，是无意识尤其是集体无意识突破意识阈限而喷发。这种原初的喷发，可以是一个句子，或一个词；可以是诗的开头、末尾或中间。总是以此而生发拓展，然后是由意识控制的继发过程。最好，"在创造过程中，原发过程也可以通过与继发过程奇妙而复杂的结合与综合再次体现出来……这种特殊的结合叫做第二级过程（tertiary process）"。[38] 这往往表现为诗创作中间不时的神来之笔。在整个诗语言生成过程中，整体性特别重要。弗雷格在《算术基础》中有句名言："一个语词只有在语句的语境中才具有意义。"对诗来说，甚至一个诗行也只有在整首诗的语境中才具有诗味。诗行的诗味是在全诗的语境中挤压和撞击出来的。总之，诗的意境或曰诗美时空的演化动力可以归结到诗语言的自组织性、生成性。而生成性与突破性、意象性与情感性则组成诗语言的超越性。但诗语言的日常性仍然不能也不应排除。于是，诗语言创造便永远具有日常性与超越性二重性，而诗人的语言痛苦与语言功夫即大多建基于此。

39. 诗语言：自语性与宣讲性

自语性与宣讲性皆发自诗美创造的本性，是诗语言又一重天生的二重性。诗是心灵的独白，诗人对于自我的私语与对话。《周易·文言传》曰："修辞立其诚。"最真诚的话语自然是自己对自己说的话，毋须遮掩，不必设防，沥胆剖心。诗是最个人性的文学样式，言说的真诚性命攸关。自语性是诗语言天生的一种特性。但在同时，在远古的诗巫合一又揭示了诗的群众性、诗语言的宣讲性的一面。直到孔子，仍说："诗可以兴，可以观，可以群，可以怨。"[39] 兴，朱熹注："感发志意"，起启发、鼓舞、感染的作用，似专指对于他人的，其实也可兼对于自己。怨，也可对己对人。但观、群，皆具群体性则是无疑的。诗的言志抒情实在是诗的发展形态，是后来的事。白居易是主张"文章合为时而著，歌诗合为事而作"的。他更为自己的诗句"往往在人口中"而自豪。他说："自长安抵江西，三四千里，凡乡校、佛寺、逆旅、行舟之中往往有题仆诗者，士庶、僧徒、孀妇、处女之口每每有咏仆诗者。此诚雕虫之技，不足为多，然今时俗所重，正在此耳。虽前贤如渊、云者，前辈如李、杜者，亦不能忘情于其间哉！"[40]写诗而几近不愿发表者恐怕只有狄金森是特例。她生前只公开发表过 10 首诗，且为亲友所作；死后由托马斯·H.约翰逊编的《艾米莉·狄金森诗集》三卷本，已有 1775 首。她在一首诗开头说："发表，是拍卖 /人的心灵——"她的诗语言的自语性最为突出。比她略微年长的惠特曼几乎处于另一极端。他的诗对一切陌生人说话。《草叶集》的诗语言具有显然的宣讲性。但不管怎样，自语性与宣讲性总是处于诗语言的统一体中。

问题是诗语言的自语性与宣讲性这二重对立是如何由此达彼，如何达到同一、统一的？或者说是如何消解的？看来，可以作三个向度的努力。一是自语不限于私事。自语似乎只能限于私事，这是最易出现的误解。其实，真诗人尤其大诗人无不对人的生存状态具有深切的终极关怀，悲天悯人，"心事浩茫连广宇"[41]。诗在摆脱"代言"的"空言"与"大言"之后，绝不应又陷入"个人"的无限羁绊，自恋于凡庸与卑琐。二是宣讲仍不失真诚。诗语言的宣讲性原亦无可厚非，可以借宣讲起到兴、观、群、怨等作用。诗人必须"以其所见者真，所知者深"，[42]而所言者诚。政治抒情诗或社会历史抒情诗都是可以写的，只要触及时弊，深入社会本质，不搞假大空，修辞立其诚，又何尝不会写出人人传诵的好诗大诗来？诗人必须所言与所思所感相一致。三是心物双向交流交合。诗美不在心，不在物，亦既在心，又在物，在于心物双向交流交合。诗美创造的动因，不外乎两条途径，或由外物而入于内心，或由内心而投射外物。所谓"移情"和"客观对应物"属于后者；所谓"瞻万物而思纷"，"感荡心灵"[43]，则属于前者。

帕斯说："在类似的问题面前，胡安·拉蒙·希梅内斯以其一本书的赠言作了回答：'献给无限的少数人。'名词'少数人'就把读者的数量缩小到了斯汤达'幸运的少数'，但形容词'无限'又将它扩大了：少数人变成了许多人。多得难以胜数，像所有'无限的'一样。"[44]这里的"无限"，既是空间上的无限拓展，又是时间上的无尽延长，使少数的知音在无尽的积累中变成真正的无限。这"少数人"首先是作者自己，"我"，一个人。然后是无数个"我"，无数个"振动数相同""燃烧点相等"的人。惠特曼《自己之歌》开头说："我赞美我自己，歌唱我自己／我所讲的一切，将对你们也一样适合，／因为属于我的每一原子，也同样属于你。"正是将诗的自语性与宣讲性相互统一、归于消解的奥秘揭露无余。只要真诚，只要深挚，则愈是自语，愈能获得最广大的共鸣。狄金森长期锁在抽屉里的诗如今风行全世界便是明证。而宣讲之真诚，即有同于自语。帕斯更有一到位而警醒的说法："伪诗人说的是他自己，可又几乎是以别人的名义。真诗人当他与自己交谈时，他就是在对别人说话。"[45]用这样的标准来划分诗人的真伪，对于 20 世纪下半叶以来的中国新诗人来说，称得上真诗人的恐怕为数就不会太多了。

40. 诗语言：言说性与沉默性

"诗人倾心于沉默，却又只能求助于话语。"[46]一语道尽了诗语言内在的言说性与沉默性的矛盾。最好是一言不发，沉默如渊。然而无言也就无诗了。诗人如何能做到"不着一字，尽得风流"[47]呢？这便是中外古今所有诗人在诗美创造上所苦苦追求的极境了。

我们在以上几种二重性的探究中发现，工具性与抽象性、日常性、宣讲性关系密切。因为工具性语言的叙事表意功能，使语言尚停留在意识领域，作理性的抽象叙述，且必然是言说者对他者的宣讲或对话，也便类似于日常语言，所以抽象性、宣讲性与日常性也就在不同层面上自然发生。另一方面，本体性与意象性、超越性、自语性关系密切。由于本体性语言的传情审美功能，使诗语言作了两种深入，深入于无意识领域，深入于人的生存本真状态，倾向于心灵的自语，作非理性的意象呈现，且非突破超越日常语言不可，于是意象性、自语性与超越性亦随之产生。这样，也就有了相互对待的两个系列：

> 本体性：意象性、超越性、自语性；
> 工具性：抽象性、日常性、宣讲性。

　　然而这四种二重性又汇总起来，表现为言说性与沉默性的二重对立。这里，诗语言的工具性及其所派生的抽象性、日常性与宣讲性，当然都导致言说性；但是本体性及其所派生的意象性、超越性与自语性，同样导致言说性。诗是非言说不可的，只是要求如何言说得富于诗意诗味罢了。真正的不着一字，何处得其风流？然而诗语言的沉默性却是诗的命根子，诗美创造的极致。那么，何谓诗语言的沉默性？如何创造？何以企及？

　　海德格尔的诗美学要妙是言、思、诗同源同本而合一。"我们把语言本质整体称为道说（sage）。"[48]"道说的两个突出方式——诗与思。"[49]"艺术即真理自行置入作品。"[50]"诗乃是存在之无蔽的道说。"[51]"人只是由于他应合于语言才说。语言说"。[52]"纯粹所说乃是诗歌。"[53]将海德格尔这些散见各处的精彩论断贯穿起来看，诗是语言的道说，亦即纯粹所说。所谓道说，实即思之说、言之说、诗之说三者合一。道说一方面的涵义是大道所说或曰言说大道。大道指真理，精湛之思，最高的真理。海德格尔认为，"命题只真，乃由于命题合于无蔽之物，亦即与真实相一致"。所以应当"把真理把握为无蔽"[54]，也就是存在者思之澄明。"唯当存在者站进和出离这种澄明的光亮领域之际，存在者才能作为存在者而存在。唯这种澄明才允诺并且保证我们人通达非人的存在者，走向我们本身所是的存在者。"[55]所以人之本真存在，即为生存论存在论的最高真理，就是大道。道说必须言说大道，亦为大道所说，此为思之极致。道说的另一方面涵义是语言说。不是人在说着语言，而是语言在自行道说。不仅语言有自己的抽象逻辑规律和意象逻辑规律，它能合乎逻辑地自行言说，语言有生成性和自组织性；而且语言符合人的本性，生成人的本性，思之澄明、诗之纯粹终为生命之纯粹，亦为语言之纯粹。美是自由生命的自由表现。道说既然是让语言自行言说大道，言说无蔽的真理，也就是自由表现生命的自由，便不能不归之于创造诗美。如此，则思、言、诗合而为一，统归于道说，或称纯粹所说。这是对诗的最本质的理解。

然而思、言、诗合一的道说，其最根本特征和最高境界是沉默无言。《维摩诘所说经·入不二法门品》云："于是文殊师利问维摩诘'我等各自说己，仁者当说，何等是菩萨入不二法门？'时维摩诘默然无言。文殊师利叹曰：'善哉，善哉！乃至无有文字语言，是真入不二法门。'"在注中，中译者鸠摩罗什讲了一则小故事。马鸣与胁比丘辩论，倡言："一切论议，悉皆可破，若我不能破汝言论，当斩首谢屈。"胁比丘听后，默然不言。马鸣以为胁比丘徒有虚名，傲然带了弟子离去。中途想想不对，对弟子说："我说一切语言可破，就是自己破了自己所言。他不说话，就无人可以破他了。"就回去说："我失败了，当斩我头。"胁比丘说："头我不要，要你的发。"马鸣便成了胁比丘的弟子。鸠摩罗什因而论曰："夫语默虽殊，明宗一也。所会是一，而迹有精粗，有言于无言，未若无言于无言，故默然论之，论之妙也。"维摩诘和胁比丘都以沉默无言最神妙地表达了禅理，文殊师利和马鸣也都因而妙解神悟。这是说佛谈禅，诗亦有类于此。在《史记·屈原贾生列传》中，司马迁评《离骚》曰："其文约，其辞微。其志洁，其行廉。其称文小而其旨极大，举类迩而见义远。"便提出了诗美创造的标准：文约辞微，旨大义远。向两极推至极限，即为无言而诗味诗意无限。严羽则说："所谓不涉理路，不落言筌者，上也。诗者，吟咏情性也。盛唐人惟在兴趣，羚羊挂角，无迹可求。故其妙处透彻玲珑，不可凑泊，如空中之音，相中之色，水中之月，镜中之象，言有尽而意无穷。"[56]

于是，"在喊叫与沉默之间，在所有涵义与涵义的空寂之间，诗出现了"[57]。而且，沉默有两种，一种是神谕式的，一种是密码式的。"神谕植根在先于话语的沉默——一种语言的预感。神谕后的沉默则基于一种语言——那是一种密码式的沉默。诗是这两种沉默之间的轨迹——存在于表达的欲望和融合了欲望及话语的沉默之间。"[58]就是说，神谕式沉默在语言之前，密码式沉默在诗语言之后，而诗正是"这两种沉默之间的轨迹"。帕斯的意思颇难捉摸，且举他的短诗《远方某人》：

昨晚一棵白蜡树

几乎要对我说什么

——却沉默了。

揣摩一下，诗无达诂，试作这样理解：这是诗人怀人之作。怀念谁呢？不知道，大概是友人吧。也许真的在夜晚的阴暗处碰见一棵白蜡树，像个默立的人，使他蓦地想起远方某人。某人似乎要跟他说话。其实是诗人自己很想与这位友人谈心说点什么，而某人却在远方，无法对话。怀念之情因而更深了。诗的境界全是沉默，触发是神谕，理解是解开诗所传递的诗美情感的密码。这样解释此诗对吗？不见得。反正诗人是有感触而写下诗，读者是因诗而有所感触，短短的三行诗是诗美的一度创造与二度创造之间的桥梁，且言少味长。这就是一首好诗了。

总之，诗语言的本体性一头深入最深层的集体无意识，另一头则伸向沉默性的追求而臻于其极致之无言，以力求神悟本真生存之真谛。诗语言的五种二重性确为内里相通、融为一体且永远处于相互统一的生成消解之中。

41. 诗语言的十二种特性

当我们探究了诗语言的五种二重性之后，便可进而发现诗语言的十二种特性：沉默性、意象性、象征性、表现性、直觉性、主情性、音乐性、整体性、审美性、独创性、共享性和超越性。

沉默性。以沉思而默然。沉思乃思之深沉。往往有一种对诗美创造在理解上的误区，以为诗只需要热情的喷发，毋须深思。这多少与浪漫主义者主张"诗是强烈情感的自然流露"[59]有关吧。其实，诗从根本上最需要深思。一是从诗美蕴涵上说，需要诗人的思考与体验深入到"人类情感的本质"[60]，深入到人的本真的生存状态。二是从诗美表现上说，最富于原创性的诗美形式最需诗人匠心独运。便是灵感的神来，亦往往在冥思苦求之后。三是诗语言的风流神妙，也往往具有"两句三年得，一吟双泪流"[61]的苦衷，更何况追求不着一字的静默。深思与静默互为表里，相得益彰。沉默性是诗语言的一个带有根本性质的特性。

意象性。一般语言可以讲述、论证、描摹或表现。讲述和论证只要词和概念结合。描摹则须词和表象结合。而在诗中以表现为主，需要词和意象结合。许多语词原来都有形象性，却渐渐老化（钝化）了，不再唤起意象性的联想与想象了，需要以诗的方式予以激活、发展、创造。关键在于发掘语词的意象内涵，并加以奇妙组合；在于通过语言集合的凝聚、扭曲、伸缩、衍化、错位、倒置等诗化手段，超越普通语言。诗人在一种情感的冲动下，以他所创造的独特的编码方式进行语言活动，以突出语词及其组合的意义结构中的意象因素。意象可以作为描摹而存在，较多的是作为比兴而存在。诗更贵于创造洋溢审美情趣的某种超现实的幻境，提供一种全新的感觉经验。

象征性。象征是隐喻的超越。当我们用一个意象来表现其他方法无法表达的观念蕴涵时，就成了象征。它往往是一象多征，或多象一征，发展了日常语言的形象性与模糊性，并使两者结合起来，以语词的形象性增强模糊性，从而浮想联翩。这与科学语言更显出质的不同。科学语言要竭力排除模糊性与歧义性，诗语言反而用以抒难状之情，传难言之意，增无穷之趣。现代诗更加离不开诗语言的象征特性。它在意象美和诗美时空的创造上，是凝聚力，也是扩张力，能使诗意凝缩于一个中心，又使之向八方扩展。

表现性。日常语言也有表现性，但重于再现。诗语言也有再现性，但重在表现。轻重相反，正是两者质的区别。再现性也就是用语言进行描摹，以惟妙惟肖为上乘。表现性借重联想、想象与情意，以折光和投示的方式联结起来。再现如静水照影，表现似行云幻形。

直觉性。科学语言全在达意，讲求严格的逻辑推理。诗是情的表现，美的创造，诗语言的直觉性便占显要地位。严沧浪说："诗道亦在妙悟。""惟悟乃为当行，乃为本色。"[62]学诗、写诗、解诗，都不离顿悟之妙。诗语言的直觉性可以有四层意思：一是不言理；二是不推理；三是似无理；四是无理性。诗也可言理，但须溶于情。也可推理，但往往缩去推理的逻辑过程，造成一种思维"短路"。而似无理的佯谬，实涵至理。无理性是无意识由蓄积而喷发。奇妙的幻象，特异的象征，不可言传的情趣，皆往往由此而生。

主情性。日常语言也要传达和表现情感，诗语言也要言志、达意、明理。但情感的抒发与表现，确是诗的本质性东西。"艺术就是感情"[63]，诗尤为最。苏珊·朗格说："如果想要使得某种创造出来的符号（一个艺术品）激发人们的美感，它就必须以情感的形式展示出来；也就是说，它就必须作为一生命活动的投影或符号呈现出来，必须使自己成为一种与生命的基本形式相类似的逻辑形式。"[64]而活跃于诗美时空中的，正是情感与情绪。主情性是诗语言最主要的特征。意象性、象征性、表现性、直觉性等等，都服从和服务于它。

音乐性。语音有高低、强弱、宏细、清浊之分，诗便用以创造音乐美。古代格律诗讲求韵律，讲求复沓重句、双声叠韵与平仄粘对。现代自由诗这一切都不存在了，仍有其自然音节所造成的节奏与旋律。在一切艺术样式中，与诗最相近的便是音乐。情感与音响在律动上有对应性与相似性。诗语言的音乐性在于声调，更在于情调，在于两者的相谐合。

整体性。日常语言也讲求语言环境，讲求通篇的整体性。但各段各句都有独立的完整意义。而诗，往往一句一节看不出意思，更不见诗味，须读完全首甚至反复吟诵，才能品出其中意趣与韵味。诗特别讲求语言的整体性，讲求语境与氛围、语感与语势。古诗有所谓字秀、句秀与篇秀，着力于诗美时空的整体结构。诗须与生命形式同构，而生命是有机的，不可侵犯的，只有整体存在才是生命。

审美性。与主情性一样，是诗语言符号系统最根本的特性。诗人内在生命的体验，不仅灌注于诗的有意味的形式，更灌注于诗的有形式的意味。诗便是用最精致而鲜活的语言所创造的一种美，它的形式与意味浑然一体。雅克·马利坦说："诗没有目标，没有指定的目的。但它却有超越的目的。美是诗的必要的关联物和超越任何目的的目的。"[65]诗语言调动自己的全部特性，都是为了创造诗美。

独创性。对于语言来说，着重在生成性。日常语言唯求准确，以期达意晓畅。诗语言讲究独创。蒂波代说："在马拉美的纯诗里，创造让给了词语，就像在纯粹的爱情中创造让给了上帝。在诗的原则里，总是有一种计划，一种情感韵味，一种宣叙式的空蒙，一种逍遥，犹如在纯粹的爱情原则里总是有个人；诗人所专注于操纵和运筹的词语灵验的符咒和魔术一旦显灵，诗歌便会按照这种意图被创造成一种生命体。"[66]的确，"假如人们在研究诗的时候，从'诗人告诉了我们一些什么？他是如何将自己的经验传达给我们的？'等传统问题转向'诗人创造了些什么？他是如何创造的？'等现代问题，就会对诗的艺术作出某种奇特的重新估价"[67]。新才美。独创性是审美的根本要求之一。诗语言从意象、情调到语感、韵律，都须创新。因此，诗语言是生成性的，在每一首诗中都是一种语言创造。

共享性。诗语言的共享性包括共鸣、共创与共享。首先是共鸣。由共鸣而引起共创。"文学作品既非完全的本文，亦非完全是读者的主观性，而是二者的结合或交融。"[68]诗尤其如此，诗语言所创造的是一片与读者共享的诗美时空。读者须作诗美的二度创造。姚斯"试图将审美活动分成两个诠释活动：理解与阐释。初级阅读经验是审美感觉范围内的直接理解阶段，反思性阐释阶段则是在此之上的二级阅读阶段"[69]。在直接理解阶段主要是共鸣，在反思性阐释阶段主要是共创。共鸣是共创的客观基础和内驱力，而共创又放大了共鸣的振幅，也可使其频率适度错位。共享在共鸣阶段即已开始，在共创阶段进而加剧与拓展，且延伸到共鸣、共创之后，接受者在共享中不仅情感激荡，而且憬然有悟，更能获得审美享受，充满愉悦，进而使灵魂净化、美化、静化。

超越性。超越需要超常、超前和超我。诗人的超越意识体现在语言上，应有导源于内在生命的清醇的一种透明性和纯洁性，一种归真之朴。意象的新、丽、奇、幻，与语言的纯净并不矛盾。当今诗坛的诗语言杂质太多，渣滓太多。诗语言的不纯，往往关系到诗人本身超越意识不足，关系到诗人心境的不够明澈。诗美与诗语言都以纯粹为极致。超越才能导致纯粹。

主要有这十二种，表征着诗语言的特质和特性。从根本上说，沉默性、主情性与审美性融而为一，居于诗语言特质的核心。意象性与音乐性互为表里，包裹于核心之外，又穿透进核心之内。象征性与直觉性作为手段，也是表现性。诗的表现性又只能在诗美整体中才能充分表现。表现性是整体的表现，整体性是表现的整体。诗的整体表现或曰表现整体的最高境界则是静默无言。而独创性与超越性既是手段，更是目的。这个目的的最后完成则有赖于共享性，有赖于接受者的再创造。诗语言的所有特性，都是作为表现沉默的诗情、创造诗美的手段和途径而存在。

42. 诗语言的生成性

诗语言的生成性前面已经论及，这里作进一步的探讨。一般地说，它可以分作三个层面：一是对于日常语言的超越性，二是诗作成篇的自组织性，三是阅读欣赏的再创造性。

诗语言对于日常语言的超越，主要有四条途径。一、增强并创造语词的意象、隐喻、象征、暗示的功能；二、适度突破原有语法，创造具有惊讶效果又可以被接受的语词排列组合方式，创造新的句式；三、凭藉联想、想象与幻想，采用不同于抽象思维逻辑的意象思维逻辑，并使两者协同运作；四、通过诗的整体结构，创造氛围，建造四维诗美时空，追求诗语言在蕴涵上的感悟启示性与层递衍生性，在形式上的音乐美与建筑美。诗语言的生成性首先建筑在对日常语言的超越性上。

另一方面，诗美创造的全过程，并不结束于诗本文的完成，而是终止于读者凭借诗本文再创造一个属于自己的诗美时空，从中获得意蕴启悟，情绪感染，审美享受。诗人所创造的诗美时空必须是能与读者共享的，而且留下诗美再创造余地越大越好。实质上，"每一个读者都是另一个诗人，每一首诗都是另一首诗"[70]。诗语言的生成性最终落实到阅读欣赏过程中读者诗美再创造的客观可能性。正是日常语言的超越性与阅读欣赏的再创造这两端，生发、促进、挤压与制约着诗作成篇的自组织性这个诗语言生成性的主体层面。

在诗创作的具体实践中，诗语言的自组织性主要建立在两个基点上：一是诗中的基本隐喻与象征，二是全篇语言的整体性。

诗中的基本隐喻与象征，往往成为诗的灵感喷发口。卡西尔指出：狭义的隐喻，"即指这一概念只包括有意识地以彼思想内容的名称指代此思想内容，只要某个方面相似于此思想内容或多或少与之相类似"。[71]象征是隐喻的发展。韦勒克、沃伦说："我们认为'象征'具有重复与持续的意义。一个'意象'可以被转换成一个隐喻一次，但如它作为呈现与再现不断重复，那就变成了一个象征，甚至一个象征（或者神话）系统的一部分。"[72]

实际上两者的界限颇难分清，好在它们的作用是相近的。一首好诗，几乎都有一个或几个基本的隐喻与象征，可以说是诗中的元素。比如艾青的《我爱这土地》，鸟与土地便是元素。语言的自组织性便是从隐喻象征"我"和祖国的鸟与土地的关系中生发出来。从鸟联系到歌唱，而土地是歌唱的对象，是鸟生于斯、歌于斯、哭于斯、死于斯的居所。由土地及于河流、风、林间、黎明，又带来了这些名词的形容、修饰、限制的语词，便自然地有了第一节的前六行。一个转折："——然后我死了。／连羽毛也腐烂在土地里面。"诗也就到此为止，将主题点得更为明确。在穆旦《诗八首》第三首中，元素是野兽，或者还可算上草场。"你底年龄里的小野兽。/它和春草一样地呼吸,/它带来你底颜色,芳香,丰满,/它要你疯狂在温暖的黑暗里。"野兽小小的,躲在年龄里的,将抽象的爱情意象化了,且建立了此诗的基本象征。后三行都是从野兽生发出来的。小兽和春草一样地呼吸,似乎不经意,实则巧妙地同下一节的草场关联起来。要草场哺养小兽,正是诗的主旨。"我越过你大理石的理智殿堂,/而为它埋藏的生命珍惜",是为了到达草场。"你我手底接触是一片草场,/那里有它底固执,我的惊喜。"穆旦的诗思比较细腻而深刻,因某种生涩感而耐人寻味。

全篇诗语言的整体性最为重要。一首优秀的诗篇,"它就必然是一种表现性的形式"。"这种表现性形式借助于构成成分之间作用力的紧张和松弛,借助于这些成分之间的平衡和非平衡,就产生出一种有机性的幻觉,亦即被艺术家们称之为'生命的形式'的幻觉。"[73]诗的意味不仅有赖于语句的语境,而且更有赖于全诗的语境的和语言的韵味。诗语言实质上是一种诗性言语。这是它的生成性的根源所在。好诗是人的生命所熔铸的,表现生命真谛的一个艺术生命,一个活的有机体。苏珊·朗格强调:"要想使一种形式成为一种生命的形式,它就必须具备如下的条件:第一,它必须是一种动力形式。……第二,它的结构必须是一种有机结构……它必须是由器官组成的。第三,整个结构都是由有节奏的活动结合在一起的。这就是生命所特有的那种统一性……第四,生命的形式所具有的特殊规律,应该是那种随着它自身特定历史阶段的生长活动和消亡活动辩证发展的规律。"[74]简言之,生命的奥秘即在于它的不可分割的整体性和有序演化的自组织性。在诗中,两者唯有赖语言以呈现。

比如戴望舒《萧红墓畔口占》,四句诗,句句平淡,合起来却是好诗。萧红死在香港,当时墓也在那边。这首悼念亡友之作,写在1944年11月20日抗战艰苦岁月中。一、二句系白描叙事,但相亲文人之友情溢于言表。三句说"我",一下子跳到反法西斯战争的时代大背景中,诗人的凄苦、焦灼、切盼胜利的心情尽在短短8个字中。最妙的是末句竟然埋怨起死者的安逸来了。生不如死时痛悼又说得如是轻松,沉挚的痛悼又说得如是深切而淡然。题云"口占",确为脱口而出。
二、三句之间一个由实至虚的跳跃,三、四句之间更是由生入死的一
个转折。多一句不得,少一句更不可,完全是诗人胸中长期郁积的一
股沉痛、悲凄、愤然之气的自然喷发。朴实无华,确是一首并无警句
而天然浑成的佳作。再如纪弦的《你的名字》。全诗 5 节 18 行,"你的
名字"重复了 15 次。围绕着你的名字,展开唤、写、画、梦、刻 5 种
动作,构成一个大圆。第三节用 7 个"如"的明喻,来形容"你"的
名字。第四节是刻,刻在树上,刻在不凋的生命树上,意思情感与句
子长度都在递进。当树大,名字也大起来,第六节便从大、亮,又回到
唤。"你的名字"有如车轴,轮子的众多车辐都借此支撑并转动起来。

　　诗语言的生成性虽有三个层面,但显然是个整体。超越日常语言
提供了诗作的语言基础,阅读欣赏的再创造性又指明了诗语言的客观
需要与最终目的。主体和关键部分当然在于诗篇的语言创造。诗语言
的生成性即是诗语言的创造性。从诗语言的创造过程看,它是生成的;
从诗语言的生成实质看,它是创造的。从诗美整体性出发,首先创造
诗的元素,然后在诗气鼓满的意兴、情兴、象兴、韵兴与语兴相融合
的协力驱动下,语词与语词、诗行与诗行、诗节与诗节,相互关联、
促发、衍生,有机地自行组织成篇,这便是诗语言生成性的实质。而
诗语言创造的要妙正在于让有生命的语言自行组织起来,自行生成。
这正是所谓"语言说""纯粹所说乃是诗歌"的实质所在。

注释:

[1][3] 洪堡特:《论人类语言结构的差异及其对人类精神发展的影响》,商务
　　　印书馆 1989 年版,第 21、227—228 页。

[2][48][49][52][53]《海德格尔选集》下,上海三联书店 1996 年版,第
　　　986、1133、1089、1004、986 页。

[4] 唐晓渡、王家新编选:《中国当代实验诗选》,春风文艺出版社 1987 年版,
　　　第 203 页。

[5][6][7] 索绪尔:《普通语言学教程》,商务印书馆 1980 年版,第 102、

158、30 页。

[8] 亚里士多德:《诗学》,人民文学出版社 1962 年版,第 3—4 页。

[9]《马克思恩格斯选集》第 3 卷,人民出版社 1995 年版,第 355 页。

[10] 伽达默尔:《哲学解释学》,伦敦,1977 年,第 3 页。转引自王岳川《艺术本体论》,上海三联书店 1994 年版,第 80 页。

[11][14] 维特根斯坦:《名理论(逻辑哲学论)》,北京大学出版社 1988 年版,第 33、71 页。

[12] 海德格尔:《存在与时间》,生活·读书·新知三联书店 1987 年版,第 196—197 页。

[13][17][18][19][20][50][51][54][55]《海德格尔选集》上,上海三联书店 1996 年版,第 358、463、319、315、295、256、294、272、273—274 页。

[15] 波普尔:《科学知识进化论》,生活·读书·新知三联书店 1987 年版,第 409—410 页。

[16]《马克思恩格斯全集》第 3 卷,人民出版社,2002 年版,第 212 页。

[21] 刘勰:《文心雕龙·比兴》。

[22] 费诺罗萨:《作为诗歌手段的中国文字》,见庞德《比萨诗章》,漓江出版社 1998 年版,第 251—254 页。

[23] 弗洛伊德:《论创造力与无意识》,中国展望出版社 1986 年版,第 49-51 页。

[24][25][26][27] 弗洛伊德:《精神分析引论新讲》,安徽文艺出版社 1987 年版,第 16—17、17、17 页。

[28] 刘勰:《文心雕龙·比兴》。

[29]《〈意象主义诗人(1915)〉序》,琼斯编《意象派诗选》,漓江出版社 1986 年版,第 158 页。

[30]《意象主义》,琼斯编《意象派诗选》,漓江出版社 1986 年版,第 150 页。

[31] 钱钟书:《管锥编》第 1 册,中华书局 1986 年版,第 12 页。

[32] 埃利蒂斯:《光明的对称》,《国际诗坛》第 2 辑,漓江出版社 1987 年版,第 129 页。

[33][37][44] 帕斯:《批评的激情》,云南人民出版社 1995 年版,第 163、164—165、49 页。

[34][35][36][45][46][57][58][70] 帕斯：《论诗与诗人》，《世界文学》1991 年版，第 3 期。

[38] 阿瑞提：《创造的秘密》，辽林出版社 1987 年版，第 14 页。

[39]《论语·阳货》。

[40] 白居易：《与元九书》，《中国历代文论选》上册，中华书局 1962 年版，第 399—400 页。

[41] 鲁迅：《无题·万家墨面没蒿莱》。

[42]《王国维学术经典集》(上)，江西人民出版社 1997 年版，第 317 页。

[43] 钟嵘：《诗品序》。

[47] 司空图：《二十四诗品》。

[56][62]《沧浪诗话校释》，人民文学出版社 1961 年版，第 24、10 页。

[59] 华兹华斯，《〈抒情歌谣集〉1800 年版序》，伍蠡甫主编《西方文论选》下卷，上海译文出版社 1979 年版，第 17 页。

[60][64][67][73][74] 苏珊·朗格：《艺术问题》，中国社会科学出版社 1983 年版，第 7、43、149、143、49 页。

[61] 贾岛：《题诗后》。

[63]《罗丹艺术论》，人民美术出版社 1987 年版，第 3 页。

[65] 雅克·马利坦：《艺术与诗中的创造性自觉》，生活·读书·新知三联书店 1991 年版，第 143 页。

[66] 蒂波代：《法国文学史》，见《马拉美诗文集》，浙江文艺出版社 1996 年版，第 389–390 页。

[68] 霍拉勃：《接受理论》，《接受美学与接受理论》，辽宁人民出版社 1987 年版，第 367 页。

[69] 姚斯：《走向接受美学》，《接受美学与接受理论》，辽宁人民出版社 1987 年版，第 178 页。

[71] 卡西尔：《语言与神话》，生活·读书·新知三联书店 1988 年版，第 105 页。

[72] 韦勒克、沃伦：《文学理论》，生活·读书·新知三联书店 1981 年版，第 204 页。

第六章

诗的作用

43. 诗的无用之大用

诗有什么用处？诗是天上的月亮，当不得大饼吃，当不得棉袄穿，比书生更加百无一用。不，诗有无用之大用。

无用之用的思想是老子最先提出来的。他说："三十辐共一毂，当其无，有车之用。埏埴以为器，当其无，有器之用。凿户牖以为室，当其无，有室之用。故有之以为利，无之以为用。"[1]这段话有两层意思。一层，"无"与"有"一样有作用，甚至有更大的作用。既能因其所无而用其所有，更能因其所有而用其所无。毂是车轮中间车轴贯入处的圆木。因毂的中空方能贯轴，使轮子能够转动，才"有车之用"。器皿的中空正是装东西的地方。房子不留出空间，开出门窗，便无从住人。这是以无为用。另一层，虽未明说，意思是包含在内了，就是无用之用。无，空无，似乎无用，实则有用。比如毂的贯轴的中空，器的盛物的虚空，房子所留的空间所开的门窗。其实许多事物的有正是为了构成无，真正或主要作用的就是这个看来无用的无。

庄子读通了后一层意思，明确提出了无用之用。他说匠石到齐国的曲辕，"见栎社树，其大蔽数千牛，絜之百围"，却弃之不顾。弟子疑问，匠石说它是"散木"，"不材之木也，无所可用，故能若是之寿"。庄子因而论曰："山木，自寇也；膏火，自煎也。桂可食，故伐之漆可用，故割之。人皆知有用之用，而莫知无用之用。"[2]请注意，这里的有用无用是相对的，应当分清相对于谁，对于什么事情而言。散木对于用材的匠人来说确为无用，但对自身的长寿却大有用处。前面提到那个"杀雁"故事，哑雁就其鸣叫虽为无用，而就其待客却仍然有用，还是因其"材"而死的，不过它少了鸣叫的用途，又是因其"不材"而死。至于庄周所说的"将处夫材与不材之间"，那是很需要因人因时因事而掌握分寸的。

还有一种无用之用。惠子谓庄子曰："子言无用。"庄子曰："知无用，而始与言用矣。夫地，非不广且大也；人之所用，容足耳。然则厕足而垫之致黄泉，人尚有用乎？"惠子曰："无用。"庄子曰："然则无用之为用也，亦明矣。"[3] 人的立足之地很小，如果将足外之土全掘光，使他面临深渊，他还能站得牢吗？可见足外之土还是有用的。这是又一种无用之用。此后阐述这个道理的颇多。比如，《淮南子·说山训》说："走不以手，缚手，走不能疾；飞不以尾，屈尾，飞不能远。物之用者，必待不用者"，"物固有以不用为大用者"。徐枋说："矢之利用者，分寸之镞，而必任之以三尺之干；笔之利用者，分寸之毫，而必任之以七寸之管。子欲用笔而去其管，用矢而去其干耶？"[4]

现在说到诗歌到底有用无用，那就更须作具体分析了。一首具体的诗，有质体、载体之分。质体指诗中所涵的诗美。载体指诗美以外诗中所负载的东西，也就是诗中外加的作他用的非诗的东西。先说载体。所谓纯诗的主张是要将载体清除干净的意思。这很少可能，有时也不必要。唐人是颇盛行以诗作他用的，几乎遍及社会交往的各个方面。比如至今仍脍炙人口的朱庆余《近试上张水部》"妆罢低声问夫婿，画眉深浅入时无"云云，并非谈情说爱，却是为科举而干谒的献诗；而张籍的答诗"越女新妆出镜新""一曲菱歌抵万金"云云，则使朱之名流于海内，遂登科。能说有载体的诗都是坏诗吗？当然，"汤头歌诀"之类则为非诗。

至于诗的质体即诗美本身，其功用可分表里两层。一层，偏于表面，与载体的作用颇难分清。就是孔子所说的兴、观、群、怨，还有"迩之事父，远之事君，多识于鸟兽草木之名"[5]。还有"不学《诗》，无以言"，将诗用作巧妙的言语应对。在孔子看来，诗的作用大矣哉。具有启发、鼓舞、感染的作用，发动群众、组织群众、群众相互教育的作用，批评、讽刺不良政治的作用，认识社会现实与体察民情风俗的作用，社会政治道德教化的作用，增进社会和自然知识的作用，提高处世应对能力的作用等等，简直可以作用于社会生活的各个领域。自 20 世纪 80 年代以来，有一种回到诗本身的主张，似乎要把诗的这些作用一概摈弃，力求使诗与社会相脱离，这恐怕也是诗被社会所冷落的原因之一。

另一层，深入诗美内核，是更纯正的诗的无用之大用。这个大用表现在三个方面：一是肩负着诗的最高使命；二是涵蕴着诗的二重功能；三是作为所有艺术美创造的酵母培养基。

本来诗就有广、中、狭三义。其广义："一切艺术本质上都是诗（Dichtung）。"[7] "诗人就是说话的人，命名的人，他代表美。他是一位君主，站在中央。"[8] 代表美的诗人，使文字的诗通向一切艺术，成为一切艺术创造的酵母，或曰 DNA。亚里士多德说："史诗和悲剧、喜剧和酒神颂以及大部分双管箫乐和竖琴乐——这一切实际上是摹仿，只有三点差别，即摹仿所用的媒介不同，所取的对象不同，所采的方式不同。"或"用颜色和姿态"，或"用声音"，或"用语言来摹仿"。[9] 在摹仿这一点上，或者用现代的说法，在表现这一点上，一切艺术是共通的。就是说，诗美创造艺术可以通向一切艺术创造。当然，现代的一些美术家、音乐家是主张在美术或音乐中排斥诗美的，实际上仍然排而难斥，所接受的不过是诗美的现代形态而已。中国的现当代小说家，几乎都在早年写过诗。在西方亦类似。中国现代小说一度颇为流行的"三无""玩语言"等等，实质上包含着小说的一种诗化。

44. 诗的最高使命

是的，诗有自己的最高使命。诗的最高使命是最完美地创造诗本身，是以诗美创造最充分地体现存在的本真、生命的纯粹与生活的真谛。

诗就是诗。任何事物的最高使命首先是实现与完善自身。身之不存，即无其他任何目的或使命可言。诗的最高使命是最完美地创造诗本身，这是一切赖以立足的第一义。

最完美的诗总是立体地呈现生命的纯粹与生活的真谛。诗所呈现的生命，是诗人的生命，更是人类的生命的真谛。人的生命个体各以自己特有的方式存在。生命的展开即为生活与劳作。最能体现生命精髓的是劳动的创造性、创造性的劳动。纺织女工的生命主要结晶为布帛绸缎，诗人的生命主要结晶为诗篇。不过，布帛绸缎的原材料是棉纱蚕丝或化纤，诗的原材料则为诗人的生命体验与生活经验。或者从根本上说，是诗人于生活中所经验、体察与领悟到的人类情感与生命意识。诗正是诗人所体验的生命意识与人类情感创造性的语言呈现。体验得愈深刻、精湛、博大、恢宏，呈现得愈精美、生动、独特、神妙，愈是好诗。最完美地创造诗本身是以诗美创造最充分地体现生命的纯粹与生活的真谛。生命意识一分为二，即为自我意识与使命意识。只有使命的完成，才是自我的实现。在马斯洛的人的需要七个层级的金字塔中，自我实现居于最高层。他说："需要越高级，就越少自私。"[10] "如果不考虑到人生最远大的抱负，便永远不会理解人生本身。"[11] 大诗人无不悲天悯人，胸怀博大。杜甫的心胸宽于"大庇天下寒士"的千万间广厦。但丁的入地狱，历炼狱，登天堂，只因为他的"欲望和意志已像／均匀地转的轮子般被爱推动"。聂鲁达的放声歌唱，是为了"给一切活着的人以和平——给所有的陆地／所有的江河海洋以和平"，为了"春天呵在四面八方将我等待"！桑塔雅纳在《诗歌的基础和使命》中认为，"诗歌所追求的最高目的就是天命——即真理"。而"判定经验和命运的理想"即为诗的"最高使命"。王国维也指出"以血书"的真正诗人，应"俨有释迦基督担荷人类罪恶之意"。[12] 可以说，诗在一切艺术中最富于共产主义精神。"**共产主义是私有财产即人的自我异化的积极**的扬弃，因而是通过人并且为了人而对人的本质的真正占有；因此，它是人向自身、向**社会的**（即合乎人性的人）的复归"，它是"完成了的人道主义＝自然主义"，"它是人和自然界之间、人和人之间的矛盾的**真正**解决，是存在和本质、对象化和自我确证、自由和必然、个体和类之间的斗争的真正解决"[13]。

诗的为艺术与为人生、自适与济人，在根本上是一致的。纯粹的生命只能是个体与群体的和谐一致，致力于圣洁的奉献。奉献给诗，奉献给自己的生命的高峰体验、自我确证与自我实现。奉献给真正解决了人和自然界、人和人的矛盾的每个人的自由发展是一切人的自由发展的条件的联合体的最终实现。当然，诗的奉献只能以诗的方式。

45. 诗的二重功能：自适与济人

生命意识是诗的总根子，而使命意识则是生命意识的深入。生命意识是"一"，与使命意识呈"二"的则是自我意识，生命意识是自我意识与使命意识的合二而一。人，无不追求自身个体的生存与发展；但这种追求又只能依赖于社会群体实现。个体与群体的对立统一，不仅外在于个体，而且深入个体的体内。就内在心理层面来说，个体与群体的矛盾即体现为自我意识与使命意识的相斥与相成，虽相斥而终相成。

亚理士多德所用"katharsis"一词，确实妙不可言。诗兼有宣泄与净化两种功能。从自我意识，从创作过程来说，诗的功能是宣泄。从使命意识，从欣赏过程来说，诗的功能是净化。合起来，宣泄的及人为净化，净化的自足为宣泄。宣泄是净化的流程，净化是宣泄的归宿。不过并非所有宣泄都能净化。但不能净化的宣泄，卑污的宣泄，绝不能结晶成诗，至少不能成为好诗。宣泄与净化是诗的无用之用，超功利的功利。

中国古代正直的知识分子，往往达则兼济天下，穷则独善其身。兼济驱动于使命意识，独善拘守于自我意识。穷达主要决定于错综的客观条件，兼济与独善主要取决于主体因素。兼济与独善因时而异，是本质上同一的处世方式。这种处世方式有较为均衡的，也有畸轻畸重的。杜甫热衷于"致君尧舜上"，李白称意于人生在世的"开心颜"，白居易时而专重讽喻，时而只顾闲适。苏轼可能稍为均衡一些。他们都是大诗人。好诗原非拘于一格。

闲适是自娱、自适。美刺是为时、济人，两者正体现了诗的二重功能。诗的自适主要是宣泄，在宣泄中创造美以供自我享受，以此作为人生一种乐趣。诗的济人主要通过读者在审美过程中，于悦乐的无意间净化心灵。但是，诗总是写给人看的。只写给自己，终生锁在抽屉里的也有，但极为个别，如狄金森。赠人至少是给所赠的人看。拿来发表更是着重给尽可能多的人看了。诗一经给人看，便难免宣泄兼净化，自适兼济人，两者是无法完全绝缘的。济人首先自济，自适终将适人。于是诗的两种功能，从根本上合而为一。

值得注意的是，自适的诗有时反而更能济人，而济人的诗有时却无济于人。这里的秘密在于从生命的纯粹到诗的纯粹。诗之所以自适与济人，全靠诗美的创造。愈是接近纯诗，愈能发挥诗的宣泄与净化作用，愈能自适济人。诗的使命意识与自我意识都是生命意识的深化，而深到彻底，两者便又合而为一。自然，诗是一种超语言的语言艺术，从生命的纯粹到诗的纯粹，必须以语言的纯粹为中介。诗的语言永远处于被创造的状态，本身也是生命的一种存在方式。诗的生命意识凭藉语言表现的审美的深化，是自我意识与使命意识的和谐，是自适与济人二重功能的统一。

20世纪最后20年的中国新诗，花样翻新之剧，多方取向之繁，自觉进行之速，确为史无前例；而作为新繁荣期来临前的序幕或演习，其重大的历史意义与功绩，也为越来越多的人所察见。当然也有不足，最大的不足是浮浅。好在一些有实力的青年诗人也已宣称，"将会稳重起来"。是的，稳重起来，向着生命意识的核心深入，便可抵达自我意识与使命意识、自适济人的交汇点。这是中国新诗的光辉境地。

将新诗的近30多年历程描述为正题—反题—合题的否定之否定，也未始不可。但这合题的做法，倒不是大家都去向自己相反的诗风转化，而是各自沿着正在行走的方向继续深入。偏重自我意识的诗人，向生命深层挺进，便会逐渐解悟生命的真正价值离不开济人，离不开有益于人群；而无使命的自我必然软弱而空虚。强调使命意识的诗人，向生命深层挺进，也会日益痛感诗的根本使命在于创造诗美，诗只能以诗美济人。而非诗美的说教，难免乏味而无力。真正深入美丽的自我，不可能不通向最广大的人心。真正为人群而奉献的最宝贵的东西，也唯有自己一颗美丽的心。在诗的"地心"，自我意识与使命意识、自适与济人、出世与入世、日神精神与酒神精神、游戏与创造，皆融合为一。这便是生命的纯粹通过语言的纯粹美化为诗的纯粹。

我们无须急躁。我们可以期待。而这，在新世纪以来日益露出明显的端倪。

46 诗的凝重与深刻

诗必然走向凝重与深刻。凝重不等于深刻，但较易通向深刻。深刻不一定凝重，却有力地促使凝重。一旦诗坛凝重与深刻成风，便是产生大诗人的征兆。

诗坛的喧哗与骚动曾经达到极点，再也难以为继，后来逐渐趋向沉静。在10年史无前例的罐头式禁锢之后，诗的冲决最为猛烈。从朦胧诗的崛起，到"中国诗坛1986现代诗群体大展"，中间虽有起伏，总的趋势却是诗歌在文学艺术界一路领先，猛冲猛打，凌厉无前。但这期间也逐渐显出两个变化：一个是诗在意蕴上英雄主义的使命感与悲壮感渐次减退，孤独感与荒谬感、无聊感与厌倦、小市民的琐屑平凡心态等，显然增长。一个是形式与表现手法上的极度多样化与全方位探索，竭尽其花样翻新之能事。这两种变化相表里、相融合，便造成一时中国诗坛的三重奇观：宣言旗帜林立与创作实绩欠佳对比鲜明，形式高速更替与内涵不断稀释反差强烈，诗坛喧闹狂热与坛外置之漠然冷热相反。于是，中国诗歌变革在越过1986年最高点，经过一段惯性运行之后，不得不放缓速度，逐渐沉静下来。无论从内涵上照搬或改装西方后现代主义的种种感觉与情绪，或是从形式上竭力仿效欧美与自行探索，现在可以说，诗坛的新调子已经唱完。但是，表层的新调子少唱，适足以使真诗人们将眼光更透入诗美创造的深层，出现了20世纪最后10年的相对沉静。

沉静产生积淀，积淀渐见凝缩，凝缩增大比重，诗的凝重便在所难免。铅块或金子的凝重，自然下坠而深入，诗便日益迫近时代精神的核心，迫近社会历史的本质，迫近人性与人心的最底层。也许诗坛并不那么自觉，但这个趋势是注定了的，或迟或早，时间将予以证明。

"时运交移，质文代变。"[14]同任何事物一样，诗在冥冥中有自己的发展规律与历史行程。中国诗的走向凝重与深刻，与当今的社会发展有着极为深刻的内在联系。新世纪伊始，随着社会经济的变革与演进，民主与法制的要求必将以各种不同形式不可抑制地日渐高涨与逐步实现。社会的政治经济通过社会文化与社会心态，在诗坛会有最敏感的反映。诗的意蕴与意绪必将逐层蜕去幼稚、盲动、浮浅、急躁、颓唐与消沉，而渐见其沉稳、凝练、深挚、老辣与厚重。诗的表现形式也将在现有基础上淘洗与筛选，熔冶与锤炼，或突出一种主调而兼采各色或汇合众长而集其大成。中国新诗将在时代大潮的规范与自身演变的延续双重影响下，渐显其总体上的变化。会有起伏曲折，会有各色支流，但其主流将缓缓地走向凝重与深刻，对此我敢预言。而且即使在时下，已有少数行远的实力诗人拿出足可称道的创作实绩。

诗的凝重与深刻，不可能不在表现形式上呈现出来。风格依然是多样的，绝不会重演灰色单调的整齐划一。但从意象创造、语言表现到诗行排列，刁钻古怪的东西将会有所敛减。可以预计，有两种倾向会逐渐加强。其一是一向称作的横向移植与纵向承继，在日益融合中外古今诗歌大继承理念。当今中国诗人中勇于且善于向外国新潮与本国传统双管齐汲的强者，期望其诗艺的长足进展是不会落空的。其二是寻求美与懂的统一，寻求雅俗共赏，啤酒瓶与夜光杯的谐合与交融，将越来越为各方所关注。诗是贵族的，也是大众的。它永远摆荡于两极而不会久离平衡位置。在这两种倾向交汇的基础上，诗的语言较为明朗又更为凝练。现代诗"汉诗"倾向与后现代主义倾向的东西分流，在语言表现上都会自觉不自觉地向对方移动。新潮表现形式上多渠道地悄悄地有所接近。诗的意象艺术、抽象艺术与叙述艺术各自加强而趋于三位一体。诗语言上的陌生化与口语化亦在日渐融合。在总的趋势上，将会朦胧飘忽又不是无法捉摸、解悟无门，口语流畅而又精美蕴藉、韵味隽永。

诗的凝重与深刻，主要体现于情感美与意蕴美。在表现形式上的多方追求探索乃至哗众取宠之后，外表的新鲜感、奇特感将逐渐为腻味的厌烦所替代，人们瞩望的眼睛便会自然转向诗的内在，渴望内涵上的凝重与深刻。不是重新强化伦理说教，不是再作最新政策图解，而是对于时代精神的真实体现，对于现代中国社会根本历史需求的呼号与奋争，是凝结着全部人生体验又通向亿万人内心深处的一种真知灼见与深彻解悟，复流动为真挚情感与情绪而作诗美升华。意蕴美中当然有一定的意义。这个意义愈重大，愈深刻，愈有独到之处，愈能上升到启人心智的哲学高度，愈好。诗的深刻主要是诗美意蕴哲理的深刻，人生解悟的深刻。但意蕴必须溶解于情感与情绪。意蕴的比重和溶解度愈大，情感的浓度也就愈高。高浓度的纯真感情有较大的凝滞性，诗便自然显得凝重。只有诗意诗情上的凝重与深刻，出之以意象、韵律与语言表现上的凝练、厚重、深挚与纯净，才有真正的诗的凝重。

诗的凝重与深刻，根本在于人生的凝重与生命的深刻。茫茫人生不是佛家的无边苦海，人生活于社会群体之中，各个体的主观愿望和需求之间的相左、矛盾、碰撞与斗争，比比皆是，势所不免。愿望无法实现，需求不能满足；爱者的离弃，仇者的凌侮；阶级的压迫，同僚的相倾；劳动的重累，生活的艰辛……生活于盛唐的李白，尚且发出"人生在世不称意"[15]的慨叹。即使在现时代，也难以事事如意，时时欢乐。敏感的诗人，同样无法超然出世，倘若不想自欺欺人，诗的凝重便在根本上不得不然。由沉重的人生进而体验生命的真谛，自怜自爱者有之，悲天悯人者有之，自爱与悯人，小我与大我，在体验与感悟的极处，复又合而为一。也有自暴自弃而至于自杀的，也有疾世遁世而自我放逐的，但真正的自弃或出世者无诗。写诗即为不能忘情于人世的明证。入世而又大彻大悟的诗人，莫不凝重而深刻。真正将自己的人生体验与生命精髓熔铸成诗，并不着意追求而凝重自至。

此时之诗，虽深刻而凝重，亦潇洒而纯粹。而时下的一些诗坛佼佼者正在沉着致力于此。

47. 诗的大气与潇洒

诗本能地追求大气和潇洒，追求开宏的厚重、高雅的自然。

诗的潇洒在根本上是人的潇洒，诗人主体的潇洒。人生在世，做诗人是难逃的劫数。诗是一种永恒的诱惑，终生的折磨。衣带渐宽终不悔，为伊憔悴为伊瘦。诗人在相当程度上是自讨苦吃，也只好"以苦为乐"，而生出诸多欢畅与快乐。于是，便有一种自我解放，内在的自由。处世与作诗，也便自然地潇洒起来。潇洒是人或诗的一种存在方式。死生荣辱，穷通得失，皆置之度外。泰山崩于前可以无动于衷，蝼蚁蠕于地又能萦绕梦魂。这一类诗人不自作聪明，不难得糊涂，不傲世，不媚俗。一切顺其自然，行止唯求心安，做个普通、实在、真切、自然之人。爱诗不过顺性，写诗只在兴起，只在钟意。提起笔来，行于所当行，止于不可不止。全身心地投入诗，又出之若不经意。于是，人潇洒，诗亦潇洒。

诗的潇洒在于诗意的潇洒。只有意蕴的潇洒，才是神髓的潇洒。宇宙意识，当代意识，开拓意识，爱国济民，先觉普度，大慈大悲，大智大勇，诗人当集仁者、智者、勇者于一身。纵知诗最为无用，诗人仍孜孜成其无用之用。将大千世界，纳之方寸。一点诗心，上下洞烛千百代奥秘，四方遍触亿万人心弦。乃悟道之无所不在，在蝼蚁，在稊稗，在瓦砾，亦在矢溺。因之题材无限，大小宇宙，身内身外，一切皆可入诗。入诗的一切皆有我，有我的心境，我的感受，我的沉思，我的评价。诗中的小我，又与千万人的大我息息相通，合而为一。意若在此，不即在此，不限于此。若浅若深，浅深有味，若有若无，有无皆妙，无拘无束，涉笔成趣，耐人寻味，涤人心魄，便是诗在骨子里的潇洒。诗意潇洒，诗自风流。

诗的潇洒是诗情的潇洒。诗美中流动的深层质体，正是饱和意蕴的诗情，激情热烈而汹涌，动人心魄。情绪无端而绵延，不绝如缕，莫名其妙，沁人心脾。心境平和而澄明，若止水而百景毕呈，以我入物，化物为我，似不动情而移情最力。诗情的潇洒，要在不失其真。或激情，或情绪，或心境，或三者以不同的配比与方式融而为一，都无不可。不强求，不作伪，不滞不塞，不滥不泛，唯兴之所发，起伏曲折，飞跌行止，一任其自然。诗情的潇洒是资质的潇洒。天生丽质，一笑百媚，淡妆浓抹，蓬头乱服，无不相宜。诗情是创造古典意境美或现代诗美时空的内驱力。只有诗情的潇洒，才能使诗的潇洒形神俱足。

诗的潇洒显为诗韵的潇洒。这里的诗韵，不限于诗的韵律，是指通过心灵的幻化，诗中一切可以诉诸耳目感官的东西，也就是包括绘画美、音乐美、建筑美在内的形象美和形式美，乃至意境美，诗美时空的整体具象。诗意与诗情蕴含其中，可视听、可感触的只是诗的风致与韵味，只是意象的流动、音响的节奏与旋律，只是诗美时空的呈现与变幻。潇洒的诗，其诗美时空可大可小，可繁可简，可丽可朴，在所不拘，但皆须真切而富于独创。可以匠心独具，或大刀阔斧，或精雕细琢，不见斧凿之痕。善于随物赋形，生动活泼；善于异想天开，神化莫测。或雄浑横绝太空，或冲淡苒苒惠风；或纤秾碧桃满树，或沉著月明夜渚；或典雅落花无言，或高古人闻清钟；或洗练空潭泻春，或劲健行气如虹；或含蓄不着一字，或委曲幽幽花香；或豪放吞吐大荒，或悲慨雨漏苍苔；或流动如转丸珠，或飘逸蓬叶御风。百态千姿，尽皆生意盎然，真切大方，流畅自然。诗韵的潇洒不只是诗美的一种表现形态，是各态诗美可以共有的一种状貌特征。它寓神于形，以形流韵，以韵成诗，是诗美潇洒的表现，表现的潇洒。

诗的潇洒凝结为诗语言的潇洒。诗到语言不止，语言到纯且趋于默为至。诗的语言只能在运用现成的普通会话语言的基础上，予以适度的破坏与突破，而有所创造。为此，诗人纵向承继有生命力的母语传统，横向吸收有亲和力的域外新质，深度采掘自然形态的民间宝藏，或有所偏好，或并蓄兼收。更在诗语的提炼熔铸中，苦心孤诣，独特创造。无论典雅与素朴，华美与平淡，皆以恰到好处地表现诗美质体为准则，以得心应手为上乘。追求语势的劲健，语感的流转，语味的隽永，语质的纯粹。如此，方有诗语言的潇洒。

诗的大气不仅深入诗美蕴涵，而且通透诗美表现的潇洒、深刻与凝重，更呈现为诗美语言的既不拘一格，繁弦交响，又纯粹、透明而趋于雷声的渊默。诗的大气与篇章短长并无线性关系，长诗短诗皆可臻于大气。诗的大气即为诗的大国写作的精神所在。

能创造多量大气之诗者即为诗之大师。

注释：

［1］《老子》十一章。

［2］《庄子·人间世》。

［3］《庄子·外物》。

［4］徐枋：《居易堂集》卷四《戒子书》。

［5］《论语·阳货》。

［6］《论语·季氏》。

［7］《海德格尔选集》上，上海三联书店 1996 年版，第 292 页。

［8］爱默生：《诗人》，伍蠡甫主编《西方文论选》下卷，上海译文出版社 1979
　　年版，第 489 页。

［9］亚里士多德：《诗学》，人民文学出版社 1962 年版，第 3—4 页。

［10］［11］马斯洛：《动机与人格》，华夏出版社 1987 年版，第 116、5 页。

［12］王国维：《人间词话》，《王国维学术经典》（上卷），江西人民出版社 1997
　　　年版，第 342 页。

［13］《马克思恩格斯全集》第 3 卷，人民出版社 2002 年版，第 297 页。

［14］刘勰：《文心雕龙·时序》。

［15］李白：《宣城谢朓楼钱别校书叔云》。

中篇

笔底波澜

第七章
诗的道艺技

48. 诗美创造流程

诗是结晶为语言文字的诗美，是人的创造物，特殊的精神产品。它以宇宙与生命的生动形相、精妙魂魄为原材料，以审美的情感符号为工具。它最个性化也最社会化，消费与再生产为同一过程。它可以千百次被消费，消费包括更新。真正的诗永远消费不尽。作为诗质体的诗美，有自己独特的创造流程。明确其大体脉络，大有助于诗创作的文体自觉。

诗美创造全过程，包括创作者的创造过程和中介者与接受者的再创造过程。这两个过程是先后相继的，但在时空中又可以有种种大小间隔。而且前者为一本，后者为多枝，犹如枝叶繁茂的大树。一首诗可以拥有大量的读者。创造与再创造过程大体相类，后者往往是前者的变奏。中介传播者与读者在一定程度上也是诗人，否则他就无法重构诗美时空，无从深入诗境。当然读者赏诗与诗人作诗也有相异之处。读者所面对的毕竟隔着诗人的原作，要据入而出。没有一定程度的深入创作，只任自己想象的飞翔，感悟的连类，或者凭空自我陶醉，那是自己在作诗或做梦，与面对的诗作无关。读者再创造的艰苦与欢乐的程度，也毕竟比作者的创造少些。诗作者的诗美创造过程，可分创造主体建构与实际创作两大阶段。两者既有先后，又能相互促进，重叠交错。没有一定程度的诗美创造主体的建构，便无法进入实际创作。而创造主体建构又是动态的，能长进也能消退，且永无完成之日。尤其是诗作实践为主体建构最重要也最实际的手段和途径，不通过创造实践，诗创造主体永远建构不起来。

诗的实际创作又分为两个阶段：创作素材积贮阶段与具体创作实践阶段。应当注意，创作素材积贮与创作主体建构是很难截然分开的。两者不仅在时间上既有先后又大体同步，而且在发展中互相促进与渗透。但两者的性质又显然不同。创作素材相当于物质生产中的劳动对象，是诗人将创造性劳动加于其上的东西。创造主体相当于物质生产中的劳动力和劳动工具，是变革劳动对象的能力，是诗人将素材提炼创制成诗美的才华、技艺与力量的实体。更应当注意，创作素材积贮阶段也是隐性的创作实践阶段。在素材的提取与积贮过程中，诗人即已进入创作实践。这是诗创造主体对于审美客体（包括诗人自身的内宇宙）的矿原性诗美的发现、汲取、积累与酿造，其关键和实质在于审美的感觉、体验与参悟。首先是审美感觉。诗人用自己天生和练就的第三只眼睛去穿透内外宇宙，第三只耳朵去倾听万物的无声妙语。生活中的原生态感觉一向为诗人所珍惜，进而为审美体验。一颗诗心深入万物的灵魂，深入生活的底蕴，深入生命的本源，与之同歌同哭，与之一同经历情感上的起伏升沉，终于达到一种真善美信融合一体的透辟参悟，使天与人、物与我、色相与本体、现实与超现实，皆混沌与两忘，既深入而又超然。诗的创作素材和积贮，也包括知识学问与生活经验的积累，但在根本上是情感经历和生命体验的浓缩与深化。这是诗人艺术生命的成长过程，真正的诗人一生都在也只在写一首大诗。而某一首诗的创作，只是一次地下熔岩的喷发。当其喷发便进入显性的创作过程，即具体创作实践阶段。显然，积是发的基础、本根。要厚积薄发，勤积待发，善积偶发。一首诗的具体创作实践阶段，从创作冲动，到最后定稿为止，整个过程，短诗可以短到几分钟，长篇也可长达数十年。有一气呵成的，也有断续而反复推敲的。无论创作时间的长短，它的创造流程可以大致分为五期：混沌期、闪现期、结构期、丰满期和改定期。混沌期是创作冲动刚刚兴起，想写诗，也想到写某方面或某题材的诗，有情绪，有一些模糊的意蕴，也有一些朦胧的形象在浮动，有时候还有一种无声的旋律在涌动，但一切都不很分明，混沌一片。这种状态可能很短也可能长些，或者几天内断断续续，还可能拖入梦境。终于，心中电光一闪，闪出一个妙句，一个中心意象，或者一种诗美时空结构方式，精神为之一动、一快，这便是闪现期。闪现的妙句，可能是起句或是结句，也可能是中间的某一警句，便从此向下、向上或向两端推演、发展，作为全诗大体上的构思。闪现的中心意象，也会中心开花，向四方辐射，各种派生的意象与诗句源源而来。闪现的结构方式，也会促发意象和诗句建构起全体的总脉络。这便是结构期。一般地说，在结构期之中和之后，便会落笔书写了。在诗行顺着情绪与思路不断在纸上出现时，诗美时空逐渐显现并完整起来。写着写着，往往又有神来之笔，诗便大为丰满与生动起来。打草稿与丰满期大体同步。也有在结构期或结构期中途便开始打草稿了的。草稿完成了，再作一番审视、修改、删定，一首诗也就大功告成。当然，这是就一般的大体过程而言。有时，有些短诗，可以出口成章，无所点定，将混沌期、结构期、丰满期与改定期统统浓缩于闪现期中。也有全部诗句都打好腹稿的，动笔只是将腹稿笔录出来。至于将其中某些时期重叠交错起来或者略去的现象，几乎所有诗人都有过这方面的经验。

在诗的具体创作实践阶段，有四个要点需要特别注意。一是意、情、象的碰撞与融合。意寻找象，象探究意，往往是双向活动，情是中介与内驱力。生成一个意象，又连类一个意象，互相生发、映衬、制约。意象确是诗的基元，一个新颖而绝妙的意象的闪现，凝聚着诗美创造的痛苦与欢乐。二是以意象构建诗美时空。这是意、情、象在总体上的碰撞与融汇，在情感、智力、理性与无理性的协同作用下，遵循着独特的意象逻辑和必要的抽象逻辑，将情、意、象熔铸为诗美的有机体。诗美体现人的生命，自身也是一种审美的生命。现代诗尤其注重从意象到诗美时空的整体结构。三是诗的叙述艺术的作用。在诗美时空构建中，不仅意象的呈现与组合在起作用，而且抽象词的掺和与抽象逻辑的推导，尤其是叙述艺术的种种手法与方式也在起着重要的作用。四是诗与美的语言呈现。诗美与诗语言无法分离，但在创造过程中又往往不是一下子就融合无间的。笔下的诗句与胸中的诗情、诗意、诗趣并不完全吻合的情况，在创造过程中又是常有的，于是有诗语言的锤炼与推敲，有诗的语言痛苦。在诗的实际创作过程中，意、情、象和叙述的流畅精妙的融合，诗美时空的构建与诗美的语言呈现，四者交织在一起，互相渗透与促进，是整个诗美创造的要害与主体，贯穿于创作实践的混沌、闪现、结构、丰满和改定五个时期的始终。

纵观诗美创造的整个流程，不难看出，具体创作实践阶段是最后出产品的关键阶段，显然成败在此一举。而其中闪现期又是关键的关键，是诗美创造灵感的爆发点。但这种灵感闪现往往带有可遇不可求的特点。其实，诗人大量的艰苦工作，在于诗美创造主体的建构与创作素材的积累，借此创造灵感爆发的条件与诱因，并善于捉住不放，使之生长发展，结构丰满成诗。诗的灵感惯于青睐有心者和勤奋者。

49. 诗：贵族性与平民性的统一

1919 年，某夜，康白情在南京和六个朋友舌战了三个多小时，以各不相让告终。辩论的主题是：新诗是贵族的还是平民的。他主张："平民的诗"是理想，是主义；而"诗是贵族的"却是事实，是真理。不过，"尽管诗是贵族的，我们还是尽量要作平民的诗"[1]。俞平伯则说："平民性是诗的主要素质，贵族的色彩是后来加上，太浓厚了有碍于诗的普遍性。"[2]可见这个话题在新诗诞生的初期便已经有了。1943年，某日，臧克家在重庆一个老朋友家碰到一位客人，是个 70 多岁会写旧诗的老军人。经介绍，"这是新诗人某某"之后，老军人置若罔闻，俄尔口里嗫嚅地哼道："啊，大狗叫叫，小狗跳跳。"显然以新诗为鄙陋不足为道的东西。20 世纪 80 年代，有夜光杯与啤酒瓶的议论。直到 90 年代，有位青年诗人谈诗，开口便是："诗人既不是贵族也不是平民。"看来，这个话题延伸而贯穿近一个世纪，仍未打上句号。而盘峰诗会上知识分子写作与民间写作的争论，则是新形态的延续。

就其本性而言，诗天然是贵族的。诗的质体是诗美。诗美是意蕴美、情感美、形象美与形式美的有机整体，是最富于创造性的语言创造。诗美具有非美之美、隐意之意、失真之真、无言之言等先天痼疾。诗美创造之艰难困苦，唯身历其境者方能体会，唯真诗人方能创作真诗。一个诗人的诞生，必须具备三个条件：一是先天的素质与才能，二是后天的修养与努力，三是社会条件与机缘。人人写诗只能是狂热浮夸的神话。前苏联有人说过："苏联诗人多，每张树叶有 20 个诗人在写它。"我们也有人挖苦："写诗的比读诗的人多。"其实，真诗、真诗人，无论在哪个国家、哪个时代都只能是少数、极少数。这不仅因人的天赋多种多样，有厚有薄，有丰厚的诗人天赋者难免极少数；而且天赋只能提供可能性，成为现实需要后天努力。社会条件造就与摧折诗人的力量是强大的。真诗人的生活必须诗化，而诗化生活往往与通常生活格格不入。故诗人多坎坷穷困，容易在诗创作或肉体上夭折。唯诗的天赋丰厚，有坚强性格且能与社会周旋，又适得社会条件许可的机缘者，方能成为现实的真诗人。其为数极少，理所当然。即使真诗人，也不是一出口一落笔便是真诗。他也只能等待，至多是促进灵感的爆发，无法强求。故真诗更少之又少。清人赵翼诗云："少时学语苦难圆，只道功夫半未全；到老始知非力取，三分人事七分天。"[3]即为甘苦之言。这里的"七分天"的"天"，若不仅解作天赋，而是兼指诗人主体条件的主观努力以外的一切，则更为恰当。所有这些，还只是从真诗人、真诗的产生在数量上极少、极为难能可贵来说的。再从诗的艺术特质来说，它的接受的简易性和广泛性又天然受到极大的限制。诗过于直白总不利于诗美表现的。这样，从诗美创造和诗美接受两方面的本性，都规定了诗天然是贵族的。

同样，就其本性而言，诗又必须是平民的。诗美创造的全过程包括诗人创作与读者欣赏两个阶段。严格地说，一首诗不经读者之手便不能完成，便没有实现自己。语言的本质是社会交流，信息传递。诗这种情感化的审美言语，同样渴求交流，渴求信息终端。只是其信息蕴含与传递方式，同日常语言不同而已。真诗、好诗不被当世所赞赏的实事中外古今都有过，但也终于被接受。倘若永远不被接受，也就寂然湮灭了。这种情况实际上很多，是一种不免的社会悲剧。好诗、真诗的一时不被接受，根植于诗的本性，主要导源于诗本身的痼疾。诗必须独创，往往写成当时的诗观不承认是诗的样子，或为非美之美。诗的意蕴必须溶解于情感，呈现为意象，越隐蔽越好，或为隐意之意，难免使不少人不知所云。诗的意象讲求变形，崇尚想象与幻想，乖离日常耳闻目睹，或为失真之真，更易遭到审美定势的拒斥。诗语言虽以日常语言为元语言，为不可舍弃的基础，但又是一种不同质的符号系统，有自己新创的句式，独特的不同于抽象逻辑的意象逻辑，特别讲求跳跃、精练、妙悟，力趋无言之言。凡此等等，造成了诗美接受的重重障碍。就接受的广泛性而言，古典诗词比新诗更富于平民性，而愈是新近的现代诗愈少平民性。这是中国新诗尤其是现代诗先锋诗至今存在而亟须解决的一个大问题。

就其本性而言，诗的贵族性与平民性相反更相成，处于永恒的对立统一之中。其相成与统一，表现在创作与接受两个方面。就创作方面来说，饱和意蕴的诗美情感，以最能引起广泛共鸣为最佳。若以最佳的诗美内涵为贵族性最强，则同时即具有最大的平民性。这正是艾略特所强调的"诗歌的非个人的理论"和苏珊·朗格要求"表现人类情感"的真谛所在。即使诗美表现，在创新的根本要求中，也包含着以获得众多的接受者为旨归，古人谓之曰雅俗共赏。这不是媚俗，而是以大雅去征服最普通的人群。就接受方面来说，马克思在《〈政治经济学批判〉导言》中指出："艺术对象创造出懂得艺术能够欣赏美的大众……生产不仅为主体生产对象，而且也为对象生产主体。"诗的创作者与接受者相互生产，尤其是现代传媒的推波助澜，因而诗的平民性就有了不断增长的趋势。但诗美创造的本性最常动不居，诗的贵族性也在不断增长。这就使诗的贵族性与平民性的内外矛盾，处于永恒的解决与产生的过程之中。当今之计，一方面，尽量提高诗歌本身质量，以最高的诗美去征服广大读者，以大雅致大俗。另一方面，加强诗歌尤其是现代诗歌的评价导读工作，力求改变读者的审美定势，生产现代诗越来越广的读者群。再一方面，让现代诗与传媒更好地结合起来，并深入到大、中、小学校的课堂里去。这最后一方面是颇值得重视，需要勇敢者与有力者去推动去开拓的。帕斯在《诗歌与世纪末》中作了颇有信心的呼吁与预测："诗歌的两大传统在电视屏幕上汇合：写与说。……最终将实现人的两个得天独厚的感官的结合：视觉和听觉，意象与语言。我相信，美的快乐与诗的经验的双重条件很快会得到满足：节目与观赏。前者是参与和艺术交流；后者是同宇宙和我们自身的默默对话。在未来的诗中，读与闻，视与听，这两种经验应当联系起来。"这是实现诗的贵族性与平民性相统一的一条重要而可行的现代途径。

50. 关于大诗人：一个公式

当代大诗人 = 超现实主义 + 本土文化

这个关于大诗人的公式，虽然挂一漏万，且系杜撰，但也不无某种发人深省的东西，若能心领神会，颇能得其妙用。这个公式虽属杜撰，却非毫无事实根据。

事实之一是聂鲁达。他早年受到拉丁美洲现代主义诗歌运动代表人物尼加拉瓜诗人卢文·达里奥的影响，后来更热衷于法国超现实主义。《地球上的居所》一、二集，收集了其 1931 年至 1935 年间的诗作，显出鲜明的超现实主义特色。1934 年他到西班牙任领事。由于洛尔迦的被杀，由于西班牙的战事，街上的鲜血，使他诗中的丁香花和啁啾鸟语突然消失，转向政治抒情。但是，超脱实主义的艺术精神与手法，仍在他诗歌的血液中流行。他说："有些人认为我是超现实主义者，另一些人认为我是现实主义者，还有些人根本否认我是诗人。这些人都有些道理但都有些欠斟酌。我并不赞成现实主义，在诗歌创作上我厌恶现实主义。"[4]显然聂鲁达的诗，扎根智利和拉丁美洲的传统文化，面向现代世界的斗争现实，充分融合与发挥了超现实主义的诗歌艺术。

事实之二是洛尔迦。他英年早殇，并未得到诺贝尔文学奖。他跟聂鲁达是好朋友，一样热衷于超现实主义。但他更深深根植于本土文化，尤其是故乡安达路西亚和吉卜赛的谣曲之中。他以一种新的、现代的形式，复活了西班牙民族诗歌的传统。他的新歌谣尚未出版，即被口头传诵散布到全国，后来又轰动了美国，传遍了全世界。

事实之三是阿莱桑德雷。他是西班牙"二七年代"的骨干人物，1977年诺贝尔文学奖获得者。他的诗是一种浪漫主义和超现实主义的混合体。他在《受奖演说》中申言："诗歌和艺术永远而且首先是传统，在此传统中每一个作家至多只代表导致一种新的审美表现的链条中朴实的一环。""因此，一个曾经以超现实主义者始的诗人，今天却来为传统辩护，你们对此不必感到惊奇。传统和革命——这里是相同的两个词。"

事实之四是埃利蒂斯。这位"爱琴海歌手"和"饮日诗人"，曾留学巴黎。1928年初次阅读艾吕雅的作品，便深爱超现实主义。他认为，"超现实主义以其反理性主义的特征，有助于我们根据自己对希腊现实的理解来进行一种革命。"但是，"超现实主义的许多方面令我无法接受，比如它的狂言和对信笔直书法的庇护"。他说："我从来不是正统的超现实主义者。"他在肯定了一位采访他的姑娘的"超现实主义之所以在希腊的土地上开花结果，是因希腊的超现实主义者并不简单地模仿法国的老师，而是将超现实主义与本国的实际相结合"的观点之后指出："这才是真谛。"[5]或者换句话来说："那就是划时代的现代主义与祖传的神话之间的激动人心的遇合。"[6]确实，埃利蒂斯的诗正是将超现实主义艺术与希腊民族传统融合无间而大放异彩的典范。

事实之五是帕斯。1937年参加世纪反法西斯作家代表大会，他结识了聂鲁达、阿尔维蒂等人。次年又在巴黎与普列维尔等人相识，接触了超现实主义。1944年至1945年间，他在美国研究拉美诗歌。1945年，作为外交官驻巴黎，结识了超现实主义诗歌领袖布勒东，过从甚密。他的诗是溶化西班牙文化、墨西哥本土的玛雅文化和超现实主义艺术的光辉结晶。尤其是他的代表作长诗《太阳石》更为杰出的范例。他在《对现时的追寻》中有一句名言："对现代性的寻求是一种返本归原。"

还可以举出一些，诸如博尔赫斯、沃尔科特，然而够了。从这些当代大诗人的创作道路，可以归纳出这个诗学的近似的经验公式：当代大诗人＝超现实主义＋本土文化。

值得注意的有趣事实：正统的超现实主义者没有产生大诗人。许多大诗人都突破和超越了超现实主义。这就引起我们深思：超现实主义有其突出的长处和明显的局限。它的长处在于基本精神上符合诗的本性。它的局限在于某些方面走向荒谬的极端。应该说，诗的本性、本质是现实主义的，更是超现实主义的。诗，作为一种文化，一种精神现象，归根到底，是客观世界在创造主体的一种能动反映和创造。无论再现世界或表现自我，无论哪种创作方法和艺术手法，都逃不脱唯物辩证的认识论。从这个根本点说，是现实主义的。但诗的反映世界，特别突出主体的创造精神。诗绝对不是蝼蛄、蚯蚓，乃是雄鹰、云雀或凤凰。诗是情感与理智、理性与非理性、意识与无意识、现实与超现实相统一的创造物。好诗往往以超现实的形式更美更深刻地掌握现实。超现实主义强调在诗美创造上无意识非理性的作用，强调诗美意象和诗美时空的奇幻新丽，只要不走向极端，是切中诗的创造本性的。诗在自己特殊的本质上更是超现实主义的。它在本质上排斥爬行的庸俗机械的"现实主义"。不用说，这个公式所用的，是经过扬弃就其基本精神而言的超现实主义。

这个公式所指的本土文化，更是取其广义。当然包括本民族的传统诗歌，也包括本民族广泛的文化基础和心理积淀。而对民族母语的掌握更须纯熟而精湛。值得注意的是，并不是单纯将目光转向古代，一味向远古寻根。其实，最深邃的民族之根正是最深切地活在当世人民群众的心里与生活之中。深入本土文化与面向当今现实有着根本的一致性。而放眼世界，以异域文化为参照系，在比较中更易于辨识本土文化的特色与实质。这里包含着深广的诗歌的大继承理念。

这个公式的数学符号，亦当经过诗学的改造。加号表示结合、融合、化合、媾合、两者共同创造的意思。等号则仅仅表明在大诗人的审美主体建构和诗美创造实践中的一种趋势，一种努力方向。

51. 诗的现代性和圆

圆，最简单、最完美而神秘。空间是圆：从基本粒子到宇宙天体，无一不是圆的旋转体。时间是圆：日居月诸，寒来暑往，钟表的三根针走着或快或慢的圆圈。《易》曰："无平不陂，无往不复。"其《系辞》云："一阖一辟谓之变，往来不穷谓之通。"事物变通的轨迹是螺旋。故《老子》曰："周行而不殆，可以为天下母。"列宁在《谈谈辩证法问题》中很重视哲学史上的"圆圈"，并进而指出："人的认识不是直线（也就是说，不是沿着直线进行），而是无限地近似于一串圆圈、近似于螺旋的曲线。"宗教中，上帝和神佛头上都有一个圆圆的光圈。圆，简直是超级的上帝。

简单而完美的圆确有神秘性。"一阴一阳之谓道。""阴阳不测之谓神。"[7]宇宙间的万事万物在阴阳交合与交替中变化无穷，永远无法穷尽其玄奥，其未知而不测者便显得神秘。赫拉克利特说"在圆周上，起点与终点是重合的""上升的路与下降的路是同一条路"，[8]就接触到圆的某种神秘性。惠施曰："今日适越而昔来。"[9]帕斯的《运转》云："你总是刚刚才到达／你自开始就在这里。"相隔两千多年，又分居地球两边的两人，所说的话宛若迻译，因为都着眼于圆的神秘。《老子》推衍得更广："曲则全，枉则直，洼则盈，敝则新，少则得，多则惑，是以圣人抱一为天下式。"[10]"一"是什么？道也。道在哪里？在圆心。你在圆周上跑，我在圆心控制你，所以"道常无为"，"无为而无不为"。

是的，"敝则新"，最古老的即是最现代的。说了这么多的圆，无非是要为诗的现代性的寻求，提供一个至今很少有注意的重要甚至带根本性的方向：返本归原。

帕斯在诺贝尔奖的奖台上，总结自己诗歌创作的根本经验，发表演说《对现时的追寻》："我在寻找进入现代的门户：找要成为自己的时代和自己的世纪的人……我要做一个现代的诗人。""有一天，我突然发现自己并没有前进而返回到了起点：对现代性的追求是一种返本归原。现代性将我引向自己的开端，将我引向远古。决裂变成了和解。于是我明白了诗人只是世世代代的长河中的一个涟漪。"这位喜爱超现实主义又被称作后现代主义者的当世大诗人的甘苦之言，很值得品味与深思。对照他的杰作长诗《太阳石》更会有深切的解悟。

艺术，尤其是诗，最常动不居。革新、创新是诗的本性。但是前行的必由之路是曲线，是圆，是螺旋，是仿佛向旧东西的复归。说得偏激一点，小诗人在走小圈，大诗人在走大圈。无论自觉与否，不向传统汲取有用的东西，简直寸步难行。一些自以为极端标新立异的创造，几乎都可以从传统中找到某些因素或契机。诗只能是扎根本土文化而又最大限度地向世界汲取营养的鲜花。中国诗歌的源头是《诗经》与《楚辞》，还有《周易》经文所包藏的哲理诗和《古诗源》辑集的一些古逸诗。《老子》近乎韵文，若作抽象派哲理诗去读，亦无不可。《庄子》更是古代散文诗的精品，无怪乎庄骚并称。

现时是圆圈上的一点，向前是未来，向后是过去。未来的推进与过去的追溯，终将会合于一点：现时。这对于诗的演化时间更具有深刻的真理性。重要的一点是为了向前而回溯，以当代最先进的诗观去寻根探源，去探索古今的契合点，去获取创新的启示与动力。更重要的是，无论走向未来或溯源远古，都必须也只能以现时为出发点和归宿。其实，真正的古代、传统，其精华即为当代生活的神髓，仍然活跃于现时。帕斯说："西班牙人在墨西哥不仅找到了地理疆域，而且也找到了历史。那个历史依然活着，并未成为它的过去而是一个现在。哥伦布以前的墨西哥连同它的庙宇和诸神，已经是一堆废墟，然而赋予那个世界以生命的精神并没死。它在用神话、传说、共同生活的方式、民间艺术、风俗习惯等的密码语言同我们说话，做一位墨西哥专家就意味着要听到那个现在即那个存在对我们所说的话。聆听它，和它交谈，破译它，将它表达出来。"[11]民族的传统凝结于文化遗产，更潜隐于当代千万人深层的心理积淀和已成自然的各种习俗之中。它以强大的隐性力量制约着现代生活演进的动力与方向。诗的力量即在于深入本民族的集体无意识，更须聆听历史通过现时叙说的密码语言。应当说，当代中国诗人得天独厚。伟大的文明古国源远流长的密码语言，其深邃丰赡举世无匹。以新世纪的目光，深入腾沸的现实生活，直抵千万人的心灵深处，去聆听民族传统的密码语言，和它交谈，将它破译并表述出来，将产生当代诗歌的杰作名篇。最古老的即是最现代的，而其精髓最主要地应从当今现实生活的深处去汲取，这便是圆的神秘对于诗的现代性追寻的一个令人顿开茅塞的启示。

寻求诗的现代性返本归原，最深层的蕴涵是返归诗的本原，诗的本性和本质。存在与本质一体同行。存在的流变中，本质同时进展。诗更存在于不断的演进中。诗的本原亦在变化创新之中。无论是面向未来别出心裁的探索与变异，无论是同追溯过去活在现时的远古相契与交谈，无论是放眼世界开怀畅纳异域的热风冷雨，创造更高的诗美，从教化与激励人心上促进社会现实的前行，这便是圆心。诗的现代性的寻求，不可避免地受制于强大的向心力，画出一连串上升之圆。

是的，世间万事万物皆处于变与不变的永恒矛盾之中。诗的现代性最深层的本质是返本归原，返归诗的本质本体。因而诗的最本真的现代性即成永恒性，亦即对于时空的超越性。其最雄辩的历史事实证明，便是一切真诗好诗大诗或曰经典诗歌放之四海万世皆能为人所赏识传诵，而且在任何时间地点的任何人在捧读此诗时都有一种新作的新鲜感。

52. 现代诗美的特质

并不是现代人写的诗都是现代诗，也不是只有现代主义的诗才是现代诗。现代诗必须具备现代诗美，现代诗美有自己质的规定性，自己不可或缺的特质。我们考察现代诗美的特质，可以从诗美的意蕴、情感、形象、形式、结构与语言诸方面入手。

意蕴美的现代性体现了蕴涵与表现两个方面。就意蕴来说主要体现于时代精神与现代意识。各个时代都有自己的时代精神。一代人的思想、意识、情感、心态、需求与倾向凝聚成的体现社会历史本质的主流和潜流，是当代的时代精神。当代诗歌的意蕴美体现时代精神愈集中，愈鲜明，它的现代性就愈强。现代意识离不开现代的精神，更显出社会意识历史发展的现阶段的特色。比如，现代人的动感、飞动、跃动、振动、躁动，有开拓精神，也有烦躁不安。现代人的自觉、自立与自由精神，力图以人的身份与人交往，争取自我的独立发展。现代人的孤独感，在一切转化为赤裸裸的现金交易之后脉脉温情的丧失，在各自的独力情神和自我中心的心理隔离和勾心斗角之后的疲乏与寂寞。现代人的荒谬感，发现了世界荒唐与悖谬的一面，苦恼又寻求解脱，进而发展了一种自嘲或玩世的幽默感。现代人的宇宙意识与生死观，也显然不同于前人，伟大与渺小，进取与无聊，高尚与卑鄙，享乐与厌世，种种对立的东西，迅速更替而混合。就表现来说，一方面，理性与无理性同时加强，增加了理性的硬度和无理性的自由度；另一方面，诗的意蕴更加溶解于情感，表现为形象，由意象更为精巧而奇妙地结构诗美时空。以外貌的悖谬表现内涵的至理，以象征与暗示结构意蕴美的多层建筑，开拓它的深广度。

情感美的现代性根本在于情感素质的现代化。现代情感与理智有更大的亲和力。它溶解着高浓度的现代意识，不如古代那么单纯，那么强烈，较为朦胧也较为多味多彩。不错，雨果在给未婚妻娅代尔·付谢的信中明确宣称："诗，这就是爱。"但爱的内涵与表现古今有明显的差异。如果说，在古代，人的心胸是广大的，一个真正的人的心中就同时有许多神，许多神祇各代表一种力量，而人却把这些力量全包罗在他心里："全体奥林波斯都聚集在他的胸中。"[12]那么，在现代，人的心胸更为广大，聚集在他胸中的，不仅有许多神，而且有许多魔鬼和野兽。现代人的情感远较古人复杂，交织着许多相反相成的东西。现代情感在诗中往往不是直接的抒发而是有赖相对应的形象以表现。现代诗中的情感与情绪，往往经过一番冷处理，经过淬火，尽量隐蔽，外表显出一种智光的冷隽，或是幽默的灰黑。

形象美的现代性，其特征有二：一是蕴涵更为隐晦而深广，二是表现追求奇特与虚幻。诗总是以意象为主要基元，以之建构诗美时空。但以往的诗美意象多为描摹意象和明喻意象，意、情，象的结合比较浅显；现代诗美意象多为隐喻、拟喻、多重转喻和象征意象，意、情、象的结合更为深隐。因此现代诗的形象蕴涵比较朦胧，往往一象多喻、多征，其情意指向多方位又多层次，使赏悟者易于无穷连类，情致遥深而宽广。它所建构的现代诗美时空有更大的共享性，也更需读者再创造的完形性。不仅如此，古代诗美时空虽然也融和着诗创造主体的情意，使之蒙上主观情感色彩，但其时空景象大多离实景不远，变形的幅度较小。现代诗美时空虽然也立足现实，却更为放纵想象与幻想的飞翔，有大幅度的变形，往往将实景打碎，重新奇妙地组合创造超现实的虚幻景象，用以更深广地表现诗人主体的感受与情怀。

形式美包括音乐美与建筑美。音乐美的现代化主要是由外层深入内层，由音响深入情感。古代多格律诗，现代多自由诗，其中隐藏着音乐美现代化的奥秘。格律诗的音乐美很明显，由平仄、轻重、韵律、格式等较为外层的东西显现出来，着重于以语言的音响组成音乐性。不少自由诗将这些表层的音乐要素都去掉了，它的音乐只能深入音乐的灵魂，同时深入语言的情感意蕴。音乐的核心只是节奏，

由节奏组成的旋律，有旋律表现的情意。自由诗的音乐性通过语言的自然节奏与蕴意的情感流动相和谐而体现出来。这正是现代音乐性的真谛所在。现代诗也可以格律化，但现代格律的韵律与格式一定要注重现代语言的自然节奏，注重语感的流动，尤其是现代语言旋律所体现的诗美情感，深入诗语言的本体，深入诗美的核层。现代诗更为讲求诗的散文美，讲求深蕴音乐灵魂的散文美。建筑美的现代性则在于与音乐美相表里相一致，也倾向于自然错落之美。

结构美的现代性突出地表现在增强诗的张力与平衡。现代诗在结构上使诗有更多的弹性，又更趋于严密。所谓结构上的严密是指诗的完整性与有机性，不仅追求诗美的形式、形象、情感、意蕴各自的有机完整，而且追求各层相互之间的表里谐和与有机统一，追求诗美质

体与诗语言的融合浑成。所谓结构上的弹性，是指增大诗美时空的共享性，通过艺术跳跃、审美空白、象征暗示、多层建筑、多声部交响等等，使诗美的语言呈现有如海上冰山，将远为庞大的部分留给读者去探寻、去发现。现代诗在结构上的严密与弹性，是增强张力与平衡的根本途径。

语言美的现代特质，是在口语化的基础上，超越日常语言，超越客体语言与主体语言，而进入本体语言。诗语言的发展是由注重客体的叙述、描摹，经过了主体的抒发、表现，走向显示本体的暗示、直觉与呈现。现代诗语言需要锤炼与纯化语质，造成强人的语势差，使语感涌动而流畅，成为生命体验的最佳语言呈现。现代诗语言必须同时增强硬度与湿度，既富于张力平衡，又氤氲生动气韵。语言不仅是诗美创造的媒介，且即是诗美本体。

以上析而言之，我们将现代诗美特质从意蕴、情感、形象、形式、结构、语言各个层面分别考察，其实诗美是有机整体。换一个视角来说，现代诗美主要体现于三个方面：一、诗美内涵的现代化。必须具有时代精神与现代意识，而且溶化为现代的情感与情绪，成为现代人生命体验与生活哲理沉思的情感涌动。这是现代诗美特质的灵魂，是现代诗的新与深的根本。二、诗美呈现的现代化。首先是诗美意象的现代化，要新颖，富有现代气息，又有现代情意的宏深内涵。然后是诗美意象的联结，结构上的张力，诗美时空在建构上的现代化。要源于客体与主体的现实，又要凌空飞腾，超越现实，打碎现实时空而予以巧妙的组合，奇幻又深入生命与人生的深情至理。三、诗语言的现代化。不仅仅口语化，不仅破坏与超越日常语言，也不仅仅追求语感的流动，而且更追求诗语言的本体化与个性化，追求诗语言的独特创造，追求诗语言的辐射力与浸染力，以某种惊骇的直觉穿透人的灵魂。显然，诗美内涵、诗美呈现与诗语言的现代化，是三位一体的，析则为三，合而为一，但三者的完全谐和又是很难的。在创作实践上，限于审美观点、创作方法与艺术功力，往往有所偏重，但又无法偏废。现代诗美特质既有流动性，也有多样性。它表现为现实主义、浪漫主义和现代主义各种创作方法，显呈出百态千姿的艺术风格。再者，时间比河流更其常动不居，流逝无尽，每一历史时段皆自称为现代，因而无数现代皆有自己的现代诗美特质，而诗即因此而演进无穷。

53. 诗美三泉眼：力，性，悲

作为生命立体呈现的诗美，在涌流喷发中有三注不竭的泉眼：力，性，悲。三者皆导源于诗的生命本体，最须予以特别关注。

力。即指崇高或曰壮美，本身便是美的一种。黑格尔给美如此定义："美就是理念的感性**显现**。"[13] 而"理念就是概念与客观存在的统一。"[14] 指明美是心与物、主观与客观的统一。尤其是艺术美皆须"外师造化，中得心源"。广义的美可分作美（优美）与崇高（壮美）。康德指出："审美的合目的性是判断力在它的自由中的合规律性。"[15] 美与壮美的区别在于："**美**是那在单纯的（即不是依照悟性的一个概念以官能的感觉为媒介的）判定里令人愉快的。**壮美**是那个通过它的官能的利益兴趣的反抗而令人愉快的。[16]"康德又认为"快适，美，善，这三者表示表象对于快感及不快感的三种不同的关系"；"**快适**是使人快乐的；**美**，不过是使他满意；**善**，就是被他珍视的，赞许的，这就是说，他在它里面肯定一种客观的价值。"在这三种愉快里，"只有对于美的欣赏的愉快是唯一无利害关系的和自由的愉快"。[17] 于是，康德作出四个"对于美的说明"：第一，"鉴赏是凭借完全无利害观念的快感和不快感对某一对象或其表现方法的一种判断力"；[18] 第二，"美是那不凭借概念而普遍令人愉快的"；[19] 第三，"美是一对象的**合目的性**的形式，在它不具有一个目的的表象而在对象身上被知觉"；[20] 第四，"美是不依赖概念而被当作一种必然的愉快的对象"。[21] 可以说，美重在形式，尤贵于气韵与意味，是一种合目的性与合规律性相统一的、自由创造的、引起远离概念和利害的快感的心物统一体或曰天人合一体。而崇高、壮美或曰力是美的一种。但美的"愉快是和**质**结合着"，崇高"却是和**量**结合着"。[22] "假使我们对某物不仅称为大，而全部地、绝对地，在任何角度（超越一切比较）称为大，这就是崇高"。"崇高是一切和它较量的东西都是比它小的东西"。[23]所以，"崇高情绪的**质**是：一种不愉快感，基于对一对象的审美评定机能，这不愉快感在这里面却同时作为合目的的被表象着"，即通过"自己的'无能'发现着同一主体意识到它自身的无限制的机能，而我们的心情只能通过前者来审美地评判后者"。[24]高耸而下垂威胁着人的断岩，天边层层堆叠的乌云里面挟着闪电与雷鸣，火山在狂暴肆虐之中，飓风带着它摧毁了的荒墟，无边无界的海洋，怒涛狂啸着，一个洪流的高瀑，诸如此类的景象，在和它们相较量里，我们对它们抵拒的能力显得太渺小了。"但是假使发现我们自己却是在安全地带，那么，这景象越可怕，就越对我们有吸引能力。我们称呼这些对象为崇高，因它们提高了我们的精神力量越过平常的尺度，而让我们在内心里发现另一种类的抵抗能力，这赋予我们勇气来和自然界的全能威力的假象较量一下。"[25]当自然界，"在审美的评赏里看作力，而对我们不具有威力，这就是**力学的崇高**"。[26]或者说，壮美即为力之美或曰美之力度与硬度的呈现。

在中国古典哲学和美学中，一向讲究阳刚与阴柔的各异与和合。宋词就有豪放与婉约两派。司空图《诗品》分列二十四品。其中"返虚入浑，积健为雄，具备万物，横绝太空"的"雄浑"、"畸人乘真，手把芙蓉，泛彼浩劫，窅然空纵"的"高古"、"行神如空，行气如虹，巫峡千寻，走云连风"的"劲健"、"天风浪浪，海山苍茫，真力弥满，万象在旁"的"豪放"、"壮士拂剑，浩然弥哀，萧萧落叶，漏雨苍苔"的"悲慨"与"何如尊酒，日往烟萝，花覆茅檐，疏雨相过"的"旷达"等六品，大体归属壮美，且细分为各种不同品格力的显现。新诗一开创便有郭沫若《立在地球边上放号》，高呼"啊啊！力哟！力哟！/力的绘画，力的舞蹈，力的诗歌，力的旋律哟！""其《女神》中的诗作多显惠特曼式的雄豪。昌耀《踏着蚀洞斑驳的岩原》《峨日朵雪峰之侧》《一百头雄牛》等等更显现其西部力强的雄风。

性。性爱。诗最钟情于"好色而不淫"。[27]告子曰："食色，性也。"[28]"好色"是人的自然本性，但须节之以"不淫"，否则便流于肆欲的卑丑。在美术中，米罗的维纳斯只裸露了上身，乔尔乔内《沉睡的维纳斯》和提香《乌比落的维纳斯》虽皆全裸，仍以左手遮住私处。诗亦当如是。翟永明、伊蕾等的女性诗歌所以为读者叫好，不仅在于张扬女性意识，而且得力于"好色而不淫"。如伊蕾《独身女人的卧室·暴雨之夜》："暴雨像男子汉给大地以鞭楚／躁动不安瞬间缓解为深刻的安宁／六种欲望掺和在一起／此刻我什么都要什么都不要／暴雨封锁了所有的道路／走投无路多么幸福／我放弃了一切苟且的计划／生命放任自流／暴雨使生物短暂停止／哦，暂停的快乐深奥无边／'请停一下'／我宁愿倒地而死／你又不来与我同居。"急不可耐的性欲仍然没有突破强烈的情爱。张德强的《春天里：欲念》和《朗读者》也分寸感比较好。前者将性与生贯通了，使被"抚摸"的美丽女孩只是春天的化身；后者则将"她"对"自己的胴体"的抚摸掩饰为"朗读"。近些年诗坛"下半身"的鼓吹甚嚣尘上，其下者难以入目。即使被一些人叫好的伊丽川《为什么不再舒服一些》，说什么"噢，再快一点再慢一点再松一点再紧一点"云云，也已越过了诗美创造的边界。性只能是美的渐近线，却又往往是美的力比多。

悲。悲剧性。现实的人生往往犹如一幅油画，欢乐只是画框，画面尽是愁苦和悲伤。悲苦比欢乐更易于深入人心。所以作诗历来悲苦易佳，欢乐难工。钟嵘《诗品序》云："若乃春风春鸟，秋月秋蝉，夏云暑雨，冬月祁寒，斯四候之感诗者也。嘉会寄诗以亲，离群托诗以怨。至于楚臣去境，汉妾辞宫。或骨横朔野，魂逐飞蓬。或负戈外戍，杀气雄边。塞客衣单，孀闺泪尽。或士有解佩出朝，一去忘反。女有扬娥入宠，再盼倾国。凡斯种种，感荡心灵，非陈诗何以展其义？非长歌何以骋其情？"列举题材诗兴种种，显以悲怨者居绝大多数。"屈平正道直行，竭忠尽智，以事其君，谗人间之，可谓穷矣；信而见疑，忠而被谤，能无怨呼？屈平之作《离骚》，盖自怨生也。"[29]李煜堪称词国之王，实得力于亡国后的"此中日夕只以眼泪洗面"。[30]李清照词的臻于上乘，又何尝不受赐于晚年的"寻寻觅觅，冷冷清清，凄凄惨惨戚戚"?[31]历来诗美创造灵感多因悲怨穷愁而爆发喷涌。

显然，力、性、悲确为诗美创造自然交合的三注泉眼，其不竭涌流汇入中外古今诗歌汪洋的大海。不用说，当今长足前行的新诗人们自当倾心奋力于此。

54. 写诗三字诀：新，美，人

记得几年前的一次诗会中间，几位诗友一起闲谈，有人提起诗歌题材问题。说是某一方面的题材，写着写着就会有被掏空的感觉，不知接下去该写些什么。我当时信口说了一通，意思是至少对于诗来说，可以说有题材，更可以说没有题材，不论题材，往日的种种题材论，完全可以休矣，可以超越；或者说，诗的题材可以归结到一个字：人。中外古今，几千年来，无数诗人，似乎写过无数不同题材的诗，然而深究起来，总归是写人，写人的现实和向往的生存境况。比如，王维《北垞》："北垞湖水北，杂树映朱阑；逶迤南川水，明灭青林端。"算是写景吧，且为无人之境。那么此景何来？还是出于游者诗人之眼。若再追问，写的只是眼前之景吗？否，此景的深处实为诗人心境和情趣。又如希梅内斯《音乐》："宁静的夜里。悦耳的乐曲啊，你是一汪清水。/ 凉爽宜人——仿佛夜来香，开在一个深不可测的 / 花瓶里——繁星满天际。/ 风逃进自己的洞穴，/ 恐怖回到它居住的茅舍里，/ 在松林的绿色丛中，/ 一片生机正蓬勃地升起。/ 星儿渐渐隐退，群山色如玫瑰，远方，果园的 / 水井旁 / 燕子在歌唱。"此诗的题材，如题所标，是音乐或听音乐，但这美妙音乐的演奏者与聆听者都是人。即使"燕子在歌唱"，也是人化了的燕子。若再追根到底，此诗写的终为触及灵魂的人生某种美好的境遇。

2005年，《诗刊》10月下半月刊发表了李少君、雷平阳、臧棣、陈仲义等《尖峰岭谈诗》。其中讨论到雷平阳《澜沧江在云南兰坪县境内的三十三条支流》。诗从"澜沧江由维西县向南流入兰坪县北甸乡 / 向南流1公里，东纳通甸河 / 又南流6公里，西纳德庆河 / 又南流4

公里，东纳克卓河"，如此等等罗列尽33条支流，才说"又南流48公里，澜沧江这条／一意向南的河水，流至火烧关／完成了在兰坪县境内130公里的流淌／向南流入了大理州云龙里"。这首喋喋500字的诗，"因为其写作形式的特别，引起了众多诗评家的关注，有人对它称赞有加，也有些人对它不以为然"，质疑"这样的诗还是诗吗"。这首诗初看，给人以新鲜感，有些出奇，就有了一点美的因素。但也仅此而已。再读就感乏味，终究美感不足。他的《杀狗的过程》就好多了。虽然写法也是同一径路，但在叙述进程中有较多生动的细节，例如"主人将它的头揽进怀里／一张长长的刀叶就送进了／它的脖子。它叫着，脖子上／像系上了一条红领巾，迅速地窜到了店铺旁的柴堆里……／主人向它招了招手，它又爬了回来／继续依偎在主人的脚边，身体／有些抖。主人又摸了摸它的头／仿佛为受伤的孩子，清洗伤疤"云云，其诗美含量远较前者为多。

这次尖峰岭诗会同时讨论了潘维的诗。出现诗的语言、文化与生命之间关系的论争。潘维的诗确为"既出于传统、文化，又有现代人的漂泊、现代感"。他的《不设防的孤寂》："这些日子时常耕作，又太荒凉／四周全是稻谷、虫鸟和耗子／当外面的世界音讯消绝／风吹红了辣椒／我也只剩下一个名字／／一种不设防的孤寂／让我越陷越深，每天／都只是一张发黄的黑白肖像／在阴暗处醒着，转动惊讶的眼珠／溪流就从我的袖口伸出手去／握住一片阳光／在静静穿过蝴蝶相交的菜园／没有也不可能有新的火种，新的皱纹／大批候鸟正向南迁徙／在人类出生的房间里／我打开抽屉，这时，流星掠过／一堆暗红的煤渣／使夏日黄昏无比深远。"的确体现着潘维在会上所说的，面对汉语"这个巨大的存在，诗人如何进入汉语，进入整个文化，融入自己的感情，发出自己的声音，这是我所关注的"。这个关注的成果，正是较为独特纯粹而浓郁的诗美创造，晶结着诗人的生命体验。这样，语言文化与生命三维交融成鲜活的诗美。

近有两本诗选，乃唐晓渡、张清华选编的《当代先锋诗30年谱系与典藏》，吉狄马加、李犁主编的《新世纪中国诗典》。由于篇幅时段、目光的差异，两书有较大的不同。各有短长，正可互补。或许前者更可看重一些。在前者的代序中，唐晓渡说到"绝对诗歌"。认为，"不管诗歌现象本身是多么繁复多变，价值标准是多么相对和游移不定，我的内心还是只有一个只可意会、不可言传的绝对尺度"。他做过一个小测试，将很早摘抄的《梨俱吠陀》中写"风"的一段给友人看，他认为是唐的近作，说"很棒"。当得知这出自公元前一千多年印度一部史诗时，"大感震惊，一时无言"。于是唐晓渡说："所谓'绝对尺度'其实就隐藏在这样的反应之中。这是诗歌能够超越文化、语言和个人的差异，直抵人心的原因，是不同年代的诗人和读者能穿越时间之墙，彼此认同的原因，也应该是诗歌史写作，包括选本编撰的根据。"实在深得我心。我和忘年诗友王自亮、伤水等早就认为真诗好诗大诗都须创新，都须诗美含量极高，都为前人所未有，而同时又具有超越时空的永恒魅力。

所以提起以上三件事，是因为它们都触及诗应当写什么和怎样写这个合而为一的诗学根本问题。更可融汇晶结成写诗三字诀：新，美，人。诗写什么？以人为本。写人，写人的本真本性，人的真实存在和希望，人的鲜活经体验和种种荒谬而祈福的境况，人的丰盈而深邃，柔弱而刚强的魂魄。只要以人为本，人间乃至非人间的一切或实或虚亦幻亦真的景象遭际，皆可入诗成诗，无任何题材的大小主次冷热正偏之可限。唯一的局限是诗人自身的阅历、感触、感受、感悟与修为的强度、深度、广度。诗怎么写？创新成美。诗以生命、创造、诗美与语言为本体，以四者有机融合成四位一体。源于生命能量的创造，以出新创新为生命。但并非所有创新即成诗美，只有在生成性语言内部的审美创造，才能造就气韵生动的诗美，才能使诗美成为创造的追求和旨归。而这一切都体现着诗的以人为本的真谛。诗应当写些什么？怎么写？说到底，可蔽之以诀窍真言三个字：新，美，人。

55. 成诗三字态：雅，难，慢

态（態），《说文》云："意态也，从心能。"段玉裁注："意态者，有是意因有是状，故曰意态。""会意。心所能必见于外也。能亦生。"态的本意是先有心意和目标，然后见之于实际行动及其姿态状态。我们写作成诗的全过程，其心态、姿态与状态，对于诗美创造成果的质量高低至关重要。态有常、异、经、权之分。经常态是正道。权异态是例外，往往可遇不可求，亦有正邪优劣之别。我们成诗正道的经常之态，可以凸显为三个字：雅、难、慢。

首先是雅。这是诗美创造所追求的目标或曰靶心，亦体现于全过程及成果。雅字寓意深广，有正确、规范、高尚、文明、美好、平素、极、甚等义。雅与俗既相对待又相统一。诗之雅是脱俗起俗化俗外俗之雅，因而可望雅俗共赏。诗之雅的实质和要妙，在于创造融合崇高与优美或曰阳刚与阴柔的风韵极致的诗美，因而向最广大的读者受众奉赠最高敬意和最大贡献。它都摒弃庸俗卑俗媚俗，亦与和寡高曲孤芳自赏绝缘。《毛诗序》所说的"诗有六义"，赋、比、兴主要指的是诗艺，亦且兼指诗技诗法。李白《古风》第一首便说："大雅久不作，吾衰竟谁陈？""文质相炳焕，垂辉映千春"，对于诗之雅推崇备至。《诗经》中最为千古传诵的"昔我往矣，杨柳依依；今我来思，雨雪霏霏"名句，即出于《小雅·采薇》。雅诗往往兼有风、颂之长。当然，诗之求雅绝非黄巢心态"我花开后百花杀"。[32] 凡我偌大诗圃，祈求的是艺术的自然状态。古来屈原、陶潜、王维、李白、杜甫、苏轼、辛弃疾、李清照等等的诗句，无不可概之以一字曰：雅！雅之极致即为怡人"至乐"的"至美"[33]，即为天地"不言"的"大美"[34]，唯俗是趋是崇，实质上是有碍于普及的一种殆风。

然后是难。这是成诗心态状态的另一大要求，也同雅一样贯串于诗美创造全过程。但两者又显然有别。雅是写诗的理想目标追求，难则是成诗的必然与必需。为此，我们应有的口号是：知难而进，克难成易，历难臻美！写成一首好诗端的是难于昔人之蜀道跋涉，至少有三重险阻艰难。人的掌握世界有感觉、知觉、感性、知性、理性、无理性、情感、欲望、意志、思维、反思、联想、想象、幻想等等形式和进程，而以创造为其最富于综合性、独特性、具象性、精神性、偶然性、飞跃性的最高形式。任何一首真诗好诗大诗都必须世间独一无二，最新最美，是大跨度的创造。而创造总是无中生有，因有生无。诗人成诗往往是天赋与功力、生活与灵明、博学与独见、积累与偶得的自然交合，一万吨心血方得缪斯的嫣然一笑。与此同时，诗美与语言的无间密合方为诗本体，方得诗的灵肉和合的生动气韵。诗最先呈现于受者耳目的毕竟是诗语言，诗的生成性语言构成毕竟是字、行、节、篇，所以古人写诗非常讲究字、句、联的反复推敲与苦心锤炼，殚精竭虑于通篇的章句与镕裁。刘勰论曰："夫设情有宅，置言有位；宅情曰章，位言曰句。""夫人之立言，因字而生句，积句而成章，积章而成篇。篇之彪炳，章无疵也；章之明靡，句无玷也；句之清英，字不妄也；振本而末从，知一而万毕矣。""章总一义，须意穷而成体。其控引情理，送迎际会，譬舞容回环，而有缀兆之位；歌声靡曼，而有抗坠之节也。""故能外文绮交，内义脉注，跗萼相衔，首尾一体。"[35] 又云："思赡者善敷，才核者善删。善删者字去而意留，善敷者辞殊而义显。字删而意缺，则短乏而非核；辞敷而言重，则芜秽而非赡。"[36] 刘勰这些论述实质上也指明了诗语言如何生成，诗的字、句、节、篇之间的辩证关系及其有机统一，因而也揭示了诗语言创造的艰难所在。更值得注意的是，陆机在《文赋》中更作进一步的思考。他在"恒患意不称物，文不逮意"之后，特别提出："盖非知之难，能之难也。"他从才、识、学、道、艺、技等众多维度与方面，叹息自己非不知不为而是不能不及，极言为文作诗"做到"远比"知道"亦即手到远比眼到百倍艰难。

然后是慢。既然成诗的目标是诗美极境的雅，写诗的心态姿态状态是知难克难历难而精进，那么写诗的动作与进程就非慢不可，正应着一句俗语：慢工出细活。然而古人不是有出口成章、倚马可待、七步成诗种种佳话吗？须知易而快是天赐偶得的例外，难而慢才是人力争取的经常。奥尔罕·帕慕克在诺贝尔受奖演说《父亲的手提箱》中说："当我谈到写作时，我脑子里想到的不是小说、诗歌或是文字传统，而是一个把自己关在房子里，单独面对自己的内心的人；在自己的内心深处，他用语言建造了一个新世界。""作家的秘诀不在于灵感，因为谁也不知道它来自哪里，而是靠固执、耐心。有一句老话就是用根针挖井，我觉得就说出了作家的概念。"是的，固执与耐心，一定要慢慢地写出好诗来，"语不惊人死不休"。当然写诗的难而慢是就心态和全过程来说的。在诗美创造的闪现期乃至草稿阶段，不少诗人往往是易而快的。但对于成诗的全过程则难而慢是经常态。何其芳《预言》40首，作于1931年至1936年。曾经将诗集的稿本丢失了，是全凭记忆默写回来的。据此可以推断他在创作时是逐字逐句反复推敲千锤百炼而成的。这从诗文本也是可想见的。据说艾青有个好习惯，不仅曾规定自己每天写一首诗，而且在写好诗稿后总是积着先放一放，待要拿出去时则从中挑出一些，加以"整理"，然后发表。还有一种"慢"颇显大气。2015年2月19日，《文学报》上有顾彬一篇短文，题目就叫《中国作家最大的毛病是他们不能等》。文中说："中国作家最大的毛病是他们不能等，也不敢等。他们想今天出名，不想明天再修改作品，更不说后天了。不过，好的作品都需要时间。杜甫等了200年，才有一个苏东坡发现他；李贺要等1000多年，才有一个毛泽东歌颂他。我16岁前后开始写作，从来没有停笔，55岁才开始发表和出版作品。我早期的著作已经等了四五十年，今天才从地下室拿出来出版。它们会有读者吗？难说，不过有没有我无所谓，时间会决定它们的命运，我能等。"

好个"我能等"。能等才是晚成大器。中国作家尤其是中国新诗人的大多数，似乎个个猴急，人人不能也不敢等。百年新诗一开始就有这个情况，而且于今尤烈。我们倡导成诗"雅、难、慢"三字态，当是对症良药。

56. 诗的道艺技

> 道可道，非常道。名可名，非常名。无，名天地之始；
> 有，名万物之母。故常无，欲以观其妙；常有，欲以观其徼。
> 此两者，同出而异名，同谓之玄。玄之又玄，众妙之门。[37]

这是老子论道的总纲，涵盖天地人万物。老子之道，既指物质，又指物质运动的内在规律即理，更贯彻到人的行动准则，也就是落实到德。德者得也。道为人所得，为人所掌握，成为人的行为指南和价值标准，就是德。诗是宇宙万物中最玄妙的一物，乃天地人三才中参天地的人之神明的与语言同体的审美创造。而诗学正是关于诗本体诗创造及诗传统的学问，也就是探究诗之道、艺、技的学问。

老子用无与有的相生相克、相反相成、阴阳和合来说"道"。他既说"天下万物生于有，有生于无"，[38] 又说无、有"两者，同出而异名，同谓之玄"，似乎互相抵牾，实则体现着"道生一，一生二，二生三，三生万物。万物负阴而抱阳，冲气以为和"。[39] 这里的道即一，即指未分化的元气。"一生二"指元气分化为阴气和阳气，即无与有。"三生万物"的"三"则指由阴阳二气和合所生的和气，即新生之物，亦即万物。而最妙的是"玄"，指无有、阴阳的和合过程与结果，实即是"生"，是演化，是创造。"玄之又玄，众妙之门"。生生不息，玄妙无限，创造无穷。这就是从道的本体通向艺技的妙用。

老子的由道贯通显化为艺技，亦有精妙论说。它的总纲是："道常无为而无不为。"[40] 或曰："人法地，地法天，天法道，道法自然。"[41] 人只须也只能做一件事："为无为"，[42]"以辅万物之自然，而不敢为。"[43] 如是便可导致"常知稽式，是谓玄德。玄德深矣，远矣，与物反矣，然后乃至大顺"。[44] "无为"何以能"无不为"呢？就在于人的"法自然"，"辅"自然，"顺"自然，一切按照客观事物的内在规律办事。这样就任何事情都能办成功了，亦即"无不为"。而在道艺技一体为用上，老子凸显因有用无：

三十辐共一毂，当其无，有车之用。埏埴以为器，当其无，有器之用。凿户牖以为室，当其无，有室之用。故有之以为利，无之以为用。[45]

有无相克相生，互为体用。而在有无阴阳和合中，超出常人之思，老子发现和合体中的主导面是阴是无，因而在方法论上强调因有用无，软件往往比硬件更重要，更有用。这个原理是道更是艺技。

庄子论道曰："夫道，有情，有信，无为，无形；可传而不可受，可得而不可见；自本，自根，未有天地，自古以固存；神鬼，神帝，生天，生地；在大极之先而不为高，在六极之下而不为深，先天地生而不为久，长于上古而不为老。"[46]"故万物一也，是其所美者为神奇，其所恶者为臭腐；臭腐复化为神奇，神奇复化为臭腐。故曰：通天下，一气耳。"[47]更明指道即气，化生万物，为宇宙本根。庄子论及道艺技的寓言一向脍炙人口。比如：

庖丁为文惠君解牛，手之所触，肩之所倚，足之所履，膝之所踦，砉然响然，奏刀騞然，莫不中音。合于桑林之舞，乃中经首之会。

文惠君曰："嘻，善哉！技盖至此乎？"

庖丁释刀对曰："臣之所好者道也，进乎技矣。始臣之解牛之时，所见无非牛者。三年之后，未尝见全牛也。方今之时，臣以神遇而不以目视，官知止而神欲行。依乎天理，批大郤，导大窾，因其固然。技经肯綮之未尝，而况大軱乎！良庖岁更刀，割也；族庖月更刀，折也。今臣之刀十九年矣，所解数千牛矣，而刀刃若新发于硎。彼节者有间，而刀刃者无厚；以无厚入有间，恢恢乎其于游刃必有余地矣，是以十九年而刀刃若新发于硎。虽然，每至于族，吾见其难为，怵然为戒，视为止，行为迟。动刀甚微，謋然已解，如土委地。提刀而立，为之四顾，为之踌躇满志。[48]

又如：

> 梓庆削木为鐻，鐻成，见者惊犹鬼神。鲁侯见而问焉，曰：
> "子何术以为焉？"对曰："臣工人，何术之有？虽然，有一
> 焉。臣将为鐻，未尝敢以耗气也，必齐以静心。齐三日，而
> 不敢怀庆赏爵禄；齐五日，不敢怀非誉、巧拙；齐七日，辄
> 然忘吾有四肢形体也。当是时也，无公朝，其巧专而外骨消。
> 然后入山林，观天性，形躯至矣，然后成见鐻，然后加手焉；
> 不然则已，则以天合天，器之所以疑神者，其是与！"[49]

再如，在齐桓公与轮扁关于读书的对话中，轮扁曰：

> "臣也以臣之事观之。斫轮，徐则甘而不固，疾则苦而
> 不入，不徐不疾，得之于手而应于心，口不能言，有数存焉
> 其间。臣不能以喻臣之子，臣子亦不能受之于臣，是以行年
> 七十而老斫轮。古之人与其不可传也死矣，然则君之所读者，
> 古人之糟粕已夫！"[50]

这三则寓言将道艺技三位一体的要妙说得出神入化，尤通于诗学
之精髓。总其大要有九：

（1）道必进乎技，技须体现道。道艺一体，艺技一体，艺为道技
中介，艺合道技为一。道、艺、技形虽可析为三，神实三位一体。无
道，技是死的，不活不精；无技，道是空的，无血无气。精妙之艺，
实为有无和合体道而成玄。掌握宇宙间的万物万事之大法，即不外乎
悟道、妙艺、精技。

（2）"依乎天理"，"因其固然"，是如何使无与有和合体道而成玄
的妙法，根本规律。"天理""固然"即是指客观事物的内在规律；人

应做的只是"依"即"因"，也就是"顺"即按照遵循。或曰"道法自然"，"以天合天"。

（3）如何能做到"道法自然""以天合天"？请注意：有两个"自然"，两个"天"：物之"天"，人之"天"。两个"天"必须相"合"，方成"以天合天"，否则仍未成"道法自然"。

（4）"梓庆削木为鐻，鐻成，见者惊犹鬼神。"这是怎么做到的？他特别强调"为鐻"的事前准备。鐻是一种木制的乐器，似夹钟。做鐻之前必须斋以"静心"。"静心"有三种进境：斋三日，去掉庆赏、爵禄的怀想，忘利；斋五日，去掉非誉、巧拙的叨念，忘名；斋七日，去掉四肢形体的自觉，忘身。斋戒七日，经三重进境，达到利、名、身统统忘却，才可进入创作实践。而斋以"静心"，目的在于养"气"。在静气浩然充沛之后，分三步践行创作：一是入山选材，观察树木的天性，择其合用之佳者；二是对着选中的佳木，进行"成见鐻"即草成蓝图的构思打腹稿；三是依腹稿动手做鐻。三者缺一便作罢。只有这样做成的鐻，才能使见者惊赞其为鬼斧神工。

（5）在创作践行过程中，更须"依乎天理"，顺其自然，"以天合天"。具体到庖丁解牛，要不见"全牛"，将神魄只凝注到进行中流动的焦点上，"以神遇而不以目视，依乎天理，批大郤，导大窾"，"彼节者有间，而刀刃者无厚；以无厚入有间，恢恢乎其游刃必有余地"。其间，"每至于族，吾见其难为，怵然为戒，视为止，行为退，动刀甚微"，格外小心，做到徐疾有数。关键在于"以无厚入有间"，因势利导。

（6）要妙在于得心应手与得手应心的有机统一。"得之于手而应于心"一语，后来成了"得心应手"成语的出处。《辞源》《辞海》同样引此为据。而最先简括成此四字者则为沈括《梦溪笔谈·书画》："予家所藏摩诘画《袁安卧雪图》有雪中芭蕉，此乃得心应手，意到便成。"但若直截从庄子此语简括，则应为"得手应心"。这同"得心应手"大意相同，因为手心或心手相应，技艺纯熟。但细分则有异。一为先手后心，一为先心后手。先心后手是先有设想构思，意在笔先。

先手后心是手在临场自行创造，然后知会于心。这同现代西方的超现实主义主张"自动写作"相似，是让无意识的灵感在起作用。实际上，中外古今的各种创造性劳动生产中，"得心应手"与"得手应心"两种状态方式都有，都需要，应力求两者的有机统一。郑燮《板桥题画》中所说："有成竹无成竹其实只是一个道理。""总之，意在笔先者定则也，趣在法外者化机，独画云乎哉！"正是悟到此中要妙。

（7）解牛、斫轮及一切创造性劳动生产的进行中，都有一个速度问题。在得心应手与得手应心的相统一中，更"有数存焉于其间"。总的原则是"不徐不疾"，避免"徐则甘而不固，疾则苦而不入"两种失误。而在实际进行中，则须"以神遇而不目视，依乎天理"，顺势而行，有徐有疾，亦徐亦疾，心中有数，手下有度，方能稳、准、妙。

（8）这种"以天合天"的心手相应，"口不能言"的玄妙度数，必须赖身体力行的实践经验方能掌握，所以父子亦不能相传。但若因此断言所有书籍皆为"古人之糟粕"，那就偏到另一极端去了。一切书籍皆涵精华与糟粕，对于善读书者皆能开卷有益。糟粕固可弃之，但善用者亦可化臭腐为神奇。精华自可宝贵，但若只奉为教条，死板硬套，亦能为害甚巨。所以，若能以实践第一的态度去读书，不仅在实践中去检验，且更在实践中加以化用，则何书而又不可读，不有用？对待所有前人经验，亦同此理。

（9）"则以天合天。器之所以疑神者，其是与！"一语，最具总结性。梓庆削木成鐻而能"惊犹鬼神"，正在创作的从准备到完成的全过程，始终实践着"以天合天"也就是马克思所说的"人懂得按照任何一个种的尺度来进行生产，并且懂得处处都把内在尺度运用于对象；因此，人也按照美的规律来构造"[51]，这样才能达致所创造之"器"成为"疑神"之物，成为凝注着创造者生命精华的东西。且往往获得某种高峰体验，"提刀而立，为之四顾，为之踌躇满志"。

注释：

[1] 康白情：《新诗底我见》，邹建军选编《二十世纪中国文学史论精华·新诗卷》，河北教育出版社 2000 年版，第 42—43 页。

[2] 俞平伯：《诗底进化的还原论》，邹建军选编《二十世纪中国文学史论精华·新诗卷》，河北教育出版社 2000 年版，第 60 页。

[3] 赵翼：《闲居无事取才子、心余、述庵、晴沙、白华、玉函、璞函诸君诗，手自评阅，辄成八首》。

[4] 转引自陈光孚：《轶事·借鉴·风格》，《聂鲁达诗选》，四川人民出版社 1983 年版，第 433 页。

[5] 埃利蒂斯：《光明的对称》，《国际诗坛》第 2 辑，漓江出版社 1987 年版，第 126—127 页。

[6] 卡·雷·吉诺：《授奖词》，埃利蒂斯《英雄挽歌》，漓江出版社 1987 年版，第 397 页。

[7] 《周易·系辞》。

[8] 赫拉克利特：《著作残篇》，《古希腊罗马哲学》，商务印书馆 1961 年版，第 28、24 页。

[9] 《庄子·天下》。

[10] 《老子》二十二章。

[11] 帕斯：《对现时的追寻》，《世界文学》1991 年第 3 期。

[12][13][14] 黑格尔：《美学》第一卷，商务印书馆 1979 年版，第 301、142、137 页。

[15][16][17][18][19][20][21][22][23][24][25][26] 康德：《判断力批判》上卷，商务印书馆 1964 年版，第 112、108、46、47、57、74、79、83、89、99、101、100 页。

[27][29] 《史记·屈原贾生列传》。

[28] 《孟子·告子上》。

[30] 王铚：《默记》。

[31] 李清照：《声声慢·寻寻觅觅》。

[32] 黄巢：《不第后赋菊》。

[33] 《庄子·田子方》。

［34］［47］《庄子·知北游》。

［35］刘勰《文心雕龙·章句》。

［36］刘勰《文心雕龙·镕裁》。

［37］［38］［39］［40］［41］［42］［43］［44］［45］《老子》一、四十、四十
　　　二、三十七、二十五、六十三、六十四、六十五、十一章。

［46］《庄子·大宗师》。

［48］《庄子·养生主》。

［49］《庄子·达生》。

［50］《庄子·天道》。

［51］《马克思恩格斯全集》第 3 卷，人民出版社 2002 年版，第 274 页。

第八章
诗的意象艺术

57. 诗的意象和意象思维

诗美创造的思维方式，在一般认识的基础上有自己明显的特点。它的主要思维方式之一是以意象为基元的遵循意象逻辑规律的意象思维。

认识是一个通过多种活动形式实现的主体与客体之间的关系系统。它包括科学认识、价值认识和审美认识。诗美创造属于审美认识，又渗透着一定的科学认识与价值认识。认识始于主体反映客体的感知觉，需要上升到思维。认识的深化需要选择，而终极在于创造。它是反映、选择和创造的统一。有人将认识分为抽象、形象、灵感三种思维方式，其实灵感思维只存在于抽象或形象思维之中，并不独立于两者之外。诗美创造属于形象思维，且多属于形象思维中的灵感思维。它在情感的驱动下，在反映与选择的基础上，凭借想象的飞翔，突出了主体的创造。

科学的抽象思维以概念为基元，诗的艺术思维以意象为基元，这是两者最初的也是基本的分界点。我国古籍中最早将意与象联系起来的是《周易》。《系辞上》说"圣人立象以尽意"。第一个使用"意象"一词的是刘勰。《文心雕龙·神思》云："故思理为妙，神与物游。神居胸臆，而志气统其关键；物沿耳目，而辞令管其枢机。……然后使玄解之宰，寻声律而定墨；独照之匠，窥意象而运斤；此盖驭文之首术，谋篇之大端。"这里的意象，是作者的情意与外物的景象交互作用在心中生成的含情蕴意之象，又表现为语象。此后的意象理论即循此而发展。值得注意的是王廷相。他说："夫诗贵意象透莹，不喜事实黏着……言征实则寡余味，情直致而难动物也。故示以意象，使人思而咀之，感而契之，邈哉深矣，此诗之大致也。"[1]他强调：一、象中必须有情。不单含意而使人思而咀之，还须蕴情使人感而契之。二、意象应是诗人的创造。要"摆脱形模，凌虚结构"，切勿黏着事实，且宜"不露本情"。这两点正是不少意象论者所忽略的。西方的意象理论可追溯到亚里士多德的模仿说。康德直接研究了审美意象。他在《判断力批判》中说："审美意象是一种想象力所形成的形象显现。它从属于某一概念，但由于想象力的自由运用，它又丰富多样，很难找出它所表现的某一确定的概念。这样，在思想上就增加了许多不可名状的东西，情感再使认识能力生动活泼起来，语言也就不仅是一种文字，而是与精神（灵魂）紧密地联系在一起了。"[2]意象派诗人庞德则定义为："一个意象是在一刹那时间里呈现理智和感情的复合物的东西。"[3]我们今天所说的意象，不只是 image 的译名，而是东西方意象理论融汇的结晶。我们可以作如下界定：意象是溶意于情而赖审美媒介以呈现的创造性幻象。它的展开包容几层涵义：一、意象是以情感为中介，融合意蕴与形象的结晶，是意、情、象的化合物。二、意、情、象的化合物必须赖某种审美媒介如语言、音响、色彩、线条等呈现为感性形象。三、意象是审美主体的自由创造，是心与物在审美理想支配下反复撞击交融的产物。诗美意象不仅以生成性语言为媒介，而且格外突出情感的驱动与融合作用和形象的比喻象征功能。

诗的艺术思维将意象联结成意象群和意象群落，建构诗美时空，必须遵循一定的逻辑规律。有两种逻辑规律。比如："打起黄莺儿，莫教枝上啼。啼时惊妾梦，不得到辽西。"[4]便是运用明显的形式逻辑推理，将一组意象联结起来。"大海的馈赠／是无穷的／阳光下到处是／俯身可取的欢欣／海滩上的天真／浪花里的笑声"，[5]三节之间完全可以加上"因此""所以"等连接词。但诗更多地是运用自己特有的意象逻辑规律。比如："江雨霏霏江草齐，六朝如梦鸟空啼。无情最是台城柳，依旧烟笼十里堤。"[6]从画面看，江、雨、草、堤，并无不合逻辑之处。若问鸟啼怎分空实，城柳何来情之有无，六朝如梦与鸟空啼、烟笼堤与柳无情是何关系，便非抽象逻辑所能回答，只好让给意象逻辑来说明了。于坚的《鹰》有句："天空是飞扬的大树／鹰在那儿栖息／太阳是发光的岩石／鹰从那里起飞／黑色的花朵，用钢爪和世界对话。"确乎不合逻辑。天空与大树、太阳与岩石如何能等同？鹰就算是像花朵，钢爪也无法说话。但这只是不合抽象思维的形式逻辑或辩证逻辑，却合乎意象思维的意象逻辑。

由于艺术的掌握世界方式的特殊性，由于诗美的独特的质的规定性，由于感知觉的错幻变形，由于情感的驱动与想象的飞翔，由于直觉顿悟与无意识的作用，诗的意象思维不可能不有自己独特的意象逻辑规律。它类似梦的工作，与原始思维的原逻辑颇相近，又有质的不同。在诗的意象思维中，一切有利诗美创造的意象组合联结方式都是符合意象逻辑的。诗美创造以情感为内在本质和内驱力，因情而发，依情而动，随情感而形变，合情即为合理。在求美与情动的支配下，诗的意象思维呈现主体与客体互相渗透的关系。它突破形式逻辑的同一律、排中律和矛盾律，只要找到意象之间的某种相似或相关，便可从中省略、凝缩，作多方投射，求得以尽可能少的意象包含尽可能多的情感意蕴，因而诗中的意象和诗美时空往往大幅度变形。这样，便形成了分布于不同层面的诗的意象逻辑的求美律、情动律、互渗律、无矛盾律、相关律、凝结律和变形律等七条规律。用意象逻辑规律去解释上述韦庄和于坚的诗句，便相当合乎逻辑了。因为"六朝如梦"引起诗人的感慨而凄怆。根据主客体互相渗透的规律，人移情于鸟，鸟啼亦显凄怆而空茫。而柳却萋萋满堤，岂非全无心肝，无情至极？大树高耸的枝叶若飞扬于天空，阳光猛照于岩石，根据相关即相等的相关律，说天空是大树、太阳是岩石，完全合乎意象逻辑。展翅之鹰与花朵，只要同为有形之物，便可相喻无碍。钢爪的抓攫与对话两种活动，在同世界相对待、相接触这一点上是相同的，自可替代。这一切是为了更好地表现情感，创造诗美。

曾经有人将诗的艺术思维归结为形象说、情感说、想象说或媒介说。虽然各自包含一定的真理性，却难免以偏概全。不错，从一定的意义上说，诗是"一种说着话的画图"[7]。确如别林斯基所说，"艺术是对真理的直感的观察或者说是寓于形象的思维"。但是，光说形象易生忽略艺术思维尤其是诗的思维中情感作用的缺失。诗的思维元件是意象，是意、情、象合而为一的东西。情感说者强调，"诗是强烈情感的自然流露"，或者只提"情感的逻辑"。但是，艺术思维的特殊逻辑规律，不仅因情而动，且志在求美，而凭借想象的飞翔。高尔基说："想象在其本质上也是对世界的思维，但它主要是用形象来思维，是'艺术的'思维。"[8]审美媒介也十分重要。亚里士多德早就以媒介来区分艺术样式。对于真正的画家、音乐家或诗人来说，"色彩、线条、韵律和语词不只是他技术手段一部分，它们是创造过程本身的必要要素"[9]。看来，将形象说、情感说、想象说和媒介说综合起来，就比较全面。这正好说明诗的艺术思维主要是意象思维，是用意象为元件、凭藉想象、遵循意象逻辑规律、寓于语言内部的审美思维。

说得更全面一些，诗美创造的艺术思维包括三种思维形式：一是用概念遵循抽象逻辑规律所进行的思维。它是科学思维但在一定的限度内渗透于审美思维，不能也不必排除净尽。二是用意象遵循抽象逻辑规律所进行的思维。这在古诗中较多，在现代诗中逐渐减少。但在诗的叙述艺术中仍多所运用。三是用意象遵循意象逻辑规律所进行的思维。这在古诗中就有，在现代诗中日益增多。广义地说，诗的意象思维包括后二种，也在一定程度上渗透着前一种，是用诗美意象遵循诗所特有的意象逻辑规律所进行的思维。这种思维在诗的灵感触发瞬间和白炽阶段最为明显。诗的神来之笔多是如此而生。

58. 描摹意象与明喻意象

同世界上一切事物一样，诗美意象属于诗美系统，本身又自成系统。从三个不同维度去考察，诗美意象的系统大体上呈现为二度、三级、六类的立体结构。从深度看，它有一度意象与二度意象。从纵向看，它可从单个意象联结为意象群和意象群落。从横向看，它可分为描摹意象、明喻意象、隐喻意象、拟喻意象、兴体意象和象征意象。

描摹意象是诗美创造以描摹的形式呈现的意象，大体上相当于古人所说的赋，但须除去其中抽象的叙述。它比较偏重于再现。"玉阶生白露，夜久侵罗袜。却下水精帘，玲珑望秋月。"[10]全是白描。"天是灰色的／路是灰色的／楼是灰色的／雨是灰色的／／在一片死灰之中／走过两个孩子／一个鲜红／一个淡绿。"[11]句句是客观景物的描摹，全诗一幅画图。但这里也发生了问题：这死灰与红绿的对比，这街雨灰蒙背景与红绿小孩走动的映衬，有否暗示与象征意味？看来是有的。这样就将描摹意象与象征意象联结起来了，也很难截然分清了。实际上是出现了意象的层次性，在表层是描摹意象，在深层是象征意象。意象的描摹，可以客观地惟妙惟肖，也可以主观地予以变形，"以我观物"或"以物观物"均可。一般总是主客观相融合。有些叙述，只要能在读者心目中唤起某种感性形象，也可属于描摹意象。比如西川的《体验》虽是叙述，仍能唤起具体情景。

明喻意象是诗美创造以明喻的形式呈现的意象。比喻一般分为明喻、隐喻、借喻三类。前二者是完全性比喻，后者为省略性比喻。比喻意象虽与修辞的比喻关系密切，但又不能等同。修辞是达意表情的手段，是调整和修饰语言使得语文更为正确、明白、生动、有力的方法。意象是诗美创造的一种手段，本身即为诗美质体的组成部分。比喻意象与修辞比喻的根本区别，导源于诗与文、诗语言与会话语言的质的不同。庞德说："意象主义的要点，就是不把意象用于装饰。意象本身就是语言，意象是超越公式化了的语言的道。"[12]比喻意象本身就构成审美的目的，修辞比喻只是改善达意的手段。比如"石拱桥的桥洞成弧形，就像虹。"[13]"就像虹"是修辞明喻。有了它可以使桥的"弧形"更为清晰、生动。没有它，意思也可表达出来。"像一只满载嫩绿芳香的果实的平底轻舟／在威尼斯暗黑的运河上徐徐飘来，／你噢，美艳绝伦的人呵，／驶入了我荒凉的城中。"[14]诗中"像……轻舟"的明喻意象，去掉了，整首诗也就不存在了。

明喻意象与描摹意象的区别比较明显，前者是明显地打比方，后者是白描的再现。两者都是初级的意象。

59. 隐喻意象与拟喻意象

隐喻意象与拟喻意象比较高级，在意象艺术的发展史上较为后出，至今仍为生长点。

隐喻意象是诗美创造以隐喻的形式呈现的意象。如"我就是纪念碑／我的身体里垒满了石头"[15]"苍凉荒莽不是江南月／江南月／是母亲无边无际的爱"[16]等等。韦勒克、沃伦根据威尔斯的专著《诗歌意象》提出七种意象，即装饰性意象（decrative）、潜沉意象（sunken）、强合（或浮夸）意象（violent［or Fustian］）、基本意象（radical）、精致意象（intensive）、扩张意象（expansive）、繁富意象（exuberant）。[17]基本上都属于隐喻意象，是它更细的分类。其中潜沉意象、基本意象和扩张意象更为高级。"这三类意象的共同点就是都具有特别的文学性（即反对图像式的视觉化）、内在性（即隐喻式的思维）、比喻各方浑然一体的融合（即具有旺盛的繁殖能力结合）。"潜沉意象总是潜伏在"全部视觉之下"[18]，它诉诸感官以具体的意象，但不作明确的投射和清楚的呈现，也就是潜藏得比较深沉的隐喻意象。比如："消失的钟声／结成蛛网／在裂缝的柱子里／扩散成一圈圈年轮"[19]。这里，年轮就是蛛网，蛛网就是钟声，辗转相喻，比喻运动迅速而省略，便是潜沉意象。基本意象"比喻的各方面仅在它们的根基上会合，在一个看不见的逻辑面上会合"。它"把一些没有明显情感联想的、散文式的、抽象的或实用的东西作为隐喻的表达工具"[20]。它需要采取分析性的方式才找到隐喻的相比方的会合点。如"天鹅之死是一段水的渴意／嗜血的姿势流出海伦"[21]，这里连类的隐喻，其相比方的会合点确实需要采取分析性的方式。扩张意象是"比喻的各方面都给人以想象的广阔的余地，它们彼此强烈地限制、修饰：根据现代诗歌的理论，比喻各方的'相互作用''相互渗透'是诗歌作用的核心形式，而这种情形大量地发生在扩张意象中"。[22]如："是否有过这样的时候，在儿童乐园／随着琴声跳舞可以排解他们的烦忧？／有时他们可以抱书痛哭，／但时光早已让蛆虫爬上他们的踪迹。"[23]儿童乐园、琴声跳舞、排解烦忧、抱书痛哭、时光蛆虫、爬上踪迹这些或真或幻的意象，相互交错，相互激荡，便构成一组生动而发人深思的扩张意象。

拟喻意象是诗美创造以借喻、借代、比拟的形式呈现的意象。在修辞学中，借喻、借代、比拟是有区别的。借喻是借用喻体来代表本体，或隐去喻体而直接采用喻体的某种特性或运用。借代是将事物的特征、标记、部分、要素等等用来替代事物本身。比拟是将人拟物或将物拟人，或者是不同的人与物之间的拟代。但借、代、拟都含有喻和代的因素在内，往往难以截然分清。特别是喻词与被喻词、借方与代方、拟者与被拟者都只出现一方而隐去另一方，更是借喻、借代、比拟三者的共同点。在陈望道《修辞学发凡》的例举中，"缲成白雪桑重绿，割尽黄云稻正青"[24]是借喻，"银钏金钗来负水，长刀短笠去烧畲"[25]是借代，"羌笛何须怨杨柳，春风不度玉门关"[26]则是比拟。其实，三例中的"白雪""黄云""银钏金钗""长刀短笠""羌笛""杨柳"，都有拟、代、喻的成分，换个着眼点，亦可交换作为例证。拟喻意象的主要特征是拟代，以拟代成喻。它在艺术上是明喻意象和隐喻意象的发展。杜运燮曾被指责为"百思不得一解"的《秋》，"连鸽哨也发出成熟的音调"云云，将音调拟喻为果子或五谷，不就能"成熟"了吗？现代手法中抽象词与具体词的暴力嵌合、动宾错位等等，从拟喻的角度去理解，便显得合理自然。

60. 兴体意象与象征意象

兴体意象是诗创造以起兴的形式呈现的意象。它也可以包含在比喻意象之内，因为兴与隐喻相当，只是更宽泛一些。但有时又近乎暗示与象征，与象征意象更加接近。它出现很早。《诗》305首中，毛公在章句中注明"兴也"的有112首，足与赋、比鼎立。兴体意象妙用无穷。"桃之夭夭，灼灼其华。之子于归，宜其室家。"[27]前两句起兴是导引，也是比喻和象征。"风萧萧兮易水寒，壮士一去兮不复还。"[28]上句起兴，点明壮士西去的时、地、景，有描摹成分，更创造了全诗的氛围与情感色调，有象征暗示的意味。"孔雀东南飞，五里一徘徊"，[29]兴句对应全篇，为爱情悲剧定音。"三万里河东入海，五千仞岳上摩天"，又是以北国的壮丽山河，反衬"遗民泪尽胡尘里，南望王师又一年"[30]，从而寄托陆放翁的一腔悲愤。除了在篇、章、节间起发始与导引作用，兴体意象的主要特性恐怕是暗示，是创造氛围。五四新诗兴体意象较少，但也有好的。刘半农的《教我如何不想她》共四节，各节前几行都是兴体意象。如"水面落花慢慢流，/水底鱼儿慢慢游。/啊！燕子你说什么话"是起兴，引出"教我如何不想她"，似喻非喻，似象征又不是象征，正是兴体意象的微妙。20世纪40年代的民歌体诗歌，如李季的《王贵与李香香》兴体意象较多，"风吹大树嘶啦啦响，/崔二爷有钱当保长/一个算盘九十一颗珠/崔二爷牛羊没有数数"，比比皆是，学习信天游又有所创造。

50年代新诗也有兴体意象。例如"夜莺飞去了，/带走了迷人的歌声；年轻人走了，/眼睛传出留恋的心情"[31]，"山中的老虎呀/美在背；树上的百灵呀/美在嘴；咱们林区的工人啊，/美在内"[32]，等等。外国诗歌有没有兴体意象？也有。意大利诗人卡尔杜齐的《离别》，"三色的花儿啊/星星沉落在/海洋中央，/一支支歌曲/在我心消亡"，便是一首典型的兴体诗歌。俄国作家布宁的《无题》共二节，每节开头的"鸟有巢，兽有窠"是起兴。苏联诗人伊萨柯夫斯基的《再没有更好的花朵》的第一节"当苹果树盛开的时候，/再没有更好的花朵。/当我的亲爱的来了/再找不出更好的时刻"，也是明显的兴体意象。不过外国诗歌中兴体意象较少，恐怕连这个术语或概念也不会有。上世纪80年代以来的中国诗坛，意象涌现，象征迭出，各呈所能，偏偏兴体意象极少。看来，兴体意象的现代化和新创造，大有用武之地，有待于当今诗坛勇士们的开拓。不过，兴体意象似与歌谣风味颇有联系。

象征意象是诗美创造以象征的形式呈现的意象。在诗中，象与征可以同时出现，也可显象而隐征。隐征之象可以征指一事一物，也可以一象多征，或者多象一征。这是诗无达诂的重要原因。象征可分为寓言式象征与非寓言式象征。寓言式象征是一种再造的神话，象与征有明确的甚至固定的一一对应，象是征的符号。非寓言式的象征则靠诗中的具体语境与情景，由联想暗指一个或一组精神状态。象征也可分为公用象征和私立象征。前者也有非寓言式的，但以寓言式居多。后者纯为非寓言式的。现代诗多用私立象征，是诗人在作品中临时在意象上附加复杂精神意义而形成的象征。它有赖于诗中的语境与语言张力。郭沫若《炉中煤》的"女郎""炉中煤"即"我"，都是私立的象征意象。由于副题《眷念祖国的情绪》的指示，更限定了象与征的特定联结。艾青的《树》，也是私立的象征意象。树们的表面"彼此孤离地兀立着"，而"在看不见的深处它们把根须纠缠在一起"。这在写作的 1940 年春，显然象征着抗战的中国的貌似离散实为存亡与共，只能团结一致的精神面貌与力量。而今天或今后，由于阅读的时代背景与个人心境的变易，其象征蕴涵就会有所变化。梁小斌的《雪白的墙》也有一系列明确的象征，车前子的《三原色》似乎明确反对红黄蓝三原色的三支蜡笔所画的"三条直线／象征三条道路"，偏要再"画了三只圆圈"，什么也不象征。其实这仍是无象征的象征，反对一象一征的明确联结，指向更为宽广多样的象征。诗的象征意象最能开拓诗的意境，利于诗美时空的多层建筑。昌耀的《在地铁》："在底层。／在被人生／顽强掘进的最底层，／是三千万年'冲击扇'之惰性淤积／是八百岁皇城风水之所在。／铁的十字镐，难得支起了——／这处光明的港口。／／怀着开拓者最初曲跪于深井的回忆，／希望的潜艇，才这样一路雷霆／呼叫着／新的地平线？"上节是地铁的建造，下节是地下航行。句句是叙述与描摹，句句是深刻而阔大的象征。现代诗美创造越来越离不开对于象征意象的妙用。

61. 诗美意象的协同作用

作为建构诗美时空基本材料的各类诗美意象，类型的划分只有相对的意义。它们显出各自的特征与特殊作用，相互区别；又在诗美整体中相互联结、相互作用、相互渗透而无法清楚界定。作为诗美系统的下属系统，各类诗美意象在协同建构整体诗美时空中，创造了诗美的"格式塔质"。在这种格式塔质的影响下，各类诗美意象都在改变着自身。这里，有两点值得注意：一是意象的有机性，二是意象的层次性。每个意象只有在意象组合的群体中，在诗美的有机整体中，才能获得自己的审美生命。正如一砖一瓦，只有在建筑物的整体构造中，才有自己的建筑生命。离开了人体的断指或断臂，只能是腐烂着的死物。相反，一个诗美意象在诗美的有机体中，往往获得多重意味，显出某种层次性，既是描摹意象或明喻、隐喻、拟喻意象，又是象征意象。而一经获得这种层次性，诗的蕴涵与韵味，也便扩展而深化。比如"雪"字，孤立地看，不过寒冷白色的东西；，而在"独钓寒江雪"一句中，已经有了"鱼"的涵义，是渔翁在雪中钓鱼。从柳宗元《江雪》全诗的意境看，钓的也不是鱼，而是寒冷的孤独，所钓者即诗人自己。这寒江之"雪"，既是表层的描摹意象，又是中层的拟喻意象，更是深层的象征意象，是多层意象的统一体。再如贾岛的《寻隐者不遇》："松下问童子，言师采药去。只在此山中，云深不知处。"仅仅看作描摹意象的组合，这种事件的典型细节的选择与叙述，也颇有诗意。但向象征的深处去寻味，这"云深不知处"的"此山"，不就成了隐者的精神风貌的绝妙的写照？弗洛斯特《没有走的路》，从表层看，路就是路；从深层看，成了过去的一生。浅显的描述性的东西，深蕴着丰富人生经验和哲理。现代诗美时空的多层结构，正是发根于诗美意象的有机性与层次性。在一首诗中，往往各类意象并现，协同为创造诗美服务。且举江河的《追日》为例。开头三句：

上路的那天，他已经老了

　　否则他不去追太阳

　　青春本身就是太阳

第一句是叙述，包含着象征。第二句的"太阳"是描摹意象，更是象征意象。第三句是隐喻意象兼象征意象。正是借此建立了诗人自己的私立象征。

　　传说他渴得喝干了渭水黄河

　　其实他把自己斟满了递给太阳

　　其实他和太阳被此早有醉意

　　他把自己在阳光中洗过又晒干

　　他把自己坎坎坷坷铺在地上

　　有道路有皱纹有干枯的湖

这里的表层是描摹意象、隐喻意象、拟喻意象并用，深层仍脱不了象征。而结尾：

　　可以离开了，随意把手杖扔向天边

　　有人在春天的草上拾到一根柴禾

　　抬起头来，漫山遍野滚动着桃子

这是神话式的幻象，也是透过描摹与拟喻意象显露强烈辐射的象征。夸父追日本是《山海经》中寓言式的神话，江河将它改造了，将它诗化、现代化也个人化了。太阳象征青春，是此诗私立的，但仍旧没有排除它作为一切美好的光明的舍命追求的东西这个更宽广的象征意义。正是全诗的象征结构，才使得诗中每一意象，无论描摹、明喻、隐喻或拟喻意象，统统在深层成了象征意象。

　　总之，诗的审美意象从横向看，大体可分为描摹、明喻、隐喻、拟喻、兴体和象征等六类，有各自特征与界定；又在诗美创造中交互并用，互相渗透，显出有机性、层次性，成了相互融合的东西。它们都能向深度发展，从一度意象化为二度意象。而这些一度和二度的六类意象，在诗美时空的建构中相互联结，以组合成意象群和更为复杂的意象系统的立体结构出现。当然，这种立体结构并非在每一首诗中以同样完整的方式出现。相反，它们在每一首诗中各以不同的组合和结构方式出现，千变万化，这正体现着诗美意象艺术的创造和运用之妙用。

62. 现代诗美意象的虚化

现代诗美意象在描摹、比喻、起兴与象征等作用之外，还有一种虚化。意象的虚化是现代诗美艺术一个重要的垦拓领域，正越来越受到当今诗坛的青睐。

冰心有首小诗，《春水·四八》："萤儿自由的飞走了，／无力的残荷呵！"这是写景吗？是的，又不是。如果只是写景，它的诗美便失去了大半。这景象包含着拟喻或象征？也是，也不尽然。有拟喻的意味，更有象征的成分，却又超出了它们的界限。这里的景象，也许是实况的描摹，但已为诗人的情意虚化。"萤儿"拟喻、象征着翔飞的自由，"残荷"是不自由的无可奈何。更重要的是飞走的萤儿与残荷的无力协同作用，超越拟喻与象征，以一种漾动的氛围暗示出某种身不由己的情绪。这便是意象的虚化。

虚化的意象不是个体意象，而是群体意象。需要一组意象的联合协同，才能承担它们的诗美表现。至少是一个诗句，往往是一个诗节或诗段，更多的是全诗。艾青的《雪落在中国的土地上》写于1937年12月一个落雪的前夜。诗中的景象，全是凭想象虚拟的。但问题不在于诗中是否虚拟，而在于这虚拟、实描或虚实交融的景象，不仅仅是具体景象的呈现，而是有所比拟、有所象征又超越了比拟与象征，这才是意象群体虚化的实质。比如诗中"那从林间出现的，赶着马车的你中国的农夫／戴着皮帽／冒着大雪／你要到哪儿去呢？"比喻什么？象征什么？不必实指，也不是一象多喻或多征的不可指实。这组意象与后面的船中少妇等等，都只是为了创造一种氛围，凸现"雪落在中国的土地上，寒冷在封锁着中国呀……"的感性显示。而这"寒冷"的"雪"则是作为诗的象征性的中心意象。它明确地象征着当时中国抗日的政治气候。诗中的赶车农夫和船中少妇等，都是以诗节或诗段出现的虚化意象群体。戴望舒的《雨巷》，那位"撑着油纸伞"的丁香姑娘，与"我"飘然相遇又飘然离去，则是通贯全篇的虚化意象。诗中的人物与事件，非常具体而生动，却又虚无缥缈，实际上是诗人情绪的一种诗意的形象化，切不可落实，落实了也就韵味索然。

现代诗美意象的虚化，使意象群体具有拟喻化、象征化、模糊化、典型化和情绪化等特征。正是这些特征的综合，才导致意象的虚化。

拟喻化。虚化意象确有拟喻性质，但不限于拟喻。比如郑愁予的《错误》，写"那等在季节里的容颜"，因过客"达达的马蹄"所造成的"美丽的错误"，"如莲花的开落"。事件的描绘如影剧，说是对于"闺怨"的一种拟喻，也无大错。但又何止是"闺怨"？一切久别苦待的惆怅情绪，一切失落与期待交织的惘然心态，又何尝不为它所暗示与激荡？

象征化。虚化意象更有象征性质，也不限于象征。开愚的《车祸》："铁青色的大街上／一个陌生人突然／叫我的名字／却／所有过去过来的人都倏然驻足／抢先回答。"全篇构成意象的虚化。此诗似颇费解，关键在于将标题《车祸》与"叫我的名字"联系起来，便能悟到：其实是受祸者的一声惊叫或惨叫，有如"叫我的名字"，使人警觉。于是顺理成章，所有的路人都会"抢先回答"。这个情节剧当然具有象征意味，但并不投射到另一事物上去。这个生活场景本身有哲理的蕴涵。所现者虽小，联想开去，便可大而且多。所以它不是象征意象，而是虚化意象。

模糊化。意象的模糊性离不开比喻与象征，又不限于此，它的外延更为宽广。虚化意象具有模糊性，但又突破它的外延。虚化与模糊是两个相交的概念。西川的《在哈尔盖仰望星空》："有一种神秘你无

法驾驭 / 你只能充当旁观者的角色 / 听凭那神秘的力量 / 从遥远的地方发出信号 / 射出光束，穿透你的心 / 像今夜，在哈尔盖 / 在这个远离城市的荒凉的 / 地方，在这青藏高原上的 / 一个蚕豆般大小的火车站旁 / 我抬起头来眺望星空 / 这时河汉无声，稀薄的鸟翼 / 坠落，使驽马惊惶 / 逃向我，我站立不动 / 让灿烂的群星如亿万只脚 / 把我的肩头踩成祭坛 / 我像一个领取圣餐的孩子 / 放大了胆子，但屏住呼吸。"诗的下半是虚化意象，以拟喻的性质和上半的慨叹相对应，但也仅仅是相对应而已。问题是"群星如亿万只脚"把我"踩成祭坛"，使我"屏住呼吸"的这种感受与体验，无法用"荒凉"或"神秘"囿限，更要开阔与丰富得多。但究竟是什么呢？诗人当时和以后都是模模糊糊，说不清楚。而悟性高的读者已经领会了，虽然也自然说不清楚，模模糊糊。在诗人与读者之间，都是一种意会神领，无法言传。这正是虚化意象的微妙之处。

典型化。虚化意象以意象群体的形式存在，便需要典型化。它最独特而富于个性化。比如徐志摩的《沙扬娜拉》的"那一低头的温柔"，便是一种典型的东方女性道别的姿态与情感，一个典型的瞬间。徐志摩的《沙扬拉娜》一共写了18首，就数这首最脍炙人口。究其原因，它的典型化程度最高，也最虚化，是重要的一条。舒婷的《代邮吉他女郎》也是虚化了的，"阳光和雾雨是柏林西的气候 / 母亲遗下的旗袍把你的凄绝 / 裹成一册线装书 / 让老威廉教堂失色"，对于这位具有华人血统的混血姑娘，也是相当典型化了的造像。

情绪化。最本质的特征是情绪化。它是拟喻化、象征化、模糊化、典型化的核心与灵魂，是它们的中介与化合剂。意象虚化的"虚"，从根本上说，就是将意与象都情绪化了，使之流动与飘荡。诗也就不泥实，显得空灵，意象所投射的范围反而立体而开阔。比如石光华的《疏景》，"云外鹤影低回一声空语 / 落日之下　山中绕过无舟的圆溪 / 流来一些枯老的暮色 / 倦客闻钟欲归　人家悠远 / 几点琶音从断弦深处散去"云云，景物鲜明而生动，也有人物的一些行动，其实都是虚的，不过是诗人情感与情绪的一种具象化而已。这正是意象虚化最本质的特征。

现代诗美的虚化意象的各种特征，并不以相同的配比组成。只有情绪化是不可或缺的基本特征，是底色；而拟喻化、象征化、模糊化与典型化等特征的比例，可以有较大的悬殊，可以突出某一特征，因而显出各个虚化意象的不同艺术特色。虚化意象可以写人状物，也可以摹景抒情；可以呈现实景，也可以虚构幻象。有些意象的虚化，作者是自觉地有意为之。有些则是作者不自觉地无意成之。但对于读者来说一样是虚化意象。读者将某些作者无意虚化的意象以虚化视之，可能更加浮想联翩，增进诗美，这就包含了读者的二度创造。善于二度创造诗美的虚化意象，是一种诗美鉴赏的重要能力，需要借修养而增进。

63. 现代诗的二度意象艺术

中国新诗的二度意象比较自觉且日渐增多于 20 世纪 80 年代。二度意象艺术是现代诗美创造的一个生长点，仍为当今诗坛所瞩目。

诗的意象是融情意为语象。意象不仅是意加象，或意的象，或为两者之和。意象之象，不仅达意，而且表情。诗的形象美与意蕴美以情感美为中介，融合起来，在全体为意境，在局部即为意象。作为以语言为元符号的主情审美符号系统，诗的基本符号元素不只是语词，更是意象。诗的主要符号规则，也是从意象到意境的组合原则。意象创造及其组合方式在诗美创造中占据极为重要的主体地位。

意象艺术在诗歌发展长河中，日益丰富与精巧。它的发展有三个维度，一是在量的广度上，新鲜意象不断增多；二是在结构方式上，从单个意象，到意象群，再到意象群落，而意象群与意象群落的结构方式也日益繁复；三是在质的深度上，从单式的描摹意象到复式的比喻意象和象征意象，从一度意象到二度或多度意象。这里的度是指重或层的意思。无论描摹意象、明喻意象、隐喻意象或象征意象，皆可二度化。二度意象须还原为一度，方能呈现现实的或现实变形的具体景象。二度意象的从语符到心象的过程，再多了一重飞跃，更为复杂化了，因而对接受者的欣赏和解悟能力的要求更高。

"时间在遥远的一刻突然地停止／蓝天，便永远在你翅膀上盘旋。"[33]前一句的意象虽是现实的变形，仍为一度。后一句便是最简单的二度意象了。将它还原为一度，当是"你翅膀便永远在蓝天上盘旋"，翅膀与蓝天易位了。"一片老叶滴落最后一声暮语"[34]的韵味，显然较"暮语是老叶滴落的声响"为长。而"楼檐在黑猫的爪下柔软地起伏"[35]，变化更大了。还原成一度，可为"黑猫用柔软的脚爪在起伏的楼檐上轻轻走动"。诗句一经二度化，显得简洁而有味。更有甚者，如"鱼却在水底正使空气渴成一口枯井"[36]。是水干，偏说空气渴，且渴成一口枯井。干渴的受害者是鱼，反说它是祸首。多重的荒谬，却把平常的水干鱼渴写得扑朔迷离而诗趣盎然。意象的二度化也可贯串于一组诗行。如石光华的《向西之树》有：

> 然后是雁声在远山上渐渐落下
> 使爬上天空的洞穴蓦然回首
> 成为一个老者的寂寞

这里有三个关联物：老者、洞穴、雁声。是谁蓦然回首？老者。回首望天，望之而穿，成为洞穴。为什么回首？因为雁声在远山上渐渐落下。而在闻雁之后，老者倍感寂寞。

意象二度化在技巧上有两个要点：一是将主动者与受动者的地位互易，如上述的蓝天与翅膀、老叶与暮语、楼檐与猫爪、鱼与空气或水、洞穴与老者，等等。二是变幻与切合时空。客观事物存在和演化于物理的四维时空，诗的意象却往往存在和流动于心理的变幻时空。心理时空是心理上的幻境，虽导源于客观的物理时空，又只能在想象、幻觉、梦境中出现。诗的意象是客观事物的形相在主观心境上的移置与变幻，根据审美表现的需要，紧密联系于心理时空。单式的描述性意象可与物理时空相联结，作真景物的逼真写照；也可与心理时空相联结，促使景物变形。"三朝上黄牛，三暮行太迟；三朝又三暮，不觉鬓成丝"[37]，同"朝辞白帝彩云间，千里江陵一日还"[38]相比，其迟速虽有上下水的客观因素，更有李白流放夜郎与遇赦而回的忧与乐在心理上的夸张缩放。"凤凰树突然倾斜／自行车的铃声悬浮在空间"，"凤凰树重又轻轻摇曳／铃声把碎碎的花香抛在悸动的长街"，是舒婷《路遇》中的两组镜头，也显然联结于变幻了的心理时空。至于复式的比喻意象和象征意象，尤其是向质的深度发展了的二度意象，那就更多地联结于心理时空。再看北岛的《十年之间》：

> 在被遗忘的土地上／岁月，和马轭上的铃铛纠缠／彻夜作响，路也在摇晃／重负下的喘息改编成歌曲／被人们到处传唱／女人的项链在咒语声中／应验似的升入空中／荧光表盘淫荡地随意敲响／时间诚实得像一道生铁栅栏／除了被枯枝修剪过的风／也不能穿越或来往／仅仅在书上开放过的花朵／永远被幽禁，成了真理的情妇／而昨天那盏被打碎了的灯／在盲人的心中却如此辉煌／直到被射杀的时刻／在突然睁开的眼睛里／留下凶手最后的肖像

诗中在吊诡、抽象词与具象词硬性搭配等多种现代诗艺手法的有机交互并用中，以二度意象艺术为内核的"时间诚实得像一道生铁栅栏／除了被枯枝修剪过的风／谁也不能穿越或来往"数行，显得特别耀眼抓心。

二度意象从一度意象发展而来，相应地也有描述性、明喻性、隐喻性和象征性等的区分。"皮革发疯／东南西北跋涉你！"[39]是描述性二度意象。"每到夜里，那只狗就张开眼睛／像满城灯火／五十双狗眼会让你入迷"[40]是明喻二度意象，将狗眼与灯火相喻，却把看城说成看狗。"寂寞的云间／一直飘有悬垂的金铃子／只被三月的晓风／或是夏夜的月光奏鸣。"[41]金铃子暗喻云雀，而云雀鸣唱于晓风或月下。这是隐喻二度意象。"时间诚实得像一道生铁栅栏／除了枯枝修剪过的

风／谁也不能穿越或来往"。[42]这里的意象都具有象征性，指向浩劫中的十年。中间一句二度化了。枯枝只能被修剪，修剪者也未必是风。但这时的风也确实像枯枝一样被人修剪过了。短短三句，有极强的表现力。

二度意象也可以组合成群和群落。其组合方式往往比一度意象的群和群落更为复杂。大体上也有串联、并联以及综合两者的混联。丁竹的《鱼族》有：

> 然后有铜色角号同忆眩目的鳞光
> 使爬上岩隙的海藻飘散寒流
> 成为最后掀动的椰叶
> 从此寥落……

这里的关联物是：角号、鳞光、海藻、寒流、椰叶，以及上文提到的水鸟似的飞鱼，和没有提到的吹响角号的渔人。从此寥落的闪动鳞光的飞鱼，也是在此捕不到鱼的渔人。而海藻、椰叶、寒流等等，点明鱼迁走之地、之因。这便是串联式的二度意象群。而石光华的《月声》中：

> 很有一些月亮死去
> 几丛老竹稀稀落落地撑开天空
> 便有鸦声是雪季的子夜
> 有落叶飘成上山之路

后两行是并联式二度意象群，再与前两行串联起来，构成一组混联式二度意象群。

同一度意象一样，二度意象直接呈现的可感触的形象，其中包含着丰富的情感与深刻的意蕴。二度意象的诗美质体，同样是意、情、象三者的有机构成。意求其哲而深，情求其挚而盈，象求其活而新。三者融合，便有新美的二度意象。二度意象艺术正在长足发展，全赖诗人的精心创造。不仅仅是炼字琢句，也不仅仅是总体上把握、运用和超越语言，更须依赖于诗人对于大宇宙与小宇宙的体验、直觉与感受，使之成为对于意境美的深刻的整体把握。诗的深刻与丰富是生命的深刻与丰富。没有诗人生命的倾心融铸，便无法整体把握独创的诗美，也就没有现代诗的二度意象的独特创造。

64. 现代诗的意象群体结构

现代诗的意象艺术，不仅在创造新意象和及其新品类上大显身手，而且在意象群体的排列组合与结构方式上多方开拓。不过，究其大要，意象群体的结构方式亦不外乎串联、并联和混联。

诗美意象的串联最为常见，且古已有之。"银烛秋光冷画屏，轻罗小扇扑流萤。天街夜色凉如水，卧看牵牛织女星。"[43]显然一串动画，其间的意象是随画面与时序逐步扫描与流动的，便是一种串联。"屋子里墙壁闪着海藻的亮光／披着想象的衣裳我怅然独步／如驾闪电般行舟听这世界一再重复／／听那方故乡模模糊糊的岛上／女妖们争相炫耀其下身如歌的鳞片／裸露的尾鳍迷人像月光中水鸭的叫声"[44]，也是一种串联，不过意象更为奇丽而且虚幻。

意象串联的线索，或为画面的扫描，或为事态的演进，或为联想的衔接与想象的飞翔，大多是历时的，有时序的变化。也有几乎是共时，实则是时间的缓缓暗流。比如，"一大片银白的波浪向我展开／遥远地响着／许许多多细小的山峰微微闪动／小鸟似的点点繁星徐徐飞起／所有的鱼群都已离去／月亮又小又孤独／像一段被人遗忘的小小的回忆"[45]，便是以画面的扫描作为意象串联的线索。"第一次来我就赶上漆黑的日子／到处都有脸型相像的小径／凉风吹得我苍白寂寞／玉米地在这种时刻精神抖擞"[46]，全首都以到村庄后的事态演进作为链条。也有画面扫描与事态演进融合难分的。比如欧阳江河《背影里的一夜》第二节："你想象自己是白衣修女／是身后漏滴里的一夜水仙／在一个不解之谜中郁结如天鹅／一旦曳地的月光像裙摆一样被撩开／身体就膨胀成夜晚／里面亮着蜡烛和寂寞，还有一对香炉／你用子夜三点敲打诗中栅栏／使小方格子空空的闺怨填满／使一枝花开成众花的舞蹈／越掏越多，静夜里全是落英的缤纷。"其中"一旦曳地的月光"之后的意象串联，既是画面的展开，又有事态的演变，两者融为一体。

至于意象串联以联想与想象的飞翔为线索，古典诗词甚少，唯李贺《李凭箜篌引》"昆山玉碎凤凰叫，芙蓉泣露香兰笑"云云，间或有之。现代诗则倾心于超现实幻象幻境的创造，对于此法便多方探索使之长足进展。比如车前子的《藤花》中有：

> 肥厚的杏花瓣乳头，在暗红的氛围里绽开，眼眶间觉得有一颗种子开始破土，淡淡的绿蔓结上细腻的鲤鱼，仿佛轻薄的如水美丽的罗带。江面上有一只小船划过，船头埋进兰草的细长碧波，白浪花的香味抱紧了投影江中的石头。我体会到一种风格，曾使洛阳纸贵。

将藤花比作美人，又从美人与藤花的意象撞击中展开联想与想象，使之凌空飞翔，遂以飞翔的轨迹为串联线索。再如杨炼《与死亡对称》中《地·第四》的第二节：

> 柔似雪，浣纱的时候清白也流走了
> 没有人诱惑，腰颤抖
> 三月里两只黄鹂高高追逐
> 叫着两颗星
> 贩卖和战争：石濑兮浅浅
> 飞龙兮翩翩
> 从这双手到双手，她安详递上自己

这里交织着事态的演进与画面的展开，但其间跳跃的跨度太大了，留下的空白太多了，只有联想与想象才能飞渡，其贯串的主线只能是飞翔的想象。当然，没有对西施故事一定程度的熟悉的大背景，这里的想象也无法飞翔。

诗美意象的并联，在现代诗中显然大为增多了。以意象叠加方式并联，古典诗词中也有。比如李煜《浪淘沙令》中的"无限江山，别时容易见时难。流水落花春去也，天上人间"，如果将流水、落花、春去与天上人间，作为别易见难的比喻，便是一种叠加式的意象并联。意象叠加在现代诗中比较普遍，比如"一幅色彩缤纷但缺乏线条的挂图，／一题清纯然而无解的代数，／一具独弦琴，拨动檐雨的念珠，／一双达不到彼岸的桨橹"[47]，并列而叠加的意象全部比喻思念。聂鲁达长诗《马楚·比楚高峰》第九章一连72个意象叠加，更令人叹为观止。

以散点式的视角去观察，以排比的句式组合，是又一种常见的并联方式。"这里有沟鳞鱼，有恐龙，／有巨象肋骨，树叶和草丛／有波涛起伏的旋律，／旋律中，小鱼在快乐地游泳／／还有某一天的落霞残照，还有某一次的雨后飞虹；／还有盘古的巨斧，后羿的箭镞，／或者，还有不死的胚芽，／正在滋生……"[47]便是一例。流沙河的《妻颂》中，更有一连67行以"爱我"领头和69行以"爱你"领头的排比并联，可谓创纪录。

意象并联的排列式与叠加式，有时互相渗透，颇难区别。比如那些占有马背的人，／那些敬畏鱼虫的人，／那些酷爱酒瓶的人，／那些围着篝火群舞的，／那些卵育了草原、耕作牧歌的，／猛兽的征服者，／飞禽的施主，／炊烟的鉴赏家，／大自然宠幸的自由民／是我追随的偶像。"[48]句式上是排比或变相排比，但实质上是叠加式意象并联。因为实际上都是比喻同一民族。意象的并联与串联，有时也难以区分。"十三能织素，十四学裁衣，十五弹箜篌，十六诵诗书，十七为君妇"[49]，外形上排比式并联，实质上是事态演进式串联。李小雨《红纱巾》的"那半夜敲门声打破的噩梦，／那散落一地的初中课本，／那闷热中午的长长的田垄"云云，也显然以事态演进的时序来串联，却有着排比并联的句式。

在较大的意象群或意象群落中，现代诗往往将意象的串联与并联混合起来，成为意象的混联。比如公刘《家乡》的第一节："我是一只鸟，／在天地间流浪，我有许多朋友，／他们是云，是风，是虹，／是帆（这船儿的翅膀），／是盲人的拐杖，／是纸鸢牵着孩子的梦，／是铁窗后面囚徒的目光。"上半是串联，下半是并联，合起来就是混联。舒婷《致橡树》中有："我们分担寒潮、风雷、霹雳；／我们共享雾霭、流岚、虹霓；／仿佛永远分离，／却又终身相依。"这里，第一、二行各是三个意象的并联，然后又是这两行并联起来同第三、四行串联。短短四行是较为复杂的混联。

应当指出，在意象群体的串联、并联和混联的各种结构方式中，并非纯粹意象与意象之间的组合与联结，其间难免网罗进一些必要的非意象语词，但现代诗的意象艺术使这些非意象语词尽力意象化或半意象化起来。此法在古代也有。如"深闺春色劳思想，恨共春芜长"[51]就是"恨"与"春芜"相关联，又共有动词"长"字，将抽象的"恨"意象化了。现代诗，尤其在 20 世纪 80 年代，此法大为普及起来。比如，"啊，另一种温情／我的远离你的柔软的皮肤的生命／我用五把钢叉刺进日子／看见时间的孔穴中／流出的我的纯洁的饥渴／和七颗蔚蓝的星星"[52]，"谅解无声而温暖／互送一个苹果的微笑／初春的黎明／悄悄融化着雪水"[53]等等，都将具象词与抽象词巧妙地组合成意象群体。

65. 现代诗的多重转喻艺术

请先看特朗斯特罗姆的两首短诗：

夜　景

月的桅杆腐烂，帆皱折一团

海鸥醉醺醺飞过水面，渡口
沉重的四边形发黑。灌木
　　　　在黑暗中悬荡

走出房门，黎明敲打敲打着
大海的花岗岩大门，太阳喷吐着火
走近世界。半窒息的夏神
　　　　在水烟中摸索

昼　变

林中蚂蚁静静地看守，盯视着
虚无。但听见的是黑暗树叶
滴落的水珠，夏日深谷
　　　　夜晚的喧嚣

松树像表盘上的指针站着
浑身是刺。蚂蚁在山影中灼烧
鸟在叫！终于。云的货车
　　　　慢慢地起动

　　李笠中译的这两首八行诗，写的同是夏天夜变晨即昼变的情景，只是
一在海边，一在山谷。虽然在文字的呈现上显然各异，但在诗美创造
的路数上则是一致的。《夜景》的劈头是"月的桅杆腐烂"。实际景色
是海边如林的桅杆顶上朗照着明月，桅杆静静地一动不动。"月的桅
杆"将这一切深刻而简洁地呈现了。"腐烂"一词更从桅杆的无尽静止
联想到它们正在渐渐地朽腐。"帆皱折一团"表现无风且船正停泊，加
重了夜的静态。"海鸥……飞过水面"，进而以动写静。"醉醺醺"三
字是诗人赋予的，既拟人又使飞动更近静化。"渡口／沉重的四边形发
黑"。"四边形"不知指的是什么，也许是泊着的船只吧，但它"沉重"

而"发黑"则显渡口之夜更深静了。"灌木／在黑暗中悬荡",更将夜推向深邃的深静。上节写夜,紧接的下节写晨。"走出房门"一语双关,指诗人更指时间。"黎明敲敲打着／大海的花岗岩大门",将破晓时的渡口景象凸显出来了。进而有"太阳喷吐着火／走近世界"。煞尾的"半窒息的夏神／在水烟中摸索",尤显诗人细致、准确、生动地捕捉虚实相生水上清晨景象的神妙。两节诗并置对比,张力平衡,高超地显呈了海边夜变晨的静雅风韵。

《昼变》展现的是山间深谷的夕昼之变。"林中蚂蚁静静地看守,盯视着／虚无。"在林中诗人只特写了"蚂蚁"。它在干什么?盯着虚无。这"虚无"既是眼前实景,更是沉思的遥远无垠。这蚂蚁与见到他的诗人彼此莫辨,合二为一。而"盯视着／虚无"正是"静静地看守"的神魄。紧接着的三行是以声写静,并点明深谷的地点与时间是夏日夜晚。下节先写林中松树,在特写松针为"浑身是刺",更寂然静止,"像表盘上的指针站着"。随后的三行既是以响动写静,更是写由夕变昼的山间黎明景象。通过对这二首先锋性极强的现代绝妙好诗的细读,我们在诗美创造艺术上最新而且深的感受,是其中的多重转喻艺术。两首诗中,不仅隐喻随处可见,且往往隐喻中隐着隐喻,犹如探寻深山古寺,进了一山又一山,古寺更在白云间。在"太阳喷吐着火／走近世界"中,太阳能喷火能走近,是拟人或兽或神物,隐喻;火指光和热,隐喻;而这些隐喻之间更有一种连类相隐的关系。在"半窒息的夏神／在水烟中摸索"中,夏神本身便是双重隐喻,再喻之以半窒息;又摸索"在水烟中",更包含着几重辗转的隐喻。"蚂蚁在山影中灼烧／鸟在叫!"蚂蚁在灼烧吗?否。是太阳在放射光热。试想,这里隐藏着几重转喻?"鸟在叫!"本来是直陈句。但与上句融合在一起,这鸟就成了既是鸟又是蚂蚁、太阳,"叫!"就成了"灼烧"。"终于。云的货车／慢慢地起动"。这里的"终于""云"都成了夜变昼的时间和景象的推移;而由于推移的缓慢,"云"就成了"货车"。这就是现代诗的多重转喻艺术。

北岛是运用多重转喻艺术的能手。请看他的《重建星空》:

一只鸟保持着

流线型的原始动力

在玻璃罩内

痛苦的是观赏者

在两扇开着的门的

对立之中

风掀起夜的一角

老式台灯下

我想起重建星空的可能

看来，此诗写的是鸟类标本的一次参观，其诗味纯然是诗人的创造。开首三行的要妙在"流线型的原始动力"一语，赋予翔飞之鸟以快速的奇丽形相。其间便浓缩着多重辗转隐喻。然后是"一只鸟保持着"，"在玻璃罩内"，与"流线型"一语构成生死、动静、隐现之间的张力平衡。而叙事的因素流行其间。接着的三行中，"痛苦的是观赏者"绝妙。不仅将遭受死亡痛苦的主体荒谬地对换掉了，而且这一调换更内在地凸现了观赏者当下的震惊感受。下一节三行将诗境推至极深至远，竟跳跃飞升至"我想到重建星空的可能"。从死鸟到重建星空，中间有多少隐喻的中转站。这种现代诗的多重转喻艺术手法，多为当今的一些杰出诗人所喜用。比如郑愁予的《天窗》。第一节说："每夜，星子们都来我的屋瓦上汲水／我在井底仰卧着，好深的井啊。"好美丽的奇想。星子们活了，都来汲水了，而观星者仰卧在井底。这中间有好几重咬着尾巴的转喻。第二节："自从有了天窗／就像揭开覆身的冰雪／——我是北地忍不住的春天。"从天窗观星蓦地说到冰雪，春天云云，显出多重转喻最需天开异想。随后二节："星子们都美丽，分占了循环着的七个夜，／而那南方的蓝色的小星呢？／源自春泉的水已在四壁间荡着／那叮叮有声的陶瓶还未垂下来。／／啊，星子们都美丽／而在梦中也想着的，只有一个名字／那名字，自在得如流水……"。原来说星子，说汲井，说陶瓶，都是为了怀人，为了"自在得如流水"的"那名字"。诗从天遥地远说起，最后落到"在梦中也响着的"星子般美丽的存在的"名字"。

多重转喻艺术大多为一连串意象间的辗转隐喻，也间有一些抽象词。而几乎纯为抽象词的特例也有，比如史蒂文斯的《罗曼司的再表达》：

> 夜晚对于夜晚的诵唱一无所知。
> 它是它所是如同我是我所是：
> 而在感知这一点时我最好地感知到我自己
>
> 和你。唯有我们俩可以交流
> 彼此在对方之中得到彼此必须给予之物。
> 唯有我们俩是一体，不是你和夜晚，
>
> 也不是夜晚和我，而是你和我，唯独，
> 如此的唯独，如此深深地靠我们自己，
> 如此远远地超越偶然的孤寂，
>
> 以至夜晚仅仅是我们自我的背景，
> 彼此对其单独的自我都无上地真实，
> 在彼此向对方抛洒的苍白之光下。

此诗几乎全是抽象词，除了诵唱、抛洒、苍白之光、你和我是具象词。通篇是伪论说，一种假装的论证说话方式。其实它狡狯地隐藏着多重转喻艺术。比如第一节三行，"夜晚"就是被人格化了的，所以能诵唱或感知。以下三节如此一贯连接下去，抽象的一切都偷偷化作有生命的具象的东西。"唯独，／如此的唯独，如此深深的靠我们自己，／如此远远的超越偶然的孤寂"云云，像煞严格的逻辑论证，实则都是无根据的武断，一种诡论语言和格式。正是这种表里不一的表达方式，生发出滋味各别的诗美来。这里有浓郁的"罗曼司"，靠着多重转喻的"再表达"。

应当特别看重现代诗的多重转喻艺术，因为它是现代性或曰先锋性在诗美创造上最新最有生命力的艺术方式。

注释：

［1］王廷相：《与郭介夫学士论诗书》，《王氏家藏书》卷二十八。

［2］康德：《判断力批判》第四十九节，伍蠡甫主编《西方文论选》上卷，上海译文出版社1979年版，第564—565页。

［3］庞德：《意象主义者的几"不"》，《意象派诗选》，漓江出版社1986年版，第152页。

［4］金昌绪：《春怨》。

［5］艾青：《拣贝》。

［6］韦庄：《台城》。

［7］锡德尼：《为诗一辩》，伍蠡甫主编《西方文论选》上卷，上海译文出版社1979年版，第231页。

［8］高尔基：《论文学》，转引自《文学理论》，中国人民大学出版社1981年版，第144页。

［9］卡西尔：《人论》，上海译文出版社1985年版，第181页。

［10］李白：《玉阶怨》。

［11］顾城：《感觉》。

［12］庞德语，见彼德·琼斯编：《意象派诗选·原编者导读》，漓江出版社1986年版，第33页。

［13］茅以升：《中国石拱桥》，《人民日报》1962年3月4日。

［14］理查德·阿尔丁顿：《意象1》。

［15］江河：《纪念碑》。

［16］奕林：《江南月》。

［17］［18］［20］［22］韦勒克、沃伦：《文学理论》，生活·读书·新知三联书店1984年版，第219、221、222—223、224页。

［19］北岛：《古寺》。

［21］欧阳江河:《天鹅之死》。

［23］［英］狄兰·托马斯:《是否有过这样的时候》。

［24］王安石:《木末》。

［25］刘禹锡:《竹枝词》。

［26］王之涣:《凉州词》。

［27］《诗经·桃夭》。

［28］荆轲:《渡易水歌》。

［29］［50］《古诗为焦仲卿妻作》。

［30］陆游:《秋夜将晚出篱门迎凉有感》。

［31］闻捷:《夜莺飞去了》。

［32］郭小川:《祝酒歌》。

［33］沈天鸿:《鹰》。

［34］石光华:《月墟》。

［35］舒婷:《旅馆之夜》。

［36］万夏:《空谷》。

［37］李白:《上三峡》。

［38］李白:《早发白帝城》。

［39］徐敬亚:《一代》。

［40］陈东东:《河上看城》。

［41］昌耀:《关于云雀》。

［42］北岛:《十年之间》。

［43］杜牧:《秋夕》。

［44］南野:《窥探》。

［45］江河:《星》。

［46］翟永明:《静安庄》。

［47］舒婷:《思念》。

［48］李瑛:《石头》。

［49］昌耀:《慈航》。

［51］顾远:《虞美人》。

［52］雪迪:《另一种温情》。

［53］刘湛秋:《谅解无声而温暖……》。

第九章

诗的意象逻辑

66. 诗美创造的思维方式

诗是生命的创造，包含着文化、语言和诗美的三重创造。诗本身是一种文化。作为艺术文化的诗，离不开文化创造，因而离不开人的一般思维方式及其规律。但是，诗创造的本质和重心更在于诗美与诗语言融合无间的独特创造。诗是最富于创造性的艺术文化样式，最精美的创造物。

人的思维，依其对象领域划分，有科学思维与艺术思维；依其所用基元划分，有抽象思维与意象思维；依其与前人关系划分，有创造性思维与非创造性思维或曰再造性思维、常规思维。而灵感思维则为创造性思维最富于特征的表现形态。诗美创造的思维方式当然属于艺术思维。它虽不完全排斥再造性的常规思维，但其主体则为创造性思维；它虽兼用抽象思维，却主要依靠意象思维，而最着重灵感思维。

人是创造的动物。"创造性是我们生活意义的主要源泉。"[1]绝大多数有趣的、重要的以及体现人性的事物都是创造性的结果。我们的基因构造98%与黑猩猩相似。如果没有创造性，我们就不知道如何同猿类相区别。创造总是美好的。创造性往往令人着迷。当我们投身于创造性之中时，我们会觉得自己比生活中的任何其他时刻都更充实，也更愉快。创造过程中的艰苦往往其味滋滋，宛如喝咖啡。而诗美创造可说是人的所有创造性工程中最有兴味的，虽然有时也显得最艰难而痛苦。

什么是创造性？创造性体现在哪里？奇凯岑特米哈伊认为："创造性只有在一个系统的内部因素的相互作用中才能观察到。该系统由三部分构成。第一部分是专业，它由一系列符号规则和程序组成。……处在我们通常称为文化或由某个特定的社团或由人类共有的符号知识之中。创造性的第二个因素是**业内人士**，它包括所有该专业的带头人。他们的工作就是来决定某种新观点或新产品是否应该被包括进该专业。……创造性系统的第三个要素是个人。如果一个使用诸如音乐、工程、商业或教学等专业中的符号的人有了一个新思想或发现了一种新样式，而这种新事物又被合适的业内人士选定包括进相关的专业之中，创造性就出现了。下一代人将把他们碰到的这种新事物当作该专业的一部分。……因此，从上述角度产生的定义是：创造性是某种改变现存专业或某个现存专业转变成一个新专业的行动、观点或产品。具有创造性的人的定义则是：某个以其思想或行动改变了某个专业或创建了某个新专业的人。"[2]

这个关于创造性的观点正确吗？它说创造性只有在一个由专业、业内的人士和个人三部分构成的系统内部的相互作用中才能观察到，这是符合实际的。显然，任何创造性都属于一定的专业，而提供这个专业中的某种新思想、新样式、新事物的主体总是某个人或由某些个人组成的集体。问题在于这个新东西必须得到业内人士认可。这就需要加以探讨与分析。首先，谁是业内人士？奇凯岑特米哈伊提到，"观赏艺术领域的业内人士由艺术教师、博物馆馆长、艺术的收藏家、批评家、基金会管理者和处理文化事务的政府机构人员组成。正是这些业内人士将选出哪些艺术新作品可以得到承认，被保存和被记忆"[3]。这主要是针对美术专业说的。诗呢，主要是报刊与出版社有关人员、批评家、语文教师、影视传媒人员，还有网络、民间报刊以及传抄传诵者，各种形式诗的接受者。其次，业内人士认可的准确性或曰科学性。这在自然科学的各门专业，有实践的最后检验。哲学社会人文科学的实践检验就比较难些。而各种艺术门类的作品更易于见仁见智。尤其是诗，向有"无达诂"之称，也就更其无达"估"了。因而其三，对创造性的评价随时间产生的神秘变动是常有的。例如，拉斐尔作为一个画家的声誉自他在教皇尤利乌斯二世的朝廷达到顶峰后就曾经几起几落。巴赫沉寂了 200 年之久，才被门德尔松作为大音乐家重新发现。约翰·多恩在 19 世纪根本没有地位，现代被赫伯特·格里尔森和 T.S. 艾略特重新发现，并且成为 17 世纪最伟大的诗人。那么，在这些艺术家、诗人的声名或起或伏之时，他们作品中的创造性是否也因之而或大或小呢？"常规的解释是"，他们"一直具有创造性，只是他们的名声随着社会承认的反复无常而变化。然而，系统模式承认的事实是，创造性不能与其承认相分离"[4]。更加客观的看法，恐怕还是将两者结合起来为好：创造性首先是作品中所具有，同时又能为社会尤其是业内权威人士所放大或缩小。因此，"我们总是不断重新评价过去。这确实是一件很好、很有价值、很必要的事情"[5]。不过，尽管如此，历史上真正富于创造性的东西，因其得不到业内和社会的肯定而被湮灭也是会有的，且因此而无人惋惜。可谓历史无声无影的悲剧，掌握评价创造性生杀大权者可不慎欤！

明确创造性的涵义，是我们探究诗美创造的思维方式的重要前提。我们在精心创造诗美之际，应当先确定自己的诗美理想或者叫作诗观。诗观在诗的创造性思维中起到导航的作用。在我们建构自己诗观的时候，对于诗美本体和诗歌功能使命的正确理解固然是决定性东西；但是，对于业内人士的诗观和一般读者的可接受性亦不得不有所考虑，最好是在三者之间求得某种动态平衡。这当是诗美创造的思维方式的题中应有之义。

至于诗的创造性思维的具体方式，则须在突出创造性思维之际，有机融进常规思维；在主要运用意象思维的同时兼用抽象思维，并使两者浑然一体。而对于可神遇而难求的灵感思维，则更须耐心期待，多方触发，非常珍惜，及时而充分地发挥其作用。

67. 意象逻辑的求美律与情动律

诗美创造的思维方式主要是意象思维。意象思维与抽象思维的根本区别有四：一、目的不同。一为求美，一为求真。求美在于创造一个可供审美的幻象世界，蕴涵着主体的生命体验。求真在于探索与传达来自事实的真理，力求使主体反映符合客观世界。二、动力不同。意象思维主要以情感为内驱力，抽象思维则诉诸理智。三、基元不同。一为意象，一为概念。意象虽含意，更洋溢着情感，显现为形象，不像概念那么冷冰冰地高度概括与抽象。四、逻辑不同。抽象思维的抽象逻辑，无论形式逻辑、辩证逻辑或数理逻辑，都在求真目的的支配下，保证推理的明晰与准确。意象思维的意象逻辑，在求美目的的支配下，力求想象丰富、新颖奇丽，充分表现主体的生命体验与人生经验。

诗的意象逻辑居于核心地位的规律是求美律与情动律。意象逻辑的求美律，是指在诗和其他艺术的创作中，求美、创造艺术美，是它的旨归，是它的逻辑总前提和根本要求。一切有利于审美创造的意象组合与意象联结方式，都是符合意象逻辑的。诗的艺术思维必须符合审美性和创造性的内在要求。人类掌握世界的科学的、艺术的、宗教的和实践—精神的四种方式，其首要的也是根本的区别，在于目的不同。实践—精神的掌握方式，目的在于追求有益于人类生存的功利价值，在于求善。宗教的和信仰的掌握方式，目的在于追求对于未知世界的某种猜想与假说的坚信，追求某种心理寄托，追求信。科学的掌握方式，目的在于发现真理，追求真。而艺术的掌握方式，目的在于追求美。在美中蕴含着真与善的统一，蕴含着某种信仰与信念，凝结着自由的创造，创造的自由。当然，四种掌握世界的方式在实践上互相渗透，并不相互绝缘。但艺术的特质只在于美。这是它根本区别于科学、宗教与生产劳动的东西。诗的意象逻辑更以追求诗美、创造诗美为自己的逻辑出发点和归宿。它是最根本的总规律，贯串和体现在其他各条具体的意象逻辑规律之中。正像在形式逻辑中，以保证思维有确定性而求真的根本要求，贯串和体现于同一律、矛盾律和排中律等具体规律。

诗美的创造，以情感为内在本质和内驱力。"人禀七情，应物斯感，感物吟志，莫非自然。"[6] 陆机也说："诗缘情而绮靡。"[7] "缘情"者因情且顺情而动，"绮靡"者求美也。不能将诗仅仅归结为美、为情。但就其基本点来说，诗乃情之美，是美的情感的感性呈现。无情无美，何诗之有？列夫·托尔斯泰给艺术下的定义："作者所体验过的感情感染了观众或听众，这就是艺术。"[8]苏珊·朗格也认为，"艺术是情感的表现"[9]。"艺术品本质上就是一种表现情感的形式。"[10]意象逻辑的情动律，是指在诗美创造中，以情为内驱力，因情而发，依情而动，合情即为合理。诗的展义骋情，莫不由兴驱动。由灵感鼓荡的诗兴正是诗美创造的演化动力。除情兴外，诗兴还包括意兴、象兴、形兴、韵兴与语兴，但都与情兴相伴随、相融合。意象的创造以情感为中介。意象间的联结，以情感起伏、回荡、流行为线索。凡于理不当者，只要有利于表现情感，在诗中便合乎逻辑。

意象逻辑的求美律与情动律，密切结合，互相渗透。共同体现诗美创造的本质要求，是目的也是动力。它们是意象逻辑的始点与终点。其他各条具体逻辑规律，皆由此派生。

68. 意象逻辑的互渗律与无矛盾律

在求美律与情动律的支配下，诗的意象思维呈主体与客体互相渗透的关系。一般认识过程，由感性阶段上升到知性与理性阶段，其中包含着反映、选择、评价与创造。这是抽象思维与意象思维所共通的。在科学的抽象思维中，由感性阶段飞跃到知性与理性阶段，必须将感觉与知觉所得的表象，经过概括和抽象，舍弃其形象性，转化为概念进行判断与推理。在艺术的意象思维中，由感性阶段也须飞跃到知性与理性阶段，但并不舍弃感觉知觉的感性形象，反而力求保持鲜活的原生态的感觉与印象。不仅如此，还要掺入主观因素，掺入审美与情感的因素，使来自客体的感觉与印象自觉不自觉地变形。科学的掌握世界方式，首先要求真确、正确、精确地反映客观事物的现象形态，从而进行选择，去伪存真，去粗取精，然后由此及彼，由表及里，进行判断推理，层层深入到客观事物的本质。艺术的掌握世界方式，对客观事物的现象形态的把握，在反映过程中即已自觉不自觉地进行了选择、评介与创造，即已掺入主体因素的缩放、扭曲、切合与变幻，而不是力求形似；也不是漫无边际地主观任意地泛滥，而是遵循着一定的标准，以主体的审美要求情感表现与客体的形象特征本质属性相统一为尺度。就是说，进入艺术思维的形象，一般地说，既不是客体的惟妙惟肖的表象，也不是主体想入非非的幻象，而是客体的经过主体在求美律与情动律支配下的改组与创造的变形了的印象。然后，由主体将这种印象与自己的思想、意蕴、情绪相融合，而上升为意象，飞跃到艺术思维的知性与理性阶段，用意象按照意象逻辑进行思维，在诗中创造意境即建构诗美时空。而所构成的诗美时空，已显然不是客观现实的物理时空。诗境，一方面源于客体的物理现实与社会现实，是客体的反映与选择；另一方面源于主体的心理现实，是主体的改组与创造。虽然这种主体的心理现实就其最终本源来说，仍然是包括人的生理现实在内的客观物理现实；但承认主体心理现实为诗境的重要来源之一，对于诗美创造至关重要。诗人的感觉与思维的触须，总是竭力伸向内、外宇宙的两极，犹如参天大树，在繁枝密叶挺举高天的同时，又错节盘根深入大地。

意象逻辑的互渗律，是指在诗美创造中，主体与客体交互作用互相渗透，互相融合，从而创造出饱含主体情意并体现主体审美理想的源于现实又超越现实的诗境来。在诗中，任何幻象幻景，只要能体现与表现主体的审美理想与情感意蕴，都有存在的权利。而且，这种体现诗美的幻象幻景，即便在外观上远离客观现实，也能更美妙而深刻地体现诗的真与善，以诗的方式更为准确而精辟地反映社会历史本质。意象逻辑所规范的主体与客体互相渗透的关系，有几分类似原始人的原始思维。列维－布留尔认为，原始人的思维是具体的思维，亦即不知道因而也不应用抽象概念的思维。他名之曰"原逻辑的思维"。"它不是反逻辑的，也不是非逻辑的"，只是"不像我们的思维那样必须避免矛盾。它首先和主要是服从于互渗律"[11]。这种原逻辑的互渗律表征着原始人与周围的客观世界处于一种特殊的关系之中。"原始人丝毫不像我们那样来感知"，对他们来说，纯物理的现象是没有的。"流着的水、吹着的风、下着的雨，任何自然现象、声音、颜色，从来就不像被我们感知的那样被他们感知着"[12]，他们感到万物有灵，与他们处于神秘而复杂的祸福关系之中。他们的感知带有极大的情感因素，"以至要独立地观察客体的映象或心象而不赖于引起它们或由它们所引起的情感、情绪、热情，是不可能的"[13]。原始人的思维是以受互渗律支配的集体表象为基础的神秘的原逻辑的思维。诗人的艺术思维用个体表象或意象，按照意象逻辑进行思维，也有类似的互渗律，但与原逻辑的互渗律有着质的区别。诗人不是无知，也并不带浓重的神秘感，而是相当（并非完全）自觉地创造着艺术美，表现自己饱含意蕴的情感与情绪。

由于受原逻辑的互渗律支配，"在原始人的思维的集体表象中，客体、存在物、现象能够以我们不可思议的方式同时是它们自身，又是其他什么东西"[14]。单数和复数、相同或不同等等之间的对立，他们往往并无觉察，或者察而不顾。"波罗罗人硬要人相信他们现在就已经是真正的金刚鹦哥了，就像蝴蝶的毛虫声称自己是蝴蝶一样。"[15]原始思维"对逻辑思维所不能容忍的矛盾毫不关心"[16]。但它"也有它自己的为其推理运算所必须服从的规律"[17]。与此相类，由意象逻辑的互渗律也可引申出无矛盾律来。

意象逻辑的无矛盾律，是指在诗美创造中，在意象的相互联结中，可以无视形式逻辑的矛盾律。逻辑悖谬在诗中往往通行无阻，只要有助于建构诗美时空，创造诗美。抽象思维的形式逻辑的同一律表明，如果一个思想是真实的，那么它就是真实的，可以用假言判断"如果P，那么P"来陈述；矛盾律表明，任何思想不能既是真实的又是虚假的，可以用联言判断的负判断"并非（P并且非P）"来陈述；排中律表明，任何思想或者是真的或者是假的，可以用选言判断"P或者非P"来陈述，三者是等值的。所以，意象逻辑的无矛盾律也就是不遵守形式逻辑的所有规律。现代诗艺的讲求张力、佯谬与矛盾语法等等，都是着意于意象逻辑的无矛盾律的精心运用。

69. 意象逻辑的相关凝结变形诸律

从诗的意象逻辑的互渗律与无矛盾律进一步具体化、表层化，便有相关律、凝结律与变形律。意象逻辑的相关律，是指在诗的意象创造、意象组合与联结中，在诗的比兴、象征、暗示中，只要两个形象或意象相互之间，有某种相似相关，便可视为等同，以各种方式予以组合联结在一起，且以相关点的不寻常与新发现为佳。除一部分描摹意象外，其余如明喻、隐喻、拟喻、兴体和象征等意象，都需要将感性的形象与形象（或抽象概念）联结起来，都需要找出其间的相似点或相关点来。比如，"关关雎鸠，在河之洲。窈窕淑女，君子好逑。"[18]鸟与人怎么能等同起来？诗人却找到了两者在鸣嘤求偶这一点上的相似，便联结成兴体意象。周伦佑的《鱼形花瓶》云："在镶着彩色瓷砖的窗台上面／鱼形的嘴一张一合似有话要说／每一次都引来海啸／第七次张开嘴时瓶颈突然破裂／空中开满了玫瑰／／那一种疼痛不经过伤口使海水变咸。"此诗如依抽象逻辑去理解，会显得全篇结构的流动与跳荡莫名其妙；但依意象逻辑去理解，则知道相关即可视为相等，其间跳跃与转折的线索便见分明。比如，从"鱼形的嘴"想到"一张一合"，从张口联想到"似有话要说"，又从鱼嘴形张合联想到海啸、瓶破、花飞，从瓶破又想到病痛、流泪、使海水变咸，等等，皆能顺理成章。值得注意的是，在诗的意象逻辑的相关律具体运用时，越是"远缘杂交"，越是会从意想不到处发现事物和心象的相关点，越佳妙。

意象逻辑的凝结律，是指在创造诗美建构诗美时空时，通过意象组合联结中的省略与投射，求得以尽可能少的景象包含尽可能多的情感和意蕴。自古以来，诗尚含蓄凝练。文小旨大，举迩见远，正是诗的凝结作用。为此，一要省略，二要投射。所谓省略，就是在意象组合联结中，不仅要精心选择，而且要大力删节、扭曲、合并，以至切割成零部件重新组合。李商隐《夜雨寄北》的剪烛西窗，却话巴山，便是将漫长的离别时间、万水千山的空间阻隔，统统凝缩于异日长安相见的一点，故其情浓意亦无限。所谓投射，是指意象的组合与联结，有所比拟、象征，言此喻彼，举一射万。舒婷《致橡树》中的橡树与木棉，以及围绕着这两个中心意象的种种意象，都是投射到一对情侣的，是拟喻与象征。古人论诗讲究字、句、意、格的"四炼"，炼即是凝结律的具体运用。

意象逻辑的变形律，是指诗所创造的诗美时空，与客体的物理时空相比中形貌力求变异，力求神似，力求奇化或曰陌生化。诗美时空的创造总是通过再现与表现相结合而呈现。吕邦斯有一幅风景画，看来细节惟妙惟肖，够古典、够现实主义的了。但歌德要爱克曼注意画中的"一种奇特现象"，结果发现画中仿佛有两个太阳。"从两个相反的方向受到光照，但这是违反自然的！"可是歌德笑着说："关键正在这里啊！吕邦斯正是用这个办法来证明他伟大，显示出他本着自由精神站得比自然要高一层，按照他更高的目的来处理自然。……他用这种天才的方式向世人显示：艺术并不完全服从自然界的必然之理，而是有它自己的规律。"[19] 这里的"更高的目的"和"自己的规律"便是求美，为求美而变幻。一切艺术莫不如此，诗尤其如此。变形律看来最为具体，最显露于表层，其实也最具综合性，是意象逻辑各条规律的总结。可以说，相关律与凝结律都是导致变形的途径和手法，互渗律与无矛盾律又是它们的内在根据，而求美律和情动律则是它们的根本目的。没有变形便没有艺术。

弗洛伊德将"诗歌创作和白日梦进行比较"并非纯属无稽之谈。诗与梦确有不少相似的地方。在《梦的释义》中，弗洛伊德指出，梦的工作主要有凝结作用和移置作用。"梦的移置和梦的凝结是两名工匠，我们可以把梦的结构物主要归功于它们。"[20] 梦的形式以凝结过程为基础这一事实是无可争辩的。它"通过省略来完成，因为梦并不是对梦思想的逐句的忠实翻译或投射，而是对它们的极不完整、残缺不全的复制"[21]。这与意象逻辑的凝结律很相似。梦的移置的结果，"在梦内容和梦思想间就造成了差异"。"梦只再造出潜意识中梦愿望的歪曲形式。"[22] 梦的移置方式也是遵循相关即相等的规律的，利用事物远缘相关，以歪曲的形式将梦愿望隐蔽起来。这也同意象逻辑的相关律颇为相似。由于移置与凝结的作用，梦境便显出对于实景的大幅度变形来，总是颠三倒四，是是非非。

当然，写诗与做白日梦毕竟不同。从心理因素看，梦完全受无意识的支配，诗是意识与无意识的交互交用。诗人作诗是着意创造诗美，表现自己的思想感情，深化自己的生命体验，这与做梦根本不同。但诗人一进入诗美创造的意象思维过程，诗的灵感就爆发，压抑在心底的个人无意识和集体无意识喷涌而出，便显出意识与无意识、理性与非理性的交互作用来。于是诗人的创作心理也就部分地相通于原始思维和梦幻思维。诗的意象逻辑有相似于原逻辑的规律和梦的工作之处，也就不足为奇了。当然，诗的意象思维以意象为基元，可以运用意象逻辑，也可以运用抽象逻辑，往往是两者交互并用。而在整个诗歌创作过程中，也不排斥运用概念的抽象思维。人的思维毕竟是有机整体。

看来，在诗的意象逻辑规律中，相关律、凝结律与变形律比较具体，显现于外层；求美律与情动律最为根本，深居核心；而互渗律与无矛盾律则为两者的中介。七条规律以不同的层面组合成一种立体结构。诗的意象思维确有不同于抽象思维的特殊逻辑规律。

70. 意象逻辑规律的具体运用

诗的意象逻辑的七条规律是我的杜撰，但也不是毫无根据。逻辑是英语 logic 的音译，导源于希腊文 λογοs（逻各斯），原意指思想、言辞、理性、规律性，等等。穆尼茨指出："广义而言，并就希腊语逻各斯一词的词源来说，逻辑与人在运用语言、概念、推理和研究方法中特有的能力相关。它从多方面去研究哪些东西应当作为我们据以确定这些能力的恰当性和对这些能力的正确运用的标准。"[23]"逻辑处理的是人类独特的言语能力、推理能力、概念思维的能力和理性探究的能力。"[24]可以说，逻辑是关于思维的形式结构及其规律的科学，一般有形式逻辑、辩证逻辑、数理逻辑等。那么，诗的意象思维有没有逻辑呢？应当有。有没有它的逻辑规律呢？似乎很难说。因为象是意、情、象的统一体，而情感是无理性的，形象所表征投射的又富于多义不确定性，怎么会有意象逻辑规律？其实，有思维就有逻辑，有逻辑就有规律。诗的意象思维肯定有自己的特殊逻辑规律，我们应当将它探究出来。

从理论上说，既然没有人提出过意象逻辑规律，也就不存在这方面的现成理论。但是可资参考和依傍的理论却是多方面的。一是现有的逻辑学。形式逻辑除了充足理由律外，尚有三条基本规律：同一律、矛盾律和排中律。实际上，这三条规律是等值的。从三个侧面去规定同一个东西，核心是矛盾律。辩证逻辑对此有所突破，"除了'非此即彼！'，又在适当的地方承认'亦此亦彼！'，并且使对立互为中介"[25]。意象逻辑与抽象逻辑大不相同，当然可以有无矛盾律。二是关于原始人思维的研究，有列维－布留尔的《原始思维》。它就指出"原逻辑的思维""并不怎么害怕矛盾（这一点使它在我们的眼里成为完全荒谬的东西），但它也不尽力去避免矛盾。它往往是以完全不关心的态度来对待矛盾的"。[26]它便强调互渗律，并作了详尽论述。它虽然没有明确提出无矛盾律，但因为与互渗律内在相通，也为我们提出无矛盾律提供依傍。而原逻辑的互渗律则与意象逻辑的互渗律相类似，虽然用的基元一为集体表象，一为诗美意象。而相关律则可说是基于互渗律与无矛盾律的必然推论。三是弗洛伊德与荣格关于无意识、集体无意识的现代心理学。在《梦的释义》中，弗洛伊德详细分析了梦的工作主要有凝结作用和移置作用，且指出作诗类似做白日梦。这就更促发我们提出相关律、凝结律与变形律。四是中国古典艺术论向有"神似"重于"形似"之说，反对谨毛失貌。《淮南子·说山训》说："画西施之面，美而不可说；规孟贲之目，大而不可畏：君形者亡焉。"高诱注云："生气者人形之君，规画人形无有生气，故曰君形亡。"生气即神，形以神为君。其《诠言训》说得更为直捷："神贵于形也。故神制则形从，形胜则神穷。"而艺术之变形正是为了求神，所以意象逻辑的变形律即由此而生。至于求美律与情动律更是从诗美本体论直接产生出来，而且统领其他五条意象逻辑规律。其作用又近似于形式逻辑中的充足理由律对于其他三条规律的渗透与支配。

从实践上说，中外古今所有诗歌创作及其诗美创造经验都是诗的意象逻辑七条规律最雄辩、最直接的证明。我们可以聊举数例以明之。

例一，李商隐《锦瑟》。此诗一向难解。黄士龙《野鸿诗的》斥商隐"为三百篇罪人，《锦瑟》诗其意亦不自解"；连作诗者自己也说不清楚，何况说诗者？从意象逻辑规律的具体运用看，首联"锦瑟"可弹，弹以寄"思"，所思者为"华年"。诗人作此诗时已四十余岁，"五十弦"指逝去的年华之多，"一弦一柱"则为思之无尽，而"无端"更打上朦胧而浓重的情感色彩。首联运用相关律非常明显。颔联"庄生""望帝"云云，用典抒情表现所思内容。"梦"于"晓"，指华年之事，且已成梦。但这事是美好的，且当时颇为迷恋，如今则已成梦幻，深感迷惘与凄然。当时的一颗"春心"呢，由"望帝"而转化为鸟或花的"杜鹃"。"望帝"句与"庄生"句同一情感色调而更为深沉。颔联将相关律、凝结律与变形律相融合地运用起来了。颈联"沧海""蓝田"云云，含用典而近幻象的白描。"沧海"有"月"，"月"即"珠"，"珠有泪"。"蓝田"出"玉"，"玉"因"暖"而"生烟"。这里不只是运用了相关律、凝结律与变形律，特别是"珠有泪""玉生烟"云云更显然运用了互渗律与无矛盾律。尾联是抽象叙述却把前三联总结起来了，结成"惘然"的"追忆"。而求美律与情动律的统领全篇非常突出。李商隐《锦瑟》不是意象逻辑七条规律综合运用的极好例证吗？至于这首诗的实际含意是什么，前人众说纷纭。撇开那些索隐猜测不说，何焯《义门读书记·李义山诗集》卷上说："此悼亡之诗也。"又说："亡友程湘衡谓此义山自题其诗以开集首者，次联言作诗之旨趣，中联又自明其匠巧也。"两说各有可取。钱钟书则"窃喜程说与鄙见有合，采其旨而终条理之也可"[27]，作了颇详的阐述。我倒认为干脆说此诗是对"华年"的"惘然""追忆"，或者更为平直。追忆中思及诗作、亡妻与坎坷生平，而其总体情感色调则为"适怨清和"或"感怨清和"[28]。

例二，聂鲁达《如果白昼落进……》：

　　每个白昼／都要落进黑沉沉的夜，／像有那么一口井／锁住了光明／／必须坐在／黑洞洞的井口，／要很有耐心／打捞掉落下去的光明。

　　这首诗的基本比喻和想象是白昼的太阳落进黑夜的深井。因此就有了三个相关系列：白昼——太阳——光明，夜——黑沉沉、黑洞洞——井，落进——锁住——坐在——打捞——耐心，而这三个系列又相互关联。这里突出了相关律与互渗律，其他各律则蕴涵其中。此诗的意趣正是靠意象逻辑规律的运用而生发出来的。

　　例三，郑愁予《水手刀》：

　　长春藤一样热带的情丝／挥一挥手即断了／挥沉了处子般的款摆着绿的岛／挥沉了半个夜的星星／挥出一程风雨来／／一把古老的水手刀／被离别磨亮／被用于寂寞，被用于欢乐／被用于航向一切逆风的／桅篷与绳索……

水手刀凝结着水手的全部生活。上节以"挥"字为贯串线索，下节则是"被"字。"情丝""热带""长春藤"三者相关，而丝和藤皆为刀所能"挥断"。而"绿的岛""星星""风雨"本来与挥刀无涉，诗人用"沉""出"等字为中介，就将它们关联起来了。这四个"挥"又表明了船的出航时序，离别之情亦因之渐行渐浓。"离别"之情连到下节，水手刀的被"磨亮"，即靠离别之情，而此情"被用于""寂寞""欢乐"和"航向一切逆风的桅篷与绳索"。这里具体与抽象、实物与情绪、时间与空间等等之间的矛盾，统统被打破了，被互渗起来了，为了抒情求美。

　　例四，昌耀《元宵》：

　　寂冷如海上花灯堆放通宵达旦独自璀璨／明光如淅沥

细雨催发芭蕉留下淅沥不尽的瞬刻//回味翠柏生苔燧人作古碧螺冰天映照白雪/生的妙谛力透纸背石破天惊直承众妙之门

两节四行许多意象积叠，靠的是意象逻辑。上节两个"如"字用明喻将"寂冷""时光"与后面两串意象连接。不过两串意象都在修饰"璀璨"和"瞬刻"，成串联状态。第三句"回味"之后"翠柏生苔""燧人作古"云云则为并联，且并联者基本等价。第四句"生的妙谛"之后"力透纸背"与"石破天惊"也并联而等价，嵌在"生的妙谛""直承众妙之门"的中间。下节两句用抽象逻辑是完全讲不通的，而用意象逻辑显然顺理成章。

仅举这四例，亦足以说明中外古今的诗作中确实体现着前面所揭示的七条意象逻辑规律。明乎此，对于我们今后的诗美创造中具体运用意象逻辑规律的自觉性，定将有明显提高。

注释：

［1］［2］［3］［4］奇凯岑特米哈伊：《创造性》，上海译文出版社 2001 年版，第 1、27—28、27—28、29 页。

［5］美国诗人安东尼·赫克特语，见奇凯岑特米哈伊《创造性》，上海译文出版社 2001 年版，第 30 页。

［6］刘勰：《文心雕龙·明诗》。

［7］陆机：《文赋》。

［8］列夫·托尔斯泰：《艺术论》，人民文学出版社 1958 年版，第 47 页。

［9］［10］苏珊·朗格：《艺术问题》，中国社会科学出版社 1983 年版，第 103、7 页。

［11］［12］［13］［14］［15］［16］［17］［26］列维－布留尔：《原始思维》，商务印书馆 1981 年版，第 71、34—35、26、69—70、70、98、99、71 页。

［18］《诗经·关雎》。

［19］《歌德谈话录》，人民文学出版社 1978 年版，第 135—136 页。

［20］［21］［22］弗洛伊德：《梦的释义》，辽宁人民出版社 1987 年版，第
289、263、289 页。

［23］［24］穆尼茨：《当代分析哲学》，复旦大学出版社 1986 年版，中文版序
第 8 页

［25］恩格斯：《自然辩证法》，人民出版社 1971 年版，第 190 页。

［27］钱钟书：《谈艺录〈补订本〉》，中华书局 1984 版，第 433—438 页。

［28］许彦周：《诗话》，转引自冯浩《玉溪生诗详注补》。

第十章
诗的抽象艺术

71. 诗的抽象叙述与意象呈现

中国诗向来讲求六艺，涉及诗美表现方式的有赋、比、兴。朱熹在《诗集传》中传曰："赋者，敷陈其事而直言之者也。""比者，以彼物比此物也。""兴者，先言他物以引起所咏之词也。"赋指抽象叙述，比兴重在意象呈现。就诗的总体来说，赋与比兴、抽象叙述与意象呈现，皆不可或缺。朱夫子在传《诗》时，承《毛诗》之旧，亦注明"兴也""赋也""比也"字样，只能说明此诗的主导倾向，其实在一首诗中往往是赋、比、兴并用的。就拿《国风·周南》开头几首来说，《关雎》注明"兴也"，开头"关关雎鸠"四句确为起兴，而兴与比是很难分开的，"参差荇菜"四句，也含比喻。而"求之不得"四句则是敷陈其事而直言之的赋了。赋、比、兴是全了的。《卷耳》注明"赋也"，而此诗写"采采卷耳，不盈顷筐"的思妇以至采不下去的怀人情态，同"陟彼崔嵬，我马虺隤"的行人干脆"我姑酌彼金罍"坐下了的境况，两相比照，相互怀念的氛围十足，不也含着隐喻象征的意味吗？《螽斯》注明"比也"，全诗也确以螽斯多子孙来比喻，而诗中"宜孙"不也是赋吗？赋、比、兴在一首诗中往往是相辅相成，很难偏废的。

自朦胧诗崛起以来，诗的意象呈现一时兴盛无比，且确有长足进步。这可说是对于西方意象派的某种迟到的回应。朦胧诗到后来，有些诗中的意象密度过大，甚至成了地毯式轰炸，有人也就不得不起而纠偏了。

于是后朦胧诗出现了。一些更年轻的诗人主张用口语，依靠抽象叙述，少用甚至不用意象。于坚《远方的朋友》、韩东《有关大雁塔》等等，让人耳目一新。至 20 世纪 90 年代诗歌又增强了叙事性，在叙事中隐藏着隐喻象征。王家新《瓦雷金诺叙事曲》、西川《降落》、梁晓明《玻璃》等都是以抽象叙述为主，有着直陈其事的影子，而醉翁之意不在事实或事态。

新世纪中国新诗是在总结朦胧诗以来的经验予以综合创新的。比如古马《罗布林卡的落叶》：

> 罗布林卡只有一个僧人：秋风／罗布林卡只我一个俗人：秋风／／用落叶交谈／一只觅食的灰鼠／像突然的楔子打进谈话之间／寂静，没有空隙

江一郎的《秋风》：

> 马拉的辕车从远方归来／赶车的大叔，为何你拉回的／还有秋风的咳嗽／／河边密林里／黄叶遍地，那是夜来的咳嗽声／天亮了，在脚下打滚／高处的巢／也空了，这些春天的城堡／你们的主人呢／／而我在霜冷的大地流浪／不能上去歇着／那不是我的家／／我是地上不会飞的人／秋风啊，一颗想飞的心／被你一天天吹凉

马利军《一片大水》：

> 太阳的早晨，多么新鲜／那一片刚刚起床的大水／阳光站起身／她的脸颊是红的／母亲在家中念叨流浪的儿子：／千里的黄河，万里的涛声／一滴化不开的血

这些诗迥然不同，各有千秋。然而它们都以抽象叙述为骨干、为脉络，有不太密的意象呈现，而富于隐喻象征，创造了一种氛围与韵味。

应当说，抽象叙述与意象呈现的有机结合，是对于中外优秀诗歌的有力继承，更是现代诗歌创造性发展的重要方向。中国古典诗一向讲求情景交融。陶渊明《归园田居五首》（其三）：

种豆南山下，草盛豆苗稀。晨兴理荒秽，带月荷锄归。
道狭草木长，夕露沾我衣。衣沾不足惜，但使愿无违。

通体似乎都在叙述，但"草盛豆苗稀""带月荷锄归""夕露沾我衣"云云又是在描写。全篇似乎都在叙事，而结末两句则纯乎在抒怀。此诗将抽象叙述与意象描摹结合得难解难分。王昌龄《送魏二》："醉别江楼橘柚香，江风引雨入舟凉。忆君遥在潇湘月，愁听清猿梦里长。"送别的时间、地点、节候，别时的景物，客行的方式，一一点明；友人别后所到之处，旅居境况、情绪，又一一说到。以叙述为脉络，摹景渗透与丰满其间。而送别者的情怀只明说了一个"忆"字，但别时的留恋惋惜与别后的思念难堪，洋溢于全诗的字里行间。

博尔赫斯写给曾外祖父的《墓志铭》：

他的勇武越过了安第斯山脉。/ 他曾与群山和军队交战。/
豪气长存，他的剑已习以为常。/ 在胡宁他给那次战役带来一
个幸运的结局 / 用西班牙人的鲜血染红了秘鲁的长矛。/ 他书
写下战功的册页 / 这散文像吹响战歌的小号一样坚定。/ 他被
残酷无情的流放包围着死去了。/ 如今他是一捧尘土与光荣。

写了伊西多里·苏亚雷斯上校光荣的一生，简直是一篇传记，却是一首大气的好诗。因为在抽象叙述中间，不时有生动的意象呈现；而且其意象与叙述都被诗化并富于现代性。特朗斯特罗姆《风暴》：

突然，漫游者在此遇上年迈
高大的橡树……像一头石化的

長着巨角的麋鹿，面对九月大海
那墨绿的城堡

北方的风景。正是楸树的果子
成熟的季节。在黑暗中醒着
能听见橡树上空的星宿
在厩中跺脚

这里颇富于现实或超现实的意象，却结合在通篇的抽象叙述之中。将抽象叙述与意象呈现以各种配比和方式有机融合起来，是当代诗美创造的大课题。

72. 现代诗的张力

两匹马以相等的力反向拉一根绳子，使它绷紧了，就造成一种张力。几个方向不同的力同拉一个物体，也会形成张力。扩而言之，宇宙万物的内部结构中无不蕴含着张力。中国古典哲学和古典美学早有见于此，叫作相反相成，和而不同。同，几个相同的部分组合在一起，就没有张力。和，几个相反或相异的部分组合在一起，就有了张力。和比同美多了，相反更能相成。现代美学强调的不和谐，其实只是和的一种新形态，更有助于增强张力，达致某种张力平衡。诗的张力（tension）一词，按照艾伦·退特的说法"是把逻辑术语'外延'（extension）和'内涵'（intension）去掉前缀而形成的"。"张力，即我们在诗中所能发现的全部外展和内包的有机整体"。[1]张力可以存在于诗的一切层次和侧面及其相互之间。张力是现代诗美的一个重要特征，一个生命力旺盛的生长点。没有张力，缺乏强度，诗就从根本上丧失现代性。增强张力是现代诗美探索的荆棘丛生而又土层肥厚的大片垦拓地。现代诗的张力，主要表现为诗美质体内涵的张力、诗美时空结构的张力和诗语言的张力。

诗美质体内涵的张力，是指诗美四层结构各层内部和层际的张力。意蕴美内部的张力着重表现在两个方面：一是将几种相异或相反的意蕴浑然组合在一起。古典诗大都意蕴比较单纯，或者单线发展。现代诗往往将显然不同的意蕴交织在一起，以平行、交缠、网络等多种方式结构，增强意蕴张力。二是建构意蕴的高层建筑。透过诗境画面首先是基础的语义层，然后是凭借意象、隐喻、象征、暗示所指向的投射层，最后是深思与领悟的哲理层。在语义层、投射层与哲理层之间的大小、远近、真幻、虚实对比中加强意蕴张力。通过诗美意蕴的复合与多层结构，建构张力强大的智力时空，是现代诗美艺术的一个突出发展。但是，意蕴必须溶解于情感。现代诗美情感脱离了单纯与单向的古典形态，情感美的内部张力也就随之而增大。而且，现代诗的情感美在理智的冷光照耀下，往往出现一种冷情绪、冷抒情，在理智与情感的撞击与融溶中形成张力。情感也与形象之间形成张力。现代诗多隐喻、拟喻与象征意象，形象与喻体之间血缘较远，通过远缘杂交和多极对立而增大张力。在意象群体的联结上，也往往超越现实景象，通过时空的切割与重组，奇特的虚像幻景，加强张力。在诗的意象流动与音乐美之间，也存在着矛盾与谐合，借此增强形式与内涵、情感与韵律之间的张力。

诗美时空结构间的张力，即是结构美的内部张力，它通贯于诗美的意蕴、情感、形象和形式各层。现代诗特别讲求结构，注重结构的有机整体和起伏变化的节奏感。古典诗也讲结构的起承转合。现代诗发展了结构上的结构与交响性，就不是一般的起承转合所能规范。现代诗的结构上往往是双线或多线发展，而且时时作大跨度的跳跃，诗的行节间留有较多的艺术空白，整个诗美时空留给接受者再创造的共享性颇大，因而显出远较古典诗强烈的内在节奏，诗的离心力、向心力、外延力与内涵力同时增大，这便是结构张力增大的根据。

诗语言的张力，深深根植于诗美质体内涵张力和诗美时空结构张力。语言表现张力存在于矛盾语法之间、特殊反语之间、复沓与句式的变奏之间、韵律的流动之间、常规语法的破坏与超越之间、一个字的歧义与假借之间，等等。现代诗的佯谬、既谬且真的情境、反讽与幽默等等，也都深植于诗美质体与结构，而浮现于语言，成为增强诗语言张力的重要手段。有人说："诗质稀薄的诗，张力是不存在的。偏重形式，或偏重内容，张力都会消失。诗的张力，只存在于诗美质体与诗语言呈现的浑然无间的构成中。"[2] 这是不错的。诗质稀薄，只在语言层面打圈圈，是很难增加诗的张力和强度的。

其实，诗美质体内涵张力、诗美时空结构张力和诗语言张力，在诗中是以各种不同配比与方式融合在一起的。其基元仍然是意象。由意象的意、情、象的有机结合，便将诗美内涵张力、结构张力和语言张力凝结在一起了。然后由诗美意象的小世界组建成诗美时空的大宇宙。由意象的连类、展开、联结，像"一条蛇身的移动，全身在同时间内左右摇摆"（T.E. 休姆的比喻），甚至如交缠的蛇群，既相纠结又作多方扭动，而使全体前行。终于建构成有生命的诗美时空，显现其多层次、多侧面、多群落，在质地上的纯美，在结构上的匠心，严密而富于弹性，完整有机，生意盎然。

显然，增强现代诗的张力是需要一定的现代艺术技巧的。但它又没有什么不变的成法，每一首诗都须精心地创造。原则上是把握诗美的内涵与形式、质体与语言、理智与情感、情意与形象、意象与节奏、部分与整体等的相反相成，和而不同，多变纯一，切忌直述铺陈，或晦涩空泛。当然，究其本根，诗的张力不可能不来自客体外宇宙和主体内宇宙以及两者的辩证结合。因为它的本身便是相反相成，多变纯一，便是和而不同。现代诗的张力强度，只能导源于现代意识和现代情感，更深植于现代人的现实生活。

73. 现代诗的佯谬

佯谬，吊诡，paradox，似非而是，既谬且真的情境，都是一个意思。诗美现代化颇为得力于诗的张力平衡。佯谬是增强张力的一个重要手段。现代诗美时空是情感时空与智力时空的统一。佯谬很利于创造诗的情化了的智境。佯谬，可体现于词组的组合、句子的构成，即所谓矛盾语法；也可体现于全篇结构的诡论语言。

矛盾语法。将相反的东西直接组合在一起。此法古已有之。屈原《卜居》中即有："蝉翼为重，千钧为轻；黄钟毁弃，瓦釜雷鸣；谗人高张，贤士无名。"莎士比亚的"美丽的暴君！天使般的魔鬼！披着白鸽羽毛的乌鸦！豺狼一样残忍的羔羊"[3]等等矛盾语法的佳句，亦早已脍炙人口。现代诗对此更有多方的拓展。比如鲁黎的《反思录》，"梦／破碎了才是好梦""珍珠生于伤痕／凤凰生于火""也许被埋没／良种才得以孕育以孕育春天的碧绿"云云，矛盾语法琳琅满目。顾城的《一代人》："黑夜给了我黑色的眼睛／我却用它寻找光明。"将黑色与光明的强烈反差，直接组合在一起，深深触及迷惘、深思、沸腾的一代人的心态与经历。"就在那个早上，外公将我抢走／仇恨使他和蔼可亲"[4]，矛盾的东西联结成因果，荒谬，但又生动地揭示了这位反对女儿私奔又热爱小外孙的老者心态。"那人疯了，死后更疯／你玩味着细瓷杯垫／却不能因他疯了／就把他看成疯子"[5]，死了如何能"更疯"？疯了，又为何不能"把他看成疯子"？矛盾重重，谬见百出，却更能引人寻思，且又情意颇浓。"宇宙包容你／你腹中却孕育着一个宇宙／宇宙因你而存在"[6]，更通过时空上的矛盾而导致哲理的深邃。现代诗在矛盾语法的创造上，显然脱出古典诗的简明与浮浅，花样层出不穷，蕴涵亦更为深广。

诡论语言。广义地说也包括矛盾语法，与佯谬同义。狭义则指全篇结构上的诡辩式，以矛盾荒谬的外貌迂回地通向深情至理。克林斯·布鲁克斯在《诡论语言》中指出："诡论出自诗人语言的本质。在这种语言中，内涵与外延起着同样重要的作用。""诗人须靠比喻生活。但是比喻并不存在于同一平面上，也并非边缘整齐地贴合。各种平面在不断地倾倒，必然会有重叠、差异、矛盾。甚至直截了当、朴实无华、简洁明快的诗人也比我们所设想的更经常地被迫使用诡论。"诡论不仅常见于警句诗、讽刺诗，且在一般抒情诗中也往往在所难免。它是智力性的，也是情感性的。它可以既明快又深沉。它能使理性与非理性融合在一起。它总是拐弯抹角地直截了当，增强诗的张力，机智而精巧地建构诗美时空。

麦克林的《出卖灵魂》，先说"如果为爱你需要我投降或撒谎／我完全可以出卖灵魂"，但一转念，想到"这是天大的亵渎和邪恶／／原谅我居然敢想／你会接受一个可怜虫，／一个软弱、卑鄙的人"，"所以我要再说一声，／为你我愿出卖灵魂两次：／一次为你的美丽／一次为你的高贵——／你容不了出卖自己的奴才！"可说是双重诡论结构，以高度的智巧表现爱的深情。刘湛秋《爱的谐谑曲》：

> 我们的爱情像西班牙斗牛
> 红色绒布的飘动却不带温柔
> 　爱情的开始就是结束
> 　目标就是征服自己的对手
>
> 我们的爱情像消防队救火
> 向猛烈的爱火举起水龙头
> 　热烈的相聚却又冰冷的交谈
> 　分了手才能把回忆的幸福享受

第二、三、七、八行都是矛盾语法，都是把相反的东西直接联在一起的诡论语言。全诗也是诡论结构：冰冷的热恋，所以是爱的谐谑曲。韩东《有关大雁塔》的诡论意蕴与诡论结构比较隐蔽。全诗分四层。开头"有关大雁塔／我们又能知道什么"的慨叹总领全诗，再引申出"有很多人从远方赶来／为了爬上去／做一次英雄／也有的还来做第二次／或者更多"的行动。而爬上去做英雄与下来后仍然不知道什么，隐隐构成一种诡论。第二层是再引申，那些不得意的或发福的人"统统爬上去"做英雄，"然后下来／走进这条大街／转眼不见了"，是第一层变形了的复沓、变奏。第三层，出现了"有种的往下跳"，"那就真的成了英雄／当代英雄"，反讽的意味更浓了，是第二变奏。第四层更是第一层的重复："有关大雁塔／我们又能知道些什么／我们爬上去／看看四周的风景／然后再下来。"这首诗将爬大雁塔的行动象征化，虚化了。揭示了生活平凡的一面，而在平凡中装作英雄，便成了荒唐与可笑，硬要从塔上往下跳，那就更可笑而至于可怜了。这便是此诗的内涵上的诡论，全诗也是以此意四次变相的复沓结构而成。

矛盾语法与诡论语言本质上都是以谬求真，都是佯谬的表现方式，自然可以共同存在于诗中，而且相得益彰。欧阳江河的《玻璃工厂》便是一个适例。"在石头的空虚里，死亡并非终结，／而是一种可改变的原始的事实。／石头粉碎，玻璃诞生"，"而火是彻骨的寒冷"等等，矛盾语法比比皆是。全诗将玻璃看成三种——"物质的，装饰的，象征的"，也就是实的与虚的，物质的与精神的，使之对立，透过对立而求其统一，诗的佯谬便是建立在这个基本矛盾之上。然后派生出黑暗与光明、水与火、动与静、美丽与易碎、生与死等等矛盾，使全诗的诡论结构更为复杂，而矛盾语法的诗句正是在这些矛盾的撞击点上诞生的。

当然，佯谬只是诗美创造中的一种艺术手法，它的运用只能作为整个诗美创造的有机组成部分，有助于生命的立体呈现，才能有效。

74. 现代诗的即小见大

诗的即小见大，古已有之。司马迁早从《离骚》中发现："其文约，其辞微，其志洁，其行廉，其称文小而其指极大，举类迩而见义远。"[7]王逸的《离骚经序》亦云："《离骚》之文，依诗取兴，引类譬喻。故善鸟香草，以配忠贞；恶禽臭物，以比谗佞；灵修美人，以媲于君；宓妃佚女，以譬贤臣；虬龙鸾凤，以托君子；飘风云霓，以为小人。"可说是《离骚》即小见大的具体解释。此法遂衣被百代诗人。现代诗即小见大的艺术手法，当然大大发展了。择其要者，可见下列种种。

特殊描摹法。描摹式的再现，一般是无法即小见大的。如予以特殊处理，也就不同了。一种是以背景为龙，用某个细节来点睛。如陆忆敏的《风雨欲来》，上节是背景的铺展，那是在最平静的日子，没有出门，也没有来客，"你已在转椅上坐了很久／窗帘蒙尘／阳光已经离开屋子"。下节描绘了一个细节："穿过门厅回廊／我在你对面提裙／坐下／轻声告诉你／猫去了后院。"于是全诗的琐碎平庸的情景，便破框而出。一句猫的消息显见一万个日子的无聊。一种是将小东西极度放大。如昌耀的《高车》，"从地平线渐次隆起者／是青海的高车。／／从北斗星宫之侧悄然轧过者／是青海的高车"云云，高车虽高，高不到北斗星宫之侧；高车行远，也不是从岁月间远去。这是将高车极度放大了，借以表现高车的青海是"威武的巨人"，是不可被遗忘的英雄。

比喻象征法。也就是《离骚》之法。不过现代诗的花样更多了，更巧妙了。牛波的《空壶》："谁将我的壶把去；／昔日的流水还清晰可闻／／去情人的船上饮茶／一眼就认出那壶水／是我的／／而我的壶也没有丢。"这里的具体情景虚实莫辨。这把壶象征什么，也不易实指。此诗反使人联想得更多更远。

中心爆炸法。抓住一点，向四方扩散，就像一枚烈性炸弹，弹片与声浪由中心波向八极。这是特殊的描摹，也往往离不开比喻和象征。比如傅天琳的《六月》。"六月"便是炸弹，任性地散放着。全篇都是六月的景象，都是描绘六月。而没有写到的六月景象，还可连类开去。

极小与极大直接焊接法。此法与画龙点睛有些相近，但又不同。点睛之龙只是背景，然后突出所点之睛。这里极大与极小却是对等的两极，只把过渡的中介统统删去，巧妙地直接焊接起来，效果惊人。比如昌耀的《象界（之一）》。第一节先说"象是在一个大雾的早晨"，"我听到一对童男女在空濛唱起一首童谣"。随后三节写得极细。第二节是"古瑟古瑟当当／昂哀宛岛冈桑"两句象声。第三节：

恍兮惚兮

　　而那声调朗朗盘桓往复是童子，只觉着祥瑞喜气。我仿佛被胳肢着而由不得格格地笑成一颗葡萄失去声息。后来我感觉身子徐徐展开缓缓进到一个童话结构的古朴乡村，我熟悉其间的红漆橱、乌亮的上马石和镶铁门环。被唤作花大姐的二十八星瓢虫珍贵如钻石。我恍然觉得自己是一个孩子也就跟着唱了起来。

第四节便是所唱童谣实录。可是最后一节却接上了日出雾散，原来"我"是垂立在人海，童谣隐约，似解非解。

我们重又体验苍老。
我们全角度旋转自己的头颅。
世界如此匆忙。

原来一连三节不厌其详，回忆儿时，重唱童谣，正是要焊接上结末三句，时光已老，世界匆忙，蕴含着无限人生慨叹。两者如此天衣无缝地焊接起来，令人骇然的即小见大。他的《苹果树》将刮削"脚底及其周围的老趼"的详尽细节，同"我"身体"潜移默化地一点一滴变成他物了，而他物又已成为他物的他物"的奥妙哲理直接接起来，更显自然而令人拍案叫绝。

现代诗美创造即小见大的手法，当然不止这些。比如审美空白艺术中的一部分，也是即小见大。诗是最精练的语言艺术。旧题白居易的《金针诗格》说诗有四炼就："炼字、炼句、炼意、炼格。"这炼，需要空白艺术，也需要即小见大。不少现代诗失之冗长啰唆，除了语言功力不足，多是不炼之故。善于即小见大，是炼诗的一种重要方法。

75. 现代诗的无象之象

老子是很懂得辩证法的。他说："大音希声，大象无形。"[8]"视之不见，名曰夷；听之不闻，名曰希；搏之不得，名曰微。此三者不可致诘，故混而为一。其上不皦，其下不昧，绳绳不可名，复归于无物。是谓无状之状，无物之象，是谓惚恍。"[9]当然，他说的是道。"道之为物，惟恍惟惚。惚兮恍兮，其中有象；恍兮惚兮，其中有物。"[10]但是，这种无状之状，无物之象，有象的恍惚，无形的大象，确为诗美创造的妙境。古人有所追求，今人亦为之倾心。物极必反。有无相生，相反相成。静极了，寂极了，要写点动，出点声，才能更显其静寂。"独坐幽篁里"，不声不动，人亦不知，该是静寂了吧？不，必须"弹琴复长啸"，"明月来相照"，[11]才显出清幽寂静的境界。"千山鸟飞绝，万径人踪灭。"[12]白茫茫一片大地真干净。细思，也有相反相成的奥妙。孤舟独钓，更突出江雪的极孤、极冷、极静、极寂。说远，也须先说近，由近及远。"刘郎已恨蓬山远，更隔蓬山一万重。"[13]想见两情相隔之遥。"杳杳天低鹘没处，青山一发是中原。"[14]先说鹘飞，渐远而没。鹘没处遥见一发，想是青山，想是更在青山外的中原。"山回路转不见君，雪上空留马行处。"[15]雪上蹄痕，反衬出友人行已远矣。这也是有无相生，以有显无。李清照的《武陵春》："风住尘香花已尽，日晚倦梳头。物是人非事事休，欲语泪先流。闻说双溪春尚好，也拟泛轻舟。只恐双溪舴艋舟，载不动，许多愁。"更是以有写无。词中风、尘香、花、日晚、梳头、语、泪、双溪、春好、泛舟等等，说了如许物事，如许动作，细看，只尘香、日晚与流泪是实有的，余者皆为乌有。女词人只是，坐着静静流泪而已。

现代诗美创造循此继进，显出自己的开拓。

或以具象写抽象。诗必须将意蕴与情感，化作意象，作感性的显现。但抽象的东西没有感性特征，很难显明。诗人的聪明便是借助于比喻和象征。江河的《火车或传统》写的全是火车驰过身边的具体情景，可是题目如此一标，便以火车比喻象征传统，把抽象的东西具象化了。王家新的《下午三点钟》："下午三点钟／坐车去音乐厅的路上，我突然／离我而去／我像一片羽毛飘过这个城市／飘摇之间，却没有一个孩子／伸手抓我。"自我的丧失，是抽象的哲理，但在这首诗中，一切都具象化了，有时间、地点、情节，抽象成为可见可触的了。

或从无中生有。在现实生活中，无是生不出有来的。但诗创造自己审美的世界，有自己的法则。郑愁予的《错误》写闺中少妇被达达的马蹄所惊动，实则"不是归人，是个过客"，一个"美丽的错误"，一场空欢喜，有复归于无。席慕蓉的《山路》："我好像答应过 / 要和你一起 / 走上那条美丽的山路 // 你说那坡上种满了新茶 / 还有细密的相思树 / 我好像答应过你 / 在一个遥远的春日下午 // 而今夜在灯下 / 梳我初白的发 / 忽然记起了一些没能 / 实现的诺言一些 / 无法解释的悲伤 // 在那条山路上 / 少年的你 是不是 / 还在等我 / 还在急切的朝来处张望。"诗中景物与情节皆为虚拟，唯一实在的是在灯下梳发，颇类李清照的《武陵春》，更为虚幻了。

或以声动显静寂。此法古人多有，只是今人的手法更多更妙了。大仙的《听蝉》前两节写蝉声落下，第三节写蝉声与我合一，最后一节："这蝉声浓浓地遮住了我 / 一遍一遍褪去我身上的颜色 / 最终透明地映出来我来 / 哦，我已是一个空蝉壳。"满纸蝉声，一片虚空寂静。王彪的《独坐》说："青烟如丝 / 叠指轻叩阳光炫目处 / 无墙，无玻璃窗户 / 是宇宙的正中心 / 听风振凌空 / 一粒草籽啪的分娩 / 正午。"指叩的是虚空，虚空无限，独坐的是宇宙正中心。更妙的是正午在寂静中分娩，有赖于草籽啪的一声。

或以瞬间状永恒。永恒是时间的无穷大，瞬间小到近乎零。但是永恒的凝驻与瞬间无别，瞬间的凝驻亦即是永恒。在诗美创造中，把宇宙之大，永恒之久，生命的全部体验，人生的最深哲理，统统倾注于时空的一点，就是瞬间艺术。余光中的《等你，在雨中》："等你，在雨中，在造虹的雨中 / 蝉声沉落，蛙声升起 / 一池红莲的红焰，在雨中 / 你来不来都一样，竟感觉 / 每朵莲都像你 / 尤其隔着黄昏，隔着这样的细雨 // 永恒，刹那，刹那，永恒 / 等你，在时间之外 / 在时间之内，等你，在刹那，在永恒。"等得心切了，也不知等了一万年，还是一秒钟，时间在恋人的心里，自然变了形，便将永恒与刹那等同了。

或以小象显大象。其大无外，其久无尽，便是大象。大象无象。无象之象只能赖小象予以暗示、象征、放射、想象。覃子豪的《域外》：

　　域外的风景展示于

　　城市之外、陆地之外、海洋之外

　　虹之外、云之外、青空之外

　　人们的视之外

　　超 Vision 的 Vision

　　域外的 Vision

　　域外的人是款步者

　　他来自域内却常款步于地平线上

　　虽然那里无一株树，一匹草

　　而他总爱欣赏域外的风景

作者在《画廊》中解释说：此诗"是由抽象到抽象，没有观念，没有情感，没有感觉的无中之无。无中的无，乃有的极致。抽象为具象至极的纯化造成的一个纯粹的美的世界"。其实，此诗的观念、美也离不开情感。"无中的无，乃有的极致。"说得很好。但在诗中，仍须赖有以显无，赖小象而成大象。诗中的城市、陆地、海洋、虹、云、青空、地平线、树、草云云，皆为视觉可见，皆在 Vision 之内。必须显现这些可见的物象，然后才可在它之外。先有 Vision 才有超 Vision 的 Vision，先有域内然后有域外，正是此诗奥秘之所在。这里，有以具象写抽象，也有从无中生有，又从有入无。这是以小象显大象。他的《瓶之存在》更是脍炙人口的"智之雕刻"。此诗确是完全而深刻地表现了诗人彻悟人生以及整个宇宙存在的真谛，是情感与观念的高度抽象，也是美与哲理的无间融合。但仍然以瓶的意象为中心，为基础。无处不是从瓶的形象性出发，然后推向深广的哲理。比如，"挺圆圆的腹／似坐着，又似立着"，"不是平面，是一立体／不是四方，而是圆"，"静止如之，澄明如之，浑然如之，每一寸都是光／每一寸都是美"，"空灵在你腹中／是不可穷究的虚无"等等，都是对于瓶的形象的摹写，那些抽象的哲理，都是从此生发出去的。最后一节是总结性的，也是理与象的融合：

> ——彻悟之后的静止
> ——大觉之后的存在
> 自在自如的
> 挺圆圆的腹
> 宇宙包容你
> 你腹中却孕育着一个宇宙
> 宇宙因你而存在

瓶首先是瓶，然后是诗人，是生命，也是宇宙，而至于物我两忘，天人合一。瓶的存在，是小象更是大象，是小象与大象的统一。

76. 现代诗的审美空白

老子贵无尚虚，强调"无之以为用"，指出车轮、器皿、房室，因为中间空无，才有它的作用。中国艺术一向注重空白，强调"计白当黑""飞白""无声胜有声"。恽正叔论画云："古人用心在无笔墨处。"[16] 八大山人那条鱼，活泼泼地游动，周围空无一物，却使人感到一片泱泱大水。布颜图谈画蛟时说："或露片鳞，或垂半尾，仰观者虽极目力而莫能窥其全体，斯蛟已隐显叵测，则蛟之意趣无穷矣。"[17] 其以云水隐去的部分，就是断裂式的审美空白。可以说，没有审美空白，便没有艺术。

中国诗更素贵含蓄，特尚空灵，追求词间、行间、节间与篇外多留空白。刘勰说："文之英蕤，有秀有隐。隐也者，文外之重旨者也。""夫隐之为体，义主文外，秘响旁通，伏采潜发。譬爻象之变互体，川渎之韫珠玉也。故互体变爻，而化成四象，珠玉潜水，而澜表方圆。始正而末奇，内明而外润，使玩之者无穷，味之者不厌矣。"[18] 精辟地指明诗的审美空白的性质与作用。司空图在《诗品》中更将含蓄推向极致：

"不著一字，尽得风流。语不涉难，已不堪忧。""悠悠空尘，忽忽海沤。浅深聚散，万取一收。"当然，含蓄、空灵、审美空白，三者基本叠合，又不是全等，各有自己含义上的侧重。诗的审美空白是指诗的言外之意，象外之象，诗美时空有待于接受者创造的共享部分。

古典诗有词间的空白。不说马致远那首《天净沙》了，枯藤、老树云云，正妙在计白当黑。就说李白的"荒城空大漠"[19]吧，庞德译作"荒凉的城堡，天空，广袤的沙漠。"呈现一片阔大而空漠的荒凉。古典诗也有行间的空白。"昔我往矣，杨柳依依。今我来思，雨雪霏霏。"[20]往来之间，大段空白。又不是真空，沛然充塞其间的是征人劳苦忧伤之情。欧阳修《生查子·元夕》："去年元夜时，花市灯如昼。月上柳梢头，人约黄昏后。今年元夜时，月与灯依旧。不见去年人，泪湿春衫袖。"可谓异曲同工，它的大段空白，已写在上下阕之间了。杜甫《月夜》的空白留得更妙了。不仅在"玉臂寒"之后，突然跳到"倚虚幌"，跨越大段时空；而且诗人只写妻小怀念自己，而将自己怀念妻小的一片深情，化作夜月清辉，这便是篇外的空白。古典诗词尤其讲求言有尽而意无穷。如"孤帆远影碧空尽，惟见长江天际流""细雨梦回鸡塞远，小楼吹彻玉笙寒"等等，皆不言情而情无限，妙在意象如波浩荡无际。

在诗美空白艺术上，现代诗确是长足进步了。关键在于现代诗美时空的建构方式变革了。古典诗美时空即意境一般是静态的，现实描摹的，封闭自足的。现代诗美时空不同。其一般特点是：一、动态的。追求快节奏，大跨度的跳跃，蒙太奇的剪接与运动；二、超现实的表现。只求情感与情绪奇丽的表现，不求画面的完整可视。运用时空的切合与变幻，创造虚实结合超越现实的种种幻象奇景。三、开放式的共享。更为尊重读者，强调将通向诗美时空建构的终点的接力棒交到接受者手中，充分发挥其再创造的自由自觉，使之获得多于解读与欣赏的审美愉悦。

"为一杯水预备了情绪的透明度／为毗邻的静物建立有序／视象交叠出现 动物的友爱感染着人／孩子的弹珠在亲昵的区间滚动／搂抱的

手穿透着伦理／从一棵树看到了森林的影子 森林被解剖／音箱对啄木鸟的摹拟显得笨拙／很幽默／朋友的交谈使静观的女孩想到父爱／她哭泣 不仅为了性别／水在摆动中说出语言哲理达到无限／视觉的快感就这么触摸了世界。"这是宋琳《视觉快感》的上半部分。这里不仅有行间跳动的空白，可以构成视觉所及的活动画面；而且，从水杯、孩子、琴等联想开去，放射到树木、森林、啄木鸟以及友爱、亲昵、伦理、哲理等等，使多重视觉时空与思维时空交叠在一起。于是言外之意、象外之象就复杂而深远了，确是空白艺术的现代手法。再看欧阳江河《玻璃工厂》第三章：

> 我来了，我看见，我说出。
>
> 语言与时间浑浊，泥沙俱下。
>
> 一片盲目从中心散开。
>
> 同样的经验也发生在玻璃内部。
>
> 火焰的呼吸，火焰的心脏。
>
> 所谓玻璃就是水在火焰里改变态度，
>
> 就是两种精神相遇，
>
> 两次毁灭进入同一永生。
>
> 水经过火焰变成玻璃。
>
> 变成零度以下的冷峻的燃烧，
>
> 像一个真理或一种感情
>
> 浅显，清晰，拒绝流动。
>
> 在果实里，在大海深处，水从不流动。

这里的空白艺术，除惯常的以外，有三点特色：一、在具象与抽象的暴力式嵌合中，由张力向两极牵引而产生空白。如二、三行至四、五行的转折与衔接。二、由概括式的断语使所概括的范围内的大片空白，靠联想与想象浮现众多象外之象。如六至九行关于玻璃的诗式定义。三、由一点层层荡开，推向大片空白。如结末四行，由冷峻的燃烧比喻成真理或感情，引申到拒绝流动，再联想到果实与大海，更使人因而联想无穷。

现代诗美时空与人的生命同构。它的有序性、有机性与完整性，呈现一种现代形态，相似于毕加索以来的现代美术，再也不是古典的风景画或风俗画了。由于内在情感的激荡，想象的飞翔，语言的张力，视角的变换，时空的切合，它往往呈现一种超现实的多视点投射叠合的幻象幻境。现代诗美空白艺术正是相应地将各种大小审美空白散布于其间和其外，对于现代诗美时空的建构起到越来越大的作用。

77. 现代诗的抽象艺术

在诗美创造中，抽象艺术与意象艺术是鹰之两翼。可惜在当今中国诗界大多只注重意象艺术，而对于抽象艺术缺乏较为系统的探究，多所轻忽。人有两种心理需要，一种是模仿、移情的意象冲动，一种是它的对立面的抽象冲动。两种冲动都在艺术创造中占据重要地位，亟须动态平衡。

抽象，指思维活动的一种特性，即在思想中抽取事物的本质属性，撇开非本质属性。抽象多与概括密切联系，又与具体相对待。而通常所说的具体，则指为人直接感知或有实际内容和明显功能的事物。抽象则与此相反。艺术上的抽象主义亦称抽象派，为现代西方流行的一种艺术流派，创始人为俄国画家康定斯基。1910 年，他写了关于抽象绘画的第一部重要理论著作《论艺术的精神》，并创作了第一幅抽象绘画。他的抽象主义美学理论要点：

（1）特别突出形式。"形式是内在含义的外观。"[21]"形式即使是抽象的几何图形，也有自己的内在的反响，这是一个精神实体，它的特性与形式是一致的。"[22]"艺术形式"可以"完全以纯粹抽象的形式继续存在"[23]。

（2）外表上简化带来内在的充实。"表现'客观'的不可抑制的愿望就是被称为'内在需要'的那种冲动。这一冲动是驱使艺术家前进的杠杆或弹簧。……内在需要的影响和艺术的发展是永恒和客观的因素在历史的和主观范围内的不断演变的表现。"[24] 艺术家"必须深入地探索自己的灵魂，充实它，护卫它，这样他的艺术才能有所依托，而不是有肉无骨的东西。艺术家必须因感而发，有情可抒，因为形式的驾驭并非目的，而是使形式与内在含义相适应"[25]。艺术形式必须充实艺术家内在的生命、灵魂、精神、需要、冲动与情感。

（3）美源于内在的需要。"传统的美必须放弃，文学因素、'讲故事'、'轶事'等等都该收场了。舞蹈和绘画也都应吸收音乐的长处；一切来源于内在需要的和谐与冲突都是美的（即有效的）；但它们必须、也只能源于内在的需要。各种'丑陋的'动作突然变成优美的了，而且迸发出人们从未想到的力量和生命力。"[26]"艺术中不存在'必须'，因为艺术永远是自由的。"[27]"凡是内在需要产生出并来源于灵魂的东西就是美的。"[28]

（4）抽象主义与现实主义相反相成。他说："现实主义 = 抽象主义，抽象主义 = 现实主义。极端的外部差异，能转变成最大的内在相等。"[29] 而且，"在抽象绘画和纯写实绘画之间，还存在着抽象因素和现实因素结合于同一画面上的可能性"[30]。

应当承认，这些抽象主义美学原则大体上适用于其他各种艺术门类，只要不过于片面极端。

诗歌上只有意象主义，没有抽象主义。不，诗歌上有唯美主义与纯诗理论，美学上有形式主义与新批评派，实际上都有抽象主义倾向。俄国形式主义是 20 世纪初叶流行于俄国的一种文学批评和美学流派。其主要代表人物有什克洛夫斯基、雅各布森、托马舍夫斯基、日尔蒙斯基等。他们除了推崇"陌生化"概念，非常重视"文学性"，而认为文学性只存在于文学的形式。日尔蒙斯基指出："在'形式化方法'这个一般的、笼统的名称下，通常包括了极其不同的工作，它们研究广义的诗歌语言和风格，历史诗学和理论诗学，即研究韵律学、诗歌选音学和旋律学、修辞学、结构学和情节结构，文学体裁史和文学风格史等等。"[31] 他更说："形式主义的世界观表现在这样一种学说中：艺术中的一切都仅仅是艺术程序，在艺术中除了程序的总和，实际上根本不存在别的东西。"[32]"线性艺术"是"'作为程序'，并且仅仅'作为程序'的艺术"[33]。"愈是肯定地强调结构成分，而结构成分又愈是大量地支配文学艺术的全部作品（其中包括文学材料和内在音响形式），主题成分的作用就愈加不重要，而且完全按照艺术原则而构成的作品就愈加形式主义化；这种情况在纯抒情诗中屡见不鲜。"[34]他们非常重视诗歌语言，因为"研究结构旨在弄清决定一部艺术作品的外部结构以及决定作品里艺术材料的分布或安排的艺术原则。诗歌的材料是语言；因此基本任务是弄清语言中那些主要起结构作用的事实。一首诗的结构的最原始的要素，我们认为是韵律和句法"[35]。并且，"由于诗歌的注意力集中在符号本身，而注重实际效用的散文则首先集中于所指物，人们以往便主要地把比喻手法和修辞格作为诗学手段来研究。在诗歌当中支配一切的原则是相似性原则；诗句的格律对偶和韵脚的音响对应关系引起了语义相似性和相悖性的问题"[36]，等等。他们将诗学语言学大体分作音韵学、词的形式结构即诗学词法学、诗学句法学、诗学语义学和诗学语用学等五个部分。

新批评派是20世纪西方美学和文学批评流派之一，以兰色姆《新批评》（1941）一书得名。兰色姆提出："一首诗有一个逻辑的构架（Structure），有它各个部的肌质（Texture）。……如果一个批评家，在诗的肌质方面无话可说，那他就只是把诗作为散文而加以论断了。"[37]认为诗之所以为诗全在它的肌质。他是考虑到"有'纯'艺术品或者'抽象派'，或者'非表现性'的艺术品存在"的。[38]"任何诗，只要在'机巧'方面值得使人注意，那它就必须部分地是'抽象'艺术，那它就必须是纯粹为了思考推理而把力量集中在结构、穿插上，和结构与穿插之间的关系上。"[39]他认为批评家"特别得研究韵律和韵律对构架的关联"。"总的说来，和别的方面也是不配衬的，它是一种低级的音乐素材，但是却是一种可以塑造而只稍有阻力的素材，它在每首诗里，都是艺术里所必有的一种抽象成分。"[40]"诗里表现出来的'意义'就等于绘画里表现出来的实物，诗的韵律就等于绘图里的纯抽象形式。"[41]

在简要回顾 20 世纪抽象主义、形式主义美学和文学批评理论之后，我们可以明白诗歌的艺术抽象是循着两个向度进行的，一是诗美本体的向度，一是诗语言向度。就诗美本体向度而言，先是抽象掉诗美本体四层结构中意蕴美与情感美相融合的内涵美，再抽象掉表现美中的形象美，只剩下形式美并突出通贯全诗的结构美。就诗语言的向度而言，先是抽象掉语言含义，再通过词法、句法的变革，强调语境、语感和韵律。这两个向度其实是难以分解的，因为诗语言也是诗美本体。而诗美本体的唯一呈现方式正是诗语言。

这样，我们可以进而厘清，现代诗的抽象艺术着重讲究四个方面。

（1）诗的结构美，使诗成为气韵生动的有机体。张力平衡即是其中重要艺术手段。

（2）诗的关于建行、分节、排列的建筑美。

（3）诗的关于节奏、音韵、语感、格律的音乐美。

（4）诗的肌质除去结构美、建筑美和音乐美的其余部分，诸如插入部分、含义空寂、无象之象、审美空白、语言透明、渊默雷声、无解有味、审美神秘，等等。

现代诗的抽象艺术在理论与实践的结合上大有用武之地。

78. 诗的超现实与后现代

"许多言必称'后现代'的人并不知道这个词的确切内涵。"[42]威尔什此言不虚。这个词本身就存在着诸多争议。比如后现主义始于何时。早在 19 世纪 70 年代美国艺术家查普曼就曾使用过"后现代主义"。汤因比划定后现代主义时期始于 1875 年。更多的研究者则倾向于将"后现代"与发端于 20 世纪 40 年代至 50 年代的美国、1958 年之后的法国的后工业社会、消费社会、媒体社会、后期资本主义或跨国资本主义联系在一起，认为 60 年代是"后现代"一个重要的过渡时期。但到 70 年代，美国即有人预言"后—后现代主义"将诞生。

就后现代主义的基本精神来说，我们似乎可以提炼出这样四个关键词：解构、游戏、折中、拼贴。

解构。尼采在《快乐的科学》中说："上帝死了，永远死了！我们把它杀死了！"这种杀死上帝的精神为解构主义所发扬。"德里达面对西方哲学的'逻各斯中心主义（Logocentrism）进行了'解构主义的'（deconstructionist）批判，提出了构成西方意识形态基础的那些重要的二元对立——言语／书面语、在场／不在场、意义／形式、心智／身体，以及字面的／隐喻的——都是随意的、不稳定的和可逆的。"[43] 诗歌上一连串的"反文化""反意象""反诗"等等，都是这种解构叛逆精神的发扬。

游戏。利奥塔提出："最佳意义上的文学，也即语言游戏的实验事业。"[44] 在诗歌上无深度性、零碎性、随意性、非原则化、反讽、荒诞、"废话"等等，都贯穿着一种游戏态度。

折衷。非驴非马，大杂烩。"折衷主义是当代通俗文化的零度：人们听西印度群岛的流行音乐，看西部影片，午餐吃麦当劳，晚餐吃当地菜肴，在东京洒巴黎香水，在香港穿'复古'（retro）服装；知识变成了一种电视竞赛游戏。""这是一个懈离而黯淡的时代。然而'什么都行'式的现实（写实）主义，实际上即拜金主义；在审美准则的匮乏下，人们会以作品所产生的利润来评价作品的价值。""至于鉴赏趣味，当人们沉溺于自我迷醉或自我淫逸时，则压根不再挑剔是否高雅和精纯了。"[45]

拼贴。鲍德里亚说过："后现代主义本身即是由蒙太奇、拼贴等等所构成的[46]"。先解构再建构。先把现有的一个或几个整体打破，成许多各式各样的大小碎片，然后根据一定的创意把适量的碎片排列组合拼贴起来，成一个新的有生命的整体。

后现代主义诗歌也是庞杂的，在这个大圈子里品种繁多，面貌各异，本身便是一个大拼盘。关于后现代主义与现代主义的区别，哈桑曾列一图表，兹择要节录于下：

现代主义	后现代主义
浪漫主义／象征主义	"虚构解决说"／达达主义
形式（联系的、封闭的）	反形式（相互脱节的、开放的）
目的	游戏
控制／逻各斯	枯竭／静寂
距离	参与
此在	缺失
围绕中心的	扩散的
体裁／疆界分明	文本／互涉文本
语义	修辞
隐语	转喻
选择	组合
独根／深度	散须根／表面
阐释／阅读	反阐释／误读
所指	能指
叙述／宏观历史	反叙述／微观历史
总体代码	独特用语
偏执狂	精神分裂
形而上学	反讽
实验性	内在性[47]

请注意表上的第一条区别。后现代主义归属于"'虚构解决说'／达达主义"。达达主义是超现实主义的前身，两者在思维方式上都崇尚虚构和超现实。随着数字化时代的到来，人类哲学思维方式正在从现实性思维方式转向虚拟思维方式。可以说，当今人类已拥三个平台，即自然平台、数字平台和超现实意象平台。数字平台的创立，使人类从现实性哲学、现实性思维方式进入虚拟哲学、虚拟性实践和虚拟性思维方式。而在虚拟性思维中，又可分为数字化虚拟思维与超现实意象虚拟思维。超现实意象虚拟思维不是用数字而是用意象作虚拟性思

维。诗歌的超现实主义，诞生于现代主义时代，深化于后现代主义时代。从大体上看，后现代主义诗歌显然有两个向度，一是超现实主义向度，一是反讽口语、通俗化向度。

超现实主义向度。吸收超现实主义意象意境创造中的现实与梦幻交融，崇尚直觉想象幻想，运用超现实虚拟性思维。在美国有新超现实主义又称深度意象主义诗歌，以罗伯特·勃莱和詹姆士·赖特等人为代表。比如勃莱《在一列火车上》：

> 正是微雪的时候，
> 黑暗的车轨自黑暗里涌出。
> 我注目蒙着轻尘的车窗，
> 在蒙大拿的密苏拉，我愉快地醒来。

几乎是瞬间的感觉，是火车上醒来刹那间的动作和所见。在简单平实的意象深层，有耐人寻味的诗趣。在拉美，有帕斯和博尔赫斯等人各显独特风貌。比如帕斯《街》：

> 一条沉寂的长街／我在黑暗里行走且跌倒／又站起，我盲目而行，双脚／踏上静默之石和枯叶。／有人在我身后也踏上石头、树叶：／如果我减速，他也减速；／如果我奔跑，他也奔跑。／我转身：无人。／一切都黑暗而无门。／在这些角落中间转折又转折／它们永远通向那无人／等待，无人跟着我的街道，／我在那里追逐一个人，他跌倒／又站起，并在看见我时说：无人。

完全是一幅写人与其影子不离不弃的荒诞的幻景，却颇发人后现代意识的哲理沉思。

反讽口语通俗化向度。最触目的是"垮掉"派或曰"敲打"派的"嚎叫"。金斯伯格的诗都比较长，找首较短的《给林赛》：

伐切尔，群星闪烁／暮色将科罗拉多的公路笼罩／一辆汽
车慢慢爬行在平原上／灯光幽暗收音机播放的爵士音乐激昂
狂放／伤透了心的推销员点燃又一支烟／二十二年前在另一个
城市／我看见你的影子映照在墙／身着吊带裤坐在床上／那手
形高举一瓶来苏尔移向头／你的身影重重地在地板上倒下。

口语、反讽、平民化、通俗化统统有了，自成一种诗的特色。另一个
是自白派，侧重写自己的内心感受，也用反讽的口语。普拉斯《拉扎
勒斯女士》用赞赏的口吻写自己的自杀，但在以自杀为艺术的深处，
当是苦笑，欲哭无泪。加里·斯奈德是自己不承认属于垮掉派的老资
格垮掉派，他的一些诗却更像新超现实主义。比如《根》：

走过来，挖掘／这松软的灰土／锄柄短／而白昼长／手指
深插到土中搜寻／根，拔出来；仔细抚摩，／根是强壮的。

所言者小，所指者大。
当今中国有没有后现代主义诗歌？当然有，后朦胧诗中的一部分
就是后现代主义诗歌。比如伊沙《悟性》：

这个世界是好玩的
这个世界总是他妈玩我才使我觉得它好玩

口语、反讽、通俗，亦颇深刻。再看西川《体相与历史》：

重瞳的人，两耳垂肩的人，双手过膝的人，脑后生反骨
的人。
是将被埋葬的一伙。历史不是他们可以左右的
他们只能靠讨好长相平庸的人们来显示自己的聪明并且
有用。
浑身长刺的人、指趾间有蹼的人、三头六臂的人、开了

天目的人匆匆而过，辜负了长相平庸的人们对他们的期盼。

他们选择死后跟随长相平庸的人们默默行进以确保有吃有喝。

历史装扮成说书先生假意奉承有特殊体相的人们，但最终对他们不管不顾，好像他们只是眼屎和耳屎。

历史装扮成我认识的一个人（名字保密）；

此人既好猎奇又趣味平庸。

看来，这首诗是先有"体相与历史"带着荒谬式的反讽意味的创意，从几千年中国历史的大视域，采集相关的各种碎片，予以拼贴。每节五行的三节诗，佯装着三段论法，论说了"既好猎又趣味平庸""历史装扮成我认识的一个人"。社会转型期的中国，以诗歌为先锋的文学艺术，什么样的主义都能产生，且并行不悖。

注释：

[1] 艾伦·退特：《论诗的张力》，赵毅衡编选《"新评论"文集》，百花文艺出版社 2001 年版，第 130 页。

[2] 李英豪：《论现代诗的张力》，杨匡汉、刘福春编《中国现代诗论》下编，花城出版社 1986 年版，第 187 页。

[3] 莎士比亚：《罗密欧与朱丽叶》。

[4] 老木：《外公和父亲和我》。

[5] 陆忆敏：《你醒在清晨》。

[6] 覃子豪：《瓶之存在》。

[7] 司马迁：《史记·屈原贾生列传》。

[8]《老子》四十一章。

[9]《老子》十四章。

[10]《老子》二十一章。

[11] 王维：《竹里馆》。

[12] 柳宗元：《江雪》。

［13］李商隐:《无题》。

［14］苏轼:《澄迈驿通潮阁》。

［15］岑参:《白雪歌送武判官归京》。

［16］恽正叔:《南田论画》。

［17］布颜图:《学画心法问答》。

［18］刘勰:《文心雕龙·隐秀》。

［19］李白:《古风·胡关饶风沙》。

［20］《诗经·采薇》。

［21］［22］［23］［24］［25］［26］［27］［28］［29］［30］康定斯基:《论艺术的精神》,中国社会科学出版社1987年版,第30、30、40、44、69—70、65、41、70、83、92页。

［31］［32］［33］［34］日尔蒙斯基:《论"形式化方法"问题》,《俄国形式主义论选》,生活·读书·新知三联书店1989年版,第356、360、360、370页。

［35］日尔蒙斯基:《抒情诗的结构》,《俄国形式主义文论选》,生活·读书·新知三联书店1989年版,第265页。

［36］雅各布森:《隐喻和换喻的两极》,《二十世纪西方美学经典文本》第一卷,复旦大学出版社2000年版,第243页。

［37］［38］［39］［40］［41］兰色姆:《纯属思考推理的文学批评》,《"新批评"文集》,百花文艺出版社2001年版,第108、111、113—114、117、118页。

［42］威尔什:《我们的后现代的现代》,利奥塔等《后现代主义》,社会科学文献出版社1999年版,第43页。

［43］塞德曼:《引言》,塞德曼编《后现代转向》,辽宁教育出版社2001年版,第11页。

［44］利奥塔访谈、书信录:《后现代性与公正游戏》,上海人民出版社1997年版,第38页。

［45］利奥塔:《后现代状况》,湖南美术出版社1996年版,第201—202页。

［46］鲍德里亚:《我不离于俱乐部,亦不属于宫廷——鲍德里亚同M.甘思和M.阿诺德的访谈》,《二十世界西方美学经典文本》第四卷《后现代景观》,复旦大学出版社2000年版,第114页。

［47］哈桑:《后现代概念初探》,利奥塔等《后现代主义》,社会科学文献出版社1999年版,第123—125页。

第十一章
诗的叙述艺术

79. 叙述艺术的总体性

在诗美创造中，叙述艺术往往统领一切，渗透一切，乃至涵盖一切。从叙述艺术的总体性来说，诗性叙述是最高诗美艺术。

叙述可分诗性与非诗两大类，虽然日常会话与诗歌创作皆须言之有物，但这"物"之所指却大异其趣。前者之物会涉及人、地、时、事、史、物、景、思、情、欲等等一切实有和虚构的东西，要将自己心中想说的一切告诉他人。一般只要说清楚五个W，即何时、何地、何人、何事、何故，便可万事大吉。而后者之"物"却是诗美，且只是诗美。连五个W说不说清楚，也要看是否有利于诗美创造。

诗的叙述艺术渗透意象艺术。诗美意象是意、情、象的化合物，诗性叙述即为其催化剂。在意象艺术中，单个意象的创造呈现固然是基元，而意象与意象、意象与抽象间的联结组织，尤其是意境创造或曰诗美时空建构，才使全诗成为血脉流行、气韵生动的审美活体。在这一切联结、组织、建构、创造中，正是贯穿体现着诗性叙述。而诗的构思、意味的发生喷涌激荡流泻，正是诗性叙述的神魂。

诗的叙述艺术实际上包含着抽象艺术。举凡诗的张力、佯谬（吊诡）、即小见大、无象之象、审美空白等等抽象艺术，皆可归入叙述艺术范畴。但在所有意象艺术和抽象艺术所未及的，仍有大片随后将予以探究的诗美创造领域，在意象艺术和抽象艺术的两翼之外，尚有头、尾、爪和躯体，即为狭义叙述艺术。在全体诗艺中，意象艺术以其鲜活的意象、意象群与意境呈现，占据吸引了眼球的显赫地位，抽象艺术处于内层，提供诗的骨架支撑，凝结诗的意味，促使诗的凝重和大气。而叙述艺术不仅可以融合此两者，从而统领全局，且更在全诗的充实完形上，尤其是调式与风格上起主导作用。古人云："故诗有六义焉：一曰风，二曰赋，三曰比，四曰兴，五曰雅，六曰颂。"[1] 六义皆兼指诗体与诗艺。而风、雅、颂多指诗体；赋、比、兴特重诗艺，且以赋为首先，为统率。今人将诗艺的赋比兴扩展深化为叙述艺术、意象艺术与抽象艺术。这同承袭西方诗美艺术密切相关。在西方诗美艺术史上，现实主义注重叙述艺术，浪漫主义强调意象艺术，意象主义于此尤甚，现代主义则同时张扬理性与抽象艺术，超现实主义崇尚非理性，追求意象与玄思的奇幻绚丽，后现代主义特钟叙述的吊诡、反讽、荒谬等等。但在所有这些五颜六色的旗帜下所创造的真诗好诗大诗，总体上都没有离开叙述艺术、意象艺术与抽象艺术三位一体的诗美创造大道。中外古今的诗歌创作都证明，诗性叙述是最高诗美创造艺术，因其在完形和神髓上统领一切诗美艺术。

　　《诗经》305 篇，依朱熹《诗集传》承《毛诗》所划分，可统计出：全篇各章皆为"赋"者159首，全篇某章杂有"赋"者60首，两项共219首；全篇各章皆为"比"者23首，皆为"兴"者53首，杂有"比""兴"者10首，三项共86首。可见三百篇中"赋"占三分之二的压倒多数。不过，在赋中多融合着比兴，在比兴中亦贯穿着赋，赋比兴实际上在诗中往往融为一体。例如《摽有梅》："摽有梅，其实七兮。求我庶士，迨其吉兮。摽有梅，其实三兮。求我庶士，迨其今兮。摽有梅，顷筐塈之。求我庶士，迨其谓之。"三章皆"赋也"。其实，各章上半都有意象呈现，近乎比而兴；且"其实七兮""三兮""顷筐塈之"，显见落梅进程。各章下半皆抽象叙述，而其"吉""今""谓"则表明婚嫁紧迫性的与日俱增，大有"莫待无花空折枝"[2] 的叹息。只是全诗总体上确为统之以赋。

　　《楚辞》更在由赋统领赋比兴三者和合的诗美艺术上跨进了一大步。例如《离骚》，从开首"帝高阳之苗裔兮，朕皇考曰伯庸"云云，到"乱曰：已矣哉，国无人莫我知兮，又何怀乎故都？既莫足与为美政兮，吾将从彭咸之所居。"全首总体为赋，张扬叙述艺术。但在诗中，却香草美人纷呈，上下四方求索，奇丽意象迭现。更在紧要处时时煞之抽象警句，诸如"长太息以掩涕兮，哀民生之多艰""亦余心之所善兮，虽九死其犹未悔""路漫漫其修远兮，吾将上下而求索"，等等。

唐诗宋词在诗经楚辞汉魏南北朝诗歌台阶上登峰造极，而在诗美创造艺术上，仍以叙述艺术为体，意象艺术与抽象艺术为两翼，凌云奋飞，鹏程万里。杜甫《北征》、"三吏"、"三别"显然仰仗叙述艺术；即便《秋兴八首》大显高超意象艺术，而叙述艺术实为通贯组诗的神髓。宋词，例如柳永《雨霖铃》，开首"寒蝉凄切，对长亭晚，骤雨初歇。都门帐饮无绪，留恋处，兰舟催发。执手相看泪眼，竟无语凝噎"，叙惜别情景。接着，"念去去，千里烟波，暮霭沉沉楚天阔。多情自古伤离别，更那堪冷落清秋节！今宵酒醒何处？杨柳岸、晓风残月"，设想旅途孤凄。最后，"此去经年，应是良辰美景虚设。便纵有千种风情，更与何人说？"更推向别后两地，人何以堪！诗性叙述是大脉络，总精神，而意象艺术与抽象艺术错落点染其间。

百年新诗用现代汉语抒写现代生活和情意，较古典诗歌面貌焕然一新。然究其诗美创造艺术实质，仍见其在大承袭中大推进。例如，王自亮《雪后的陌生城市》：

> 飞机改降在一座陌生的城市／我们像一群雪的俘虏／／一切皆模糊。这个世界就是／玻璃窗上被手指涂抹后透露的景象／白色路沿，白色树梢，白色屋子／射出的微弱灯光，正适合圣人降临／／内心的白色使雪变黑，车轮滚动／／一路上谁也不说话，雪使人沉默／／藏着孩子们惊叫声的大雪／使旅人的双肩担满了沉默

此诗用的是现代叙述艺术，将"飞机改降在一座陌生的城市"最初经历新鲜特异的感受体验，委婉地娓娓道来，令人如亲见亲感，味永思深。将众多现实超现实的意象与抽象词美妙地联结成气韵生动的整体。

其中活跃着对比、反差、吊诡、张力、平衡等等高超的叙述艺术。又如伤水《一尾鱼在我体内运走大海》：

> 我用雕刻刀在自己手掌上刻下风景 / 疼痛的不是自己，是风暴 / 看它血肉模糊 / 快意恩仇啊 // 梳理波浪是我以前的工作 / 退休时我只带走一只桨 / 我不信机械和电子 / 有肉才可能出现血 // 也可能腐烂，周遭永远馊味 / 当砖退回泥土和火 / 楼梯在脚底出走 / 我连步伐也找不到啦 // 印一次指纹就是一只水母 / 蔚蓝在船底游来游去 / 一尾没有姓氏的鱼，终于在我体内运走大海

这首诗超现实主义色彩更浓，诗的标题即是明证。"楼梯在脚底出走"云云是二度意象艺术的运用。"我用雕刻刀在自己手掌上刻下风景 / 疼痛的不是自己，是风景"云云，用的是现代意象主义，将感受的施、受者相互置换。而全诗则是地道的诗性叙述。

纵观中外古今诗歌创作的历史和现实，显见叙述艺术往往统领一切，具有诗艺上的总体性。因而最高诗美艺术非诗性叙述莫属。诗性叙述是个大篮子，它能将一切诗美艺术包容并提挈起来。

80. 叙述：设身与视角

任何叙述都少不了叙述者、接受者和所叙内容的当事者。诗的叙述艺术自然从这三者及其相互关系起始与发掘。叙述者当然是诗作者，我。但在诗中，这个诗作者可以直接显身，也可以隐身或化身，于是就产生了人称和设身的诗美艺术。兰波《醉舟》中的"我"是"醉舟"的自称，全诗都是"醉舟"在说话，从而产生了此诗独特的语境语调，独特的诗美境界。陶渊明组诗《形影神》设身为"形""影""神"三者的赠、答、释，"极陈形影之苦，言神辨自然以释之"，虽玄言而别饶风趣。先是《形赠影》：

天地长不没，山川无改时。草木得常理，霜露荣悴之。谓人最灵智，独复不如兹！适见在世中，奄去靡归期。奚觉无一人，亲识岂相思。但余平生物，举目情凄洏。我无腾化术，必尔不复疑。愿君取吾言，得酒莫苟辞。

说话人设身为"形"，受赠者为"影"，诗中的"吾""我"都为"形"，"君"则为"影"。接着是《影答形》"存生不可言，卫生每苦拙。诚愿游昆华，邈然兹道绝。与子相遇来，未尝异悲悦。"云云，说话人已换作"影"了，受答者是"形"。诗中的"子"也是"形"。最后是《神释》："大钧无私力，万理自森著。人为三才中，岂不以我故。与君虽异物，生而相依附。……老少同一死，贤愚无复数。日醉或能忘，将非促龄具？立善常所欣，谁当为汝誉？甚念伤吾生，正宜委运去。纵浪大化中，不喜亦不惧。应尽便须尽，无复独多虑"。最后的说话人又换成"神"。"我"是"神"自谓，"君"则指"形"，也包括"影"。"吾"为吾人，我们，包括一切人的神形影。这组诗通体叙述，全在说理，仍为好诗。不仅"纵浪大化中，不喜亦不惧"云云的自然生死观最为通达、科学，而且一人设身为三，相互赠答，在促使理性叙述诗化上起到关键性的作用。诗中不时为饮酒辩护，亦令人忍俊不禁。

李白《月下独酌四首》其一云："花间一壶酒，独酌无相亲。举杯邀明月，对影成三人。月既不解饮，影徒随我身。暂伴月将影，行乐须及春。我歌月徘徊，我舞影零乱"云云，也是将我一人设身为三，不过"身"是形、神统一体，只将"影"分身出来，而第三者为外在之"月"。于是"举杯邀明月，对影成三人"。诗中"三人"歌舞愈热闹，反衬出天才诗人"月下独酌"愈孤凄寂寞。王敖《圣歌》："我蜜蜂般看着花瓣，蜜蜂／花一样忽闪着眼睛，我想／我们是三位一体。天赋降临在，摇篮里／／与造化小儿齐奏着大呼雷——谁给他们／唱出那一般催眠曲，谁就是短暂的救世主。"却来了"我""蜜蜂""花瓣"的"三位一体"。还有"降临在，摇篮里"的"天父""造化小儿""救世主"的另一"三位一体"。如此一分身幻化，将打着"大呼雷"的摇篮里的小儿鼾睡写得如此甜美。

叙述中说话人和当事者的设身分身的幻化往往与人称的变化交织在一起，造成某种扑朔迷离，迫使读者去解谜，从而在求解中领略诗的意味。且看卞之琳《白螺壳》。诗分四章，每章十行。其第一章云：

> 空灵的白螺壳，你 / 孔眼里不留纤尘，/ 漏到了我的手里 /
> 却有一千种感情：/ 掌心里波涛汹涌，// 我感叹你的神工，/
> 你的慧心啊，大海，/ 你细到可以穿珠！/ 可是我也禁不住：/
> "你这个洁癖啊，唉！"

开头与白螺壳对话的诗人，我；你，即指白螺壳。但在第二章的"你"，却被偷偷地改换了，指称"大海"。然后是第二章：

> 请看这一湖烟雨 / 水一样把我浸透，// 像浸透一片鸟羽。/
> 我仿佛一所小楼 / 风穿过，柳絮穿过，/ 燕子穿过像穿梭，/
> 楼中也许有珍本，/ 书页给银鱼穿织，/ 从爱字到哀字——出
> 脱空华不就成！

这章的"我"已暗换成"白螺壳"，全章都是它的自我描述，自我隐喻，诗便特漂亮。而第三章，又出新花样：

> 玲珑吗，白螺壳，我？/ 大海送我到海滩，/ 万一落到
> 人掌握，/ 愿得原始人喜欢，/ 换一只山羊还差三十分之二十
> 八，/ 倒是值一只蟠桃。/ 怕给多思者拾起：/ 空灵的白螺壳，
> 你 / 带起了我的愁潮——

第一句点明"我"是白螺壳的自称，然后设想我与"原始人"的奇遇。但结末三行却杀出个"多思者"，隐喻着诗人自居，又回到第一章

"我"的指代，而"你"又成了白螺壳。第四章是全诗艺术表现最精彩的一段，也是最朦胧费解的一段。诗曰：

> 我梦见你的阑珊：/ 檐溜滴穿的石阶，/ 绳子锯缺的井栏……/ 时间磨透于忍耐！/ 黄色还诸小鸡雏，/ 青色还诸小碧梧，/ 玫瑰色还诸玫瑰，/ 可是你回顾道旁，/ 柔嫩的蔷薇刺上 / 还挂着你的宿泪。

如何解读此诗尤其是此章，孙玉石曾有如下评说："百转千回的句式，如一座小小的迷宫，掩映着作者智性思考的七宝楼台，读起来有一种扑朔迷离之感，稍不留心就会误入理解的歧途。当年朱自清先生曾相当细心地把握了作者想象推移的蛛丝马迹，但认为内容上是一首'情诗'，作者却出来解释说，'也象征着人生的理想和现实'。此诗内涵的幽深和表现的朦胧遂由此可见一斑了。作者给了我们一把珍贵的钥匙，我们走进白螺壳，可任无边的想象在这小小的世界中驰骋。我觉得诗人对作品意图的说明比情诗的猜测更值得玩味。"[3]我觉得孙先生最后一句断语其实并不准确，诗人卞先生是基本赞同朱先生"情诗"说的，只是补充了"也象征着人生的理想和现实"。这一"也"字，便并非否定而是补充。就"情诗"说来赏识第四章，格外生动而有味。这"你"，既指白螺壳，更指所怀恋的伊人。石阶、井栏、鸡雏、碧梧、玫瑰、蔷薇乃至刺上的宿泪，一切皆如画如歌地分明，又如此痛心地已遥不可及，纵然手中仍把玩着如"你"的白螺壳。当然，这种怀恋惋惜的情愫，"也象征着人生的理想和现实"。这第四章三个"你"，都指"空灵的白螺壳"，更指"白螺壳"般的深深怀恋痛惜着的"柔嫩的蔷薇刺上 / 还挂着""宿泪"的伊人。而这伊人又可泛化为人生中某种动情的遭际。《白螺壳》中你、我指代的灵妙变换，是很值得品味与学习的。诗中的人称和设身确为诗的叙述艺术最先碰到的问题，关系到全诗意味生发的基点和基础，关系到全诗的通盘构思，语境语调，格调风貌。

同人称设身密切相关的是诗或曰诗人的视角。这里有立足点和着眼点两个问题。王国维说："有有我之境，有无我之境。'泪眼问花花不语，乱红飞过千秋去'，'可堪孤馆闭春寒，杜鹃声里斜阳暮'，有我之境也。'采菊东篱下，悠然见南山'，'寒波澹澹起，白鸟悠悠下'，无我之境也。有我之境，物皆着我之色彩。无我之境，不知何者为我，何者为物。此即主观诗与客观诗之所由分。古人为词，写有我之境者为多，然非不能写无我之境，此在豪杰之士能自树立耳。"[4]有我无我之分，在于作者的立足点，是站在我（人）的主场上，还是站在物的立场上。换句话说，是以人（我）观物，还是以物观物。也就是立足点上的主观与客观之分。两者所成的意象、意境，其意情象的色调与韵味显然不同。也不必分出高低，只为诗人多几付笔墨。这在当代新诗人亦多有表现。倒如黄翔《野兽》："我是一只被追捕的野兽／我是一只刚捕获的野兽／我是被野兽践踏的野兽／／我是践踏野兽的野兽／／我的年代扑倒我／匕斜着眼睛／把脚踏在我的鼻梁架上／撕着／咬着／啃着／直啃到仅仅剩下我的骨头／／即使我只仅仅剩下一根骨头／我也要哽住我的可憎年代的咽喉。"写的全是诗人的主体感受。而哑默《海鸥》："小小的翅膀上／翻卷着大海的波浪／身子净洁／饱吸露珠、阳光／／细长的尖嘴／衔来星空和汪洋／／迎着潮汐呼叫啊／唤着沉默的同伴"，所有的景象都以海鸥为主体，为中心，是海鸥与身外海天的关系，是物与物的自然关系。《海鸥》与《野兽》确有立足点的不同。不过，这"无我""有我"的两种诗境，也只在诗美呈现的层面，而在两诗的深底核层，仍归根于诗人之人、之我。实质上这"有我"的野兽和"无我"的海鸥同样是诗作者情意的化身。

诗美创造的着眼点指的是诗歌画面与透视点，即使同一景物由于着眼点不同便可景象迥异。所以寻找独特的着眼点在诗美创造中关乎全局，往往与诗情喷发口密切相关。杜运燮《秋》："连鸽哨也发出成熟的音调，／过去了，那阵雨喧闹的夏季。／不再想那严峻的闷热的考验，／危险游泳中的细节回忆。"这开首一节便为后四节定下基调。尤其是最先二行亮出全诗的着眼点是"那阵雨喧闹的夏季""过去了"，连鸽哨也预示着即将来临的"丰收的"金秋景象，抒发了诗人对结束"文革"的喜悦与希望。鲁西西《礼物》："每天早晨，当我醒来，/ 都听见有个声音对我说：把手伸出来。/ 太阳光满满地，落在我手上。/ 一阵轻风紧随，把我的手臂当柳树枝。/ 还有那眼不能见，手摸不着的，/ 你都当礼物送给我。/ 我接受的样子多么温柔啊！"这首诗的着眼点正是标题，大自然的恩赐：阳光、轻风等等。从立足点始端到着眼点终端构成诗人或曰诗的视角。再将视角与人称设身统合起来，就为诗的叙述艺术拓开大片用武之地。

81. 叙述：调式与风格

调式本为音乐术语，指若干高低各不相同的乐音，以其中最具稳定性者为中心，按一定的倾向关系所组建的音体系。通常中心音也即主音为该调式之起讫，其余各音依序排列成音阶。例如宫调式、商调式，大调式、小调式，以及现代作曲家主观设计的"人工调式"等等。诗与音乐是不同质的艺术样式。诗的调式不仅关乎诗的音乐美，更关乎诗的意蕴美、情感美、形象美与形式美。这一切都关系到诗的选词、造句、建节尤其是成章，都落实到字词选用推敲及其排序和建构方式上。诗中的字词不仅具有形、音、义，且更须注重辨别其情感色彩。诗语言中的字词，最看重其情、意（义）、音。单纯将诗的意味归结为语感是远远不够的。诗的调式在由字音所升的各种高低强弱不同的乐音按一定倾向所组建的音体系内部，其情意起到比字音更大的作用。

纵观中外古今诗歌，调式可作两种不同的划分。一种：雅调，俗调，共调；一种：阳调，阴调，和调。雅俗之分早成常识，也是对于诗的贵族性或平民性的偏好。"共调"是我杜撰的，指称雅俗共赏亦即贵族性与平民性较均衡的调式。世纪之交的"盘峰论争"，排除其非诗成分，实质上仍是雅、俗两种调式的论争，承接了新诗史上多次诗的贵族性与平民性之争。平心而论，彰显贵族性雅调的"知识分子写作"

者与张扬平民性俗调的"民间写作"者双方都有好诗和好诗人，各有所好亦当属于正常。当然，统一贵族性与平民性的雅俗共赏的共调更值得推崇。

阳调，指富于阳刚之美的调式；阴调，指富于阴柔之美的调式；和调则为和合两者的富于大和之美的调式。闻一多称田间为"时代的鼓手"，且说："鼓是男性的，原始男性的，它蕴藏着整个原始男性的神秘。它是最原始的乐器，也是最原始的生命情调的喘息。"[5] 田间的《义勇军》："在长白山一带的地方，/中国的高粱，/正在血里生长。/大风沙里，/骑马走过他的家乡。/他回来了：/**敌人的头，/挂在铁枪上……**"确为咚咚的鼓声。何其芳《夏夜》："在六月槐花的微风里新沐过了，/你的鬓发流滴着凉滑的幽芬。/圆圆的绿荫作我们的天空，/你美目里有明星的微笑。/菊花悄睡在翠叶的梦间，/它淡香的呼吸如流萤的金翅/飞在湖畔，飞在迷离的草际，/扑到你裙衣轻覆着的膝头。/你柔柔的手臂如繁实的葡萄藤/围上我的颈，和着红熟的甜的私语。/你说你听见了我胸间的颤跳，/如树根在热的夏夜里震动泥土？//是的，一株新的奇树生长在我心里了，/且快在我的唇上开出红色的花。"便如小提琴轻奏的小夜曲。两诗孰为阳调孰为阴调清清楚楚。同样，和合阴阳富于大和之美的和调更为我们所追求。

调式是诗中显然天人合一的东西。既关系到诗人基于天赋、性格、学养、阅历等的诗美创造主体建构，又关系到创作时的时势、境遇乃至遭际感兴，带有可遇不可求的客观成分，但在诗人又当悉心追求。调式无疑是诗美创造实践中的重要课题。

在诗歌的品评中，风格与调式既相互渗透，互为表里；又各有所司，各擅其旨。诗的风格指诗人在诗美创造中所表现出来的创作个性和艺术特色，其作品的风度品格。风格是人，成熟的诗人各有自己独特的风格。而调式则就诗的群体与个体而言，一首诗有一首诗的调式，一个诗人的多数诗作为同一调式，则与个人风格呈现密切相关。每个诗人都有某种风格的悉心追求或自然形成。

中国古人对于诗歌风格的品评非常精到。钟嵘《诗品》评李陵，

"其源出于《楚辞》。文多凄怆，怨者之流"；评刘桢，"其源出于《古诗》。仗气爱奇，动多振绝。真骨凌霜，高风跨俗。但气过其文，雕润恨少"；评阮籍，"其源出于《小雅》。无雕虫之功。而《咏怀》之作，可以陶性灵，发幽思。言在耳目之内，情寄八荒之表。洋洋乎会于《风》《雅》，使人忘其鄙近，自致远大，颇多感慨之词。厥旨渊放，归趣难求"；评潘岳，"其源出于仲宣。《翰林》叹其翩翩然如翔禽之有羽毛，衣服之有绡縠，犹浅于陆机。谢混云：'潘诗烂若舒锦，无处不佳，陆文如披沙简金，往往见宝。'嵘谓益寿轻华，故以潘为胜；《翰林》笃论，故叹陆为深。余常言陆才如海，潘才如江"，等等。这些评论虽不囿于诗人风格，而其主旨与主体正在于对风格的中肯品评。王国维《人间词话》对词人风格的品评尤为众所赞赏。诸如"张皋文谓：'飞卿之词''深美闳约'。余谓：此四字唯冯正中足以当之。刘融斋谓'飞卿精艳绝人'，差近之耳。""美成深远之致，不及欧、秦，唯言情体物，穷极工巧，故不失为第一流之作者。但恨创调之才多，创意之才少耳"等，都着重于风格评论。尤其如："梦窗之词，吾取其词中一语以评之，曰：'映梦窗零乱碧'。玉田之词，亦得取其词中之一语以评之，曰：'玉老田荒'。"这种以其人一句诗或者一句断语来品评其诗风格，精警易记，颇值今人效法推广。

我们讨论诗的调式与风格，更着眼于诗歌创作。有否清醒的调式意识与风格意识，对于诗美创造的构思与运作成篇，有着透肌入骨的影响。一首诗有一首诗自洽的调式，诗人创作时尽可因诗而异。一个诗人同一调式的诗积聚多了，便能自然形成其独特风格。一个诗人的风格有其相对稳定性，但也可以甚至锐于作阶段性的变革。于坚认为，"写作就是不断地对风格否定"。这是一种大处落墨的探索精神。我曾有一首《两个巴勃罗·毕加索》："用一只创造的手为自己精心刻造／一尊雕像。又用一只破坏的手将它／粉碎。你每天如此犹太阳的升落／这是你获得永生的奥秘／／你是超级疯子。呼喊你的名字／便是最暴烈的咒骂。在喧闹／而眩晕的巴黎街头／／色彩是你的雄牛／线条是你的雄牛／黏土高岭土是你的雄牛／最凶猛的庞然大物／应手耷然倒地。

不是死的沉陷／而是美的永恒升华／／从蓝色到玫瑰色／从古希腊的雅典到黑非洲的稚拙／从立体到抽象／从分析到综合／从动力的狂暴到变形的丑陋／艺术的创造是最大胆的跳跃／／马拉加的巴勃罗永远是个孩子／一生都坐在旋转木马上／旋转在面前的世界瓦解了／还原成线条的交错。色彩的绚丽／运动的幻变。形象的生灭／此外，别无意义"，正是赞美这位最富于创造性的大艺术家一生创作确为"不断地对风格否定"。其实这正是大诗人的一种不断演进的风格。

诗的调式和风格决定于诗人的诗美创造艺术，而作为最具总体性的叙述艺术，自当为富于调式意识与风格意识的实力诗人们所首先关注。

82. 叙述：琐细与精简

在诗的叙述艺术中，有两种似乎处于两极的叙述方式和风格，值得探讨与追求，也就是琐细与精简。

烦琐是一切叙述的大忌，何况是一向以精练称著的诗。然而诗的叙述，也可以琐而不烦，细而有味，使琐细成为一种诗美艺术。比如江非《水是怎样抽上来的》：

> 把水从井里抽上来是要费一些心思／费一些力气的／在抽水之前／三弟要跑出老远／到有水的沟渠那儿／提一桶引水／再顺便捎回一大块不粗不细的湿泥／这时，二弟用结实的麻绳／在水泵上扎牢水管的一头／母亲就把卷成一团的水管／一截一截／匆忙地理到菜园上／这些都准备就绪了／三弟把引水加好了／水泵的底管接到井管上了／又用泥块把漏气的缝隙／全塞上了／我就试着摇几下柴油机／让它在干活之前先喘几口粗气／喘几口粗气／再喘几口粗气／接着一下子发出了猛烈的叫喊／这时，水泵在飞速地运转／不大一会儿／父亲就在远处／向半空里举起一把湿过水的铁锹／向孩子们示意／井里的

水／已顺着长长的水管／流进了我们的菜园

这首 30 行用大白话写成的诗，只写了一家人父母兄弟协力将水从井中抽上来去浇灌菜园的具体过程。这件平常人都见过或干过的灌园小事，怎么能写成一首不赖的诗呢？就在于它写得具体琐细。前 17 行，它写开机前的准备工作；后 13 行，它写抽水到了菜园。如果只是说明事件只要说准备开机、抽水到菜园两句话就够了。但它却把三弟去提引水、二弟在水泵上扎牢水管、母亲拉管到菜园、三弟加引水并堵漏、我开抽水泵、父亲检查抽水到园情况等等，一环一环节节细细写来，颇显一丝不苟。甚至说到"让它在干活之前先喘几口粗气／喘几口粗气／再喘几口粗气／接着一下子发出了猛烈的叫喊"，确系琐细到家。但此诗却读来新鲜有味。因为如此琐细地描写，凸显了似乎常见实则一向忽视因而倍觉新鲜的东西，而其中更不动声色地深蕴了一个普通农家的深厚温馨的亲情，农业劳动的平凡而伟大，在这种不及异化的劳动光辉中，连柴油机、水泵、水管、麻绳、泥块、湿过水的铁锹，也参加到这个勤劳温馨的农家中来了。这就让人从这种琐细中咂摸出盎然诗味。

又如唐力《缓慢地爱》：

我要缓慢地爱，我的爱人／当我坐在这个屋子里／我要缓慢地爱着这傍晚的夕光／从窗前移到窗台。我要缓慢地爱着这些时间。／我要把一小时换成六十分，把一分换成六十秒／我要一秒一秒地爱你／就像我热爱你的头发，我也是一根一根地爱，／把它们一根一根地从青丝爱成白发／而其他的人只会觉得，一瞬间／飞雪就落满了你的头颅／就像我在你的眼角，热爱你的鱼尾纹／我也用六十年的光阴，一丝一丝地爱。／就像我们并排而坐／我们中间有零点五米的距离／我就会把它分成五百毫米，一毫米一毫米地热爱。／仿佛永远没有尽头／就像在艰苦的日子里，我爱你的泪水／我也是一滴一滴地热

爱……/ 在我缓慢的爱中，我飞快地度过了一生

这首别致的爱情诗，也运用了叙述的琐细艺术。不过，《水是怎样抽上来的》是如实地将抽水过程按时细分，而《缓慢地爱》却得力于想象。它凸显一个"慢"字，因细分而缓慢。它细分光阴、头发、鱼尾纹、并坐的距离、泪水，将这些并联起来，便构成"在我缓慢的爱中，我飞快地 / 度过了一生"。看来，诗歌叙述的琐细艺术可以各式各样，各显神通；而此法的要旨尽在因分而细而慢，达到琐而不烦，细而显味。

与琐细相反，诗歌叙述的精简艺术则力求思精而文简，也可以举例研讨。黄礼孩《北京》：

看上去像一个遥远的秋天 // 我认得出银杏 / 以及银杏树背后的光芒像 / 多年前你眼中掩不住的喜悦 // 一地的叶子 / 多么奢侈的阳光

以北京为题完全可以写一首洋洋洒洒很长的诗。但此诗只写成了3节6行，够精简的了。这也许同诗人某次到北京即目的感触有关，但更得力于他诗思的精到。第一句就是神来之笔。这个舒朗而阔大的古都，虽有现代繁华的面貌，但在精神上更"像一个遥远的秋天"。从秋天到银杏，到"一地的叶子"，"奢侈的阳光"，步步深入，顺理成章，凸显了北京宏大绚丽的魂魄，至少是黄礼孩心目中的北京魂魄。

宁明《两滴墨》是写一幅彩墨花鸟的创作。先将它精简到"两滴墨"，又将它们晕染出去，于是诗就成了：

一滴墨，落在宣纸上 / 渐渐洇开……生出茸茸的羽毛 / 朱笔，只须轻轻一挑 / 就能唤出 / 鸟儿清脆的叫声 // 另一滴墨，在鸟儿的脚下 / 沉默成了 / 石头

是画家作画的过程，更是对其创作及成果的由衷赞赏。

诗的叙述可以各式各样，可以琐细，更可以精简，还可以融两者于一体。如沈苇《坠落》：

> 一个厌世者，在九层住宅的楼顶
>
> 选择了坠落——
>
> 第九层，一个老头被牙疼折磨得死去活来
>
> 第八层，烟雾缭绕，一桌人昏天黑地搓麻将
>
> 第七层，一对情人在摇滚乐中不停地做爱
>
> 第六层，秃顶的暴发户呵斥农场来的小保姆
>
> 第五层，一个女人照镜、抹口红，神秘一笑
>
> 第四层，厨房飘香，美酒摆好，客人将至
>
> 第三层，主人不在家，猫饿得喵喵乱叫
>
> 第二层，摇篮曲，满月的婴儿睡着了
>
> 第一层，书房里诗人冥思苦想着"生"……
>
> 一个厌世者，在他落地的一瞬间
>
> 没有人看见他，世界也没有什么变化
>
> 水泥地面上，如同一朵鲜花的突然盛开
>
> 惊起一些尘埃，几只觅食的鸽子

从一方面看，这首诗写得琐细。这厌世者从九层楼顶坠落，由于重力加速度，是很快而且越来越快地着地的，来不及一层一层地看，更无心去看。如此层层曝光，其实是诗人的有意琐细与延后。从另一面看，这首诗更写得精简。坠落者为何厌世，诗人在给出自己的理由。这琐细的九层楼层层曝光，合起来就是诗人的理由。这世界平凡、庸俗、无意义，甚至荒谬、丑恶。一个追求崇高生活意义的失败者，如何不自行"坠落"！死者的一生经历和致死因由，一句也没说。一层层楼住户的人生只取曝光的一闪，九层楼串联起来却是一幅现世的画图，正足以给出厌世的某种理由。结末的3行相当冷峻，尤其是"鲜花突然盛开"与"惊起……鸽子"。这是一个生命消失的全部后果。如此写

法正显见其精简艺术。看来，此诗的妙处就在于将琐细与精简似乎处于两极的两种叙述方式，作无缝对接或曰水乳交融。

83. 叙述：隐蔽与深究

在诗的叙事艺术中，同琐细与精简密切相关而更高级深层的有：隐蔽与深究。诗一向忌直贵曲。袁枚《随园诗话》卷四《诗文贵在曲》说："凡做人贵直，而作诗文贵曲。孔子曰：'情欲信，词欲巧。'孟子曰：'智譬则巧，圣譬则力'。巧，即曲之谓也。崔念陵诗云：'有磨皆好事，无曲不文星。'洵知言哉！"还说："绿杨解语应相笑，漏泄春光恰是谁？《咏红梅》云：'牧童睡起朦胧眼，错认桃林欲放牛。'咏梅而想到杨柳之心、牧童之眼，此曲也；若专咏梅花，便直矣。"是呀，天上哪来的"文直星"呢？现代诗美艺术因曲致妙更加丰富多彩。其中最值得追求的当推隐蔽与深究。

诗一隐蔽便能曲而致妙。隐蔽之法全赖诗人创造。20 世纪 80 年代的诗与 50 年代相较，便多曲折而朦胧，且因此而得名。尔后的实验诗、探索诗、先锋诗的主流都是在隐蔽致曲成妙的路子上开拓挺进，一时意象呈现、象征投射、共振虚化种种现代手法琳琅满目，先锋诗人的大多数成了"顾左右而言他"的"齐宣王"[7]。张枣《望远镜》：

> 我们的望远镜像五月的一支歌谣
>
> 鲜花般的讴歌你走来时的静寂
>
> 它看见世界把自己缩小又缩小，并将
>
> 距离化成一片晚风，夜莺的一点泪滴
>
> 它看见生命多么浩大，呵，不，它是闻到了
>
> 这一切：迷途的玫瑰正找回来
>
> 像你一样奔赴幽会；岁月正脱离
>
> 一部痛苦的书，并把自己交给浏亮的雨后的

长笛；呵，快一点，再快一点，越阡度陌

不在被别的什么耽延；让它更紧张地

闻着，呓语着你浴后的耳环发鬓

请让水抵达天堂，飞鸣的箭不再自已

哦，无穷的山水，你腕上羞怯的脉搏

神的望远镜像五月的一支歌谣

看见我们更清晰，更集中，永远是孩子

神的望远镜还听见我们海誓山盟

初看，此诗闪闪烁烁，不知所云，却又绚丽而耐人寻味。经过细读而沉思，抓住了"望远镜"和人称设身变换，才品味出这是一对远离恋人相思的痛苦与甜蜜。"我们的望远镜"与"神的望远镜"是二而一。"它"指"望远镜"，因而能"看见世界把自己缩小又缩小，并将／距离化成一片晚风，夜莺的一点泪滴"等等。"你"指诗中受话人，我的女性恋人，因而有了种种想象或回忆的动作细节和意象呈现。再注意到诗中意识、意象的流动，衔接与转换，诗的隐蔽便豁然开朗。再看伤水《盗冰者》：

我要去天山盗取一块冰／阳光包围着的一块冰，整片蓝天笼罩般呵护着的／一块冰／透明、晶亮。／它当然不是火做的，也不会是玉。／我用心去取一块冰／手指夹取的地方，会很快变薄／沁凉的纹印／会成为我的罪证。／我必须避开时光的警察。可是／最终／我知道／冰还没有回来／我就融化在路上。

此诗的发始是首句。接着先说"冰"，再说"盗"，终于落到"盗冰者"。初看，似乎一切明朗；深究，便显双重隐蔽。一重是佯谬即吊诡。诸如"阳光包围着的一块冰，整片蓝天笼罩般呵护着的／一块冰"不会很快融化掉吗？竟是这般"呵护"？"可是／最终／我知道／冰还

没有回来 / 我就融化在路上。"简直荒谬，简直是去送死，还盗什么冰！正是吊诡乃至荒谬，才是诗味的辐射源。再一重，正是似乎明朗的叙述中，隐蔽着此诗的深意：某种窃取或追求，实乃一种自残！这就是诗人们所揭示的一种人生。看来是诗歌叙述的隐蔽艺术，也可以因明朗而隐藏。前举江非《水是怎样抽上来的》也可作为适例；琐细的叙述正为隐蔽劳动中的亲情，从而滋生浓郁的诗味。

深究，实质上是诗歌隐蔽艺术中格外高妙的一种。先看任洪渊《阉割，他成男性的创世者》：

> 他 被阉割 / 成真正的男子汉 并且 / 美丽了每一个女人 //
> 无性 日和月同时撞毁 / 在他身上 天地重合的压迫 / 第二次
> 他从撕裂自己 分开了世界 / 一半是虞姬 / 一半是项羽 // 他用
> 汉字 隔断 / 人和黄土 隔断 / 汇合成血的水和火 分流 / 原野
> 的燃烧和泛滥 / 纵横古战场沿着他的笔 回流 / 一个个倒卧的
> 男女 / 站起 人是不能倒下的承受 // 拒绝 坟 泥土 / 他走进历
> 史第二次诞生 / 从未走完的过去 / 没有终结的现在 / 已经穷尽
> 的明天 // 永远今天的史记

面对史迁和《史记》，诗人作独到的深究，发现了"被阉割 / 成真正的男子汉"的"他"与"永远今天的史记"之间富于伟大历史意义的诗性矛盾，从而生出全诗几乎无处不在的种种深刻吊诡的生动语言表现，赞颂了《史记》及其创造者。此诗的佳绝处正在作者的究之深而出于语之妙。究之深，司马迁在惨痛的人生境遇中成就伟大历史著作，因"被阉割"反促"成真正的男子汉"，而"无性"正深涵着阴与阳、男与女、日与月、天与地、水与火、撕裂与重合等等的对立统一。究之深，《史记》这部从三皇五帝直至当时汉武帝的古代通史，归结为"天地重合的压迫 / 第二次他从撕裂自己 分开了世界 / 一半是虞姬 / 一半是项羽"，归结为"一个个倒卧的男女 / 站起 人是不能倒下的承受"。正是在这双重深究的两块燧石的频频撞击下，吊诡语言的闪闪火光才成为一首坚挺峻刻绚丽的佳作。再看洪烛《桃花扇》：

> 这把祖传的扇子／注定是属于秦淮河的。秦淮河畔的桃
> 花／开得比别处要鲜艳一些／你咳在扇面上的血迹／是额外的
> 一朵／风是没有骨头的，而你摇动的扇子／使风也有了骨头／
> 这条河流的传说／注定与一个女人有关。扇子的正面与背面／
> 分别是夜与昼、生与死、爱与恨／是此岸与彼岸。你的手却
> 不得不／承担起这一切，于是夜色般低垂的长发／成了秦淮河
> 的支流／水是没有骨头的，而你留下的影子／使水也有了骨头／
> 你的扇子是风的骨头／你的影子是水的骨头，至于你的名字／
> 是那一段历史的骨头／别人的花朵轻飘飘／你的花朵沉甸甸

这首诗对于李香君桃花扇这个历史悲剧的深究，抓住了风、水、桃花
与扇子、骨头两组关键词，构成阴柔与阳刚的张力平衡。[6]节诗的叙
述节节推进，落到结末的赞颂："你的扇子是风的骨头／你的影子是水
的骨头，至于你的名字／是那一段历史的骨头／／别人的花朵轻飘飘／
你的花朵沉甸甸。"

显然，诗歌叙述的深究艺术，其关键在于沉思向着所咏诗材层层
掘进，直捣黄龙，攫出生发全诗最本根的东西，然后向八方张扬，而
这个最本根的东西，又往往是诗的灵感爆发的诗眼。

84. 叙述：真切与奇幻

也许，"状难写之景，如在目前；含不尽之意，见于言外"，欧阳
修《六一诗话》转述的梅圣俞这句名言，可作诗艺"真切"最真切的
注释。状景体物"如在目前"，当然为"真"而且"切"，而"言外"
之"意"，亦为诗性叙述不可或缺。语意新工的"真切"，向为旧诗的
佳境，亦为新诗所追求。韩作荣《毕节》云：

硬座车厢里／我的对面坐着一位少女／她干净得没有杂质的目光／声音的清淳／让我面临青春气息的逼迫／当列车停靠在另一处站台／她下车了／车厢顿时暗淡下来／我的心里倏然间像丢失了什么／那个车站，叫毕节／二十几年了／我从未去过这座城市／可偶尔见到毕节这两个字／心里仍会动一下／虽然，我已记不起那少女的模样／可生动鲜活的气息／并不因为时间的延续而衰老

这首诗就好在一种感觉的真切。我相信这是诗人身历的一次邂逅。就这么一次短暂偶遇的印象，天赐这么一首耐读的好诗。前二节素朴地记下当时的感受，最后一节是尔后二十几年的感觉，两段感觉都是逼真而亲切，且作如此断裂式的接合。这种触及灵魂的"思无邪"的感觉，是诗的真正酵母。

梁晓明《各人》是生活观察的真切。首节说："你和我各人各拿各的杯子／我们各人各喝各人的茶／我们微笑相互／点头很高雅／我们很卫生／各人说各人的事情／各人数各人的手指／各人发表意见／各人带走意见／最后／我们各人走各人的路。"后二节依此格调而延伸。这些生活观察，人人早已司空见惯，皆已视而不见。但经诗人如此一集中彰显，便成某种社会意义的真切，逼得人人去反思，心中辛辣的诗味油然而生。于坚长于叙事的真切。例如《下午一位在阴影中走过的同事》：

这天下午我在旧房间里读一封俄勒冈的来信／当我站在唯一的窗子前倒水时看见了他／这个黑发男子 我的同事 一份期刊的编辑／正从两幢白水泥和马牙石砌成的墙之间经过／他一生中的一个时辰在下午三点和四点之间／阴影从晴朗的天空中投下／把白色建筑剪成奇怪的两半／在它的一半里是报纸和文件柜 而另一半是寓所／这个男子当时就在那狭长灰暗的口子里／他在那儿移动了大约三步或者四步／他有些迟疑

不决　皮鞋跟还拨响了什么／我注意得到这个秃顶者毫无理由的踌躇／阳光　安静　充满和平的时间／这个穿着红色衬衫的矮个子男人／匆匆走过两幢建筑物之间的阴影／手中的信　差点儿掉到地上／这次事件把他的一生向我移近了五秒／他不知道　我也从未提及

这首诗所叙之事，极其平常，细小、短暂，却叙述得特别真切。这种真切的特别，犹如电影慢镜头。它将当事人的情状、身份、动作，事件的地点、境况、时间、过程，以及观看者的"我"和"他"的关系等等都说得特别细致。就这么一个人在阴影中"移动了大约三步或者四步"，写成17行300多字，真切到琐细的地步，却展示了某种人生的真实况味，而诗美即深蕴其中。看来，现代诗美创造的真切艺术，确需诗人们去匠心独运地大显身手。

然而，现代诗美创造的奇幻艺术，似乎更为某些先锋诗人所青睐。出奇致幻，奇而且幻，确使现代诗在隐蔽艺术上千姿百态。奇幻，可称隐蔽艺术派出的一支特遣队，其神出鬼没的攻击，夺取一个个诗美高地。北岛《触电》：

我曾和一个无形的人／握手，一声惨叫／我的手被烫伤／留下了烙印／当我和那些有形的人／握手，一声惨叫／它们的手被烫伤／留下了烙印／我不敢再和别人握手／总把手藏在背后／可当我祈祷／上苍，双手合十／一声惨叫／在我的内心深处／留下了烙印

握手本为交好言欢，但在同"无形的人"握过手以后，"我的手被烫伤／留下烙印"，且从此与他人握手也能使之受伤，犹如瘟疫传染。这显然奇幻荒诞。但一细想，这种"无形的人"却无时不有，尤其在那"红彤彤"的年代。此诗又是某种可怕社会现象的真切反映。奇幻的深层终归是真切；且必须是真切，否则奇幻即成无根的空花。再如

南野《散步在草原》：

> 　　点燃着指骨，穿行在草地 / 我的幽暗眼底，漫步羊群，
> 鹬鸟 / 四处，白色羊群 // 我穿行过无草之地 / 我的昏暗长袍，
> 绣满银色葵花 // 我散步草原，那样高的天空 / 树枝般的草丛，
> 巨大的草叶 / 这时是什么被夸大了 / 我，还是我的领域 // 草
> 原啊，我在把河流收回 / 在手上写作死亡 / 写作生命的脑髓 /
> 让骨骼活在石上 // 我在让石头，砌出攸关的园地 / 记忆中未
> 来的果园 / 存在如此相得，哦 / 草中小鸟，你可别出声

此诗实景融合在幻境之中，所抒发的自己写作追求的情意又真切而流
动。首句即为诗人写作的总体象征，全诗就由此生发而流动。沿途景
色在变幻，倏尔为"无草之地"，倏尔是"树枝般的草丛"。"这时是什
么被夸大了？"是"我"也是"我的领域"。因为"草原啊，我在把河
流收回 / 在手上写作死亡 / 写作生命的脑髓 / 让骨骼活在石上"，诗人
已达到崭新的写作境界，以"死亡"为"生命的脑髓"，超越死生。因
此诗风的劲健，能"让骨骼活在石上"。结末"存在如此相得，哦 / 草
中小鸟，你可别出声"，鲜活生动，韵味永长。是此诗的神韵，更是诗
人创作的追求。

　　海男诗性叙述的奇幻更加扑朔迷离，颇费人猜详。例如《如果有
水》：

> 　　那么我畏惧的是什么？沉默 / 藏在黑蝙蝠的两翼之间。
> 情感 / 不是一种血缘能够相连的铰链 / 如果有水你蹚着过去还
> 是在水里畅饮 / 回避着这段经历难道你就能避开郁闷 / 魔鬼站
> 在路口，没有天地可以让你痛饮 / 除了我，在周身膨胀的液
> 体中 / 享受孤独的蓝色。除了我最后 / 像一只可爱可亲的鸟贴
> 在我的后背 / 我那时多么轻视你枕下的箴言 / 萎靡于我怀抱着
> 的头。我走了 / 那就是我的泡影，发现了世界在流亡中驰过 /

爱是吞噬我睫毛的刀刃／我的情侣，我望着黄金走过去／你的
憩息像雪片般冷凝我的肉体／如果有水，喊醒我。我接受那
里的婴儿／留给你。留下给你一次彻底的忏悔

读这类诗需要反复几次慢慢品味。先要在总体上体贴诗人的情意，然
后使诗的奇幻意象和字词语句大体落实，也不排斥某种多义的并存。
看来此诗的说话人是位成年女性，带着哀怨而洒脱的口吻向即将分手、
早已上过床的情侣诉说。情调上缠绵而决绝，沉痛而不悔。

85. 叙述：弥满与空灵

在诗美时空建构中，有两种相反相成的境界：弥满与空灵。弥，
指遍及，满。《史记·司马相如传》中《上林赋》："于是乎离宫别馆，
弥山跨谷。"又指终，极尽。《昭明文选》有张衡《西京赋》："橦末之
伎，态不可弥。"注云："弥，犹极也。"弥满即指满而终，遍及且极
尽。这在诗美境界是一种充实而丰盈的难得的极佳状态。王自亮《青
藏高原》：

群峰闪耀着启示，而苍穹从远处抵达／卷刃的狂风在大
地战栗之前弃甲而去／山冈开始轮廓分明，马匹像休止符／无
休止地移动，在展开的草原，在庙宇／在匍匐者母亲的脚踝，
取走嘶云愿望／这里是天堂的郊野，神灵的别业／除了"纳
木措"，还有"羊卓雍措"／既然还有那么多的湖泊尚未命名，
让我们在这里为朋友起个高原的名字，随意／将他定格在这
里，犹如寻访一个转世灵童——在青藏高原，事物的源头奔
涌而至／／于是，我们在这里不断放弃，直到／无可放弃，面
对一座白色的围墙／温暖地沉思起来，一朵花在视线之内／向
语言开放，朝着歌声般的明净天空／提起金黄的裙边，女祭
司般地奔去／直到眼睛变瞎，而塔尔寺菩提树香气飘散／如花

的姑娘香气飘散，直达星空/那不是阿拉伯智者的，也不是佛陀的/更不是霍金的天空，是女人的天空/天空就是寄托，就是黄金麦芒的聚会/见证那些"辩法"场面，自在的教派/在扩充自己，而另一些教派衰微了/精神奇观来自起伏的景象，来自万里晴空/置身山峦连绵，时间未凿的景况，感觉/至少是诸神的扈从，洋洋自得于辽阔之一员//在群山环抱中，穷尽的幻觉里/在湍急的雅鲁藏布，迷乱的罗布林卡/我们始终是被释者，又是三生困顿者/皮肤上的褐斑，色素沉淀，太阳留下的骄傲/而月光洗涤的不是罪恶，是多余的欲望/邪恶在这里要么散发出敲骨吸髓的气息/要么一无是用，蒸腾为可以忽略的乌云/在地热的烘托下，连道路也湿润了/羊群是罕见的雨，而雪莲带着复仇的快意/倏忽开放。这里没有撩拨，只有注视/没有瞬间的冲动，只有雄鹰俯冲的攫取——/高原并不意味高不可及，而是抬升的大地//高喊一声，你为得不到回音而恐惧/如在屋脊呐喊，只有广场上的人群听到/而人在高原，撕心裂肺有什么用/抨击有什么用，天空在笑声中暗淡了/那些指点江山的人到哪里去了呢/只有歌声，低低的歌吟，甚至是/简单的几乎无望的祈求，会扩充成/天际不可复制的光斑，与星光互换，在这么高的高处，这么宽阔的原上/一切悲悯得以成立，而暴力与树叶一起凋零/围绕着舞蹈的少女，为她们的美丽倾倒/在一阵造山的阵痛中，用泪水冲刷出河流/让碎石和血随之奔涌，向没落的年代致以问候

这首 4 节 51 行的诗其实并不长，却给人以黄河泻海的气势，而所成的诗俨然呈现高迥粗犷威严博大的真正的世界屋脊。叙述者既以青藏高原自居又是它的顶礼者。将题中应有的意、情、象融合成审美大球体，十方至边到位。这就创造了诗美的弥满境界。诗中地理与历史、天空与地上、神圣与世俗、源头与终极、狂暴与平和、世界与此在，应有

尽有，无所不及。

当然，诗的弥满境界可以各种不同的面目出现。昌耀《日出》：

> 听见日出的声息蝉鸣般沙沙作响……/ 沙沙作响、沙沙作
> 响、沙沙作响……/ 这微妙的声息沙沙作响。/ 静谧的是河流、
> 山林和泉边的水瓮。/ 是水瓮里浮着的瓢。// 但我只听得沙沙
> 的声息。/ 只听得雄鸡振荡的肉冠。/ 只听得岩羊初醒的椎角。/
> 垭豁口有骑驴的农艺师结伴早行。// 但我只听得沙沙的潮红 /
> 从东方的渊底沙沙地迫近

第1节写日出的声与静。极妙的是最先的日出不是看见而是听见的，
是诗人特异的敏感。这"蝉鸣般沙沙作响"的"日出的声息"，用"静
谧"的"河流、山林和泉边的水瓮"以及"水瓮里浮着的瓢"来反衬。
这就使日出的境界弥满了。不，更"听得雄鸡振荡的肉冠""岩羊初醒
的椎角"的声息。于是有视觉的伴随了，"有骑驴的农艺师结伴早行"，
更有"沙沙的潮红 / 从东方的渊底沙沙地迫近"。第2、3节由静谧反
衬声息再加上行动陪衬安静从而加强日出"沙沙地迫近"。这才是日出
的弥满的诗美境界，《日出》与《青藏高原》都创造了弥满的诗美境
界，前者是点状的或线状的，后者是球体状的大块状的，两者都可以
各尽其妙。

然而诗的空灵境界是另一极的诗美追求。点线状的《日出》易见
其蕴含着空灵，显得精短而洁净。《青藏高原》如此庞然而厚重，也蕴
含着空灵吗？是的。它在诗中也处处留白，生发余韵。这个弥满的大
球体，内里是无数交错而十方到边的网线，诸线的交织处是无数的节
点；看似密密麻麻的点线，其间留着大大小小的空白。从总体上黑白
相较，实际上白仍远大于黑，这才使大球体成为鲜活的诗美生命，否
则便成死的铁蛋。就《青藏高原》来看，一句有句内的留白："群峰闪
耀着启示，而苍穹从远处抵达"，不仅在群峰与苍穹之间有地理意象上
的留白，而且群峰为什么闪耀着启示，闪耀着什么样的启示，便费猜

详，因而是"活句"，活句就是有留白有余韵的生动语句。两句或几句之间有句间的留白：接下是"卷刃的狂风在大地战栗之前弃甲而去"，从上句的地貌跃进到气候，即成诗性叙述的漾动，因漾动而有味。一节有节内的多处留白：顺下来是"山冈开始轮廓分明，马匹像休止符／无休止移动；在展开的草原、在庙宇／在匍匐者母亲的脚踝，取走嘶云愿望"，显然有一股生动气韵流泻其间，尤其是"休止符"一语更以特强的张力显现其高妙。两节之间的跳跃空白更大了："在青藏高原，事物的源头奔涌而至／／于是我们在这里不断放弃直到／无可放弃"云云，特别耐人寻味。顺此逐句逐节细读下去，便见处处有留白；全诗既是显层上的弥满，又有内质上的空灵，因而通体气韵生动，乃成诗之佳妙。

诗的空灵境界更多的是直接的显现。海子《日光》：

> 梨花／在土墙上滑动／牛铎声声／／大婶拉过两位小堂弟／站在我面前／像两截黑炭／／日光其实很强／一种万物生长的鞭子和血！

3节诗寥寥8句，一眼便给人以空灵感觉。是"梨花"的影子因风"在土墙上滑动"，自然而传神地写了"日光"。突然跳到"牛铎声声"，彰显了"日光"下村庄的宁静。"小堂弟"像"两截黑炭"，先将"日光其实很强"的历史更现实地形象化了。结末"一种万物生长的鞭子和血！"高度赞扬了"日光"。诗美创造时空四维拓张得阔大，生成了诗的空灵境界。而就这寥寥数语，日光下宁静村庄的神貌俱全了，所以也是诗的另一种弥满境界。这才是海子较少为人注意的真正好诗。

归根到底，诗美创造既需弥满又需空灵。诗的弥满与空灵两种境界貌似相反实则相成，精神上互补难分。

86.叙述：硬度与湿度

在诗美的创造和评价中，更有两个难以把握又颇为重要的指标：硬度与湿度。度，在哲学中，指事物保持自己的质的稳定性的数量界限，或某种质所能容纳的量的活动范围。度是质与量的统一。在这种限度内，量的增减不会改变事物的质。就度而言，有两个方面需要把握。一是度的相对性。度不仅有数量的大小，且更为相比较而存在。比如温度，固然有度数的绝对值，但人的冷热感觉，却与前后处境变化密切相关。如果有三只杯子盛水，甲盛的是0℃，乙是20℃，丙为40℃。有人分别将两手的食指同时插入甲、丙两杯，再就同时移入乙杯，则一指感到热而另一指却感到冷，而水温同为20℃。再是度中的特殊点，比如其中的三个：最低（始）点，最高（终）点，最佳（中）点。哲学上的中点，不同于数学上的折中点，而是中庸之点、中正之点或曰最佳点。所以论度，最讲求的是适度。

诗的硬度既深入内里细部，又显呈于表面总体。它与诗的弥满或空灵密切相关，弥满者多显刚硬，空灵者易见柔软。深入到用词造句，古人认为多用实字少用虚字，能使诗句硬朗。它更与诗的调式与风格互为表里。显然，富于阳刚之美的阳调多见硬度高，富于阴柔之美的阴调往往硬度较低。它还关系到诗的题材与情意蕴涵。比如，写边塞荒寒争战的多豪放雄强，写儿女缠绵情爱的常婉约温柔。硬度又与诗的冷热相互渗透。"横空盘硬语"[8]往往见于郊寒岛瘦。贾岛《暮过山村》："数里闻寒水，山家少四邻。怪禽啼旷野，落日恐行人。初月未终夕，边烽不过秦。萧条桑柘处，烟火渐相亲。"一片穷寒瘦苦景象，诗亦显冷硬风格。

现代诗同样冷硬相需互济。北岛诗较硬易显冷，舒婷诗稍柔多温热。纪弦《狼之独步》：

> 我乃旷野里独来独往的一匹狼。/ 不是先知，没有半个字
> 的叹息。/ 而恒以数声凄厉已极之长嗥摇撼彼空无一物之天

地，/使天地战栗如同发了疟疾；/并刮起凉风飒飒的，飒飒飒飒的：/这就是一种过瘾。

这匹独步之狼孤子，顽强，冷硬，一副"两间余一卒，荷戟独彷徨"[9]的傲然，更"恒以数声凄厉以极之长嗥"，"使天地战栗如同发了疟疾"。此诗的意象、意蕴、意境，乃至略带文言的遣词造句，通体闪耀冷而且硬的光芒。

不过，诗也可以温暖而坚硬。冯至《十四行二十七首·十六》：

> 我们并立在高高的山巅/化身为一望无边的远景，化成面前的广漠的平原，/化成平原上交错的蹊径。//哪条路、哪道水，没有关联，/哪阵风、哪片云，没有呼应：/我们走过的城市、山川，/都化成了我们的生命。//我们的生长、我们的忧愁/是某某山坡的一棵松树，是某某城上的一片浓雾；//我们随着风吹，随着水流，/化成平原上交错的蹊径，/化成蹊径上行人的生命。

这首诗的情感是温和的，却有相当的硬度，显得劲健。这同它注重运用抽象艺术，尤其是涵蕴深广的人生哲理沉思，关系甚大。艾略特的《四个四重奏》并不冷，却极为凝重坚挺大气。因为诗的语言非常丰满，深邃，直接有力，尤其是诗的思想已造诗人及其时代的峰巅。

当然，诗的阴柔之美也是应当推崇的，你说李煜、柳永、秦观、李清照的词就不好吗？你看徐志摩《月下雷峰影片》：

> 我送你一个雷峰塔影，/满天稠密的黑云与白云；/我送你一个雷峰塔顶，/明月泻影在眠熟的波心。//深深的黑夜，依依的塔影，/团团的月彩，纤纤的波鳞——假如你我荡一支无遮的小艇，/假如你我创一个完全的梦境！

一片如梦的宁静，柔丽而温馨。总之，诗须讲求硬度。硬度与情意的温度冷热相关，与诗的叙述艺术、抽象艺术与意象艺术如何综合运用关系更大。硬度的大小强弱尤其与诗的题材、调式、风格关系最为密切，以跟它们相配合的适当为最佳。一句话，诗美创造的硬度追求以适度为至妙，并不以大小强弱论高低。

诗的温度是比硬度更为深层的东西，是诗的气血与神髓的具体体现。它主要表现为诗美的点染、流动性与韵味。刘熙载说："词有点，有染。柳耆卿《雨霖铃》云：'多情自古伤离别，更那堪、冷落清秋节。今宵酒醒何处？杨柳岸晓风残月。'上二句点出离别冷落，'今宵'二句乃就上二句意染之。点染之间，不得有他语相隔，隔则警句亦成死灰矣。"[10] 现代诗也可有点染之意。江一郎《树上的钉子》：

> 天知道何时砸进去，砸得那么狠／如果不是裸露的一点痕迹／谁能看出，这棵苍老的大树／体内藏着长钉／寒光闪闪，进入的一瞬／该有多么迅猛／闪电的撕裂也比不上／被它刺入的剧痛／在最深处，一枚钉子潜伏下来／并用白亮的牙齿／咬紧树的一生／时光流逝，钉子或许已经锈死／这样的钉子，如何除去／只能让它留在命中／痛到不能再痛／就是死了，僵硬的身体里／还扎着，锋利，尖冷

可以说，此诗的前四行是点，此后则因点而染之，从这一点生发出来的，大点之外可以有小点。比如"这样的钉子，如何除去"，便是接续的小点，此后又因而染之。点染本是水墨画中的技法，一点浓墨下去，让它向四周洇出去，再适当地添上几笔，作山水花鸟皆可用之。所以，点染是生成诗的流动性的重要方法。潘灵剑《盛夏之忆》：

> 七八亩蛙声浇注进高楼工地时，／一个盛夏结束了。／没有人留意到这样一幕：／那里曾有一架遗弃的瓜豆／与推土机对峙了几分钟。／／喜剧如此短暂，对于身陷囹圄的种籽来说，

结局却遥遥无期。/ 最后一只穿花衫的蝴蝶惊叫着 / 飞走了，没有人曾听到她的叫声。/ 一个盛夏，就这样结束了。

此诗同样有点染。开首两行是点，余者为染。而其染法不同，分又成两个阶段。前段是瓜豆与推土机的对峙，后段是花蝴蝶的飞走。末句是开首复沓的变奏，构成全诗的圆转。全诗更显现了顺畅的流动性。

诗的韵味是流动性的极致与超越，最好造成"孤帆远影碧空尽，惟见长江天际流"[11]的态势，言有尽而意无穷。贺铸《横塘路》：

> 凌波不过横塘路，但目送、芳尘去。锦瑟年华谁与度？月桥花院，琐窗朱户，只有春知处。飞云冉冉蘅皋暮，采笔新题断肠句。试问闲愁都几许？一川烟草，满城风絮，梅子黄时雨。

此词有四个句号，即为四段。各段之间有跳脱与转折，全篇仍绵绵滚滚不断，流动性极强。尤其是最后一段，一问一答，答有三个并列意象，造成无穷韵味。邹静之《白马》：

> 白马走上高坡 / 他白色的身体收尽黑夜 / 他带领整座雪原 / 走进清冷的早晨 / 白马，白色的生命 / 在雪原上融化 / 朝向更深的冬季 / 身体像风堆积的残雪 // 白马在远处 / 在雪原之上 / 他的皮毛在春天泛绿 / 那上边簇拥着野花 // 白马在风的喊声中 / 消失 / 那木制的大车 / 空着一匹白马的等待

全诗比较空灵，行节间汩汩流动。末节，尤其是末句，留下余韵不尽。魏泰《临汉隐居诗话》说到，顷年尝与王荆公评诗，予谓："凡为诗，当使揽之而源不穷，咀之而味愈长。"诚哉此言。诗美湿度的曼妙正在于诗的气韵生动，言外风流。

87. 诗的两种多层结构

诗的韵味是叙述艺术的总体性的集中体现。郑敏说："无论哪一种好的文学作品总是有深刻的思想内容的，如果一首诗只是描述一番而没有深刻的寓意，自然不能是佳作，即使有很深的思想，但缺乏一个体现这种思想的诗的结构，也会令人失望。因此有了美好的词句，有了思想内容，但还可能不是一首好诗，因为它缺乏诗的结构。它还甚至算不上一首真正的诗。"[12]的确，好诗必须有好的结构。而诗的最好结构是诗的两种多层结构的统一。

对于两种多层结构的具体规划分析理解，我与郑先生略有出入。她说："假设将一首诗当作一个建筑物，我已经发现的这类建筑物的结构至少有两种：一种是展开式结构，一种是高层式结构。"[13]其实，郑先生在《诗的内在结构》中所说的这两种不过是一种中的两式。我发现诗的结构不仅有单（低）层与多（高）层之分，而且在内涵美（内在）与表现美（外在）两个层级上都有单、多层之分。如此便有表现上的单层结构与多层结构，内涵上的单层结构与多层结构。其中最值得探究与推崇的是表现上的多（高）层结构和内涵上的多（高）层结构。

且看歌德《浪游者的夜歌》（钱春绮译）：

群峰／一片沉寂，／树梢／微风敛迹。／／林中／栖鸟缄默。／稍待／你也安息。

此诗从外在层级看是展开式结构，从群峰渐近至自身。从内在层级看是高层式结构。因为表面景象是一层（低层），内在意蕴又是一层（高层）。群峰"沉寂"，树梢"微风敛迹"，林鸟"缄默"，深入到"你"（诗人自身）也稍待"安息"。此安息（ruhest）译注"并非指睡眠或死亡，而是指恢复内心的宁静"，固然可通，而解作"死亡"尤得诗人真意。此诗为1780年9月6日之夜，在伊尔美瑙的吉息尔汉山山顶小屋题壁之作。30 年后，在 1813 年 8 月 29 日（歌德诞辰之次日），诗人再游时曾将壁上题诗的铅笔迹加深。又 20 年后，1831 年 8 月 27 日，歌德生前最后一个诞辰，又游该山，重读旧题，感慨无穷，自言自语地念道："稍待，你也安息！"然后扰泪下山。次年 3 月 22 日果然永远安息。本诗所以为歌德诗中绝唱，正在于诗中的生死感慨！所以此诗在内在蕴涵上是高层式结构，是高层式结构中的外在表现上的展开方式。而"安息"一词便有"内心宁静"与"生命止息"浅、深两重含义。全诗以生活现象为低层，生命沉思为高层，因而是内在蕴涵上的高层次结构。

好诗皆如是。王自亮《非洲木雕——给余刚、陈文育、王依民》其《之一》云：

> 刚果河缓缓倒映狂暴的脸 / 脚上的疤痕在暗中说话 // 狮子在奔跑。鹦鹉视而不见 / 猫头鹰正在向金丝猴口述智慧 // 这是根的史诗。丛生之手 / 一起伸向天空：枝叶复活 // 那种黑，是光芒本身 / 是微暗的汁液渗出时间的皮肤 // 女神在舞蹈。乞力马扎罗的 / 雪粒，从风的昏迷中醒来

这首诗包含着三个层面的意蕴。在表层，显然是在写木雕、刚果河、非洲。在里层，从非洲和刚果的空间深入到时间。从"根的史诗"浓缩着对于非洲大陆和黑色人种的苦难命运和自由解放的关切与展望。在核心底层，是诗人直抵人本的情意真挚而生动的抒发。诗的本体和内核就是写人，写自我和人类的向人的本真的复归，"那种黑，是光芒本身 / 是微暗的汁液渗出时间的皮肤"这个绝妙警句，正是诗的本体论最好的诗美表现。

而诗美创造在外表现上的多层结构同样重要，需要诗人精心创构。王自亮特别显出建构上的团块拼合，神妙组合。他往往以团块式的行节细部的语言构件为基底，而更显功力和最后落实的则在于全诗两种多层结构的整体生命的建造。例如，《帕潘亚绘画、"宝歌"及梦

境——献给澳大利亚土著艺术家》，共 5 章，显然是 5 个大板块。第 1
章云：

> 梦境是首要现实
> 血，搏动的道路
>
> 创世之梦。美丽七姐妹
> 逃离欲娶幺妹的老翁
> 游走沙漠，化身为一群山丘
>
> 巨蜥在梦境中构筑沙土城堡
> 一个洞穴、一堆篝火、一粒种子
>
> 阿勒姆丛林。托列斯海峡
>
> 黑白鹊鸰和夏日冰雹
> 沿着梦的路径
> 圣者刹那间触及虚无

共 5 节，每节为一小板块或曰大团块。大团块仍可分解为小团块。如
第 4 节，虽仅 1 行，仍可分为 2 个小团块（颗粒），因为"丛林"与
"海峡"之间有地理意象的断裂，需要拼合，在断裂与拼合间产生诗的
意味。而第 5 章云：

> 黑色种子，白色闪电
> 仪式，梦境：交换战栗
>
> 最为隐秘之处，部族的私处
> 绿松针茂密，红石榴饱满

2 节 2 个大团块。上节 2 行 2 个小团块。而"黑色种子，白色闪电"1行仍可分作 2 个小团块，而且"种子"与"闪电"间有动静的反差，"黑""白"之间的色彩反差尤为强烈。下节 2 行更是 2 个小团块，下行的意象呈现即为上行的"私处"。显然，诗中的大小板块、大小团块之间各各构成张力平衡，或者说，是处处结成关系，生成间性。间性即是诗性诗意诗味深藏的"私处"。此诗先组构大小板块团块颗粒，然后予以各种方式的拼接组合，而特重血脉真气流畅其间。因此，王自亮诗歌建造的几乎都是"两层楼""三层楼"，都是表里相济的表现上的多层结构与内涵上的多层结构的有机统一体。

的确，好诗必须有好的结构。不仅西方现代后现代诗歌讲求诗的好结构，而且一切中外古今的好诗都有好的结构。比如苏轼《水调歌头》：

> 明月几时有，把酒问青天。不知天上宫阙，今夕是何年？我欲乘风归去，又恐琼楼玉宇，高处不胜寒。起舞弄清影，何似在人间！　转朱阁，低绮户，照无眠。不应有恨，何事长向别时圆？人有悲欢离合，月有阴晴圆缺，此事古难全。但愿人长久，千里共婵娟。

此诗的主角是月，是人，更是人与月的关系。在诗美表现层级，它由大小团块建筑成多层结构。上、下阕之间有大转折。上阕问天，下阕入阁，便有两大层级。上阕中有两转折三团块：先是两"问"，再是欲去而恐去，终于"起舞弄清影，何似在人间"，飘飘乎极乐。下阕中有三转折成四团块。先以月（月光）为主角，转、低、照。转以人为主角，先恨"别时圆"，继叹有"阴晴圆缺"，终愿"人长久，千里共婵娟"。矗然高层建筑。在诗美蕴涵层级，与表现的多层结构相应，先是问天转阁的现象层面，再而转入深思层级。而思更有浅、中、深多层。上阕主要是即兴，也涵有"高处不胜寒"的哲理层面。下阕主要是人生遭际的兴叹，再沉入人的生存状态的玄思，终于自解式的祝愿，"兼怀子由"，扩散到人间温热的亲友之情。

88. 诗的圆美和合平衡

我们的诗学亦即创造诗美学研讨，已经到了总前启后的节点。总观创造诗美学，其主体当有诗本体、诗创造、诗传统三大块。诗本体与诗创造是相互依存、渗透、促发、融和合二为一的东西。诗主体则是诗本体与诗创造的掌握和运作者。诗的生命说、创造说、诗美（四层）说与语言说的本体四说，实质上为四位一体。其核层的中心是创造说。诗的本质本体可概之一言曰关于诗的美之创造和创造之美。因此，真正掌握诗的以创造为核心的本体四说，便从根本上神髓上操持了诗美创造的主动权和自由度。正是这个人本的创造的诗美的核心，方是以自主运作诗美创造或曰诗写的三字诀窍真言：新，美，人。

于是便有了诗美创造的三大艺术：意象艺术，抽象艺术，叙述艺术。可以说，叙述艺术与前二者不在同一个层级上，更具有总体性。诗的叙述艺术虽然离不开意象艺术与抽象艺术，更以之为自己家族中的主体和骄子，却又端居族长的宝座，统领着诗美创造的华贵一族。这位族长身上佩戴着一块与生俱来的命根子宝玉，上镌三个词的铭文：圆美！和合！平衡！

首先是平衡。平衡的前提是我们在 72 节讨论过的张力。张力确应占据诗艺的凸显地位。李英豪早就说过，"一首好诗，评断的尺度不是在属不属于'传统'，属不属于'现代'，属不属于'新奇'，而在于它自身整个张力超然独立的构成。好诗，就是从'内涵'和'外延'这两种极端的抗力中存在，成为一切感性意义的综合和浑结。"[14] 就诗的意蕴美、情感美、意象美、形式美、韵律美、结构美、意境美、语言美等等来说，确存在着需要各个维度、层级及其间的质、量、度各个不相同的网络式的张力、张力群络和张力体系，"整个诗歌与诗歌语言几乎被张力的关系网层层罩住，密不透风"。[15] 但是，透过张力网络的背后，或者说位居网络球心的，还有更高级或曰深层的东西，这就是平衡，和合平衡。当然，将张力与平衡说到一处，叫作张力平衡或许更为妥帖，张力本来就离不开平衡，张力的两级之间的正确关系只应是平衡。

那么为什么又要另行拈出、特别强调平衡呢？因为张力的掌控者、出发点和归宿正是也只能是平衡。应当从平衡的根本要求出发，经过种种张力的具体呈现，达到总体的有机的动态平衡。一味强调张力，较易只瞩目于"张"，于"力"，于"力"之极度夸"张"。而在哲学和美学上，掌握度非常重要。这个度的要妙就是平衡。中国古典哲学和美学，早已揭示个中真谛。《国语·郑语》记史伯论兴衰时说："夫和实生物，同则不继。以他平他谓之和，故能丰长而物归之；若以同裨同，尽乃弃矣。故先王以土与金木水火杂，以成百物。"《老子》四十二章云："万物负阳而抱阴，冲气以为和。"《论语·学而》记有，子曰："礼之用，和为贵。先王之道斯为美，小大由之。"《子路》更记，子曰："君子和而不同，小人同而不和。"《汉书·艺文志》则说："是以九家之术蜂出并作，各引一端，崇其所善，以此驰说，取合诸侯。其言虽殊，譬犹水火，相灭亦相生也。仁之与义，敬之与和，相反而皆相成也。"显然，所有这些论说，都既关注张力，更注重平衡。"以他平他谓之和"，他他之间需要"平"，才能达到"和"。"和而不同"，可解作对立面的"不同"，固然是"和"的前提，而"和"毕竟是"不同"的归结。在对立面的统一中，矛盾的斗争性、张力是重要的，但矛盾的统一性、平衡都是根本归宿。中国人一向讲求"阴阳和合"。[16]阴阳对峙产生张力，张力平衡即成和合。

因而达到平衡的根本手段和方式是和合，因和而合，合成"和而不同"的有机整体。这里深蕴着相灭相生、相反相成的诗艺辩证法。一方面要两匹或多匹马向着各自的前方奔驰拉曳，造成紧绷的张力；另一方面更在众多张力交合的着力点上，有个控制中心，掌管着总体的有机平衡，使之臻于阴阳和合。在张力的后面是平衡，在平衡的后面是和合。在张力、平衡、和合的后面或曰深层，还有更核心的东西吗？有，是圆美！圆美才是诗美创造的极至。

"谢朓尝语沈约曰：'好诗圆美流转如弹丸'，故东坡《答王巩》云'新诗如弹丸'，又《送欧阳弼》云：'中有清圆句，铜丸飞柘弹'，盖谓诗贵圆熟也。然圆熟多失之平易，老硬多失之干枯。不失于二者之间，可与古之作者并驱矣。"[17] 我取"圆美"一词，以标不失于圆熟平易与老硬干枯之间，亦即可以张力适度，平衡和合而臻于"流转如弹丸"的诗美境界。这里的"圆"字，当解作：气韵生动流转，生命日新又新。既呈现于形体，更充沛乎精神。诗的平衡和合圆美更是诗美创造的主导法门，更是诗美境界的根本归宿。

为了研讨得更为具体实际一些，聊举一首拙作为活靶子。《卢舍那大佛》：

天地蓦然凝缩／成须弥山纳入小小芥子／卢舍那大佛端坐巍巍／耸出九霄云外／／方额／晃荡一片泱泱大水又缄默如沉船／已逝和将来的日月是水中之鱼／广颐／翠柳的柔条勾勒出四月之温煦／叶底黄鹂鸣啭碧空如洗／／双目微翕／眸子里依稀锁住／八千只闪亮的青鸟／扑翅欲飞／／双唇轻露笑的静谧／若有若无素莲的情韵徐徐散逸／世间一切／悄然隐去／只留下这永远的嫣然一瞬／漾春水于天地／袈裟的一道道波纹／亦宽垂平流层之宁静／超脱烦恼的变幻风云／／不吐半语纶音／深杳莫测无涯沉默是海／入水者得其所得以归／／不再沉思／大悲悯也已净尽／想恢恢体内／运行的定是盈盈秋水／恬淡而澄澈／／便这样端坐／于晨昏之间寒暑之间／于生死之间去来之间终始之间／于瞬息永恒之间／／便这样端坐／于六合之中／三界之外／无休止的天极宇宙的静点／于万变之不变／寂然相对／茫然相忘／而忘却又淡入春霭漫漫

这是组诗《龙门石窟》六首中的一首。我们可从诗的生成性语言去剖析诗的结构与平衡。全诗八节。开首是大佛坐像的巍然整体呈现。第二节是头部的近景，凸显方额广颐。第三节特写微翕双目。第四节从微笑双唇到袈裟波纹勾勒大佛坐姿态势。第五节以后从佛的具象深入佛之精神的沉思。上下两半构成实与虚，即目与遐思的和合平衡。深入到各节细部，实与虚、点与染、即目与想象、现实与超现实的和合平衡，更为随处可见。诸如"方额／晃荡一片泱泱大水又缄默如沉船／已逝和将来的日月是水中之鱼"，"双目微翕／眸子是依稀锁住／八千只闪光的青鸟／扑翅欲飞"，"不吐半语纶音／深杳莫测无涯沉默是海／入水者得其所得以归"云云。全诗意象艺术与抽象艺术有机融合，又统之以起伏流动的叙述艺术。在遣词造句上颇见古典与现代的无间和谐。全诗的两种多层结构表里相得。诗的上半重在表层结构，几乎一节可算一层，诗的下半内蕴深层结构，也显一节一层。实际上，上半的表层结构中内蕴深层结构，下半的深层结构中又外显表层结构。因而全诗整体较好地雕镌了大佛巍峨庄严肃穆的生动形象，更启示了大佛致虚守静仁慈的大爱精神。就诗的创作道路和调式风格而言，追求现实主义与超现实主义、本土元素与世界（主要是欧美西方）元素、古典承继与现代创新的和合平衡。因而无论从意蕴美、情感美、意象美、形式美、韵律美、结构美、意境美、语言美等等各个维度层级看，全诗的张力网络都受控于和合平衡，画出许多小、中、大的流转之圆。这就是我在诗写中所追求的圆美和合平衡的境界。只可惜心有余而力不逮，所求与所至远远不相垺。吁，诗的平衡和合圆美，素为平生期望，虽不能至，心向往之！

89. 诗性叙述路数

路数一词含有路子、道路、路线、底细、办法、途径、门路等意思。诗性叙述路数，实质上与诗美时空建构或具体诗写过程等大体同义；而着重于其中的路子、底细、点子、窍门、门路，探究其中的定则和化机。

且先讨论几个实例。

例一：柳永《望海潮》：

> 东南形胜，三吴都会，钱塘自古繁华。烟柳画桥，风帘翠幕，参差十万人家。云树绕堤沙，怒涛卷霜雪，天堑无涯。市列珠玑，户盈罗绮，竞豪奢。　　重湖叠巘清嘉。有三秋桂子，十里荷花。羌管弄晴，菱歌泛夜，嬉嬉钓叟莲娃。千骑拥高牙。乘醉听箫鼓，吟赏烟霞。异日图将好景，归去凤池夸。

此诗是柳屯田赠当时钱塘帅孙何的。首句从史地总赞钱塘"繁华"。第2句从钱塘景色到都会富庶。第3、4句展开景色，5句凸显豪奢。下阕第6、7、8句极写西湖景色。结末归到孙何身上。第9、10句说他在杭州的生活，11句望他升迁，"图将好景，归去凤池夸"。全诗确为"层层铺叙，情景兼融，一笔到底，始终不懈"。

例二：雷蒙德·卡佛《黄昏》：

> 独自垂钓，在那倦秋的黄昏。／垂钓，直到暮色罩临。／体味到异常的失落，然后是／异常的欣喜，当我将一条银鲑／拖上船，又将鱼裹进网里。／隐秘的心！我凝视这流逝的水，／又抬眼望那城外群山／幽暗的轮廓，没有什么暗示我／我将苦苦渴念／再次回到这里，在死去之前。／远离一切，远离自我。

"倦秋的黄昏"是景色的时序，也是诗人的心境。他"独自垂钓"，正"体味到异常的失落"，却钓上"异常的欣喜"，钓上一条银鲑。这是上半5行。于是诗一折，转向"隐秘的心"：还是将心事托付于看水、看山、看黄昏，终于"我将苦苦渴念／再次回到这里，在死去之前"，一种人生黄昏的惨淡凄凉。这是接下5行。结末"远离一切，远离自我"，是决绝，也是无奈，总领全诗。

例三：纪弦《你的名字》：

用了世界上最轻最轻的声音，／轻轻地唤你的名字每夜每夜。／／写你的名字。／画你的名字。／而梦见的是你的发光的名字：／／如日，如星，你的名字。／如灯，如钻石，你的名字。／如缤飞的火花，如闪电，你的名字。／如原始森林的燃烧，你的名字。／／刻你的名字！／刻你的名字在树上。／刻你的名字在不凋的生命树上。／当这植物长成了参天的古木时，／啊啊，多好，多好，／你的名字也大起来。／／大起来了，你的名字。／亮起来了，你的名字。／于是，轻轻轻轻轻轻地唤你的名字。

这首诗口开得比较小，集中于"你的名字"，缠绵而深细地诉说爱情。诗的脉络，既有镂分又作条贯，然后回环。第1节说"唤"，用嘴。第2节从手到眼，"写""画""梦见"。第3节从"发光的名字"引申、散发，便有一连排比的7个"如"。第4节又回到手，用"刻"，一连3行。然后在"树"上发现"大起来"了。第5节回环，从"大起来了""亮起来了"回到"轻轻轻轻轻轻地唤你的名字"。不是简单地重复，而是浓烈、深化、升华了这世界上最真最真的爱情。

　　例四：洪迪《暴风雨中的颓墙》

　　今夜　大地是个孤儿／在三千条闪光长鞭下瑟缩／哀嚎　大地上的一切／皆成觳觫待宰的绵羊／／唯独这废墟上的半截颓墙／犹如大漠上冻不翻的战旗／屹然挺立　以深不可测的沉默／显示大无畏的抗争与极度轻蔑／否认自封真理的强暴／／所有的打击猬集一身／今夜大地上一切苦难的负荷者／耶稣　我佛　或勇刺暴秦的荆卿／是这宁死不屈的半截颓墙／／坍塌不可避免　抗争　显然无效　狂风暴雨一阵紧过一阵／墙上块石已在一块一块脱落　然而／屹立依旧　抗争依旧　不屈依旧／凌越死亡的生命　肃穆而辉煌／／也许　这抗争与牺牲究属多余／暴风雨自会过去　而废墟上散乱的墙石／也将被清除　谁也不曾记

得这个夜晚／神话般的壮烈　无聊或滑稽

这首诗在自然与社会双重现实的基石上，用的是虚化和总体象征的诗性叙述路数。第1节是暴风雨夜的全景。第2、3、4节是"半截颓墙"的特写。结末一节是对后事的预测与慨叹，切实而悲愤。在通篇诗性叙述中，事与思交织一起，脉络分明而流畅，其间则处处让种种意象来说话。此诗内里深蕴不动声色的后现代性：荒谬的现实，现实的荒谬，中国式的卡夫卡。

四个实例呈现四种不同的诗性叙述路数，虽远远不能体现它的千差万别，却首首异态。好在上章和本章以上各节，实际上都在讨论诗性叙述路数，其大量实例皆可一并用来综合与概括。于是，关于诗性叙述路数，我们可以大体理出带有共通性的这样八条：

一、诗美创造艺术的融合。在意象艺术、抽象艺术与叙述艺术三种诗美创造艺术中，当以叙述艺术最具有总体性。我们曾以大鹏比喻诗美艺术全体，以意象艺术与抽象艺术为鹏之两翼，余者通体即为叙述艺术。在诗美创造即诗写实践中，以大量鲜活意象与必要抽象词语为基元，以求美的创造性方式排列组合起来，即成新写的诗。一般地说，意象艺术是大量的，抽象艺术是必要的，更有叙述艺术使之构建成诗。

二、诗美演化动力的抉择。我们刚讨论过意动型、情动型、象动型、韵动型、形动型、语动型、综合动力型等七种诗美时空演化动力，其实都只是从它们的主导倾向来说的。但诗美演化动力确为综合着各种诗美艺术的诗性叙述提供内在的驱动能量，否则诗的气血就会寸步难行，而且不同的演化动力造成诗的不同的调式与风格。所以诗美演化动力的抉择在诗性论述路数中占据重要地位。

三、诗性叙述逻辑的混成。就诗美创造而言，意象思维逻辑与抽象思维逻辑都是需要的，都是不可或缺的，都是创造性地融合着的客观存在。这两种思维逻辑在诗中，或各自单用，或两者合用，在诗写流程中因需制宜，往往混成诗性叙述逻辑整体，可以说，诗用的是融合意象逻辑和抽象逻辑的诗性逻辑。

四、诗歌语言方式的凸显。在诗的生成性语言中，语音产生诗音韵、语感乃至格律，语义产生诗的思想与意味，语音与语义的表里和合是创造诗美的主体与精妙所在。语态主要指的是说话人及其说话方式，这在现代主义尤其是后现代主义诗歌中显得格外重要。诗艺中的吊诡、反讽、幽默、荒谬、设身与视角奇化等等实皆由语态而生发。所谓诗歌话语方式正是语言、语义与语态的三位一体。

五、诗美结构方程的创新。我们前面讨论过并列映照式、中心辐射式、行云流水式、回环螺旋式，以及层递式、顶针（真）式、拆字式、一词贯串式等等诗美结构方程。我们在这个方面的创造性有两个着力点可以发挥：一是在已知的结构方程中发挥存乎一心的运用之妙；二是搜寻更创造新的结构方程而用之。

六、诗性叙述方式的开拓。我们在上章讨论到的琐细与精简、隐蔽与深究、真切与奇幻、弥满与空灵、硬度与湿度，以及诗的两种多层结构等等，都指具体的诗性叙述方式。它同诗美结构方程、诗歌话语方式三者互为表里，各当一面，合成三驾马车，以诗美演化动力为骏马，朝着诗美创造的远方奔驰。

七、全诗的圆美和合平衡。谁是这三驾马车的勇健驭手？圆美和合平衡！驭手掌握全诗多维度多侧面多层级的网络式的种种张力，使之平衡，使之和合，使之终归于圆美。这就是诗性叙述路数，这就是诗美创造艺术的全部。

八、灵感喷涌的临场妙用。真诗好诗大诗的创作，需要灵感，这是不争的事实。超现实主义的精华正在于对诗美创造灵感的尊崇与寻求。以上所说的种种仍是创造诗美学的理论准备。在诗写临场会隐形地起到一定的促进与控制作用，显性的表现则是诗思诗情的喷发与涌动，有一种"自动写作"的态势，任其起伏曲折，自然行止。这里体现着诗美创造的定则，更祈求着天赐的美妙化机。这才成为诗写实际。

注释：

［1］郭绍虞主编：《中国历代文论选》上册，中华书局 1962 年版，第 33 页。

［2］杜秋娘：《金缕衣》。

［3］孙玉石：《新诗七讲》，中信出版集团股份有限公司 2015 年版，第 252—
253 页。

［4］《王国维学术经典集》上，江西人民出版社 1997 年版，第 325 页。

［5］闻一多：《时代的鼓手——读田间的诗》，《唐诗杂论 诗与批评》，生活·读
书·新知三联书店 1999 年版，第 150 页。

［6］吕布布、于坚：《"写作就是不断地对风格否定"》，《诗歌月刊》2013 年第
12 期。

［7］《孟子·梁惠王下》。

［8］韩愈：《荐士》。

［9］鲁迅：《题〈彷徨〉》。

［10］刘熙载：《艺概》，上海古籍出版社 1978 年版，第 119 页。

［11］李白：《黄鹤楼送孟浩然之广陵》。

［12］［13］郑敏《诗歌与哲学是近邻：结构—解构诗论》，北京大学出版社
1999 年版，第 74 页。

［14］李英豪：《论现代诗之张力》，杨匡汉、刘福春编《中国现代诗论》下篇，
花城出版社 1986 年版，第 177 页。

［15］陈仲义：《现代诗：语言张力论》，长江文艺出版社 2012 年版，第 61 页。

［16］《韩诗外传》卷三。

［17］《王直方诗话》，王大鹏、张宝坤、田树生、诸天寅、王德和、严昭柱编
选：《中国历代诗话选》，岳麓书社 1985 年版，第 328 页。

第十二章

诗美时空建构

90. 现代诗美时空的创造

诗美时空是人所创造的一种审美心理时空。自从爱因斯坦提示了时空的相对性和内部结构，三维空间与一维时间不再如牛顿的绝对时空一样相互独立，而是统一为四维时空。最新科学又表明，时间可划分为外部时间和内部时间，前者是动力学时间，并不涉及物体的内部属性，是外在于物体的参照维度。后者是热力学时间，是系统的内部变量，是物体的内部属性。它与可逆的外部时间相反，是不可逆的。它赋予每个系统以"年龄"。它表征系统作为活的有机体的诞生、成长和消亡的演化过程，是一种演化时间，又称"第二时间"。在这个意义上，时间就是生命，就是创造，是一切系统演化的内在动力。时间的本质在于生命的内在发动中，空间结构亦相应地具有演化性与有机性。

诗美时空导源于客观的物理时空，尤其是生命演化时空，又有自己不同质的特征。它与有机体的演化时空有更多的类似性，有其独特的心理性、创造性、审美性与虚幻性。它的具象必须诉诸审美者心灵的感受、灵视与灵听。它为审美创造与接受主体情感所扭曲、变形、切割与重构，是诗人匠心独运的创造。它并不要求对现实时空的模拟与对应，唯求张开想象与幻想的翅膀而随心构筑，唯受美的规律所支配。现代诗美时空是古典意境美的发展，是意境美的现代形态。王国维说诗词"以境界为最上。有境界则自成高格，自有名句"[1]，提示了诗美时空的创造在全部诗艺中的核心地位与统御作用。显然古典意境美偏于静态与常态，现代诗美时空重于动态与变态，更加突出时间流动在诗美创造中的作用，也更为重视空间的结构、扭曲与幻化。可以说，与现代科学发展平行或同步，现代诗美创造也正从存在走向演化，从空间走向时间。

从物理时空与生命时空到诗美时空，绝非简单的描摹或直线式的位移。这是一个创造性的诗化过程。所谓诗化，是指诗人的生活感受与生命体验酿造而结晶成诗的过程与方式。其基本内涵为情绪化、意象化、韵律化、语感化、审美化、奇化（陌生化）。诗需要奇化的不只是视角，还有意蕴、情感、意象、韵律和语言等等。要使诗中的一切都变得异乎寻常的新颖、奇特与陌生，是审美的独创。情绪化、意象化和韵律化互为表里。意象化偏于诗美时空的显形，情绪化体现诗美时空的神韵，韵律化则强化诗美时空的形神兼备。而这一切又凝结为语势的张力、语感的流动与语趣的韵味。从物理的动力学时空与生命的热力学时空到诗的心理审美时空的转化与创造，一般采用六种变幻手法：

一是改变大小或速度。"白发三千丈"[2]，用以状愁。"燕山雪花大如席"[3]，极言其冷。"十年一觉扬州梦"[4]，十年太短，一梦又太长，无论长短皆为反常。"万岁！我只他妈喊了一声／胡子就长出来／纠缠着，像无数个世纪"。[5]这里长胡子的速度极度超常，而且时间与空间不可解脱地纠缠在一起。

二是错乱时序或方位。时间先后颠三倒四，空间位置杂乱交错。金克木的《寄所思·夜雨》，为纪念诗人戴望舒逝世30周年而作。他把眼前的夜雨，望舒《雨巷》意境，故人昔日的相聚和游乐，今夜灯下的怀念，一股脑儿融合在一起。在时空上，一忽儿今，一忽儿昔，一忽儿孤山灵隐，一忽儿窗前灯下，扑朔迷离，极尽其交错与跳跃之能事。结尾三句："悠长，悠长，悠长的夜雨。／短促的雨滴。／安息。"更是实境与象征，赞叹与悲悼，混沌一团，时空的今昔，融为一体。

三是切合时空。先将时空切割成零部件，然后重新组装。北岛的《日子》，前8句一句一景，后4句两句一景，皆可独立。可以说都是一些切割出来的时空碎片。在时间上可以依现在的顺序，也可以调换与错乱，并不严整，且跳跃性较大。但这种杂乱的组装，正好绝妙地构成一个青年诗人无数个如斯无聊的一天。孙桂贞的《黄果树大瀑布》，一连以"砸碎"领头的 12 句，也是一句一片独立的时空，在现实生活中各不相关，但在诗中却连成一体，造成一种气势，一种氛围，一方有机的诗美时空。

四是时空变幻。广义地说，改变大小或速度，错乱时序或方位，尤其是切合时空，都是时空变幻的方式。但作为分体的时空细部，上述种种都是写实的或略有扭曲。狭义的时空变幻是对现实时空中的事物作了魔幻化、荒诞化等极度变形的处理，然后神奇地梦幻般切合起来。"悬知草莽化池台"[6]，"莺边日暖如人语"[7]，"森林在山下抖动翅膀无声地焚烧／落日开始穿透整个身躯在体内垒满四季的废墟"[8]，"上帝凝成屏幕上的星星／用宽大的黑袍覆盖那夜／我是一个很容易在衣褶中入睡的人"[9]，这些便不是常态的时空。诗中的意象须从二度还原为一度，方能清晰呈现。"时间吞食着石头／神秘垒起沙石带着齿痕／锈蚀的城堞粗糙难辨／平静于废墟中隐忍／虚空淳净得没有一片羽毛／夜躲进岩石像黏稠的石油／疲倦的卵石被风撕裂／让人想起嘴 那永不弥合的伤口。"这是韩作荣《穆库尔谷地》中的一节，一切都显得奇幻，远离现实的常态，但又忠实于诗人独特而深切的感觉，从而更为透彻地裸露谷地的灵魂，高度变形而深得其神。

五是时空互化。时间化为空间，空间化为时间。"此刻／这些轮子驶过了宋朝的残塔／驶过了元朝的点将台／驶过了明朝成化年间的瓷窑／驶过了清朝的小木桥／驶过了民国的旧炮台／驶过了蒋介石掘过的河堤／驶过了一九八五年的土制炼焦炉。"[10]在自行车队驶过的各个地点之前，都点上了时间，且排列成从古到今的顺序，便使郊外的空间时间化了，从而使诗美空间显出阔大与纵深感。"那种亭亭／那种舒曼腰肢的柔滑与光洁／掠夺了时间、我让曲线悠悠旋转／立体成娴静的等待"。[11]这亭亭的姿态，曲线的旋转，都是立体的空间，而等待却是时间娴静地流逝。空间时间化得更为隐蔽。而"披一领雨织的袈裟／在大千中，你入定了／晨钟暮鼓如蛊／咬噬着生命的精华"[12]，呈现的是空间的画面，内蕴的却是时间的变易。在晨钟暮鼓之间，在虫蠹咬噬之时，生命的精华一点点逝去，入定也无法使时间永驻。这又使时间呈现为空间。

六是瞬时艺术。时间与空间高度凝缩成一个焦点，一种晶化的艺术境界。瞬间固结为永恒，又饱和着极为丰富的空间意象。是诗人的感觉、情愫、意绪、直感和无意识的熔铸，也是巧妙的时空变幻在一个质心上的凝止。比如杨炼《飞天》的最末一节：

> 没有方向，也似乎有一切方向
>
> 渴望朝四周激越，又退回这无情的宁静
>
> 苦苦漂泊，自足只是我的轮廓
>
> 千年以下，千年以上
>
> 我飞如鸟，到视线之外聆听之外
>
> 我坠如鱼，张着嘴，无声无息

从上下两个方向的无穷远突然凝缩成一点，这静止的一点便成永恒。空间广大无比，若电磁波向八方放射，同时又汇集于发射点。飞天是飘飞中的静定，静定中的飘飞，造成了一个瞬间的奇幻感受，正是诗人对于飞天之美的再造之呈现。西川《在哈尔盖仰望星空》把一切都凝聚于抬头一望，而诗人之心便与寂寥的宇宙有一种神秘的沟通。王小龙《纪念航天飞机挑战号》也正是抓住了挑战者号"被炸得粉碎"这一瞬间，将自己的意绪、情怀和想象向太空爆炸，又凝结为一个哲人式的问号："这一瞬间改变了什么？"

当然，这些手法并非截然分开，而是交互渗透，在实际创作中，往往以不同的配比协同使用。要之，诗美时空总是通过诗人心理因素的主观染色，在情感、意志、想象、理性与无理性的综合驱动下，随心着意地缩放、扭曲、错乱、切合、变幻与凝结，使现实的几何时空与演化时空感觉化、情绪化、虚幻化与审美化。其千变万化的方式与手法，则有待诗人层出不穷地探索与创造。

91. 现代诗的视角奇化

诗美可以借奇化而出新。"奇化"一词在英语是 making it strange，亦可称之为陌生化，或者疏远化。诗美奇化的方式形形色色，视角奇化是当今的热点。所谓诗的视角奇化，是指在诗的意境创造中，用什么样的眼睛和怎样去看世界，以此出奇制胜。

诗与小说不同。小说的叙事观点可以有三种基本类型：叙述者＞人物；叙述者＝人物；叙述者＜人物。而抒情诗很少叙事，只是抒情，没有或很少有人物，或者说人物就是抒情者本身。现代诗人们勇于创造，另辟蹊径，在抒情主体的年龄、智力、口气感觉上做文章，垦拓出大片前所未有的诗趣来。

童言化。用孩子的眼睛去看世界，用孩子的口吻去说话。梁小斌《雪白的墙》，题材是大家熟悉的，不奇。意蕴也是众人都感觉与认识到了的，不奇。但他忽然变成了一个小孩子，用了跟妈妈说话的口气，便创造出出奇的情趣来。车前子的《三原色》也童言化了，又有自己的创造。《雪白的墙》中象征的含义十分明确。《三原色》中也有象征意味，却是多义的、朦胧的、空灵的。它并不触及时事，而是体现生命的某种存在方式。它更深入诗美本体，更讲求诗的本原情趣。

无知化。诗人失去了普通常识，成了大观园中的刘姥姥。比如阿吾的《相声专场》就从一场普通的相声写出一种奇态。"经一个女人介绍／出来一群男人／一、二、三、四／五，一共五个人／／五个人外形很不一样／就穿的服装相同／其中四个人闹意见／一个人竭力调解／调解一定时间／出现一次声响／／这样已有七次／每次稍有差别／四个人终于团结／要调解人赔礼／此时响起同种频率的声音／是右手打左手的声音。"不仅用的大白话，而且对一个节目的叙述是如此简单空洞，甚至连鼓掌也说成"右手打左手"，而幽默的诗趣即从异常的无知中生发出来。

魔幻化。使平常的生活变形，着魔，成幻。伊甸的《魔力》写钢铁工人去报刊门市部买报刊，并不新鲜。但他将这点平常生活魔幻化了，便有一种奇特的诗味。李钢的《夜航》亦以此取胜。末四句："午夜，十二点敲过／船钟上的罗马数字／就会蹦到舱板上／教我跳各种水兵舞。"有人说它莫名其妙。而魔幻诗歌的妙处，有时正是在这种莫名的地方。

荒诞化。"洒水车里喷出橘子露／老酒瓶里长满白发／广告牌在风中走动／白浪牙膏挤出面条／刚出生的女孩就怀孕"，是詹小林的《荒诞》中的开头几句。非魔非幻，却一切荒谬而怪诞。廖亦武的《死城》则魔幻又荒诞。他自认：《死城》不会赢得掌声，廖亦武的价值就在于此。

平凡化。用普通口语写普通事情。一反魔幻与荒诞，也非完全无知，只以平凡出奇。于坚的《远方的朋友》便这样。"我怕我们默然不语／该说的都已说过／无论这里还是那里／都是看一样的小说／我怕我讲不出国家大事／面对你昏昏欲睡 忍住呵欠。"初看，无论说的内容、口气、方式，都随便平凡得很，哪里算得上诗？细细体味，口气随便，入诗的并非随手拈来。平凡的事情里，蕴含着不平凡的东西。嬉皮笑脸中，隐藏着辛辣而沉重的悲愤。大雁塔凝聚着历史和文化的深厚积淀，古今不少诗人写出过许多不平凡的好诗来。韩东的《有关大雁塔》生面别开。"有关大雁塔／我们能知道些什么／我们爬上去／看看四周风景／然后再下来。"说得如此平常，反而发人深省。

用什么样的眼睛去看世界，大有用武之地，诗界探险者正在多方求索。而即使用同一双眼睛去看，怎样看法，变化更奥妙无穷。关键在于透视点的选取和变换，镜头剪接的蒙太奇。

特写式。如电影的特写镜头，抓住一点，加以强调，抒发个痛快淋漓。赵恺的《第五十七个黎明》抓住纺织女工产后第五十七天推着婴儿车去上工一事，大肆渲染与抒发。朱雷的《苍狼·之犬齿》，特写镜头始终对准犬齿，写出新意。

剪接式。北岛的《古寺》小序中宣称，"隐喻、象征、通感、改变视角和透视关系，打破时空秩序等手法为我们提供了新的前景。我试图把电影蒙太奇的手法引入自己的诗中"。《古寺》本身便用了改变视角和透视关系的几组镜头，以电影蒙太奇的手法剪接起来。他的《乡村之夜》："夕阳和远山／交叠成一弯新月／在榆树林中穿行／鸟巢空空／小路绕过水塘／追着一只毛色肮脏的狗／撞在村头的土墙上／吊桶在井里轻轻摇荡／钟和场院上的石碾／一样沉静／零落的麦秸骚动着／马厩里的咀嚼声／充满了威胁／一个长长的人影／从门前的石阶上滑过／灶台里的火光／映红女人的手臂／和缺口的瓦盆"。18行诗摄录了古老的乡村之夜。若作分镜头，则有1—3、4、5—7、8、9—10、11—13、14—15、16—18等8组远、中、近与特写，以电影蒙太奇的手法剪接起来，诗人的主体情意只是隐隐地渗透其间，遂有全诗诗美创造时空的建构。

焦聚式。目光从四面八方射来，会聚于一个焦点，开阔而集中，顾城的《弧线》两句一节，四节四种情状，同说弧线，集中又使人浮想联翩。舒婷的《祖国啊，我亲爱的祖国》，上天入地，说古道今，焦点只有一个，便是对祖国的爱。

跨越式。大跨度的跳跃，以两点或数点构成宏阔画面，是一种洗练而巧妙的蒙太奇剪接。例如昌耀的《斯人》：

静极——谁的叹嘘？

密西西比河此刻风雨，在那边攀缘而走，
地球这壁，一人无语独坐。

确为大手笔。两行两条手臂，抱的是整个地球。曾卓的《我遥望》跨越的不是空间，是时间。上节说年轻时，下节说年老时，两节概括了"我"的一生。

对比式。往往包含着某种跨越，但突出的是相异或相反的两点间的鲜明对比。艾青的《盼望》将海员的出发与到达的两种盼望加以对比，简练而深刻。韩瀚的《重量》将"带血的头颅"与"所有的苟活者"放在"生命的天平"两边，因强烈反差而十分精警。

散点式。许多点散落四方，而各点联结起来，便构成某种图像，可说是焦聚式的一种变相，也可以说是一种拼贴。邵燕祥的《青海》前 17 节各节 2 行自成对比，可算 17 点，联在一起便构成青海的独特的历史和现实风貌。而第 18 节只三个字："青——海——啊！"便是龙的眼睛。庞壮国的《关东十二月》也是 2 行一节，前 14 节可算 28 个点，最后一节点题，全诗活化出关东十二月的鲜明特色。

轮替式。诗人的视点轮替落在两个或更多的事物上，构成某种节奏，并推动事情与情绪的演进。张小波的《这么多的雨披》写的是一个有趣的恋爱故事。抒情者的视点始终在"他"和"她"之间轮替着落，"他"和"她"的境况由此介绍，"他"和"她"的恋情由此发展，到最后"雨水从他的指尖／又通过她的嘴唇缓缓回旋到他的嘴唇／雨披隐蔽了这场慌乱的行动"，两人合二为一。

复调式。抒情与观察者不止一人，几双眼睛从不同视角去透视，然后交织在一起，使画面与情感多侧面、多层次，使诗美空间立体化与复杂化。宋琳的《淘金者与豹》接触到这一点，用的是套合式的复调。抒情者是一双眼睛，目光笼罩全诗。死于豹爪的淘金者又是一双眼睛。雪豹的"残忍幻成一张美丽动人的豹皮／跳荡在大脑深处的眼睛里"。"眼睛摄住了耻辱／摄住了破窗而去的杀人犯失踪前的最后一个镜头"。而"当所有生命随高原的流河归于平寂和黯淡／雪豹巡游的蹄影在淘金者最后的意念中／结下生生不灭的世冤／给儿孙们"，这是从旁知观点到自知观点的转移。而全诗便由旁知与自知两种抒情叙事观点交错成复调，成一种独特的诗性对话。

诗的视角奇化古已有之。《诗经·卷耳》写采采卷耳的妇人怀念远行的丈夫，不仅写行人的"我马虺隤，我姑酌彼金罍"，而且从行人的角度解释饮酒的原因，"维以不永怀"。这里也是从旁知跳到自知的叙事抒情观点。陶渊明的《饮酒·有客常同止》更将自己分成两人，一醉一醒，"醒醉还相笑"，互相问答，从而构成复调式的视角奇化方式。不过，多方探索和大量采用各种视角奇化方式，在中国新诗则是 20 世纪 80 年代的事了。现代电影蒙太奇手法的创造层出不穷。现代小说叙事观念的演化也在长足前进。不同艺术样式间在审美创造上的互相移植、借鉴和启发，在今天也愈益频繁。可以想见，现代诗的视角奇化（陌生化），在前卫诗人们的手中，当是一支挺进的锐利长矛。

92. 结构方程：并列映照式

诗最富于创造性，切忌公式化或程式化。每一首诗都是不可重复的。但是，除了种种格律以外，诗仍然有自己结构上的方程。庞德1916年在《高狄埃——布热泽斯卡：回忆录》中说："那一天我整天努力寻找表达我的感受的文字，我找不到我认为能与之相称的或者像那种突发情感那么可爱的文字。那个晚上……我还在继续努力寻找的时候，忽然我找到了表达的方式。并不是说我找到了一些文字，而是出现了一个方程式。"是的，天才为诗立法，重要的在于创造诗美的结构方程。在古今中外的诗篇中，确实存在着形形色色的结构方程。对于它们的探索与研讨，有益于方程的创立，有益于诗美结构的新创造。

现代诗的结构方程即是现代诗美时空的建构方式。它基于现代诗美之胚的生长发育，通过一定的视角奇化（陌生化），提供诗美时空建构上的某种基本格局即自组织行程的基本图式。解析几何学的抛物线或双曲线有自己的通式，并不限制它们的实际图形的千变万化。诗的生动微妙更非几何图形可以同日而语，诗美结构方程绝不限制反而有助于诗人创造精神的高度发挥。

庞德所谓找到了"一个方程式"，是针对《在一个地铁车站》这首诗的创作而说的。这首诗：

> 人群中这些面孔幽灵一般显现
> 湿漉漉的黑色枝条上的许多花瓣

确实提出一个新的结构方程，可以谓之并列映照式。庞德自己解释说："不是用语言，而是用许多颜色小斑点。……这种'一个意象的诗'，是一个叠加形式，即一个概念叠加在另一个概念之上。我发现这对我为了摆脱那次在地铁的情感所造成的困境很有用。"别看这短短的 2 行诗，这位意象派大师却花了一年半时间，三易其稿，先是 30 行，再是 15 行，最后成这么 2 行。因为不仅是创作一首诗，而且在创立一个诗美结构的新方程。此诗第一行写人，面孔；第二行写花，花瓣。面孔与花瓣便这么并列着，不是比喻，不是象征，包含着比喻、象征又超乎比喻、象征，并列而共振，相互激荡而放大，这便是它的妙处，它的创新。这个方程式自觉不自觉地实际运用，又显出千变万化。

顾城的《弧线》一出，曾经众说纷纭。其中四节是四条弧线，并列在一起，互相映照，诗趣即在其间，其诗美意蕴读者不妨各自得之。此诗并列的各方不同于庞德那首，但在其并列与映照的基本方式上仍然相通。

不是说顾城在写自己这首诗时，有意按照庞德的方程作机械的代入，诗人们往往心通灵犀，自然暗合。便是庞德的这个方程式，也很难说是他的首创，且举翁宏的《春残》中一联：

落花人独立

微雨燕双飞

简直是高级的并列映照式。"落花"与"人独立"并列，"微雨"又与"燕双飞"并列。而此联的上下句又是并列，且其中的"落花"与"微雨"、"人独立"与"燕双飞"又并列，如此交错的复式映照，真是妙不可言。如果庞德看到，准定自叹弗如。

归结起来，作为现代诗结构方程的并列映照式有两个基本点：一、有所并列。所并列的可以是两个、三个、四个或者更多，可以是意象、概念，人、事、物、景等等。二、相互映照（共振）。这种映照关系，包含着比兴、象征，更接近于暗示，但又不仅归结于此。映照可以是单式，也可以是复式，以至形成"长廊效应"。

93. 结构方程：中心辐射式

作为现代诗结构方程，中心辐射有两个基本点：一、有一个中心；二、由中心向全诗辐射。辐射的中心往往是一个中心意象，一个警句，一个词或词组，辐射的方式各种各样。

海子的《坛子》中心意象是象征子宫的坛子，这是原点，一切都是从原点辐射出去。坛子是洞窟，不会关闭。"我头一次也是最后一次进入这坛子／因为我知道只有一次。""水流拥抱的／坛子／长出朴实的肉体。"一切都围绕着坛子，一切都从坛子生发出去。诗人找到坛子的这个中心意象，也便找到了此诗的胚胎，一个初升的太阳，光芒渐渐四射。南野的《大鲸》诗美时空比较宏阔，原点是大鲸，是鲸之大。中心辐射式结构方程的辐射中心，往往是灵感爆发最初电火花的闪耀。《大鲸》最初出现的幻象正是"大鲸／挤得大海疼痛"。"它打动了我，使我必须予以想象。"通过想象联想使得诗的情意向八方辐射。"这首诗写的结果，是最初的幻象成为所有辐射最后集中的焦点，原点成为终点。正是联想建构的扩展力向心力相互运行的自然的抵达。"[14]这就是辐射中心所具有的自组织力量，诗美之胚所具有生长发育的生命力。此诗的一切都从鲸之大出发。巨大的白色"吞去大海"，"鱼群进入鲸的口中"，"鲸的尾，似在远处摇摆／海流在许久以后涌到"，"跃到空中，遮蔽了日光"，"大鲸／挤得大海疼痛"。如此等等，从色彩、状貌、动作、性质各个方面，极言鲸之大，而寓惊叹于其中。

显然，这个辐射中心最好是事物本身最本质的东西，是其要害或核心，是其最显著的特征。朱雷的组诗《北方图腾》便显示了这种聪明。他正是以苍狼之犬齿，虎之骨架、鹿之角、棕熊之胆作为自己诗的辐射中心。且看《虎·虎之骨架》：

牢牢地抓住大山大山被抓得牢牢

支撑起森林支撑起苍天

支撑起北方广阔雄浑之岁月

如冰山冰山可融可蚀

如钢铁钢铁可锈可烂

如栋梁如栋梁可倾可断

没有伤口有了伤口也不会呻吟

没有枪眼有了枪眼也不会祈求

阴暗中只作永恒之一撑

斑烂之火已熄

奔涌之血顺叶脉漫红漫山红叶

风健之肌喂绿年年春草

但啸声仍在

不倒之骨架迸出震颤北方

震颤我之灵魂

我冷

第一节写虎之骨架的支撑之力，第二节写其坚硬，第三节写其刚强，第四节写虎的皮、血、肉皆已化去，第五节却说虎之骨架仍能发出震颤灵魂的啸声，第六节写的是闻啸的感觉，"我冷"两字最为精警。显然，写虎之骨架正是写虎之威猛的魂魄。以虎之骨架为中心，通过中心辐射式的结构方程建构了全体。

王小龙的《纪念航天飞机挑战号》以叙述与议论的方式散得很开，必须有一种向心力，有集中向心力的焦点。这个焦点就是开头"这一瞬间改变了什么"一语。它在诗中反复出现。它正是诗情诗意的火山喷发口。诗美的熔岩从这个口中喷向天宇遂散落冷凝而成诗。梁晓明的《各人》冷冷地叙述了一些极为平常的琐事，其辐射中心就是"各人"一词。在"各人"的内里蕴含着人与人之间的内心的冷漠，互不关心。在一起喝茶、微笑、发言、握手、挥别等等，不过是徒有其表而已。孙桂贞的《黄果树大瀑布》的辐射中心只是一个"砸"字。一连12行"砸碎"的排句，"把我砸得粉碎吧"，但"灵魂不散"。

现代诗的中心辐射式的结构方程，比较适宜于咏物，在物的显著特征特质与诗人的情志相撞击中迸出中心意象、警句或关键词，使诗思从此生发辐射出去。当然，写景、状人、叙事皆可，只要找到独特的辐射中心。这种结构方程的显然优点是使诗容易集中精练，即使放散得很开也不致散漫无羁。

94. 结构方程：行云流水式

现代诗结构方程的行云流水式，似乎以不拘形式为形式，如流水之随物赋形，或行云之变幻莫测，自由自在，行于所当行，止于所不可不止。其实，亦受制于：一、现代诗美之胚。诗的受精卵是鹰，是天鹅，或是丑小鸭，它就相应地孵化出什么来。二、视角或透视点。在取景框以外的东西，自然无须亦无法摄入。三、诗美时空的演化动力。云因风而行，水依势而流。诗美之胚所具有的生长发育的生命力即在于其内在的演化动力。演化动力在诗美时空的结胎与成形的演进中，起到一种自组织的作用，以一种生命体活力使之自行生长发育。现代诗结构方程的行云流水式的诗美的自如流行，实际上是这种演化动力在内部的推动与演进。

姚振涵的《在平原吆喝一声很幸福》：

> 六月，青纱帐是一种诱惑／这时你走在田间小道上／前边没人，后边也没人／你不由得就要吆喝一声／／吆喝完了的时候／你才惊异能喊出这么大声音／有生以来头一次／有这样了不起的感觉／那声音很长时间在／玉米棵和高粱棵之间碰来碰去／后来又围拢过来／消逝／这是青纱帮助了你／／若是赶上九月／青纱帐割倒了／土地翻过来了／鳞状的土浪花反射着阳光／

你的喉咙又在跃跃欲试／吆喝一声吧／声音直达远处的村庄／
这是另一种幸福／更加辽阔

这是组诗《感觉平原上》的一首。看来作者在写一种深切的感觉："平原上吆喝一声很幸福。"这便是此诗的诗美之胚。但感觉是最初的感性，它的深化，必然达到情感与意蕴。此诗所显现的是意象和意象的组合流动的动作。看得见的是形象，是行动，贯穿其内的是真挚的情感，而在情感中是净化了的意蕴。幸福感虽然离不开感性的感觉，但主要是情感体验与意蕴颖悟。所以这首诗的演化动力是象动、情动与意动的综合。这样的诗美之胚与演化动力，就大体上规定了它的流水行云式的结构方程。第一、二节写六月，先说青纱帐诱人吆喝，吆喝完了有一种特殊感觉，一种深爱平原家乡、深爱土地庄稼的幸福感。第三节转到九月吆喝的情景，有另一种更加辽阔的幸福。全诗的结构，不是并列映照式，不是中心辐射式，也不是回环螺旋式，而是行云流水式，叙述与描摹结合，随着意、情、象的流动而起伏曲折行止。王自亮的《舟欲行时》，以留者对行者缺席的诉说娓娓道来，更重情感，近于情动型，但其中意识流动的推演作用也很明显。一开头，"兄弟，没有酒，／你的船不忧郁吗"，便见惜别之情扑面而来，此语在诗中作了多次变奏。第一、二节是说舟欲行时的情景，第三节转到自己与行者十年前的"那个相聚的黄昏"，第四节记起当时的预感和如今对行者的关切，最后第五节又一次重申："在海上／黄昏的太阳圆而穆，且透明／我是主张带上酒的。"全诗随着情感与意识的流动，曲曲折折，又首尾呼应。

较长的诗篇更适宜于运用行云流水式，邹静之的《关于艾滋病》洋洋百余行，主要出之以议论，显然是意动型。从"地球消瘦了，在发低热"说起，忽而某一天早晨，忽而在傍晚，一下子好莱坞，一下子"我"同很多人握手，宛如行云流水，飘忽无定。当然全诗有一个核心或质心，是对于艾滋病蔓延的忧虑。行云流水式的长诗，最好各节或几节一段都有自己的小焦点，且不时出一些佳句警句。这样读者在移点换形的欣赏中，更为赏心悦目，不致漫无头绪。短诗也有运用行云流水式的。罗智成的《观音》："柔美的观音已沉睡稀薄的烛群里，／她的睡姿是梦的黑屏风；／我偷偷到她的发下垂钓，／每颗远方星上都大雪纷飞。"一句一转，也如行云流水。

显然，对于行云流水式的结构方程运用，恐怕更须诗人精心结撰，高度创造。而有时创作中的随心流泻，实为长期有心无心的酝酿，促成了灵感的强烈喷发。

95 结构方程：回环螺旋式

诗乃情之美。当情感激荡之时，难免一唱三叹。中国古典音乐有《阳关三叠》《梅花三弄》。而诗的回环螺旋式在《诗经》中颇多。其实回环与螺旋有别。回环只是驴推磨，在原来的轨迹上重复兜圈子。螺旋也是兜圈子，但每一圈有所上升，有所变化。不过在诗中两者颇难区别。比如《木瓜》三章，一章四句。后二句三章完全重复，前二句则有木瓜、木桃、木李与琼琚、琼瑶、琼玖的变化，最接近于回环式，亦略有变化。现代诗的回环螺旋式多作变奏，多是螺旋式。

现代格律诗的回环螺旋式较多。余光中的《乡愁》第一节：

小时候
乡愁是一枚小小的邮票
我在这头
母亲在那头

以后三节，将邮票换成船票、坟墓、海峡，是其变奏。此诗的格律是每节句数相等，相应的各行字数亦相等，押韵。这在形式上即造成回环。在词句上也有半重复的地方，但在意蕴上各节都在变化，且层层递进，是绝好的螺旋。也有半格律自由的诗，其回环螺旋式大多并不如此典型。比如舒婷的《四月的黄昏》，二节的行数相等，其中有些相应的行的字数也相等，不押韵。但在意蕴上两节有相类重复之处，又有变化。这是在格式上并不严格的回环螺旋式。

更值得研究的是现代自由诗的回环螺旋式，蔡其矫的《等待》："我的心像风筝断线在天涯／眼睛裹着忧思，当你不来／我数着泪雨和晴天／遇风起风落就猜／阳光、燕子、行人／都是我所期待，当你不来／我做梦：红叶，烟火，茶花／于幽暗的室内，都在／对你缅怀啊／当你不来。"除了隔行押韵，一切都是自由的。但是，虽不分节，"当你不来"出现三次，便成三叠。各叠的词语迥异，而中心意思是重复的，都是热切的期待。这便成了现代自由诗的回环螺旋式。陈东东的《雨中的马》：

黑暗里顺手拿一件乐器。黑暗里稳坐
马的声音自尽头而来

雨中的马

这乐器陈旧，点点闪亮
像马鼻子上的红色雀斑，闪亮
像树的尽头
木芙蓉初放，惊起了几只灰知更鸟

雨中的马也注定要奔出我的记忆
像乐器在手
像木芙蓉开放在温馨的夜晚
走廊尽头
我稳坐有如雨下了一天

我稳坐有如雨下了一夜
雨中的马。雨中的马注定要奔出我的记忆

我拿过乐器

顺手奏出了想唱的歌

这里的结构方程比较深隐，其回环螺旋式的主要依靠是诗的情绪、韵味与语感。但在形式上又可见出："雨中的马"以不同形式出现四次；有一些错落的排句，且有"我稳坐有如雨下了一天"在上节的末句与下节首句"我稳坐有如雨下了一夜"顶针式相连；而结尾二行与第一节是变化了的重复，相互衔接，造成全诗的回环。这些形式上的特点对于造成情绪、韵味与语感上的螺旋回环颇有作用。昌耀的《水于长—渡船—我们》的回环螺旋式更为深隐。它主要依靠情绪、气势与语感创造诗的螺旋。它在形式上值得注意的有：在 48 行诗中，"我们"一词重复出现 27 次，且多用以构造排比句或变相排比句；有四种重复或变相重复错落地镶嵌在诗中，造成复式的螺旋回环；且各节的行数，第一节 17 行，第二节 15 行，第三节 5 行，第四节 11 行，总的趋势是逐步收缩螺旋的圈子，而末尾又有变化。这些形式上的特点，不管诗人主观意愿如何，但在创造此诗的气魄和力度上，这样的回环螺旋式确实起到了重要作用。

现代诗的回环螺旋式结构方程，往往以情感与情绪的回环螺旋为基调，讲求语感的变奏，讲求形式上的深隐，于自由放散中隐寓一唱三叹。

96. 几种特殊的结构方程

现代诗的结构方程，比较常见的是上述并列映照式、中心辐射式、行云流水式和回环螺旋式，也有一些不常见的比较特殊的，如层递式、顶针式、拆字式等等。

层递式是将诗分成若干层级，层层递进或递退，缩小或放大。此式中外古今皆有。唐代刘皂的《渡桑乾》："客舍并州已十霜，归心日夜忆咸阳。无端更渡桑乾水，却望并州是故乡。"咸阳、并州、桑乾外，越舍越远，乡愁越重。应修人的《小小儿的请求》：“不能求响雷和闪电底归去，／只愿雨儿不要来了；／不能求雨儿不来，只愿风儿停停吧！／再不能停停风儿呢，／就请缓和地轻吹；／倘然要决意狂吹呢，／请不要吹到钱塘江以南，／钱塘江以南也不妨，／但不要吹到我底家乡；／还不妨吹到我家，／千万请不要吹醒我底妈妈，／——我微笑地睡着的妈妈！／妈妈醒了，／伊的心就会飞到我的船上来，／风浪惊痛了伊底心，／怕一夜伊也不想再睡了，／缩之又缩的这个小小儿的请求，／总该许我了，／天呀？”这便是缩之又缩的层层递缩。法国普列维尔的《公园里》：

> 一千年一万年
>
> 也难以
>
> 诉说尽
>
> 这瞬间的永恒
>
> 你吻了我
>
> 我吻了你
>
> 在冬日朦胧的清晨
>
> 清晨在蒙苏里公园
>
> 公园在巴黎
>
> 巴黎是地上一座城
>
> 地球是天上一颗星

结末四行在地域上一个比一个是更大的包容者。

　顶针（真）式是词或句在上下句、节间的某种重复，如针之被顶。上面普列维尔诗的后半，便是以清晨、公园、巴黎等句句相顶。老枪的《顶真》：“日子是桌前一页空白的稿纸／爬满诗行的稿纸是布满足迹的沙漠／心中的沙漠是不可耕作的天空”云云，也是句句顶针。英国 D.G. 罗塞蒂的《三重影》共三节，每节四行。各节的首行是：“在你的秀发的阴影中我看见你的眼睛”，“在你的眼睛的泪影中我看见你的心灵"，"在你的心灵的阴影中我看见你的爱情"，变构成顶针式。南斯拉夫普列舍伦有一组《十四行的花环》，前有《序曲》，后有《主题》，中间是 14 首 14 行诗。好在 14 首诗的前首末句即为后首首句，而《主题》即为 14 首的首句所组成，确实以顶针式组成精美的 14 行的花环。顶针式其实也往往是层递式，是它的更为精致的特殊形式。

拆式式是将一个字词拆开，然后生发出去，以此成诗。古人往往用来作文字游戏。其实写得好，何止是游戏？而诗美创造并不排斥雅致的文字游戏。殷夫的《血字》中的一节：

> "五"要成保护的枷子
>
> "卅"要成为囚禁仇敌的铁栅，
>
> "五"要分成镰刀和铁锤，
>
> "卅"要成为断铐和炮弹！……

如此拆字，使诗的机智与革命激情融为一体。欧阳江河的《手枪》："手枪可以拆开／拆作两件不相关的东西／一件是手，一件是枪／枪变长可以成为一个党／手涂黑可以成为另外一个党／而东西本身可以再拆／直到成为相反的向度／世界在无穷的拆字法中分离／／人用一只眼睛寻找爱情／另一只眼睛压进枪膛／子弹眉来眼去／鼻子对准敌人的客厅／／政治向左倾斜／一个人朝东方开枪／／另一个人在西方倒下／／黑手党戴上白手套／长枪党改用短枪／永远的维纳斯站在石头里／她的手 拒绝人类／从她的胸脯里拉出两只抽屉／里面有两粒子弹一支枪／要扣响时成为玩具／谋杀 一次哑火"。比较俏皮，并不浮浅，亦诗趣盎然。

诗的结构方程当然不只列举的几种，比如还有反衬式、反顾式、反讽式等等。在中外古今汗牛充栋的诗篇中，诗人们创造了形形色色的结构方程，只要我们善于寻求，当有极其丰盈的发现；而更多的结构和方程有待创造。但是说到底，这些方程只是某种通式或一般化了的格式，而真正的诗美时空建构上的独创精神，全赖存乎一心的运用之妙。

97. 诗美时空的演化动力

如果撇开诗创作的准备阶段和读者欣赏的再创造阶段，诗美时空的建构大体与诗的第一行在心中呈现到诗本文最后定稿的具体创作阶段同一过程。写诗需要灵感的冲动，需要诗兴，由灵感鼓荡的意兴、情兴、象兴、形兴、韵兴（音乐情趣）与语兴（语言兴趣），六者往往以不同的比例融合在一起，有所侧重，难以偏废。如果以主导的侧重面来划分，我们可以将诗美时空的演化动力分为七类：意动型、情动型、象动型、形动型、韵动型、语动型，以及意、情、象、形、韵与语兴较为均衡的综合动力型。

意动型。如北岛的《一切》显然着重于意义，有很强的理性。意兴是它的动力。不过，必须注意，它的结构并不依靠逻辑推理。它依靠两种诗的连接键。一种是每句都以"一切"两字开头，便有排比式的统御。另一种是几乎每两句都构成对仗，"一切欢乐都没有微笑／一切苦难都没有泪痕"等等，相当工整，求助于中国人因骈文与律诗而建立起来的审美定势，增强了诗的凝聚力。《回答》一诗，开首，"卑鄙是卑鄙者的通行证，／高尚是高尚者的墓志铭"，以格言的对句取胜，全诗也由意兴驱动而构筑，但意象增多了，不过这些意象几乎都是先有抽象的意义，然后找它的形象对应物，且意象的流动也在理性意义的推演之下。显然，意动型的诗美时空的建构，自当瞩目于诗的新颖与深刻，并尽量依靠机智，循其内在逻辑达到自圆。

情动型。舒婷的《会唱歌的鸢尾花》题记："我的忧伤因为你的照耀／升起一圈淡淡的光轮。"是的，这以忧伤为基调的情感与情绪的淡淡的光轮，虽依不规则的轮齿而曲折，终将16章的全诗圈成一个圆。往事的回忆，今日的"生命的冲刺"，未来的受召于"理想之钟"的预想，皆由起伏涌流的情愫贯串起来，构成跳荡而交错的诗美时空。即使各个细部，如第三章第一节："我那小篮子呢／我的丰产田里长草的秋收啊／我那旧水壶呢／我的脚手架干渴的午休啊"等等，都是诗人往日生活的时空碎片，连接成全诗。情动型诗美时空讲求情的纯真深挚，丰富而曲折，跳荡又贯一。

象动型。顾城的《弧线》，四节四个描绘弧线的画面，显然以弧线之象贯通全诗。可以设想，诗人在创作时，是以象趣为内驱力的。其中也有意蕴，但在作者本人恐怕不会有他人解释的那么明晰与复杂。他的《感觉》，几乎只是色彩上强烈反差的映现：大片灰色中的一点鲜红，一点淡绿。又是一种象动型诗美时空。这倒是一幅完整的画面，其中涵意让读者自己去体味，去猜测，去猜想，去联想，去享受吧。陶渊明云，"此中有真意，欲辨已忘言"。若将"意"改作"味"，可谓赏诗妙法。

形动型。以全诗的书写形式即诗行的排列形式驱动和制约诗的成形。古人的宝塔诗、诗钟及回文诗等是其游戏式的特例。一般地说，所有的格律诗都是在内形式与外形式的统一上包含着形动型。闻一多所倡导的诗的建筑美，也是对于形动型诗歌的张扬。不用说，诗的形动型皆须与意动型、象动型协调配合一起。否则会使诗的意味情味韵味丧失殆尽，蜕化为单纯的文字游戏。

韵动型。也许可举戴望舒的《雨巷》与朱湘的《采莲曲》为例。《雨巷》有意象，更有浓郁的情绪与氛围。但全诗最突出的是韵律韵味，与情绪相表里，构成了悱恻缠绵的诗美时空。《采莲曲》的韵律更与诗的行节排列上工巧的建筑美相表里，情、韵、形比较和谐。闻一多、何其芳等人建立现代格律诗的建议、探讨与尝试，从诗美时空建构的多样性看，也是值得重视的。

语动型。陈东东的《远离》，诗中韵律的涌动比较明显，但更浓的是语言兴趣。10 行诗，9 行是"远离橙子树林"的重复或变奏，第 10 行仍是变化更大的变奏。其诗味正是建筑在这种反复与变奏的语趣上。车前子的《新骑手与马》，开头是"火一样奔驰／最先烧掉的骑手的脑袋"，继而写到"接下的是肩"，是胳膊、胸、肚皮、腰、臀、腿、马鞍、马的身体、鬃毛和马的脑袋，最后是马的腿，复以开头两句结尾。

其中有生命形式和它的毁灭，有以"火一样的奔驰"作为生命的意义与价值等等含义，也有较浓的情绪与氛围，但全诗的结构仍可说以语兴驱动为主。伤水《读音：鳗鲡》："鳗鲡，多么美丽的名字，你再念：鳗鲡，鳗，鲡／我马上想起洛丽塔，洛，丽，塔／我的生命之光，我的欲念之火。我的罪恶，我的灵魂。／但那是纳博科夫，纳博，科，夫／不是我的诗，歌，诗和歌。"这是语动型的变种，可说是伴随着意识的"语音流"。全诗几乎跟着"读音"走。从"鲡"到"丽"，再到"洛丽塔"，再到"不是我的诗，歌，诗和歌"。值得注意的是光音不是诗，光音乐也不是诗，都只是助推者，诗美的驱动和放大者。诗美的核心还得是意、情、象、形的交融交合。此诗的核心是中间一行，"我的生命之光，我的欲念之火。我的罪恶，我的灵魂"。这是诗人对于《洛丽塔》首句精到的引用。不过，光是这一行还不是诗，须得上下四行基于语音流的挤压，才能使之诗化。语趣往往离不开诗人的机智。现代诗用口语，在诗美时空的构筑上更需机巧与智慧。有人将现代诗美时空归结为智力空间，虽有偏颇，却也不无道理。

综合动力型。凡是难以归入上述六类的，便可称之为综合动力型。在著名朦胧诗人中，如果说北岛和杨炼属于意动型，舒婷属于情动型，顾城属于象动型，那么江河便近乎综合动力型。诗美的意、情、象、形、韵与语趣，很少单独存在，总是互相交织融合的，分不清何者为主的情况，比比皆是。突出一端，未尝不可，且皆有好诗。各端较为平衡，融合一起，也有好诗。划出综合型一类，在诗美时空演化动力的类型分析上就方便得多，免于斤斤计较。

演化动力在诗美时空的结胎与成形的演进中，起到一种自组织的作用。仿佛在诗美的意蕴、情感、形象与韵律的自然涌动中，在语言的流泻中，诗美时空会摆脱诗人的主观控制，以一种生命体的活力自行生长发育，而至呱呱坠地。郑板桥说："江馆清秋，晨起看竹，烟光日影露气，皆浮动于疏枝密叶之间。胸中勃勃遂有画意。其中胸中之竹，并不是眼中之竹。因而磨墨展纸，落笔倏作变相，手中之竹又不是胸中之竹也。总之，意在笔先者，定则也；趣在法外者，化机也。独画云乎哉！"又说，"文与可画竹，胸有成竹，郑板桥画竹，胸无成竹。浓淡疏密，短长肥瘦，随手写去，自尔成局，其实只是一个道理。"[15]写诗也是一个道理。诗兴总为客体即"眼中之竹"所触发，为外宇宙的大千世界与诗人自身内宇宙的种种契机所触发。但"胸中之竹"与"眼中之竹"有质的区别。需要将生活蕴涵与人生体验加以诗化，加以意味化、情绪化、意象化、形式化、韵律化与语感化，加以重新组合与创造，加以突破、变幻与超越。而"手中之竹"又不是"胸中之竹"。一方面，"胸中之竹"仍处于生成过程中，须到手中方成竹。另一方面，即使"胸有成竹"，落到手中仍有一个"应手"的表现过程，在诗常有一番语言的痛苦。在诗的创作中，这两方面往往难解难分，往往是胸中既有成竹又无成竹。从构思到成篇，是诗美时空的生成过程，其化机往往超越一切定则与笔先之意。苏东坡也曾揭示行文作诗之妙，有"常行于所当行，常止于所不可不止"的化境，其玄要之机，虽作者"亦不能知也"[16]。布列东所提倡的"自动化"的超现主义写作法，虽偏颇到近乎荒谬，但也包含着合理的内核。诗美时空的创造确实存在着演化动力，它的"自动化"程度确为愈高愈好。黑格尔指出："**不容许把因果对比应用到生理—有机的和精神生活的关系上去**。那被称为原因的东西，在这里当然表明了与结果不同的内容，**但其所以如此**，是因为那对有生命者起作用的东西，被这个有生命者独立地规定、变化并转化，**因为有生者不让原因达到它的结果**，即把作为原因那样的原因扬弃了。"[17]诗人与其所创造的诗美的关系，绝非直线式的因果决定论所能涵盖。自觉地区分演化动力的类型，则有助于提高诗美时空创造的"自动化"程度。

各种演化动力并非属于同一层面。意蕴居于核心地位，却须溶解于情感，化意义为意味。故意动与情动最宜双管齐下。若为寡情的意动，便会失之干枯冷涩。情感是中介，是诗美的灵魂，又须借形象与韵律以表现。纯情的直抒，往往流于直率而浮浅。意象当然需要有情意灌注其内里，否则便会生意素然，成为色彩斑斓的死物。韵律不仅指押韵或格律，主要指诗的节奏与旋律。它的形成也不仅在于音响，更在洋溢于音响之间的情感与情绪。曹丕论文"以气为主"[18]。这气，便是诗人生命倾注而成的情感与韵律的交融。气的行止即诗的行止。诗的意蕴、情感、意象、形式与韵律，最后皆凝结成为语言。语言以纯粹为极致。语趣的追求，不仅有语势的力度，语音的节奏，语感的气韵，语境的智巧，更有语味的纯粹。语言的纯粹同样导源于诗人生命的纯粹，导源于诗质的真善美信的透彻与晶莹。

注释：

［1］王国维：《人间词话》，《王国维学术经典集》（上），江西人民出版社 1997年版，第 324 页。

［2］李白：《秋浦歌》。

［3］李白：《北风行》。

［4］杜牧：《遣怀》。

［5］北岛：《履历》。

［6］苏轼：《法惠寺横翠阁》。

［7］唐庚：《春日郊外》。

［8］川流：《猎熊者》。

［9］海男：《门下的风》。

［10］柯平：《去野餐的自行车队》。

［11］张德强：《碎纹古瓷瓶》。

［12］奕林：《雨中峨眉》。

［13］杜甫：《奉赠韦太丞丈二十二韵》。

［14］南野：《凝眸结构的诗意》。

［15］郑燮：《板桥题画》。

［16］苏轼：《文说》。

［17］黑格尔：《逻辑学》下卷，商务印书馆 1976 年版，第 220 页。

［18］曹丕：《典论·论文》。

第十三章
诗语言的创造

98. 现代诗的语言创造

诗语言既是诗美本体，又落实到诗美创造的实际操作。从诗语言创造的实际操作上说，可以说诗是按最佳顺序排列的最佳词汇。这里的两个"最佳"，后者属于语词层面，前者属于语法层面，也涉及积极修辞。而"最佳"的标准，则随时代和诗的发展而变更。现代诗在语词上的创造性，只能发挥于充分发掘日常词语原有审美特性并进而拓展之，使之成为审美的情感符号。其具体手法目前主要有四种。

意象化。对于一些钝化老化了的具象语词，要磨砺使之重现新锐。比如，"我的伤口伸出了许多舌头"[1]，加上"伸出了许多舌头"，就迫使已经钝化了"口"的形象复活且新奇。"我是一个优美的伤口 / 你是黄昏里的钟 / 敲响我们的身体。"[2]由于与钟一同比喻悼亡，又受到钟的形状的提示，伤口的"口"也就新化锐化了。"饮过黄酒 / 饮过菊花各具形态的忧伤"[3]，句中的"忧伤"因作"饮过"的宾语，又与"黄酒"并列，便给人一种似酒的液态形象。"他粗糙的手插进泥土里 / 摸到了事物的根"，[4]"事物"并不具象，与"根"联结就向意象化靠近，再将它放在"泥土里"，用粗糙的手去"摸"，它就相当意象化了。抽象语词意象化是现代诗重要的艺术手法，20世纪80年代以来花样竞新，层出不穷。

情绪化。"诗的本职专在抒情"[5]，郭沫若此言虽不无浪漫主义的偏颇，确也点明诗的灵魂所在。诗的语词的情绪化是诗化的核心。"你在人类的黑色天空上 / 飞翔，像一只鹰 / 惨白的阳光照耀着 / 巨大的翅膀被刺伤 / 一滴滴鲜血在大海 / 那浅色的器皿中变成丁香 / 丁香花鲜艳地盛开／盛开不败。"[6]悲悼的情绪是很足的，所用的语词统统意象化了，而悲哀深蕴于婉丽的意象群体之中。现代诗常事反讽，长于幽默。反讽与幽默也是一种情绪。杨牧的《我是青年》，标题就含反讽。全诗道出了由于"十年浩劫"造成年过三十六依然"我是青年"的全部愤懑和辛酸。尚仲敏执笔的《大学生诗派宣言》说："b. 对语言的再处理——消灭意象！它直通通地说了它想说的，它不在乎语言的变形，而只追求语言的硬度。c. 它无所谓结构，它的总体情绪只有两个字：冷酷！冷得使人浑身发烫！说它是黑色幽默也未尝不可。"他的《关于大学生诗报的出版及其它》正是体现了这种主张。没有意象象征结构，只有行动，只有调侃幽默，确也颇为冷酷，但通篇的语言显然情绪化了。广义地说，诗的一切感性显现都是意象，无论词意象或句意象都是意象。但诗的语词的意象化必须渗透与贯串着情绪化，且后者确比前者更为重要，更为根本。

象征性。现代诗的意象多具象征性，自朦胧诗以来此法大为普及。有的语词的象征性只及于诗的局部。比如"热爱海／让海藻缠满你的名字／让海蛎子爬满你的名字"，[7]这里的海藻、海蛎子都有象征性，象征着对海的热爱，但与隐喻比较近，在诗中也只有局部的作用。有的语词是诗的中心意象，其象征性及于全诗。比如顾城的《我们去寻找一盏灯》，这盏"灯"便是中心意象。其征体虽未出现诗中，但所征大体明确：寻找的是一种光明美好的东西。南野《犀牛走动》中的"犀牛"是象征意象吗？也是也不是。犀牛就是犀牛，就在"无声地缓缓走动"，它是超越了隐喻与象征的一种虚化。它意象生动而鲜明，又使人遐思与想象的视野开阔。

模糊性。现代诗讲求艺术地扩大语词的模糊性，往往一象多喻、多征，使人连类无穷。"于是尘啸在摇影的松下悄然退去／一掬象征之水，倚着／行吟者的长歌／／被无端的归宿所牵制／远去，又回来／静如孤鹭之羽／自阵风下翩然而开。"[8]第一节的松、水、行吟者，其实是扇中之画，偏不说明，且与摇影，与尘啸悄然退去的实况相混，便造成了模糊。第二节的被无端的牵制而来去，牵者与被牵者都不说明，有意模糊，给人突兀之感，费人猜详，翩然而开与阵风的因果也故意颠倒混淆了。但这些都正是追求诗美的语言创造。现代诗的朦胧，不仅在于意象化与象征性，更在于它的模糊性。它的模糊性离不开意象与象征，但又不为其所限。

现代诗的语法上的创造，与积极修辞密切相关，融为一体。它破坏超越日常语法，另立一些不同的新的语法规则。

单词独句。现代诗对语法的破坏最简单而常见的是省略句子成分。省之又省，便剩下一个词或字。"路口。路口。路口。/绿灯。绿灯。绿灯。"[9]叠用了六个单词独句，构成一路通行无阻的景象。黄永玉有诗题为《刷牙》："假笑"。一个词一首诗。在单词独句中，一般用的是名词，也有其他词类。

词性转换。将名词用作动词、形容词，或者反之，如此等等。在日常语言中是不许可的，在诗中偏要如此，且格外精练而生动。"夏也荷过了/秋也蝉过了"，[10]这里的"荷""蝉"是名词用作动词。"如果碧潭再玻璃些/就可以照我忧伤的侧影/如果舴艋舟再舴艋些/我的忧伤就灭顶"，[11]"玻璃""舴艋"作形容词用。而"青是池水/青是芳草"[12]则反之，"青"用作名词。"悄悄是别离的笙箫"，"沉默是今晚的康桥"[13]，"悄悄"是副词，"沉默"是动词，都作了主语，作为名词。词性转换在古代文言中就有，现代白话倒反少了，但在现代诗中又用得多起来了，用得好，有新鲜的美感，也更精练了。

组词错位。特意将句中语词与语词的关系不恰当地错误地排列组合起来，造成组词错位，是现代诗语创造的一个重要用武之地。目前较常用的有：**动宾不调**。"搂抱的手穿透着伦理"[14]，"伦理"是抽象概念，"搂抱的手"如何能"穿透"？实际上是说母亲亲昵地搂抱着孩子。但如此暴力式的嵌合，比直说有味。**主谓不配**。"无数铅字/像蚂蚁般聚会/讨论着/怎样预防它复活"[15]，"铅字"当然不会"讨论"；即使成了"蚂蚁"，还是不会。主语与谓语的搭配显然不当。**形容不当**。"初雾打湿了的/沉重的早晨"[16]，将形容词与被形容的名词不恰当地联结起来。而佯谬、矛盾形容则是形容不当的特殊方式。**语词与**

表现对象的不等式。即所谓褒词贬用、贬词褒用、小词大用、重词轻用、轻词重用，以及种种"移花接木""张冠李戴"。此法在现代诗中用得特别放肆与奇巧。至于将多种组词错位综合使用，情况就更为复杂了。比如"再看见古老的血重新显现，一根桩子在万物欢腾时寂寞，像一个老人／失去浓度。喊声来自天空使浑身发凉，最后的时刻因看到雨水而醒目"[17]，便是组词错位多种手法的协同使用。当然，组词错位并非任意乱错的。它是通过诗人独特的感觉与想象，表现了直觉与幻觉，并运用通感和视角奇化，运用意象逻辑，便虚实结合而造成变形。其中暗藏着种种创造性的积极修辞，是语法与修辞创造性的融合。

现代诗的语言创造，在语法与修辞的破格与超越上大显身手，为现代诗美艺术开拓了广阔的前景。

99. 现代诗的语质与语感

诗语言的创造，根本在于语质与语感。

语质是语言的质地与品质，诗的语质在于常规语言基础上的诗美创造。因字生句，积句成章，组章成篇。掌握常规语言，说来十分平常，做到颇费功夫。识字辨词当如韩信带兵，多多益善。一个字或词，不仅要知其常义，且要知其本义、引申义、转义、歧义及反义，特别要善于辨别其与近义词间词义的细微差别与情感的浓淡和韵味各异。"富于万篇，贫于一字"[18]是常有的。最佳的一字确为难择，而供选的词汇不富与辨词不精，也往往是原因。语法应当精通。组词造句的方式要多，以便更灵活运用。积极修辞利于花样翻新，引人入胜。消极修辞其实更需功力。造语字响句圆，洗练而自然，真是谈何容易。诗有不同于抽象逻辑的意象逻辑，但也并不完全排斥抽象逻辑，懂得逻辑仍有助于诗美时空的建构。诗的语言锤炼离不开常规语言创造。毕加索是最喜变革、最富创造性、被目为"疯子"的艺术家，他的素描仍为写实画家所叹服。知常才能善变。在当代汉语诗歌中，我们经常会发现有时语言的珍珠与沙砾混杂，有时显得拖沓与生涩。这种缺陷看似末节，实则影响诗艺的提高甚大。当然，常规语言素养只是诗美创造的语言基础，如果停留于此，仍然没有诗的语言，也没有诗。要充分发掘与发挥诗语言的意象性、象征性、直觉性、主情性、音乐性、整体性、审美性、独创性与超越性等等语言特性，可以适当而巧妙地转换词性；可以删减句子成分，以至成为单词独句；可以特意错位组词，寓隐喻、拟喻、象征于其中；可以变化各种句式，创造独特而可以被接受的新句式；可以扩展意象的多种用途……总之，可以调动一切手段为表现情感创造诗美而竭尽语言变化与变革之能事，从而真正创造与常规语言不同质的深刻体验生命的诗语言。

诗语言在创造诗美中具有自组织的能力，它是逐步生成的。在诗的词与词、行与行、句与句、节与节之间，有一种内在最佳联系，能够相互生发、促进、映衬与制约，有一种生动的气韵自然流贯其间。显现这种气韵的中心流线，便是诗的语感。诗语言具有更大的整体性与有机性，其语境的压力与张力都远较普通语言为大，因而造成语句行节间的颇大的语势差，加之诗的音乐性，诗的节奏与韵律、诗的语感便成为诗的语言魂魄。诗的韵味与风格都跟它密切相关。

古诗讲求气格，讲究字的哑响、健活，其实质多在追求诗的生气涌动的语感。王维的"漠漠水田飞白鹭，阴阴夏木啭黄鹂"[19]，只在前人五言旧句之前加上两个叠字，便摇曳多姿，气象大不相同，音韵也转为舒徐而流畅。正是这意象与音韵的更加谐合，创造了不离音象又超乎音象的优美的语感。《黄山谷诗话》有一段以李白《金陵酒肆留别》为例的妙论："学者不见古人用意处，但得其皮毛，所以去之更远。如'风吹柳花满店香'，若人复能为此句，亦未是太白。至于'吴姬压酒劝客尝'，'压酒'字他人亦难及。'金陵弟子来相送，欲饮不饮各尽觞'益不同。'请君试问东流水，别意与之谁短长？'至此乃真太白妙处，当潜心焉。故学者先以识为主。禅家所谓正法眼，直须具此眼目，方可入道。"其实，"风吹"首句丽而不艳，已开太白气象，即为全诗语感定准了基音。不过尚待发展。"压酒"两字，真切而有力，确为他人难及。"相送"而"尽觞"两句，豪而有致。由上两联摇荡而来，才能出之以末联，如神龙之掉尾，气长而韵永。所以末联振起全诗，语感特佳，充分体现太白的独特风格。语感不在一句一联，乃在全诗。但全诗各句所起作用又不相同。此诗语感最得力处显然在结末，成为篇中眼。语感离不开意象与意境，离不开起伏的节奏与韵律，正是在象与韵相撞击又相谐合之处，显出语感的流动与色调来。不能将诗的语感仅仅归结为诗语言的音乐性。它是意蕴美、情感美、形象美与音乐美的融合，是诗美流动的语言表现。诗的语感并不等于意象加韵律，也不等于词句及其总和，而是由它们的组合而产生的一种"格式塔质"，一种可感受又不能泥实的诗语言的深层特质。在诗中，语感应当与生命流动有一种大体平行的相应的投影关系。

从根本上说，诗的语感是语质的流动。如果将语质比作物质，那么语感便是物质的运动。物质与运动不可分离。没有无语感的语质，也没有无语质的语感。语感不佳，其根本原因往往是语质低劣。所谓有句无篇，似乎只是语感不佳，其实仍是佳句以外的语质不良，全篇的语质不够均匀齐整。倒反是有篇无句，全篇语质比较齐一。最好是有篇有句，使警句成为美人的明眸，更为流盼生姿。

白话和文言各是汉语书面语的一种。注意白话与文言的相同与相异之点，对于现代诗的语言上的继承与创造关系极大，甚为有益。文言的词性转换较多，白话反而严格了，少了。在词组的联结方式上，容许错位的幅度文言较白话为宽。文言的模糊性也较白话为大。两者在句法上也有明显差异。文言用于文学即成为文学语言的历史很长，且讲究锤炼，讲究语气与文气，讲究诵读的平仄、节奏与音韵；白话用于小说的历史较长，用于诗的古代极少，现代从"五四"以来至今虽届百年，还是很短。古典诗词大多格律精严，现代诗基本上是自由诗。白话的自由诗与文言的古典诗词确实存在着很大的质的差异。这是问题的一个方面。另一方面，白话与文言，同是由口语演变而来。汉语的基本字形古今很少变化。现今增加的只是一些由旧字组成的新词汇。语法结构上也是古今文白相通的为多。许多修辞的原则与方式，也可文白通用。尤其是诗，外貌上似乎古今差异极大，实质上诗美创造的原则，差不多古今皆可通用，只不过吸收了一些外来手法，或者将古代的改变成现代形态，新创的也有一些，但为数不多。作为艺术语言，古诗的文言要比现代诗的白话成熟得多，精美得多，其艺术经验与语言艺术还有很大一部分未被现代诗所重视、所接受，仍为大块沉睡的富矿。比如，纯净语质，精心锤炼，便远为现代诗所不及。古诗讲究气象、气格、行文随气之所之，蕴含着深刻而丰富的语质与语感创造的经验，很值得学习而赋予现代形态。即使某些浅显的文言词语、文言语法、文言句式，在白话自由诗中予以适当运用，也可能增强现代诗美创造，其中奥妙，值得探讨。明确诗的古今文白的差异，同时又找出其相通之处，然后为现代诗美创造的需要而借鉴、吸收、发展之，而现代化，这是当今诗坛提高语质，创造更为谐合生命体验的语感的重要课题。

100. 现代诗的语言锤炼

作为超语言的语言艺术，诗一向致力于自己的语言锤炼。古典诗词颇精于此道，炼字、炼句、炼意、炼格。现代诗经历了从文言到白话的语言变革，又进而讲求意象艺术与时空建构上的语言锤炼。

炼字。确切地说是炼词。胡仔说："诗句以一字为工，自然颖异不凡，如灵丹一粒，点石成金也。"[20]古诗炼字，多着力于动词。如"红入桃花嫩，青归柳叶新"[21]，"涧花燃暮雨，潭树暖春云"[22]等等。也炼副词，如"稍知花改岸，始验鸟随舟"[23]便以"稍""始"显工。也炼形容词，如"大漠孤烟直，长河落日圆"[24]，用上"直""圆"两字，景象即在目前。也有炼其他词类的，如改"此波涵帝泽[25]"的"此波"为"此中"，"昨夜数枝开"的[26]"数枝"为"一枝"等等。现代诗也讲究炼字的。如"黄昏又这样来临／它贴在玻璃上"[27]"道路纷纷逼向脚步"[28]"风被阳光浇成白色"[29]等等，其中的动词都用得比较精当。现代诗更讲究词性的转换，尤其是组词的错位，可说是炼字艺术的现代发展。

炼句。有些佳句，字字皆工，却找不出"句中眼"来。如杜甫的"绿垂风折笋，红绽雨肥梅"[30]；"无边落木萧萧下，不尽长江滚滚来"[31]；翁宏的"落花人独立，微雨燕双飞"[32]等，即字字工稳。有些佳句又可说字字平淡，而全句却妙。如"故园三千里，深宫二十年"[33]，字字无奇，而十字构成一片阔大的时空，情溢其间。诗中佳句往往成为篇中之眼。陆机的《文赋》早就强调："立片言而居要，乃一篇之警策。"钟嵘《诗品》已开摘句褒贬之风。至唐代元兢等人更花十年工夫编纂《古今诗人秀句》。宋人张表臣的《珊瑚钩诗话》指出："诗以意为主，又须篇中炼句，句中炼字，乃得工耳。"现代诗也有炼成好句而振起一篇的。比如何其芳的《花环》，几乎句句皆美，结尾"你有美丽得使你忧愁的日子。／你有更美丽的夭亡"，尤能压住全篇。当代的年轻诗人们，也炼出一些好句子。比如，"走很多年后你仍在原地踏步"，"每一个人都活在别人体内"[35]等等，都颇为精警。

炼意。"炼句不如炼字，炼字不如炼意。"[36]情感化了的意蕴是一篇的主帅，字、句皆为其兵卒。雪迪有一首《我的家》：

我的家在午后一个温暖的日子
　　结满了葡萄
我的妻子像只红色温柔的小狐狸
把她细细的手
伸入我音乐交错的胸中
窗子的玻璃上趴满蜜蜂
花朵在一个个单词里开放
我的妻穿着红色的衣服跑跳着
把朝向阳光的门带得哐哐的响——
而我坐古铜色的椅子里

听着远处的庭园草根呼闹的声音

听一滴水慢慢地渗进一块石头——

　一只鸟，在远远的

　　我的思想中啼叫

这里没有特别警妙的字和句，只是通体和谐，也不见精深博大或机智巧妙的意蕴，却有一种温馨恬美的气氛，悄悄地如地下清泉，沁人心脾，显出着意于全篇的妙用。

炼意象。寄寓于炼字、炼句、炼意之中，是现代诗语言锤炼的一大特色。意象不管如何使用，贴切与新颖是基本要求。"雨声在深夜／在梦的门口／像没有猫的细鼠。"[37]似乎平常，比较贴切。"过年像骑自行车一样按按铃就逃走了。"[38]也平常而贴切，更富现代气息。"这些神秘地祈祷着的柏树／这些黧黑的漏雨的教堂／这些僵立在灯芯草上的燕子／这些油灯。"[39]教堂、燕子、油灯都平常且有点古旧气，一齐用来比喻柏树则是匪夷所思了。现代意象艺术最讲求从远处、奇僻处落墨。

炼时空。现代诗将古诗意境发展为现代诗美时空，有一套建构艺术。从语言艺术的角度简而言之，即为炼时空，亦可称作炼意境。它以炼意为核心，通贯于炼句、炼意象。诗美时空的建构有种种方式，其中有一种中心辐射法，全诗有一个中心，如太阳八方放射，或者反过来说，从八方辐辏于轴心。这个中心，可以是一个警句，可以是一个中心意象，也可称之为诗眼，现代诗的一种诗眼。

诗眼一说，最先见于北宋初年保暹的《处囊诀》，说的是句中眼。后来宋人进而多所发明。又强调警句秀句，为篇中眼。我们可以扩张此说于现代诗，认为诗眼可分两类：一为句中眼，即炼成一字一词一象之精妙而生动全句；一为篇中眼，锤炼一个佳句或一个中心意象，而居于全篇之要。因此，现代诗的语言锤炼在颇大的程度上说，便是创造诗眼。现代诗的语言锤炼应当将炼字、炼句、炼意、炼意象、炼时空融汇综合起来，使之相互渗透与相互促进，统一于炼风格，方能使诗语言更为精练生动而独具特色地表现现代诗美。

101. 字思维的实质与要旨

字思维是基于字象的诗性思维。它的实质与要旨，我们可从形音义象、物字象物、字词句篇、气韵神妙四个方面深入探讨。

形音义象。汉字有形、音、义，有人加上"能"，指"组合能力"[40]。汉字这四个要素，可分解为两个层级。第一层级是字形、字音、字义；第二层级为字象、字能。字象又可分作表里两层。其表层主要来自字形，大多属于象形。单个汉字只看它点线结构，便有如绘画一样的物象。此为表层字象。里层的字象虽不舍字形，却重在字义，且兼及字音。在六书中，除象形字外，形声字就是字象兼及字音；而指示、会意、转注、假借皆基于字象，又重在字义。例如，昌，《说文》云："美言也。从日，从曰。一曰日光也。诗曰：'东方昌矣。'"《尚书·皋陶谟》有"禹拜昌言"，即作"美言"解。美言亦即善言。昌又从美善引申为兴盛、成长，乃至有生之物。可见，字思维从字出发，特别是以字象为基点。但须会同字的音尤其是义，通过联想、想象、象征、思考、翔飞以求诗美境界的创造。

物字象物。汉字的建构是从客观事物来的。《周易·系辞下传》曰："古者包牺氏之王天下也，仰则观象于天，俯则观法于地，观鸟兽之文与地之宜，近取诸身，远取诸物，于是始作八卦，以通神明之德，以类万物之情。"而八卦即为最初的文字。钱穆根据《易纬·乾凿度》指出，☰☷☴☶☵☲☳☱即为古文天、地、风、山、水、火、雷、泽。又说："因而重之，犹如文字之有会意。引而伸之，犹如文字之有假借。卜筮如拆字。系辞如签诗。"[41]古人观象造字当近乎事实。福科指出："起符号作用的形式和被符号指明的形式就是相似性……探寻意义，也就是阐明相似性。"[42]词与物、能指与所指之间的关联主要是相似性。从汉字的符号建构与符号作用可能得出的图式是：物—字—物。然而在字与引起造字之"物"和字的所指之"物"之间，都有"象"为中介，所以我们又可得更切合实际的图式：

物—象—字—象—物

这当是石虎《论字思维》所说的"汉字的两象思维特质"的重要内涵。

字词句篇。一首诗呈现在受众面前的只有诗语言。它有两个要素：一是作为结构元素的词，二是作为结构方式的词的排列组合。石虎提出："由汉字自由并置所造成的两山相撞两水相融般的象象比隔和融化所产生的义象升华，是'字思维'的并置美学原则。"[43]确是抓住了由字构词的要妙所在。比如"愁"字，上下结构：秋、心。而"秋"又有左右结构：禾、火。禾受火热，成熟了，即为秋，有含收的意思。在这会意中就包含了字思维。秋心怎么成愁了呢？作物收获之后，草木凋零，于是悲秋，发愁。以愁为核心，同别的字相结合，便有：愁肠、愁绪、愁眉、愁城、愁思、愁红、愁海、愁悴、愁绝、愁娥、愁黛、愁霖、愁愁、闲愁、忧愁、悲愁、离愁、春愁、乡愁，等等。这些词就是以愁为核心的字的"自由并置"。古人写愁的名句极多。"抽刀断水水更流，举杯销愁愁更愁"[44]，"暝色入高楼，有人楼上愁"[45]，"撩乱春愁如柳絮，悠悠梦里无寻处"[46]，"便做春江都是泪，流不尽，许多愁"[47]"春去也！飞红万点愁如海"[48]，"自在飞花轻似梦，无边丝雨细如愁"[49]，将愁说成如水、如泪、如海，如暝色、柳絮、飞花、轻梦、细雨；又轻又重，点点飘飞，流泻不断，氤氲浑茫。诗人造句创造性的焦点，正是在使这些"愁"字如何形象化上。而"西风愁起绿波间"，[50]"只恐双溪舴艋舟，载不动，许多愁"[51]，则通于现代手法。风何来愁不愁？愁又何来重量？不说愁细如丝雨，反说丝雨细如愁，以抽象的形容具象的，就有一种创造性的尖新。而"有人楼上愁"与"暝色入高楼"并置，算不上隐喻，却两句相互激荡，愁与暝色对应，便成一种暗示，使愁如暝色，昏暗，浑茫，弥漫，渐浓渐黑，妙不可言，乃古典诗词中暗合于现代诗艺。遣词造句，最吃紧的是"诗人必须努力表现纯新的东西"，"必须产生惊讶的效果"[52]。

气韵神妙。诗美创造所追求的极境是气韵生动而臻于神妙。所以王士禛在《香祖笔记》中一再张扬"神韵天然","神到不可凑泊","舍筏登岸,禅家以为悟境,诗家以为妙境"。诗美的神妙境界创造往往有赖于灵感思维。石虎强调"神觉""觉虚"[53],追求灵视灵听而创造虚象,最易触发灵感。从物象、字象、心象、虚象,一步一步去触发灵感,虽非必发,却为必由之路。就诗美创造而言,总是要通过意象思维去求灵感思维。所谓字思维是从汉字的形音义象和物字象物出发,抓住字象这个核心,通过字词句篇的途径,以追求诗美创造气韵神妙之极境。字思维是基于字象,通过意象思维以追求灵感思维的诗性思维。字思维是诗美时空演化动力中语动型的一条佳妙途径。掌握字思维的实质与要妙,大有益于诗语言与诗美的创造。

102. 现代诗的造句

说到底,现代诗将自己现代化的实际运作最终落实到诗句与诗句群的精心创造。现代诗人们掀起了诗的造句运动,而且波及小说和其他文学类别。现代诗句的精义何在? 还是先剖析一些例子吧。

聂鲁达《第六首情诗》第二节:

> 你像藤枝偎依在我的怀里,／叶子倾听你缓慢安详的声音。／迷惘的篝火,我的渴望在燃烧。／甜蜜的蓝风信子在我心灵盘绕。

一节四行三句。拆开来是一些代词、介词、名词、形容词,且很常见。诗句主要是由情感与意象谐合着驱动。出奇或者陌生化的是词的搭配排列组合,诸如"迷惘的篝火""叶子倾听""渴望在燃烧"云云,其关键在词与词、句与句之间的关系和组合方式的出新。全诗四节大体如此,连成一气。

艾略特《四个四重奏·燃毁的诺顿》开头:

时间现在和时间过去 / 也许都存在于时间将来，/ 而时间
将来包容于时间过去。/ 如果时间都永远是现在，/ 所有的时
间都不能够得到拯救。/ 那本来可能发生的事是一种抽象，/
始终是只在一个思辨的世界中的 / 一种永恒的可能性。/ 那本
来可能发生的和已经发生的 / 指向一个终结，终结永远是现在。

简直是一则关于时间的哲理思辨，却是一段经典的好诗。几乎全是抽
象的叙述论断，警句迭出，其要妙正在于找到了时间、现在、过去、
将来、永远、永恒、包容、可能、发生、终结等抽象词之间的深层关
系，因而有了意蕴深刻的自然组合。是《燃毁的诺顿》一诗乃至组诗
《四个四重奏》最好的开头，统领并镇住全局。

特朗斯特罗姆《复调》：

在鹰旋转的宁静的点下
当中的大海轰响着滚动，把泡沫的
鼻息喷向海岸，并咬着自己的
　　　　　海草的马勒

大地被蝙蝠测量的黑暗
罩笼。鹰停下，变成一颗颗星星
大海轰响滚动，把泡沫的鼻息
　　　　　喷向海岸

此诗呈现了壮丽的海景，上节是白天，下节是黑夜，所以为《复调》。
诗中的大海是喷鼻息的奔马。妙在鹰的出现。白天是"旋转着的宁静
的点"，是太阳；黑夜是"一颗颗星星"。以"蝙蝠测量的"形容"黑
暗"颇为尖新。全诗以意象动力为主，出新的是诗行与诗行的排列组
合，其间意象之间新关系的揭示，是诗人匠心的独到。

王小妮《深圳落日》：

今天的太阳又稀又软

灰溜溜的丹药，在两栋写字楼间慢慢坠下

下班的人流击鼓一样过天桥

身体里全是钢铁的回声

密麻麻不断擦掉它最后那点血色

那鹰眼，血已经干了

鬼知道这萎靡的东西明天还能不能再出现

又有哪个明天还回来踩踏着空声的钢桥

只有鬼知道

这当是诗人在深圳某天桥上，瞥见落日和下班人流时的印象和感想。首先是都市的落日，给出了对于"又细又软"的"太阳"一连串叠加的印象派意象："灰溜溜的丹药""那鹰眼，血已经干了""这萎靡的东西"等等，它"在两栋写字楼间慢慢坠下"。同时是"过天桥"的"下班的人流"。他们过铁桥的踏步"击鼓一样"，且"身体里全是钢铁的声音"，又"密麻麻不断擦掉""那鹰眼""最后那点血色"。这幅深圳落日的印象派大师的画作，涂满了诗人慨叹的疲惫烦忙无奈的情感色调。显然，全诗造句的着力点正在于慨叹、情感、意象、音响、色彩等等其间的错综关系。

圣一琼·佩斯长诗《风》第一部第 6 章中的末节：

……直到那沉寂的荒郊野外，那里，时间在一顶铁盔里做巢——三片树叶飘零，围着已故王后的小骨，跳起最后一圈圆舞。

……直到那幽静的、琥珀乡的死水和忘川，那里，清澈的大洋在圣油里给它的金草上光——而诗人则注视那最洁净的海带。

这节诗包含两个长句子。两长句中都有破折号，将句子分作两截，上下截似乎在各说一件事。这样就显出两种关系的创新：词与词之间关系和组合的创新，句与句之间的关系和组合的创新。而且，这一节诗整体的蕴含还是朦朦胧胧，也须有机地放到全章全诗中，方能得其意，得其情，得其韵妙。

所有中外古今的诗创作，皆须落到一句一句的创造。现代诗的造句有自己现代性的特质。除了在情感意蕴上诸如荒原、荒谬、荒诞、丑恶、丑陋、烦、死、孤独、寻根、回归、流浪、流亡、等待、解构、多元、戏说、戏拟、互文等等现代后现代意识为前现代诗歌所少见，在艺术表现上、在造句上特别看重：

一、在诗美创造的意、情、象、韵、语、形及综合等七种演化动力中，前现代诗歌最常用的情动型有所减少，而且往往将热情激情经过淬火，变成冷抒情。象动型倒有所张扬，但特别注意意象的奇丽荒诞与超现实。尤其主智，特重智性，意动型便大行其道。语动型也多起来了，反讽、荒谬、吊诡、戏拟等等为现代后现代诗人所喜用。梁晓明《各人》第一节"你和我各人各拿各的杯子"云云，其中心意思就是最后一句"我们各人各走各的路"。后两节诗则是这节诗的变奏。这首诗显然是意动型的，也是语动型的，抓住"各人"一语生发开去，都是靠智性当家。

二、在造句中惯常对于日常语言的语法作诗性的突破和超越。也就是将现代诗的句子造得大异于常人的说话。余刚《同时说两件事》前三节："钻石的高度正在降低／像顽皮的铜号那样的声音／还在市中心拉起风帆／辽阔的码头正在回家／酒店深处的萨克斯管细致入微／准确的放慢节奏／在岔路口，又有了新的人群／／昨夜的争论，表明／搬迁是一个很大的话题／表明绿色和黄色没有很好的渗透／表明我们在六楼没有抽象到家。"按照日常语法，几乎每一句都有问题，都有点不知所云。所有的词语倒都是常见的，问题就出在其间的排列组合上。"钻石的高度正在降低"，劈空来这么一句是什么意思？跟第二句、第三句搭配起来，又是什么意思？好像三句都很少搭界。而细想便可意会，第一句是说第二句铜号像钻石的声音那么高吭嘹亮，第三句点明铜号吹奏在市中心。第二节是说诗中主角在路上，第三节则是到了家里。粗看节节句句都不大合理，细会它们之间都有某种诗性逻辑，在不合语言常理中自有盎然诗味。现代诗造句的奥妙正是深蕴其中。

三、在现代诗美时空建构及诗篇构成上花样繁多，各各出新。荣荣《郑伯克段于鄢》：

> 恨一个人就让他饿着／然后给予他偷窃的权力和武器／／或者喂他恶的粮食／等待他的果实结在箭簇上／／一头雄鹰长出期待中的犄角／正义之狮正雄居高处／／被姑息的贪厌之心在肆意扩张／充沛的雨水泛滥不被祝福的河流／／历史是一件轻薄的衣衫　隔着二千多年／我仍能在鄢陵触到他笑里的寒冷／／看到他将亲情的泥巴踩躏于脚底／亮出汗渍深重的狡诈之刀

这首意动型的咏史诗，高明地无一字正面触及郑伯克段于鄢的史实。开头四节平行地呈现四种景象，共同凸显一种阴险奸诈的用心，促使作孽者自毙。后二节是诗人的历史感叹，"在鄢陵触到他笑里的寒冷"。

石光华《听冬》：

> 水上，淡淡的寒梅悄然／听落雪低语，疏影以外，是月亮的触及／一片枯苇潇潇如歌／是逝者之回首，是一次寂寞的诉说／与乱更相倾／／而望冬的深冬以水为舟／以一次空弦的断裂，为宁静的源头／／而水落石出。我想／用血痕写高山之悠远，泪滴清酒／即使是一段离梦，也铭骨为文／把唯一的苏醒／作为看云起的时候／看雨洗篁竹的时候／／那么，我将踏雪而来／悲哀的日子便相许以心／倘若蓦然相逢便叩击而乐／让门外有归者，有花之灿烂／然后开始无边的岁月／在深

深的等待中结庐濯身／并仰空若思，在每一株荒草背后／进入古老的弥留——

此诗题为《听冬》便扣紧"冬"与"听"，而其内里依情而动，而出之孤寂与寒冷，全诗有一种缠绵诉说的语调。其情颇真切，其景则虚虚实实，多为情所造设。用词上多袭古典，造句上间用新法。总之，此诗或可称作韵动型的一例。看来，现代诗的造句更加注重诗句与全诗的有机联系。全诗的动力型与格调在相当程度上规定着诗句与诗句群的创造。

现代诗造句的精义何在？在于精心发现与创造诗中的词与词、句与句、句子群与句子群之间崭新的关系及其有机的排列组合。

103. 现代诗的肌质

肌质理论是美国新批评派首领兰色姆提出来的。他说：

一首诗有一个逻辑的构架（Structure），有它各部的肌质（texture）。……在我的脑子里，这两个名词是属于建筑的。我住的屋子的墙，显然是属于构架的，梁和墙板各有它的功能。墙皮也有它的功能，墙皮只是最外面的墙能看得见的一方面。墙本来也可以是光光的，纯属功能性的，没有什么独立的性格，但是实际它是抹了一层东西的，上面有颜色，又有花样，虽然这些东西，对于构架不起任何作用。也许墙是挂着画幔，或者挂着画儿，作为"装饰"。涂抹的东西、糊的纸、挂的画幔，都是肌质部分，在逻辑上，这些东西是和构架无关的……如果一个批评家，在诗的肌质方面无话可说，那就等于在以诗而论的诗方面无话可说，那只是把诗作为散文而加以论断了。[54]

这段话不仅可以运用于诗批评，更可首先运用于诗创作。不过，我们还可以作如下的补充和修正：

一、诗的构架与肌质虽可作大体上的分析，但无法予以截然分开。以房屋为比喻，屋壳与装修摆设并不同构架与肌质完全相当。装饰美早已体现于构架之中，肌质早已渗透到逻辑的构架内部。比如，谢朓的《玉阶怨》："夕殿下珠帘，流萤飞复息。长夜缝罗衣，思君此何极！"而李白的《玉阶怨》："玉阶生白露，夜久侵罗袜。却下水精帘，玲珑望秋月。"就构架而言，两诗基本相同，同说妇人长夜怀思远人或来幸的君王，但肌质各异。说长夜，谢诗从"下珠帘"说到"萤飞复息"；李诗则从"生白露"说到"侵罗袜"，情景不同。说思念，谢诗说"缝罗衣"不息，以示思之"何极"。李诗只说"望"，"却下水精帘"来"望""玲珑"之"秋月"。李诗显然是从谢诗脱化而来，但从肌质上言，又更胜谢诗，因为更含蓄而耐人寻味。两诗的肌质皆早已透入构架；而李诗尤甚，构架反而几近隐去。

二、诗的构架不可或缺，但以愈深隐为愈佳。诗的肌质似乎多无助于诗的意蕴的表达，却是诗美质体最主要根本的东西。从这个意义上说，诗的要妙不在含义而在意味。诗一失去肌质，诗美便不复存在。诗重肌质，颇通于中国古典诗论之神韵说。王渔洋一生标举神韵，他在《池北偶谈》中专有《神韵》一则。他说："薛西原论诗。独取谢康乐、王摩诘、孟浩然、韦应物，言：'白云抱幽石，绿篠媚清涟。'清也。'表灵物莫赏，蕴真谁为传。'远也。'何必丝与竹，山水有清音；景昃鸣禽集，水木湛清华。'清远兼之也。总其妙在神韵也。神韵二字，予向论诗，首为学人拈出，不知先见于此。"[55]而郭绍虞评论说："实则渔洋所谓神韵，单言之也只一个'韵'字而已。"[56]诗的生命在于韵味，而韵味端赖肌质。

那么在诗中如何创造富于神韵的肌质？让我们先看斯蒂文斯的《山谷中的蜡烛》：

无边的山谷中只有我的蜡烛燃烧。

巨大的夜所有的光线汇集到它上面，

直到风吹来。

巨大的夜的光线

汇集到它的形象上

直到风吹来。

诗仅六行，三个句号。什么是它的构架呢？后三行是前三行的复沓或变奏，那构架只在前三行。前三行主要说：山谷中蜡烛燃烧。这就是构架吧，或者说这是较为纯粹的构架，余者都与肌质有关，或者纯为肌质。诗人在蜡烛前加上"我的"，便暗示或象征"我"是蜡烛，"我"在燃烧。"我"在山谷中燃烧，而这山谷是无边的。山谷四围为山所限，何来无边？因为在无光的黑夜。因此无边的山谷即为巨大的夜。大夜无光，除了"我"的燃烧。这就自然有了第二行。"我"是大夜唯一的光明。然而不，倘若有风，"我"这微弱的烛光便立刻被吹熄。"我"的光明脆弱而短暂。这样说来，肌质也非统统不含意义，但它必须化为意味，唯意味方有神韵。也有并不增加意义的，比如后三行，意义上只是重复，但在韵味上，在诗美创造上，却万万不可删削。似废话而实必要，因为它在诗中专主创造韵味。

好，我们现在说得概括一点。从大的方面看，创造诗的肌质应当着重两个要点：一是处理好肌质与构架的关系，或紧附构架，或深隐乃至溶化构架；二是处理好抽象叙述与意象呈现的关系，力求两者的动态平衡。从"小"的方面看，应当特别重视肌质的诗语言创造，尤其是其中的闲话、傻话、白话、俏皮话。

1. 闲话。南唐冯延巳有警句"风乍起，吹皱一池春水"[57]，中主李璟则有"细雨梦回鸡塞远，小楼吹彻玉笙寒"[58]。李璟戏问："'吹皱一池春水'，干卿何事？"延巳说："未如陛下，'小楼吹彻玉笙寒'。"李璟的确问到点子上，吹皱春水，干卿何事？然而诗的肌质，正是要多管些闲事，多说些闲话，只要这闲话富于诗味。瘦西鸿的《旁观者》第一节："石头含着疼痛在惶惑中惊醒／夜色染黑的额头／

被一片花拭净。"石头的痛痒醒睡，同样与诗人不相干，最多是旁观者多管的闲事，多说的闲话。

2. 傻话。包括痴话、无知的童言等等。《苕溪渔隐丛话》前集引蔡宽夫的《诗话》云："尝有士大夫称杜诗用事广，旁有一经生忽愤然曰：'诸公安得为公论乎？且其诗云：浊醪谁造汝，一酌散千忧。彼尚不知酒是杜康作，何得言用事广？'闻者无不绝倒。"这里说傻话的当然不是杜甫，它是以傻问来表示赞叹。丁谓的《海外诗》云："草解忘忧忧底事，花名含笑笑何人。"此处两问不仅多事而且无解，所以近傻，却傻得有味。车前子的《现代诗歌》："都说看到了大轮船／我只看到烟／滚滚黑烟，它冒出的 ／／我想大轮船只是一根烟囱／不知竖着走还是横着走／冒烟的船长站何处／（叼住烟斗？）／这多像电影看多了的幻觉。"全篇尽量冒傻气，而诗赖以成。

3. 白话。指说的自然、直白，尽去雕琢。袁枚的《随园诗话》卷七说："诗有现前指点语最佳。"卷九力主至情动人，说："或有句云：'唤船船不应，水应两三声。'人称为天籁。吾乡有贩粥者，不甚识字。而强学词曲；《哭母》云：'叫一声，哭一声，儿的声音娘惯听；如何娘不应？'语虽俚，闻者动色。"宇向的《低调》："一片叶子落下来／一年之间只有一片叶子落下来／一年四季每夜都有一片叶子落下来／叶子落下来／落下来。听不见声音／就好像一个人独自待了很久，然后死去。"重来复去是"叶子落下来"一句大白话，但重复得有味，最后的比喻更有味。

4. 俏皮话。包括双关、幽默、反讽、讽刺等。现代后现代的诗歌特重反讽。"语境对于一个陈述的明显的歪曲"，我们称之为反讽。而"反讽的诗之多远超过读者的意料"。[59] 葛雷的《墓园挽歌》说："彩画的瓮，栩栩如生的雕像／能把消逝的呼吸召回府邸？／荣誉的声音能唤起沉默的尘土？／捧场能安慰死亡冰冷的耳朵？"这就是明显的反讽。伊沙《名片》："你是某某人的女婿／我是我自个儿的爹。"则是令人解颐的俏皮话。

不论闲话、傻话、白话、俏皮话，如不加细辨，极易被认为是

"废话"。当然也有真正意义上的废话。近年有人主张"废话"写作。认为废话是诗歌的标准。"诗歌写作的意义是建立在对语言的超越之上。超越了语言，就超越了大限。超越语言的'语言'就是我们孜孜以求的、期待的废话。"[60]这是从语言维度界定"废话"。其实诗性的废话，是从两个维度去超越的，既从诗语言也从诗意蕴，可作双重的超越，但都须归结到诗美的创造。如是，方能成为现代诗的肌质的重要组成部分。

注释：

［1］刑天：《声音》。

［2］雪迪：《亡》。

［3］邹静之：《秋决》。

［4］王家新：《加里·斯奈德》。

［5］郭沫若：《三叶集》，上海书店出版社 1982 年版，第 46 页。

［6］菲野：《冬日挽歌》。

［7］李钢：《老兵箴言录》。

［8］陈应松：《折扇》。

［9］赵恺：《第五十七个黎明》。

［10］洛夫：《今日小雪》。

［11］余光中：《碧潭》。

［12］殷夫：《青的游》。

［13］徐志摩：《再别康桥》。

［14］宋琳：《视觉的快感》。

［15］顾城：《昨天，像黑色的蛇》。

［16］江河：《我歌唱一个人》。

［17］翟永明：《静安庄·第七月》。

［18］刘勰：《文心雕龙·练字》。

［19］王维：《积雨辋川庄作》。

［20］胡仔撰辑：《苕溪渔隐丛论》后集，人民文学出版社 1962 年版，第 64 页。

［21］杜甫：《早春》。

［22］岑参：《高冠谷口招郑鄠》。

［23］杜甫：《陪王使君晦泛江》。

［24］王维：《使至塞上》。

［25］王贞白：《御沟》。

［26］齐己：《早梅》。

［27］韩东：《致黄昏或悲哀》。

［28］郭力家：《第三色块·致刘索拉》。

［29］黄帆：《六月，在风的阳光里》。

［30］杜甫：《陪郑广文游何将军林十五首·其五》。

［31］杜甫：《登高》。

［32］翁宏：《春残》。

［33］张祜：《何满子》。

［34］周伦佑：《远足》。

［35］孙文波：《十四行诗选·六》。

［36］旧题白居易：《金针诗格》。

［37］苟明军：《听雨》。

［38］梁晓明：《我感到我一直是块毛巾》。

［39］西川：《永恒的柏树》。

［40］申小龙：《汉字人文性反思》，《诗探索》1996 年第 2 辑。

［41］钱穆：《国学概论》，商务印书馆 1997 年版，第 3—4 页。

［42］福科：《词与物——人文科学考古学》，上海三联书店 2001 年版，第 40—
　　41 页。

［43］石虎：《论字思维》，谢冕、吴思敬主编《字思维和中国现代诗学》，天津
　　社会科学院出版社 2002 年版，第 3 页。

［44］李白：《宣城谢朓楼饯别校书叔云》。

［45］李白：《菩萨蛮》。

［46］冯延巳：《鹊踏枝》。

［47］秦观：《江城子》。

［48］秦观：《千秋岁》。

［49］秦观：《浣溪沙》。

［50］李璟：《浣溪沙》。

［51］李清照：《武陵春》。

［52］埃利蒂斯：《光明的对称》，《国际诗坛》1987 年第 2 辑。

［53］石虎：《神觉篇》，谢冕、吴思敬主编《字思维和中国现代诗学》，天津社
　　　会科学院出版社 2002 年版，第 15—16 页。

［54］兰色姆：《纯属思考推理的文学批评》，赵毅衡选编《"新批评"文集》，
　　　百花文艺出版社 2001 年版，第 108 页。

［55］王士禛：《池北偶谈》下，中华书局 1982 年版，第 430 页。

［56］郭绍虞：《中国文学批评史》，中华书局 1961 年版，第 459 页。

［57］冯延巳：《谒金门》。

［58］李璟：《浣溪沙》。

［59］布鲁克斯：《反讽——一种结构原则》，赵毅衡选编《"新批评"文集》，
　　　百花文艺出版社 2001 年版，第 376—379 页。

［60］橡皮先锋网站：《简介和宣言》，《星星》2004 年下半月合刊。

第十四章

诗的文体建设

104. 诗的文体与跨文体

宇宙万物的演化，总是沿着两个方向，一是分化，二是整合，既分化又整合。物种变异皆源于遗传基因的重新组合，或因基因种类增减更易，或因基因排列组合方式改变，或因两者兼而有之。现代生物遗传育种学已由系统选育发展到分子水平，直接更改遗传基因的种类和排列组合方式，成为当代科学发展的一个生长点。这样的非驴非马一类便日益增多，使恩格斯早在 100 多年前说的"严格的界线是和进化论不相容的"[1]的真理性不断获得新的例证。当代文学在文体上的基因重组，也是翻新不止，且有一个名词，叫作"超文本写作"。

国际超文本写作是 20 世纪的重要文学浪潮，出现于 1897 年纪德的《地上的粮食》，文本采用了片断式写法，每节文字类似散文诗，短则几百字，长则数千余，间以标题断开；这些片断有内心独白、北非风俗、诺曼底农家，时空错乱，文字灵活，是综合了诗歌、散文、回忆、传记等文体的一种新小说。1922 年的艾略特《荒原》长诗中，也拼贴了各种文体，如神话、对白、引文、传说、民谣、经文口语、葬礼叙事、日常风俗、蒙太奇、戏剧性场面等。国际超文本写作大体上 20 世纪 20 年代是第一个浪潮，成为世界关注的热点。60 年代以美国超文本写作为代表，在一些国家成为与主流文学并行的重要文学景观。到八九十年代，超文本写作已成为一种文学自觉，许多重要作家都在运用。

诗是最富于革命性、创造性的文体。诗人们总喜欢将诗写得不像诗，不像当时流行的诗，这是推动诗歌发展的一种内驱力。就中国诗史而言，胡适在《谈新诗》中就说过，中国诗的体式从《三百篇》到"南方的骚赋文学发生"，"是一次解放"；从骚赋到五、七言古诗，"是二次解放"；从五、七言诗到词曲，"是三次解放"；从词曲到白话新诗，则"是第四次的诗体大解放"。在新诗的百年发展中，同样有着初期白话诗、自由诗、小诗、新格律诗、新民歌、"楼梯式"诗，以及朦胧诗、后朦胧诗等等诗歌体式上的变更。

看来，在诗的文体建设上存在着两种倾向：坚持与跨越。在跨越中坚持，在坚持中跨越。所谓坚持，就是要永远保持诗之所以为诗的本性，牢牢地把握诗文体的诗美特质。所谓跨越，就是要勇敢地突破诗的原有边界，向散文、戏剧、小说、报告文学等兄弟文体乃至音乐、美术、影视、建筑等姐妹艺术学习、吸取乃至掠夺、侵占。在诗文体的坚持与跨越中，会产生两种结果：诗本身的丰富发展和变形，诗与他种文学艺术形式所生的杂交体式。在这些杂交体式中又可分作两类：剧诗与诗剧，散文诗与诗散文，叙事诗与诗体小说，影视诗与诗性影视，等等。前一类属于诗，后一类则属于其他文艺品种。

在诗体本身，不论中外古今，一向存在着自由诗与格律诗两种体式。两者哪个起源最早？恐怕基本上同时，难分先后。王力说："诗歌起源之早，出于一般人想象之外。有些人以为先有散文，后有韵文。这是最靠不住的。因为人类创造了文字之后，文化的发展已经达到了相当的程度，当然韵文和散文可以同时产生。韵文以韵语为基础，而韵语的产生远在文字的产生之前，这是毫无疑义的。"[2] 这段话有个隐含的前提，认为诗也可以是不押韵的。那么这种不押韵的诗同样可以产生于文字出现之先了，那么自由诗和格律诗就"可以同时产生"了。因为诗歌出于人的言说上抒情的本性，最早产生于劳动和与之相融合的游戏与祭祀活动之中。只要便于抒情，有无格律原可以不问的。《吕氏春秋·季夏纪·音初》用四个故事说了东、南、西、北"音"的初始。最早的是南音。"涂山氏之女乃令其妾待禹于涂山之阳，女乃作歌，歌曰：'候人兮，猗！'实始作为南音。"就这么一句。"兮""猗"是发声词，倒押韵。有人说"兮"古音读"呵"，便不押韵，有实义的只有"候人"两字，实在谈不上是否韵文或散文确是原始抒情诗。看来，说自由诗与格律诗大体起源于同时，可能比较符合实际。

诗有自由、格律两体，皆出于诗的本质本性。由于诗的抒情性、审美性和语言性，使诗不能不追求音乐性。格律体固然富于音乐性，而自由体亦可以有其内在的音乐性。自由诗与格律诗在诗歌历史上往往可以偏重，终难偏废。

诗可以跨文体，也出于诗的本质本性。诗的质体是诗美。诗美本身就具有音乐美、绘画美、建筑美、戏剧美和影视美等等。也许可以质疑：古代根本就没有影视，哪有影视美？其实，影视从戏剧发展而来，由于技术上的方便，便发展了由打破戏剧"三一律"而来的种种属于影视艺术的技巧，例如蒙太奇等等技艺，通且作为萌芽状态不自觉地早在运用了。诗可以且已在借鉴、汲取、化用影视艺术的某些艺术技巧，这是事实。例如北岛就比较自觉地这样做，且见效颇好。舒婷则有电视诗《银河十二夜》。

总之，诗的文体建设是重要的。自由诗的字法句式、建行建节、结构谋篇等等都须精心探究。新格律诗的创立更须各方协调，努力实践。诗文体的跨越也当充分探索。

105. 诗的母题与重写

诗的母题与重写，是大诗歌大继承的极其重要的常用方式。在人类诗歌发展史上，可以说，凡触及人类人生的根本问题的主题，几乎都被前人写过了，而且被一再重写，这便形成了形形色色的诗歌母题。说得极端一些，过去、现在、未来的诗人们都在写着同一首大诗。诗的传统继承钟于斯，诗的不断创新亦钟于斯。

诗歌母题从最大处划分，可总括为生命意识与宇宙意识；两者又互相渗透，合二而一。生命是宇宙的生命，宇宙是生命的宇宙。两者在诗中都说的是人。弗洛伊德认为，人有"两种本能：一种是引导有生命的物体走向死亡的本能；另一种是性的本能，这种本能始终致力于使生命获得更新"[3]，也叫作爱的本能。这两种本能也就形成了我们常说的爱与死两个永恒的主题。几乎所有诗歌的题材与主题都逃不出这两大主题和两者结合的范畴。

更为实用的母题划分，是依据比较普泛的情感意蕴类别。《诗经》《楚辞》《昭明文选》和《乐府诗集》可说是为我们提供了近乎中国古诗母题的"目录大全"。《诗经》因为是最早的诗歌总集，305篇几乎每篇都提出一个母题，归并其大体重叠的，也不下数十个。《楚辞》中可提取的母题颇多，诸如《离骚》的求索，《天问》的问天，《渔父》的独醒与自放等等。《昭明文选》的三卷诗中所作的分类：悼亡、述德、劝励、献诗、公䜩、祖饯、咏史、百一、游仙、招隐、游览、咏怀、哀伤、赠答、行旅、军戎、郊庙、乐府、挽歌、杂诗、杂拟，等等，虽系以诗歌体式分类，有些亦已近乎母题。其杂诗中的《古诗十九首》，《行行重行行》伤别离，《青青河畔草》叹独宿，《去者日已疏》慨沧桑，《生年不满百》忧千岁，等等，一首有一首的主旨，同时又兼有多重情意蕴涵。将一些主旨相近相通者合并，便能成一母题。19首约可得七八个母题。《乐府诗集》是自汉至唐乐府诗的汇集，共一百卷。因为曲调的沿用，古辞的相传，所形成的诗歌母题十分丰富。例如《鼓吹曲辞》中的《汉饶歌十八首》古辞，《战城南》《巫山高》《有所思》等大半为后人作为诗题一再重写，起到母题的作用。

诗歌母题是在诗歌的历史发展中形成和演变的。已形成的母题中，有些会淡出、淘汰，有些会几个合并、凝缩成一个，有些一个会分化、衍生为几个。更有一些新的母题会随着时代而产生。江淹一组《杂体》共30首，效前人五言诗之佳者，有《古离别》《班婕妤咏扇》《嵇中散康言志》《阮步兵籍咏怀》《休上人怨别》等，便是比较有意地将离别、咏扇、言志、咏怀、离情、咏史、伤乱、感交、游仙、自叙、田居、游山、赠别、养疾、戎行、怨别等作为母题予以重写，因而增添了一些新的母题。

诗的母题只能在一再重写中形成，没有历代的多次重写，也就不成其为母题。重写的重，不是重复，而是重新。诗的母题被后人一次次重新创作。这种重新创作，虽有继承，重在创新。在重写的创新中，一般可分为两类，一为同向，一为反向。同向的重写创新，是在前人原母题诗作的基础上延续、拓展、深化。反向的重写创新，则是反其道而行之，反说，翻案。比如《将进酒》古词云："将进酒，乘大白，辨加哉，诗审搏。放故歌，心所作。同阴气，诗悉索。使禹良工观者苦。"大略以饮酒放歌为言。而李白的《将进酒》"君不见黄河之水天上来"云云，气势磅礴，涵意宏深，是非常有创造性的同向重写。李贺的《将进酒》"琉璃钟，琥珀浓，小槽酒滴真珠红"云云，也很有创造性，又是另一种格调。鲁迅的《华盖集·咬文嚼字（三）》"利用"曹植的《七步诗》"来活剥一首，替豆其伸冤"："煮豆燃豆其，其在釜下泣——/ 我烬你熟了，正好办教席！"便是一种反向的重写创新，用以打油讽刺。诗歌母题重写也包含着一定的后现代互文的因素。

　　同题、拟作、和诗等都是诗歌重写的形式。集句，将前人诗句选取集合起来成为一首新诗也可算作一种重写。同一母题可以有很多不同写法。晋代石崇据《明君》汉曲作《王明君》辞，后人依此母题作诗者络绎不绝。石崇诗说她到匈奴后，"殊类非所安，虽贵非所荣。父子见陵辱，对之惭且惊。本身良不易，默默以苟生"；"昔为匣中玉，今为粪上英。"鲍照《王明君》说："既事转蓬远，心随雁路绝。霜鞞旦夕惊，边笳中夜咽。"杜甫《咏怀古迹五首·其三》云："画图省识春风面，环珮空归月夜魂。千载琵琶作胡语，分明怨恨曲中论。"几乎都是沿着石崇题旨的同向重写，只有王安石出来做翻案文章。其《明妃曲》偏说："意态由来画不成，当时枉杀毛延寿。""君不见咫尺长门闭阿娇，人生失意无南北。"而欧阳修的《再和明妃曲》则云"红颜胜人多薄命，莫怨春风当自嗟"，又换了一个角度立论。现代诗人的母题重写，也多以反向创新取胜，舒婷《神女峰》、韩东《大雁塔》都是适例。的确，"诗歌是自古以来一切诗歌的有机的整体"。诗的母题及其重写，正是"这种诗歌的非个人的理论"[4]的突出表现与具体实践。重写、重写，在创新中重写，在重写中创新，这就是我们当今诗歌创作中值得重视的基本课题，也是现代汉诗融合中外古今的重要方式。

106. 自由诗的音乐美

有一种相当普遍的误解：自由诗谈不上音乐美，只有格律诗才有音乐美。自由诗篇无定节，节无定行，行无定字，且以无韵居多。这种被讥为"无韵、带杠、有点、隔开、高低不平"[5]的自由诗，也能有音乐美吗？但是，诗是精致的语言艺术，音乐美即在艺术语言之中。好的散文也有音乐美，何况是诗。

音乐的基础是旋律。声音经过艺术构思而形成的有组织、有节奏的和谐运动，便是旋律。它包含着一系列的音乐表现手段：高音旋律线、音调、节奏、节拍、速度、音色、力度等等。旋律的核心是节奏，是交替出现的有规律的强弱、长短的现象。而语言必有语义与语音。语音有音高、音强、音长和音色四个要素。语音的四个要素的轮替，便不可能没有节奏。无论在格律诗或自由诗中，作为诗美结构成分，音乐美都是诗人精心追求的东西。当然，自由诗与格律诗的音乐美构成的要素的侧重面不同，两者的特征也就会各有异同。

现代格律诗的音乐美，着重于各行顿数的均齐或有规律的变化，各节行数的匀称或有规律的增减，有一定的韵律，用以造成不同形式的节奏与复沓，它的音乐美突出了和谐、匀称、复沓、韵律和格式之美。现代自由诗的音乐美，去掉了匀称、复沓、韵律和格式，便只能依靠语言的自然节奏，依靠节奏的强弱、迟速、力度等来创造旋律，在散放的不和谐中创造更高层次上的和谐。在音乐性上，格律诗披着华丽的外衣，有一种装饰美；自由诗卸去外表的装饰，露出更为素朴的天然美。由于去了装饰，内在的东西更容易显露出来。它的节奏与旋律之美几乎全靠饱和意蕴的情感起伏律动，反而使诗的内涵美与形式美更加融为一体。《礼记·乐记》云："情动于中，故形于声。"自由诗的音乐美有赖于情与声的更为直接的谐合。格律诗侧重于声调，自由诗侧重于情调。自由诗有一种气在其中运行，涌动自由，起伏自然，行止自如。古人论诗，往往以气为主，这气赋予节奏与旋律以生命、以灵魂。格律诗也有气，但自由诗更着重养气而贯之，着重生动的气韵，感人的气势。欧阳修为人作的《相州昼锦堂记》开头："仕宦而至将相，富贵而归故乡，此人情之所荣，而今昔之所同也。"前两句原稿没有"而"字，文章送走已五百里，还是派人去追加了两个"而"字，就是为了文气，使之舒徐曲折，摇曳生姿，不显局促，为了追求散文的音乐美。自由诗当然更要讲求这种散放中的节奏起伏徐疾的音乐美。

比较一下郭沫若的《立在地球边上放号》与何其芳《月下》吧：郭诗句子长短悬殊，错落无羁。有的长行分逗为排比的短句，更增加了力度与气势。诗行的句式与组合正与喷涌的诗情，与无限的太平洋要推倒地球的中心意象相表里、相谐合。在节奏与旋律上造成一种雄浑而激荡的阳刚之美。而何诗的节奏与旋律显然柔缓而清丽，诗行较为均齐，仍错落而显出一种轻俏的流动。也有变形的排比，显得悱恻缠绵。诗的音乐美正是美丽而忧伤的诗情的听觉化，又与密度极高的婉丽的视觉意象相得益彰。何诗与郭诗显然创造了刚柔雄丽迥异的两种音乐美的境界。如果套用宋人故事，我们也可说《放号》须关西大汉朗诵，《月下》只好由十七八女孩儿轻读。

而艾青的《我爱这土地》，音乐美的境界与诗的意境一致，悲凉而沉郁。二节诗，上八下二，行数悬殊，但从情感重量上说，两节是平衡的，是一种内在匀称、和谐。上节八行中，前六与后二，也有内在的匀称与和谐。音乐美总是要讲求和谐，即使现代音乐中的不和谐音，实际上仍有一种深层的和谐。自由诗表现上行节的错落自由，在情感与节奏上仍有深层的和谐。可以说，格律诗偏重于天平式的平衡，自由诗倾侧于杆秤式的平衡。当然，自由诗可以巧妙地糅合进某种对称、对仗、排比和复沓等等格律诗中常用的手法，以至于用韵，寓均齐于散放。如陈东东《雨中的马》，诗意象与诗美时空的创造运用了现代手法，行节错落，是散放的现代自由诗。但巧妙地运用了复沓，"雨中的马"在不同的旋律位置上重复了四次。还有一些变相的排句与叠句，这些对于增强自由诗的音乐美起到很好的作用。再如昌耀的《水手长——渡船——我们》中，变相的重句与排比句更多了，而且层层递进，像旋涡一样，愈向下圈子愈小。而全诗是散放的。尤其是结尾：

一俟水手长用须眉召唤我们

就又重新解开缆绳

复投入那来路的

疯狂……那快乐

……那疯狂……那

快乐！

节奏越来越紧促，越沉重，像一枚铁锚从漩涡中心砰然投下。全诗很气魄，力度雄强。

可见，自由诗确有音乐美。它的创造从整体上有赖于诗气的运行，液化为情感与情绪的起伏流动，再固化为不同组合方式的错落有致的诗行与诗节，形成节奏与旋律。也可以适当运用一些格律诗常用的对偶、排比、复沓以至韵律，作为辅助。在总体精神上，追求比格律诗更为深层的平衡与和谐，追求散文美中的音乐美。

107. 现代诗的建筑美

现代诗的建筑美是通过诗行节的排列在视觉上直接显现的一种诗美，是闻一多将它与诗的音乐美、绘画美一起提出来的。其实，通过诗排列追求某种诗美，古人的宝塔诗、回文诗等就表现了这种倾向。外国诗也有。法国的阿波里奈、美国的肯明斯等热衷于此道。中国新诗经过闻一多等人的提倡与实验，产生了一些颇具建筑美的好诗。在20世纪三四十年代，鸥外鸥对此又有自己的追求。他在诗行中插入一些放大的字体。台湾在五六十年代发展出图像诗。大陆在80年代也有对现代诗建筑美的种种探索。

作为现代诗形式美的视觉的组成部分，建筑美是值得追求的，且大有用武之地。要在现有经验的基础上，根据诗美的本性与特征，探讨它的创作规律与方法。

现代诗能图像化吗？强调"以图示诗"的白萩的《流浪者》，原诗竖排，中间一节排列成短线竖直于横线上，使人联想到流浪者于地平线上眺望的孤独形象。而左、右两节，一些赏鉴者的解释便各不相同，可见其指示意向不很明确。据白萩自己解释，全诗的排列是为了描述一个流浪者眺望的心情，从"音"感、"量"感和"意义"上表现逐渐失望的无限悲哀的情绪，多少有点道理。但流沙河说，22 行可以压缩成 2 行："一株小的丝杉忘却了自己的名字／他在地平线上孤独地望着东方的云"，亦不无道理。看来，此诗有建筑美上的收获，也有意蕴美上的损失。再如黑大椿的《密封的酒坛》，共 14 行，每行从 8 个字递增到 20 个字，又从重复的 20 个字递减到 8 个字，构成一个口小腰粗上下对称的酒坛的形状。但为凑字数，有几行便显拖沓、勉强。也是外形上的新奇需要诗意上的拖沓为代价。其实，诗的形象性主要依靠语义通过心灵的感官而构建，用方块字的外形来画画，注定吃力不讨好的。有人偶一为之，带点游戏性质，未尝不可，显然不是追求现代诗建筑美的康庄大道。

全诗或部分诗行的特殊排列，一概不能从总体上增强诗美吗？也不是。比如冯新伟的《这个世界的颂歌》中有如此排列的几行：

而在蓝天之上
悬
梯
静静地
垂
下

并不勉强拖累，仍能联想悬梯下垂的形象，当有助于之诗美意象生动性的增强。又如岛子的《天狼星传说》末节，新鲜奇特，也还自然：

沉沉沉　沉下去

下下下　沉下去
去去去　沉下去
由
近
而
远
一个充满宇宙的声群
由
近
而
远
岁月僵硬地回首
承诺所有柔弱者的泫然恸诉
蓍草拱出云隙睫毛微闭追问萧萧落叶

“沉下去”3行可以横读和竖读。因为全诗主要不是靠诗排列，反而使这一节的奇特排列有助于整个诗美时空的建构。某些格律诗也可借建筑美而促进音乐美与整体诗美的，如朱湘的《采莲曲》和余光中的《乡愁》等。

诗行中可不可以用几种字体？早年鸥外鸥用过，有的效果不错。比如《被开垦的处女地》的开头便“山 / 山 / 山”，字体的大小显示山的大小，其效果无法用“小山 / 大山 / 小山”来代替。又如《第2回世界讣闻》，一开头是“war！/ war！/ WAR！ / WAR！ / WAR！/”这“WAR！”的近乎警车或救火车汽笛的呼叫，似不能用“战争”来代替。其字体的大小，也表示音响的高低强弱，读来惊心动魄。80年代也有人插用大字或黑体，效果有较好的，也有“西望长安”——不见佳。

还有标点，是用好还是不用好？有不同的议论。其实可以随便。句号、逗号都表示停顿，略分长短。行尾不用点，也知停顿。行间空格，亦表示停顿。有人在行间句意未断处有时也用句号，表示须停顿较长，带有强调的意思。有人用长行，在行间句意已断处不用标点也不空格，留给读者自行句读。这些，都可并存，各有自己的道理和习惯，不必相讥相伐。只是标点与空格并用的不多，也可试试。有些地方，空格与标点的作用也略有差异。

现代诗的建行建节、行节排列是很值得探索的，它不仅能创造建筑美，且与音乐美相表里。它与诗的情调、意味、语趣、风格都关系密切，不可等闲视之。建筑美虽直接由诗行排列的视觉形象而显现，其内在的东西却受诗的音乐美、形象美、情感美和意蕴美的制约。我们在创造现代诗建筑美时，务须注意：一、服从并服务于诗的意象美的创造与诗美时空的建构，有益于诗情诗意的增强。二、与诗的音乐美相协调，使诗的形式美视觉与听觉两方面相得益彰。三、精巧而自然，切勿矫揉造作。只要注意了这三点，那么在诗行的短长与排列上，不同字体的插用，标点与空格的运用，整体或局部外形图案或图像化，尽不妨异想天开，因诗而异，多方探索。

108. 现代抒情长诗探胜

诗的文体，根据不同的标准，可以有多种划分。比如，根据诗美含量，可以划分为纯诗与不纯的诗；根据与其他文体的关系，可以划分出散文诗、剧诗、小说诗（多与史诗或诗体小说等相混）、影视诗等等；根据表现内容，可分为叙事诗、抒情诗、哲理诗等；根据体量短长，可分为超短诗、短诗、长诗、超长诗等。我们现今最常见的可奉为正宗的是现代抒情短诗，而端居现代诗艺术顶峰的则为现代抒情长诗。它们是诗歌海洋中的航空母舰，多为20世纪世界性大诗人的旷世之作。它们的艺术经验和诗学贡献，很值得我们反复探究习学。

且先作些个案探索，先看 T.S. 艾略特《荒原》，这个命题便极好。此诗作于1922年，正当第一次世界大战之后，象征着当时的现状的"荒原"一词，便为当时人所怵目惊心，会心赞同。但此词又不限于当代，同时指向一切时代的常见景况。形成荒原的主因是缺水，而对于以往所有时代的大多数人，都有生命之水的缺乏，干旱。这就显出划时代大诗的大好题目。但《荒原》的主旨要义却只是从荒原出发，去找到拯救的圣水，变革寻求奋斗才是此诗的主题，所以全诗的结句是再三重复"Shantih"即"出人意料的平安"。《荒原》的第一要着是定了一个好题目，好主题。

《荒原》的第二要着是全诗的框架、结构、总体构思。艾略特在诗的原注中说："这首诗不仅题目，甚至它的规划和有时采用的象征手法也绝大部分受到魏士登女士有关圣杯传说一书的启发，该书即《从祭仪到神话》，我还得益于另一本人类学著作，就是《金枝》。"抒情长诗是很需要深厚的文化背景的。《荒原》共分5章："一 死者葬仪"，"二 弈棋"，"三 火的布道"，"四 水里的死亡"，"五 雷霆所说的"。这5章都写的什么，怎么写的呢？第1章分3节，共76行。第1节开头："四月是最残忍的月份，哺育着 / 丁香，在死去的土地里，混合着 / 记忆和欲望，拨动着 / 沉闷的根芽，在一阵阵春雨里。冬天使我们暖和，遮盖着 / 大地在健忘的雪里，喂养着 / 一个小小的生命，在干枯的球茎里。"说的是大自然，在死地里萌发着丁香的新芽。这节的下半，由"四月""冬天""夏天"的关联，不动声色地转向人事，说到我们、我、表兄家、玛丽、滑雪、读书。第2节一跳，开头是"攥住不放的根是什么，什么树枝从 / 乱石的垃圾堆中长出来？人子啊"云云，随后有瓦格纳歌剧引文、风信子女郎、出自赫胥黎小说的"梭斯托里斯夫人"、著名的"千里眼"、"那淹死的腓尼基水手"、戏仿的"岩石的夫人"等等，而以"谢谢你。如果你看见艾奎顿夫人，/ 告诉她我自己带着那张占星天宫图 / 这年头一个人就得如此小心"收尾。第3节是伦敦城的描写和荒原的描写互相象征，呼应。而以"我叫住史丹逊对他说"的一段话告终。说的是"去年你种在你花园里的尸体 / 抽芽了吗？"和"将这狗赶远些"云云。"死者葬仪"正是落脚在这里。

第2章长长短短分作7节，共97行，交错暗用了前人的多部作品为行文的框架。先说"她"，再牵出"翡绿眉拉的变形"，再转到"我们来玩一盘棋，／按着没有眼皮的眼睛，等待那一下敲门的声音"。结末是退伍军人妻子莉儿和女伴的一番对话。全章隐藏着引婆婆下棋而诱奸媳妇的背景故事。第3章三长七短共10节，139行，开头是"仙女不在此地"的泰晤士河的荒凉景象。接着是一些隐约借用，斐迪南王子在海滩沉思，波特夫人与斯维尼、铁罗斯与斐绿眉拉，等等。插入伦敦的一些现实景况。然后是瞎眼的两性人铁瑞西斯和现实的女打字员、伊丽莎白和莱斯特等夹缠着的故事，终于落到伦敦的现实，"然后我到迦太基来了"，隐寓着"一大锅不圣洁的爱在我耳边唱"。而全章的结末是"燃烧，燃烧，燃烧，燃烧／啊，主，你拔我出来／啊，主，你拔／燃烧"，是所谓"火的布道"。第4章很短，仅1节10行。说了"弗莱巴斯，那个腓尼人，死了两个星期／忘记了海鸥的啼叫，汪洋的巨浪／和一切利害得失"等，即为"水里的死亡"。

第5章共7节，113行。作者原注："第一部分用了三个主题：去埃摩司途中，向'凶险之堂'的行程和东欧各国的式微。"开头是多方凸显"这里没水只有岩石"。然后是隐含着寻求圣杯的武士进入"危险之堂"时的种种景象。于是Da、Da、Da"雷霆说了话"。而长达435行全诗的最后一节：

> 我坐在岸上
>
> 钓鱼，背后一片荒芜的平原
>
> 我是否至少将我的田地收拾好？
>
> 伦敦桥塌下来了，塌下，塌下
>
> 就把他隐身在炼他们的火里，
>
> 什么时候我才能像燕子，噢燕子，燕子
>
> 阿其坦的王子在塔上受到废黜
>
> 这些片断我用来支持我的断垣残壁
>
> 得啦，我就照办吧。希罗尼母又发疯了
>
> Datta. Dayadhvam. Damyata.
>
> Shantih Shantih Shantih

开头是隐用《从祭仪到神话》有关渔王的一章。然后是但丁《神曲》、基德《西班牙悲剧》等的隐用，最后是追求并达致克制、舍予、同情而归于出人意料的平安。全诗写荒原更写拯救。

聂鲁达《马楚·比楚高峰》也长达 430 行，分 12 章 53 节。马楚·比楚是美洲原住民族印加人在秘鲁的古城的废墟，在印加国古都库斯科（Cuzco）以北，1911 年才被发掘出来。诗人在 1943 年游历安第斯山脉上的这个废墟，两年后作此长诗。诗的进路与框架显然是此游历的实录与实感的诗化。其诗美创造的主要驱动力是充沛感情与奇丽意象，而赞颂印加人古文化的辉煌和劳动者伟大创造的深刻开阔的主题即丰盈其间。题材和主题几乎是自成的，着力的要妙是在此基础上诗人天才的诗美创造。

第 1 章第 1 节说："从空旷到空旷，好像一张未捕物的网，／我行走在街道和大气层之间。秋天降临，树叶宛如坚挺的硬币，／来到此地而后又离别。在春天和麦穗中间，像在一只落在地上的手套里面，／那最深情的爱给予我们的，／仿佛一钩弯长的月亮。"有叙事的淡淡影子，通体上是盈溢着深情的生动意象呈现。这是为全章乃至全诗定下的调性和风格。然后是"有一个人，他在提琴中等我"，"像一把陨石包裹的剑，／我伸出我的颤抖而温柔的手，／插入地球生殖力最强的部分"，"又像一个盲者，我返回到／那佩戴着素馨花的人间的暮春"，云云。第 2、3、4、5 章，都这样表现诗人在何时何种景况下去游历这座令人敬仰的高耸废墟。直到第 6 章开头才有，"于是我攀登大地的阶梯，／在茫茫无边的林海中间。／来到你，马楚·比楚高峰的面前。"然后是整整 7 章对于高峰废墟的奇丽凸显与纵情赞颂。最令人叹为观止的是第 9 章，洋洋 43 行叠加了 72 个现实超现实的新奇绚丽的纷繁隐喻。第 10 章开头设问："石头里有石头：人，他在哪里？／空气里有空气：人，他在哪里？／时间里有时间：人，他在哪里？"兀然的沉思，将诗引向深入。在石头、空气、时间的奥处，是人，是古代印加人的劳动与创造。随后 3 章是开阔的高亢的对古代印加人不死的创造精神的颂扬。而最后，第 12 章说："起来同我一道生长吧，兄弟"，"磨快你们保存起来的刀，/ 把它们放在我的胸前，放在我的手上"，"让我哀悼，每时，每日，每年，/ 每个蒙昧的时代，每个如星的世纪。// 给我寂静，水，希望。// 给我斗争，铁，火山。// 给我把所有这些物体黏住，就好像磁石一般。// 凭借我的血管和嘴。// 通过我的语言和我的血说话。"诗人站出来激情表态，为全诗翘起一条有力的豹尾。

帕斯《太阳石》34 节并不分章，全诗 584 句，数目正合于古代墨西哥阿兹特克人的太阳石所表示的历法。太阳石是 1790 年在墨西哥城出土的文物，系公元 15 世纪的阿兹特克人打造的石历。石呈圆形，整块玄武岩雕成，直径 3.5 米，重 24 吨，中心刻有口吐长舌两手紧握人心的太阳神，四周则刻有竖起的利剑，各种图案、象形符号、羽纹等，其中 15 组符号组成阿兹特克的纪年，最后一位数是 584。帕斯此诗作于 1957 年。诗人以现代后现代的多元文化，以及人与文化返本归元的意识，从神话、历史、现实、梦幻、时间、空间、理性、非理性等多维度多视角地打造了这块文字的"太阳石"，以标明现代人在世间的位置、境遇及其感受，深寓对于人及其本性的解放与回归的追求。长诗的开头：

> 一棵晶莹的垂柳，一棵水灵的黑杨，/ 一股高高的喷泉随风飘荡，/ 一株笔直的树木翩翩起舞，/ 一条弯弯曲曲的河流 / 前进、后退、迂回，总能到达 / 要去的地方

其结尾同样是这 6 句，构成一种周而复始的循环。随后是星星或者春光、河水等的流淌。第 3 节直接点到"一个形象宛如突然的歌唱"，"宛似被玛瑙滤过的光的身躯，/ 光的大腿，光的腹部，一个个海湾，/ 太阳的岩石，彩云色的身躯。"第 4 节说"我"，第 5 节是"我沿着你的身躯像沿着世界行走，/ 你的腹部是阳光明媚的广场，/ 你的胸脯上耸立着两座教堂"云云，第 6 至 11 各节都说我在寻找。第 12 节说："我寻找一个活的日期，/ 像鸟儿寻找下午五点钟的太阳 / 火山岩的围墙

锻炼了阳光：/时间使它的串串果实成熟，/当大门打开，从它玫瑰色的内脏/走出来一群姑娘。"到第 14 节，出现了"姑娘倚在雨中绿色的阳台上幽会，/无数年轻的脸庞，/我忘记了你的姓名：/梅露西娜，劳拉，伊莎贝尔，/帕耳塞福涅，玛丽亚，/你有一切人又无任何人的脸庞，/你是所有的又不是任何一个时光"云云。第 14、15 节说到"玉石上火的字迹"。第 16—19 节都说瞬间、梦幻、时间，"世界在用吃人的时间/叩打我心扉的门环"。第 20 节说梅露西娜种种，而以"从生命深处注视我们的目光/是死神的陷阱——/还是截然相反：陷入这双眼睛/便是返回真正的生命？"作结。然后是第 23 至 28 节，以"跌落、归来、做梦，/另一些未来的眼睛，另一个生命，/另外的云，梦见我另一次丧生！/对于我，今夜足矣，瞬间足矣"开首，讲了"十年前我在克里斯托夫大街""马德里，1937 年"，凸显了"我看到：两个人脱去衣服，赤身相爱"，"因为交叉的裸体/不受伤害并超越时间，/不受干扰，返本归原/没有你，没有我，没有姓名，也没有昨天明天，/二元的真实结合成一个灵魂和身体，/啊，多么圆满完全……"反复咏叹"当两个人亲吻，世界就会诞生"，"爱是战斗，如果两个人亲吻/世界就会变样"，"如果两个人/股肱相交、神醉昏迷，躺在草地上。/世界就会变样：天坍下来，树向上升，/空间只是寂静和光芒"。此后，第 29 节，以"什么也没发生"开头，点到阿伽门农、卡珊德拉、苏格拉底、布鲁图、莫克特苏马、罗伯斯比尔、丘鲁卡、托洛茨基等人；同样开头的 30 节则是概括的论说，结末是"我们是纪念碑——/它属于他人的，没有生活过的/几乎不是我们的生命"。第 31 节开首顶针："——生命几时曾真正属于我们？/我们几时真的是我们？"作进一层的关于生死的议论。第 32 节至结尾的 34 节，一路夹叙夹议，直到"太阳从我紧闭的眼睑，/剥去我生命的包装，/使我脱离了我，脱离了自己/千年昏睡的石头的梦乡/而他那明镜的幻术却重放光芒"。再接上全篇开首的 6 句，完成了长诗太阳石般光辉的球体铸塑。

看来，现代抒情长诗比诸现代抒情短诗，在诗美艺术上须要格外注重：

一、立意。要找到一个重大的好题目、好主题。要使当今和百代的读者都能关切和欣赏这上百行数百行乃至上千行诗的叙述议论和纷繁意象呈现。只有大题目重磅主题才适合写成现代抒情长诗。为此，需要"意在笔先"的主题先行，更企求行文中灵感光顾的"趣在法外"的"化机"，使胸中的"有成竹"与"无成竹"浑然一体。

二、长诗的题材和材料要既有深厚的历史文化底蕴，又富于当今现实意味。要善于将神话、历史、现实、时事、梦幻、追求、时间、空间、理性、非理性的哲理沉思与细节意象呈现有机地熔于一炉，追求张力平衡。

三、在现代诗美时空构建方式上，可以大板块组构与碎片拼贴综合使用，而其焊接方式可依意、情、象乃至语、韵、形的任性流动随机结合，而贯之以诗的意象逻辑的求美律与情动律。

四、要特别注重全诗的气韵生动，力求气沛神明力劲势强。气是势的本体，势乃气之呈现。切忌疲软无力与一盘散沙。

将一些世界性大诗人一些经典的现代抒情长诗熟练并深细揣摩，其中三昧定能自见。

109. 迷你超短诗

我习惯于称不超过 10 行的为超短诗、迷你诗。因其超短，特讲求精练、空灵、富于韵味，又易于记诵。

韩瀚作诗不多，然其《重量》一出，便脍炙人口：

　　她用带血的头颅，
　　放在生命的天平上，
　　让所有的苟活者，
　　都失去了
　　——重量。

不仅是对张志新烈士最好的悼念，且更是对一个非人时代最富于重量的反思。

罗门《车祸》：

> 他走着　双手翻找着那天空
> 他走着　嘴边仍支吾着炮弹的余音
> 他走着　走进一声急刹车里
>
> 他不走了　路反过来走他
> 他不走了　城里那尾好看的周末仍在走
> 他不走了　高架广告牌
> 将整座天空停在那里

此诗的现代诗美艺术手法更强些。"走着"与"不走了"对比着构成语趣驱动，更配以叙述性的意动。"走进一声急刹车里"了，只好"路反过来走他"。"城里那尾好看的周末仍在走"，是说遭车祸的他成了报纸周末版的花边新闻。

孔孚《圣钟岩下》古典味更重些：

> 七十三寺山钟齐鸣
> 独它不出一声
> 风来叩寂
> 惊起一窝野蜂

野蜂掠起使此圣钟更寂。诗的境界，隐动着一种人生。

孙静轩《希望》：

> 他站在海水环绕的礁石上

向大海撒出伞形的网

撒出去，又收拢来，网总是空的

而他，也仿佛知道没有希望

但他却依然不停地撒出网去

既不烦躁，也不懊丧

只有海才能知道

他那时开时闭的心灵

是什么在熠熠闪光……

诗的抒情与言志可以和合一体无间的，这便是一例。诗中西绪福斯推石上山式的徒劳撒网景象显然虚构，却是诗人血泪的切身体验。而"是什么在熠熠闪光……"一语，却凸显了诗人不屈的风骨。

潘洗尘《数数》：

从 1 数到 48 或从 1 数到 100

耗时之短长可以忽略不计

站在历史的过眼烟云处

看出生证和死亡通知其实是同一张纸

偶然的生　必然的死

或者如同数数　多多少少又有什么意义

说到底　人生就是一种绝症

无药可救　无医可治

诗眼在于标题，从数数荡开，发一种人生慨叹。似悲观，实为一种愤懑。虽说"无药可救"，实则心还是热的。

泉子《胜利者》：

那个惧怕死亡的人

昨晚自杀了

他在遗书中写道

"再也没有谁，能让我再一次地死去了"

他成了最终的胜利者

此诗的眼似乎也在标题，实则在那遗书中的一语，因为它点明了胜利的原因，且耐人寻味。

西娃《画面》：

中山公园里，一张旧晨报

被慢慢展开，阳光下

独裁者，和平日，皮条客，监狱，

乞丐，公务员，破折号，情侣

星空，灾区，和尚，播音员

安宁地栖息在同一平面上

年轻的母亲，把熟睡的婴儿

放在报纸的中央

此诗象动的内里是意动。其意之妙在于构建了两重的张力平衡。一重是上节的各色人等，安宁地栖息于一张旧晨报的同一版面上，人生百态的种种差别，为一张旧报纸所抹去。下节是睡婴与报纸在空间上的张力平衡，也许婴儿还会在旧报纸上撒一泡尿。另一重是上下两节之间构成的时间与空间、曾经的意义和区别与现实母子的安宁之间的张力平衡。两重张力平衡深刻地构成了人生意义的虚无，或者归于亲人间日常的爱与安宁。

江一郎《乡夜六行》是另一种式样：

　　　　星星神秘地移动

　　　　凉风徐来

　　　　麦秸儿编的月亮

　　　　飘下淡黄麦香

　　　　这样的夜晚，我不惧怕独自走在乡间

　　　　也不觉得山道，漫长，崎岖

是某种乡夜意境的构建，追求的是某种神韵。

　　黄礼孩《窗下》走的是同一条路子：

　　　　这里刚下过一场雪

　　　　仿佛人间的爱都落在低处

　　　　你坐在窗下

　　　　窗子被阳光突然撞响

　　　　多么干脆的阳光呀

　　　　仿佛你一生不可多得的喜悦

　　　　光线在你思想中

　　　　越来越稀薄越来越

　　　　安静　你像一个孩子

　　　　一无所知地被人深深爱着

夹叙夹议，缀以意象呈现，雪后窗下，阳光给人以安静的深爱。同上
首一样，凸显了瞬时感觉。

　　吉狄马加的《鹰爪杯》：

　　　　把你放在唇边

　　　　我嗅到了鹰的血腥

　　　　我感到了鹰的呼吸

把你放在耳边

我听到了风的声响

我听到了云的歌唱

把你放在枕边

我梦见了自由的天空

我梦见了飞翔的翅膀

唇边、耳边、枕边，相似的三行一组，三组构成一诗。有彝族民歌的影子，更有广阔而强悍的想象力。

武华强《山色尽》：

黄昏

女人脱掉衣服，在河水的源头俯下身子

山褪掉豹皮，袒露出腹肌和胸部的肉

野兽只能在远处观望，却不能去打扰这近乎野蛮的仪式……

这一切与神无关

但令兽类最原始的欲望

也感到惊惧

颇富于现代性的情景交融，相当别致的叙述与呈现一体。写一个西部女人与黄昏山色一起澡身，亦可算藉性而美的一例。

一口气读了当代中国新诗中的十多首迷你超短诗，似乎可以领悟到超短诗创作的某些门道。超短诗最讲求灵感偶发的上天赐予。诗人应当在诗化生活中处处留心，以长期寻求孵化灵感火花的迸发。其迸发闪光点，往往即是诗眼。可以是一个词，一行诗，一点景象之趣，一种吊诡的语趣，一点情趣或理念或意味，也可以是意、情、象、形、语、韵的一星火种。特别惜墨如金，格外讲求用字、遣词、造句、诗的行节关联等等的生动、锤炼、出新、陌生化，刺戟眼球与心脏病人不宜。特别善于留白，专以"不着一字，尽得风流"取胜，在一弹毕命中洋溢生动气韵。因此，神韵，空灵，乃至透明，是其审美追求的极致。

110. 呼唤现代史诗

在中国新诗第二个百年肇始的今天，我们呼唤现代史诗。我们所呼唤的现代史诗，是一种篇幅中长趋短的，极富现代性的，"史诗思"三者合一的高品位诗歌体式。根据中外史诗传统，尤其是现当代史诗佳作的经验，可知现代史诗一般具有中长趋短、抒情为主、诗化史思、现代特征、技艺出新与俊爽大气等特性特质。

中长趋短。荷马《伊利亚特》《奥德修纪》是很长的长诗，但丁《神曲》、弥尔顿《失乐园》与《复乐园》也都很长。但现代史诗的篇幅明显中长趋短。庞德《诗章》很长，共 117 章。埃利蒂斯《理所当然》很长。聂鲁达《诗歌总集》也很长，但是流行的则是其中《马楚·比楚高峰》《让那劈木做栅栏的醒来》，皆为独立的现代长诗杰作。奥·帕斯《太阳石》584 行，T.S. 艾略特《荒原》435 行。组诗《四个四重奏》实质上也是一首中长的现代史诗。中国古代史诗较少，且多为短制。《诗·大雅·公刘》写公刘迁都，共六章，每章十句。《古诗为焦仲卿妻作》稍长，不过 256 句，看来现代史诗的篇幅宜于中长趋短，三五百行即可，百行左右也有相当的史与思蕴涵容量。

抒情为主。这是史诗的现代与古典的重要分界线。本来史诗述史，属于长篇叙事诗，且与小说同一祖宗。但在现代，小说与史诗明显分化，史诗在实质上已成抒情长诗。但是既称史诗，历史事实与历史精神是断不可缺的，只是它的存在与表现方式现代化了。古典史诗中的史实从头到尾作系统叙述，现代史诗中则将大块史实砸成大小碎片，而且以哲思予以凝练，更以情感予以液化、汽化。于是它就现代化为极富史诗性的长篇抒情诗。即使洛尔伽《伊涅修·桑契斯·梅西亚斯挽歌》有跳跃式的斗牛致死的史实，但通体是抒情性极强的现代史诗。

诗化史思。现代史诗的要妙实在于诗化史思。叙述某些史实是必要的，但多作众多史实碎片的有机拼贴。其间全靠贯串时代精神与历史精神。其实，时代精神实质的延续即为历史精神，而历史精神的当代化便是时代精神。就现当代中国而言，"五四"至今的一百年来，均为以救国与兴国为质体的现代化过程。"五四"的科学、民主精神，便是历史精神与时代精神的最强音。即使在尔后轰然而至的新的一百年中，只要以救国兴国为质体的现代化大业未完成，中国现代史诗情感意蕴中诗化史思的根本任务，便是弘扬科学、民主的"五四"精神。

现代特征。自波德莱尔、惠特曼以来，现代诗歌的现实主义、浪漫主义、象征主义、意象主义、达达主义、超现实主义、深度意象主义，以及中国的朦胧诗、后朦胧诗、口语诗、实验诗、探索诗、先锋诗等等，喧哗骚动，争奇斗妍。现代史诗的现代后现代特征，应当在艺术精神与创作道路上各取其长，熔冶一炉，更致大力于开拓创新。大继承与大创新，实为真正的现代性。茨维塔耶娃说得好："现代性并非我的时代所有东西的叠加。现代是一个时代的标准，人们的评判标准：它不是时代的订货，而是时代的展示。现代性本身就是一种精选。真正现代的作品在时间上是永恒的，因此，除可供判断的当前时代外，现代就是与永远同时，就是与一切同时。""现代性在艺术中是优秀之于优秀，也就是与迫切性相反：拙劣之于拙劣。""现代性就的一切精华的荟萃。"[6]"诗人现代性的特征绝不在于当代社会公认的现在性"，"现代性使诗人在一瞬间能如此强地感到心，使他准确地触摸到世纪的脉搏。""我以全身心的震颤来感受时代。"[7]因此，"大艺术家则总是现代的。"[8]所以，我们可以简化成一个近似的连等式：**现代性 = 永恒性 = 精粹艺术性**。而现代史诗最易于实行与达致这个公式。

技艺出新。现代史诗因其较大的诗美蕴涵与形式体量，技艺出新的天地最为宽广。在诗的叙述艺术、抽象艺术与意象艺术一体两翼的大框架下，举凡融合诗美创造与诗语言创造为一体的意象呈现、比喻、象征、共振、虚化、空白、反讽、佯谬、矛盾语法、张力平衡、小说化、戏剧化、影视化等等，只要有利于诗美创造的已有与新创的一切技艺，可无所不用其极。

俊爽大气。在诗的调式风格上，自然现代史诗路子最为宽广，无所拘限。但其主流倾向则为俊爽大气。诗风上多显为俊雅、爽朗、凝重、大气。

111. 诗的小说化和戏剧化

人的会说话和会唱歌是同时起始的。古希腊荷马史诗是用于弹唱的原始长篇小说。中国古诗的"音初"也是夹杂在神话传说中流传下来的。诗歌与小说可说是同源的，关系十分密切。而小说与戏剧都用来叙事状人，所不同者只是艺术媒介各异罢了。诗是用来言志抒情的，但往往须运用景物人事来表现，多忌直抒直言。这就既要求诗可以且应当小说化、戏剧化、影视化，更要求诗中的小说性、戏剧性、影视性皆须诗化，或者说溶解于诗性之中，否则不利于诗美创造。至于诗将如何小说化、戏剧化与影视化，我们可大体探究如下四个方面。

一、诗性叙事状人

古诗讲求赋、比、兴。赋当然用来叙事状人；比、兴除直接用于写景、抒情、言志外，也可用来叙事状人。"昔我往矣，杨柳依依。今我来思，雨雪霏霏。"[9]这里首先是叙事，又烘托以写景，这景、事中涵蕴着情感，又显现情、景、事中之人。再如："笃公刘，匪居匪康。乃场乃疆，乃积乃仓；乃裹糇粮，于橐于囊。思辑用光，弓矢斯张；干戈戚扬，爰方启行。"这是《诗经·公刘》中的第一章。此诗共六章。是周部族史诗之一，歌颂公刘率领族人从邰迁居豳的伟大业绩，写了从准备到安处新居的全过程，也写出公刘这个忠于本族、勤于政务、不怕劳苦、事事亲临、同民众关系融洽、受民爱戴的领袖人物形象。它的叙事状人是为了歌颂。可见，诗性的叙事状人有着两个特点：一是诗中充满情感，而且为了抒情；二是叙述形容力求简洁。只要脉络清晰，点到为止；而同时又不惜在某些细节的凸显上用力。张籍的

《节妇吟寄东平李司空师道》所咏"君知妾有夫，赠妾双明珠"，"还君明珠双泪垂，恨不相逢未嫁时"云云，不过是对李师道约请所作的婉言谢绝。所谓妾与君关系的缠绵曲折，极富于故事性、戏剧性的情节，实际上只是诗人情志的托讽，情志虚幻的外显。

二、设置戏剧矛盾

戏剧影视的特质在于戏剧性的矛盾冲突。亚里士多德强调戏剧中的"结"与"解"、"发现"与"突转"。他说："剧外事件，往往再配搭一些剧内事件，构成'结'，其余的事件构成'解'。所谓'结'，指故事的开头至情势转入顺境（或逆境）之前的最后一景之间的部分；所谓'解'，指转变的开头至剧尾的部分。"[10]"'突转'指行动按照我们所说的原则转向相反的方面"[11]；"'发现'乃人物的被'发现'，有时只有一个人物被另一个人物'发现'，如果前者已识破后者；有时双方须相互'发现'"[12]。戏剧情节的构成靠其间人事的矛盾冲突。由于矛盾的发生发展而激化，由众多矛盾的扭"结"，然后是因"发现"而"突转"，终于"解"开。诗中同样可设置戏剧矛盾，可以是单个的也可以是多个相扭"结"。可以有"发现"与"突转"，可以因此而"解"开，也可以至矛盾高潮戛然而止，以无"解"而"解"之。诗中的戏剧性被简化乃至漫画化了，但必须情感化，必须诗化。荣荣的《一个疯女人突然爱上一个死者》：

> 这是始料未及的 / 爱上一个死者是不是缘分？ / 昨天我撞上了他。出丧的队伍前 他的相片 / 在走 脸容多么亲切 / 他冲我笑 对我说着什么 / 别吵！别吵！我听不清他说了什么 / 人们却用石块回敬我 / 他们疯了 这样对待一个女人 / 他们是卑微的一群 / 而他多么高贵 直觉告诉我他是 / 世间另一个孤独的过客 / 我多么爱他 而他也是 / 不管他多大 有没有娶妻 / 我的心已被他揪走了 / 就是他了！我久久等待的 / 就是他了！跟着队伍 / 我走了很远 谁也不能 / 将我从那里赶走 / 我叫道 我

爱他／我爱上了一个死者／爱情醒了 我多么幸福啊／我的泪
水流了又流

这个看似滑稽实涵深意的离奇而平常的故事，颇富于戏剧性。这里有
着生者与死者、疯人与不疯的常人、爱与死、孤独与群聚、幸福与哀
伤等等的矛盾，而且纠结在一起。这些矛盾似乎突然扭结起来，没有
过程与突转，又以无解而解之。这就是诗化的戏剧性的一种表现方式。
诗只呈现矛盾和"结"，诉之于情感与深思。于坚的《下午一位在阴影
中走过的同事》以另一种方式表现诗化的戏剧性或曰诗性的戏剧化。
本来，"当我在惟一的窗子前倒水时看见了他"——"我的同事"，"正
从两幢白水泥和马牙石砌成的墙之间经过"，是平常得半点戏剧性也没
有的。但是不，诗人创造了一次偶然的"他不知道，我也从未提及"
的窥视中的独特景观。这里在窥视者与被窥视者之间的矛盾笼罩下，
被窥视者行走中极平常的每一动作，似乎都显得异样，因而富有戏剧
性，颇类似观看戏曲《三岔口》时的兴味。再看穆旦的《演出》：

> 慷慨陈词，愤怒，赞美和欢笑／／是暗处的眼睛早期待的
> 表演，／只看按照这出戏的人物表，演员如何配制精彩的情
> 感。／／终至台上已习惯这种伪装，／而对天真和赤裸反倒奇
> 怪：／怎么会有不和谐的音响？／快把这削平，掩饰，造作，
> 修改。／／为反常的效果而费尽心机。／每一个形式都要求光洁、
> 完美；／"这就是生活"，但违背自然的规律，／尽管演员已狡
> 狯得毫不狡狯，／／却不知背弃了多少黄金的心／而到处只看见
> 赝币在流通，／它买到的不是珍贵的共鸣／而是热烈鼓掌下的
> 无动于衷。

设置了两个互为表里的中心矛盾：生活与演出，天真与伪装。在这中
心矛盾的支配下，诗中矛盾语法处处闪现。一切都颠倒了，却以这种
颠倒为正常。诗性的戏剧化正是此诗艺术生命之所在。

三、意识流手法

意识流概念是美国詹姆斯于 1890 年提出来的。20 世纪初,法国柏格森用意识流来论述文艺问题。他说:"小说家可以堆砌种种性格特点,可以尽量让他的主人公说话和行动。但是这一切根本不能与我在一刹那间与这个人物打成一片时所得到的那种直截了当、不可分割的感受相提并论。有了这种感受,我就会看到那些行为举止和言语非常自然地从本源中奔流而出。它们就不再是一种附加在我对这个人物所形成的观点上面,并且不断地充实这个观念,却永远不能达到完美地步的东西。我就一下子得到了这个人物的全貌。"[13] 主张小说家进入人物内心,跟着人物的意识流来刻画人物,反映世界。这就是意识流手法,在现代小说中甚为流行。在现代诗中也可以诗化地予以运用。西川的《停电》:

> 突然停电,使我确信 / 我生活在一个发展中国家 // 一个有人在月光下读书的国家 / 一个废除了科举考试的国家 // 突然停电,使我听见 / 小楼上的风铃声,猫的脚步声 // 远方转动的马达戛然而止 / 身边的电池收音机还在歌唱 // 只要一停电,时间便迅速回转: // 小饭铺里点起了蜡烛 // 那吞吃着乌鸦肉的胖子发现 / 树杈上的乌鸦越聚越多 // 而眼前这一片漆黑呀 / 多像海水澎湃 // 一位母亲把自己吊上房梁 / 每一个房间都有其特殊的气味 // 停电,我摸到一只拖鞋 / 但我叨念着:"火柴,别藏了!" // 在烛光里,我看到自己 / 巨大、无言的影子投映在墙上。

诗中由停电引起的"我"之所思、所闻、所见、所行,忽东忽西,忽远忽近,忽古忽今,似乎杂乱无章,却统一于"我"此时此刻的意识流动。北岛的《午后随笔》:"女侍沉甸甸的乳房 / 草莓冰激凌 // 遮阳伞礼貌地照顾我 / 太阳照顾一只潮虫 // 醉汉们吹响了空酒瓶 / 我和烟

卷一起走神 ／ 警笛，收缩着地平线 ／ 限制了我的时间 ／／ 水龙头干吼的四合院 ／ 升起了无为的秋天。"这是诗中运用意识流手法的另一种方式。人物的行动比《停电》多，且构成了简略的情节，"我"在遮阳伞下吃冰激凌，抽烟，观看着周围动静。为警笛的骚扰所驱赶，回到了四合院，在晴朗却无为的秋天。这一切都为意识流所内化、节缩，连贯而流动。而在意识流这个大篮子里，可以放进其他各种现代诗美艺术手法。如此诗的"我"和卷烟一起走神，融合着多重隐喻；"警笛，收缩着地平线 ／ 限制了我的时间"，又包含了更妙的现代手法。

四、蒙太奇手段

蒙太奇为法文 montage 的音译，原义为其"构成""装配"，是电影艺术的重要表现手段。一部影片是由许多分别拍成的镜头，按照原定创作构思有机地组接起来，使其通过形象间相辅相成的关系，产生连贯、呼应、悬念、对比、暗示、联想等作用，从而形成各个有组织的场面和段落，直至一部完整的影片。这种表现手法通常称为"蒙太奇"。诗虽然不是影视艺术，但运用语言文字可以产生各种类似镜头的意象意境，因而也可以运用蒙太奇手段将它们巧妙地组接起来。洛尔迦的《猎人》："在松林上，／ 四只鸽子在空中飞翔。／／ 四只鸽子 ／ 在盘旋，在飞翔。／ 掉下四只影子 ／ 都受了伤。／／ 在松林里，／ 四只鸽子躺在地上。"四个镜头一组接，显示了猎鸽的全过程。北岛的《空间》第二节："纪念碑 ／ 在一座城市的广场 ／ 黑雨 ／ 街道空荡荡 ／ 下水道通向另一座 ／ 城市"。三个镜头，一片空间景象。于坚的《1987 年 12 月 31 日》上半："晚间新闻：毒品，股票市场 ／ 美苏会谈 汽车大赛 癌 ／ 成千上万的黑人走过美国 ／ 一封信的内容：人生是无聊的 ／ 一间厨房正在讨论：邻居的围巾 ／ 大年三十 中国人围着圆桌吃喝。"这么多迥异的镜头组接在一起，表现着喧嚣而无聊的世界。

不用说，诗的小说化、戏剧化、影视化的诗性叙事状人、设置戏剧矛盾、意识流手法和蒙太奇手段等表现方法，是相互交错渗透的，完全可以运用于同一首诗中。比如《诗经·采薇》的"杨柳""雨雪"

云云，既是诗性叙事状人，又在其中显然不自觉运用了蒙太奇手段。荣荣的《一个疯女人突然爱上一个死者》既在设置戏剧矛盾，作诗性戏剧化，又是以独白出现的意识流手法。

112. 现代散文诗的特长

这里所说的现代散文诗，是现代诗中的一族，是现代诗的一种发展形态。这种不分行的现代诗比起分行的现代诗来，有自己值得注意的特长。为了探究它的特长，我们可以集中读几首诗。帕斯的《都城》：

> 黎明那尖叫的冠顶闪发火焰。最初的蛋，最初的啄，免职与快乐！羽毛飞翔，翅膀伸展，帆片鼓满，翼之桨沉浸在日出之中。呵脱缰的光芒，最初竖起的光芒。水晶的崩塌自山峦溃决，耳鼓定音鼓在我头脑中爆炸。
>
> 一无所尝，一无所嗅，黎明，仍然无名，仍然无脸的少女。来临，向前移动，停顿，朝郊区进发。留下一长串使眼睛睁开的喃喃低语。失落于她自身之中。白昼用其仓促的脚踩碎一颗小星星。

这首诗的标题叫作《黎明》或《都城的黎明》可能更为切合，它写的是都城的黎明，黎明的都城。诗人的触角是非常灵敏而细长的。"留下一长串使眼睛睁开的喃喃低语。失落于她自身之中"，写都城初醒的特征多么到位，入木三分！

勃莱的《夜晚，我站在樱桃树下》：

> 樱桃树枝摇晃着……它们是预示音乐的臂膀，是追随即将到来的音符的手。一簇簇盛开的樱桃看起来沉重欲坠，就像女人的脸，但对我们并无怒意，她们饶恕了花瓣，把它们

放回大地。我也摇晃着像这些树枝一样，又仿佛在幽深的峡谷中，逆流而上，不着边岸，迎面有许多细小的杉树枝，在云烟氤氲的春水中顺流而下，不停地翻滚。

　　整个白天我都在海边漫步！我不时地攀下悬崖，去和黑黑的淡菜共坐。终于，我回到这里，在这花园里，夜晚的空气脉脉含情，群星宛如透明的山脉……我，一个人，站在黑暗中，看着樱桃树枝在冰顶上晃动，背景是离大海不远的夜空！

海滨，花园，盛开的樱桃花。从白天到夜晚，诗人悠游其间。一种恬静的孤独，孤独而怡然的境界，人与大自然音乐般的和谐。

米肖的《在我死后》：

　　在我死后，我并没有被移置在附近某地，而是投放于茫茫太空之间。我不仅没有被这无边无际、无限寥阔，这繁星点点的天宇所压倒，过去的我，现在的我，以及在那奥秘的历书上那个未来的我，竟然重新聚合，汇集归一，我收揽起这一切，我的优点还有我的缺点，这最后的堡垒，把它制成一层厚厚的甲壳。

"我"预想"在我死后""被""投放于茫茫太空之间"，"我"将过去、现在、未来的"我"和"我的优点"与"缺点"，"重新聚合"，"汇集归一"，并"把它制成一层厚厚的甲壳"，用以保护不朽的真"我"。这是荒诞的幻象，又是真切的关于生死的哲理沉思。

夏尔的《致维埃哈·达·西伐尔的九次感谢》较长，节录如下：

　　二、在空中
　　太阳低低地飞翔，和鸟飞得一样低。夜将它们一起熄灭。我爱它们。

　　七、每天直到末日的催眠曲

很多次，很多很多次，

那个人睡熟了，他的身体使他醒来；

然后有一次，唯一的一次，那个人睡熟了，丢掉了他的

身体。

九、芦苇里的莺

展现在猎枪瞳孔中的树不是一棵飞翔的树，惹是生非的

人提前赶到：默不作声地走过树林。突然咬住的柳树蒿即刻

松开逃亡的莺爪。但在它停落的芦苇丛里，怎样的咏叹调！

是在这里，它歌唱着。全世界都知晓。夏日，河流，空间，

秘密的情郎，水中的月亮，莺重复着："自由、自由、自由、

自由……"

九章"九次感谢"。八章都是散文式的，只第七章用分行的诗式，但整体上很和谐，是有着不和协音的和谐。各章皆可独立，又是连环似的整体，既发散又收敛。诗的蕴含也是如此，末章的莺啼将诗推向高潮，是主题的强音。

将以上抄录的四首现代散文诗，不仅同分行的诗一样是现代诗，一样可以容受各种现代、后现代的诗美表现手法和方式，而且更有自己的独特的长处。它们的特长至少有如下两个方面：

一是更易于发挥诗的散文美而至于极致。自由诗讲求诗的散文美，散文诗更在书写形式上利于发挥诗的散文美。例如《都城》，即使将它分行书写，诗反而不会显得如此紧凑和硬朗。假使将《致维埃哈·达·西伐尔的九次感谢》的第二、九各章改写成分行的，又将第七章连写成不分行的，其诗味都会大减。这里有着诗语言内在的气韵与节奏感的不同，值得反复诵读，细心体味。圣－琼·佩斯指出："诗不仅满足于证实和表现，而且成为它'捕捉'、唤起和表现的对象本身；它不仅模仿，而且成为运动中的事物本身；它和它的对象有相同的体验，相同的措置，而且应该忠实地伴随它，差别在于诗有自己的尺度、自己的节奏：如果写的是海或风，诗是壮阔和浩大的；如果写

的是闪电，诗是紧凑和迅疾的。这种诗除了产生它所必需的潜意识之外，在它追求信息和运用格律的过程中，可以勇敢地接受认为它'玄奥'的非难，如果这个词指的是它的词源意义的话：人'内心'培养和激发的诗。"[14]这种从"内心"培养和激发的诗的"玄奥"，正深蕴于诗的语言呈现之中。而诗的散文美的自由性，更利于诗人的诗美与诗语言高度融合的独特创造。

二是更利于拓展诗的抽象与具体之间的张力并求得两者之间的平衡。诗美表现总是追求抽象叙述与意象描摹的统一。最好是抽象的概括性要大，大至哲理的宏深；具体的意象、细节要细，细至秋毫毕呈，生动活泼。两者都可以走极端，但在全诗却又应当达到有机融合，和谐统一。散文诗比自由诗往往更易于达此标的。《夜晚，我站在樱桃树下》写的几乎都是具体情状细节，生动如画。但它们造成的诗美境界，恬静而孤寂，空旷而博大。"我"和樱桃树、大海、夜空在灵魂深处合而为一。《在我死后》几乎都是抽象叙述，"我"在茫茫太空将"我"生前死后的一切都汇集起来，而结束一句竟落到一个非常细小的意象"甲壳"上。而这"甲壳"的内里更耐人寻味。《致维埃哈·达·西伐尔的九次感谢》的第七章《每天直到末日的催眠曲》更显寓奇于常、因小指大的妙用。由睡和死的如此联结，使人对生死这个深奥的哲学大问题不禁想得很远很多。

据说波德莱尔曾预言散文诗将是20世纪诗歌的主要形式。这个预言似乎并未完全兑现。但在业已逝去的20世纪，散文诗，以不分行形式写诗，确是现代诗发展的一个重要生长点，而且这个趋势至今仍在增长，此中消息很值得我们寻思。

113. 重提现代格律诗

也许，是时候了，现在重提现代格律诗。

在中国新诗史上，倡导现代格律诗最力的，前有闻一多，后有何其芳。闻一多在1926年的《诗的格律》中，从艺术起源的游戏说谈到"要戴着脚镣跳舞跳得痛快",从自然美谈到艺术美,多方论证诗非有格律不可。他提出格律"属于听觉方面的有格式,有音尺,有平仄,有韵脚",且两者"息息相关"。并指出新诗的格律与古典律诗有三点不同:格式层出不穷、相体裁衣和作者自创。在闻一多、徐志摩等新月派诗人的倡导实验下,一时蔚然成风。何其芳在1954年的《关于现代格律诗》中,又从诗歌的传统、诗歌的内容、诗歌的读者习惯和诗歌的发展等方面,论证必须建立现代格律诗。他说:"现代格律诗在格律上就只有这样一点要求:按照现代口语写的每行的顿数有规律,每顿所占时间大致相等,而且有规律地押韵。"特别提出"每行的收尾应该基本上是两个字的词"。可惜他的重新提倡,不仅没有成为一时风气,反而在1959年遭到一阵批判。其实,关于建立新格律诗即现代格律诗,闻、何的主张虽小有偏疏,并非尽善,但确实体现着两位诗人兼诗论家的实践经验与研究心得,颇多真知灼见,方案大体可行。

诗的散文美与格律美都是导源于诗美本质的客观要求,并非纯属臆想的东西。因此,在诗歌发展史上,自由诗与格律诗总是同时并存,虽有一时的偏重,无法长期偏废。"五四"以来的中国新诗,开始就是以现代格律诗的主张与实践发轫,实为应运而生。此后,国难当头,需要昂扬的鼓点与面对大众的朗诵,自由诗又占上风。而延安时期强调向民间学习,歌谣体的普遍采用,又体现着新诗格律化的内在要求。20世纪50年代半自由体较多,后来又有新民歌运动,虽受人为促发,也不是丝毫没有暗藏着格律化的客观要求。纵观100年来的新诗发展,自由诗虽占主动地位,但格律诗的倡导或变相倡导,或自然流露的倾向,总是一起再起,时断时续。并且,可以说已经产生了一些格律体的好诗,积累了一定的新格律诗的宝贵经验。现在重提现代格律诗,客观历史条件更趋成熟。现代格律诗,不再是单纯的设想或设计了。闻一多的《死水》是一种格式,四行一节,每行四顿,间行押韵,每节换韵。他的《你莫怨我》:

你莫怨我

这原来不算什么

人生是萍水相逢

让他萍水样错过

你莫怨我！

这是第一节。其他四节也同此格式，是一种有规律的变化。他的
《洗衣歌》除了中间六节的相似，还加上头尾两节的相互对称，又是一
种格式。朱湘的《摇篮歌》《采莲曲》等以格律优美称著，当时朗诵的
效果很好。徐志摩的《月下雷峰影片》与《海韵》等也是相当好的现
代格律诗。何其芳自提倡现代格律诗以后，自称实验的只有两首拟歌
词。他以前都写自由诗，但《花环》一诗，隔行押韵，一韵到底。如
果将"没有—照过影子的—小溪—最清亮"和"你有—更—美丽的—
天亡"如此读作四顿，倒是一首很好的格律诗。余光中也写了一些现
代格律诗。他的《乡愁》最后一节：

而现在

乡愁是一湾浅浅的海峡

我在这头

大陆在那里

前三节也是同样的格式。由于节的匀称，反而使句的不均齐显得错落
有致。

看来，我们现在可以从实际出发，对现代格律诗提出如下建议：

一、倡导现代格律诗，不是为了让它独霸诗坛，而是在体式上作
为一种花，同自由体、半自由体、歌谣体等并放争艳。

二、建设现代格律诗要广泛吸收营养。古典的近体诗可以借鉴，
词曲也可以借鉴。尤其是词，有长短句，又有韵律，格式变化很多。
《词律》及其《拾遗》共载825调，1670余体。民歌民谣也多为格律体，
必须学习。便是外国的格律诗，只要合用，不妨拿来，可资参考。冯

至《十四行诗二十七首》已成新诗经典，便是极好的例证。当然，一切的学习、继承与借鉴，都必须现代化，经过诗人自己的消化与创造。

三、当今的格律可由诗人量体裁衣，根据每首诗的内涵而自由创造。将来某几种格式重复运用得多了，也可能成为公认的格式，类似词牌的东西。而同时，仍以因诗自由创造为主。外国诗人也有类似情况。明迪说："2012 年我和瓦格纳在马其顿合作翻译他的《香菇》时，也注意到他的自由体实际上有韵律，只不过不是传统的，而是他自己为每首诗创造的。"[15]

四、最一般的格律要求可以是：（1）节的匀称。各节行数相等，或者是呈某种有规律的变化。（2）各行顿数的限制。不一定行行相等，但须有规律地变化。各节有相似性，有某种复沓。最好还能照顾到字数的有规律变化。（3）押韵。押大致相近的韵即可。韵式上讲求多变。以韵脚为主，头韵、腰韵等也可试验。

五、现代格律诗切勿只重格律而轻忽现代。它不仅注重格律化，而且精心追求意蕴、情感、意象、语言的现代化，悉心建构现代诗美时空，使诗的内涵与形式交相辉映。宁可出律，也不损伤诗美的整体。

114. 重视现代诗的歌谣体

应当放一枚炸弹，震响诗坛：重视现代诗的歌谣体。诗的百花齐放，歌谣体现代诗也当占据夺目的一席之地。不只是采集无名氏的新歌谣，更要提倡诗人们创作现代诗的歌谣体。

在中国诗史上，创作歌谣体自古便占显赫地位。《诗经》中便有诗人的创作。《楚辞》实际上是诗人们的楚国歌谣体的创作集，是屈原和他的弟子宋玉们创作的新楚风。汉武帝立乐府而采歌谣，流风所及，诗人们竞作乐府诗。建安诗风之盛，与乐府诗的影响分不开。曹操的不少名篇如《薤露行》《蒿里行》《苦寒行》《却东西门行》《短歌行》等，都是乐府诗，即为当时的新歌谣体。唐代大诗人仍重视新歌谣体的创作。《李太白集》中有乐府诗 163 首，名篇《蜀道难》《将进酒》《行路难》《长相思》《长干行》《玉阶怨》《清平调词》《子夜吴歌》《扶风豪士歌》等等皆是。《杜工部集》中的古诗也有不少是新题乐府，如《兵车行》《丽人行》《佳人》《前出塞》《后出塞》《悲陈陶》《哀王孙》《哀江头》《悲青坂》《塞芦子》《留花门》以及"三吏""三别"等等，都是这类名篇。白居易于元和四年（809年）集中力量创作了《新丰折臂翁》《卖炭翁》等新乐府50篇。他的《秦中吟》10首，亦同此意。词起于民间，初始为民歌，后来成为诗人创作，在两宋蔚然成风。我们不要一提歌谣体，就认为只是民间无名氏或集体的自发创制。其实，自屈大夫以来诗人们创作的歌谣体诗很少，且名篇比比皆是。

在中国新诗史上，第一个重视歌谣的采集仿作和创作的，当推刘半农。他的《瓦釜集》是"用江阴方言，依江阴最普通的一种民歌——'四句头山歌'——的声调，所做成的诗歌"。还附录采集来的民歌《手攀杨柳望情哥词》一辑。更值得注意的是《扬鞭集》中的一些歌谣体。最好的当数《教我如何不想她》。《学徒苦》虽是古乐府《孤儿行》的仿作，但面对现实颇有表现力。《拟儿歌》和《拟拟曲》等，也是新诗的歌谣体。刘大白也创作歌谣体新诗，如《卖布谣》《渴杀苦》《布谷》和《脱却布裤》等，都触及民疾，浅而不俗。在新诗的开创期，歌谣体是有一定地位的。创作歌谣体成风当算延安时期。诗人们学习陕北民歌"信天游"等，出了好成绩。代表作是李季的《王贵与李香香》、阮章竞的《漳河水》与张志民的《死不着》等。袁水拍的《马凡陀的山歌》也是20世纪40年代歌谣体新诗的一个收获，别具城市风味与讽刺特色。1958年的"大跃进"新民歌运动中，诗人们自愿或迫于形势也竞写民歌体。可惜，除了贺敬之的《三门峡——梳妆台》等少数诗篇外，没有写出好诗来。收集在《红旗歌谣》中的新民歌多为口号式的浮夸之作。也有一些较好的。其中的无名作者后来也有成了诗人的，如写《小蓬船》的李苏卿，写《我是一个装运工》的王声孝。20世纪80年代的诗歌新潮开展了多方位的实验与探索，可惜很少注意歌谣体。只有梅绍静等少数诗人有所触及。纵观新诗发展的100年来，歌谣体的创作时发狂热，热短冷长；但也积累了一定的经验，也有可资称道的成绩。

也许可以顺便提到洛尔伽。他是西班牙杰出的反法西斯人民诗人。他在一种新的现代的形式里，复活了西班牙民歌的传统形式，善于将超现实主义的诗艺与家乡安达路西亚民歌格律融合起来。他的《吉卜赛谣曲》中许多谣曲在出版前就唱熟西班牙全国。他的创作经验很值得借鉴。

也许可以考察一下梅绍静的一些歌谣体现代诗。比如《鱼游黄土里》：

> 蓝英英的天空落到黄土上
> 黄土里的天空是水在漾
>
> 在水边落脚的是不是一只大雁
> 不是一只大雁还会是一只小船
>
> 从没见过船　那鱼儿就是我
> 从没见过鱼　那网儿就是我
>
> 早起水花溅到了衣裳上
> 晌午鱼鳞贴到了手背上
>
> 水库相信闻见鱼腥了
> 大坝相信看见鱼蹦了
>
> 变一条活鱼在那水里游
> 变一汪活水漫过那鱼头

这里，信天游的歌谣风味依旧颇浓，但在诗艺上从再现倾斜到表现，透过主体感受去表现客观景物，已有较大的艺术变形，变得颇为朦胧了。韩作荣的《陕北民歌》也颇有陕北民歌风味，但诗中的"我不是揽羊的 哥哥 赶牲灵的／哥哥 我只揽着这谣曲／让槐花的清爽 将我掩埋／让樱桃 留着唇香 让粗粝的生命／变得柔软 走出墓穴／让十个太阳 一起进入体内／烧化沉重 忧郁 烧光／中毒的风 病态的云"云云，在意象创造和诗美时空建构上都相当现代化了。冯杰有一组以《木铎》为总题的纪实诗，颇为别致。每首诗都采录了一则当今民谣，然后诗就此而发挥。也许能闯出别一条通向歌谣体现代化的路子来。余光中也写过一些歌谣体现代诗，如《民歌》《摇摇民歌》等，比较成功。

也许可以将现代诗歌谣体的特征作一些最简要的概括：一、格律体又不是普通的格律体。它特别注重兴体意象，不同形式的复沓，也更俚俗化。也可以试验自由体、半自由体新歌谣的创作。二、可以袭用古典歌谣或当今民歌的某些格式，但要有所突破，有所变化。只是注重语言与韵律的歌谣风味，格式尽可以由诗人因诗新创，力求多样化、现代化。三、歌谣体的现代特质更在于意蕴情感的大众化、现代化，诗美创造方式的大众化、现代化。没有这一条，歌谣体就现代不起来。四、尤其在诗歌精神上要继承与发扬"饥者歌其食，劳者歌其事"与"为时而著""为事而作"的优良传统，而这些时、事又须化作诗人主体内在的生命体验，诗化而后发之。没有这一条便失去歌谣体的灵魂。

重视现代诗歌谣体的创作，此其时矣。当今诗坛的革新者、探索者、实验者、先锋或前卫们，在创作与探索自由体、半自由体、格律体的同时，不妨就此一显身手。这也是大有作为的广阔天地！

115. 新古体诗的宗族认同

新古体诗的发始，应追溯到黄遵宪、夏曾佑、谭嗣同诸人"诗界革命"的倡导。1868 年左右黄遵宪写了组诗《杂感》五首。其一云：

大块凿混沌，浑浑旋大圜；

隶首不能算，知有几万年。

羲轩造书契，今始岁五千；

以我视后人，若居三代先。

俗儒好尊古，日日故纸研；

六经字所无，不敢入诗篇。

古人弃糟粕，见之口流涎；

沿习甘剽盗，妄造丛罪愆。

黄土同抟人，今古何愚贤；

即今忽已古，断自何代前？

明窗敞流离，高炉蒸香烟；

左陈端溪砚，右列薛涛笺；

我手写吾口，古岂能拘牵！

即今流俗语，我若登简编；

五千年后人，惊为古斓斑。

　　这是主张"诗界革命"、倡导新古体诗的宣言。强烈体现了人、历史、文化、诗歌的古今新旧的辩证关系。明确主张运用"即今流俗语"，"我手写吾口"，而所写的诗篇应一反俗儒尊古剽窃古人糟粕陋习，甘冒"丛罪愆"去创新"妄造"，用新时代的新思想新感情去创造白话新诗歌。不过在诗歌体式上仍是古体诗的袭用，尚未激进到打破古体诗词的格律，主张更大解放为自由体白话新诗。他这首《杂感》便是五言古诗，只是用口语写了新时代的新内容，就成了我们现在所称的新古体诗。

　　不过，在此前后直到"五四"前所写的这种新古体诗，文学史家通称近代诗，而且成绩斐然。有人称赞："近代诗歌的突出成就，是以超越元明，上追唐宋，它是中国古典诗歌发展史上树起的又一座丰碑。"[16]的确，近代诗的名家佳作迭出。诸如龚自珍《己亥杂诗》中的"浩荡离愁白日斜，吟鞭东指即天涯。落红不是无情物，化作春泥更护花"、"九州生气恃风雷，万马齐喑究可哀。我劝天公重抖擞，不拘一格降人才"，丘逢甲《春愁》："春愁难遣强看山，往事惊心泪欲潸。四百万人同一哭，去年今日割台湾"，章炳麟《狱中赠邹容》："邹容吾小弟，被发下瀛洲。快剪刀除辫，干牛肉做糇。英雄一入狱，天地亦悲秋。临命需掺手，乾坤只两头"，秋瑾《黄海舟中人索句并见日俄战争地图》："万里乘风去复来，只身东海挟春雷。忍看图画移颜色，肯使江山付劫灰！浊酒难销忧国泪，救时应仗出群才。拼将十万头颅血，须把乾坤力挽回"，苏曼殊《本事诗》其一："春雨楼头尺八箫，何时归看浙江潮？芒鞋破钵无人识，踏过樱花第几桥"，柳亚子《吊鉴湖秋女士》："恶耗惊传痛哭来，吴山越水两堪哀！未歼朱果留遗恨，谁信红颜是党魁！缺陷应弥流血史，精魂还傍断头台。他年记取黄龙饮，要向轩亭酹一杯"等等，皆长时传唱不衰。

1917年自由体新诗出现以后，用白话写新古体诗的仍然很多。且直至一百年的今日，中间虽有起伏，新近却显渐增趋势。特别是有些新诗人是"双枪将"，自由新诗与白话古体双绝并传。鲁迅是众所盛赞的就不说了，瞿秋白是早期的新诗人，但他的新古体诗更好。他1932年底抄录并书赠鲁迅的《雪意》：

> 雪意凄凄心惘然，江南归梦已如烟。
> 天寒沽酒长安市，犹折梅花伴醉眠。

其高贵潇洒青年才俊的心魂风貌，跃然纸上。陈毅也是革命家新诗人，其新古体诗《梅岭三章》：

> 断头今日意如何？创业艰难百战多。
> 此去泉台招旧部，旌旗十万斩阎罗。

> 南国烽烟正十年，此头须向国门悬。
> 后死诸君多努力，捷报飞来当纸钱。

投身革命即为家，血雨腥风应有涯。

取义成仁今日事，人间遍种自由花。

这三章一气呵成的七绝组诗，据小引："一九三六年冬，梅山被困。余伤病伏丛莽间二十余日，虑不得脱，得诗三首留衣底。旋围解"的告白，真是用献身的热血写成的，无怪乎至今为人传诵。至今创作风头仍健的邵燕祥，不仅是百年自由体诗人中的佼佼者，而且新古体诗也出过《三家诗》(与杨宪益、黄苗子合集)、《邵燕祥诗抄·打油诗》等多种，被赞为"亦庄亦谐，借古讽今，声东击西，指桑骂槐，再沉重的话题，都举重若轻，别开生面"[17]，并与聂绀弩、黄苗子鼎立为"打油大家"。且看《不堪一击》：

只出总结不出粮，政绩夸称入百强。

但得上峰能首肯，落花流水亦文章。

再看《老虎屁股可轻挠》：

过街过市总招摇，称霸称王尾巴高。

刚才洗了桑拿浴，此时屁股可轻挠。

都是标准的七绝，却全用白话，体现着新时代新的思想感情，幽默风趣，是小品的新诗化。

但是，说也奇怪，新诗出现后的一百年来，纵然自由体新诗与新古体诗一直并驾齐驱，而新诗人与新古体诗人两者的大多数，却不通声气，甚至相互轻卑排斥，状若磁铁的两极。这是百年中国诗界的大反常。当然，像邵燕祥一样兼使自由体新诗与新古体诗"双枪"的诗人亦颇有人在。创作了《白毛女》《南泥湾》《回延安》《放声歌唱》《雷锋之歌》等优秀作品的新诗人贺敬之，晚年几乎全写新古体诗，出过几本集子，有过《登岱顶赞泰山》："几番沉海底／万古立不移。岱宗自挥毫，／顶天写真诗"等好诗。现在应当是憬然消除这种大反常的时候了。双方都该明白，新古体诗本来就是中国新诗大家族的一大宗。请仔细比较一下，自由体新诗与新古体诗，从质体的根本是完全相同的。两者都是用语体白话，都是在同一新时代抒发大体一致的新思想新情感新蕴涵，这就是根本性质上的大同。不同的只是在表层，大要有二：一是格式。新古体诗基本遵循古典诗词的各种格律，是较为谨严的格律诗；自由体新诗却是诗体的大解放，是"野马"式的自由诗。但在百年新诗的发展途中，已出现了新诗的格律体，只是还不够壮大。现代格律诗与新古体诗的区别就更小了，只是用的是西洋格律或者自创格律，而不是古典诗词的格律罢了。二是诗艺。新古典诗大力承袭古典诗词技艺，自由体新诗则在大力化用、借鉴乃至照搬域外主要是欧美西方诗艺上的各种手法，在继承古典诗词的传统上较为欠缺。但也有不少新诗人对此有所憬悟，回头向内，重视中西融合，更大力发掘古典诗词深蕴的现代诗艺与中华诗歌的求美精神。新古体诗人亦不妨多少接触一点西方现代诗和现当代中国新诗，丰富自己的诗美创造艺术。其实欧美的意象主义乃至深度意象主义，是在中国古典诗词学了很多东西去的。诗歌的全球化大继承是全人类的一条必由之路。总之，从实质上看，新古体诗无疑是中国新诗家族中的一大宗。

其实，我们细检一下作为中国第一本新诗的胡适《尝试集》，共分为三编与附录。《附录：去国集》占全书三分之一强，用古文写作。作者《自序》云："胡适既已自誓将致力于其所谓'活文学'者，乃删定其六年以来所为文言之诗词，写而存之，遂成此集。""亦可谓之六年以来所作'死文学'之一种耳"，显然可以除外。其余三编当然是胡适认可的白话新诗了。然而，我们一细检，第一编第一首《蝴蝶》："两个黄蝴蝶，双双飞上天。／不知为什么，一个忽飞还。／剩下那一个，孤单怪可怜；也无心上天，天上太孤单。"确为白话新诗，却更像新诗格律体。以下《中秋》《江上》《十二月五月夜》《景不徙篇》《朋友篇》《文学篇》等相类。而《沁园春》《枣子》《百字令》等是白话诗词。只有《赠朱经农》《黄克强先生哀辞》《病中得冬秀书》《"赫贞旦"答叔永》等四首才是自由体新诗。第二编、第三编情况大同小异，还将《老洛伯》《关不住了！》《希望》等译诗编进去。其中自由体新诗风味最浓的要算《鸽子》《老鸦》《应该》《威权》《上山》《一笑》《湖上》《我们的双生日》等诗了。可见，胡适本人几乎将在新时代一切用白话写的诗都算作新诗。从历史和现状的实际来看，我们可以将中国新诗家族分作三大宗：自由新诗，现代格律诗，新古体诗。现在应当是欢迎新格律诗认祖归宗的时候了。

注释：

［1］《马克思恩格斯选集》第 4 卷，人民出版社 1995 年第 2 版，第 318 页。

［2］王力：《汉语韵律学》，新知识出版社 1958 年版，第 1 页。

［3］弗洛伊德：《超越唯乐原则》，《弗洛伊德后期著作选》，上海译文出版社 1986 年版，第 5 页。

［4］艾略特：《传统与个人才能》，《艾略特诗学文集》，国际文化出版公司 1989 年版，第 5 页。

［5］转引自艾青：《诗的形式问题》，艾青《诗论》，人民文学出版社 1980 年版，第 110 页。

［6］［7］［8］茨维塔耶娃：《诗人与时代》，《茨维塔耶娃文集·散文随笔》，东方出版社 2003 年版，第 302、297、287 页。

［9］《诗经·采薇》。

［10］［11］［12］亚里士多德：《诗学》，人民文学出版社 1962 年版，第 60、33、35 页。

［13］帕格森：《形而上学引论》，《二十世纪西方美学经典文本》第一卷《世纪初的新声》，复旦大学出版社 2000 年版，第 197 页。

［14］圣－琼·佩斯：《法国诗歌的特征——1956 年 8 月 10 日致〈伯克利杂志〉》，《外国散文诗选》，春风文艺出版社 1990 年版，第 295 页。

［15］明迪：《诗歌唤醒语言，给予我们观察事物内部的眼睛》，《世界文学》2017 年第 6 期。

［16］钱学增:《前言》，钱仲联主编《近代诗三百首》，浙江古籍出版社1990
年版，第2页。

［17］张宝林:《邵燕祥与他的"打油诗"》，吴思敬、李文钢编，《苦难中打造的
金蔷薇——邵燕祥诗歌研究论集》，学苑出版社2015年版，第479页。

辨伪志

卷下

第十五章
诗美创造主体

116. 诗美创造的三类主体

诗是诗人劳动的结晶，诗人的创造。作为诗创造主体，诗人必须建构自己的诗人抒情场。

从哲学的角度看，诗创造是一种创造性的劳动，一种社会实践活动。诗人抒情场是作诗的实践能力、劳动能力、创造能力赖以存在的心理结构及其作用范围。诗创造实践活动，从某种意义上说，也就是一种包括情感活动、审美活动、创新活动在内的广义的认识活动。诗是一种精神产品，是诗人以审美方式掌握世界的结果。诗人抒情场也可以说是诗人的特殊思维结构。它是诗人认识、评估、审美、抒情、创新等不同的心理结构的综合体。它赋予诗人以诗的观察、感受、体验与理解的能力和诗的直觉、想象、表现与创造的能力。

从信息论的角度来看，诗人抒情场既是信宿，又是信源。作为信宿，它不仅能接受和贮存信息，更能表现出接受信息时独特的选择性和探索性。所谓选择性，就是它对社会生活中的各种信息刺激，有吸引或排斥的倾向，其接受程度各不相同，并不一视同仁。所谓探索性是指它对客体的各种信息，不是镜子般被动地接受，而是像雷达一样，主动地放射出电磁波，使之在各种客体上反射回来，因而获得自己所需的信息。它也向自己的内心探索，开拓自己的主观世界，并将从内宇宙和外宇宙获得的信息有机地融合在一起。当然，这种来自内宇宙的信息，就其最终根源来说也间接地来自外宇宙。但是，外宇宙信息和内宇宙信息相结合的总量，对于诗美创造远不是简单的代数和。作为信源，它输出信息，就其始源来说，当然同诗人所接受贮存的信息有关，但已在性质和形态上作了创造性的变革。就像火力发电，烧的是煤，输出的是电。我们不能把诗人抒情场的功能，简单地归结为信息的接收、贮存、处理和输出。千万别忘了，在接收时的选择性和探索性的特点。它的处理是一种高级的创造活动，而且渗透于接收之中。

从心理学的角度看，诗人抒情场是具有一定的物理生理基础的一种心理场，类似皮亚杰的图式（scheme），而又有明显不同的含义。皮亚杰在《儿童心理学》中指出："图式是指动作的结构或组织这些动作在同样或类似的环境中由于重复而引起迁移或概括。"主体通过图式对外界输入的信息进行选择和整合。具有不同图式的个体，在相同刺激下将吸收不同信息，产生不同的认识或感受。皮亚杰提出的公式：

$$T+I=AT+E$$

I 是外来刺激，即信息。T 为图式，是主体结构。A 是 I 中被吸的部分，E 是 I 中被排除的部分，AT 则是 I 中被 T 吸收后的结果。在《皮亚杰的理论》中，他又指出："认知关系的建立，或者更广泛地说，认识关系的建立，既不是由于外物的一种简单复本，也不是由于主体内部预先结构的独自显现，而是包括主体和外部世界在连续不断的相互作用中逐步建立起来的一套结构。"但他的图式是就认识尤其是认知关系而言的，而诗人抒情场是就诗创作实践而言的。图式偏重对感觉、知觉和抽象思维的说明，诗人抒情场则着重于对想象、情感和意象思维的说明，两者在结构和功能上有显著区别。

《毛诗序》所谓"诗者，志之所之也，在心为志，发言为诗。情动于中而形于言，言之不足故嗟叹之，嗟叹之不足故永歌之"，已表明从"动于中"的诗人主体状态即情志，到"形于言"即可"嗟叹"、能"永歌"的诗，需要一个表现、创造、飞跃的过程，比较原始地从根本上触到诗人抒情场的问题。陆机的《文赋》有"恒患意不称物，文不逮意"，将物、意、文三者既作区别又加联系，说到了诗人创作的全过程，且多方面触及诗人抒情场的建构。宗白华曾勉励郭沫若，要养成完满高尚的"诗人人格"，完满"诗的构造"。郭沫若在复信中说："我想诗人底心境譬如一湾清澄的海水，没有风的时候，便静止着如像一张明镜，宇宙万汇底印象都涵映着在里面，一有风的时候，便要翻波涌浪起来，宇宙万汇底印象都活动在里面。这风便是所谓直觉、灵感（inspiration），这起了的波浪便是高张着的情调。这些东西，我想来便是诗底本体，只要把他写了出来，他就体相兼备。"[1]我们说的诗人抒情场兼有"诗人人格"和"诗的构造"能力两者的内涵，也即是诗人的包括心境、情调、灵感、直觉、想象能力和文字表现能力等等的诗创造力的总体及其生理心理结构。

总之，诗人抒情场是用来描述诗人在诗美创造中主体的结构和功能的。它是一所诗的制造厂。这所工厂有厂房、机器、工人和管理者，有一整套的管理体制、工作秩序和生产工艺流程，能将来自生活和内心世界的原材料制造成名为诗的产品。它有自己供、产、销的活动时空。诗人之所以异于常人，便在于他建构并保持了自己独特的诗人抒情场。诗美创造主体实质上是指诗人抒情场。

严格地说，诗人所创造的只是未成品，尚需读者的最后完成。读者是诗的接受者、消费者，更是诗的二度创造者。读者将诗的接受、消费和再创造合而为一。阅读是诗人劳动的社会延续，是诗人所创造的诗美时空的共享性建构的完成。阅读不仅是信息的接收，也是进一步的加工、整合和创造。阅读中的诗美享受是与二度诗美创造同步的，也只能在这同一过程中实现与完成。显然，诗接受主体也应当是具有一定诗创造能力的个体。赏诗者必须建构与诗人大体同构的诗人抒情场，建构自己的诗美接受主体，否则，便无法进入诗的境界，无法作诗美的二度创造，无法从诗中获得审美享受与审美启悟。

在诗美创造主体与诗美接受主体之间，在诗人与读者之间，需要介入诗美评介传播主体，诗的各类中介传播者。在物质生产领域，在生产与消费之间，流通是非常重要的中间环节，不可或缺。在诗这种精神产品的生产全过程中，诗的各种评介传播者比物质产品的流通者更为重要。他们必须兼诗的接受消费者、二度创造者与推介传播者于一身。不用说，他们必须建构自己的诗美评介主体。它既与诗美创造主体、诗美接受主体大体同构，又有前两者所不具的自己的特质和特殊功能。

总之，诗主体实际上有三类：诗美创造主体、诗美评介传播主体、诗美接受主体。只有这三类主体的协同努力，才能完成诗美产品的生产、流通、消费的全过程。

117. 诗的人格

诗的人格，即是诗人的人格，诗中所显现的诗人人格。诗主情，抒情者即是诗人自身。即使咏史或赠人，诗中另有抒情的角色，在一定程度上，仍然是诗人的化身或影子，至少隐涵诗人的评骘和好恶。即使咏物或模山范水，纯粹以物观物，"无我之境""零度写作"，仍然脱不开诗人主体情怀的投射。诗无法逃避诗人的自我，诗总是或隐或显、直接间接地体现着诗人的人格。严格地说，诗人的人格与诗中所显现的诗人人格并不全等，还能有真伪之分。怯懦的卑劣者故作慷慨悲歌，负心的薄幸者扮演痴恋情种，热衷仕途者赞叹隐逸，迷陷凡尘者吟唱游仙。凡此种种，中外古今，并不乏例，隐去真身，出示假面，诗中与诗外判若两人。不过，假的总是假的。不说以知人论世之法将诗人行状与诗作对照，赖以洞烛其奸，即使诗作本身，在明眼人的细察之下，也能见出麒麟皮下的马脚。难免有部分与全体之分。诗人人格是个整体，有许多侧面层次，它们各各相异甚至相反。一首短诗，往往着重体现诗人人格的某一层面，几首诗合起来看，便体现出其间的人格矛盾。不过，诗人人格的底色或基调，又往往体现于他的每一首诗作中。每一首好诗，都创造出一片独立的诗美时空，一种独特的诗境，其中都有完整的诗人人格在，虽然各首所现的层面不甚相同。也许，诗中所显现的诗人人格比诗人现实生活中的人格要纯粹本真一些，甚至可以认为写作过程中有某种超越性在起作用，即诗歌文本超越了作者人格。从日常生活的俗境一进入诗美创造的妙境，诗人的人格和情怀最好的一面总要涌现于最显明的地位，争先求得表现与抒发，是很自然的。诗中所显现的诗人人格与诗人的实际人格并不全等，但两者在实质上又是一致的，而且归根到底很难作伪。

诗人人格是诗创造主体即诗人抒情场的基础与核心，也是诗的风格的始源与稳定因素。诗的诗外功夫的根本，即在于养成诗人生产型定向的人格。人格是人的气质、能力、性格等特征的总和。个性着重于个体特质的差异性，偏于心理学；而人格则更多地显示个体行为的风格差别，偏于个人的道德品质，偏于伦理学。人格的"生产型定向"是埃里希·弗罗姆的用语，他指出："人格的'生产型定向'涉及到一种基本的态度，在全部人的经验王国中的一种关系性样式。它包括人对别人、对自己和对事物的精神的、情感的和感觉的反应。生产性就是人利用其力量并实现其固有的各种潜能的能力。"[2] 社会是个体与群体的历史的统一，人的存在有一个无法摆脱的悖论：人必须同时寻求关系的密切性，又寻求独立性；既寻求与他人的一体性，又同时寻求保存他自己的独立性和特殊性。人的独立性建筑于他的社会价值之上。人之所以为人，就在于他能创造工具和符号，并用以进行物质生产和精神生产，创造人的世界。人的社会价值在根本上与他的创造力量与成果呈正变。人的创造精神是他的人格力量的一个基本点。人与他人的关系密切性则在于自爱与爱人。

爱是与他人和自己的生产型关系形式，是人格力量的又一个基本点。真正的爱根植于生产性，它的基本因素是关心、责任、尊重和知识。对于被爱者不仅需要关心和责任，需要为之劳动和奉献；而且需要尊重和知识，需要注意他的个性和独特性，理解他并以平等待他。既自爱又爱人。这种力量又建筑于自身的创造精神，自身的价值。至于接受型、剥削型、贮藏型或市场型等人格的非生产型定向，只有渗透生产型定向才有肯定和积极意义。显然，诗人人格非有生产型定向不可。诗创造与生命同构的诗美时空，蕴涵生命体验与人生经验，不可能不以创造型精神为自己的生命。诗的情感美和意蕴美也不可能不洋溢着生产型的爱。诗中的爱愈真挚、愈崇高、愈博大，诗中创造精神愈昂扬、愈鲜活、愈独特，便愈能通向诗美创造的极致。

诗的力量最核心的东西，只能是诗人人格的力量。诗人人格有一个建构过程。素质是人格形成和发展的自然前提。它是人的机体的某些解剖生理学上的特点，特别是大脑的结构与机能的特点。它是与生俱来的，是人类世代遗传的产物。素质为人格的建构提供了物质基础和发展的可能性，有一定的制约作用。作为诗人，某些气质与才能上的素质性的天赋是必要的。但人格建构的决定因素是社会生活条件，包括经济生活条件、政治生活条件和文化生活条件等等。如果采用英国文化人类学创始者泰勒关于文化是"整个生活方式的总和"[3]这个最广泛的定义，那么人格便是在一定素质的基础上文化熏陶和塑造的结果。诗人的生活经历是十分重要的。文化素养的广博与深厚自不可少。但凭借一定文化素养在各种生活经历中的锐敏感觉与诚心体验，深入生命底蕴与人生真谛，则是建构诗人生产型定向人格的关键。诗人人格是诗创造主体结构的基础层，诗的感受能力和表现能力，诗的艺术技巧和语言文字功夫等等，都是从这个根本上生长起来的枝叶与花朵。建构诗创造主体只有紧紧抓住诗人人格的养成这个根本，才是正道与捷径。

诗的人格是诗美蕴涵与诗美创造的根本。

118. 金三角：历史—时代—个人

诗创造主体有自己特殊的结构和功能。它的结构是围绕着诗美创造而建构起来的心理场及其生理机制。对准这个核心，从不同角度去透视这个三维立体结构，我们可以发现，诗创造主体即诗人抒情场是一座由三个金三角构成的金字塔。

第一个金三角：历史—时代—个人。

"个人是社会存在物"，"五官感觉的形成是以往全部世界历史的产物"。马克思在《1844年经济学哲学手稿》中的这个论断，无疑是历史的事实。人的一切感觉，包括所谓精神感觉、实践感觉（意志、爱等等），人的一切人性的东西，无不如此，诗人自然毫不例外。作为先天的潜在基础性东西，这种根本的历史因素，已经渗透到诗人的各种心理特征及其生理机制之中，一般不大自觉而又无时无处不在起作用。对于诗人来说，积淀在心理结构最底层的集体无意识这种可以追溯到史前的人类长期历史演进的先天遗留，显得特别重要。对于集体无意识的激发，使之喷涌到意识层，往往化作灵感，大有助于诗美创造。这是诗人主体结构历史因素的第一层，最根本的一层。

第二层是自觉的寻根意识，也就是自觉地探求民族历史文化和民族心理结构。这需要后天能动地学习与追求。诗人的寻根，可以有三个维度。一是探向民族的长期文化传统，探向现存的民俗及其历史渊源。二是探向现实的广大人群的心灵深处。民族心理并不是木乃伊，它正活在生活的历史长河之中，积贮在每一个人的心灵深处。三是探向自己的内心，搜索自己内宇宙的种种幽微。人心都具有一定的同构的相似性，人人都有相通之处。自己的内心与他人心灵的相印证，历史的文化和民众的考察与现实生活的观察体验相印证，就能寻求自己民族的真正的历史根源。诗人民族之根是诗美创造不竭的源泉。

第三层是正确的历史观和丰富的历史知识。从某种意义说，诗人学习历史比学习文学更为重要，否则是很难免去浅薄之陋的。

诗人主体结构的时代因素，其基础当然是生活感受。诗人在生活中，应当有诗的感受。这不同于一般人的感受，也不同于诗人自身的日常生活感受。诗人应当有一种诗化的生活。诗人即使与常人共同经历某种生活，也有自己独特的审美的情感感受，更善于发现生活中的诗美。在世界由于国际间多渠道沟通而变得日益狭小的今天，诗人应放眼全球，以人类的生活和命运为自己关切的内容，并注重吸收世界各国文化营养。这就要求诗人具有当代意识。而当代意识的核心是对时代精神的感应、理解和把握。诗人应当具有"卡桑德拉"气质，具有预感、预想、预测、预言的才能。当然，诗所感应和预感的是真正的时代精神，客观存在的当代的主旋律，广大人民群众最普遍、最迫切的渴求与愿望，历史行程所提出的最突出的、亟待解决的历史课题，而不是某种臆造的虚假的东西。诗人对时代精神理解把握的深浅和感应力的强弱，对于诗美创造极为重要，甚至性命攸关。

诗人主体结构的个人因素，主要指诗人人格，诗人的素质、气质与艺术个性。诗人人格处于诗人主体结构的核心。历史因素、时代因素都必须最后落实到个人因素，融合于个人因素，成为诗人人格的深层内涵，诗人主体结构即诗人抒情场的历史—时代—个人这个金三角才能建构完成。

119. 金三角：认识—审美—抒情

诗创造主体结构第二个金三角是认识—审美—抒情。

认识是主体对于客体的移入和改造的统一，反映、选择和创造的统一。广义地说，诗美创造离不开人的总体认识能力及其生理心理结构。诗美创造的实践活动也要以认识的感觉、知觉、表象、思维等心理过程，作为自己把握世界与诗美的重要手段。但我们必须十分重视诗人认识活动的特殊性。它在一般认识的基础上突出了自己的审美性与抒情性。它艺术地、审美地、情感地把握客观世界并相应地创造自己的诗美世界。诗的感觉，重原生态，着眼于事物的形态、色彩、动作的鲜明与活泼，更感应于事物的情感内涵，善于直觉、移情和体验。诗的思维虽不排斥一定的抽象思维，但以意象思维为主。它是以意象为基元，以情感为动力，凭借联想、想象和幻想的飞翔，遵循意象逻辑规律的创造性思维，与抽象思维迥异。认识一般分为科学、价值、审美三种类型。科学认识在于与客观事物相符合，反映性最为明显。价值认识在于判断客观事物与人的功利关系，显然侧重于选择。审美认识更强调主体的心理结构和客体的结构互相"对应""同构"，更强调主客体交融性的统一，于是创造就显得特别重要。诗美创造是审美认识、审美评价与审美创造的统一。

诗人的审美观点和审美能力十分重要，眼到先于手到。美是真（合规律性）与善（合目的性）相融合的感性显现，是人的自由创造，体现了人的本质力量。审美活动在深层包含着对于真与善的追求。审美的求真内蕴似与真的矛盾，形式上的似真、幻真、超真与内涵上的真诚、真切、真实的统一。从神似向前发展，便从似真走向幻真、超真，以虚构的幻象超越对于现实的客观描摹。但在内涵上，却容不得半点虚假。必须真实而且真切，合理可信，具有强烈的现实感与生命感。透过真实与真切，更须体现出社会历史、人生经验与生命体验的真理。而这一切又洋溢着主体情感的真诚，搏动着一颗诗心。审美的求善，在超功利的外表中深藏功利的实质。这种根本性的功利，虽不完全排除政治目的和伦理价值，其核心在于通过潜移默化，在素质和气质上改善人本身，净化、美化、静化人的心灵。正是在这个根本点上，善与真相统一，而审美活动也正是随着人本身的改善而发展。音乐的耳朵、美术的眼睛和诗的心灵是长在发展着的社会人的身上的。人的审美观点和审美能力都随着社会历史的演进而发展变化。在社会大变革时期，它会显出大幅度的跃进、断裂与转折，囿于既成的审美定势，就会使某些艺术家显得落伍。以审美理想为核心的审美观点与审美能力在根本上是相一致的。而体现在具体个人身上又会有所歧异，两者往往不能完全相应。诗人的审美理想与审美观点的正确性、先进性当然很重要，否则是很难写出好诗来的。但诗人审美的理想和观点必须落实到审美能力上，不落实，理想与观点都会因脱空而毫无价值。所以在诗创造主体的建构上，不仅要把握先进的审美理想与观点，更要不断发展实际的审美能力。从这个意义上说，诗人读作品比理论更为重要。不仅读诗，还要读其他文学作品，还要欣赏美术、音乐等等，还要不断接受大自然的陶冶。不通过审美实践是无法提高审美能力的。而最重要、最实际的审美实践，当然是诗创作本身。

审美以情感为自己的内在特质。情感是美的特质的融化与外化的中介和内驱力。诗人的主要创作冲动在于企求抒发与表现自己的情感。审美情感是诗人审美认识、审美评价、审美创造借以展开的动力，又是它们的内在本质。生活的认识、感受、体验、评估，只有经受审美情感的语言熔铸，才能定形成诗。诗美创造的总体是美的感受和创造活动，认识活动蕴含其中，而情感的体验、抒情与表现，则是其关键与根本。就这样，认识、审美、抒情三种能力及其生理心理结构，组成诗人主体结构即诗人抒情场的另一个金三角。

120. 金三角：才能—学问—胆识

"夫诗有别材，非关书也；诗有别趣，非关理也。然非多读书，多穷理，则不能极其至。"[4]沧浪此言，颇为深刻而全面。诗人有无别材，古今聚讼不休。然杜甫"七龄思即壮，开口咏凤凰"[5]不能不称早慧。普希金在皇村中学毕业晚会上朗诵自己的诗作，当时在场的大诗人杰尔查文就说：将来接替我的就是此人。这是对青年诗人才华的高度赞赏。张衡的《两京赋》写了十年，曹子建七步成诗，迟速如此不同，说明诗才特点各异。歌德早年主要致力于绘画。直到40岁时意大利之行中，才恍然大悟，自己的主要才能在诗。艾青早年也是学画的，后来才母鸡生出鸭蛋来。人对自己才能的正确认识又是何等不易。但是无可否认，写诗确实需要"别材"。承认诗人有别材，无非是承认这样四点：一是诗才与各种才能一样，各有自己的特点。才能并不以其表现的类别而区分高下。二是同具诗才，其表现特点仍然各别，并与诗人的素质、气质和艺术个性相关。三是诗才与掌握世界的方式有关，在感觉与思维的特点、情感表现的特征上显出自己的独特性。四是诗才有其天赋的一面。天赋的高低，可能为诗人成就的高度划出某种极限。这是说明心理现象以生理结构为其物质基础，并非排斥后天的学习。天赋只是一种潜能，一种主体的客观可能性，只有学习才能使可能性变成现实。任何诗的天才，如果排除了最广义的学习，就会成为白痴。从这一角度来说，学习最为重要。诗人必须不断识别自己诗才的特点，长处与短处，保持清醒，善于因势而利导，发展、成熟之。艺术追求必须同自己诗才的特点相适应。"认识你自己"这个古希腊的神谕，应当从特尔斐阿波罗神庙中移镌于自己的心底。自己诗才的高低、刚柔、清浊、洪细、徐疾等等，都要逐渐心中有数。这对充分发挥自己的潜力与形成独特风格至关重要，切勿懵懂一世。当然，有自知之明是极难的，最好先多方试验与探索多种风格、多种创作方法和艺术表现手法，逐步找到自己的当行本色。

诗人要向生活学习，向书本学习，向创作实践学习。陆游以"四十从戎驻南郑，醉宴军中夜连日"，"诗家三昧忽见前，屈贾在眼元历历"[6]的亲身经历，总结出"汝果欲学诗，工夫在诗外"[7]的至理名言。北齐斛律金不解押名，而《敕勒歌》乃为一时乐府之冠，也正是源于生活实践。当然，多读书也很重要。"读书破万卷，下笔如有神"[8]，自是甘苦之言。要多方涉猎，中外古今，科学文艺，经史子集，医卜星相，多多益善。但重要的在于读"破"其书而吸其髓，同化于诗人抒情场之中，切勿在诗中掉书袋。至于学诗更须通过创作实践，于"意匠惨淡经营中"苦用心，自不待赘言。应当看到，天赋是天生的，既定的；生活与社会角色关系密切，有颇多的客观限制；而最多变动余地的，还是诗人读书和写作的勤惰，所以多读多思多写于诗人的创作成就相关性最大。

诗人的才能和学问更须以胆识统之。胆是艺术家的勇气，勇于在艺术中成为立法者，富于开拓的进取精神。识是世界观和关于自然、社会、历史、人生、政治、法律、道德、宗教、文化、艺术等等的思想观点。不能要求诗人都成为哲学家、思想家，但大诗人自有其对生活哲理的独到领悟和发现。诗人的诗观，更与创作关系甚大。眼到不见得手到，但手到者往往独具只眼。只有养之以才，富之以学，充之以胆，统之以识，才能建构起才能—学问—胆识的诗人主体结构即诗人抒情场的又一个金三角。

历史—时代—个人、认识—审美—抒情、才能—学问—胆识这三个金三角，实际上是基本叠合的，互相渗透，浑然一体。其时空状态也不一定像金字塔，而是因人而异，千变万化。处于三个金三角包围的核心的当然是诗人人格，诗人的艺术个性；而诗的感受能力和表现能力，诗的艺术技巧与语言能力，则从中心辐射到四方。诗人主体结构即诗人抒情场首先是一种心理场，它依托于一定的生理机制，与周围客体互相感应显示自己一定的作用范围。它是心理的，也是生理的和物理的，是三者的有机统一。

121. 诗美想象的翔飞

"心灵里没有音乐，绝不能成为一个真正的诗人。……但音乐的快感和给予这快感的能力，是要依靠想象得来的。"柯勒律治在《文学传记》中如此重想象，并不为过。他还指出"良知是诗才的躯体，幻想是它的衣彩，运动是它的生命，而想象则是它的灵魂，无所不在，贯穿一切，把一切塑成为一个有风姿、有意义的整体。"[9]其实，幻想也是一种想象。它是创造想象的特殊形式，而诗的运动又有赖于想象。没有想象，诗美创造简直寸步难行。想象力是诗才本质性的突出标志。在一定程度上，诗美创造即是诗美想象的翔飞。

想象是人的大脑在条件刺激物的影响下，用从感知所得来且在记忆中贮存的表象材料，通过分析与综合的改造制作功夫，创造出未曾存在过的形象的心理过程。它可分为无意想象与有意想象，或者再造想象与创造想象。诗美想象是一种审美的有意的创造想象，又融合着一定的无意想象和再造想象。诗美想象的翔飞，是以丰富的表象赖以获得的感觉为基地，以审美情感为动力，遵循着意象思维逻辑的一种自由自觉的活动。

诗美想象以表象为材料。表象铺展高远寥阔的天空，任凭想象展翅飞翔。表象贮于诗人的记忆和无意识中。它的来源只能是感觉，包括感觉、知觉和直觉的广义的感觉。诗人的感觉，伸向社会实践的各种形式，伸向现实生活的一切方面，伸向大宇宙的广袤与小宇宙的幽微。感觉愈多、愈鲜活、愈强烈，表象的积贮也就愈深厚而丰富。当然，感觉经验也能从文字、传闻、广播、影视等各种信息渠道中间接获得，仍须以直接经验为基础。

审美情感是诗美想象的内驱力。人在接触客体的感觉同时，便已摇荡主体的情感。正是诗情的流动，驱策着诗美创造，驱策着诗美想象的翔飞。审美情感对想象的驱动作用，表现在意象的创造，也表现在诗美时空的建构。在意象创造中，审美情感驱使想象从表象深入其中的意蕴，又在审美理想的导航下，体现意蕴的需要，以再现、缩放、扭曲、虚构等方式，分解和重新组合表象，创造融合意、情、象三者为一体的诗美意象，又从一个意象连类生发出一系列的意象。在诗美时空建构中，审美情感驱使意象彼此联结，成为意象群和意象群落，更由审美情感的起伏流动形成诗美时空一定的结构方式。所谓诗人心灵里的音乐，即是诗的情调。它在想象建构诗美时空中起到类似遗传密码的作用。

诗美想象实质上是诗的意象思维的主体和主要形式。它在广义上也包括联想和幻想。它在创造意象和联结意象群体时遵循意象思维逻辑规律，在求美律与情动律的支配下，充分发挥互渗律、无矛盾律、相关律、凝结律和变形律的交互作用。比如："秋浦猿夜愁，黄山堪白头。"[10]猿能否哀愁，便是疑问，但夜啼之声，引人愁思，人愁即是猿愁。猿愁又使黄山也成白头，实则是听猿者愁白了头。再如，昌耀的《春天即兴曲》第一节："天边／有一人绾发坐在礁石梳理海风。／有一人像积雨云那么湿津津，腐殖土般丰腴。／像花蕊的柱头和子房那么富于哲学意蕴。"从海风吹发联想到发的梳理，又从梳发幻想成以发"梳理海风"。这个人同积雨云、腐殖土、花蕊的柱头和子房似乎毫无共同之处。不，诗人的想象硬是独特而奇妙。这个人被浪花溅湿了，"湿津津"是他与积雨云的共同点，也许此人因湿或者饱学而丰腴，便与肥沃的腐殖土找到相似点。花蕊的柱头和子房哪来的哲学意蕴？也许它们善于包裹，内里充实，而且深蕴生命奥秘。这就有点像哲学了。积雨云在天，腐殖土在地，花蕊则是植物的器官，三者相去甚远。同喻一人，便富于张力。顾城的《车辆》："你读的那个人／在穿衣服／／你把反光照进内室／／你们同时淹死在镜子表面。"初看颇费解。诗人想象的奇妙呼唤读者奇妙的想象。题为《车辆》，先别忘了。可以想象诗中的"我"是坐在车中，是个男青年。车子停在他心爱姑娘的家门口，约好出去玩的。可她在换穿漂亮的衣服，对着穿衣镜顾盼自赏。男青年把车上的反光镜照进内室，从镜中偷偷窥视着她，既想她快点出来，又盼她慢慢地穿。车中和室内热恋着的两个人，都从各自的镜中照得忘了时间，忘了出游。此诗想象丰富，留下大片艺术空白，给读者填补。显然，所有这些奇妙想象的飞翔皆有赖于意象思维逻辑。

一颗诗心，忽在江海之上，倏现魏阙之下。千载不见其久，万里无视其遥。宇宙之大能出其外，原子之微可入其中。但它必须生长强劲而丰满的羽翮。无论是雄鹰、云雀或是蜂鸟，它必须张开想象的翅膀。只有诗美想象翔飞的投影和轨迹，才是诗，否则便是一堆死的文字。

122. 诗的灵感：表现与特征

诗之所以称为人的创造之花，正在于它是最富于创造性的语言符号，创造出最美的形式，体现着人的生命蕴涵与本质力量。而诗的灵感则是人的诗美创造中创造精神高度昂扬、创造能力突然喷发的现象和过程。

从诗的灵感爆发的实际经验看，其表现过程可分为多发时期、白炽阶段和触发瞬间。多发时期较长。如郭沫若在《沸羹集·序我的诗》中，说他写《女神》时，"将近三四个月的期间差不多每天都有诗兴来猛袭"。白炽阶段是指灵感表现的显性阶段，写作近乎自动化，如有神助，甚至陷入迷狂状态。郭沫若又在《写在〈三个叛逆的女性〉后面》中，说他写《凤凰涅槃》，"前后怕只写了三十分钟光景，写的时候全身发冷发抖，就好像中了寒热病一样，牙关只是震震地作响，心尖只是跳动得不安，后一半部还是临睡的时候在被盖里写出的"。所谓触发瞬间，是指灵感袭来时的电光一闪，往往表现为直觉或顿悟，出现一个妙句、题目、中心意象、某种情调旋律或结构方式，全诗便由此演化，白炽阶段也随之而生。也有这触发瞬间凝冻起来，冷藏若干时日以后再写出诗来的。看来，灵感表现过程还存在显性和隐性两种状态。隐性状态也就是灵感的酝酿积聚期，或有意识地酝酿催发，或在无意识中潜隐进行，大多是两者交相并进。显性状态则为触发瞬间和白炽阶段，而在多发时期，其实灵感一直在持续，只不过显性与隐性时时交替。

诗的灵感是意象思维中的灵感思维，出现于诗美创造之中。它具有意象思维、灵感思维和诗美创造的一般特征，更具有三者相互渗透化合而产生的新特征。它的主要特征有突发性、突变性、突破性、非自觉性、意象性、模糊性和语言性。

突发性。猝然而至，倏然而逝，很难捉摸。往往"踏破铁鞋无觅处，得来全不费工夫"[11]。马雅可夫斯基一次在火车上，对同路的女人脱口而出：我"不是男人，而是穿着裤子的云"。两年之后，用《穿着裤子的云》为题，写成整首长诗。这个诗意的得来，纯属偶然。但是，"偶然的东西是必然的，必然性自己规定自己为偶然性"[12]。在偶然的背后隐藏着多维交织的某种必然。猝然突发是长期积累的结果。

突变性。灵感激发起异常的创造力。它在理论创造中，凭借直觉或顿悟，能作出抽象思维逻辑无法从前提推导出来的结论。它在诗美创造中，显得诗情潮发，诗思泉涌，卷舒风云，吐纳珠玉，不期而创造出超乎技艺的最美的东西。尽管表现形式与所得结果各不相同，灵感在科学与艺术的创造活动中，都显现了一种突变，一种线性发展的中断仍为发展线性中特殊的一环，一个奇异点。

突破性。诗的灵感，不仅具有发生的突发性，过程的突变性，而且在创造成果上具有超越的突破性。它不仅超越前人，而且突破自己。它所创造的诗美，可说是"前不见古人，后不见来者[13]，兀然独立于悠悠天地之间。确乎有类"通过它自然给艺术制定法规"[14]的意味，真正的诗都具有灵感创造的印记，每一首都是不可重复的，否则便是赝品。

非自觉性。柏拉图说："诗人是一种轻飘的长着羽翼的神明的东西，不得到灵感，不失去平常理智而陷入迷狂，就没有能力创造，就不能做诗或代神说话。""凡是高明的诗人，无论在史诗或抒情诗方面，都不是凭技艺来作他们的优美的诗歌，而是因为他们得到灵感，有神力凭附着。""有一种神力在驱遣。"[15]除去迷信和唯心主义，他所说的"陷入迷狂","有一种神力在驱遣"等等，确是提示了灵感创造中的非自觉性。不受意识支配的自动化现象最极端的例子，如柯勒律治在睡梦中作出二三百行长诗来，可惜醒后记录中途被来客打断，只记下现存 54 行的《忽必烈汗》。当然，写诗毕竟不是做白日梦，诗的灵感在创造活动中，同时也有自觉的有意识的导向、驱动、选择与修饰，有助于灵感白炽阶段的延长，并焕发出更多的光热。不过，这种有意识的助力，如不得当，也会起破坏作用。诗的灵感是在意识与无意识交互作用下，自觉地追求非自觉的自动化。

意象性。科学的灵感也须借助于一定的意象思维。诗美创造以意象为基元，具有突出的意象性，自不待言。灵感所创造的诗美境界也最为清晰生动，臻于"不隔"[16]。诗的灵感在情感的驱动下，展开想象的翅膀，作最大胆不羁的翔飞，美丽的意象，奇妙的幻景，便随之而生。

模糊性。诗的灵感的模糊性建筑于情感性和意象性之上。在灵感的隐性状态中，浮动于一片混沌的意象是模糊的。这是意、情、象处于萌芽初生尚未完全相契融合的模糊性。意象的突然清晰，往往便是灵感触发的瞬间。值得注意的是，最明晰的意象仍有另一种意义的模糊性。且可析为二层：其一是景象的局部清晰而整体模糊，须待接受者的二度创造方能晰然。比如："手如柔荑，肤如凝脂，领如蝤蛴，齿如瓠犀，螓首蛾眉，巧笑倩兮，美目盼兮"[17]是公认的美人画像。但若真的把蝤蛴、瓠犀、螓、蛾等等组合在一起，这张脸孔不成了丑八怪？但这些比喻经过接受者想象的再创造，便能从模糊混乱中显出鲜丽的美人形象来。其二是通过意象投射，通过比喻、象征、暗示，一象可以多义，可以激起多种情感色调，令人浮想联翩，连类无穷，而导致蕴涵丰富，启悟深广，美感微妙。这是意象所投射情意的模糊性。正是这两层模糊性造成诗的可意会、难言传的神韵。

语言性。任何思维都不能离开语言符号系统。但理论思维得理可以忘言，可以用多种语言方式表达同一意思。诗却不然。诗的语言不只是艺术媒介，它与诗美融为一体。而且好诗的语言呈现有不可替代的唯一性：需要唯一的语词、唯一的词组搭配，唯一的句子，易一字即能面目全非。诗的灵感创造需要得之于心，又应之于手。钱钟书说："即其由虚生白，神光顿朗，心葩忽发，由心至口，出口入手。其果能不烦丝毫绳削而自合乎。心生言立，言立文明，中间每须剥肤存液之功，方臻掇皮皆真之境。往往意在笔先，词不逮意，意中有诗，笔下无诗；亦复由情生文，文复生情，宛转婵媛，略如谢榛《四溟诗话》所谓'文后之意者'，更有如《文心雕龙·神思》篇所云'方其搦翰，气倍词前，暨乎篇成，半折心始'者。"[18]诗的心手相应确非易事。诗的灵感的语言性表明，诗的灵感创造必须以语言符号的独特创造作为自己的核心与归宿。这又是它与一般灵感的显著区别。

诗的灵感是诗美创造中最富于创造性的意象思维。它在突发性、突变性、突破性等一般特性的基础上，突出了自己特殊的情感性，情感表现所需要的意象性和意象组合投射所生的模糊性，以及具体呈现诗美的语言性。全面地把握诗的灵感表现的主要特征，有助于深入探讨它的本质与生理心理机制。

123. 诗的灵感：本质与机制

灵感的神秘性至今仍未完全消除，因为它的奥秘远未彻底洞悉。阿诺·理德在《美学研究》中说"灵感一词的古代意义是众所周知的，是指艺术家借助于某种高于他自身的一种存在物，例如上帝（或神）、一个缪斯女神或一个天使的媒介创造了他的作品。灵感的意思就是'吸气'，也就是通过缪斯女神或其他神灵把音乐或诗或其他类似的东西吹进了艺术家的灵魂中去，让他誊写下来。虽然这种看法现在不再具有它的曾经有过的力量，但是每当某人讲出来的东西好像显得不是从他自己本身那里来的，而是从一个他自身以外的某种力量或作用那里来的时候，我们就常常会说这个人是被灵感了。"确实，灵感的奥秘的大部分仍然关在黑箱子里，我们还只能从各个方位与层面钻进洞去，有所窥视，然后加以猜想。

弗洛伊德和荣格的无意识理论，可以为诗的灵感奥秘作出某种粗略解释。如果将人的精神现象比作一座建筑，其地下部分远大于地上部分，且具有多层结构。弗洛伊德将精神现象分为三层："意识（Cs），前意识（Pcs），无意识（Ucs）"。无意识是"被压抑的，在实质上干脆说，是不能变成意识的"。前意识是"潜伏的，但能够变成意识"[19]。它像位于无意识和意识间的屏幕。荣格则进一步提示集体无意识是精神的一部分，它与个人无意识截然不同，因为它的存在不像后者那样可以归结为个人的经验，因此不能为个人所获得。"集体无意识的内容从来就没有出现在意识之中"，"它们的存在完全得自于遗传。个人无意识主要是由各种情绪构成的，集体无意识的内容则主要是'原型'"[20]。这样，我们可以将人的精神划分为意识和无意识；而无意识又可分为前意识、个人无意识和集体无意识。

前意识和个人无意识都是个体后天获得的。人在接触客观世界的各种社会实践中，有两种方式将物质的东西"移入"[21]自己的头脑并在其中加以改造。一种是意识活动，通过感知觉而获得概念和意象，进行思维，然后贮入记忆。一种是无意识活动，通过无意的感知觉直接进入意识的下层，并在暗中进行不为意识所觉察的思维，积淀于前意识、个人无意识。集体无意识则是先天的，是"我们祖先无数典型经验的形式化的结果"[22]。但"它除了可能性以外，什么也不是，从原始时代起，可能性以记忆中的意象的明确形式传给我们，或者以解剖学上的大脑结构遗传给我们，它不是遗传的观念，而是观念的遗传可能性，这个可能性对最大胆的幻想也会加以明确的限制，它为我们的幻想活动提供形式：先验观念，它的存在除被经验以外绝不能被确定"[23]。当然，就其本源来说集体无意识仍然是"我们祖先无数典型经验的形式化结果"。无论前意识、个人无意识和集体无意识，都需要外界的刺激，跃迁入高激发态，冲破某种意识阈限，才能浮现到意识中来，而且愈在底层愈困难。

这样我们就可以设想：诗的灵感，便是诗创造主体受客体的某种刺激，精神力量突然高度调动起来，当前的感知与往昔的记忆，上层的意识与下层喷涌而上的前意识、个人无意识、集体无意识，情感与理智，想象力与理解力等等，一齐活跃起来，相互碰撞促发，融和化合，协同综合成一种超常的诗美创造力的心理现象和过程。这就较好地解释了灵感的非自觉性，并且强调了无意识在灵感爆发中的作用。尤其是把积淀在最底层的集体无意识激发起来时，"我们不再是个人了，而是种系、全人类的声音在我们身上回响"。而"用原始意象讲话的人等于用一千个舌头在说话；他令人迷醉，他无比强大，同时，他把要表达的意思提高到偶然和暂时之上，放在永存的领域中。他把个人命运变成人类的命运，在我们身上唤起所有促使人类避开每一个危险和渡过黑夜的慈善力量。这是伟大的艺术的秘密，也是艺术魅力的秘密"[24]。

前人的艺术经验和理论，也提供了某些说明。陆机《文赋》云："若夫应感之会，通塞之纪，来不可遏，去不可止。藏若景灭，行犹响起。方天机之骏利，夫何纷而不理？思风发于胸臆，言泉流于唇齿。纷葳蕤以馺遝，唯毫素之所拟。文徽徽以溢目，音泠泠而盈耳。及其六情底滞，志往神留，兀若枯木，豁若涸流，览营魂以探赜，顿精爽而自求。理翳翳而愈伏，思轧轧其若抽。是故或竭情而多悔，或率意而寡尤。虽兹物之在我，非余力之所戮。故时抚空怀而自惋，吾未识夫开塞之所由也。"这段妙文，不仅点明了诗的灵感的突发性、突变性、突破性和非自觉性等特征，而且揭示了在诗的灵感中运行的是思、情、言，是融三者为一体的东西。值得注意的，"应感"是客体的刺激得到主体的响应；"通塞"似乎猜到主体内部某种阻塞的突然打通，可以引申为无意识的喷发。黑格尔认为，"最杰出的艺术本领就是想象。……想象是创造性的"[25]。而"想象的活动和完成作品中技巧的运用，作为艺术家的一种能力单独来看，就是人们通常所说的灵感"[26]。他指出："通过渗透到作品全体而且灌注生气于作品全体的情感，艺术家才能使他的材料及其形状的构成体现他的自我，体现他作为主体的内在的特性。因为有了可以观照的图形，每个内容（意蕴）就能得到外化或外射，成为外在事物；只有情感才能使这种图形与内在自我处于主体的统一。"[27] 的确，在诗的灵感里，情感的因素与想象的能力互为表里，占据最主要的地位，是它的质体，也是它的灵魂。毛泽东在《送瘟神》小序中说到自己"遥望南天，欣然命笔"时，用了八个字："浮想联翩，夜不能寐"。正是说的想象风发，情绪激荡，揭示了灵感的主要心理内涵。

现代脑科学又在生理机制上提供了一定的科学依据。1981 年诺贝尔生理学获得者罗伯特·斯佩里通过对裂脑人的精细实验证明，人脑的两个半球在功能上各有优势。左脑半球的功能是言语中枢的机能、观念的构成、分析性机能、时间连续性感觉和算术性机能等，主要同抽象思维、象征性关系和分析有关。右脑半球的功能是非语言性机能、整体性机能和几何学空间机能等，主要与意象思维和综合有关。左脑半球与右脑半球又通过"联络脑"即脑胼胝体的近二亿条神经纤维束相互沟通。但此后出现的一些半脑人提出了挑战，半脑大体上具备了全脑的功能。看来，我们可以设想，诗的灵感爆发是脑的左右两个半球受到异常的刺激，高度兴奋起来，突然建立了临时性的两个半球间的特别密切的联络，尤其是平常较少运用的右脑半球潜在功能的强度发挥，因而出现超常的精神能量，具有特别强大的创造力。

诗的灵感的本质和机制，几种不同途径的解释，显然有其内在联系。看来，人脑的机能，左半球偏重理智、推理与意识活动，右半球偏重情感、想象与无意识活动，当脑的两个半球同时高度激发并增强联络时，情绪格外激动，想象异常活跃，闪现着直觉和顿悟，诗美创造力也就特别强大，这种心理现象便是诗的灵感。它在本质上仍是社会实践的产物，也包含着"迄今为止全部世界历史的产物"[28]。它在颇大的程度上有赖于前意识和个体无意识尤其是集体无意识的喷发，有赖于左、右脑半球的同时高度激发。

124. 诗的灵感：催发与善用

诗的灵感虽有迅来倏逝、偶然突发的一面，但仍然可以探讨它的催发和利用。我们可以面向大量的诗创作经验，针对诗的灵感表现特征和本质及其生理心理机制，提出催发诗的灵感并善于利用它的一些大体可行的方法。

修身立本。诗创造主体即诗人抒情场的建构最为根本。郭沫若曾将诗人的心境比作"一湾清澄的海水"，而将灵感比作"风"。无风不起浪，无水浪更无从可起。诗的灵感只能是诗的心海中涌起的风浪。没有诗创造主体的建构，不修身立本，缪斯根本不屑一顾。

诗心长启。诗人的阅历与学问当然愈丰厚愈好，不仅是建构诗人抒情场的基础，而且是诗创作素材的贮备。但诗人在生活实践和看书学习中，必须诗心长启。不是以诗的慧眼去观照，以诗的赤心去体验，生活经历与学识，一概与诗无缘。清人袁守定说："文章之道，遭际兴会，摅发性灵，生于临文之顷者也。然须平日餐经馈史，霍然有怀，对景感物，旷然有会，尝有欲吐之言，难遏之意，然后拈题泚笔，忽忽相遭，得之在俄顷，积之在平日，昌黎所谓有诸其中是也。"[29]这里的"霍然有怀""旷然有会"，便是指长启诗心之所得。诗人抒情场关闭了，纵然"餐经馈史""对景感物"仍不能勃然憬然而生"欲吐之言""难遏之意"。袁枚在仿司空图《诗品》的《续诗品·神悟》中说的"鸟啼花落，皆与神通。人不能悟，付之飘风"，亦含此意。祈求诗的灵感，不仅要练就一颗诗心，而且必须诗心长启。

求中待遇。诗的灵感有突发性和突变性，有非自觉性的一面，往往可遇而不可求。实际上突变以渐进为基础，突发是长期积累的结果，非自觉的灵感还得自觉地孜孜寻求。只有"衣带渐宽终不悔，为伊消得人憔悴"[30]，方能博得缪斯一笑嫣然。即使不求而遇，放大范围看，仍是求中之遇。在诗创造主体大体建成以后，求终能有得。即便不是种瓜得瓜，也能种瓜得豆，甚或种豆得瓜。一位诗人在谈创作《滩头上的雕塑》时说，他到了大渡河，终日见纤夫喊号来去。一次，突然见到一只正在上滩的大木船，"一动也不动地凝固在水流湍急的险滩上，长长的纤绳连结着一大群全力挣斗的人们。他们的整个身子越埋越低，最后将双手也趴到了河边的卵石上"，当时激动得难以自制。

当晚想了很多，终于"情感汹涌，却找不到一个出口"。几天后，回到城市，夜深人静，"一种旋律响起"[31]，诗写出来了。滩头上奇景的目击，触发了情绪。激动、思考、酝酿，自觉与非自觉交织一起，创作的冲动来了，却又一时找不到爆发口。直到几天澄滤以后，诗的灵感才非自觉地油然而生，这便是求中待遇。

寻求激刺。在诗的灵感中起重要作用的无意识，必须有足够强烈的某种激刺。席勒的烂苹果气息、李白的酒等等，使大脑高度兴奋起来。当然，外部的映入是主要的、根本性的；但对某些诗人来说，外物引发内部的跃动，也是一种习惯性需要，一种条件反射。

纵情遐思。诗的灵感有隐性与显性两种状态。当它处于隐性时，情绪即已激荡起来，想象与思维已在意识的阈限下活跃起来。这时，诗人最好是纵情遐思。要放纵和顺从情感情绪的自然流动，任它百虑竞萌，千态纷呈，不怕它模糊朦胧，漫无边际，到时候自会产生维也纳心理学家卡尔·比勒所谓"啊呀"经验，脑子里的发条咔的一响，以妙句、中心意象、旋律或结构方式等形式出现一种顿悟，便进入灵感的白炽阶段。

静定虚灵。佛家所谓定能生慧，并非纯属无稽。眉头一皱，计上心来。皱眉是片刻的静定，计来便是慧生，往往是一种顿悟。在身修本立、诗心长启，孜孜求得生活积累和找到灵感激刺，诗的胚胎暗成以后，在纵情遐思、动情酝酿之中，有一段时间的静定虚灵很有必要。刘勰说"陶钧文思，贵在虚静，疏瀹五藏，澡雪精神"[32]，深得驭文首术之要妙。只有安定清静，才能使心灵虚空澄明。也就是摆脱种种杂务，清除一切俗虑，诗人主动地在自己心灵上焚香扫地，一时百虑俱寂，万念皆绝，只留下一片诗心的洁净屏幕，灵感便乐于翩然而至。也有些诗是在宴饮间、马背上吟成的，其实热闹的只是环境，诗人胸中方寸之地仍然静定虚灵。

善捕灵机。吴雷发说："大块中景物何限，会心之际，偶尔触目成吟，自有灵机异趣。""故有意作诗，不若诗来寻我，方觉下笔有神。"[33]但这灵机需要善于捕捉。看来，有三种灵机：一是诗情胎动的灵机。"艺术家应该从外来材料中抓到真正有艺术意义的东西。在这种情形之下，天才的灵感就会不招自来了。"[34]二是诗情喷发火山口的灵机。这是诗分娩时的第一声啼哭。从结胎到孕育分娩的长短，就决定于这哭声出现的迟早。三是妙词佳句的灵机。妙词佳句往往需要锤炼推敲，但有时灵机一来，可以脱口而出，也能稍纵即逝。

善求喷口。诗情喷发火山口的寻求，是诗的构思关键一着。一旦找到，灵感立即爆发。它的喷发方式有直觉与顿悟两种。直觉是不离外物包括各种信息的直接感知觉的一种灵感爆发方式，可能一闪而过，也可能持续一段短时间。顿悟是离开了外物的直接感知觉，凭借回忆表象和概念之间的撞击，突然获得一种启示。作为诗的直觉和顿悟的产物，大体有五种：一是意象，中心意象，或者特别奇丽生动的新意象；二是妙词佳句，往往成为诗眼；三是情调的节奏旋律，大体上规定了全诗的情感色调；四是诗美时空的结构方式；五是诗化了的主题意蕴，往往与中心意象或情调旋律相伴随。这五种东西有一种或数种突然出现，即标志着灵感爆发。

乘机扩展。灵感爆发之后，进入白炽阶段，实际上是一种波浪的推进，也就是在一段不长的时间内，直觉顿悟频频闪现，中间缀以凭借艺术技巧的诗美创造，两者相互交替，亦相互促发，便构成灵感的白炽阶段。陆桴亭的《思辩录辑要》云："人性中皆有悟，必工夫不断，悟头始出，如石中皆有火，必敲击不已，火光始现。然得火不难，得火之后，须承之以艾，继之以油，然后火可不灭。故悟亦必继之以躬行力学。"形象地说明直觉顿悟之后，在白炽阶段需要诗人自觉地以想象和诗艺为助力，推动灵感继续前进与扩展。

断而能续。短诗大多可以一气呵成。较长的诗有时会灵感中断，写不下去了。这就需要断而能续。何其芳在梦中作成《爱情》，醒后只记得一些残句，重新酝酿续成。苏东坡的《洞仙歌》（冰肌玉骨）小引自言，7岁时听过眉山老尼背诵蜀主与花蕊夫人夜纳凉摩诃池上所作一词，40年后"但记其首两句，暇日寻味，岂《洞仙歌》乎？乃为足之云"。看来，灵感断而能续的要诀有两点：一是尽量做到明断暗不断，虽然由显性转入隐性状态，但灵感保持在意识阈下进行，比较容易重新转入显性阶段。二是重新唤起前段的灵感发作情景，理出诗中情调旋律、结构方式、语感流向或中心意象，然后顺之延续开拓。

多产择优。以上十条都是就一首诗的创作来说的，但从一个诗人的创作来说，还可以加上多产择优一条。作者要专业化，必须多产，就像艾青曾对自己要求的一样，每天至少写一首毛坯。但写好之后要冷藏一段时间，将积下来的诗稿加以甄别，或存或弃或加重新整理，使之完美。该舍弃的坚决舍弃，这是去伪存真，去劣存优。可保留的要细心修改，可以越改越好。也有不须改动一字的。总之要多产择优。

显然，这里所列举的催发善用诗的灵感的 11 种方法，只是大略言之，基本上是经验性的或然性的。因为诗的灵感本质特性及其生理心理机制，今天仍然远未穷其奥秘。但是，如能综合用之，对于诗的灵感催发和善用，肯定会有好处，至少不会起阻碍作用。不过，运用之妙，存乎一心，每个诗人都会有自己习惯的看家本领，难以尽与他人共之。

125. 诗的高峰体验

高峰体验（peak-experiences）是马斯洛的用语。他认为："这种体验可能是瞬间产生的，压倒一切的敬畏情绪，也可能是转眼即逝的极度强烈的幸福事情，或甚至是欣喜若狂、如醉如痴、欢乐至极的感觉。……在这些短暂的时刻里，他们沉浸在一片纯净而完善的幸福之中，摆脱了一切怀疑、恐惧、压抑、紧张和怯懦。他们的自我意识也悄然消逝。他们不再感到自己与世界之间存在着任何距离而相互隔绝，相反，他们觉得自己已经与世界紧紧相连，融为一体。……最重要的一点也许是，他们都声称在这类体验中感到自己窥见了终极的真理、事物的本质和生活的奥秘，仿佛遮掩知识的帷幕一下子给拉开了。……产生这种体验的人像突然步入了天堂，实现了奇迹，达到了尽善尽美。"[35] 这种体验来自爱情、审美感受、创造的直觉顿悟和灵感、女性的自然分娩、父母对子女的爱、与大自然的交融、潜泳酣舞一类体育运动，等等。产生刺激的因素各不相同，但主观体验却颇相类。诗的高峰体验是其中的一种，最为独特而复杂的一种。

诗的高峰体验不时出现于创造主体，也间或出现于接受主体。出现于创造主体一般在四种时刻。一是诗胎的受孕时刻。当诗人奋斗于社会人生的激流中，畅游于大自然的怀抱里，或游览古今的各种典籍时，会产生突然的感应，一点灵犀通向自然与社会深秘之处，与天地之心、他人之心有某种契合，有独到的发明，使诗的胚胎孕结，同时产生一种望外之喜，便是高峰体验。二是诗的灵感爆发时刻。诗的直觉或顿悟，突然找到了诗情的火山爆发口，同时伴随着诗的高峰体验。三是灵感的白炽阶段。此时诗美创造在自觉不自觉地顺畅进行，诗人精神亢奋，处于愉悦舒适的心境或狂喜甚至狂迷状态，即是高峰体验。四是诗作完成后的短暂期间，诗人非常满意于自己的创造成果，或是"新诗改罢自长吟"[36]，或是拉住任何一位来客甚至敲到朋友的门上去，不管人家爱不爱听，洋洋自得地朗读起来，也是一种诗的高峰体验。当然，只有这四种时刻中最喜出望外、最忘乎所以的一刻，才进入诗的高峰体验，所以十分难得。至于诗的读者，产生诗的高峰体验更少一些。大都在诗美欣赏的二度创造中，偶与诗人之心深相契合，不禁拍案赞叹之时。也有在日常生活中偶尔有诗的强烈感触，尽管以后并不成诗，也会有类似诗胎受孕或灵感爆发时刻的高峰体验，以后读诗时的心心相印，往往与此有关。

诗的高峰体验是多种高峰体验的复合。它主要复合着情感的、妙悟的、价值的、审美的、创造的和生命的六种高峰体验。诗的高峰体验首先是情感体验的高峰。情感是诗美内涵的主体，也是诗美创造灵感受胎、爆发和白炽化的动因与内驱力。诗的高峰体验也复合着理智的妙悟，往往为诗的直觉顿悟所触发，一瞬间仿佛"终极的真理，事物的本质和生活的奥秘"[37]闪现于眼前，憬然会心而狂喜。诗美创造重妙悟。龚相云："学诗浑似学参禅，悟了方知岁是年。"[38]吴可的《藏海诗话》也说："凡作诗如参禅，须有悟门。"但"诗家有篇什，故于理会法则以外触景生情，即事漫兴，有所作必随时有所感，发大判断外，尚须有小结裹"[39]。诗悟与禅悟相类又不尽相同，不过两者所得的高峰体验颇相近。如果说诗的妙悟高峰体验是一种求真的极致所带来的极乐，那么诗的价值高峰体验就是一种求善的至境所洋溢的至喜。诗美意蕴有至善的体现，诗美创造又臻大功告成，两者都带来价值获得的欣慰，当其趋于极境，便进入高峰体验。诗的高峰体验复合着审美的创造的高峰体验，自不待言。诗的情感的、妙悟的、价值的、审美的或创造的高峰体验，实质上都是一种生命体验。当它们融合为一体，更能深入生命奥秘的底蕴，直入天人合一、万物圆通的生命体验的至境，于是又产生超越种种高峰体验的诗的生命高峰体验。所以，说诗的高峰体验是情感的、妙悟的、价值的、审美的、创造的和生命的高峰体验的复合，倒不如直截了当地说它就是生命的高峰体验更为明快而深刻。

诗的高峰体验也有程度上的梯级。朱良志的《中国古代审美愉悦观》借用庄子的"适人之适""自适其适"和"忘适之适"来区分中国古代审美愉悦的三个层次，颇多启发。我们也可以再借用来表征诗的高峰体验的特质，作出自己的改造与阐释。《庄子·大宗师》云："若狐不偕、务光、伯夷、叔齐、箕子、胥馀、纪他、申徒狄，是役人之役、适人之适，而不自适其适者也。"《骈拇》又云："夫不自见而见彼，不自得而得彼者，是得人之得而不自得其得者也，适人之适而不自适其适者也。夫适人之适，而不自适其适，虽盗跖与伯夷是同为淫僻也"。而《达生》则云："工倕旋而盖规矩，指与物化，而不以心稽，故其灵台一而不桎。忘足，履之适也。忘腰，带之适也。……始乎适而未尝不适者，忘适之适也。"庄子之适比马斯洛的望外之喜更为恰切。高峰体验可以表现为狂喜狂迷，也可以表现为极度的愉悦、幸福感，一种恬静舒畅的精神境界。适，正好把两种心理状态都包括了。庄子是将"自适其适"作为"适人之适"的对立面提出来的，而"忘适之适"则为"自适其适"的超越。看来，"适人之适"可以分为两种。一种是指适来自人云亦云，吠声吠影。虽然自我感觉良好，颇为愉悦，甚至狂喜，实则并不自由，没有进入高峰体验。这正是庄子用来与"自适其适"相对立的一种，我们也应当排除。另一种是我与人相印证，有人的因素，也有我的因素，两相契合，且进而有所发明，有我的创造，这种"适人之适"便可进入高峰体验。"自适其适"则属于自己的独创所带来的畅适，也就是马斯洛所说的"高峰体验是自我实现的暂短时刻"[40]。至于"忘适之适"则无论人我、适与不适，连同体验主体一概忘得干干净净，是自我实现的超越。"人越是在高峰体验或神秘体验中与世界化为一体，这种自我内部的反应就越少，作为一种分立存在的自我就越不存在。"[41]推至极点，便是"忘适之适"。诗的高峰体验是诗美创造所带来的愉悦畅适，几乎都随着诗的灵感而产生。马斯洛"把那种出自原初过程，并且应用原初过程多于应用二级过程的创造力，称之为'原初创造力'。而把那种多半以二级思维过程为基础的创造力，称之为'二级创造力'"。而把"那种以良好融合或良好交替的方式，自如而完美地运用两种过程的创造力"，称作"整合的创造力"[42]。阿瑞提"把原发过程与继发过程这种特殊的结合叫做第三级过程"[43]，其所产生的创造力也即是整合的创造力。综合起来说，诗的高峰体验的初级阶段是适人之适，以二级创造为主，以妙悟的尤其是价值的高峰体验居多，在印证他人的基础上有所发明，出现一种望外之喜；中级阶段是自适其适，以原初创造力为主，以情感的审美的尤其是创造的高峰体验居多，有异常的独创性，产生狂喜甚至狂迷；最高阶段是忘适之适，在整合的创造力支配下从审美的创造的高峰体验进入深层的生命高峰体验，突现出天才的表征，沉浸于狂喜狂迷，或突现出极度愉悦畅适的恬静。

真正的诗人都在诗美创造中实现自我、超越自我，是超越了自适与济人的人。他时时沉浸于诗的高峰体验，不仅能适人之适或自适其适，而且追求忘适之适的最高境界。诗美创造有其惨淡经营、孜孜追求的一面，更有时时进入高峰体验的至乐畅适，近乎一种天国的福祉。

126. 诗性赛博空间的创造者

诗人是谁？我们应当怎样给诗人定性定位？诗人是诗美创造主体，是诗性赛博空间的创造者。

1984 年，移民加拿大的美国科幻作家威廉·吉布森，在他著名的科幻三部曲小说里，新创了一个奇怪的术语——"赛博空间"（Cyberspace）。他用故事告诉我们，电脑屏幕之中另有一个真实的空间，这一空间人们看不到，但知道它就在那儿。它是一种真实的活动的领域。他幻想的这个空间，不仅可以包含人的思想，而且也包括人类制造的各种系统，如人工智能和虚拟现实系统等等。吉布森生造的"Cyberspace"一词，参照系是维纳提出的"控制论"（Cybernetics），但由于赛博空间生动地反映出电脑（电子的）与人脑（生物的）以及电脑网络文化（精神的）之间的联系，更具有电脑时代的文化意蕴，因而受到科学界和文化界的普遍认同。我国文化学者通常将这个合成词译为"在线空间"。这个空间本质又是现实的，具有可以共享的海量资源和财富，所以我们才有了"虚拟现实"这样一个二律背反的科技名词，而钱学森则命名为"灵境"[44]。也有人指出："赛博空间在电子世界中引入了一个全新的要素：在赛博空间中，你不再是面对远方的一幅图像，而是走进画面，借助耳机和数据手套，可以在图像的虚拟世界中往返自如，就像在真实世界中一样。面对图像世界这个日新月异的电子世界的传统特征，变成了走进图像世界。图像面前的存在转换成了图像之中的存在，成了人们所说的远程存在。"[45]如果将虚拟现实作为一个梦境，那么赛博空间就是可以让清醒者自由出入的一个特别的梦境。唐人白行简的《三梦记》说："人之梦，异于常者有之：或彼梦有所往而此遇之者；或此有所为而彼梦之者；或两梦相通者。"记中一则云：唐天后时，刘幽求为朝邑丞。一次出差夜归，未及家十余里，路过一所佛堂院，听到寺中歌笑欢声。刘从墙缺处观看，见到数十人男女杂坐共食，其妻亦在其中笑语。他掷了一块瓦片，惊散了这伙男女，又翻墙进去，殿庑无人，寺门紧闭。他急急回家，妻子笑着说："刚才梦中与数十人游一寺，有人自外以瓦砾投之，杯盘狼藉，因而醒来。"这就是清醒者跑到他人的梦境中去了。这就类似于我们今天所说的赛博空间。

诗人写诗便是创造诗性赛博空间。"诗性赛博空间"当然是一种杜撰，却能帮助我们极大地加深对于诗与诗人的本质特征的理解。凡赛博空间所具有的基本特性，诗歌几乎都同样具有。比如：（1）空间性或曰时空性。赛博空间中所有境物事件都在一定的四维时空中活动显现，诗亦同样如此。（2）似真性或曰仿真性。赛博空间中的一切境物事件都活灵活现，跟现实生活中的一切惟妙惟肖，诗也如此。（3）虚拟性或曰虚幻性。但赛博空间中的一切又都是虚假的，而且能出现日常生活中所不能有的各种奇境怪象，不为现实生活所囿限，诗亦如是，乃至更有甚者。（4）创造性或曰可操作性。赛博空间中的一切都是人创造出来的，都是依靠人的主动操作而成的。而诗的创造性更大。（5）共享性或曰参与性。任何进入赛博空间的人皆能参与其事，与之共享。诗的受众更能参与诗美时空的二度创造，获得诗美共享。（6）游戏性或曰娱乐性。赛博空间的生成往往供人娱乐，比如电子游戏或者更高级的玩者可以身入其境游戏。在游戏中，玩者可以享受到历险、战斗等种种快乐。诗也毋庸讳言，包含着一种娱乐性、游戏性，而且实际上比通常所认可的要大要多。总此六条，我们的确可以看到诗与赛博空间有非常类似的一面，赛博空间是人依赖高科技所创造的一种灵境，诗歌则是人直接依靠自身的心智所创造的一种灵境。所以古代人讲求诗的意境创造，现代人讲求现代诗美时空创造，现代诗美时空不过是古代诗美意境的现代化罢了。中外古今诗歌追求的都是一种诗性的灵境。

但是，诗歌与赛博空间又有很大的区别、本质上的不同。我们已经生活在 21 世纪，每个人都会生活在几种不同的世界里。我们有物质生活世界，也有精神生活世界。而在物质生活世界里，又出现了由分子原子构成的现实世界与由数字化数据构成的虚拟世界，即赛博空间的世界。赛博空间既属于物质生活世界，却又是并非由分子原子而是由数字化数据构成的高科技的虚拟世界。诗属于精神生活世界。诗所创造的审美时空，既不是由物质的分子原子构成，也不是由数字化数据构成，构成它的是思想情感和语言文字。赛博空间的根本特征是科学性，诗歌的根本特征是人文性。这就将两者在本质上区别开来了。所以我们说诗是诗性赛博空间。

所谓诗性赛博空间，既承认诗具有与赛博空间相同或相类似的空间性、似真性、虚拟性、创造性、共享性与游戏性等六种特性，更具有赛博空间所不具的诗性。这里所谓诗性，着重指的是诗的思想性、情感性、审美性和语言性。诗是以生成性语言创造的具有思想性与情感性的审美的赛博空间。这样，诗与赛博空间分属于人文性的精神生活世界与科学性的物质生活世界。人类社会愈向前发展，这两种世界的生活亦愈来愈为人类所必需。

诗人是诗性赛博空间的创造者。诗人写诗从根本上是以生成性语言创造诗美时空。这个独创的时空（空间），既是虚幻的灵境，又可与人共享，让人参与乃至游戏。这个灵境，既可以逼真现实，又可以是怪诞的超现实。要之，人们进入这个灵境以后，在游戏之中，应当获得四样东西：审美享受、思想启悟、情感激动和语言趣味。而这四样东西又是浑然融合、四维一体的。这个独创的时空，我们名之曰诗性赛博空间，名之曰诗美质体，名之曰诗。

诗人是诗美创造主体，是诗性赛博空间的创造者。

注释：

[1] 田汉、宗白华、郭沫若：《三叶集》，上海书店出版社 1982 年版，第 7 页。

[2] 弗罗姆：《自为的人》，国际文化出版公司 1988 年版，第 72 页。

[3] 转引自庄锡昌、顾晓鸣、顾云深等编：《多维视野中的文化理论》，浙江人民出版社 1987 年版，第 1 页。

[4] 严羽：《沧浪诗话·诗辨》。

[5] 杜甫：《壮游》。

［6］陆游：《九月一日夜读诗走笔作歌》。

［7］陆游：《示子遹》。

［8］杜甫：《奉赠韦左丞丈二十韵》。

［9］柯勒律治：《文学传记》，伍蠡甫主编《西方文论选》下卷，上海译文出版社1979年版，第34页。

［10］李白：《秋浦歌》。

［11］马致远：《吕洞宾三醉岳阳楼》四。

［12］《马克思恩格斯选集》第3卷，人民出版社1995年版，第326页。

［13］陈子昂：《登幽州台歌》。

［14］康德：《判断力批判》上卷，商务印书馆1964年版，第152—153页。

［15］柏拉图：《文艺对话录》，新文艺出版社1956年版，第37页。

［16］王国维：《人间词话》，《王国维学术经典集》（上），江西人民出版社1997年版，第337页。

［17］《诗经·硕人》。

［18］［39］钱钟书：《谈艺录（补订本）》，中华书局1984年版，第205—206、101页。

［19］弗洛伊德：《自我与本我》，《弗洛伊德后期著作选》，上海译文出版社1986年版，第162页。

［20］荣格：《集体无意识的概念》，《心理学与文学》，生活·读书·新知三联书店1987年版，第94页。

［21］马克思：《资本论·第二版跋》，《资本论》第一卷，人民出版社1975年版，第24页。

［22］［23］［24］荣格：《分析心理学与诗歌的关系》，蒋孔阳主编《二十世纪西方美学名著选》，复旦大学出版社1987年版，第458、457、458—459页。

［25］［26］［27］［34］黑格尔：《美学》第1卷，商务印书馆1979年版，第357、363、359、365页。

［28］［39］《马克思恩格斯全集》第3卷，人民出版社2002年第2版，第305页。

［29］袁守定：《占毕丛谈·谈文》。

［30］柳永：《凤栖梧》。

［31］余以建:《我写〈滩头上的雕塑〉》,阿红编《诗的诞生》,四川文艺出版
社 1987 年版,第 166—167 页。

［32］刘勰:《文心雕龙·神思》。

［33］吴雷发《说诗管蒯》。

［35］［37］马斯洛:《谈谈高峰体验》,马斯洛等《人的潜能和价值》,华夏出
版社 1987 年版,第 366、367 页。

［36］杜甫:《解闷十二首》(其七)。

［38］龚相:《学诗三首》。

［40］［42］马斯洛:《自我实现及其超越》,马斯洛等《人的潜能和价值》,华
夏出版社 1987 年版,第 262、252 页。

［41］马斯洛:《超越性动机论——价值生命的生物基础》,马斯洛等《人的潜
能和价值》,华夏出版社 1987 年版,第 229 页。

［43］阿瑞提:《创造的秘密》,辽宁人民出版社 1987 年版,第 14 页。

［44］可参阅叶平:《赛伯空间文化:知识经济时代的文化教育新景观》,《教育
理论与实践》1999 年,第 7 期。

［45］沃尔夫冈·韦尔施:《重构美学》,上海译文出版社 2002 年版,第 253—
254 页。

第十六章

诗美评介传播接受主体

127. 诗美接受主体

诗美接受主体在诗美创造的全过程中，与诗美创造主体一样，具有自己的主体地位和作用，具有自己独特而强大的主体性。其主体性的主要表现：既是诗作者的知音者与造就者，又是诗本文的阐释者与再造者，更是诗产品的取舍者、运用者、消费者，可谓一身而七任焉。在这七任中读者受众处处表现自己强大而独特的主体能动性。

知音难得。"伯牙鼓琴，钟子期听之，方鼓琴而志在太山，钟子期曰：'善哉乎鼓琴，巍巍乎若太山。'少选之间，而志在流水，钟子期又曰：'善哉乎鼓琴，汤汤乎若流水。'钟子期死，伯牙破琴绝弦，终身不复鼓琴，以为世无足复为鼓琴者。"[1]艺术失去能够欣赏的知音者等于失去自身的价值。马克思说："从主体方面来看：只有音乐才能激起音乐感；对于没有音乐感的耳朵说来，最美的音乐也**毫无**意义，**不是**对象，因为我的对象只能是我的一种本质力量的确证，就是说，它只能像我的本质力量作为一种主体能力自为地存在着那样才对我而存在，因为任何一个对象对我的意义（它只是对那个与它相应的感觉说来才有意义）恰好都以**我的**感觉所及的程度为限。因此社会的人的**感觉不同于**非社会的人的感觉。只是由于人的本质的客观地展开的丰富性，主体的、**人的**感性的丰富性，如有音乐感的耳朵，能感受形式美的眼睛，总之，那些能成为人的享受的感觉，即确证自己是**人的**本质力量的**感觉**，才一部分发展起来，一部分产生出来。因为，不仅五官感觉，而且所谓精神感觉、实践感觉（意志、爱等等），一句话，**人的**感觉、感觉的人性，都只是由于**它的**对象的存在，由于**人化的**自然界，才产生出来的。五官感觉的**形成**是迄今全部世界历史的产物。"[2]
这段话的含义十分丰富而深刻。具体到我们的话题，一首诗能够真正
被欣赏，读者必须是诗人的知音者。而这个知音者的造就，从大处讲，
是"以往全部世界历史的产物"；从小处讲，必须致力于自己的主体建
构。接受主体必须与创造主体大致同构。读者要有一颗能够欣赏诗美
的诗心。愈是高级的艺术品知音者愈是难得。

作家诗人能够造就读者受众，反过来，读者受众也能造就作家诗
人。两者双向互动，构成反馈。"艺术对象创造出懂得艺术和具有审美
能力的大众——任何其他产品也都是这样。因此，生产不仅为主体生
产对象，而且也为对象生产主体。"[3]诗人创造诗作，不，诗与别的
物质产品不同，诗需要读者在消费过程中进行再创造方能使之最后完
成。而在这消费并再创造的过程中，也在创造着读者。诗人的创作不
仅为读者创造可供消费与再造的诗本文，而且也在创造着读者受众本
身。当朦胧诗刚出现的时候，诗坛内外一片哗然，甚至某些素享盛名
的中老年诗人也在抱怨这些年轻人的诗"古怪""不懂""朦胧"，朦胧
诗正是以此得名。一种诗乃至一首诗需要开启它的钥匙和能使用钥匙
的特定的知音者。20 世纪 50 年代与八九十年代的读者，显然是两种
不同的受众，他们所掌握的钥匙不同，能开启的是诗美表现方式不同
的两种诗。这种掌握不同钥匙的知音者，主要是依靠不同的诗人及其
诗作所造就的。

但是，受众也掌握着对于诗人及其作品的取舍大权：喜取恶舍。
这里也在相当程度上体现着"顾客是上帝"的法则。你的作品没有人
喜欢，受众不接受。得到这种反馈的诗人难免气丧，不得不改弦更张，
否则只能在诗坛消失。如果你的作品获得广大受众的喜爱，你的诗集
很受欢迎，你就会顺着这条路子兴致勃勃地继续创作，越写越多越好，
这就是正反馈。当然也有曲高和寡的情况，不过这是暂时的。真正曲
高，终究和者会多起来的。

读者受众对于诗本文的接受并非易事，不仅需要长期的诗美接受
主体的努力建构，而且在赏识一首诗作的当时，更须全神贯注，层层

深入，二度创造。《孔子家语·辨乐解》记载：

> 孔子学琴于师襄子。襄子曰："吾虽以击磬为官，然能于琴。今子于琴已习，可以益矣。"孔子曰："丘未得其数也。"有间，曰："已习其数，可以益矣。"孔子曰："丘未得其志也。"有间，曰："已习其志，可以益矣。"孔子曰"丘未得其为人也。"有间，曰："孔子有所谬然思焉，有所睪然高望而远眺。"曰："丘迨得其为人矣。近黮而黑，颀然长，旷如望羊，奄有四方，非文王其孰能为此。"师襄子避席叶拱而对曰："君子，圣人也。其传曰《文王操》。"

这则故事不论是否伪托，含意颇深。孔子学习弹奏《文王操》，是一个赏识阐释过程，反复再三，层层深入，得其精髓而后已。我们读诗也当如此。"颂其诗，读其书，不知其人，可乎？是以论其世也。是尚友也。"[4]"故说诗者不以文害辞，不以辞害志。以意逆志，是为得之。"[5] 从知人论世到以意逆志，以作者为友，得其诗心，得其神韵，确为读诗的基本方法。好诗尚须善读，得其真谛。

学以致用。诗不仅有无用之大用，从中得到诗美享受，得到人生启悟，借以净化、静化、美化自己的灵魂；而且也有某些应时的实用。诗应当正读，也可以误读。误读也非一无用处，纯属错误。比如借酒浇愁，借诗中的某种情感情绪，来抒发、发泄、消解自己胸中的郁闷与愁忧。所谓长歌当哭，所谓"漫卷诗书喜欲狂"[6]，便往往是对诗的一种借用。《汉书·艺文志》云："传曰：'不歌而诵谓之赋，登高能赋可以为大夫。'"这种赋诗往往断章取义，曲传应对中欲达的心意，可以言者无罪，闻者足戒。《史记·孔子世家》载，孔子因季桓子耽于齐国送的女乐而怠于政事，因去鲁。宿乎屯。师巳来送，曰："夫子则非罪？"孔子曰："吾歌可夫？"歌曰："彼妇之口，可以出走。彼妇之谒，可以死败。盖优哉游哉，维以卒岁。"师巳回报，桓子听懂了，喟然叹曰："夫子罪我以群婢故也。"这便是赋诗的一种妙用。

总之，诗美接受主体的主体性是独特而强大的。它能起到诗人及其作品的知音者、取舍者、阐释者、再造者、运用者与造就者的作用。诗美接受主体固然从诗美创造主体有所接受，然而在这种接受中却具有比通常所想象的要大得多的主体性、能动性与创造性。

128. 诗美评价传播主体

在诗作者与诗受众之间，诗的中介传播者随着诗美传播方式的变更与发展，愈来愈显得重要，尤其在现代，甚至能起到决定性的作用。

自古至今，诗美传播方式可分三大类：口头的、书面的、电子的。在太古时代，在生产劳动过程中，"杭唷"派诗人即兴创作，随口吼了出来，受众便是共同劳动者，即刻听到了，还能即时应和。这样，在作者和听者之间没有也无须中介传播者。然而有些诗歌被听到的人记住了，他在另一个类似的劳动场合，也即兴吼了出来，受到同伴的应和。这个吼他人之所吼者便成了最初的中介传播者。他也会对原诗作些改变，已是二度诗美创造。后来，诗歌创作丰富起来了，也繁复起来了，便有了歌谣、颂歌、史诗等等。口头传播方式也分成两种：赋诵和歌唱。歌唱的诗词往往配上乐曲，唱时有乐器伴奏，这些唱诗者多数渐渐职业化了，受到皇家、私家或社会上歌楼伎馆的供养。他们是专业的口头的诗歌传播者。白居易曾说："又闻有军使高霞寓者，欲聘倡妓，妓大夸曰：'我诵得白学士《长恨歌》，岂同他妓哉？'由是增价。"[7] 不过，非专业的口头的诗歌传播者更要多得多。比如苏东坡的乌台诗案，诬陷者所知的苏诗，有些是经口头传播而来的，而宋神宗的祖母光献太皇太后要竭力保护他，所知的苏诗也当为太监宫女们口口相传而进入她的耳朵的。

书面的诗美传播方式要比口头的先进得多，传播所及的受众圈不仅在空间上广大得多，而且在时间上也要长远得多。特别在印刷术发明以后，书面的诗歌传播更在突飞猛进。卡尔·克劳斯甚至说："太初有印刷，然后有世界。"[8] 有印刷才有报纸、杂志、图书。诗歌的书面发表也就日益兴盛起来。诗歌最早的发表与传播是手写、传阅、传抄。古代诗人多唱和。我写了诗送或寄给你看，你和了诗再送或寄给我看。亦有如此反复唱和至数十次者。或者一唱众和，亦有和者数以百十计者。这中间往往并无中介传播者。但有些诗人将诗作题写在公共场所，这便有了公开发表的性质。也有传抄另题其他公共场所，这传抄重题者便是诗歌的书面传播者。白居易说："自长安抵江西，三四千里，凡乡校、佛寺、逆旅、行舟之中往往有题仆诗者，士庶、僧徒、孀妇、处女之口每每有咏仆诗者。"[9]可见唐时对于著名诗人佳作的口头和书面传播的盛况。这些重题名作于公共场所者便是义务的书面的诗歌传播者。

待到近现代图书、杂志、报纸公开发行以后，更有一种专业的出版编辑者出现。他们是诗歌的书面的中介传播者，在诗美创造的全过程中起到非常重要的作用。他们在诗歌传播乃至创作上掌握了相当程度的生杀大权。一首诗、一本诗集、一个诗人是通过他们的手而流向社会大众的。诗歌创作的繁荣进步，诗歌编辑的重大作用是断断不可小觑的。

在中国，一向看重诗教。唐诗所以有如此高的成就，原因固然是多方面的，但与其以诗歌开科取士显然关系密切。《诗经》作为五经之一，在封建时代长期作为童蒙的必修课程。所以私塾的教师一直是一支诗歌传播的浩大队伍。在废除读经采用新式教科书以后，语文课文仍选有不少新旧诗歌，语文教师仍然是诗歌的书面和口头的中介传播者。

在近现代，还有一支日益显现其重要性的诗歌中介传播队伍，这就是诗歌美学理论的研究者和诗人诗作的评论者。他们在相当程度上左右着当时诗坛的诗美流向，抑扬着一些诗人、诗作的流传与走红。

在电影电视出现以后，电子传媒又逐渐介入诗歌传播，且日益显示其无穷威力。有了互联网以后，网上诗歌大兴，尤其是智能手机、微博、微信等兴起以后，不仅改变着诗歌传播方式，也在一定程度上改变着诗歌创作本身。这样，诗歌的口头的、书面的、电子（数字）

的三种传播方式并行而交织，形成了由书刊出版编辑者、语文教师、诗论诗评者、影视工作者、电子网络工作者所组成的诗歌中介传播的庞大队伍。他们沟通着诗作者与诗受众。他们都是诗美评介传播主体。

同诗美创造主体、诗美接受主体相类，诗美评介传播主体也需要致力于自己的主体建构。他们处于中介地位，对于诗歌，既须承受，又须传送。从承受来说，他们是诗本文更高级的读者，他们更懂得对各类诗的辨味入门。他们对于诗歌作品兼具欣赏、阐释、评审与再创造诸多作用，往往打上自己的印记。从传送来说，他们起到对于诗歌作品的质量加工和影响放大两种作用。各类传媒的诗歌编辑总会以各种编辑手段对诗人原作予以加工，以提高其诗美含量。也有起到负面作用的，不过是极少数。至于对于诗作的影响放大，更为显然且必然，诗人原作不经过传媒的推介，根本无法掌握广大的受众圈。因此，诗美评介传播者的主体建构，必须具备如下三个方面：一是建立近乎诗作者的诗人抒情场。事实上相当多的诗歌编辑、诗评家本身就是诗人。二是具备品评诗歌质量的诗评家的目光和水平，固然要求较高的诗歌美学理论修养，而敏锐的诗歌品味感觉则断不可少。这种能力有些诗人可能并不具有，因为他们只是厨师而非美食家。三是使用传媒的相关知识和技能，包括与媒体受众的广泛联系。看来，对于诗美评介传播主体建构的要求，不仅高于诗美接受主体建构，而且在许多方面也要高于诗美创造主体建构。好的诗歌编辑与诗评家住往成为诗人和读者的益友与良师。

129. 诗歌编辑的特殊作用

作为诗作者与诗受众的中介者的诗歌编辑，在繁荣发展诗歌中起到特殊重要的作用。图书的诗歌编辑与报纸杂志的诗歌编辑的工作职责范围略有不同，两者所起的作用也在大同中有小异。

图书的诗歌可分专集、选集和总集。个人诗专集大多为作者自编或诗友协助编辑，也有身后为其亲友所编辑的，出版部门的诗歌编辑所起的作用相对要小一些。诗歌总集的编辑工程浩大，而其要求则以全为贵，并尽可能依作者作品的年代编排，如《全唐诗》《全宋词》等等。最能让诗歌编辑显现其特殊作用的是专人的、多人的或一个时段的诗歌选集。个人诗选集还可以由作者自编，相关的诗歌编辑所出的力还小些。而多人的或一个时段的诗歌选集，其质量与面貌诗歌编辑往往起到关键性、决定性的作用。其上乘者可以使诗选集传之不朽。其所选的诗人诗作亦因而传之不朽。《诗经》其实是一部最古的诗歌选集。不管"古者诗三千余篇，乃至孔子去其重，取可施于礼义……三百五篇"[10]之说是否确切，古者所传之诗者肯定不止三百零五篇，三千余篇也可能不止，肯定有人做过选编工作，留下的《诗经》肯定是一部古代诗歌大选集，只是未入选者后来几乎全部湮灭了。幸赖这部大选集使西周诗歌精华得以保存流传，实在功莫大焉，尊之为"经"确不为过。梁昭明太子萧统主编的《昭明文选》是一部隋唐以前的文学作品大选集，共 16 卷，其中收录了大量诗歌。《文选》的诗歌对后代影响极大。连杜甫也教导儿子："诗是吾家事，人传世上情。熟精《文选》理，休觅彩衣轻。"[11]蘅塘退士孙洙选编的《唐诗三百首》流传极广，至今仍为广大青少年所诵读，且流传着"熟读《唐诗三百首》，不会吟诗也会吟"的顺口溜。谢枋得、王相选注的《千家诗》也流传很广。

中国新诗的好选本亦有可称道者。《中国新文学大系（1917—1927）》中朱自清选编的《诗集》颇富于权威性和历史性，其中有些诗人诗作已只靠此选集而留存。《九叶集》是 20 世纪 40 年代九人诗选。此集在 1981 年一出，使得集中九诗人名声骤著，而他们在 50 年代以后已近默默无闻。可说一本诗选使之复活且光大。阎月君、高岩、梁云、顾芳编选的《朦胧诗选》和徐敬亚、孟浪、曹长青、吕贵品选编的《中国现代主义诗群大观 1986—1988》，对于朦胧诗和后朦胧诗的资料保存和创作推动都起到良好作用。唐晓渡、王家新编选的《中国当代实验诗选》在 20 世纪八九十年代亦颇有影响，其所选的诗人，后来绝大多数都站住了。好的诗歌选集在推介诗人诗作，重塑诗人形象，推动诗歌创作和保存诗史资料等方面，都能起到有益的作用。当然，事物都有两面性，诗歌选集也会产生如鲁迅在《且介亭杂文二集·题未定草（六至九）》中所说的偏颇："有取舍，即非全人，再加抑扬，更离真实。"会自觉不自觉地歪曲诗人甚至诗歌的某一历史时期。

报纸杂志的诗歌编辑更首先把握着对于诗人诗作选用与不选用的第一道大关，在诗歌进行时上的作用比图书诗歌编辑更大。郭沫若的《女神》狂飙式的创作，固然受到惠特曼诗风的良好影响，而当时《申报·学灯》编辑宗白华对他的鼓励、鞭策和指引，亦至关重要。翻翻《三叶集》中宗、郭间的那些通信，实在感人至深。1920 年 1 月 3 日宗白华给郭沫若的第一封信中便说："昨天得着你的信同新诗，非常欢喜，因我同你神交已许久了。你的诗是我所最爱读的。你诗中的境界是我心中的境界。我每读了一首，就得了一回安慰。""沫若，你有 Lyrical 的天才，我很愿你一方面多与自然和哲理接近，养成完满高尚的'诗人人格'，一方面多研究古昔天才诗中的自然音节，自然形式，以完满'诗的构造'，则中国新文化中有了真诗人了。这是我很热忱的希望，因你本质有这种天才，并不是我的客气。""你能常常投稿吗？你一有新作，就请寄来。"[12]哪一个诗人接到这样既富于教益又鼓励有加的诗歌编辑来信，不会激起对诗歌写作的更大兴趣和更高的追求呢？尔后宗、郭二人即书信频频，郭沫若大写其诗，宗为之大发。郭后来说，自己"便做出了《立在地球边上怒号》《地球，我的母亲》《匪徒颂》《晨安》《凤凰涅槃》《天狗》《心灯》《炉中煤》《巨炮的教训》等那些男性的粗暴的诗来。这些都由白华在《学灯》栏上替我发表了，尤其是《凤凰涅槃》把《学灯》的篇幅整整占了两天，要算是辟出了一个新纪录"[13]。然而，到了"1920 年 5 月，宗白华也卸下了《学灯》编辑的责任到德国去留学，继他的后任的是我们已故的'大哲学家'李石岑。这位李先生也照常找我投稿，但他每每给我以不公平的待遇，例如他要把两个人或三个人的同时发表时，总是把我的诗放在最后。有一次他把我的诗附在另一位诗人的诗后发表了，但那位诗人的诗却是我在《学灯》上发表过的《呜咽》一诗的抄袭，仅仅改头换面地更换了一些字句。这种微细的事不知怎的就像当头淋了我的一盆冷水。我以后便再没有为《学灯》写诗，更把那和狂涛暴涨一样的写诗欲望冷下去了。"[14]可以说，没有诗歌编辑宗白华，便没有《女神》诗人郭沫若。

诗歌编辑在诗歌发表方面的把关作用，正反面都有，但总的说来是正面的，这在网络诗歌中看得比较清楚。网络诗歌失去了编辑这道水闸，好的方面是作者自由创造的积极性大增，有一种无拘无束的感觉，容易出现原创性极大的好诗；不好的方面是写诗"自由"到任意、随便，容易放松思想情感和艺术技巧方面的苦心追求，非诗的东西容易泛滥。事头上，当今的网络诗歌虽显怒涛汹涌，毕竟鱼龙混杂，泥沙俱下，诗多好的少。这就反衬出诗歌编辑的特殊作用与功劳。

看来，好的诗歌编辑应当具备较高的职业素质：首先是公正，不论情面，唯好诗是求；同时关爱作者，对作者鼓励关怀备至，也有严格要求与善意批评，促使诗人不断上进。这往往使有些诗人终生感激不尽。其次应当具有大诗歌理念或曰奉行好诗主义，善于辨味入门，深入各式各样的诗歌，从中发现其不同滋味的诗美，刊用诗美含量较高的诗作。再次是与诗人们和广大投稿者要有较好的联系，经常互通声气。还须了解当时诗坛的风尚与动向，然后有所节制、有所倡导，有利于诗歌的繁荣发展，终于以尽可能多而且好的诗歌奉献广大的读者。好的诗歌编辑应当是诗作者的良师益友，又是广大诗爱者的好向导。

130. 诗的本文与阅读

本文（text）与文本（document）是两个概念，相关而有别。诗篇或诗集，作为文献材料，它是诗的文本，属于版本学和文学史的概念；作为需要通过读者的阅读、体验而获得作品存在价值的文学实体，它是诗本文，属于现象学美学、解释学美学、接受美学和交流美学等现代美学的概念。伊泽尔指出："文学本文的一个突出特征"，便是"它们的交流能力"。[15]而文本则不具有这种能力，但又是本文的根据、物质依托。

诗的本文是诗人诗美创造的成果，也是读者阅读活动的对象。它凝结着诗人所发出的诗美信息，可以传递给读者。它是诗人与读者的中介，沟通与交流着两者的审美活动。诗的本文是诗人所创造的共享的诗美时空与读者相互作用的结果，现实化为读者心中的诗美景象与情感意蕴。

诗的阅读是一种审美活动，包括三个基本范畴：创造、愉悦和净化。首先是创造，是读者在诗本文的启发、导引与制约下的二度创造。只有这种二度创造，才能使诗本文现实化。这是审美经验的再生产，读者从自身创造能力的发挥中获得愉悦。阅读的审美愉悦也来自读者的情智和审美理想在诗本文中得到印证、启悟与感染。以诗本文为自己的心声，一吐为快。姚斯指出，"愉悦的现代形式分为相对的两个分支"。其一具有批判的语言学功能，倾向于破坏或提出问题。另一支则具有"宇宙论"功能，也可以说是"人类共有的"或"类"的功能。"在姚斯的图式中，艺术与艺术生产的审美经验不仅包括一个内在的社会批判要素，还联络了与其自我经验疏离的社会。愉悦提供了一个共同的感知，从而成为现代技术性世界中，使彼此分歧最大、最受疏落的因素团结起来的黏合剂。"[16]可以说，这是孔子"诗可以兴，可以观，可以群，可以怨"的不谋而合的西方化和现代延伸。审美经验交流的一个重要方面，发生在改变行为方式的作用范型。净化密切联系着审美识别。识别一般有五种样态。联系的识别中的决定因素在于读者的积极介入，化身为抒情主人公或诗中角色。敬慕的识别有一种油然的赞美，自觉不自觉地引以为楷模。同情的识别或产生一种道德兴趣，或有一种怜悯的感伤，往往从中得到自我确认。净化的识别或是悲剧感情的升华，或是喜剧性的内在解脱。讽刺的识别启发一种互惠的创造性，能使感觉精练，产生批判的反映，追求异化的复归。总之，诗的各种审美识别态样都能使读者的心灵净化、美化。

诗的阅读也是一种理解与阐释活动，渗透于审美过程中。诗本文所建构的诗美时空，通过生成性的语言而呈现出来。读者所面对的只是白纸上的一片黑字。其中有韵律化了的一系列意象，有行节间的审美空白，有意象群体组成的静止或活动的画面，或者错乱奇谲的幻象，有景象与韵律所蕴涵着的情感，有情感中溶解着的意蕴思想，需要通过解读方能显现出来。换句话说，透过诗的语言呈现，显露出诗美质体的形式美、形象美、情感美和意蕴美的层面结构。诗本文的理解与阐释，就是要通过对诗语言的解读，在重构与创造诗美时空中，逐步感受领悟诗中的情感与意蕴，并提炼、引申、生发开去。这里，有五件工作要做：一是探求原意。这是理解与阐释的可靠基础，尽管不可能完全做到，却是必不可少，否则就会成为远离原作的胡思乱想。二是辨析歧义。诗美意象往往一象多义、多喻、多征，需要辨析。或找出最佳的，或分清主次，或将多重意蕴融合起来。三是填补空白。诗的跳跃性很大。它的行节间留下许多审美空白，需要读者填补。这已是一种诗美的再创造。四是提炼概括。在诗美蕴涵的全部丰富性中，有一支旋律、一个核心，要通过提炼概括，求心思维，直觉顿悟，全力找寻出来，方能使全诗了然于心。五是引申生发。解诗必如此，定知非解人。诗能即小见大，说一射万。读诗亦当如核反应，逐步生发引申，方能其味滋滋。

诗的阅读需要多次反复，甚至琅琅背诵。一首诗的意义和意味只有在周而复始地不断再阅读中，才能展示自己。姚斯"试图将审美活动分成两个诠释活动：理解与阐释。初级阅读经验是审美感觉范围内的直接理解阶段，反思性阐释阶段则是在此之上的二级阅读阶段"[17]，颇为有理。在诗本文中，审美理解主要指向感觉过程，审美感觉总是已经包含着理解。在初级阅读理解中，读者的审美感觉，逐步进行，直到诗歌的最后一行，诗的形式作为整体实现为止。二级阅读阐释建立在初级阅读之上，是反思性的，从形式的整体实现深入到诗的整体意义。它具有更大创造性。姚斯还提出第三级阅读，它近乎历史－哲学解释学了，涉及从作品的时间和生成前提上对一部作品的阐释，属于历史性的文学研究工作。

值得注意的是对于同一诗本文的阅读，不同时候的阅读，诗本文现实化的结果各不相同。显然，诗本文并没有变。变了的是读者和他的环境，时代的社会经济生活条件和政治法律制度，时代的文化环境和审美风尚，都会投射到接受主体，读者个人的生活境遇、文化素养、审美观点甚至一时的心境，也会影响到他的阅读。只要其中某一因子变了，诗本文现实化的结果就会变样。但是，这种诗本文现实化的不确定性，并不能导致对诗本文中确实存在着的诗美及其内涵中某些确定的东西的否定，否则，诗本文也就不成其为诗本文，阅读也就失去对象。

131. 诗的二度创造

诗美创造发始于诗人的创作，终结于读者的阅读。前者为诗的一度创造，后者为二度创造。两者大体相类又有各自的特点。

相类之处，首先是主体建构必须大体相同。诗人的抒情场是一座由历史——时代——个人、认识——审美——抒情和才能——学问——胆识三个金三角构成的金字塔，读者的抒情场也须与此相类。诗的一度与二度创造有一种共振共鸣的关系。创造主体与接受主体需要大体同构。可以有程度上的差异，但须在性质上一致。振动频率不等的两个发声体无法共鸣。其次是阅读与创作过程的大阶段相似。诗人创作可分创作素材积贮与具体创作实践两个阶段，读者阅读也可以分阅读准备与直接阅读两个阶段，没有与诗人相类的人生经历与情感体验，读者是很难进入直接阅读，进行二度创造的。

与一度创造相比，诗的二度创造的特点有四：一是再生性。一度创造面对的是内外宇宙的实际景物与情意，二度创造面对的主要是诗本文。一度创造是主体与客体的交互作用，二度创造是读者与诗本文的交互作用。前者从客观景物中汲取诗美，凝结为语言文字，是一种收敛结晶过程；后者将语言文字具体化为心灵感觉中的景象，领略其中的诗美，是一种发散还原过程。前者从客观景物到文字，后者从文字到景物的幻象，两者所创造的诗美大体印合。伊泽尔说："文字到作品具有两极，我们可以称之为艺术极和审美极；艺术极是作品的本文，审美极是由读者完成的对本文的实现。"[18]诗本文所提供的是一种潜在效果，在读者二度创造中才得到实现，才使诗的艺术极与审美极合而为一。诗的二度创造也需要读者自身的生活经验与生命体验，但只对诗的本文的印证阐发和诗美再创造起到一定的客观基础的作用。

二是受制性，受制于原作诗本文。诗人一度创造在自己经历和素养的限制之内，可以天马行空，为所欲为。读者二度创造还须受诗本文的具体限制，当然也受到诗本文的催发与推动。读者必须在接受的基础上再创造，在诗人创造的共享诗美时空的语言框架上重构诗美时空，将诗本文现实化，否则便是另行创作，与所阅读的诗本文无涉。

三是完形性。完形的连贯性意味着"由于每一个语言符号都把比自身更多的东西传达给读者的心灵，因此，它必须通过它的所有参照性语境被读者结合到一个统一的单位之中"[19]。尤其是诗人创造的诗美时空总是具有一定的共享性，留有或大或小的审美空白，需要读者的二度创造加以填补充实，使之完形，成为丰满的诗美景象。这种完形已经超越了原作诗美时空的单纯重构，已在创造的途径上向前延伸。

四是推衍性。二度创造同样需要想象的飞翔，甚至可以比一度创造飞得更远，只要在一度的基地上起飞。不仅可以在诗美景象上推衍，而且可以在诗美情感上因共鸣而加重，而扩展，如音波的球面放射；更可以在诗美意蕴上举一反三，连类无穷。由于诗语言的模糊性和诗美意象的多重投射性，读者还可以借诗本文的酒杯，浇自己别具情怀的块垒。古人所谓"登高能赋，可以为大夫"[20]，也是指借现成诗句以述己意的一种能力。在诗的阅读中，甚至一定程度的误解或曲解，也可能有利于读者适合自己审美意向的二度创造。正是由于诗的二度创造的推衍性，才能出现一千个读者有一千个莎士比亚的情形。可以说，诗的二度创造的再生性与受制性重在对诗本文的理解，在理解基础上的重构；完形性和推衍性重在对诗本文的阐释，在阐释中使重构的诗美时空更加完美，并在情意上作多方投射。再生性与受制性着重体现二度，完形性与推衍性着重体现创造，两者有机结合起来，方成诗的二度创造。

诗的一度创造的实际创作过程，一般是混沌期、闪现期、结构期、丰满期和改定期五个阶段递相衔接，畅快时一气呵成。诗的二度创造直接阅读过程与此不同，往往是理解与阐释，初级阅读与二级阅读螺旋式循环往复，层层深入，逐步扩展，连类引申。也可以说，诗的二度创造可分为接受、创造、推衍三个阶段。在接受基础上创造，在创造途程中推衍。三个阶段既互相渗透，前后交错，又相互衔接，环环相扣；诗的阅读包括对诗本文的审美接受、审美创造与审美享受，接受是创造的前提，享受是创造的后果。只有创造才是真正的接受，也才能有所享受。诗的二度创造是诗本文阅读的主体和实质。

诗的本文正是在二度创造中获得生命。姚斯在《恢复愉悦》中提出，在 20 世纪，创造的概念从作者转到读者，即读者的二度创造。这种创造观成为解释学和接受美学的理论基础。他还认为，"只有当作品的连续性不仅通过生产主体，而且通过消费主体，即通过作者与读者之间的相互作用来调节时，文学艺术才能获得具有过程性特征的历史"[21]。当然，我们也不可走到另一个极端。尽管文学作品从根本上讲注定是为接受者而创作，尽管艺术生产以艺术消费为目的，而且艺术消费本身也是一种艺术生产，但诗的二度创造毕竟以一度创造为前提与基础，受到它的推动与制约，没有一度也就谈不上二度。

132. 诗的内部批评与外部批评

诗的内部批评是针对诗本文且限于诗本文的批评。诗的外部批评则是从诗本文以外的社会、政治、经济、文化各方面对诗本文的背景、环境、外因等外在因素所作的研究批评。两者各有侧重、各有短长，需要相互渗透、结合、互补。

"文学研究的合情合理的出发点是解释和分析作品的本身。无论怎么说，毕竟只有作品能够判断我们对作家的生平、社会环境及其文学创作的全过程所产生的兴趣是否正确。"[22]诗批评所面对的根本事实、第一位的东西，是诗歌本身，我们欣赏、认识、分析、解释、评论的是诗歌，也只能是诗歌。对诗歌以外的各种外在因素的考察和研究，也是为了加强加深对于诗歌的解释和批评。诗的内部批评是诗批评的主体，占据首要的地位。然而过去特别是 20 世纪 80 年代以前的几十年，却过分地关注诗歌的背景，对于作品本身的分析极不重视，反而把大量的精力消耗在对环境及背景的研究上，且往往作出偏离作品实际的不公正的评判。80 年代以后着重于诗的内部批评，这是一大进步。

诗的内部批评，因批评者所崇奉的美学观点不同，又可分作生命直觉主义批评、形式主义批评、新批评派批评、心理学或精神分析学批评、符号论批评、语义学或语言学批评、结构主义与解构主义批评、解释学与接受美学批评，等等。这些内部批评派别对于诗本文考察的维度和重点虽然各不相同，但又大体上归于对诗作的审美考察，所以亦可总归于诗的审美批评。

生命直觉主义批评、心理学或精神分析学批评，侧重于诗美创造的成因和过程，侧重于诗美蕴涵。比如，柏格森说："诗人是这样一种人：情感在他那儿发展成形象，而形象本身又发展成言词，言词既遵循韵律的法则又把形象表达了出来。在看到这些形象掠过我们眼前时，我们体验到这种感情，也就是说，体验到了与诗人在情感上相同的东西。"[23]"艺术家在感觉的范围内带给我们的观念越丰富，孕育的感受和感情越多，这样表现出来的美就越深刻、越高尚。"[24]比较注重感受、体验、情感与观念。弗洛伊德直接论述《诗人同白昼梦的关系》。他认为，对"诗人的作品与白昼梦""这两者所作的比较"是"有价值"的。"富于想象的创造，正如白昼梦一样，是童年游戏的继续及替代。"而"最根本的诗艺（ars poetica），在于克服我们对白昼梦的反感所用的技巧"。[25]荣格强调："创作过程具有女性的特征，富于创造性的作品来源于无意识的深处，或者不如说来源于母性的王国。每当创造力占据优势，人的生命就受无意识的统治和影响而违背主观愿望，意识到的自我就被一股内心的潜流所席卷，成为正在发生的心理事件的束手无策的旁观者。创作过程中的活动于是成为诗人的命运并决定其精神的发展。不是歌德创造了《浮士德》，而是《浮士德》创造了歌德。"[26]诗人本质上是他的作品的工具。"伟大的艺术作品就像梦一样，尽管表面上一切都明明白白，然而它却从来不对自己作出解释，从来都是模糊暧昧的。"[27]深刻地揭示了诗人与其作品的特殊关系。

形式主义批评、符号论批评、语义学或语言学批评，比较注重于诗的形式美，注重于诗的符号表现和语言呈现，同时也关注语言符号的表现的生命内涵。卡西尔指出："一首诗的内容不可能与它的形式——韵文、音调、韵律——分离开来。这些形式成分并不是复写一个给予的直观的纯粹外在的或技巧的手段，而是艺术直观本身的基本组成部分。"[28]"韵律和语词不只是技术手段的一个部分，它们是创造过程本身的必要要素。"[29]"我们在艺术中感受到的不是哪种单纯的或单一的情感性质，而是生命本身的动态过程，是在相反的两极——欢乐与悲伤、希望与恐惧、狂喜与绝望——之间的持续摆动过程。使我们的情感赋有审美形式，也就是把它们变为自由而积极的状态。"[30]"生活具有的无限的潜在的可能，它们默默地等待着被从蛰伏状态中唤起而进入意识的明亮而强烈的光照之中。不是感染力的程度而是强化和照亮的程度才是艺术之优劣的尺度。"[31]形式也是内容，而内容的根本是"生命本身的动态过程"，是"强化和照亮""生活具有的无限的潜在的可能"。罗兰·巴尔特申言："符号学从法规上被定义为符号的科学，所有符号的科学都来源于语言学。""语言学正在解体。我称这种语言学的解体为符号学。我所说的符号学既是被动的，又是主动的。"[33]"它所偏好的对象是想象的本文：叙述、画面、肖像、表情、行话、激情，以及同时具有酷似真实的外表和不确定的真实性的结构形式。我更愿意把'符号学'称作可能性方向的操作过程，一种预期的方向，它把符号看成一个画就的面纱，或是一种虚构。"[34]要求从语言、符号、本文、叙述、画面、表情、虚构这个预期的方向去理解诗歌，欣赏诗歌。

所有这些诗内部批评派别，就其批评紧紧抓住诗本文这点来说，大方向完全正确。但就其批评考察的范围只限于诗本文这点来说，又显出其局限与不足。它们对于诗美内涵的阐释与赏识往往无力，难以到位。因为它缺乏知人论世，使诗本文与其产生的作者身世、文化、背景与社会环境相脱离。诗的内部批评固然是主体，诗的外部批评也是必要的。后者喧宾夺主固然不当，但要将其排除净尽，亦显然不妥。科学的诗批评对于内部批评与外部批评，应当既分清主次，又相互渗透与结合，以求相辅相成。

诗的外部批评，主要指诗的社会学批评与文化批评。因批评者所崇奉的美学观点不同，亦可分作人类学和艺术史批评、现象学批评、西方马克思主义批评、后现代主义语境批评、后殖民主义与女性主义批评、新历史主义批评、跨学科的视野批评以及结构主义与解构主义批评，等等。这些外部批评派别，多注重于诗本文以外的各种外部因素的考察，虽然其考察维度和重点各不相同，但大体上皆可归于社会学和文化考察，故可总称为诗的社会与文化批评，虽然它们也往往涉及诗的审美批评。尤其是结构主义与解构主义批评可以说是介于内部批评与外部批评之间，两者兼而有之。

吕西安·戈德曼常被称作马克思主义者，其实他更是结构主义者。他曾应比利时布鲁塞尔自由大学之邀，创立文学社会学中心。他是用皮亚杰一系的结构发生学理论与马克思理论相结合来阐述文学的。他认为"凡是伟大的文学艺术作品都是世界观的表现。世界观是集体意识现象，而集体意识在思想家或诗人的意识中能达到概念或感觉上最清晰的高度"。[35]他主张对文学艺术作品与社会集体之间的结构关系作发生学的考察，建立文学艺术与其所指对象的同构联系，使我们看到文学是怎样在一个整体性的结构中与社会发生关系的，因此区别于传统的实证社会学批评。当然，他的这种阐释方法不免有"一种以社会批评代替美学批评的倾向"。[36]

伊格尔顿是新马克思主义文艺批评家。他说："一切艺术都产生于某种关于世界的意识形态观念。"[37]"审美就等于意识形态。"[38]这似乎说得太极端。但他在以《荒原》作例子的具体解释中，说得还是比较合理的。他说：

> 我列举的所有这些因素（作家的阶级地位、意识形态形
> 式及其与文学形式关系、"精神性"和哲学、文学创作的技
> 巧、美学理论）都是与基础——上层建筑的模式直接相关的。
> 马克思主义批评寻求的是在《荒原》这首诗中，这些因素怎
> 样独特地结合在一起。这些因素，没有一种能吞并另二种，
> 每种因素都有它自己的相对独立性。《荒原》确实可以解释成
> 是一首产生于资产阶级意识形态危机的诗，但它对于那种危
> 机，对于产生那种危机的政治、经济条件都不是简单的相应
> 关系。（作为一首诗，它当然不知道自己是某种意识形态危机
> 的产物，如果它知道，它就不存在了。它需要将那种危机译
> 成"普遍的"的词语，把它理解为古埃及人到现代人所共有
> 的人类永恒状况的一部分。）因而，《荒原》与它所处时代的
> 现实历史之间的联系是非常间接的；在这一点上，它与一切
> 艺术作品相同。[39]

作为诗的社会学批评，伊格尔顿在这里所提的具体要求是可取的，应
当遵循的，并且要将它渗透结合到诗的审美批评中去。这才是诗的外
部批评与内部批评相结合的方式与途径。

133. 诗的理性批评与感悟批评

对于诗批评种类，从不同的考察维度，可以作出不同的划分。将
诗批评分作审美批评与社会文化批评是一种划分；分作内部批评与外
部批评是一种划分；分作理性批评与感悟批评，又是一种划分。显然，
这三种划分是三维立体交叉的，将各式各类的诗批评统统网罗其中。
所谓诗的理性批评，是指主要运用认识理性与审美理性对诗本文作出
分析性的解释与赏识的一种诗批评。它涵盖几乎全部的社会文化批评

和大部分审美批评；换个维度来说，它涵盖几乎全部的外部批评和大部分内部批评。所谓诗的感悟批评，是指主要依靠本文阅读时的感性印象与直觉领悟的一种诗批评。它所能涵盖的是一部分审美批评和内部批评。但它却能渗透进各种理性批评乃至外部批评，并在其中起到重要的乃至不可或缺的作用。它能滋润一切诗批评使之气韵生动。从大体上看，西方的诗批评多为理性批评，中国的尤其是传统的诗批评多为感悟批评。不妨近似地说，诗的理性批评是西式诗批评，诗的感悟批评是中式诗批评。就当代中国的诗批评而言，批评家的诗批评多理性批评，诗人的诗批评多感悟批评。

中国最早的诗评家是孔子。"子曰：《诗》三百，一言以蔽之，曰：'思无邪'。"[40]这是对于一部诗集的总评，305 篇诗，只说了三个字，将它们共同的主旨提示出来了。这就是感悟批评。孔子也批评具体诗篇。"《关雎》之怡，《樛木》之时，《汉广》之智，《鹊巢》之归，《甘棠》之褒，《绿衣》之思，《燕燕》之情。"[41]七首诗用了七个字去评，一首评以一字。也是感悟式的诗评。这是对各首诗的总评，接下还有阐释性的具体评论。例如对于《关雎》，则说："《关雎》以色喻于礼，情爱也。《关雎》之怡，则其思益矣。"[42]虽有理性分析，仍以感悟为基础。孔子开创了中国诗的感悟批评。

梁代钟嵘的《诗品》可说是中国第一部诗批评专著。品指品味、品评。集以品名，便是对于诗从品味而至于品评的意思，显然属于诗的感悟批评。他的品味品评方式，且举对于三曹的评论为例以明之。曹植属上品，见于卷上《魏陈思王植》：

> 其源出于《国风》。骨气奇高，词彩华茂，情兼雅怨，体被文质，粲溢古今，卓尔不群。嗟乎！陈思之于文章也，譬人伦之有周孔，鳞羽之有龙凤，音乐之有琴笙，女工之有黼黻。俾尔怀铅吮墨者，抱篇而景慕，映馀晖以自烛。故孔氏之门如用诗，则公幹升堂，思王入室，景阳、潘、陆，自可坐于廊庑之间矣。

这篇短评几乎面面俱到。先说艺术渊源所自，自内部批评引向外部批评。再以内部的审美批评为主体。其间有风格批评、语言批评、内涵批评、形式批评、文体批评，而总以诗美含量的等第评定。然后在品第上予以极赞。赞之曰魁首，又晓以以后作者对此应抱的态度，终在诗人群中排出座次。曹丕属于中品，见于卷中《魏文帝》：

> 其源出于李陵，颇有仲宣之体。则所计百许篇，率皆鄙
> 质如偶语。惟"西北有浮云"十余首，殊美赡可玩，始见其
> 工矣。不然，何以铨衡群彦，对扬厥弟邪？

也是先说艺术渊源，兼及同侪影响。接下是对其诗作多数的严格批评，然后是举其佳篇而称赞，而终归等第的品评。曹操与其孙曹叡合评，属于下品，见于卷下《魏武帝魏明帝》：

> 曹公古直，甚有悲凉之句。叡不如丕，亦称三祖。

上句评祖，下句及孙。"古直，甚有悲凉之句"，置之下品，品味与品评似不相称。不管对三曹的品评是否公允恰切，钟嵘的诗批评属于感悟批评则显然无疑，虽然其间亦杂以理性批评。

中国古代诗批评多以诗话形式出现。最早的诗话当数欧阳修的《六一诗话》，全书共二十八则。其十二云：

> 圣俞尝语余曰："诗家虽率意而造语亦难。若意新语工，
> 得前人所未道者，斯为善也。必能状难写之景，如在目前；
> 含不尽之意，见于言外，然后为至矣。贾岛云：'竹笼拾山
> 果，瓦瓶担石泉。'姚合云：'马随山鹿放，鸡逐野禽栖。'等
> 是山色荒僻，官况萧条；不如'县古槐根出，官清马骨高'
> 为工也。"余曰："语之工者固如是。状难写之景，含不尽之

意，何诗为然？"圣俞曰作者得于心，览者会以意，殆难指陈以言也。虽然亦可略道其仿佛。若严维'柳塘春水漫，花坞夕阳迟'，则天容时态，融和骀荡，岂不如在目前乎？又若温庭筠'鸡声茅店月，人迹板桥霜'，贾岛'怪禽啼旷野，落日恐行人'则道路辛苦，羁愁旅思，岂不见于言外乎？"

这则诗话精彩至极。是诗论也是诗评，以论带评，以评证论，融诗论诗评于一体，又出之以欧、梅对话，甚为亲切。就诗论而言，先提出好诗的两条标准："意新语工"；"状难写之景，如在自前；含不尽之意，见于言外。"而后者实为前者之极致。这好诗标准包含了诗美蕴涵、诗美景象、语言呈现，乃至言外余音，非常全面，又论及诗美创造与诗美接受，"作者得以心，览者会以意"，概括了诗歌从生产到消费的全过程的要妙。就诗评而言，梅圣俞列举了唐人佳句以阐释其好诗标准理论，也成了以其好诗标准评选好诗佳句的范例。其所选者确为千古好诗佳句。这是典范的诗歌感悟批评。诗歌理论极精，诗歌批评甚切。

王国维的《人间词话》也是既有理论又有批评，试录其一则评论云：

> 太白纯以气象胜。"西风残照，汉家陵阙"，寥寥八字，独有千古，后世唯范文正之《渔家傲》，夏英公之《喜迁莺》差堪继武，然气象已不逮矣。

言简意赅，真是品味诗词老手，也是诗的感悟批评典范。

中国传统的诗歌感悟批评，其特点十分明显：凭感受，重直觉，悟深旨，品韵味，言简意赅，一针见血，可以用来批评诗句、诗篇、诗集、诗人，乃至一个时段的诗歌创作全貌。王国维的《人间词话》中更有以词人词句品评其词品者，如：

> "画屏金鹧鸪"，飞卿语也，其词品似之。"弦上黄莺语"，端己语也，其词品亦似之。若正中词品欲于其词中求之，则"和泪试严妆"殆近之欤？

其中肯而精妙，令人叹为观止。

当今中国的诗歌批评却以理性批评居多，走的是西式诗批评路子。好的也有，而以平常者为众。有一种诗批评，诗理论滔滔，多为新从国外搬来，而对所评之诗却又语焉不详，论与评颇有脱节之嫌。又有一种诗批评，倒是从所评诗歌出发，但又就事论事，既少感悟，又乏理论深度。至于并不少见的那些并非出以公心之作，不是对于哥儿们的捧杀，便是对于名人的骂杀，赖以自己出名。当今的诗评界显得疲软，亟待振作。西式的理性批评的路子是可走的，当以中式的感悟批评渗透与浸润之。中式的感悟批评的路子也是可走的，亦可以加强现代诗美学理论武装，增添理性分析解释，汲取西式的理性批评长处。

总之，发展当今中国的诗歌批评，期望将西式理性批评与中式感悟批评、审美批评与社会文化批评、内部批评与外部批评以各种方式紧密结合起来。这种大包容的批评方式，也可以称作诗的大批评模式，或曰诗的审美总体性批评。

134. 诗的美学批评与史学批评

1895 年 5 月 18 日，恩格斯于曼彻斯特写了一封致斐·拉萨尔的信。说到"我是从美学观点和史学观点，以非常高的、即最高的标准来衡量您的作品的"。[43] 说到"具有较大的思想深度和意识到的历史内容，同莎士比亚剧作的情节的生动性和丰富性的完美的融合，大概只有在将来才能达到"，而"这种融合正是戏剧的未来"。[44] 还说到斐·拉萨尔的《济金根》"完全是在正路上；主要的出场人物是一定的阶级和倾向的代表，因而也是他们时代的一定思想的代表，他们的动机不是来自琐碎的个人欲望，而正是来自他们所处的历史潮流。但是还应该改进的就是，要更多地通过剧情本身的进程使这些动机生动地、积极地，所谓自然而然地表现出来"。"我觉得刻画一个人物不仅应表现他做**什么**，而且应表现他**怎样**做。"[45]"我们不应该为了观念的东西而忘掉现实的东西，为了席勒而忘掉莎士比亚。"[46]20多年后，他更接连在致敏·考茨基、致玛·哈克奈斯的信中，一再强调"现实主义的意思是，除细节的真实外，还要真实地再现典型环境中的典型人物"，但同时反复指明"作者的见解越隐蔽，对艺术作品来说就越好"，[47]"倾向应当从场面和情节中自然而然地流露出来，而无须特别把它指点出来"。[48]深研这些经典论述，可以领会到恩格斯是在运用和倡导一种马克思主义的合二而一的诗学批评的理论与方法。

这种合二而一的诗学批评，具有合二而一的价值标准。评价标准有两个，更是一个。对于一个文学作品，一首诗，价值评价标准分开说有两价：美学价值与史学价值；或者说，艺术价值与社会价值；或者更常用近乎简单化地说，政治标准与艺术标准。但是合起来归根结底地说，文学作品的评价标准只有一个，就是融合了美学价值与史学价值的诗学价值标准。这里，没有截然的二元对立，更没有第一第二和机械论。文学作品中的确存在着社会历史内容，存在着政治倾向，但它只有有机融合到作品的美学存在之中，才具有有效的、真正的社会历史价值，或曰政治倾向价值，否则它便只是一种游离的、异化的、负价值的有害存在。

其实，诗的内部批评与外部批评的相统一，诗的理性批评与感悟批评的相统一，都可以偏重于方法论上为诗的美学批评与史学批评的相统一所涵盖，而马克思主义的合二而一的诗学批评，则以美学价值与史学价值相融合的唯美是崇的价值标准为核心，综合一切有效的批评理论与方法，而成为一种既科学又艺术的全面正确的批评理论与方法。说得更为具体而实际些，这种奠基于马克思主义经典作家的既科学又艺术的诗学批评，其运作方式的要点，可以大体归结为：

确立美学标准与史学标准相融合的唯美是崇的诗学评价标准，以此为观照与衡量诗本文的价值标准，借以品评其高低优劣；对诗本文的各种外部因素作大体上的考察与探究，借以促进诗的内部批评；在诗本文的内部批评中，新批评的逐字逐句以至通篇的细读方法，是应当采用的。只是需要避免过于钻牛角尖，而总领之以陶渊明"不求甚解"得其要旨的总体观照；在进行诗的外部批评与内部批评相统一的全过程中，融合进诗的理性批评与感悟批评相统一，使得诗本文的诗学批评更为纵横交错立体化；最根本的，是要归结到诗美创造与诗语言创造相统一的全诗的气韵生动，余味无穷。

注释：

［1］《吕氏春秋·孝行览》。

［2］《马克思恩格斯全集》第 3 卷，人民出版社 2002 年版，第 305 页。

［3］《马克思恩格斯选集》第 2 卷，人民出版社 1995 年版，第 10 页。

［4］《孟子·万章下》。

［5］《孟子·万章上》。

［6］杜甫：《闻官军收河南河北》。

［7］［9］白居易：《与元九书》，《白氏长庆集》卷四十五。

［8］转引自沃尔夫冈·韦尔施：《重构美学》，上海译文出版社 2002 年版，第 250 页。

［10］司马迁：《史记·孔子世家》。

［11］杜甫：《宗武生日》。

［12］田汉、宗白华、郭沫若：《三叶集》，依 1920 年亚东图书馆版原式重排，上海书店出版社 1982 年版，第 3—4 页。

［13］［14］郭沫若：《我的作诗的经过》，邹建军选编《二十世纪中国文学史文论精华·新诗卷》，河北教育出版社 2000 年版，第 152—153、154 页。

［15］［18］［19］伊泽尔：《审美过程研究》，中国人民大学出版社 1988 年版，第 17、27、163 页。

［16］［17］［21］姚斯、霍拉勃：《接受美学与接受理论》，辽宁人民出版社 1987 年版，第 360—361、178、19 页。

［20］班固：《汉书·艺文志》。

［22］韦勒克、沃伦：《文学理论》，生活·读书·新知三联书店 1984 年版，第 145 页。

［23］［24］柏格森：《时间与自由意志》，《二十世纪西方美学经典文本》第 1 卷《世纪初的新声》，复旦大学出版社 2000 年版，第 200、202 页。

［25］弗洛伊德：《论创造力与无意识》，中国展望出版社 1986 年版，第 49—50 页。

［26］［27］荣格：《心理学与美学》，《二十世纪西方美学经典文本》第 2 卷《回归存在之源》，复旦大学出版社 2000 年版，第 91、92 页。

［28］［29］［30］［31］卡西尔：《人论》，上海译文出版社 1985 年版，第 198、181、189、188 页。

［32］［33］［34］罗兰·巴尔特：《文学符号学》，《二十世纪西方美学经典文本》第 3 卷《结构与解放》，复旦大学出版社 2001 年版，第 426、427、429、431 页。

［35］戈德曼：《隐蔽的上帝》，《二十世纪西方美学经典文本》第 3 卷《结构与解放》，复旦大学出版社 2001 年版，第 382 页。

［36］郭宏安等：《20 世纪西方文论研究》，中国社会科学出版社 1997 年版，第 90 页。

［37］［39］伊格尔顿：《马克思主义与文学批评》，《二十世纪西方美学经典文本》第 3 卷《结构与解放》，复旦大学出版社 2001 年版，第 240、239—240 页。

［38］伊格尔顿：《审美意识形态》，广西师范大学出版社 2001 年版，第 91 页。

［40］《论语·为政》。

［41］［42］《孔子诗论》，马承源《释文考释》，马承源主编《上海博物馆藏战国楚竹书（一）》，上海古籍出版社 2002 年版。

［43］［44］［45］［46］［47］［48］《马克思恩格斯选集》第 4 卷，人民出版社 1995 年版，第 561、557—558、558、559、683、673 页。

第十七章
诗的大继承理念

135. 人类文化的多元一体

宇宙间只有一个地球。地球上成为万物之灵的只有人类。人之所以为人，是因为创造了文化或曰文明。人类文化文明是多元的，各文化文明之间及其内部，都会有冲突斗争，但在根本上却和合一体。

人类历史上和现存的文明社会，汤因比在《历史研究》中说有二十三个。[1]又说可以划为五个社会，除了"西方基督教社会"以外，还有"其他四个属于同一类性质的社会：（1）在东南欧和俄罗斯的东正教社会；（2）从大西洋到中国长城以外，横跨北非和中东，而以沙漠地带为中心的伊斯兰教社会；（3）在印度热带次大陆的印度教社会；（4）在沙漠地区和太平洋之间的亚热带和温带地区的远东社会"。还不包括"现在已经灭绝的变成了古代化石的两套同样性质的社会"。[2]而亨廷顿在《文明的冲突与世界秩序的重建》中则说："人们至少在下述看法上存在着合理的共识：至少有 12 个主要文明，其中 7 个文明已经不复存在（美索不达米亚文明、埃及文明、克里特文明、雅典文明、拜占庭文明、中美文明、安第斯文明），5 个仍然存在（中国文明、日本文明、印度文明、伊斯兰教文明和西方文明）。鉴于我们认识当代世界的目的，除这 5 个文明之外，或许还应加上东正教文明，可能还有非洲文明。"[3]但他更强调，"从文明的角度看世界的方法认为：世界中的整合力量是真实的，而且正在产生对文化伸张和文明意识的抵消力量。世界在某种意义上是一分为二的，主要的区分存在于迄今占统治地位的西方文明和其他文明之间，然而，其他文明之间几乎没有任何共同之处。简言之，世界是划分为统一的西方和一个由许多部分组成的非西方。民族国家是而且仍将是世界事务中最重要的因素，但他们的利益联合和冲突日益受到文化和文明因素的影响。世界确实是无政府主义的，充满了部落和民族冲突，但是给稳定带来最大危险的是那些来自不同文明的国家和集团之间的冲突。"[4]

　　不过，从根本上说，人类文化虽为多元，存在着各种冲突和斗争，而一体和合终归是主流和归宿。雅斯贝斯《历史的起源与目标》中关于轴心期的理念是符合历史实际的。他指出："这个轴心要位于对人性的形成最卓有成效的历史之点。""看来要在公元前 500 年左右的时期内和公元前 800 年至 200 年的精神过程中，找到这个历史轴心。正是在那里，我们同最深刻的历史分界线相遇，我们今天所了解的人开始出现。我们可以把它简称为'轴心期'（Axial Period）。""在中国，孔子和老子非常活跃，中国所有的哲学流派，包括墨子、庄子、列子和诸子百家，都出现了。""印度出现了《奥义书》（Upanishads）和佛陀（Buddha）"，探究了怀疑主义、唯物主义等哲学可能性。"伊朗的琐罗亚斯德传授一种挑战性的观点，认为人世就是一场善与恶的斗争。在巴勒斯坦，从以利亚（Elijah）经由以赛亚（Isaiah）和耶利米（Jeremiah）到以赛亚第二（Deutero-Isaiah），先知们纷纷涌现。希腊圣贤如云，其中有荷马，哲学家巴门尼德，赫拉克利特和柏拉图，许多悲剧作者，以及修昔底德和阿基米德。在这数世纪内，这些名字所包含的一切，几乎在中国、印度和西方这三个互不知晓的地区发展起来。这个时代的新特点是，世界上所有三个地区的人类全都开始意识到整体的存在、自身和自身的限度。""他们为自己树立了最高目标。他们在自我的深奥和超然存在的光辉中感受绝对。"[5]"人性整体进行了一次飞跃。"[6]于是，"在所有的地方，轴心期结束了几千年古代文明，它融化、吸收或淹没了古代文明，而不论成为新文化形式载体的是统一民族或别的民族。""直至今日，人类一直靠轴心期所产生、思考和创造的一切而生存。每一次新的飞跃都回顾这一时期，并被它重燃火焰。"而"任何未同轴心期获得联系的民族仍保持'原始'，继续过着已达几万甚至几十万年的非历史生活。生活在轴心期以外的人们，要么和这三个精神辐射中心保持隔绝，要么与其中的一个开始接触；在后一种情况下，他们被拖进历史"。[7]就这样"起先几条道路似乎毫无联系的起源通向共同的目标。三种形态中多存在多样性，一部历史有三个独立的起源。后来，经过独立而不连贯的接触后，最后仅在几百年前，确切地说是直至我们今天，历史才成为唯一的统一体"。[8]而且"从三个地区相逢之际起，他们之间就可能存在一种深刻的互相理解。在初次相遇时，他们便认识到，他们关切同样的问题。尽管相隔遥远，但他们立即相互融合在一起"。[9]显然，这里体现着人类历史的"大包容和最高统一"。[10]而究其根本原因则在于他们都是人类，都过着形式各异实质相同的"类生活"，都有"一个种的整体特性，种的类特性就在于生命活动的性质，而自由的有意识的活动恰恰就是人类的类特性"。[11]他们就凭着这种类特性创造着人类的文化文明，人类的历史。

那么，在轴心期之前或曰前轴心期人类文化演进的大体历程又是如何呢？在任何历史时期，文化与经济、政治总是三管齐下，互为因果，一体共振。光就中国而言，老子约生于公元前571年（周灵王元年），孔子生于公元前551年（周灵王二十一年即鲁襄公二十二年），都生活在轴心期的盛期。他们都思想文化渊源有自。《老子》五千言精妙中，有"圣人"26处。这些圣人当为先前的哲人智者或圣王，是老子思想文化仰慕学习的所继承者。他长期担任周守藏室之史，是管理书籍史册乃至国宝的史官长吏，又如此睿智，无疑是最好的古典文化的继承人。至于孔子更为上古思想文化最大的继承者。《汉书·艺文志》云："六艺之文：《乐》以和神，仁之志也；《诗》以正言，义之用也；《礼》以明体，明者著见，故无训也；《书》以广听，知之术也；《春秋》以断事，信之符也。五者，盖五常之道，相需而备，而《易》为之原。故曰：'《易》不可见，则乾坤或几乎息矣！'言与天地为终始也。"认为《乐》《诗》《礼》《书》《春秋》各经阐明仁、义、礼、智、信"相需而备"的"五常之道"，只有《易》才是五常的源头和根本，"与天地为终始"。这就将前轴心期中国上古文化元典的主体概括起来了。而孔子则是这些元典的整理辑成者。《庄子·天运》便明言"丘治《诗》《书》《礼》《易》《乐》《春秋》六经"。《史记·孔子世家》更详细说明如何编辑集成六经。当孔子在漫长的 14 年周游列国之后回到母邦鲁国，只被供养起来，终不能用。而 68 岁垂垂老矣的孔子"亦不求仕"。这时"周室微而礼乐废，诗书缺"，遂"追迹三代之礼，序书传，上纪唐虞之际，下至秦缪，编次其事"。又，"吾自卫反鲁，然后乐正，雅颂各得其所"。"古者诗三千余篇，及至孔子去其重，取可施于礼义，上采契、后稷，中述殷周之盛，至幽厉之缺，始于衽席。故曰：《关雎》之乱以为风始，《鹿鸣》为小雅始，《文王》为大雅始，《清庙》为颂始。三百五篇，孔子皆弦歌之，以求合《韶》《武》《雅》《颂》之音，礼乐自此可得而述，以备王道，成六艺。孔子晚而喜《易》，序《彖》《系》《象》《说卦》《文言》，读《易》韦编三绝。"显然，孔子对于前轴心期的中国思想文化遗产，起到集大成开万世的伟大作用。无怪乎《论语·子罕》所记，"子畏于匡"，曰："文王既没，文不在兹乎？天之将丧斯文也，后死者不得与于斯文也；天之未丧斯文也，匡人其如予何？"他慨然以传承斯文为己任，为自己的天命，且坚信匡人是杀不了他的。同样，古希腊前苏格拉底的思想文化集大成者是苏格拉底、柏拉图与亚里士多德师生三代。

总之，不论从人类文明在轴心期之前与之后的历史演变，还是当今全球化的客观进程来看，人类文化文明确为既多元更一体，一脉曲折起伏断续相承。从许多分散的自发的小单元聚集汇总飞跃成三个大的辐射源，然后又在或缓或速地走向渐见大一统的全球化。而人类文化的多元一体日益走向全球化大一统，正是我们探究诗的大继承理念的大前提和深厚基础。

136. 诗的非个人理论与最个人独创

在《传统与个人才能》中，T.S. 艾略特提出"诗歌的非个人的理论"。他认为，一个诗人的作品中，"不仅最好的部分，就是最个人的部分也是他前辈诗人最有力地表明他们不朽的地方"。"传统是具有广泛得多的意义的东西。它不是继承得到的，你如要得到它，你必须用很大的劳力。第一，它含有历史的意识"，这是"不可缺少的"；"而历史的意识又含有一种领悟，不但要了解过去的过去性，而且还需要理解过去的现存性，历史的意识不但使人写作时有他自己那一代人的背景，而且还要感到从荷马以来欧洲整个的文学及其本国整个的文学有一个同时的存在，组成一个同时的局面。""诗人，任何艺术的艺术家，谁也不能单独的具有他完全的意义。""你不能把他单独的评价；你得把他放在前人之间来对照，来比较。我认为这是一个不仅是历史的批评原则，也是美学的批评原则。""产生一件新的艺术作品，成为一个事件，以前的全部艺术作品就同时遭逢了一个新事件。""因此每件艺术作品对于整体的关系，比例和价值就重新调整了，这就是新与旧的适应。"[12]因此，"诗人必须获得或发展对于过去的意识，也必须在他的毕生事业中继续发展这个意识。于是他们就得随时不断地放弃当前的自己，归附更有价值的东西，一个艺术家的前进是不断地牺牲自己，不断地消灭自己的个性"。[13]"诗人没有什么个性可以表现，只是一个特殊的工具，只是工具，不是个性，使种种印象和经验在这个工具里用种种特别的意想不到的方式来相互结合。"[14]同样，"诗人不是放纵感情，而是逃避感情，不是表现个性，而是逃避个性。自然，只有有个性和感情的人才会知道逃避这种东西是什么意义"。[15]总之，艾略特的诗的非个人理论强调：传统是具有广泛得多的意义的东西。历史的意识不仅具有过去的过去性，而且具有过去的现存性，诗人要不断地消灭自己的个性，逃避感情，逃避个性。

艾略特这个理论有什么根据？至少有四个：

根据一，世界诗歌的一体性。人类文化的历史和现实表明，它是多元的更是一体的。诗歌作为艺术文化中最精美灵活的一种，尤其如此。就从现存的中国文明、日本文明、印度文明、伊斯兰教文明、西方文明、东正教文明、拉丁美洲文明和非洲文明等八个文明来看，它们各有自己与文化一同发生发展的诗歌，显现姿势各异的多元态势。

但就其发源的根本来说，则同为人的一个种的整体特性，自由的有意识的活动的人的类特征。各个文明的诗歌产生的根源实质上是相同的。尔后的历史演进则使它们因相遇而交流，而交合，逐渐终将成为世界的和合一体。

根据二，人心人情的小异大同。诗言志而缘情，乃情志之美。艾略特说："只有有个性和有感情的人才会知道逃避这种东西是什么意义。"这句话，正是点明了"逃避感情""逃避个性"的入神精义。原来人的感情有二类：个人情感与人类情感。个人一己偶发的暂时的私情，绝不能在诗中泛滥，必须"逃避"。但诗绝非无情之物，诗应当如苏珊·朗格所强调的，"表现的正是人类情感的本质"。[16] 人心人情小异大同。各异的是个人情感，共同的是人类情感。因其同而通向人人，获得共鸣。现代诗在表现情感时更力求间接化、意象化而冷处理。因此，诗对于情感和个性的"逃避"，实质上是向人类感情和本性的一种钻探式的进取。这是创作真诗好诗大诗的必由之路。

根据三，各语种的诗美语言形异实同。诗歌与诗语言从来一体难分。各国的诗歌所用的语言显然各异，这在表象上似乎根本形不成世界诗歌的一体性。其实不然，各国诗歌是可以通过翻译基本等价的。比如英语诗、法语诗或俄语诗可以翻译成汉语诗，反之亦然。这样，各国之间的诗歌交流虽有语言障碍，终能通过翻译而扫除。多彩多姿的诗美语言实质上和同一体。

根据四，诗美创造艺术实质上的共同。诗就是诗。世界各国的诗歌，在具体呈现上几乎国国各异，人人不同，首首独特，否则就不成其为真诗。世界上的真诗好诗大诗，不论中外古今，只要是具有一定诗美赏识能力的人，都是能有所接受的。这不仅由于世界诗歌的一体性，由于人心人情的小异大同，由于各种诗歌的诗美语言形异实同，更由于诗美创造艺术实质上的共同。可以将诗美创造艺术分作道、艺、技三个层级。在诗道上，一切真诗好诗大诗是完全一致的。区别的只是人们对于诗道的掌握即领悟与运用的程度不同。在诗艺也就是诗道落到诗创作的一些原理原则上，则各国的各时代的各诗人所掌握所着重的都会有所不同。而在诗技上，更会因人因诗而有所不同。不过，在诗美的创造艺术的总体上，所有不同的诗艺诗技，只要是有效的，都可以聚合汇总在一起，都可以传承下来；武库丰足精良了，在实际创作时，便可富余随诗选用。总之，传统的确是具有广泛得多的意义的东西。

然而诗的本质本性却必须是最个人独创的。这不是同诗的非个人理论背道而驰，直接对抗吗？非也。两者正好相反相成。只有遵循诗的非个人理论，才能真正达到最个人独创。艾略特下面这番话是很值得深思细究的：

> 要做到消灭个性这一点，艺术可以说达到科学的地步了。因此，我请你们（作为一种发人深省的比喻）注意：当一根白金丝放到一个贮有氧气和二氧化硫的瓶里去的时候所发生的作用。……我用一个比喻来暗示成熟诗人心灵与未成熟诗人的心灵有所不同之处并非就在"个性"价值上，也不一定指哪个更饶有兴味或"更富有涵义"，而是指哪个是更完美的工具，可以让特殊的，或颇多变化的各种情感能在其中自由组成新的结合。我用的是化学上的催化剂的比喻。当前面所说的两种气体混合在一起，加上一条白金丝，他们就化合成硫酸。这个化合作用只有在加上白金丝的时才会发生；然而新化合物中却并不含有一点儿白金。白金呢，显然未受到影响，还是不动，依然保持中性，毫无变化。诗人的心灵就是一条白金丝。它可以部分地在诗人本身的经验上起到作用；但艺术家愈是完美，这个感受的人与创造的心灵在他的身上分离得愈是彻底；心灵愈能完善地消化和点化那些作为材料的激情。[17]

在这个化学上的催化剂比喻中，"诗人的心灵就是一条白金丝"，在化学反应前后，丝毫"未受影响"，"毫无变化"。就是说，作为诗美创造主体的诗人，并不掺进个性和感情，纯粹是"一个特殊的工具"，或者说是个精纯运用工具的工匠。他是在一生中逐渐养成的，其主要养料正是诗歌传统。那么什么是瓶子里的"氧气和二氧化硫"呢？诗人的心灵实在是一种贮藏器，收藏着无数种感觉、词句、意向，搁在那儿，直等到组成新化合物的各分子都到齐了。于是白金便起催化作用，工匠运用工具来制作创造。诗歌传统起什么作用？一是建构诗美创造主体；二是作为提供武器的储藏库；三是作为化学反应器中先期贮存着的"二氧化硫"。于是新的诗歌创作便只欠东风了。这东风是诗人采自现实生活的感觉、情感、形象、沉思等等经过非个人化处理后的"氧气"。就这样，新创作的诗歌便既是非个人化的又是最个人独创的。其全部原材料和工具是非个人的，而其成诗的精心制作又是充分发挥诗人才能的最个人独创。这就是《传统与个人才能》这篇诗学名文的精髓所在。

137. 无翻译便无诗传统

无翻译便无诗传统。因为无翻译便无诗交流，无交流便无诗交合，无交合便无诗传统。翻译是诗天地的信使羽翼。

在诗交流中，翻译无所不在。诗交流的第一等大事便是对于诗文本的阅读（或聆听）。"阅读行为，作为理解的开始，已经内在的包孕了可能的翻译行为。翻译是一种实践的行为，是一种投身于语言的劳作，是体现理解的写作（我不愿加上'再'字）。"翻译"是指把一个原文从一种语言译入到另一种语言。翻译的本质特征之一就是跨语言"。[18] 树才此言实在而精辟。阅读行为是读者面对文本而获得自己的理解，亦即"体现理解的写作"。不过在"写作"之前，"再"字还是需要加上的。总归是原作者文本写作在前，读者根据本文的写作在后，两种写作的结果也不可能毫无二致。阅读所面对的文本有四类：本民族语言的当代文本，本民族语言的古代文本；异族语言的当代文本，异族语言的古代文本。这四类文本都需要翻译。本民族语言文本无语言障碍，然而仍然需要将面对的文本中的语言，改换成读者再写作的语言。读诗尤须如此，且往往需要先改换成散文语言，然后领悟其中诗的韵味。本民族语言的古代文本更需要古今语言之间的翻译。例如现代中国人读中国古诗，便需要文言与白话之间的翻译。现在英国人读拉丁文英文古诗，也需要拉丁文与现代英语之间的翻译。至于异民族语言的文本，不论古代现代，对于一般读者来说，更是非有翻译文本不能读了。不能阅读根本谈不上诗的交流交合，继承诗传统了。

中国新诗从古诗断裂式地诞生，从根本上说，当然是依赖于中国社会的现代化变革和中国语言的文白交替的双重内驱力，而外国诗的译介无可否定地起到巨大的催生作用。一百年来新诗的起伏演进，外国诗翻译都起到近乎内化的掀动促发的作用。树才认为：

> 单就数量而言，译诗在"汉语新诗的总量"中占据着一个很大的比重。如果不把译诗计入在内，那么"新诗"将变得贫瘠而孤单！对于中国新诗来说，没有"译诗"的话，恐怕"新诗"这个本体都难以成立！事实上，译诗正是新诗本体中异常有活力的那一部分。纵观汉语新诗的起源和演变历史，"译的"诗和"写的"诗始终纠缠在一起，交合在一起，互相催生，相互冲突，给现代汉语的变化带来了活力。[19]

这番很有见地的话，就诗的大继承理念来说，自然令人爽快赞同。只是在中国新诗的户籍中"把译诗计入在内"一说，或恐尚可商榷。算个持"绿卡"的常住户，是否更为妥当些？

但是一百年来，对于翻译诗的诟病与责难，几乎层出不断，而成为否定新诗合法性证据确凿的一大罪状。对于译诗的主要责难有三：

一是诗根本不可译。最大的理由便是大家都熟知的弗罗斯特那句名言或咒语。我们在第一章第六节中已有所论及。树才在批驳中有一句说得很精彩："诗总是既允许但又不允许被翻译。"[20] 不过，他的另一句话："译文说到底，是'另一首'诗！"[21] 我就只能赞成一大半。

译文毕竟既是另一首也是同一首诗，否则就根本不叫译诗了。翻译讲求信、达、雅，分辨直译与意译或者两者的融合，都是首先在如何忠于原文上做文章，都在再写作的"再"字上作讲究。译诗的本真要求就是既要迫近原诗，又要富于诗味。在这个意义上，的确"'译好'一首诗比'写好'一首诗更难"。[22]因为多了忠于原诗的一重限制。不过某些诗意原创艰难亦可免去。

二是翻译质量差。这要具体分析，不能一概而论，更不能因噎废食。最近网上、报上关于冯唐译诗有点小热闹。冯唐新译了泰戈尔《飞鸟集》，以其与郑振铎的名译大异，"被网友集体看不顺眼"。潘卓盈在报上予以评说，通栏标题为：《"好客"变"挺骚" "揭下面具"变"解开裤裆" / 冯唐一译诗泰戈尔两行泪 / 元芳，你怎么看？》[23]冯唐作《飞鸟集：一次为"现代翻译腔"的辩护》一文自辩。其主要论点是："翻译应该更'有我'一些，否则，一边是悠久文化中的众多经典，没些浑不吝的有我劲儿，怎么逢山开道、遇水搭桥！具体到翻译诗，就需要更加'有我'，力图还魂。在翻译《飞鸟集》的过程中，我没百分之百尊重原文，但是我觉得我有自由平衡信、达、雅。人生事贵快意，何况译诗？"他更说："更多'神译'在我翻译《飞鸟集》的过程中被转来。We Are the Champions，我们都是昌平人；We Found Love，潍坊的爱；Yung Gires，秧歌，"等等。[24]从译本的实际看，冯译的"有我""神译"也太离谱了，太远离一个译者的职业道德底线了。至于误译，恐怕在所难免，自然以少为佳。不过，诗无达诂，外国现代大诗人的诗集可以有几种重译，以便读者在比照中领会。但从翻译诗的总体状况来说，还是佳译居多，尤其是一些名诗人冯至、戴望舒、穆旦等的名译更为光灿。

三是翻译诗腔败坏新诗。诗坛内外一些不喜欢外国翻译诗的人，给翻译诗加了两条罪状，一是弄得新诗看不懂，让人如坠五里云雾，莫名奇妙。另一便是翻译腔败坏新诗语言，读来佶屈聱牙，令人生厌。这两条实际上就是一条，骨子里不只是反对译诗，更是反对新诗本身。前一条是针对新诗的表现方式，后一条则针对其语言呈现。这两条都是中国新诗之所以为新的要妙所在，也是新诗大得益于译诗的实质所在。当然那些食洋不化、承古生吞，跨不进新诗门槛的伪劣产品，在新诗界招摇浮沉，亦颇屡见不鲜。这不是新诗的错，也不是译诗之罪。总之，外国诗翻译对于中国新诗的诞生与长进，是大大的正能量，大功臣。更放开来看，所有诗翻译都是诗天地的信使羽翼。倘若折断了这信使羽翼，便不存在全球化的诗天地，更没有全人类的诗传统。

138. 古希腊罗马诗学的根源

对西方诗学作史的考察，是践行诗的大继承理念的必需与前提。限于篇幅，这里只概略考察两头：古希腊罗马诗学的根源与近现代欧美诗学的花果。

显然，亚里士多德的《诗学》、贺拉斯的《诗艺》和郎加纳斯的《论崇高》，是古希腊罗马诗学的三部代表性作品。但作为其先导则为苏格拉底与柏拉图。柏拉图借老师苏格拉底之口，开创性地提出了自己的诗学三说。

一、双重模仿说。他说："有三种床，一种是自然的床，我认为我们大概得说它是神造的。""其次一种是木匠造的床。""再一种是画家的床"。[25]"因此，画家、造床匠、神，是这三者造这三种床。"[26]画家不是"在模仿事物实在的模仿者一样，自然地和王者或真实隔着两层"，[27]是模仿的模仿，双重模仿。

二、天才灵感说。他说："这类优美的诗歌本质上不是人的而是神的，不是人的制作而是神的诏语；诗人只是神的代言人，由神凭附着。最平庸的诗人也有时唱出最美妙的诗歌。"而"诵诗人又是诗人的代言人"，"是代言人的代言人"。[28]"听众是最后的一环。""这些环都从一块原始磁石得到力量；你们诵诗人和演戏人是些中间环，而诗人是最初的一环。"[29]"诗人是一种轻飘的长着羽翼的神明的东西，不得到灵感，不失去平常理智而陷入迷狂，就没有能力创造，就不能作诗或代神说话。"[30]

三、美是视听快感说。他说："美就是由视觉和听觉产生的快感。"[31]"视觉和听觉的快感应该有一个共同性质，由于有这个共同性质，单是视觉的快感或听觉的快感因而美，两种快感合在一起来说，也因而美。"[32]"就是说，美在部分，也在全体。"[33]

苏格拉底和柏拉图师生的诗学三说，都直抵诗本体和诗创造的实质，给后世的校正与拓展作了极好的前导。柏拉图的学生亚里士多德不仅在《诗人篇》《荷马问题》《修辞学》及《政治学》等中涉及诗学理论，更有西方第一部诗学专著《诗学》，两千多年来被奉为诗学鼻祖理所当然。他的诗学理论主要有：

摹仿理论。亚里士多德的摹仿说已初具理论形态。他说："史诗和悲剧、喜剧和酒神颂以及大部分双管箫乐和竖琴乐——这一切实际上是摹仿，只是有三点差别，即摹仿所用的媒介不同，所取的对象不同，所采的方式不同。"[34]诗"则只用语言来摹仿"。[35]而"悲剧，即借动作来摹仿的艺术"。[36]总之，"摹仿须采用这三种种差，即媒介、对象和方式"。[37]各种艺术门类正借此以区别。

模仿什么？亚氏指出："诗人的职责不在于描述已经发生的事，而在于描述可能发生的事，即按照可然律或必然律可能发生的事。"[38]历史学家和诗人的"差别在于一叙述已经发生的事，一描述可能发生的事。因此，写诗这种活动比写历史更富于哲学意味，更被严肃的对待；因为诗所描述的事带有普遍性，历史则叙述个别的事"。[39]因此，合理虚构是艺术摹仿的题中应有之义。因为诗人"必须摹仿下列三种对象之一：过去有的或现在有的事，传说中的和人们相信的事，应当有的事"。[40]第二种事已包含虚构，第三种事则全赖诗人的创造性虚构。

模仿的内驱动力何在？在于先天和后天两个方面。先天方面，"一般来说，诗的起源仿佛有两个原因，都出于人的天性。人从孩提的时候就有摹仿的本能（人和禽兽的分别之一，就在于人最善于摹仿，他们最初的知识就是从摹仿得来的），人对于摹仿的作品总是感到快感"。[41]"摹仿出于我们的天性，而音调感和节奏感（至于'韵文'则显然是节奏的段落）也是出于我们的天性，起初那些天生最富于这种资质的人，使它一步步发展，后来就由临时口占而作出了诗歌"。[42]
"因此诗的艺术与其说是疯狂的人的事业，毋宁说是有天才的人的事业；因为前者不正常，后者很灵敏。"[43] 而且"唯有荷马在这方面及其他方面最为高明，他好像很懂得这个道理，不管是由于他的技艺或是本能"。[44] 而就"他的技艺"来说，同别的诗人一样，也是通过后天的学习与创作实践而来的。这是后天方面的。

陶冶理论。 同柏拉图主张"不能让诗歌诱使我们漫不经心地对待正义和美德"，因而"有充分理由"，"把诗逐出我们的国家"[45] 不同，亚里士多德强调的是陶冶作用。"陶冶"，原文是"卡塔西斯"（katharsis），有"净化""宣泄"等含义。他说：

> 悲剧是一个严肃、完整、有一定长度的行动的摹仿；它的媒介是语言，具有各种悦耳之音，分别在剧的各个部分使用；摹仿方式是借人物的动作来表达，而不是采用叙述法；借引起怜悯与恐惧来使情感得到陶冶。[46]

他说："我们不应要求悲剧给我们各种快感，只应要求它给我们一种它特别能给的快感。既然这种快感是由悲剧引起我们的怜悯与恐惧之情，通过诗人的摹仿而产生的，那么显然应通过情节来产生这种效果。"[47]
他更说："既然悲剧是对于比一般人好的人摹仿，诗人就应问优秀的肖像画家学习；他们画出一个人的特殊面貌，求其相似而又比原来的人更美；诗人摹仿易怒的或不易怒的或具有诸如此类的气质的人（就他们的'性格'而论），也必须求其相似而又善良。"[48] 显然，亚氏主张诗人应创造出"求其相似又比原来的人更美"的诗美（悲剧美），从而发挥诗的陶冶（宣泄、净化、美化）功能。

悲剧理论。 《诗学》主要篇幅在讨论悲剧艺术，体现着后天学习诗艺的重要性。亚氏指明："整个悲剧艺术的成分必然是六个"，"即'情节''性格''言词''思想''形象'与'歌曲'"。"最重要的是情节，即事件的安排。"而"悲剧艺术的目的在于组织情节（亦即布局），在一切事物中，目的是最关重要的"。[49]"情节乃悲剧的基础，有似悲剧的灵魂。"[50]"情节既然是行动，里面的事件要有紧密的组织，任何部分一经挪动或删削，就会使整体松动脱节。"否则，"那就不是整体中的有机部分"。[51]

亚氏更指出："情节有简单的，有复杂的。""所谓'复杂的行动'，指通过'发现'或'突转'，或通过此二者而到达结局的行动。但'发现'与'突转'必须由情节的结构中产生出来，成为前事的必然的或可然的结果。"[52]"'突转'指行动按照我们所说的原则转向相反的方面"，"'发现'如与'突转'同时出现"，即"为最好的'发现'"。[53]"每出悲剧分'结'与'解'两部分。剧外事件，往往再搭一些剧内事件，构成'结'，其余的事件构成'解'。所谓'结'，指故事的开头至情势转入顺境（或逆境）之前的最后一景之间的部分，所谓'解'，指转变的开头至剧尾之间的部分"。[54]

古罗马诗人贺拉斯的《诗艺》，是两千年前一个实践家的一席创作经验谈，在欧洲古代诗学中占有承前启后的地位。他的主要告诫有：

一、我们诗人要求"有大胆创造的权利"，"但是不能因此就允许把野性的和驯服的结合起来，把蟒蛇和飞鸟、羊羔和猛虎，交配在一起"。[55]"他的虚构非常巧妙，虚实参差毫无破绽，因此开端和中间，中间和结尾丝毫不相矛盾。"[56]"我们不要把青年人写成老年人的性格，也不要把儿童写成个成年人的性格，我们必须永远坚定不移地把年龄和特点恰当配合起来。"[57]总之，"不论作什么，至少要做到统一、一致"。[58]

二、"一首诗仅仅具有美是不够的，还必须有魅力，必须能按作者愿望左右读者的心灵。"[59]"诗歌就像图画：有的要近看才看出它的美，有的要远看；有的要放在暗处看最好，有的应放在明处看，不怕鉴赏家锐敏的挑剔；有的只能看一遍，有的百看不厌。"而且，"世界上只有某些事物犯了平庸的毛病还可以勉强容忍"，"唯独诗人若只能达到平庸，无论天、人或柱石都不能容忍"。"一首诗歌的产生和创作原是要使人心旷神怡，但是它若是功亏一篑不能臻于上乘，那便等于一败涂地。"因此，"诗人和诗歌都被人看作是神圣的，享受荣誉和令名"。[60]

三、"有人问：写一首好诗，是靠天才呢，还是靠艺术？我的看法是：苦学而没有丰富的天才，有天才而没有训练，都归于无用；两者应该相互为用，相互结合。"[61]所以，"你们若见到什么诗歌，不是下过许多天苦功写的，没有经过多次涂改，没有（像一座雕像，被雕塑家的）磨光了的指甲修正过十次，那你们就要批评它"。[62]显然，贺拉斯对于诗人创作必须拒绝"平庸"而"臻于上乘"，且为此必须用"磨光了的指甲修正过十次"的告诫，是永远有效的。

郎加纳斯的《论崇高》在古典诗学上有自己的独特贡献。他作了如下精辟的论述：

> 所谓崇高，不论它在何处出现，总是体现于一种措辞的高妙之中，而最伟大的诗人和散文家之得以高出侪辈并获享不朽的盛誉，总是因为有这一点，而且也只是因为这一点。崇高的语言对于听众的效果不是说服，而是狂喜。一切使人惊叹的东西无往而不使仅仅讲得有理、说得悦耳的东西黯然失色。相信或不相信，惯常可以自己做主；而崇高却起着横扫千军、不可抗拒的作用；……一个崇高的思想，如果在恰到好处的场合提出，就会以闪电般的光采照彻整个问题，而在刹那之间显出雄辩家的全部威力。

> 一般讲来，凡是大家所永远喜爱的东西，就是崇高的真正好榜样。

> 崇高语言的主要来源，可以说，有五个。这五个来源所共同依靠的先决条件，即掌握语言的才能。这是必不可少的。第一而且是最重要的是庄严伟大的思想；……第二是强烈而激动的情感。这两个崇高的条件主要是依靠天赋的，其余的

却可以从技术得到些助力。第三是运用藻饰和语言的藻饰。第四是高雅的措辞，它可以分为恰当的选词，恰当的使用比喻和其他措辞方面的修饰。崇高的第五个原因总结全部上述的四个，就是整个结构的堂皇卓越。……我要满怀信心地宣称，没有任何东西像真情的流露得当那样能够导致崇高；这种真情如醉如狂，涌现出来，听来犹如神的声音。

思想深沉的人，言语就会阔通；卓越的语言，自然属于卓越的心灵。

风格的庄严、恢宏和遒劲大多依靠恰当地运用形象。

美妙的措辞就是思想的特有的光辉。

民主是天才的好保姆，……自由，据说，能培养才士的大志，能引起希望，能保持竞争的火焰和争取高位的雄心。……他们好象为摩擦燃着，而自然地发出光芒，因为围绕着他们的是自由。[63]

显然，《论崇高》将诗美的崇高本质和在技艺上如何达到崇高，说得相当精警。

综观上述古希腊罗马主要诗学家的观点和理论，显见尔后二千多年西方诗学的历史发展，有着极好的本根与源头。

139. 十九世纪西方诗学新潮

我们的西方诗学史的考察跳过中世纪，直接来到近代的 19 世纪。这个世纪的文学创作与批评思考得到了长足的发展。其特征是浪漫主义、现实主义、自然主义与象征主义相继而并曜。自浪漫主义开始，作家们的诗学就成了典型的作家诗学、作品诗学，历史和社会诗学以及关于文学的思想的诗学。期间也存在着超越主义的共通的诗学。

浪漫主义。施莱格尔兄弟以深刻的总体观念，在《雅典娜神殿》中说：

> 浪漫主义的诗是一种包罗万象的进步诗。它的宗旨绝不仅仅是把各种分别存在的诗体汇合在一起，并沟通诗与哲学和修辞学。它希望也应该时而把诗与散文、独特的天赋与批评精神、艺术诗和自然诗混合在一起，时而使它们浑然一体。它应当赋予诗以生命力和社会精神，赋予生命和社会以诗的性质。[64]

而埃内斯特·德·布洛斯维尔在《文学与艺术编年史》中则说：

> 浪漫主义文学即表达现代社会主义学。它向我们描述这个社会或至少带有这个社会的色彩；它从影响人之心灵最强劲的四大情感源泉中吸取灵感，这四种源泉是：宗教、祖国、爱、忧郁。[65]

浪漫诗人华兹华斯着眼于诗本体与诗创作，在《抒情歌谣集》先后出版的《序言》中强调：

> 一切好诗都是强烈情感的自然流露。

> 只要诗人把题材选得恰当，在适当的时候他自然就含有热情，而由热情产生的语言，只要选择得很正确和恰当，也必定很高贵而且丰富多彩，由于隐喻和比喻而充满生气。

> 诗是一切文章中最富有哲学意味的……诗的目的是在真理，……诗是一切知识的起源和终结，——它像人的心灵一样不朽。[66]

> 但是想象力也能造形和创造。……想象力最擅长的是把众多合为单一，以及把单一分为众多，——这些变化足以灵魂庄严地意识到自己强大的和几乎神圣的力量为前提，而且是被这种庄严的意识所制约的。[67]

同时，雪莱在《诗辩》中亦有精彩论述："在通常的意义下，诗可以界说为'想象的表现'。""一首诗则是生命的真正的形象，用永恒的真理表现了出来。"对于诗，"凡是增强和净化感情的、扩大想象的、给感觉添上灵魂的，都是有用的"。而"诗人们是世界上未经公认的主流者"。[68]柯勒律治在《文学传记》中说得尤为精警："心灵里没有音乐，绝不能成为一个真正的诗人。""一个人，如果同时不失一个深沉的哲学家，他绝不会是个伟大的诗人。"[69]雪莱则说："诗人的职责在于：把他自己从这些形象和感觉中所得到的愉快和热传达于他人。"[70]

看来，在19世纪新诗潮打头阵的浪漫主义，确有自己在诗学上的突出贡献。它虽格外强调情感在诗中的本体作用，强调想象力的能造形和创造；却仍未轻忽诗中的哲思、真理和社会精神。浪漫主义的诗确是当时所能达到的诗歌高峰。

现实主义。它在小说、戏剧和史诗中比抒情诗中更为强劲与流行。巴尔扎克在《人间喜剧·前言》中如此论述：

> 直到当代为止，最出名的讲故事的人也不过使用了他们的才华来塑造一两个典型人物，描绘生活的一个面貌。……这些塑造出来的人物的存在，同他们所生活着的世代的存在相比，变得更加悠久、更为真实确凿，他们差不多总是必须作为反映现状的一个伟大形象，才活得下去。这些人物是从

他们的世代的五脏六腑孕育出来的，全部人类感情都在他们的皮囊底下颤动着，里面往往掩藏着一套完整的哲学。……热情就是整个人类，没有热情、宗教、历史、小说、艺术都是无用的了。……不仅仅是人物，就是生活上的主要事件，也用典型表达出来。有在形形色色的生活中表现出来的处境，有典型的阶段，而这就是我刻意追求的一种准确。[71]

雨果在《〈克伦威尔〉序言》中的论述，与巴尔扎克相辅相成：

时候到了。世界和诗的另一个纪元即将开始。……近代的诗艺也会如同基督教一样以高瞻远瞩的目光来看事物。它会感到万物中的一切并非都是合乎人情的美，感觉到丑就在美的旁边，畸形靠近着优美，粗俗藏在崇高的背后，恶与善并存，黑暗与光明相共。……它将开始像自然一样行动，在它的创作中，把阴影掺入光明，把粗俗结合崇高而又不使它们相混，换句话说，就是把肉体赋予灵魂，把兽性赋予灵智。因为宗教的出发点总是诗的出发点，两者相互关连。……在我们看来，这一种差别把近代艺术和古代艺术，把现在形式和死亡形式区分开，或者用比较含糊但却流行的话来说，把"浪漫主义的"文学和"古典主义的"文学区分开来。……真正的诗人像上帝一样同时出现在他作品中的每一个地方，天才好像制币机一样，既能够在金币上也能够在铜币上铸刻国王的头像。[72]

尼采在《悲剧的诞生》中，创造性地论说"**日神和酒神**的二元性"，他指明，"直到最后，由于希腊'意志'的一个形而上学的奇迹行为，它们才彼此结合起来，而通过这种结合，终于产生了阿提卡悲剧这种既是酒神又是日神的艺术作品"。[73]

现实主义的核心是典型问题。别林斯基的经典论述大家都耳熟能详。他说：

> 创作独创性的，或者更确切点说，创作本身的显著标志之一，就是典型性——如果可以这样说的话，——这就是作者的文章印记。在一位真正有才能的人写来，每一个人物都是典型，每一个典型对于读者都是似曾相识的不相识者。[74]

他又指明形象思维的特征：

> 哲学家用三段论法说话，诗人则用形象和图画说话，然而他们说的都是同件事。……诗人被生动而鲜明的现实描绘武装着，诉诸读者的想象，在真实的图画里面显示社会中某一阶段状况，……一个是证明，另一个是显示，可是他们都是说服，所不同的只是一个用逻辑结论，另一个用画图而已。[75]

车尔尼雪夫斯基在《艺术与现实的美学关系》中给美下定义："美是在有限的显现形式中的观念；美是被视为观念之纯粹表现的个别的感性对象，……美就是观念与形象之完全的吻合，完全的一致。"[76]他更有一个在20世纪中叶的中国流行一时的定义："美是生活"；"任何事物，凡是我们在那里面看得见依照我们的理解应当如此的生活，那就是美的；任何东西，凡是显示出生活或使我们想起生活的，那就是美的。"[77]

马克思和恩格斯看重现实主义。马克思告诫斐·拉萨尔说："这样，你就得更加莎士比亚化，而我认为，你的最大缺点就是席勒式地把个人变成时代精神的单纯的传声筒。"[78]关于典型问题，恩格斯一再强调：

> 对于这两种环境里的人物，我认为您都用您平素的鲜明的个性描写手法刻画出来了；每个人都是典型，但同时又是

一定的单个人，正如老黑格尔所说的，是一个"这个"，而且
应当如此。[79]

　　据我看来，现实主义的意思是，除细节的真实性，还要
真实地再现典型环境中的典型人物。[80]

这正是典型问题最典型的论述。现实主义精神应当是超越时空的
诗学存在。

自然主义。近于现实主义。"可能与任何文学运动一样，自然主义
把自己的诗学建立在文本观念和表现世界两个轴心之上。""自然主义
体现了古典主义的某些特征，这一点最明显地反映在对推动新流派贡
献最大的埃米尔·左拉身上。"[81]左拉在《戏剧上的自然主义》中说：

　　自然主义意味着回到自然；……自然主义是回到自然和
人；它是直接的观察、精确的解剖、对存在事物的接受和描
写。作家和科学家的任务一直是相同的，双方都须以具体的
代替抽象的，以严格地分析代替单凭经验所得的公式，因此
书中不再是绝对的事物，而只有真正历史上的真实人物和日
常生活中的相对事物。[82]

又在《实验小说》中强调：

　　小说家是一位观察家，同样是一位实验家。……这里不
仅有观察，而且有实验；……并不满足于他对所搜集的事实
进行摄影，而是要直接干预，把它的人物放在某种情况之下，
他自己则始终是这些情况的主人。……我们今天所了解的自
然主义小说，乃是小说家借助观察而对人作出的真正的实
验。……实验方法并不是把小说家局限在狭窄范围内，而是
使它充分发挥那作为一个思想家的努力和作为一个创造者的

天才。他必须观看，理解，并发明。[83]

自然主义虽注重细节模仿的自然与妙肖，仍强调作家应为思想家与创造者。

象征主义。可以从波德莱尔算起，他的《恶之花》书名即为象征意象。在 19 世纪末，法国、英国、比利时、美国、希腊、德国、意大利、西班牙和其他国家的诗人汇聚在巴黎，他们成了象征主义运动的中介。马拉美是法国象征主义首席诗人和理论家。他在《关于文学的发展》中论说：

> 未来的诗将具有容纳着首创性的大诗体的容量，而这种诗体又带有那种来自个人听说的主题的无限性。……与直接表现对象相反，我认为必须去暗示。对于对象的观照，以及由对象引起梦幻而产生的形象，这种观照和形象——就是歌。……诗写出来原就是叫人一点一点地去猜想，这就是暗示，即梦幻。……诗永远应当是个谜，这就是文学的目的所在，……我作为一个诗人的处境，正是一个自己凿墓穴的孤独者的处境。……诗在于创造，必须从人类心灵中攫取种种状态，种种具有纯洁性的闪光，这种纯洁性是这样的完美，只要把心灵状态、心灵的闪光很好地加以歌唱，使之放出光辉来，这一切其实就是人的珍宝：这里面有象征，有创造性，诗这个词因此才取得它的意义。总之，这就是人类可能具有的唯一的创造性。……你看，世界被创造出来，实质上就是为了达到一本美的书的境界。[84]

在地球的另一半，美国诗人爱伦·坡早就在《诗的原理》中鼓吹：

> 一首诗的称号，只是由于它以灵魂的外华作为刺激，诗

的价值和这种升华的刺激，是成正比的，……只要我们让我们内省自己的灵魂，我们立刻就会在那里发现，天下没有、也不可能有比这样的一首诗……更加彻底的，极端高尚的作品，……这一首诗完全是为诗而写的。……也许正是在音乐中，诗的感情才被激动，从而使灵魂的斗争最最逼近那个巨大目标——神圣美的创造。……文字的诗可以简单界说为美的有韵律的创造。它的唯一裁判是趣味。[85]

在两个人各有千秋的论述中，有一个共同倾向：指明诗的本体是灵魂的音乐，美的创造。而其最新的表现形态则为象征、暗示、梦幻和谜的猜想。于是在象征主义的影响下，西方文明在任何民族的诗歌语言中，都变成了近似义汇集的场所。象征主义诗学构成世界的有韵律的密码式的诗歌视野，诗人们懂得用言语诗学代替诗之语言。于是20 世纪诗学的大门洞然敞开。

140. 二十世纪西方诗学的异彩

哲学、美学、诗学是三个同心圆。诗学即是关于诗的美学，而美学则是哲学的一个分支。考察二十世纪诗学便同二十世纪的哲学、美学难解难分。现当代西方哲学思潮大体上可分为人本主义和科学主义两大主潮。二十世纪西方美学最重要的特征是出现了两个大转向：一是"非理性转向"，二是"语言学转向"。而在诗学上则有现代主义与后现代主义的相继与并存。二十世纪西方美学和诗学派别纷呈，交响乐式地大放异彩。这里择其要者予以逐一考察。

一、表现主义诗学。流行于二十世纪初直到二次大战前夕，且至今仍有影响。它的创始人和主要代表是贝·克罗齐。他在《美学原理》中提出："直觉在一个艺术作品中所见的不是时间和空间，而是性格，个别的相貌。"他断言："直觉的知识就是表现的知识。……直觉或表象，就其为形式而言，有别于凡是被感触和忍受的东西，有别于感受的流转，有别于心理的素材；这个形式，这个掌握，就是表现。直觉是表现，而且只是表现。"[86]他更说：

> 诗人或画家缺乏了形式，就缺乏了一切，因为他缺乏了他自己。诗的素材可以存在于一切人的心灵，只有表现，就是说，只有形式，才使诗人成其为诗人。这也足见否认艺术只在内容，是正确的，内容在这里就指理智的概念。在把内容看成等于概念时，艺术不但不在内容，而且根本没有内容。这是毫无疑问的真理。[87]

可以说克罗齐近似地提供了如下公式：

$$直觉 ＝ 表现 ＝ 形式 ＝ 诗人$$

克罗齐还把语言学与美学统一起来："语言的哲学就是艺术的哲学。"[88]"在科学进展的某一阶段，语言学就其为哲学而言，必须全部没入美学里去，不留一点剩余。"[89]

二、生命直觉主义诗学。在19世纪末20世纪初流行于欧美各国。其主要代表人物是威廉·狄尔泰和亨利·伯格森。狄尔泰在《诗的伟大想象》中说："想象在那个时代的人身上产生的力量，表现在他们领悟和思考问题的方式及语言风格本身。"[90]而在《体验与诗》中更有关于体验的精辟论述：

> 诗要应用一切语言手段，以唤起印象和幻想，而且在语言的这种艺术处理中具有最初的极有意义的审美价值。……从心理的角度看，诗人所经历的无数生活状态中的任何一种都可以算作体验，然而在他的生活因素中只有那些能向他揭示生活特征的体验才属于他的诗的有效范围。……可以说每首诗都是一种特殊形式的有机体。[91]

伯格森在《时间与自由意志》中的论述则是：

> 诗人是这样一种人：感情在他那儿发展成形象，而形象
> 本身又发展成言词，言词既遵循韵律的法则又把形象表达了
> 出来。在看到这些形象掠过我们眼前时，我们体验到这种感
> 情，也就是说，体验到了与诗人在感情上相同的东西。……
> 我们体验的每一种感觉，只要是被暗示的，而不是被引起的，
> 都会带上美的性质。[92]

生命直觉主义诗学所凸显的体验与暗示，正好同表现主义诗学的直觉
与表现相辅相成。

三、俄国形式主义诗学。有两个分支：以雅各布森为代表的"莫斯
科语言小组"和以什克洛夫斯基为代表的彼得堡"诗歌语言研究小组"。

什克洛夫斯基认为："诗歌流派的全部工作在于，积累和阐明语言
材料，包括与其说是形象的创造，不如说是形象的支配、加工的新手
法。"[93]他强调反常化手法，认为"凡是有形象的地方，几乎都存在
反常化手法"。[94]因而下了"诗的这样一个定义"：

> 诗就是受阻的、扭曲的言语。[95]

雅各布森论述了"失语症"。认为"任何失语症状，其实质都是
程度不同的某种损伤，要么是负责选择和替换的功能出了毛病，要么
便是组合和结构上下文（contexture）的能力受到了破坏"。[96]他更指
出："元语言符号和元语言所解释的语言符号是通过象征符号之间在
涵义上的相似性联系起来的，隐喻项和它所替换的另一项亦通过相似
性相互联系。"他进而断言："在诗歌当中支配一切的原则是相似性原
则。"[97]

四、早期心理学诗学。兴盛于德国。其主要贡献为提出了审美定

势、审美静观、审美距离、移情作用与审美游戏诸说，影响极其深远。

审美定势。屈尔佩认为，审美状态"需要特别有利的形势才能使它产生和展开"，"为此我们首先要把指向审美活动的一种取向，一种主观的素质敏感性列入这种有利的形势。我们就以'审美定势'（aesthetic Einstellung）这个名称来标识这种形势"。"定势的作用是使意识和注意力拘限于与审美活动相应的对象。凡是与审美活动及其观点无关的东西都被撇开，因而就不起作用"。"定势的作用肯定在于迎接在审美活动的意义上赋予客体以形式的全部过程：注意的感觉，补足的表象，激动和运动的因素，构成总印象的概括功能。"[98]

审美静观。屈尔佩指出："在审美状态中，静观（从审美活动的角度注意和把握对象）是定势之后首先达到的状态，它是后来各种状态的基础。静观的目标是从总体上把握和认识这个部分的质和意义，它不仅包括关于外在对象的感觉，而且包括关于外在对象的表现的认识。""静观是一切审美效果的前提，因为首先把握对象的性质才能使我们产生快与不快的感情。"[99]

审美距离。布洛在《作为艺术因素与审美原则的"心理距离说"》中断言："不论它们具有什么样的审美特质，那也都只能从距离的总的内涵之中推衍出来。这种总的内涵就叫做'心理距离'。[100]"它有其否定的一面，抑制性的一面——摒弃了事物实际的一面，也摒弃了我们对待这些事物的实际态度——也有其肯定的一面——在距离的抑制作用所创造出来的新基础上将我们的经验予以精炼。"[101]"距离还标志着它是艺术创造过程的各个最主要的环节之一，而且是借以判别平常被人们笼统地称之为'艺术气质'因素的一种特征。最后，距离还可以被当作'审美悟性'的主要特征之一。"[102]

移情作用。立普斯将移情说系统化了。他的经典论述："这种向我们周围的现实灌注生命的一切活动之所以发生而且能以独特的方式发生，都因为我们把亲身经历的东西，我们的力量感觉，我们的努力，超意志，主动或被动感觉，移置到外在于我们的事物里去，移置到在这种事物身上发生的或和它一起发生的事件里去。这种向内移置的活动使事物更接近我们，更亲切，因而显得更易理解。"[103] 或者说，"它是一种自豪或悲伤的姿势，这就不过是说：它这种姿势表现出自豪或悲伤。……姿势和它所表现的东西之间的关系是象征性的……这就是移情作用"。[104] 总之，"审美的快感是对于一种对象的欣赏，这对象就其为**欣赏**的对象来说，却不是一个对象而是我自己"。[105]

审美游戏。萨利和康·朗格都有所论述。萨利说："游戏和审美观赏两者都是这样一种活动，它们不受外来目的的强制，只是被活动内在喜悦所指引而自由地进行着。因此，它们两者都和严重的劳作形成对照，后者是被身体需要和供养家庭等生活所支配着而又强加于我们的。它们两者都给生活增添着华丽的缘饰。在美感欣赏中，我们的官能、我们的才智、我们的情操都从日常必须的要求的束缚中解脱出来，同时也可以说它们是从游戏中得到了振奋。最后，它们两者都以强烈的假装的灌注为其特点倾向于将想象的产物来代替日常的现实。"[106] 而康·朗格则指出："游戏和艺术所具有的第一个相似点，是它的**娱乐性**和**无目的性**。"[107] "游戏和艺术之间只有在那种清醒下才有区别，即艺术完全局限于两种高级感官的范围，而游戏却可以有低级感官的介入。"[108]

五、格式塔心理学诗学。其最主要的代表是迁居美国的阿恩海姆。他说："视觉形象永远不是对于感性材料的机械复制，而是对现实的一种创造性把握，它把握到的形象是含有丰富想象性、创造性、敏锐性的美的形象。一个不可否认的事实是，那些赋予思想家和艺术家的行为以高贵性的东西只能是心灵。"[109] 他认为，"表现性就存在于结构之中"，[110] "一个视觉式样所造成的力的冲击作用，是这个式样本身固有的性质，正如形状和色彩也是知觉式样本身的固有性质一样，事实上，这种表现性还是视觉对象的一种最最基本的形式。"[111] "事实上，表现性乃是知觉式样本身的一种固有性质。"[112] 他更说："我们发现，造成表现性的基础是一种力的结构，这种结构之所以会引起我们的兴趣，不仅在于它对那个拥有这种结构的客观事物本身具有意义，而且在于它对于一般的物理世界和精神世界均有意义。像上升和下降、统治和服从、软弱和坚强、和谐与混乱、前进和退让等等基调，实际上乃是一切存在物的基本存在形式。……那推动我们自己的情感活动起来的力，与那些作用于整个宇宙的普遍性的力，实际上是同一种力。"[113]

六、结构主义、后结构主义与解构主义诗学。结构、后结构与解构，相斥而相继，相反而相成。其代表者为列维－斯特劳斯、E.拉康、罗兰·巴尔特与德里达。

列维－斯特劳斯断言："结构语言学肯定将对社会科学起到革新的作用，正像比如核物理学对物理科学所起的作用一样。"[114]他认为："语言学明确地告诉我们，结构分析不能直接用于词汇，而只能用于事先已分解成音位的词汇，在词汇水平上不存在必然的关系。"[115]

E.拉康在《〈哈姆雷特〉中的欲望及其解释》中说到："幻想的位置处在最尖端处，主体的疑问号的末端，仿佛是它的'支撑物'（为支撑点），正如主体在幻想中，在需要之外的地方，试图控制它自己一样。""最重要的问题不是事实，而是事实的时间。"[116]相反，"在精神病那里，主体与客体的关系在幻想层次上的真正基础，则是主体与时间的关系。"[117]而"幻想空间的形成，是两种因素互相勾通并进行交流的结果，一种是来自幻想的想象结构的某种因素，另一种是正常地达到信息的层次的某种因素，既是另一主体的又是自己的自我意象"。[118]他更提出：

> 我用 $ ◇ α 来表示幻想的一般结构。在这里，$ 是主体对命意者的特定关系，主体是作为受到命意者的不可征服的影响的主体；◇ 表示主体的一种实质上是假想的"接会点"的关系；α 所表示的，不是欲望的客体，而是在欲望中的客体。[119]

罗兰·巴尔特是结构主义文学批评与符号学的大师。他说："言语是一种立法。语言则是关于言语的法典。"[120]他认为："文学的能力有三种，用三个希腊语概念加以概括，即知识性、摹拟性和记号性（Mathēsis，Mimēsis，semiosis）。"[121] 他说："人操纵言语，言语同时也操纵人。文学编辑言语，但不是简单地运用它。文学把知识嵌入无限循环的齿轮中：通过写作、运用不再是认识性的而是戏剧性的言语、知识不断地反思知识。""它认识到，言语是蕴涵、效应、反响、迂回曲折的巨大光晕。"[122] 他说："所谓真实不是可再现的，而只是可证明的。这可用几种方式来说明：或是采用拉康的说法，对通过讨论而不能达到又不能逃避的东西，定义为'不可能'，或是用拓扑学的术语来说，人们承认不能使一个多维世界（真实）与一个单维世界（言语）契合。但是，这种拓扑学的不可能是文学所不希望得到的，它永远不希望得到它。人们对真实与语言无法契合这一点并不甘心承认，或许是由于这个同言语同样古老的抗拒心理，在无休止的忙碌繁杂中产生了文学。"[123] 他说："语言学正在解体，我称这种语言学的解体为符号学。"[124]"它所偏好的对象是想象的本文：叙述、画面、肖像、表情、行话、激情，以及同时具有酷似真实的外表和不确定的真实性的结构形式。我更愿意吧'符号学'称作沿着可能性方向的操作过程，一种预期的方向，它把符号看成一个画就的面纱，或是一种虚构。"[125]

解构主义代表人物德里达反对"中心主义"：

这是对于世界的活动以及变化的合法性的肯定，是对于那种没有真伪、没有本原（它被用于某种动能的解释）的符号世界的欣然肯定。因此，这种肯定所肯定的所谓无中心无非就是中心的丧失。它是一种没有保障的活动。因为它是一种真正的活动。它是受那种既予的、存在着的、现成的和零碎的替代物所制约的。……因此，这里就存在着两种关于解释、结构、符号和活动的解释。其一是试图辨认或梦想辨认某种逃避开活动和符号真理和本原，并将解释的必要性作为一种流放状态的真理或本原。其二是不再转向本原，而只肯定活动，并只试图超越人和人本主义，超越那种作为在者之名称的人的名字，这个在者在全部形而上学或本体论的历史……中一直梦想着完全当下存在，梦想着保障活动的基础、本源和终结。……今天，有非常充分的证明，我们能够意识到，这两种关于解释的解释……同时分享着我们以这种成问题的方式称之为社会科学的领域。[126]

"无中心"和"延异"是德里达后现代主义思想椭圆的两个中心点。

七、后现代主义语境诗学。哈桑在列举了雅各·德里达、让－弗朗索瓦、利奥塔、米歇尔·福柯、雅各·拉康、罗兰·巴特等等，以及作家贝克特、尤内斯库、博尔赫斯、纳博科夫等人后说："毋庸置疑，这些人性质迥异，不能形成一个运动、一个模式或一个学派。然而，他们却可能引出一系列相互关联的文化倾向，一套价值观念，一组新的程序和看法。而这一切我们称之为后现代主义。"[127]他认为，"现代主义和后现代主义之间并没有一层铁幕或一道中国的万里长城隔开；因为历史是一张可以被多次刮去字迹的羊皮纸，而文化则渗透在过去、现在、未来的时间之中。""阿波罗神的观点，比较宽泛而抽象，看到的只是历史的联系；而酒神的感觉，虽然近于盲目，却着重感官的功能，只接触到互不相关的因素。后现代主义则同时诉诸两位神祇，因而能二者得兼。相同与差异，统一与断裂，承袭与反叛，如果我们要研究历史，要把握（领悟、理解）变化——既是空间和思想的结构，又是时间和物质的过程，既是格局又是独特的事件，那么，上述相反相成的各对关系就必须都予以承认。"[128]他凸显"不确定的内在性"这个新名词。他解释道："我用这个术语表示后现代主义的两种主要的内在构成方面的倾向：一是不可确定性的倾向，另一是内在性倾向。这两种倾向并不是辩证的；因为二者并不恰好相互对立；它们也不形成综合体。它们各自有自身的矛盾，而且也涉及对方的构成成分。这些作用和反作用体现了一种'多语系'的活动，普遍存于后现代主义之中。……所谓不可确定性，或更确切地说，多种不确定性，我指的是这种种概念共同描述的一种综合所指：含混，间歇性，异端邪说，多元性，随意性，反叛性，反常变态，以及畸形变形。仅最后一项就包括了十多个目前常见的关于废弃一切的术语：阻遏创作，分裂，解构，中心消失，置换，差异，间歇性，脱节，消失，结构瓦解，反界说，去除神秘化，反总体化，反合法化，更不用说那些意指反讽、断裂、静寂等更为技术性的虚词术语了。在所有这些符号中贯穿着一种废弃一切的普遍意志，它影响着社会政治，认识体系，情欲系统，个人的精神和心理——整个西方的话语领域。仅就文学而言，我们关于作家，读者群，阅读，写作，书籍，体裁，批评理论，以及文学本身概念，突然之间统统产生了疑问。"[129]

另外，20世纪西方诗学还有人类学和艺术史诗学、形式主义诗学、新批评派诗学、自然主义诗学、艺术科学派诗学、精神分析诗学、实用主义诗学、分析诗学、符号论诗学、新托马斯主义诗学、存在主义诗学、前期西方马克思主义诗学、现象学诗学、语义学诗学、新马克思主义和后期法兰克福学派诗学、解释学接受美学与阅读理论诗学、后殖民主义与女性主义诗学、新历史主义诗学与跨学科的视野诗学等等，共生共荣，形成了奇异的诗学景观。再加上文艺创作上与此交相辉映的象征主义、意象主义、"虚构解决说"、立体主义、未来主义、达达主义、超现实主义、魔幻现实主义、深度意象主义、至上主义、构成主义、默尔兹主义、荷兰的德斯蒂尔派、俄国的阿克梅派、美国的自由派等等，一齐构成20世纪现代主义和后现代主义诗学与创作前所未有的茂盛状态。

141. 千古诗歌—《离骚》

抒情长诗《离骚》是中国史上第一位大诗人屈原的代表作。最早的文本有后汉王逸据汉刘向所辑作注的《楚辞章句》。宋洪兴祖又作《楚辞补注》。最早的评论当为汉刘安《离骚传》，可惜早已亡逸。其某些论点可能为司马迁所吸收。现在最早的评论就数《史记·屈原贾生列传》了。传中说，屈原名平，是楚国同姓，为怀王左徒，三闾大夫，

主持内政外交，却受到上官大夫靳尚等的谗言。怀王怒而疏远屈平。于是

> 屈平疾王听之不聪也……故忧愁幽思而作《离骚》。"离骚"者，犹离忧也。夫天者人之始也，父母者人之本也。人穷则反本，故劳苦倦极未尝不呼天也，疾痛惨怛未尝不呼父母也。屈平正道直行，竭忠尽智以事其君，谗人间之，可谓穷矣。信而见疑，忠而被谤，能无怨乎？屈平之作《离骚》，盖自怨生也。国风好色而不淫，小雅怨诽而不乱，若《离骚》者可谓兼之矣。上称帝喾，下道齐桓，中述汤武，以刺世事。明道德之广，崇治乱之条贯，靡不毕见。其文约，其词微，其志洁，其行廉。其称文小而其指极大，举类迩而见义远。其志洁，故其称物芳；其行廉，故死而不容自疏。濯淖污泥之中，蝉脱于浊秽，以浮游尘埃之外，不获世之滋垢，皭然泥而不滓者也。推此志也，虽与日月争光可也。

后怀王为秦所诳，竟死于秦。屈原又为顷襄王迁逐，被发行吟泽畔。于是怀石自投汨罗以死。王逸在《离骚经章句》中亦评价极高：

> 《离骚》之文，依《诗》取兴，引类譬喻，故善鸟香草，以配忠贞；恶禽臭物，以比谗佞；灵修美人，以媲于君；宓妃佚女，以譬贤臣；虬龙鸾凤，以托君子；飘风云霓，以为小人。其词温而雅，其义皎而朗。凡百君子，莫不慕其清高，嘉其文采，哀其不遇，而愍其志焉。

南朝梁刘勰《文心雕龙·辨骚》又云：

> 自《风》《雅》寝声，莫或抽绪，奇文蔚起，其《离骚》哉！固已轩翥诗人之后，奋飞辞家之前，岂去圣之未远，而

楚人之多才乎！……然其文辞丽雅，为词赋之宗，虽非明哲，可谓妙才。王逸以为诗人提耳，屈原婉顺，《离骚》之文，依经立义：驷虬乘鹥，则时乘六龙；昆仑流沙，则《禹贡》敷土。名儒辞赋，莫不拟其仪表，所谓金相玉质，百世无匹者也。……故其陈尧舜之耿介，称汤武之祗敬，典诰之体也；讥桀、纣之猖披，伤羿、浇之颠陨，规讽之旨也；虬龙以喻君子，云霓以譬谗邪，比兴之义也。每一顾而掩涕，叹君门之九重，忠怨之辞也。观兹四事，同于《风》《雅》者也。……枚、贾追风以入丽，马、扬沿波而得奇，其衣被词人，非一代也。故才高者菀其鸿裁，中巧者猎其艳辞，吟讽者衔其山川，童蒙者拾其香草。若能凭轼以倚《雅》《颂》，悬辔以驭楚篇，酌奇而不失其贞，玩华而不坠其实，则顾盼可以驱辞力，咳唾可以穷文致，亦不复乞灵于长卿，假宠于子渊矣。赞曰：不有屈原，岂见《离骚》？惊才风逸，壮志烟高。山川无极，情理实劳。金相玉式，艳溢锱毫。

总此三数古人圆盈而到位的评价，足称千古诗歌一《离骚》。

滚滚奔泻一道诗的黄河，情的长江。王逸云："屈原执履忠贞而被谗邪，忧心烦乱，不知所愬，乃作《离骚经》。离，别也。骚，愁也。经，径也。言己放逐离别，中心愁思，犹依道径，以风谏君也。"洪兴祖补注："太史公曰：'《离骚》者，犹离忧也'。班孟坚曰：'离犹遭也，明己遭忧作辞也。'颜师古云，'忧动曰骚。'余按，古人引《离骚》未有言'经'者，盖后世之士祖述其词，尊之为经耳，非屈原意也，逸说非是。"折中诸说，显然命题《离骚》实乃诗人基于一生遭际，勃然倾吐胸中郁积之愤懑。显见《离骚》之所以成为千古一诗，足证诗美创造终究以生活积淀为根基，以抒发人类情感为中心。史迁呼告苍天父母之说，千古不易。

然而落到诗中之情，必须升华为诗美。而屈子升华之法，实为诗之道艺技的典范。首先，他将诗的叙述艺术、意象艺术与抽象艺术统一成一身两翼，融合为三维一体。从全诗的骨骼脉络看，无处不是叙述。开首即为"帝高阳之苗裔兮"云云，自报家门。紧接着是"纷吾既有此内美兮，又重之以修能"，自显德才，自呈可为驰乘骐骥，以求"来吾道夫先路"。

突然来个大转折，切入正题："荃不察余之中情兮"，"羌中道而改路"。因为"众皆竞进以贪婪兮，凭不厌乎求索"。只有"余心之所急"者仍在，"恐修名之不立"。反更"朝饮木兰之坠露兮，夕餐秋菊之落英"，自修自强不息。我深知"伏清白以死直兮，固前圣之所厚"。我反顾游目，"将往观乎四荒"。

老大姐"女媭"，"申申其詈予"。说了"鲧婞直以亡身"与"众不可户说"的一番道理，责我"夫何茕独而不予听？"但我还是远游了。先是"济沅湘以南征兮，就重华而陈词"。陈说了一大堆启、夏康、羿、浞、浇、桀、后辛等淫游不德的败亡，而汤、禹、周"论道而莫差"的成功例证。一番陈说之后，感到自己心明眼亮地得了正道。乃决心"路漫漫其修远兮，吾将上下而求索"。于是饮马咸池，总辔扶桑。望舒、飞廉、鸾皇、雷师、凤鸟、飘风、云霓等等纷纷为我服役。然而上天之后，"吾令帝阍开关兮，倚阊阖而望予"。我只好转而巡游大地，"折琼枝以继佩"，"相下女之可诒"。我去追求宓妃、有娀佚女、有虞二姚，皆求之未得，终落到"闺中既以邃远兮，哲王又不寤"！

于是，我"命灵氛为余占之"。灵氛告我："勉远逝而无狐疑兮，孰求美而释女？何所独无芳草兮，尔何怀乎故宇？"而我心中仍然狐疑，再求巫咸明决。巫咸又勉我"及年岁之未晏兮"，升降上下，去征求挚、咎繇、傅说、吕望、宁戚一类"矩矱之所同"。乃决心"及余饰之方壮兮，周流观乎上下"。于是乎扬云霓，鸣玉鸾，行流沙，遵赤水，"路不周以左转兮，指西海以为期"。正当我屯车千乘，玉轪并驰，八龙蜿蜿，云旗委蛇，抑志弭节，神驰邈邈，"奏《九歌》而舞《韶》兮，聊假日以偷乐"之际，"陟升皇之赫戏兮，忽临睨夫旧乡。仆夫悲余马怀兮，蜷局顾而不行"。终于去而不去，全篇戛然而止。而尾声"乱曰：已矣哉！国无人莫我知兮，又何怀乎故都！既莫足与为美政兮，吾将从彭咸之所居"。而事实上真是说到做到，遗憾千古！

叹为观止的是《离骚》九折回环一唱三叹的叙事，其魂魄皆为抒情明志。《离骚》的情志主题有三层：外层是信而见疑，忠而被谤，忧愁幽思，乃作诗以倾泻横遭不可去的愁忧；中层是满怀故土乡邦的热爱与多艰民生的悲悯，欲去污秽败亡的祖国，而终于宁死不肯去的爱国主义情怀；骨子的里层则是忠于认定的崇高理想，不怕漫漫路远，上天入地、九死未悔的求索精神。这三层都是千古不老的诗骚母题。这三重母题融为一体的《离骚》，如何又不成为千古传诵百代仪型的诗歌经典？

诗的情志主题是首要的，而诗美创造艺术的高超则是诗美升华的根本和唯一保证。在《离骚》中，诗的意象艺术举凡中外现代诗所用的明喻、隐喻、象征、反讽种种，缤纷杂呈，几乎应有尽有。更为难能可贵的，是诗的抽象艺术与之融合得天衣无缝。不仅理性思维始终贯串其间，而精妙警句也总是在最恰当的地方怵目刺心地闪光。"唯草木之零落兮，恐美人之迟暮""长太息以掩涕兮，哀民生之多艰""亦余心之所善兮，虽九死其犹未悔""何方圜之能周兮，夫孰异道而相安""民生各有所乐兮，余独好修以为常""路漫漫其修远兮，吾将上下而求索""世溷浊而嫉贤兮，好蔽美而称恶""思九州之博大兮，岂惟是其有女""恐鹈鴂之先鸣兮，使夫百草为之不芳"云云，将永远活跃在中国人的言语中。

142. 大继承主体的自强自尊

自尊必须自强，自强乃有自尊。

文化尤其是诗歌的大继承理念，必须明确两个问题：一是继承的主体与对象。主体当然是我，作诗者。但这作诗者的身份应自觉有三重。首先，是个体自我，且为亲师友小圈子的核心。其次，是本民族国家的一分子和代表。诗人的国家、民族、乡土、职业、阅历、题材等元素自然包括体现在内。最后，是全球化的世界诗歌传统合法的长子权，当然的继承者。诗的大继承主体是这多重身份的统一体，犹如具有疏密结构的三重同心球。主体身份明确，对象场域也就随之界定。与本乡人、本国人、世界人相对应的自然是本乡本国与全世界的诗歌遗产。

二是如何继承。先可以讨论三个问题。首先是体用不二。什么是体？什么是用？何以体用不二？熊十力认为："用者，作用或功用之谓，其本身只是一种动势，亦名势用。体者，对用而得名。但是体是举其自身全显为万殊的大用，不是超脱于用之外而独存，故体者用之体，不可离用去觅体。"[130]这同物质与运动的关系相似相通，也同结构与功能的关系相近相关。因此，"用不即是体，而不可离用觅体。本体全显为用，始免支离；离用言体，终乖至道"。[131]这是体用不二的真谛。

然而，这种哲学上的体用关系原理，在中国近现代文化史上，却有其悖谬变形的独特表现。张之洞主张"中体西用"。他在《劝学篇外篇》的《变法》说："不可变者，伦纪也，非法制也；圣道也，非器械也；心术也，非工艺也。……法者，所以适变也，不必尽同；道者，所以主本也，不可不一。……夫所谓道、本者，三纲四维是也，……若守此不失，虽孔、孟复生，岂有议变法之非者哉？"又在《会通》中说："如其心圣人之心，行圣人之行，以孝弟忠信为德，以尊主庇民为政，虽朝运汽机，夕驰铁路，无害为圣人之徒也。"李泽厚主张"西体中用"。他说："社会存在是社会生产方式和日常生活。这是从唯物史观来看的真正的本体，是人存在的本身。现代化首先是这个'体'的变化。""我讲的'体'与张之洞的'体'正好对应，一个（张）是观念的形态、政治体制、三纲五伦为'体'，一个（我）是首先是以社会生产力和生产方式为'体'。总之，'学'——不管是'中学''西学'，不管是孔夫子的'中学'还是马克思的'西学'，如果追根究底，便都不是'体'，都不能作为最后的'体'"。[132]那么，"究竟什么是'西学'？什么是'中学'？它们谁主谁次，谁本谁末，谁'体'谁'用'呢？如果承认现代大工业和科技也是现代社会存在的'本体'和'实质'；那么，生长在这个'体'上的自我意识或'本体意识'（或'心理本体')的理论形态，即生产、维系、推动这个'体'的存在的'学'，它就应该为'主'为'本'，为'体'。这当然是近现代的'西学'，而非传统的'中学'。所以，在这个意义上，又仍然可说是'西学为体，中学为用'。这个'西学'当然包括马克思主义。"[133]

那么，站在当代中国人的平台上，运用唯物史观去考察世界文化文学诗歌的交往交流交合，应如何理解并实现东西合璧，全球一体，如何评说张之洞的"中体西用"与李泽厚的"西体中用"呢？首先，张、李二说都把中西文化（"学"）的关系说成体用关系，这在哲学范畴的本义上就错了。他俩都将本末、主次、重轻、内外等关系指称为体用，在用词用语上就牛头不对马嘴，把姓张的帽子带到姓李的头上去了。然后，也是最根本的，宇宙间任何事物都有体有用，都体用一原，体用不二。就诗歌传统继承来说，不论中国的或是西方的，说体都是体，说用都是用。硬说谁体谁用，根本上就是个伪命题。分什么远近、亲疏、主次、重轻、本末，合用的有利于自身诗美创造的，统统拿来就是了。

其次，是民族与世界。有个长期流传的命题：愈其民族的愈其世界的。世界文化文学诗歌本来就是一体多元的。不论大小民族或国家，作为世界中的一元，都有且需存在的根据。任何民族国家有特色有特长的东西，都应当且终将为世界所接受，成为世界性的东西。所以，"愈其民族的愈其世界的"这个命题是有其合理性科学性现实性的。但在同时，"愈其世界的愈其民族的"这个命题也是有其合理性科学性的。所谓"世界的"究其起因总是先在某个民族国家出现，然后逐步推广而成为世界性的共有物。对于尚未普及到的某民族国家来说，采取闭关自守抗拒的态度，即成自外于世界。这在全球化的当今早已失去了现实可能性。即使在古代，真正的世界性的东西，铁板钉钉的红漆大门还是关不住的。对于古代中国，佛教不也是外来的吗？不终成为儒、道、释三学（教）和一的国学国故了吗？所以民族性与世界性的好东西，总是相互贯通融通的，一切唯好是从。

其三，纵向与横向。在中国诗坛，包括大陆与宝岛，几十年来一直盛传着一种说法，叫作"纵向继承横向借鉴"，似乎至今仍被奉为正宗正确。这句话实质上是"中体西用"的现代版。不管这句话的倡导者本意如何，其实际的效用早已是将"纵向"与"横向"、"继承"与"借鉴"分为主次、本末、轻重、先后来了。这样一分，就将世界诗歌的当然继承者合法长子权奉送或者出卖掉了。这样一分，更无疑为中国新诗的大力请进来与大胆走出去，构筑了一道高高的厚厚的玻璃墙。还是这句话：一切唯好是从。"英雄不问出处"，不管是西方的东方的，不管是希腊的中国的，只要是好东西，统统继承，统统拿来。

作为大继承主体的百年中国新诗，必须自强自尊。以上说的种种究其深层原因，都在于历史与现实所造成的缺乏自尊，自觉不自觉地显出一副低头躬身夹尾巴的窘相。缺乏自尊何以勇敢自强？践行诗歌大继承理念，首先是新诗创作主体在精神状态上的自强自尊。

143. 大继承的精义在包容扬弃创新

在探讨了诗歌大继承应有的对象范围之后，我们来进一步讨论大继承必由的方法，如何继承？大继承的要妙何在？答曰：在于包容，扬弃，创新。

包容。大继承首先要大包容。"有容乃大"思想是周成王提出来的。周公旦死后，成王命君陈接替周公坚守东周。在策命中说："必有忍，其乃有济；有容，德乃大。"[134]这里将容跟忍连在一起，不忍耐是很难有容的。这里的有容只是说德乃大。其实有容任何事物都会大起来。积土成山，蓄水成湖。后来便有了"有容乃大"一语，并成为做大事者的心态。说到文化乃至诗歌的继承，其要旨在于向前人学习。孔子曰："三人行，必有我师焉。择其善者而从之，其不善者而改之。"[135]朱熹注云："三人同行，其一我也。彼二人者，一善一恶，则我从其善而改其恶焉，是二人者皆我师也"。具体到读前人之书，皆可一分为二，区分其中的精华与糟粕。但都可当作老师去学习，只是方法不同而已。所以有容乃大的态度便是开卷有益。据王辟之《渑水燕谈录·文儒》记：宋太宗赵炅每日阅览《太平御览》三卷，曾说："开卷有益，朕不以为劳也。"随便什么书都拿来看，都开卷有益吗？然也，就看你怎么看。当然，"吾生也有涯，而知也无涯。以有涯随无涯，殆已；已而为知者，殆而已矣"。[136]何况现代人那么忙，书刊那么多，真要有卷皆开，便更殆呆了。择其善者爱者而读之，势在必行。但是，有容乃大、开卷有益的心态是必需的，践行上尽力为之也是必要的。可以说，营养不良者求体格健壮而达千里远行，必成缘木求鱼。上节先论及诗的大继承多重同心球疏密结构，正有助于有容乃大。开卷有益的心态下，作出诗人主体自我在阅读上的最佳选择。

扬弃。黑格尔说："须记取德文中 Aufheben（扬弃）一字的双层意义。扬弃一词有时含有取消或舍弃之意，依此意义，譬如我们说，一条法律或者一种制度被扬弃了。其次，扬弃又含有保持或保存之意。在这个意义之下，我们常说，某种东西是好好地被扬弃（保存起来）了。这个字的两种用法，使得这字具有积极的和消极的双重意义，实不可视为偶然之事，也不能因此便斥责语言产生出混乱。反之，在这里我们必须承认德国语言寓有思辨的精神，它超出了单纯理智的非此即彼的抽象方式。"[137]他还说："有生活阅历的人决不容许陷于抽象的非此即彼，而保持其自身于具体事务之中。""在辩证的阶段，这些有限的规定扬弃他们自身，并且过渡到它们的反面。"[138]"凡有限之物是自相矛盾的，并且由于自相矛盾而自己扬弃自己。"[139]因此，"辩证法构成科学进展的推动的灵魂。只有通过辩证法原则，科学内容才达到内在联系和必然性，并且只有在辩证法里，一般才包含有真实的超出有限，而不只是外在的超出有限。"[140]扬弃，音译奥伏赫变，可说是辩证法的核心的核心。它不仅自身包含正反双方的对立统一，并且在一定的条件下，由于自相矛盾，双方皆"过渡到它们的反面"。宇宙间万事万物如此，科学人文、文学诗歌莫不如此。所以，文化继承，尤其是其中的诗歌继承，在方法上应当做到：首先，对最大包容的前人遗产进行解构，作多重的一分为二，区别其中的真伪、粗细、缓急、利害，或统言之曰精华糟粕，以便区别对待。然后，取其精华，去其糟粕。更进，化臭腐为神奇，变糟粕为精华。《庄子·知北游》云："故万物一也，是其所美者为神奇，其所恶者为臭腐。臭腐复化为神奇，神奇复化为臭腐。故曰：通天下，一气耳。"抓住一个"化"字，便能一通百通。"不与化为人，安能化人？"[141]安能化物？安能化遗产而用之？说到底，扬弃的灵魂在一"化"字。而化，即为创新基础，更为创新本身。

创新。是继承的目的与归宿。凡前人遗产有利于创新者皆取而用之。关于如何创新，我们在第二、三、四章已多所论及，这里要再行强调的是在"创造的奥秘重在组合"原理中，作为组合的两个要素的元件的量和量及其组成方式，其基础与大体，实得之于大继承。不仅元件的绝大部分是前人和现实所原有的，而且组合方式同样如此。所谓诗人的命名权与立法权，亦非仅凭一时心血来潮便可享受天上掉下的馅饼。勤苦地向现实生活世界与山积海量的文化书籍不倦地采掘淘金，然后将这些宝贝予以最佳的排列组合，实为创新的不二法门。在原有诗美创造世界能添上 1 毫克属于你自己的东西，便是天大的幸运与功劳。孔子曰："君子有三畏：畏天命，畏大人，畏圣人之言。"[142]如果我们取其根本之精神用于诗美创造王国还是很受用的。只有一定的"畏"的精神，方能达到"谦受益"[143]的妙用。

144. 诗的大继承理念

诗的大继承理念可以这样概括：当代及尔后中国新诗人应以中国人与世界人合一的诗传统继承者身份，将中外古今一切诗歌遗产统统拿来，放出眼光，去伪存真，去粗取菁，汰滓提纯，唯好唯美是求，用作诗美创造主体建构和新诗创作的深厚基础与强大资源和动力。诗传统继承之大，是要有诗学上的全球视野、世界眼光、历史纵深与战略思维，横扫寰球，囊括古今。首先是要明确身份，站高平台。在当今经济、政治尤其是文化文学全球化的大趋势下，作为诗传统当然继承者的中国新诗人，要概然自居既是中国人、华人，又是具有"地球村"胸怀的地球人、世界人，是两者的合二而一。否则便是自动放弃世界诗歌遗产的长子权。然后大显身手，将中外古今所有诗歌遗产照单全收。而诗的大继承者多重同心球疏密结构正是这种照单全收的具体化与形象化。然后，进而作一番拆骨剔肉、煎炒烹煮、咀嚼消化、排泄吸收功夫，将美及其所融和的真、善、信所有的好营养，创造性地发挥作用。

诗的大继承理念的理论根据与思想资源深厚丰赡，理据充足。择其要者有四：

一是马克思、恩格斯的"世界文学"。《共产党宣言》深刻揭示：

> 资产阶级，由于开拓了世界市场，使一切国家的生产和消费都成为世界性的了。使反动派大为惋惜的是，资产阶级挖掉了工业脚下的民族基础。古老的民族工业被消灭了，并且每天都还在被消灭。它们被新的工业排挤掉了，新的工业的建立已经成为一切文明民族的生命攸关的问题；这些工业所加工的，已经不是本地原料，而是来自极其遥远的地区的原料；它们的产品不仅供本国消费。旧的、靠本国产品来满足的需要，被新的、要靠极其遥远的国家和地带的产品来满足的需要所代替了。过去那种地方的民族的自给自足和闭关自守状态，被各民族的各方面的互相往来和各方面的互相依赖所代替了。物质的生产是如此，精神的生产也是如此，各民族的精神产品成了公共的财产。民族的片面性和局限性日益成为不可能，于是由许多民族的和地方的文学成了一种世界的文学。[144]

自《宣言》问世至今的近170年间，这段论说的各个方面都日益超过想象地突飞猛进，日益绝胜雄辩地证明文化文学诗歌的世界一体的全球化，从而足证诗的大继承理念的必需与必然，完全正确。

二是雅斯贝斯的"轴心期"理念。人类历史自"轴心期"开始，确如雅斯贝斯所指明，"人性整体进行了一次飞跃"。从此，"起先几条道路似乎毫无联系的起源通向共同的目标。三种形式中都存在多样性，一部历史有三个独立的起源"。经过接触，"最后仅在几百年前，确切地说直至我们今天，历史才成为唯一的统一体"。这就体现着人类历史的"大包容和最高统一"。因而也就有了世界文化、世界文学、世界诗歌。这是从几乎是历史全程证明诗的大继承理念史上的正确性。

三是艾特略的"诗歌的非个人"理论，直接论说了诗的大继承理念。说到了诗歌遗产的范围是"从荷马以来欧洲整个的文学及其本国整个的文学"。他是站在本国和欧洲合二为一的地位上来划定范围的。去掉他的欧洲中心或欧洲即世界的狭隘，将欧洲置换成世界，那就成了诗的大继承理念了。他认为，诗人，"谁也不能单独具有他完全的意义"，"你不能把他单独地评价；你得把他放在前人之间来对照，来比较"，他只是诗歌创作历史长河中的一颗小水滴，只是"一个特殊的工具"。他在强调诗歌传统与诗歌作者两个"整体性"及其和合一体。他特别深刻揭示了传统中具有"过去的过去性"和"过去的现存性"，是两者的有机统一。这为如何继承传统遗产指明了方向，要将"历史的批评原则"与"美学的批评原则"有机统一起来。

四是鲁迅的"拿来主义"。早在《坟·看镜有感》中，鲁迅便说："宋的文艺，现在似的国粹气味就熏人。然而辽金元陆续进来了，这消息很耐人寻味。汉唐隋也有边患，但魄力究竟雄大，人民具有不至于为异族奴役的自信心或者竟毫未想到，凡取用外来事物的时候，就如将彼俘来一样，自由驱使，绝不介怀。一到衰弊陵夷之际，神经可就衰弱过敏了，每遇外国东西，便觉得仿佛彼来俘我一样，推拒、惶恐、退缩、逃避，抖成一团，又必想一篇道理来掩饰，而国粹遂成为孱王和孱奴的宝贝。无论从哪里来的，只要是食物，壮健者大抵就无需思索，承认是吃的东西。惟有衰病的，总是想到害胃，伤身，特有许多禁条，许多避忌；还有一大套比较利害而终于不得要领的理由，例如吃固无妨，而不吃尤稳，食之或当有益，然究以不吃为宜云云之类。但这一类人物总要日见其衰弱的，因为他终日战战兢兢，自己先已失

下篇·诗传统／

477

了活气了。"他更赞赏："遥想汉人多少闳放，新来的动植物，即毫不拘忌，来充装饰的花纹。唐人也还不算弱，例如汉人的墓前石兽，多是羊、虎、天禄、辟邪，而长安的昭陵上，却刻着带箭的骏马，还有一匹鸵鸟，则办法简直前无古人。"这番生动深刻的议论指明，文艺传统的大继承，继承者自身的胸怀与体魄，首先要闳放与强壮，且切戒拘忌与衰弱。将近十年之后，他在《且介亭杂文·拿来主义》中，全面论述了文化传统上的大继承理念：

> 所以我们要运用脑髓，放出眼光，自己来拿！

> 譬如罢，我们之中的一个穷青年，……得了一所大宅子……怎么办呢？我想，首先是不管不三七二十一，"拿来"！但是，如果反对这宅子的旧主人，怕给他的东西染污了，徘徊不敢走进门，是孱头；勃然大怒，放一把火烧光，算是保存自己的清白，则是昏蛋。不过因为原是羡慕这宅子的旧主人的，而这回接受一切，欣欣然地蹩进卧室，大吸剩下的鸦片，那当然更是废物。"拿来主义"者是全不这样的。

> 他占有，挑选。看见鱼翅，并不就抛在路上以显其"平民化"，只要有养料，也和朋友们像萝卜白菜一样的吃掉，只不用它来宴大宾；看见鸦片，也不当众摔在毛厕里，以见其彻底革命，只送到药房里去，以供治病之用，却不弄"出售存膏，售完为即止"的玄虚。只有烟枪和烟灯，……除了送一点进博物馆之外，其余的是大可以毁掉的了。还有一群姨太太，也大以请她们各自走散为是，要不然，"拿来主义"怕未免有些危机。

> 总之，我们要拿来。我们要或使用，或存放，或毁灭。那么，主人是新主人，宅子也就会成为新宅子。然而首先要这人沉着、勇猛、有辨别、不自私。没有拿来的，文艺不能自成为新文艺。

说得多么全面、细致、深刻！尤其是结末突出一个"新"字。点明了旧与新的辩证关系。只有为了新创造，去创造性地拿来旧的，才能有新文艺的新创造！

综观以上四条，诗的大继承理念的历史演进和理论根据有了，其目的、要求、方法乃至避忌，全都有了。诗的大继承理念有三个关键词：包容、扬弃、创新。包容是扬弃的前提，扬弃是创新的手段，创新则是包容、扬弃的目的。诗的大继承理念深入人心之日，便是中国新诗大发展大提高之时。

注释：

［1］［2］汤因比：《历史研究》上，曹未风等译，上海人民出版社 1978 年版，第 42—43、10 页。

［3］［4］亨廷顿：《文明的冲突与世界秩序的重建》，周琪、刘绯、张立平、王圆译，新华出版社 2010 年版，第 23—24、15 页。

［5］［6］［7］［8］［9］［10］何兆武主编：《历史理论与史学理论——近现代西方史学著作选》，流鑫、李春平、何冰、何兆武、张立平、柳卸林、程刚、程捷、蒋劲松编译，商务印书馆 1999 年版，第 672—673、6675、678—679、683、680、671 页。

［11］《马克思恩格斯全集》第三卷，人民出版社 2002 年版，第 273 页。

［12］［13］［14］［15］［17］《艾略特诗学文集》，王思衷编译，国际文化出版公司 1988 年版，第 2、4、6、8、4—5 页。

［16］苏珊·朗格：《艺术问题》。滕守尧、朱疆源译，中国社会科学出版社 1983 年版，第 2 页。

［18］［19］［20］［21］［22］树才：《一与多：谈谈诗歌翻译的批评问题》，《世界文学》2015 年第 3 期。

［23］潘卓盈：《"好客"变"框骚""揭下面具"变"揭开裤裆"/冯唐一译诗，泰戈尔两行泪/元芳，你怎么看》，《都市快报》2015 年 12 月 19 日。

［24］冯唐：《飞鸟集：一次为"现代翻译腔"的辩护》，《文学报》2015 年 12 月 24 日。

[25][26][27][45]柏拉图:《理想国》,商务印书馆 1986 年版,第 390、391、392、407—409 页。

[28][29][30][31][32][33]柏拉图:《文艺对话集》,新文艺出版社,1956 年版,第 38、40、37、260、263、276 页。

[34][35][36][37][38][39][40][41][42][43][44][46][47][48][49][50][51][52][53][54]亚里士多德:《诗学》,人民文学出版社 1962 年版,第 3、4、81、9、28、92、11、12、56、57、19、43、50、20—22、23、28、32、33—34、60 页。

[55][56][57][58][59][60][61][62]贺拉斯:《诗艺》,人民文学出版社 1962 年版,第 137、145、146、138、142、156-158、158、152—153 页。

[63]郎加纳斯:《论崇高》,《文艺理论译丛》第 2 期,人民文学出版社 1958 年版。

[64][65][81]让·贝西埃、伊·库什纳、罗·穆尔捷、让·韦斯格尔伯主编:《诗学史》(下)(修订版),河南大学出版社 2010 年版,第 395、402、465 页。

[66]华兹华斯:《〈抒情歌谣集〉一八〇〇年版序言》,《古典文艺理论译丛》第 1 册,人民文学出版社 1961 年版。

[67]华兹华斯:《〈抒情歌谣集〉一八一五年版序言》,《古典文艺理论译丛》第 1 册,人民文学出版社 1961 年版。

[68]雪莱:《诗辩》,伍蠡甫主编:《西方文论选》(下卷),上海译文出版社 1979 年版,第 47 页。

[69]柯勒律治:《文学传记》,伍蠡甫主编:《西方文论选》(下卷),上海译文出版社 1979 年版,第 34—35 页。

[70]雪莱:《伊斯兰的起义》,伍蠡甫主编:《西方文论选》(下卷),上海译文出版社 1979 年版,第 47 页。

[71]巴尔扎克:《〈人间喜剧〉前言》,《文艺理论译丛》第 2 期,人民文学出版社 1957 年版。

[72]雨果:《〈克伦威尔〉序言》,《世界文学》1961 年第 3 期。

[73]尼采:《悲剧的诞生》,生活·读书·新知三联书店 1986 年版,第 2—3 页。

[74]别林斯基:《论俄国中篇小说和果戈里君的中篇小说》,伍蠡甫主编:

《西方文论选》（下卷），上海译文出版社1979年版，第378页。

［75］别林斯基：《一八七四年俄国文学一瞥》，伍蠡甫主编：《西方文论选》（下卷），上海译文出版社1979年版，第390页。

［76］［77］车尔尼雪夫斯基：《生活与美学》，人民文学出版社1957年版，第3、6—7页。

［78］［79］［80］《马克思恩格斯选集》第4卷，人民出版社1995年版，第559、673、683页。

［82］左拉：《戏剧上的自然主义》，伍蠡甫主编：《西方文论选》（下卷），上海译文出版社1979年版，第246页。

［83］左拉：《实验小说》，伍蠡甫主编：《西方文论选》（下卷），上海译文出版社1979年版，第250—253页。

［84］马拉美：《关于文学的发展》，伍蠡甫主编：《西方文论选》（下卷），上海译文出版社1979年版，第261—266页。

［85］爱伦·坡：《诗的原理》，伍蠡甫主编：《西方文论选》（下卷），上海译文出版社1979年版，第496—501页。

［86］［87］［88］［89］克罗齐：《美学原理》，朱立元、张德兴主编：《二十世纪西方美学经典文本》第一卷，复旦大学出版社2000年版，第8—13、18、21、25页。

［90］狄尔泰：《诗的伟大想象》，朱立元、张德兴主编：《二十世纪西方美学经典文本》第一卷，复旦大学出版社2000年版，第176页。

［91］狄尔泰：《体验与诗——论弗米德利希·荷尔德林》，朱立元、张德兴主编：《二十世纪西方美学经典文本》第一卷，复旦大学出版社2000年版，第191–192页。

［92］柏格森：《时间与自由意志》，朱立元、张德兴主编：《二十世纪西方美学经典文本》第一卷，复旦大学出版社2000年版，第201—202页。

［93］［94］［95］什克洛夫斯基：《作为手法的艺术》，朱立元、张德兴主编：《二十世纪西方美学经典文本》第一卷，复旦大学出版社2000年版，第221、225、226页。

［96］［97］雅各布森：《隐喻和换喻的两极》，朱立元、张德兴主编：《二十世纪西方美学经典文本》第一卷，复旦大学出版社2000年版，第238、243页。

［98］［99］屈尔佩:《美学基础》,朱立元、张德兴主编:《二十世纪西方美学经典文本》第一卷,复旦大学出版社2000年版,第310—312、313—315页。

［100］［101］［102］布洛:《作为艺术因素与审美原则的"心理距离说"》,朱立元、张德兴主编:《二十世纪西方美学经典文本》第一卷,复旦大学出版社2000年版,第352、354、355页。

［103］［104］［105］立普斯:《论移情作用》,朱立元、张德兴主编:《二十世纪西方美学经典文本》第一卷,复旦大学出版社2000年版,第371、378、375页。

［106］萨利:《美学》,朱立元、张德兴主编:《二十世纪西方美学经典文本》第一卷,复旦大学出版社2000年版,第422页。

［107］［108］康拉德·朗格:《艺术的本质》,朱立元、张德兴主编:《二十世纪西方美学经典文本》第一卷,复旦大学出版社2000年版,第443、444页。

［109］［110］［111］［112］［113］阿恩海姆:《艺术与视知觉》,中国社会科学出版社1984年版,第5、614、619、624页。

［114］［115］列维－斯特劳斯:《语言学与人类学中的结构分析》,朱立元、李钧主编:《二十世纪西方美学经典文本》第三卷,复旦大学出版社2000年版,第299、303页。

［116］［117］［118］［119］E.拉康:《〈哈姆雷特〉中的欲望及其解释》,朱立元、李钧主编:《二十世纪西方美学经典文本》第三卷,复旦大学出版社2000年版,第328、329、334、339—340页。

［120］［121］［122］［123］［124］［125］罗兰·巴特:《文学符号学》,《哲学译丛》1987年第5期。

［126］德里达:《人文科学谈话中的结构、符号与活动》,《现代外国哲学》第11辑,人民出版社1988年版。

［127］［128］［129］哈桑:《后现代主义概念初探》,让－弗·利奥塔等:《后现代主义》,社会科学文献出版社1999年版,第113、118—119、125—126页。

［130］［131］熊十力:《新唯实论（壬辰删定本）》,中国人民大学出版社2006年版,第87、104页。

[132][133]《李泽厚十年集》第 3 卷（下），安徽文艺出版社 1994 年版，第
331—333、336 页。

[134]《尚书·君陈》。

[135]《论语·述而》。

[136]《庄子·养生主》。

[137][138][139][140] 黑格尔，《小逻辑》，贺麟译，商务印书馆 1980 年
版，第 213、176、177、176—177 页。

[141]《庄子·天运》。

[142]《论语·季氏》。

[143]《尚书·大禹谟》。

[144]《马克思恩格斯选集》第一卷，人民出版社 1995 年版，第 276 页。

第十八章
百年新诗二十家

145. 郭沫若 鲁迅

天狗放号：郭沫若（1892—1978）

中国新诗最先的尝试者固然是功不可没的胡适，但中国新诗真正的开创者是郭沫若和鲁迅。

天才诗人郭沫若是中国新诗草创期的天狗，他立在地球边上放号。《天狗》的吞天嗥叫，虽略显直白粗糙，但"我是一条天狗呀！／我把月来吞了，／我把日来吞了，／我把一切的星球来吞了，／我把全宇宙来吞了。／我便是我了"的豪放与纵情，轰响着"五四"精神的强音，更放射着初起的中国新诗的崭新光芒。《立在地球边上放号》：

> 无数的白云正在空中怒涌，
>
> 啊啊！好幅壮丽的北冰洋的情景呦！
>
> 无限的太平洋提起他全身的力量来要把地球推倒。
>
> 啊啊！力哟！力哟！
>
> 力的绘画，力的舞蹈，力的音乐，力的诗歌，力的 Rhythm 哟！

一曲"要把地球推倒"的力的颂歌。无怪闻一多赞叹："若讲新诗，郭沫若君的诗才配称新呢，不独艺术上他的作品与旧诗词相去最远，最要紧的是他的精神完全是时代的精神——二十世纪的时代的精神。有人讲文艺作品是时代的产儿。《女神》真不愧为时代的一个肖子。"[1]

《女神》第一辑的《女神之再生》《湘累》《棠棣之花》三首剧诗，

开拓了新诗的文体领域。《凤凰涅槃》这首代表作，思想上的深广与开明蔚为当时的前茅；而对于中国古典文化与诗歌的汲取融和亦颇显匠心。他诗如《炉中煤》《日出》《晨安》《笔立山头展望》《地球，我的母亲！》《梅花树下醉歌》《我是个偶像崇拜者》《太阳礼赞》《日暮的婚筵》等，皆为《女神》中之佼佼者。《夜步十里松原》："夜已安眠了。／远望去，只看见白茫茫一片幽光，／听不出丝毫的涛声波语。／哦，太空！怎么那样地高超，自由，雄浑，清寥！／无数的明星正圆睁着他们的眼儿，／在眺望这美丽的夜景。／十里松原中无数的古松，／都高擎着他们的手儿沈默着在赞美天宇。／他们一枝枝的手儿在空中战栗，／我的一枝枝的神经纤维在身中战栗。"好一片清幽静谧境界，诗人与滨海松原与白茫茫一片幽光的太空之间，有一种灵魂微颤而轻芬的融合。而《鸣蝉》：

> 声声不息的鸣蝉呀！
> 秋呦！时浪的波音呦！
> 一声声长此逝了……

惜时悲秋的情怀随着不息声声的蝉鸣长此难逝。空灵，体贴入微，韵味永长，是大诗人谐合于雄浑豪放的另一幅面孔。

《女神》之后有《星空》《瓶》《前茅》《恢复》等集，总体上诗美含量有所降低，然亦间有好诗。《星空》中，《洪水时代》表现大禹治水精神，《南风》《白云》《新月》《雨后》《夕暮》与《两个大星》都颇有联想与想象的情趣，最脍炙人口的则为《天上的市街》。《孤竹君之二子》《广寒宫》二首故事题材的剧诗亦堪作《女神之再生》那三首的赓续。《瓶》是写于1925年2月、3月中的42首爱情诗，写了中年的"我"对一位美丽女学生苦苦追求而未果的失恋故事。其中最好的是《第十六首·春莺曲》。这是《瓶》的核心。作为这核中之心的《莺之歌》说："前几年有位姑娘／兴来时到灵峰去过，／灵峰上开满了梅花，／她摘了花儿五朵。／／她把花穿在针上，／

寄给了一位诗人，／那诗人真是痴心，／吞了花便丢了性命。／／自那诗人死后，／经过了几度春秋，／他尸骸葬在灵峰，／又进成一座梅薮。／／那姑娘到了春来，／来到他墓前吊扫，梅上缀着花苞，／墓上还未生春草。／／那姑娘站在墓前，／把提琴弹了几声，／刚好弹了几声，／梅花儿都已破绽。／／清香在树上飘扬，／琴弦在树下铿锵，／忽然间一阵狂风，／不见了弹琴的姑娘。／／风过后一片残红，／把孤坟化为了花冢，／不见了弹琴的姑娘，／琴却在冢中弹弄。"仅此浪漫主义的一曲悲歌，便足以标志《瓶》的价值了。

《前茅》《恢复》中也有较好的，例如《上海的清晨》《哀时古调》《血的幻影》等。此后尚有《战声集》《蝴蝶集》《潮汐集》《新华颂》《百花齐放》和《东风集》等，多为应时应景之作，然亦间或有较好的，如《战声》《水牛赞》等。纵观郭沫若一生的诗创作，我们既震惊于他辉煌着中国新诗开局时的老虎头，又惋惜于他拖了一条长长的大蛇尾，这是百年中国新诗本身的遗憾，也是时代造成的遗憾，不必对诗人个人多所訾议。诗人之所以立身，主要在于他所贡献的优秀诗文本。

墓碣投枪：鲁迅（1881—1936）

鲁迅是公认的伟大的文学家、思想家，中国现代文学的奠基者，却从未有人认定他是中国新诗开创期的大诗人。这件大怪事的原因何在？可能有这样四点：一是新诗文本看来太少；二是散文诗不算新诗；三是诗名为文名所盖，甚至新诗名也为旧诗名所盖；四是对鲁迅新诗解读领悟颇欠新与深。这四点又互为因果，在否认鲁迅是新诗大家上共振放大。认识新诗人鲁迅，首先要划定他的新诗文本疆域。散文诗是杂交种，它同新诗有颇大的交集。其中诗美含量高的是新诗，不高的便是散文。鲁迅的散文诗统统是新诗，是不分行的新诗。肯定了这一点，鲁迅新诗疆域便可划出来了。它由三个板块组成：一、周振甫编注《鲁迅作品全编·诗歌卷》所收的《新诗》《民歌体诗》与《轶诗》[2]；二、《野草》；三、鲁迅杂文集中可算作散文诗的因而即为新诗的一些短章。细检大体可得：《五十七　现在的屠杀者》《六十二　恨恨而死》《六十五 暴君的臣民》《六十六 生命的路》《即小见大》《战士和苍蝇》《夏三虫》《导师》《长城》《可恶罪》《小杂感》《〈尘影〉题辞》《柔石作〈二月〉小引》《谁的矛盾》《观斗》《夜颂》《别一个窃火者》《秋夜纪游》《拿破仑与隋那》《自言自语》《无题》《死所》等20多篇，足可辑成《野草》姐妹集。因而，这三个板块合起来，亦可得59首。同郭沫若的巨量诗作自然无法相比，而仅与《女神》57首相较则正好相当。而郭沫若之所以为大诗人，正在于《女神》。

鲁迅新诗的诗美含量高得出奇，而且是鲁迅式的风格独特。1918年5月《新青年》第4卷第5号上发表了他的《梦》《爱之神》《桃花》三首诗。不久又发表了《他们的花》《人与时》与《他》，都署名"唐俟"。且看《人与时》：

一人说，将来胜过现在。

一人说，现在远不及从前。

一人说，什么？

时道，你们都侮辱我的现在。

从前好的，自己回去。

将来好的，跟我前去。

这说什么的，

我不和你说什么。

借抽象叙述，以思想上的静冷深刻与言语上的吊诡反讽取胜。这六首诗全可以放到后来的《野草》集中去的。

《野草》，鲁迅在《南腔北调集·〈自选集〉自序》中说："有了小感触，就写写短文，夸大点说，就是散文诗。"还在《〈野草〉英文译本序》中点到："因为讽刺当时盛行的失恋诗，作《我的失恋》，因为憎恶社会上旁观者之多，作《复仇》第一篇，又因为惊异于青年之消沉，作《希望》。《这样的战士》，是有感于文人学士们帮助军阀而作。《腊叶》，是为爱我者的想要保存我而作的。段祺瑞政府枪击徒手民众后，作《淡淡的血痕中》，其时我已避居别处；奉天派和直隶派军阀战争的时候，作《一觉》，此后我就不能住在北京了。所以，这也可以说，大半是废弛的地狱边沿的惨白色小花，当然不会美丽。但这地狱也必须失掉。这是由几个有雄辩和辣手，而那时还未得志的英雄们的脸色和语言所告诉我的。我于是作《失掉的好地狱》。"一口气点了8首的作意。而除了《雪》《风筝》等早年暖色的回忆外，"《野草》中有半数以上的篇章都是在'画梦'"。[3]《野草》是鲁迅画梦式的用诗笔画成的自画像。诗可以是散文式的，比如法国蓬热，"这位诗人全部用散文写作"。[4]

《题辞》是阐明全部《野草》的作意的。其思与诗的高度审美融合，令人叹为观止：

> 当我沉默着的时候，我觉得充实；我将开口，同时感到空虚。
>
> 过去的生命已经死亡，我对于这死亡有大欢喜，因为我藉此知道它曾经存活。死亡的生命已经朽腐。我对于这朽腐有大欢喜，因为我藉此知道它还非空虚。

一开头，就将人镇住了。只有这样高度诗化的矛盾语法，才能凸显深入无底的现代后现代思想。唯有如此吊诡的真切表现，才能最切中如此荒谬的现实社会人生。也唯有如此不分行的形式突破，才能与其诗美蕴涵相得益彰。《野草》的形式多样，敢于闯荡的跨文体，正表征着新诗倡导者力的雄强。

《墓碣文》就其奇特与深刻当为压卷之作：

> 我梦见自己正和墓碣对立，读着上面的刻辞。那墓碣似是沙石所制，剥落很多，又有苔藓丛生，仅存有限的文句——
>
> "……于浩歌狂热之际中寒；于天上看见深渊。于一切眼中看见无所有；于无所希望中得救。……

> "……有一游魂，化为长蛇，口有毒牙。不以啮人，自啮其身，终以殒颠……

> "……离开！……"

> 我绕到碣后，才见孤坟，上无草木，且已颓坏。即从大阙口中，窥见死尸，胸腹俱破，中无心肝。而脸上却绝不显哀乐之状，但蒙蒙如烟然。

> 我在疑惧中不及回身，然而已看见墓碣阴面的残存的文句——

> "……抉心自食，欲知本味。创痛酷烈，本味何能知？……

> "……痛定之后，徐徐食之。然其心已陈旧，本味又何由知？……

> "……答我。否则，离开！……"

> 我就要离开。而死尸已在坟中坐起，口唇不动，然而说——

> "待我成尘时，你将见我的微笑！"

> 我疾走，不敢反顾，生怕看见他的追随。

此诗也在说梦，创造了一个梦中的特异的境界氛围，藉此凸显了墓碣阴阳面的文句，以及死尸坐起，"口唇不动"地说话，惊得我不敢反顾地疾走。这两面残存的墓碣文，以极大张力与高度平衡的诗句，恐怖而刺心地揭示了人的本心本味的永远无由得知，标志着大诗人鲁迅诗性思想的一个主焦点。仅此一首诗，便足以使鲁迅作为新诗人而永不磨灭。而《这样的战士》更其为这位新诗大家画梦式的自画像。"他走进无物之阵，所遇见的都对他一式点头"。"但他举起了投枪。/他微笑，偏侧一掷，却正中了他们的心窝。""他终于在无物之阵中老衰，寿终。他终于不是战士，但无物之物则是胜者。/在这样的境地里，谁也不闻战叫：太平。/太平……。/但他举起了投枪。"这就是骨头最硬的永远的鲁迅精神，这也是鲁迅新诗不朽的魂魄所在。

在可辑成的《野草》姐妹篇中，散文式杂文式的杰出新诗，同样不少，例如《长城》：

伟大的长城！

这工程，虽在地图上也还有它的小像，凡是世界上稍有知识的人们，大概都知道的罢。

其实，从来不过徒然役死许多工人而已，胡人何尝挡得住。现在不过一种古迹了，但一时也不会灭尽，或者还要保存它。

我总觉得周围有长城围绕。这长城的构成材料，是旧有的古砖和补添的新砖。两种东西联为一气造成了城壁，将人们包围。

何时才不给长城添新砖呢？

这伟大而可诅咒的长城！

以高度象征主义手法凸显诗性的开放变革思想。

在中国新诗由胡适首先尝试的开创期，鲁迅《野草》与郭沫若《女神》足以成为两座并峙的高峰。《女神》雄豪奔放的浪漫主义精神与《野草》冷峻深刻的象征主义现代后现代沉思，正好并耀新诗鸿蒙初开复调式的眩目光辉。

还创造了散文式新诗的墓碣投枪的鲁迅以开创性的中国新诗大家的历史地位。

146. 闻一多 冯至 何其芳

死水红烛：闻一多（1899—1946）

闻一多点起红烛照见一潭死水。以《红烛》《死水》为主体的闻一多诗歌是《女神》与《野草》之间开阔地上的突兀峰峦。《红烛》印行于 1923 年 9 月，分为李白、雨夜、青春、孤雁和红豆等五篇。《红烛》是诗集的序诗。"红烛啊！／既制了便烧着！／烧吧！烧吧！／烧破世人底血——／也救出他们的灵魂，／也捣破他们的监狱！"这是他献身诗美创造的初衷。《李白篇》包括《李白之死》《剑匣》《西岸》三首各有千秋的长诗。《雨夜篇》中的《死》说："啊！我的灵魂底灵魂！／我的生命底生命，／我一生底失败，一生底亏欠，／如今要都在你身上补足追偿，／但是我有什么／可以求于你的呢？""不然，就让你的尊严羞死我！／让你的酷冷冻死我！／让你那无情的牙齿咬死我！／让那寡恩的毒剑螫死我！"一种志士的情怀几乎可作后来捐躯的谶语。《孤雁篇》中的《孤雁》《太阳吟》《忆菊》等颇富于游子的爱国情怀。而《秋色》的"紫得象葡萄似的涧水／翻起了一层层金色的鲤鱼鳞。／／几片剪形的枫叶，／仿佛朱砂色的燕子，／颠斜地在水面上，／旋着，掠着，翻着，低昂着……"云云，正是画家诗人倡导的绘画美的出色呈现。《红豆篇》中的42首情诗，是写给妻子的相思话。其二说："相思着了火，／有泪雨洒着，还好一点；／最难禁的，／是突如其来，／来不及哭的干相思。"其六云："相思是不作声的蚊子，／偷偷地咬了一口，／陡然痛了一下，／以后便是一阵底奇痒。"其10道："我俩是一体了！／我们的结合，／至少也和地球一般圆满。／但你是东半球，／我是西半球，／我们又自己放着眼泪，／做成了这苍莽的太平洋，／隔断了我们自己。"如此等等，纯情，体贴入微，又颇多巧思。

在《红烛》之后，有一本由编者辑成的《大江》。闻一多曾在给朋友的信中说：论者认为"大江"时代的闻一多远胜于《红烛》时代的闻一多。开首《园内》，300多行是闻最长的诗。序曲3节，说诗中要唱到园内之"昨日""今日"与"明日"，先"请唱得像玉杯跌得粉碎"，再"当唱得像似一溪活水"，最末"你便唱出风旗飘舞底节奏"。果然，全诗8章，正像一首律诗的放大，布局严谨完整，起承转合得体。描写清华学生在"五四"前后向黑暗势力的战斗，激情昂扬，生气勃勃，洋溢爱国热忱。《渔阳曲》这首叙事长诗，写一位与众不同的鼓手，"惩斥了国贼，庭辱了枭雄"，当为弥衡击鼓骂曹本事的诗化。全诗13节，每节末尾有"叮东，叮东"大体的复沓，形式与内容相互激荡。《七子之歌》写澳门、香港、台湾、威海卫、广州湾、九龙、旅顺大连等七个当时被割离的"七子"要回归祖国怀抱的诉哭。而《南海之神》则是对孙中山的赞歌，雄豪奔放，明丽苍劲，是一首难得的英雄颂。

《死水》是闻一多诗歌的高峰。朱自清指出："徐（志摩）氏说他们几个写诗的朋友多少都受到《死水》作者的影响，《死水》前还有《红烛》，讲究用比喻，又喜欢用别的新诗人用不到的中国典故，最为繁丽，真教人有艺术至上之感。《死水》转问幽玄，更为严谨；他作诗有点像李贺的雕镂而出，是靠理智的控制比情感的驱遣多些，但他的诗不失其为情诗。另一方面他又是个爱国诗人，而且几乎可以说是唯一的爱国诗人。"[5]《死水》中的爱国诗篇，是踏进中国现实的一种爱恨交加，悲喜丛集。《发现》说：

> 我来了，我喊一声，迸着血泪，/"这不是我的中华，不对，不对！"/我来了，因为我听见你叫我；/鞭着时间的罡风，擎一把火。/我来了，不知道是一场空喜。/我会见的是噩梦，哪里是你？/那是恐怖，是噩梦挂着悬崖，/那不是你，那不是我的心爱！/我追问青天，逼迫八面的风，/我问，（拳头擂着大地的赤胸）/总问不出消息；我哭着叫你，/呕出一颗心来——在我心里！

这时的爱国情怀，饱蕴更多的现实血肉，诸如《一个观念》《祈祷》《洗衣歌》等。诗人烛照现实，诗便转向冷峻幽玄，沉着荒谬。《口供》实为《死水》诗集的序诗。《什么梦？》《狼狈》《你看》《末日》《春光》《夜歌》《静夜》《荒村》《罪过》《天安门》《飞毛腿》等都是不同现实的诗化，而以《死水》为最。"这是一沟绝望的死水，/清风吹不起半点漪沦。/不如多扔些破铜烂铁，/爽性泼你的剩菜残羹。""这是一沟绝望的死水，/这里断不是美的所在，/不如让给丑恶来开垦，/看它造出个什么世界。"这些愤极痛极之语，正是荒谬现实绽放的恶之花。

闻一多诗歌还有为当时和历史瞩目的璀璨的另一面，便是对新诗格律化的倡导。他主张："格律就是 form，试问取消了 form，还有没有艺术？""越有魄力的作家，越是要戴着脚镣跳舞才跳得痛快，跳得好。""属于视觉方面的格律有节的匀称，有句的均齐；属于听觉方面的有格式，有音尺，有平仄，有韵脚。但是没有格式，也就没有节的匀称，没有音尺，也没有句的均齐。"[6] 很有见地，限而不死，切实可行。他本人的一些实验也是成功的。除了《死水》《什么梦？》等，更有《你莫怨我》《也许》《黄昏》《我要回来》等等。而对爱女的悼诗《忘掉她》：

> 忘掉她，象一朵忘掉的花，
> 　　那朝霞在花瓣上，
> 　　那花心的一缕香
> 忘掉她，象一朵忘掉的花！

这是开头一节；中间同样格式的五节，各节变化的是中间两行；而结末为：

> 忘掉她，象一朵忘掉的花！
> 　　象春风里一出梦，
> 　　象梦里的一声钟，
> 忘掉她，象一朵忘掉的花！

哭女的悲痛出之以如此格律新诗，使得内涵与形式相得益彰。

"诗即是人"这句老话，在学者、画家、诗人、志士闻一多身上得到最好的印证。他的最后也是最好的新诗不在《红烛》《死水》之中，乃在追悼李公朴的绝命会场上，他以一生的精华喷发为诗的烛天火山，诗之人终成不朽的人之诗。

沉钟清响：冯至（1905—1993）

冯至，不仅在 1935 年为鲁迅赞许为"中国最为杰出的抒情诗人"，且更在思与诗的融合上以 1940 年代的《十四行集》的温煦开阔与鲁迅《野草》的冷峻深刻各显千秋。他 1921 年入北京大学，开始新诗创作。第一首是《绿衣人》："一个绿衣的邮夫，／低着头儿走路；／——也有时看看路旁。／他的面貌很平常，／大半安于他的生活，／不带着一点悲伤。／谁来注意他／日日的来来往往！／但他小小的手中，／拿了些梦中人的运命。／当他正在敲这个人的门，／谁又留神或想——'这个人可怕的时候到了！'"在平常的不平常中呈现耐人的诗味。1925 年参与发起沉钟社。1927 年出了《昨日之歌》。尔后有《北游及其他》《十四行集》《十年诗抄》等。

《昨日之歌》佳作频频。短诗除《我是一条小河》《蛇》等名篇外，《暮雨》《归去》《小艇》《聋者的暗示》《秋千架上》《孤云》《遥遥》《你倚着楼窗》《默》《风夜》等，皆清新婉丽，耐人寻味。《夜步》：

> 一支烛光苍苍地／在那寂寞的窗内——／既不照盛筵绮席，／更不照恋人幽会。／／几粒星光茫茫地／映在这死静的河内——／既无人当作珍珠串起，／更无人当作滴滴清泪。／／烛光啊，你永久苍苍，／星光啊，你永久茫茫；／我永久从这夜色中／拾来些空虚的惆怅！

瑰丽而沉静，内敛而有味，显出善节制的品格。长叙事诗《吹箫人》《帷幔》《蚕马》与《寺门之前》，寄情哀婉，叙事优游，结构圆成，是新诗早期叙事诗的范本。

冯至新诗格律化的倾向时时凸现。比如《残年》：

> 朋友啊，
>
> 酒冷，茶残！

我们默默，
噤若寒蝉。

无可诅咒，
无可赞美：
百般的花朵，
一样的枯萎！

我们默默，
噤若寒蝉——
朋友啊，
酒冷，茶残！

三节诗，首尾是颠倒了的复沓，一字未改，造成一个小小的蛇环。中间一节，上段四字句排比，下段五字句对称，其意相反，一同哀叹时序的无情。新格律诗一首自定一种格式的路子是畅通可行的。1985年他还写过《新绝句四首》。其《潭柘寺的千年银杏》："乾隆封你为帝王树，／这对你是个侮辱，／千余年你看过了许多／霸主和昏君的末路。"每行可读作三顿，且合绝句韵式。其涵蕴则有新意。

《十四行集》干脆二十七首一色十四行诗，戴着脚镣跳的舞跳得格外痛快格外好，不得不令人叹为观止。其二《什么能从我们身上脱落》云：

什么能从我们身上脱落，／我们都让它化作尘埃：／我们安排我们在这个时代／像秋日的树木，一棵棵／／把树叶和些过迟的花朵／都交给秋风，好舒开树身／伸入严冬；我们安排我们／在自然里，像蜕化的蝉蛾／／把残壳都丢在泥里土里；／我们把我们安排给那个／未来的死亡，像一段歌曲，／／歌声从音乐的身上脱落，／归终剩下了音乐的身躯／化作一脉的青山默默。

将宇宙人生该做的减法，说得如此生动而深刻。

其四《鼠曲草》：

> 我常常想到人的一生，/便不由得要向你祈祷。/你一丛白茸茸的小草，/不曾辜负了一个名称；//但你躲避着一切名称，/过一个渺小的生活，不辜负高贵和洁白，/默默地成就你的死生。//一切的形容、一切喧嚣/到你身边，有的就凋落/有的化成了你的静默。/这是你伟大的骄傲/却在你的否定里完成。/我向你祈祷，为了人生。

从小小的鼠曲草身上发现，将一切形容、喧嚣化成"不辜负高贵和洁白"的"静默"的伟大骄傲。

其二十二《深夜又是深山》：

> 深夜又是深山，/听着夜雨沉沉。/十里外的山村、念里外的市廛，//它们可还存在？/十年前的山川，/念年前的梦幻，/都在雨里沉埋。//四围这样狭窄，/好像回到母胎；/神，我在深夜祈求//像古代的人：/"给我狭窄的心/一个大的宇宙！"

深夜深山，沉沉夜雨中沉思，从空间到时间，而归于蜗居的狭窄；而大诗家终归是大诗家，祈求着"给我狭窄的心/一个大的宇宙！"而通观《十四行集》全部二十七首，或咏物，或状人，或远眺，或沉思，统归于对宇宙人生的必然与应然的宏远沉思，以内潜式诗学思维方式，为生命存在的诗学主题的中国新诗，树立了纯洁、深沉而善节制的独特风范。

月下花环：何其芳（1912—1977）

一本薄薄的《预言》是何其芳的处女作，也是其登峰的代表作。后来他还出了《夜歌和白天的歌》等。由于尔后四五倍于前的诗歌，质量与风格上的落差颇大，招来了"何其芳后期现象"或"半个诗人"的訾议，比对郭沫若的更严苛。何其芳早期文学创作，还有散文集《画梦录》，可与《预言》并耀为双子星座。其中最好的一些短篇，简直可归入散文式的新诗。不过，平心而论，《预言》以后也不是绝无好诗和较好的诗，诸如《成都，让我把你摇醒》《夜歌（三）》《我为少男少女们歌唱》《生活是多么广阔》《我看见一匹小小的驴子》《回答》等。比如《河》："我散步时的侣伴，我的河，/你在歌唱着什么？/我这是多么无意识的话呵。/但是我知道没有水的地方就是沙漠。/你从我们居住的小市镇流过。/我们在你的水里洗衣服，洗脚。/我们在沉默的群山中间听着你/像听着大地的脉搏。/我爱人的歌，也爱自然的歌，/我知道没有声音的地方就是寂寞。"简明地娓娓道来，小河似的流淌，清亮而依人，尤其是中间与结尾的两个警句，真不失为好诗，虽然还比不上《预言》。对于自身诗美质量前后期的落差，诗人是有过自叹的。1964年旧体诗《效杜甫戏为六绝句》其六云："少年哀乐过于人，借得声声天籁新。/争奈梦中还彩笔，一花一叶不成春。"他的梦中彩笔是怎样还的呢？既有时代外因的侵迫，更有自身诗观不恰当的大变革。他已无心更无力去作诗美追求上的精雕细刻。

《预言》首首是精品，在百年中国新诗中的确不可多得。开篇《预言》可看作序言，为诗集定基调。

> 这一个心跳的日子终于来临！/你夜的叹息似的渐近的足音。/我听得清不是林叶和夜风私语，/麋鹿驰过苔径的细碎的蹄声！/告诉我，用你银铃的歌声告诉我，/你是不是预言中的年轻的神？//你一定来自温郁的南方，/告诉我那儿的月色，那儿的日光，/告诉我春风是怎样吹开百花，燕子是怎

样痴恋着绿杨。／我将合眼睡在你如梦的歌声里，／那温暖我似乎记得，又似乎遗忘。／／请停下，停下你长途的奔波，／进来，这儿有虎皮的褥你坐！／让我烧起每一个秋天拾来的落叶，／听我低低唱起我自己的歌。／那歌声像火光一样沉郁又高扬，／火光一样将我的一生诉说。／／不要前行，前面是无边的森林，／古老的树现着野兽身上的斑纹。／半生半死的藤蟒一样交缠着，／密叶里漏不下一颗星星。／你将怯怯地不敢放下第二步，／当你听到第一步空寥的回声。／／一定要走吗？请等我和你同行！／我的足知道每条平安的路径，／我可以不停地唱着忘倦的歌，／再给你，再给你手的温存。／当夜的浓黑遮断了我们，／你可以不转眼地望着我的眼睛。／我激动的歌声你竟不听，／你的脚竟不为我的颤抖暂停！／像静穆的微风飘过这黄昏里，／消失了，消失了你骄傲的足音！／呵，你终于如预言所说的无语而来，／无语而去了吗，年轻的神？

这位"无语而来，／无语而去"的"预言中的年轻的神"是谁？是年轻人的爱情、青春与人生憧憬，是绚丽莹亮的梦一般的美玉花瓶，是画梦的预言本身。诗正是写神的来临，祈愿，请坐下听"我的一生诉说"；千万，"不要前行"；否则，"请等我和你同行"！然而，你竟"消失了，消失了你骄傲的足音"！这是年轻诗人情路历程的诗美呈现，温婉、绚丽，细流般袅娜多姿，轻漾着莫名的淡淡哀愁。

这正是写于1931年秋至1937年春的诗集《预言》的品性、风格与色调。在此期间的诗歌似乎有一种由内向外、窄趋宽、细变粗、柔化刚的既分且合的缓缓蜕变。上半更柔细，如《脚步》《欢乐》《花环》《月下》等等。《休洗红》：

寂寞的砧声撒满寒塘，／澄清的古波如被捣而轻颤。／我慵慵的手臂欲垂下了。／能从这金碧里拾起什么呢？／／春的踪迹，欢笑的影子，／在罗衣的变色里无声偷逝。／频浣洗于日光与风雨，／粉红的梦不一样浅褪吗？／／我杵我石，冷的秋光来了。/它的足濯在冰样的水里，/而又践履着板桥上的白霜。/我的影子照得打寒噤了。

写的是洗衣女，骨子里则是诗人青春流逝的惋惜与概叹，颇有晚唐五代诗词风味，却是近格律的地道新诗。下半则渐显外向的宽而趋刚，如《古城》《失眠夜》《送葬》《于犹烈先生》等。《夜景（二）》：

> 下弦夜的蓝雾里。/（假若你不是这城中的陌生客，/会在街上招呼错人。）//马蹄声凄寂欲绝。/在剥落的朱门前，/在半轮黄色的灯光下，/有怯弱的手自启车门，/放下一只黑影子，/又摸到门上的铜环。/两声怯弱的扣响。/（你猜想他是一个浪子，/虚掷了半生岁月，/乃回到衰落的门庭，/或者垂老无归，/乃远道投奔他仅存的亲人？）/又两声铜环的扣响，/追向门内凄异的沉默。/（猜想他未定的命运吧！）/剥落的朱门开了半扇，/放进那只黑影子又关上了。/（把你关到世界以外了。）/马蹄声凄寂遂远。//（所以黄昏时候/鸟雀就开始飞，/是怕天黑尽了/在树林里找错了它们的巢。）

说话人是夜景的偷窥者与报导者，诗味盎然地作了一篇戏剧性小说化的报导。其间括号内都格外有味，尤其是结末似乎与正题无关的评说。

看似底色纯一的《预言》，实际上自有其春花的姿彩斑斓。《预言》有精雕细刻的融和着古典主义、浪漫主义、象征主义与意象主义的何其芳式的诗美呈现，有力地证明着其作者是早慧早歇的独树一帜的圆成的新诗大家。

147. 徐志摩 戴望舒

新月云游：徐志摩（1897—1931）

在百年新诗史上，正负名声最大的诗人恐怕要数徐志摩了。这位英年早逝才华横溢的大诗人，从 1922 年春在英国留学时开笔的《青年杂咏》至 1931 年秋化作"云彩"前的《火车擒住轨》，不过写了九年。生前出过《志摩的诗》《翡冷翠的一夜》和《猛虎集》三本诗集；《花雨》《云游》《拾遗》等则为后人所编。他的创作诗仅 120 首，然而给人的印象却极为丰盈而优美。

徐志摩 1926 年与闻一多、朱湘等人一起创办《晨报副刊·诗镌》；1928 年与胡适、梁实秋等创办《新月》；1931 年与陈梦家等创办《诗刊》。陈梦家在《新月诗选·序言》中说："主张本质的醇正，技巧的周密和格律的谨严差不多是我们一致的方向。"[7] "从前于新诗始终不懈怠，以柔美流丽的抒情诗最为许多人喜欢并赞美的，那位投身于新诗园里耕耘最长久最勤快的，是徐志摩。他的诗，永远是愉快的空气，曾不有一些儿伤感或颓废的调子，他的眼泪也闪耀着欢喜的圆光。这自我解放与空灵的飘忽，安放在他柔丽清爽的诗句中，给人总是那舒快的感悟。好像一只聪明玲珑的鸟，是欢喜，是怨，她唱的皆是美妙的歌。山，海，小河，女人，马来人，诗家，穷孩子，都有着对他们的同情的回响。《我等候你》是他一首最好的抒情诗。《再别康桥》和《沙扬娜拉》是两首写别的诗，情感是澄清的。《季候》一类诗是他最近常写的小诗，是情，是飘忽，却又是美！但是'不知道风是在那一个方向吹'，志摩的诗也正是如此呢！"[8] 真是知志摩者梦家也！志摩的诗是晴朗夜倩丽的皎皎新月，是春风轻漾的蓝天白云，自由自在地吹着唿哨快乐飘飞。

徐志摩很有一些为人传诵的好诗。诸如《雪花的快乐》《落叶小唱》《我有一个恋爱》《消息》《沪杭车中》《她是睡着了》《五老峰》《石虎胡同七号》《偶然》《我来扬子江边买一把莲蓬》《半夜深巷琵琶》《苏苏》《阔的海》《深夜》《杜鹃》《黄鹂》等，而以《沙扬娜拉一首》《无题》《月下雪峰影片》《残诗》《海韵》《我等候你》《再别康桥》与《火车擒住轨》为最。《云游》曾作《猛虎集》的《献词》：

那天你翩翩的在空际云游，／自在，轻盈，你本不想停留／在天的那方或地的那角，／你的愉快是无拦阻的逍遥，／你更不经意在卑微的地面／有一流涧水，虽则你的明艳／在过路时点染了他的空灵，／使他惊醒，将你的倩影抱紧。／／他抱紧的是绵密的忧愁，／因为美不能在风光中静止；／他要，你已飞渡万重的山头，／去更阔大的湖海投射影子！／他在为你消瘦，那一流涧水，／在无能的盼望，盼望你飞回！

倘若说这是志摩诗之精神的夫子自道，我想是会得到首肯的吧。

志摩的诗也在开拓与变革。比如，写于 1923 年 10 月的《常州天宁寺闻礼忏声》，开头是："有如在火一般可爱的阳光里，偃卧在长梗的，杂乱的丛草里，听初夏第一声的鹧鸪，从天边直响入云中，从云中又回响到天边"，接下是一连五个"有如"领头的同样的长句子，然后是"我听着天宁寺的礼忏声！／／这是哪里来的神明？人间再没有这样的境界！"进而有"这鼓一声，钟一声，磬一声，木鱼一声，佛号一声……乐音在大殿里，迂缓的，曼长的回荡着，无数冲突的波流谐合了，无数相反的色彩净化了，无数现世的高低消灭了……"，这样相类的五个长句的演进，而终于如是作结："光明的翅羽，在无极中飞舞！／大圆觉底里流出的欢喜，在伟大的，庄严的，寂灭的，无疆的，和谐的静定中实现了！／／颂美呀，涅槃！赞美呀，涅槃！"形式上显见不同于前，蕴涵上更有深重的人生感悟。1924 年 4 月前后，又写了《毒药》《白旗》和《婴儿》，也是散文诗式的长句子，所关戚的则更为开广而多样了。1925 年 4 月的《庐山石工歌》共三章。其第一章云：

　　唉浩！唉浩！唉浩！

　　　唉浩！唉浩！

　　我们起早，唉浩，

　　　看东方晓，唉浩，东方晓！

　　唉浩！唉浩！

　　　鄱阳湖低！唉浩！庐山高！

　　　　唉浩，庐山高；唉浩！庐山高；

　　　唉浩！庐山高！

　　　　唉浩，唉浩！唉浩！

　　　　唉浩！唉浩！

第二、三章是其变奏。歌中表义词句不多，多的是象声词的回环复沓。却把"住庐山一个半月，差不多每天都听着那石工的喊声，一时缓，一时急，一时断，一时续，一时高，一时低，尤其是在浓雾凄迷的早晚，这悠扬的音调在山谷震荡着格外使人感动，那是痛苦人间的呼吁，还是你听着自己灵魂里的悲声"这种实感真情妙肖地呈现出来了。而1926年的《大帅》与《人变兽》，更其瞩目社会现实，调子也更其粗壮起来了。所有这些似乎构成了不同于新月云游的另一个徐志摩。当然，唯有这石工大帅融进新月云游的徐志摩，才是真正圆成的大诗人徐志摩。

款步印象：戴望舒（1905—1950）

　　提起戴望舒，谁都会立马吟诵他的《雨巷》："撑着油纸伞，独自／彷徨在悠长、悠长／又寂寥的雨巷"云云。是的，这是他的款步印象；几乎他的全部诗作都是他人生款步印象的偶成。他的《款步（二）》云：

　　　　答应我绕过这些木栅，／去坐在江边的游椅上。／啮着沙岸的永远的波浪，／总会从你投出着的素足／撼动你抿紧的嘴唇的。／而这里，鲜红并寂静得／与你的嘴唇一样的枫林间，／虽然残秋的风还未来到，／但我已经从你的缄默里，／觉出了它的寒冷。

他的《印象》说：

　　　　是飘落深谷去的／幽微的铃声吧，／是航到烟水去的／小小的渔船吧，／如果是青色的珍珠；／它已堕到古井的暗水里。//林梢闪着的颓唐的残阳，/它轻轻地敛去了/跟着脸上浅浅的微笑。//从一个寂寞的地方起来的，/迢遥的，寂寞的呜咽，/又徐徐回到寂寞的地方，寂寞地。

而《偶成》则云：

> 如果生命的春天重到，/古旧的凝冰都哗哗地解冻，/那时我会再看见灿烂的微笑，/再听见明朗的呼唤——这些迢遥的梦。//这些好东西都决不会消失，/因为一切好东西都永远存在，/它们只是像冰一样凝结，/而有一天会像花一样重开。

如果将《雨巷》和这三首诗一并吟诵，难道不会有一位款步印象偶成的柔媚、凄婉而幽雅的新诗人形象凸显出来吗？

在诗人短短的 45 年人生中，他只能款步于时代的凄风苦雨。他偶成的印象，尽可以有《残叶之歌》《我的记忆》《路上的小语》《林下的小语》《夜》《秋》《对于天的怀乡病》《烦恼》《二月》《深闭的园子》《乐园鸟》及《百合子》《单恋者》《村姑》《寻梦者》等，也有《断指》《狱中题壁》《我用残损的手掌》《萧红墓畔》等。而一些精美乃至精妙的超短诗，更令人叹为观止。比如《烦忧》：

> 说是寂寞的秋的清愁，/说是辽远的海的相思。/假如有人问我的烦忧，/我不敢说出你的名字。//我不敢说出你的名字，/假如有人问我的烦忧；/说是辽远的海的相思，/说是寂寞的秋的清愁。

上下两节，下节是上节的颠倒，是最巧妙的重而不复。对于"我的烦忧"，诗人说"不敢说出你的名字"。其实他是反复地说了："是寂寞的秋的清愁"，"是辽远的海的相思"。而这"秋"与"海"究竟何所指呢？唯有诗人自知，不，任何读者皆能知自己的所指。比如《秋天的梦》：

> 迢遥的牧女的羊铃，／摇落了轻的树叶。／／秋天的梦是轻
> 的，／那是窈窕的牧女之恋。／／于是我的梦是静静地来了，／
> 但却载着沉重的昔日。／／唔，现在，我是有一些寒冷，／一些
> 寒冷，和一些忧郁。

这首诗在艺术上的现代味更足了。开首两行相互象征影射，比单纯的
"羊铃"与"树叶"相隐喻要有味多了。梦是可以称量的吗？诗人偏
说："窈窕的牧女之恋"有如"秋天的梦"，所以是"轻的"；因为较
之于"载着沉重的昔日"的"我的梦"。最妙的是结末一节，无端说到
"寒冷"，而且重复说了"一些寒冷，和一些忧郁"。这忧郁的寒冷与寒
冷的忧郁自然无关乎羊铃与落叶。又如仅仅四句的《我思想》：

> 我思想，故我是蝴蝶……／万年后小花的轻呼，／透过无
> 梦无醒的云雾，／来震撼我斑斓的彩翼。

戴望舒的诗多白描与空灵，这首小诗却有着笛卡尔"我思故我在"与
庄子蝴蝶梦寓言的双重哲理文化积淀。诗的彩蝶正是在此花丛中起飞。
诗人神游于"万年后"自身的某种人生景观：早已化蝶之"我"，借
"小花的轻呼"而翩翩起舞。深邃而美丽的梦想反衬出现实之我的窘
境。但愿对于戴望舒的一些貌似高蹈、空灵、浪漫、感伤或虚无乃至
颓废的诗篇，多作深一层的体悟。

赏读戴望舒的诗，自然不会不看重"他生平也许是最有意义的一
首诗"[9]《我用残损的手掌》。诗中最耀眼的是经过民族民主精神解放
的诗人自身的崭新形象。他用"残损的手掌"摸索抚爱祖国的白山、
黄河、江南、岭南，到处是灰烬、血泥、蓬蒿、苦水、阴暗，"只有那
辽远的一角依然完整"，"只有那里是太阳，是春，／将驱逐阴暗，带
来苏生"，才让诗人"把全部的力量运在手掌／贴在上面，寄与爱和一
切希望"。他在这个方向的进展是很可期望的，可惜他在日军占领香港

时期被捕入狱招致的哮喘病使他的歌声与呼吸一齐戛然止息。

戴望舒生前出过汇总了《我的记忆》与《望舒草》的《望舒诗稿》与尔后的《灾难的岁月》二本诗集。身后出过艾青以《望舒的诗》为序的《戴望舒诗选》，卞之琳作序的《戴望舒诗集》。诗集增收了《集外》。他一生只创作了92首诗。艾、卞两序都很好。艾青说："望舒是一个具有丰富才能的诗人。他从纯碎属于个人的低声哀叹开始，几经变革，终于发出战斗的呼号。""望舒所走的道路，是中国的一个正直的、有很高的文化教育的知识分子的道路。"而"构成望舒的诗的艺术的，是中国古典文学和欧洲的文学的影响。他的诗，具有很高的语言的魅力。他的诗里的比喻，常常是新鲜而又适切。他所采用的题材，多是自己亲身所感受的事物，抒发个人的遭遇与情怀"。[10] 卞之琳在具体辨析了望舒"在思想上、艺术上之阶段的曲折演进"[11] 之后断言"望舒自己实际上也取代了徐志摩或闻一多在三十年代初期，别树一帜，自创一派，而成了一位有较大影响的诗人"。[12] 所谓"自创一派"是指他在1930年前后在当时的《无轨列车》《新文艺》和《现代》发表并受到推崇的体裁自由、以意象表现为主的现代派诗歌。其实望舒的诗是古典主义、浪漫主义、象征主义、意象主义与现代主义的独特融合，要说是现代派也是望舒式的现代派诗歌。

戴望舒涉猎西方现代诗歌颇深，留有施蛰存作序的《戴望舒译诗集》，尤其是其中的《洛尔迦诗抄》，是中国新诗建设足可称道的重要成果。好的诗翻译正可媲美于诗创作。戴望舒的诗译作与诗创作正是这位新诗大家两条行远的劲健长腿。

148. 艾青 穆旦

芦笛向阳：艾青（1910—1996）

艾青开始学画，且因此去巴黎留学。第一首诗《会合》，是他在巴黎参加反帝大同盟的一次集会的记录。1932年1月，在由巴黎去马赛的路上，写了颇富于画面感的《当黎明穿上了白衣》。7 月的一个晚上，在上海，因一次画展而被捕。"从此，我与绘画绝了缘，就在狱中写诗。"[13] 他写了《透明的夜》。分三章。第一章云：

透明的夜。

……阔笑从田堤上煽起……
一群酒徒，望
沉睡的村，哗然地走去……
村，
狗的吠声，叫颤了
满天的疏星。

村，
沉睡的街
沉睡的广场，冲进了
醒的酒坊。

酒，灯光，醉了的脸
放荡的笑在一团……

"走
到牛杀场，去
喝牛肉汤……"

第二、三章便如此行进下去。脚踏现实的大地，自由散放，疏朗劲健，生动呈现，而颇富于象征的现代味。真正代表艾青诗歌的光辉起点的当数 1933 年春的两首诗。一首是《芦笛——纪念故诗人阿波里内尔》。诗前有阿波里内尔的引文："当年我有一支芦笛，／拿法国大元帅的节

杖我也不换。"诗云:

> 我从你彩色的欧罗巴 / 带回了一支芦笛, / 同着它, /
> 我曾在大西洋边 / 像在自己家里般走着, / 如今 / 你的诗集
> "Alcool"是在上海的巡捕房里, / 我是"犯了罪"的, / 在这
> 里 / 芦笛也是禁物。我想起那支芦笛啊, / 它是我对于欧罗
> 巴的最真挚的回忆, / …… / 我将像一七八九年似的 / 向灼肉的
> 火焰里伸进我的手去! / 在它出来的日子, / 将吹送出 / 对于
> 凌侮过它的世界的 / 毁灭的咒诅的歌。 / 而且我要将它高高地
> 举起, / 在悲壮的 Hymne / 把它送给海, / 送给海的波, / 粗野
> 的嘶着的 / 海的波啊!

这位在"波特莱尔和兰布的欧罗巴"受过一七八九年大革命的精神洗
礼的中国新诗人,发誓要将自己的芦笛,自己诗美创造的一生,献给
现实世界的大变革。另一首是"第一次用了新的笔名:艾青"[14]的一
向脍炙人口的《大堰河——我的褓姆》。这是艾青向中国大地和劳苦大
众的致敬。诗的结语为:"大堰河,我是吃了你的奶而长大了的 / 你的
儿子, / 我敬你 / 爱你!"诗中从大堰河与我的关系着墨,形象饱满生
动而感人,从此,艾青的诗创作一发不可收拾。一生著有诗集《大堰
河》《向太阳》《他死在第二次》《旷野》《火把》《北方》《反法西斯》
《黎明的通知》《归来的歌》《雪莲》和《诗论》,译有《原野》。

大诗人艾青脚踏在常含泪水地深爱的中国的土地上,仰头是光芒
刺痛瞳孔的太阳,以夹带着纤细血丝的原野给他的清新呼吸,吹奏着
高亢而悲凉的芦笛,使民族的历史的苦难抗争和希望的怆楚强劲的乐
音,漫遍大地河川的塞北江南。他的诗沉实而开朗,自由而精致,短
中长兼备而俱佳。迫于某种情势的败笔乃至封喉,我们只能为之惋惜,
乃至愤慨。

艾青的精美短诗脍炙人口的颇多,诸如《煤的对话》《手推车》
《乞丐》《桥》《秋》《冬天的池沼》《树》《刈草的孩子》等,尤其是

《我爱这土地》。而《向太阳》云：

> 从远古的墓茔／从黑暗的年代／从人类死亡之流的那边／震惊沉睡的山脉／若火轮飞旋于沙丘之上／太阳向我滚来……／／它以难遮掩的光芒／使生命呼吸／使高树繁枝向它舞蹈／使河流带着狂歌奔向它去／／当它来时，我听见／冬蛰的虫蛹转动于地下／群众在旷场上高声说话／城市从远方／用电力与钢铁召唤它／／于是我的心胸／被火焰之手撕开／陈腐的灵魂／搁弃在河畔／我乃有对于人类再生之确信

短短 20 行，有如此阔大深沉重厚的诗美容量，是因为诗人融合了现实主义、浪漫主义、象征主义与意象主义，寻求着自然与社会、城市与乡野、现实与想象、太阳与我之间的张力平衡。闻一多问："艾青说'太阳滚向我们'，为什么我们不滚向太阳呢？"[15] 其实艾青还说太阳更"使生命呼吸"及地上的一切"带着狂歌奔向它去"呢。太阳与我是在作双向迫近运动，才有"我的心胸／被火焰之手撕开"云云的结局。

在上世纪三四十年代，艾青有《向太阳》《他死在第二次》《火把》和《雪里钻》四首长诗，尤以前一首最负盛名。《向太阳》共分九章：《我起来》《街上》《昨天》《日出》《太阳之歌》《太阳照在》《在太阳下》《今天》《我向太阳》。全诗有淡淡的叙事脉络，却为通体抒情。开头第一、二、三章有叙事影子，中间第四、五、六章是一泻的高亢抒情。比如在《太阳之歌》中，有"是的／太阳比一切都美丽／比处女／比含露的花朵／比白雪／比蓝的海水／太阳是金红色的圆体／是发光的圆体／是在扩大着的圆体""太阳／它使我想起 法兰西 美利坚的革命／想起 博爱平等 自由／想起德漠克拉西／想起 《马赛曲》《国际歌》／想起 华盛顿 列宁 孙逸仙／和一切把人类从苦难里拯救出来的人物的名字／／是的／太阳是美的／且是永生的"云云。第七章有叙事，第八章多抒情，第九章《我向太阳》则以抒情的强音作结。

然而艾青的诗还是以 30 行以上 200 行以下的中篇与短长篇居多

且好。诸如《巴黎》《马赛》《古宅的造访》《卖艺者》《黎明》《死地》《旷野》《旷野（又一章）》《少年行》《给太阳》《风的歌》《献给乡村的诗》与《时代》等，尤以《雪落在中国的土地上》《北方》和《吹号者》为最。《北方》说：

> 不错／北方是悲哀的。／从塞外吹来的／沙漠风，／已卷去北方的生命的绿色／与时日的光辉——一片暗淡的灰黄／蒙上一层揭不开的沙雾；／那天边疾奔而至的呼啸／带来了恐怖／疯狂地扫荡过大地；／荒漠的原野／冻结在十二月的寒风里，／村庄呀，山坡呀，河岸呀，／颓垣与荒冢呀，／都披上了土色的忧郁……

随后说到了"孤单的行人""几只驴子""那些小河""惶乱的雁群"，而结以"北方是悲哀的／而万里的黄河／汹涌着混浊的波涛／给广大的北方／倾泻着灾难与不幸；／而年代的风霜／刻划着／广大的北方的／贫穷与饥饿啊。"这是诗的上半截。下半截开头说："而我／——这来自南方的旅客，／却爱这悲哀的北国啊。"连"一片无垠的荒漠／也引起了我的崇敬"。于是"我看见"祖先、土地、历史，终于如是作结：

> 我爱这悲哀的国土，／它的广大而瘦瘠的土地／带给我们以淳朴的言语／与宽阔的姿态，／我相信这言语与姿态／坚强地生活在土地上／永远不会灭亡；／我爱这悲哀的国土，／古老的国土——这国土／养育了为我所爱的／世界上最艰苦／与最古老的种族。

可以说，《北方》是大诗人艾青最艾青的杰作。

艾青的诗创作随着时势而起伏断续。其创作高潮在三四十年代；五十年代有一些好诗；七十年代喷发了诗的第二青春期。五十年代有

《礁石》《珠贝》《启明星》《鸽哨》等精美短诗，而以稍长的《在智利的海岬上——给巴勃罗·聂鲁达》为最。其第三章云：

> 房子在地球上／而地球在房子里／／壁上挂了一顶白顶的／黑漆遮阳的海员帽子／好像这房子的主人／今天早上才回到家里／／我问巴勃罗：／"是水手呢？／还是将军？"／他说："是将军，／你也一样；／不过，我的船／已失踪了，沉落了……"

七十年代短、中、长都有。长的有《古罗马的大斗技场》与《光的赞歌》。短的有《鱼化石》《东山魁夷》《小泽征尔》《镜子》《酒》《花样滑冰》《虎斑贝》《跳水》等，而以《伞》《盼望》《交河古城遗址》《平衡木》《女射手》与《跳水》最出色。《女射手》云：

> 最美的是她瞄准的眼睛／沉着而又冷静／好象连呼吸都停止／一切都集中在一点／为了致命的一击／空气也在等待枪声

这是现实主义的，抓住了最典型的瞬间，但在总体上又深蕴着象征主义，给人以人生启示。

应当说，在百年中国新诗史上，大诗人艾青的诗美创造是一座横空出世的高峰，当今的中国和世界都有待于更本真地予以瞩目。

青铜强音：穆旦（1918—1977）

穆旦诗才横溢而早慧。16 岁读高中时即发表《流浪人》："饿——／我底好友，／它老是缠着我／在这流浪的街头"云云，出手不凡。接着的是《诗三首》。其中《神秘》开头说"朋友，宇宙间本没有什么神秘，／要记住最秘的还是你自己"，崭露善于沉思的特点。不过，这块熔和着黄金的诗的青铜，需要苦难生活的锤炼。在上世纪三四十年代，他有过不寻常的经历。其一，1938 年 2 至 4 月，他与组成西南联大的北大、清华、南开三校的 200 余名师生由长沙步行至昆明，全程 3500

华里，历时 68 天，跨越湘、黔、滇三省。途中，不仅写下组诗《三千里步行》，而且还"每天从一本小英汉词典上撕下一页或几页，一边行军，一边背单词及倒句，到晚上，背熟了，也就把那词典的一部分丢掉。达到目的地昆明，那本词典也就所剩无几了。"[16] 其二，1942 年 2 月—1943 年春，他参加远征军去缅甸，又撤退到印度，终于活着回到昆明。其实，在这两件不寻常经历之间的西南联大外文系的学习、工作与校园诗歌活动，尤其是燕卜荪、闻一多、朱自清、冯至、卞之琳等中外诗人名师的影响与引导，对于穆旦诗歌的成长成熟至关重要。他的第一批最好的诗歌，即收在闻一多《现代诗抄》中的 11 首，几乎都是出征前夕的作品。其中，组诗《诗八首》是穆旦诗歌乃至百年中国新诗的顶尖杰作。在总体建构上让我们想起艾略特《四个四重奏》，尤其是杜甫《秋兴八首》。《诗八首》实为《情诗八首》，因为杜写秋兴，它写爱情。它收入《穆旦诗集（1939—1945）》时，题为《诗八章》，说它是组诗，更像长诗。开篇第一首：

> 你的眼睛看见这一场火灾，
> 你看不见我，虽然我为你点燃；
> 唉，那燃烧着的不过是成熟的年代。
> 你底，我底，我们相隔如重山！
>
> 从这自然底蜕变底程序里，
> 我却爱了一个暂时的你。
> 即使我哭泣，变灰，变灰又新生，
> 姑娘，那只是上帝玩弄他自己。

一切都作进一层的设想想象。先把热恋说成"我为你点燃"的"一场火灾"；进而说这燃料"不过是成熟的年代"，火红的青春。然后一折，犹疑了，此刻的你、我，还"相隔如重山"！下节更哲学了，我爱的只是"一个暂时的你"；永恒的是上帝，大自然，你我的热恋或猜疑，不过是他在"玩弄他自己"。第 2 首循此继进：你我只是"水流山石间"的"沉淀"，"在死的子宫里"成长，且"永远不能完成自己"。而我对你热恋的一切，只逗得"我底主暗笑"，"不断地他添来另外的你我／使我们丰富而且危险"。第 3 首转而呈现欢乐的亮色："你底年龄里的小小野兽，／它和春草一样的呼吸"，"你我底手底接触是一片草场，／那里有它底固执，我底惊喜"。第 4 首爱情深化了："静静地，我们拥抱在／用言语所能照明的世界里，／而那未成形的黑暗是可怕的，／那可能和不可能的使我们沉迷。／／那窒息着我们的／是甜蜜的未生即死的言语，／它底幽灵笼罩，使我们游离，／游进混乱的爱底自由和美丽。"第 5、6 首，爱情在追求变更曲折中前进。终于在第 7 首后半达到："呵，在你底不能自主的心上，／你底随有随无的美丽的形象，那里，我看见你孤独的爱情／笔立着，和我底平行着生长！"于是第 8 首：

> 再没有更近的接近，
> 所有的偶然在我们间定型；
> 只有阳光透过缤纷的枝叶
> 分在两片情愿的心上，相同。
>
> 等季候一到就要各自飘落，
> 而赐生我们的巨树永青，
> 它对我们的不仁的嘲弄
> （和哭泣）在合一的老根里化为平静。

由热恋而白头偕老，而"在合一的老根里化为平静"。这是中外古今写法独特的绝妙情诗。它有两点最为特异：一是将肉体感觉与玄学思考融为一体，使爱情诗成为诗美呈现的哲学论文；二是以最现代的方式去追求"语不惊人死不休"。古人的追求在词句的推敲上，它追求的是对于一个意思作深入一、二层的转换再转换，且总是在制造铁壳热水瓶的效果。而短诗《春》同样是杰作。

写于 1942 年 12 月的《幻象底乘客》：

> 从幻想底航线卸下的乘客，/永远走上了错误的一站，/而他，这个铁掌下的牺牲者，/当他意外地投进别人的愿望，//多么迅速他底光辉的概念/已化成琐碎的日子不忠而纤缓，/是巨轮的一环他渐渐旋进了/一个奴隶制度附带一个理想，//这里的恩惠是彼此的恐惧，/而温暖他的是自动的流亡，/那使他自由的只有忍耐的微笑，/秘密地回转，秘密的绝望。//亲爱的读者，你就会赞叹：/爬行在懦弱的，人和人的关系间，/化无数的恶意为自己营养，/他已开始学习做主人底尊严。

同样冷峻，沉思，作进一层的转换再转换，只是诗已直面社会人生。此后诗的视域更为现实深广，乃有《诗二章》《活下去》《旗》《流吧，长江的水》《甘地》《给战士》《野外演习》《一个战士需要温柔的时候》《奉献》《森林之魅》《云》《三十诞后有感》《隐现》《我歌颂肉体》，等等。

1948 年 8 月，他赴美留学。1953 年 1 月，他毅然回国。5 月，分配到南开大学任教。他敏感到无法放声歌唱，便埋头于诗的翻译，但 20 多年的苦难依然强行落到头上。身处逆境，他却更加坚韧地偷空翻译，译了普希金、雪莱、济慈、叶芝、艾略特、奥登以及拜伦的《唐璜》，在译诗上做了突出贡献。

1976 年，在他苦难生命终止的前一年，终于忍不住又悄悄地歌唱起来了。竟有 27 首之多，为他一生写诗最多的一年。有些诗，如《智慧之歌》《秋》《冬》等，当时就以手写稿在朋友们手中流传开来了。最短的诗《城市的街心》：

> 大街伸延着像乐曲的五线谱，/人的符号，车的符号，房子的符号/密密排列着在我的心上流过去，/起伏的欲望呵，

唱一串什么曲调？——／不管我是悲哀，不管你是欢乐，／也
不管谁明天再也不会走来了，／它只唱着超时间的冷漠的歌，／
从早晨的匆忙，到午夜的寂寥，／一年又一年，使人生底过客／
感到自己的心比街心更老。／只除了有时候，在雷电的闪射下／
我见它对我发出抗议的大笑。

还是这么异想天开，客观景象与主体感受这么交流与交融，这么
善于沉思而在表现上作深一层的转换，其诗美创造力不减当年。他的
绝笔之作《冬》，分4章，64行。这显然是暮年的夫子自道。第1章
开首说："我爱在淡淡的太阳短命的日子，／临窗把喜爱的工作静静做
完；／才到下午四点，便又冷又昏黄，／我将用一杯酒灌溉我的心
田。／多么快，人生已到严酷的冬天。"然后是"我爱在枯草的山坡，
死寂的原野"，"我爱在冬晚围着温暖的炉火"，"我爱在雪花飘飞的不
眠之夜"。第2章说"寒冷"，更说"谨慎"，说"奇怪！春天是这样深
深隐藏"。第3章以我为"你"，说"你"此时的冬夏昼夜的日常生活。
最后在第4章落到眼前境况："一壶水滚沸，白色的水雾／弥漫在烟气
缭绕的小屋，／吃着，哼着小曲，还谈着／枯燥的原野上枯燥的事
物。／／北风在电线上朝他们呼唤，原野的道路还一望无际，／几条暖
和的身子走出屋，／又迎面扑进寒冷的空气。"具体的抽象，呈现而沉
思，现实而象征的超现实。作此诗后不到两个月，这位才华绝世的大
诗人便过早离世了。

说上世纪30年代末至40年代末是中国新诗的成熟期是符合史实
的，作为此期的代表人物，正是青铜强音穆旦与芦笛向阳艾青两位大
师的巍巍双峰并峙。

149. 余光中 洛夫 痖弦

四维乡愁：余光中（1928—2017）

余光中这个鸣响海峡两岸的光辉名字，几乎与"乡愁"一词永久黏在一起了。"小时候，／乡愁是一枚小小的邮票，／我在这头，／母亲在那头"，是《乡愁》的开头，"给我一瓢长江水啊长江水，／酒一样的长江水，／醉酒的滋味，／是乡愁的滋味，／给我一瓢长江水啊长江水"，则是《乡愁四韵》的首章。余光中诗的乡愁是四维立体的。他说："所谓乡愁，原有地埋、民族、历史、文化等层次，不必形而下地系于一村一镇。地理当然不能搬家，民族何曾可以改种，文化同样换不了心，历史同样也整不了容。不，乡愁并不限于地理，它应该是立体的，还包含了时间。一个人的乡愁如果一村一镇就可以解，那恐怕只停留在同乡会的层次。真正的华夏之子潜意识深处耿耿不灭的，仍然是汉魂唐魄，乡愁则弥满于历史与文化的直径横纬，而与整个民族祸福共承，荣辱同当，地理的乡愁要乘以时间的沧桑，才有深度，也才是宜于入诗的主题。"[17] 是的，余光中的诗化乡愁是地理、历史、文化、华夏民族的四维立体的，所以他的诗有开张朗健的风格，他的诗有以乡愁为内核的大中华民族国家的广袤深沉的爱意与情怀。

他的诗有弘阔的大爱。《春天，遂想起》开头：

春天，遂想起
江南，唐诗里的江南，九岁时
采桑叶于其中，捉蜻蜓于其中
（可以从基隆港回去的）
江南
小杜的江南
苏小小的江南

然后是三节变奏，而以末节

> 复活节，不复活的是我的母亲
>
> 一个江南小女孩变成的母亲
>
> 清明节，母亲在喊我，在圆通寺
>
> 喊我，在海峡这边
>
> 喊我，在海峡那边，
>
> 喊，在江南，在江南
>
> 多寺的江南，多亭的
>
> 江南，多风筝的
>
> 江南啊，钟声里
>
> 的江南
>
> （站在基隆港，想——想
>
> 想回也回不去的）
>
> 多燕子的江南

诗在意动、情动、象动与语动及形动的合力下行进与圆成。他的诗也有深井似的细小情爱。《等你，在雨中》一向脍炙人口，而《碧潭——载不动许多愁》：

> 十六柄桂桨敲碎青琉璃／几则罗曼史躲在阳伞下／我的，没带来的，我的罗曼史／在河的下游／／如果碧潭再玻璃些／就可以照到我忧伤的侧影／如果舴艋舟再舴艋些／我的忧伤就要灭顶／／八点半。吊桥还未醒／暑假刚开始，夏正年轻／大二女生的笑声在水上飞／飞来蜻蜓，飞去蜻蜓／飞来你。如果你栖在我船尾／这小舟该多轻／这双桨该忆起／谁是西施，谁是范蠡／／那就划去太湖，划去洞庭／听唐朝的猿啼／划去潺潺的天河／看你濯发，在神话里／／就覆舟，也是美丽的交通失事了／你在彼岸织你的锦／我在此岸弄我的笛／从上个七夕，

到下个七夕

此诗有两点十分戟刺眼球：一是遣词造句很现代，诸如词性变迁，词的相互关系错综等等，无所不用其极，而且妙趣横生。二是意象、意蕴的极古典与即景现代交错并置，随处触笔生香。在诗的形式建构上，也显出他惯用的特色：外形控制，内里散放。

《与李白同游高速公路》用当下流行语来说：很穿越。开头说："刚才在店里你应该少喝几杯的／进口的威士忌不比鲁酒／太烈了，要怪那汪伦／一遍又一遍向杯里乱斟／你应该听医生的劝告，别听汪伦／肝硬化，昨大报上个是说／已升级为第七号杀手了么？"紧顶着是一句"刚杀了一位武侠名家"，够意识流的了，而且，古今乱流穿越，什么"快，千万不能让／交警抓到你醉眼驾驶"，什么"别再提什么谪不谪仙／何况你的驾照上星期／早因为酒债给店里扣留了"云云，而以"六千块吗？算了我先垫／等《行路难》和《蜀道难》的官司／都打赢了之后，版税到手／再还我好了：也真是不公平／出版法那像交通规则／天天这样严重地执行？／要不是王维一早去参加／辋川污染的座谈会／我们原该／搭他的老爷车回屏东去"作结。诗中的时间、空间、人物、事件、景色全打碎了，麻将牌似地叉了又叉，重新排列整合起来，只是这李白仍是现代装扮的盛唐诗仙李白。

而《蜀人赠扇记——问我乐不思蜀吗？不我思蜀而不乐》又是另一种路数。

　　十八根竹骨旋开成一把素扇／那清瘦的蜀人用浑圆的字体／为我录一阕《临江仙》，金人所填／辗转托海外的朋友代赠／说供我"聊拂残暑"，看落款／日期是寅年的立秋，而今／历书说，白露都开始降了／挥着扇子，问风，从何处吹来？／从西子湾头吗，还是东坡的故乡？／眺望海峡，中原何尝有一发？／当真，露，从今夜白起的吗？／而月，当真来处更分明？／……挥着你手题的细竹素扇／在北回归线更向南，夏炎未残／说什么冰肌玉骨，自清凉无汗／对着货柜船远去的台海／深深念一个山国，没有海岸／敌机炸后的重庆／文革劫罢的成都／少年时我的天府／剑阁和巫峰锁住／问今日的蜀道啊行路有多难？

中间删节的大段是先说自己"川娃儿我都做过八年"，再说别后四十年的流徙与思念，又想起"九百年前，隔着另一道海峡／另一位诗人望白了须发／想当日，苏家的游子出川"，"同样是再也回不了头"。这首诗是由一把扇子扇起了浓浓的乡愁。诗后，有诗人流沙河《读〈蜀人赠扇记〉附录》。河兄说："就其主脉，一般而言，余光中的诗，纳古典入现代，藏炫智入抒情，儒雅风流，有我中华文化独特的芬芳，深受鄙人偏爱。""台岛众多诗人，二十年来，乡愁主题写得最多又最好的，非余光中莫属。"诚哉斯言，同感者多多。

而《山中暑意七品》又给出迥异面目。其中《夜深似井》：

> 夜深似井
>
> 尽我的绳长探下去
>
> 怎么还不到水声？
>
> 蠢蠢的星子群
>
> 沿着苔壁爬上来
>
> 好慢啊
>
> 只怕还不到半路
>
> 井口就一声叫
>
> 天亮了

抽象的具象了，静止的行动了，慢的是生命吗？天开异想是诗人的天赋与天职。诗人之大，百变千面，生旦净丑末昆乱不挡。余光中的四维立体，何止在乡愁！

石室魔歌：洛夫（1928—2018）

洛夫与余光中同龄，有同样的大陆而宝岛又留洋的生活经历，诗也百变千面，丰盈朗健成诗人之大。二人是中国新诗崛起于宝岛的缭云双峰，却又各自高标独立。凡好诗非大同小异，而是大同大异。大同者是指诗美纯度与含量之高，直捣人性本真之深广；大异者是指其诗美呈现的形、色、香、味的各各迥然不同。洛夫有诗《雨中独行》云：

> 风风雨雨 / 适于独行 / 而且手中无伞 / 不打伞自有不打伞的妙处 / 湿是我的湿 / 冷是我的冷 / 即使把自己缩成雨点那么小 / 小 / 也是我的小

这首诗可读作诗人自白，创新宣言，只是末尾还可加上："大 / 也是我的大"。诗的创新即为立异，每一首新作，不仅应大异于他人，而且也不同于自己。洛夫有"诗魔"的雅号，正在于此。

洛夫 1954 年与张默、痖弦共同创办《创世纪》诗刊，并任总编辑多年。已出版诗集《时间之伤》等 31 部，散文集《一朵午荷》等 6 部，评论集《诗人之镜》等 5 部，译著《雨果传》等 8 部。不仅作品宏富，更面目多变。好诗人尤其是大诗人的百变千面是自然而然不得不然的。这在于天赋的富溢，更在于后天习学继承传统的深厚开弘。对于中国新诗人来说，除了自然承接新诗新传统之外，皆须自觉不自觉地伸出两只大手，一手攫取世界尤其是欧美诗歌传统特别是现当代的新创造新风尚，一手承接中国古典诗词的深厚遗赠。洛夫的特出表现，是前期重向外，后期多内顾，便构成其诗的总体面貌。其大要在于通常所说的探索与回归。

探索篇中最戳人眼球的是两首长诗：《石室之死亡》与《清苦十三峰》。1958 年 8 月，刚过而立之年的洛夫"于金门炮弹嗖嗖声中开始写《石室之死亡》"，[18] 历时五载而成。全诗共 64 首，"着意于潜意识的探险，和表现内心世界的奥秘。故以意象奇险，诗思艰涩为特色，一反传统诗艺的创作规范"。[19]且看其中第5与57首：

5

火柴以爆燃之姿拥抱住整个世界／焚城之前，一个暴徒在欢呼中诞生／雪季已至，向日葵扭转脖子寻太阳的回声／我再度看到，长廊的阴暗从门缝闪进／去追杀那盆炉火／／光在中央，蝙蝠将路灯吃了一层又一层／我们确为那间白白空下的房子伤透了心／某些衣裳发亮，某些脸在里面腐烂／那么多咳嗽，那么多枯干的手掌／握不住一点暖意

57

从灰烬中摸出千种冷千种白的那只手／举起便成为一炸裂的太阳／当散发的投影扔在地上化为一股烟／遂有软软的蠕动，由脊骨向下溜至脚底再向上顶撞／—— 一条苍龙随之飞升／／错就错在所有的树都要雕塑成灰／所有的铁器都骇然于挥斧人的缄默／欲拧干河川一样他拧干我们的汗腺／一开始就把我们弄成这付等死的样子／唯灰烬才是开始

这首长诗或曰大组诗，任洪渊称它为"中国人现代创世纪的悲剧"；是"洛夫从石头到生命的体验"。并分析道："神／人／兽。这是人自身的第一悲剧。""一个人就是一个创世纪。谁也不能重写自己只有一次的创世纪。其实，石／血／雪，才是《石室之死亡》最富于原创性的语言——意象原型。石，是'初生之黑'，也是原始的死，以及宇宙——生命终古的禁锢。雪，是'石'爆裂后'千种冷中的千种白'的纷扬，是'黑'破碎时一瞬间的'明净'和最后留下的'空格''空位''空白'。在石与雪之间，在寂灭的死与死的寂灭之间，是血，是燃烧的水或者火的流动的'河川，在体内泛滥'，是撞破死亡'石室'的力和能，是生命。石，血，雪，多重的并置、冲突与转换，'火焰'与'灰烬'，'爆炸'与'碎片'，'婴儿'与'坟墓'，'棺材'与'子

宫'，还有素莲，火凤凰，橄榄枝，菩提树与蝶，以及黑河黑烟黑蝙蝠黑太阳——'乱'的创世意象群。在血照亮的石的黑与雪的白之间，混沌中的第一个有形者，是人"，"人的创造与毁灭的悲剧"。"洛夫把死的挽歌唱成了生的颂歌"。[20]说得到位而精彩。洛夫的诗探索，实质上是将超现实主义实践于自己的诗创作。其要妙有三：一是在题材与命意上，从即景即兴的现实起飞，向人生经历尤其是体验拓展、超越，探索生命与人性的本真；二是在诗美创造中，大力酝酿与催动个人无意识与集体无意识的爆发与涌流，力求诗思与气韵的自由行止；三是在意象呈现与言语方式上搜寻奇诡与惊讶的陌生化效果。看来《石室之死亡》正是这样做的，而且硕果骄人。另一长诗《清苦十三峰》也是如此，而其表现方式却又别出心裁。其《第十一峰》云：

> 山中的／超现实主义者／啄木鸟／在写一首／自动语言的
> 诗／空 空／空／第一句也就是最后一句／／小径上走来／一个
> 持伞的人／摆荡的右手／似乎／握着什么／似乎什么也没有／握

空的不空，不空的空；不说的说，说的不说。

　　然而，高唱石室魔歌的洛夫在锐意探索之后，又来一番春意回归。但是，请注意，绝非浪子回头。请看列为"回归篇"之首的《长恨歌》开篇《一》：

> 唐玄宗
> 从
> 水声里
> 提炼出一缕黑发的哀恸

其《五》为：

> 他是皇帝

而战争
是一摊
不论怎么擦也擦不掉的
黏液
在锦被中
杀伐，在远方

远方，烽火蛇升，天空哑于
一锅叫人心惊的发式
鼙鼓，以火红的舌头
舐着大地

与《石室之死亡》细细相较，便显出超现实主义的要素与精华并未骤然消退，只是在题材与命意及语言呈现的明朗化上，增强了古典主义的中国元素与中国气派，正好落到我们以前探讨过的"当代大诗人＝超现实主义＋本土文化"那个诗学经验公式中。《与李贺共饮》《水祭》《李白传奇》等莫不如此。至于那些颇富于生活情趣或禅趣的精妙短诗，亦不过循此继进而已。不说《丽水街》《洗脸》《随雨声入山而不见雨》与《金龙禅寺》等佳作了，就看这短短七行的《问》：

在桥上
独自向流水撒着花瓣
一条游鱼跃了起来
在空中
只逗留三分之一秒

这时
你在哪里？

灵感地抓住一个永恒的瞬间，蓦然冷峻地一问。以诗美与沉思的棒喝，迫人顿悟。

如歌行板：痖弦（1932— ）

痖弦比余光中、洛夫小 4 岁，有同样的大陆而宝岛的生活经历，留美却迟到 1966 年。他的诗习作始于 1951 年左右。1953 年在《现代诗》发表了《我是一勺静美的小花朵》，40 多行。第一节云，"在那遥遥遥远的从前，／那时天河两岸已是秋天。／我因为偷看人家的吻和眼泪，／有一道银亮的匕首和幽蓝的放逐令在我眼前闪过！／于是我开始从监犬向人间坠落，／我是一勺静美的小花朵。"稚嫩而不凡。1954 年 10 月，认识张默和洛夫并参与创世纪诗社后，才算正式写起诗来。接着的五六年，是他诗情最旺盛的时候，甚至一天有六七首的纪录。1966 年以后，因着种种缘由，长久停笔。他将 25 岁以前的诗算作少作，其实已颇有佳作。比如《小城之暮》：

> 夕阳像一朵大红花／绣在雉堞的镶边上；／小城的夕暮如锦了。／／而在迢迢的城外，／莽莽的林子里，／黑巫婆正在那儿／纺织着夜……

又如《短歌集》中的《晒书》：

> 一条美丽的银蠹鱼
> 从《水经注》里游出来

从意象呈现到意境建构，乃至遣词造句，两诗都有独到之处。他学诗勤奋而虔诚。在《〈痖弦诗集〉序》中，他自白："早年我崇拜德国诗人里尔克，读者不难从我的少数作品里找到他的影子，譬《春日》等诗，在形式、意象与音节上，即师承自里尔克；中国新诗方面，早期影响我最大的是三十年代诗人何其芳，《山神》等诗便是在他的强烈笼罩下写成。何其芳曾是我年轻时候的诗神，他《预言》诗集的重要作品至今仍能背诵。"的确，在《山神》诗后他署上"一九五七年一月十五日读济慈、何其芳后临摹作"。然而这是创造性的临摹，着重仍在创作：

> 猎角震落了去年的松果／栈道因进香者的驴蹄而低吟／当融雪像纺织女纺车上的银丝披垂下来／牧羊童在石佛的脚趾上磨他的新镰／春天，呵春天／我在菩提树下为一个流浪客喂马／／矿苗们在石层下喘气／太阳在森林中点火／当瘴疬婆拐到鸡毛店里兜售她的苦苹果／生命便从山鼬子的红眼眶中漏掉／夏天，呵夏天／我在敲一家病人的锈门环／／俚曲嬉戏在村姑的背篓里／雁子哭著喊云儿等等他／当衰老的太阳掀开金胡子吮吸林中的柿子／红叶也大得可以写满一首四行诗了／秋天，呵秋天／我在烟雨的小河里帮一个渔汉撒网／／樵夫的斧子在深谷里唱著／怯冷的狸花猫躲在荒村老妪的衣袖间／当北风在烟囱上吹口哨／穿乌拉的人在冰潭上打陀螺／冬天，呵冬天／我在古寺的裂钟下同一个乞丐烤火

《山神》4 节写了乡村四季的景物，是可自立为一首不错的诗。细检何其芳《预言》，没有一首可指认为临摹对象。如果一定要辨认从中有所得益的，或者可举出《预言》《秋天（二）》和《夜景（二）》。痖弦这种创造性临摹，是对自己钟情的前人从骨子里从建构驱力风格风韵上的习学神似，而且"别裁伪体亲风雅，转益多师是汝师"。[21] 他是愈写愈凸显海纳百川与高标独树的创造精神。

痖弦的创作态度非常严肃。"他的诗是从血液流荡出来的乐章。"[22] 他的诗总量不算很多，但好诗佳作却屈指数不过来。诸如《野荸荠》《忧郁》《妇人》《早晨——在露台上》《战时——一九四二年洛阳》《水手、罗曼斯》《苦苓林的一夜》《阿拉伯》《希腊》《芝加哥》《西班牙》《水手》《出发》《下午》《庭院》《一般之歌》《深渊》等

等。而更为杰出的则有《三色柱下》：

> 理发师们歌唱 // 总是这样的刘麦节 / 总是如此丰产的无穗的黑麦 / 总是于烟士披里纯的土壤之上 / 收割，收割 / 南方的小径通向耳朵 // 且也是一种园艺学 / 一种美 / 一种农村革命 / 一种不属于希腊的雕塑趣味 // 理发师们歌唱

给理发师们的手艺唱起如此美好而别致的赞歌，肯定空前，难免绝后，在首尾重句的框子里，上节3个"总是"的"刘麦节"云云，如此异想天开地说理发；下节3个"一种"，极赞其为"园艺学"。这首不起眼的小诗，是对于普通且曾经是"低下"的劳动者的盛赞。有《红玉米》与《盐》。前者8节。中间3个"犹似"领头的3节说了点祖父亡故等往事，开头2节和尾3节却借"红玉米"将怀念的情绪说得足足的。开头说："宣统那年的风吹着 / 吹着那串红玉米 // 它就在屋檐下 / 挂着 / 好像整个北方 / 整个北方的忧郁 / 都挂在那儿。"最末尾则说："犹似现在 / 我已老迈 / 在记忆的屋檐下 / 红玉米挂着 / 一九五八年的风吹着 / 红玉米挂着。"似乎同样挂着的红玉米，吹着的风却已迥然不同了。哦，诗人说的是隐隐的浓浓的乡愁呵！后者只3节，是3个长句子，高潮在末节："一九一一年党人们到了武昌。而二嬷嬷却从吊在榆树上的裹脚带上，走进了野狗的呼吸中，秃鹫的翅膀里；且很多声音伤逝在风中，盐呀，盐呀，给我一把盐呀！那年豌豆差不多完全开了白花。退斯妥也夫斯基压根儿也没见过二嬷嬷。"为什么开头和结尾都扯上二嬷嬷与俄国大作家是否相见过呢？因为他写过《穷人》。痖弦隐了又隐的多重隐喻手法是值得学习的。

有写人的《上校》和《坤伶》。《上校》说：

> 那纯粹属另一种玫瑰 / 自火焰中诞生 / 在桥荞麦田里他们遇见最大的会战 / 而他的一条腿诀别于一九四三年 // 他曾听到过历史和笑 / 什么是不朽呢 / 咳嗽药刮脸刀上月房租如此等

等／而在妻的缝纫机的零星战斗下／他觉得唯一俘虏他的／便是太阳

写参加过 1943 年抗日大会战而失去一条腿的老上校困窘的晚年。落脚在末节，以反讽口吻凸现日常生活细节。《坤伶》6 节 12 行。开头："十六岁她的名字便流落在城里／一种凄然的韵律／那杏仁色的双臂应由宦官来守卫／小小的髻儿啊清朝人为他心碎。"中间 2 节说到她演玉堂春。结末是："有人说／在佳木斯曾跟一个白俄军官混过／／一种凄然的韵律／每个妇人诅咒她在每个城里。"全诗都有"一种凄然的韵律"，又用冷眼看那些旧日的城里。

更有最出名的《如歌的行板》：

温柔之必要／肯定之必要／一点点酒和木樨花之必要／正正经经看一名女子走过之必要／君非海明威此一起码认识之必要／欧战，雨，加农炮，天气与红十字会之必要／散步之必要／溜狗之必要／薄荷茶之必要／每晚七点钟自证券交易所彼端／／草一般飘起来的谣言之必要。旋转玻璃门／之必要。盘尼西林之必要。暗杀之必要。晚报之必要。／穿法兰绒长裤之必要。马票之必要／姑母继承遗产之必要／阳台、海、微笑之必要／懒洋洋之必要／／而既被目为一条河总得继续流下去的／世界老这样总这样：——／观音在远远的山上／罂粟在罂粟的田里

其实也是写人，写一个似不平常的平常人，所以叫《如歌的行板》。真正不平常的是诗的写法。一连 19 个"之必要"，将此人的一生都凸显出来了。末节是就此人而慨叹人生："而既被目为一条河总得继续流下去的"，或者说，"世界老这样总这样"。于是来了突兀的两句："观音在远远的山上／罂粟在罂粟的田里"，既具象又概括，似远远跳开，却又打个正着，可谓神来之笔。

在检点痖弦诗歌七彩斑斓的佳作结构之后，我们不禁油然而生一种惊赞：在百年中国新诗的原野上，崛起于东南宝岛的，有余光中、洛夫与痖弦鼎立的苍翠拂云大树。

150. 北岛 舒婷

拔地冰峰：北岛（1949— ）

标志着诗人北岛诞生的是三首诗：《一切》《回答》《走吧》。"一切都是命运 / 一切都是烟云 / 一切都是没有结局的开始 / 一切都是稍纵即逝的追寻 / …… / 一切希望都带着注释 / 一切信仰都带着呻吟 / 一切爆发都有片刻的宁静 / 一切死亡都有冗长的回声。"一连 14 个全称判断，是这位突然从地下冒出来的青年诗人直面世界的沉思而冷峻的判决。他进而作出《回答》："卑鄙是卑鄙者的通行证，/ 高尚是高尚者的墓志铭。看吧，在那镀金的天空中，/ 飘满了死者弯曲的倒影。"他以雷的轰鸣宣告："告诉你吧，世界，/ 我——不——相——信！/ 如果你脚下有一千名挑战者，/ 那就把我算作第一千零一名。// 我不相信天是蓝的；/ 我不相信雷的回声；/ 我不相信梦是假的；/ 我不相信死无报应。"但他更有带领同代人的誓言《走吧》："走吧，/ 落叶吹进深谷，/ 歌声却没有归宿。"在一路并不乐观的景观中难得的是坚持：

> 走吧，我们没有失去记忆，/ 我们去寻找生命的湖。// 走吧，/ 路呵路，飘满红罂粟。

他便勇毅地向前走去，而且一路有所信守，比如那个《雨夜》："即使明天早上 / 枪口和血淋淋的太阳 / 让我交出青春、自由和笔 / 我也决不会交出这个夜晚"。比如对于含冤烈士遇罗克，他一再用《宣告》与《结局或开始》献给他。在前者，他说："我并不是英雄 / 在没有英雄的年代里／我只想做一个人"，"我只能选择天空／决不跪在地上／以显出刽子手们的高大／好阻挡那自由的风／／从星星的弹孔里／将流出血红的黎明"。在后者，他说："我，站在这里／代替另一个被杀害的人／为了每当太阳升起／让沉重的影子像道路／穿过整个国土。"他说："以太阳的名义／黑暗在公开地掠夺／沉默依然是东方的故事／人民在古老的壁画上／默默地永生／默默地死去。"他说："必须承认／在死亡白色的寒光中／我，战栗了／谁愿意做陨石／或受难者冰冷的塑像／看着不熄的青春之火／在别人的手中传递／即使鸽子落在肩上／也感不到体温和呼吸／它们梳理一番羽毛／又匆匆飞去。"北岛的诗是冷峻而尖锐的，更是沉思而韵动的，故多脍炙人口的警句。不说《太阳城札记》中的一些超短诗，如那首世界上最短的"《生活》：网"了，便如《命运》"孩子随意敲打着栏杆／栏杆随意敲打着夜晚"，也显韵味永长，不是什么人都可随意写出来的。

但是，北岛决不将自己囿限于冷峻而热烈的政治诗人，他是罕见而秀杰的诗美创造的远行者。这位春雷一样震响的崭新诗人，不仅沉潜地蓄积了中国古典尤其是西方现代诗歌的深厚传统，且更善于借鉴其他艺术形式尤其是影视艺术的创造手段，以至他的新诗一出，天下哗然。朦胧诗的应运崛起，实质上在于提供了诗歌新的美学原则的文本范例。他有开阔而深邃的新视域，更有善隐多变的多维度多样式的诗美创造途径与手段。他有自由式的《诗艺》与《写作》。前者说：

> 我所从属的那所巨大的房舍／只剩下桌子，周围／是无边的沼泽地／明月从不同角度照亮我／骨骼松脆的梦依然立在／远方，如尚未拆除的脚手架／还有白纸上泥泞的足印／那只喂养多年的狐狸／挥舞着火红的尾巴／赞美我，伤害我／／当然，还有你，坐在我的对面／炫耀于你掌中的晴天的闪电／变成干柴，又化为灰烬

后者则说：

始于河流而止于源泉 // 钻石雨 / 正在无情地剖开 / 这玻璃的世界 // 打开水闸，打开刺在男人手臂上的 / 女人的嘴巴 // 打开那本书 / 词已磨损，废墟 / 有着帝国的完整

两首合起来看，便有了北岛新诗观的"帝国的完整"。旧传统"巨大的房舍"已是一些残存，却有现实的"明月从不同的角度照亮我"，我有周围"无边的沼泽地"呼唤着我大力开垦。我有一只"挥舞着火红的尾巴"的"喂养多年的狐狸"，"还有你"，属于我的新时代的缪斯，以"掌中的晴天的闪电"，尽情燃烧，"化为灰烬"而后已。这种燃烧的特色，有如"钻石雨 / 正在无情地割开 / 这玻璃的世界"。要在"词已磨损"的"废墟"上，建造诗的崭新帝国。这位大胆妄为的青年诗人这样说了，也在可喜的程度上这样做成了。

北岛大视野新探索的好诗佳作源源涌流。比如《迷途》："沿着鸽子的哨音"，更由"一棵迷途的蒲公英 / 把我引向蓝灰色的湖泊 / 在微微摇晃的倒影中 / 我找到了你 / 那深不可测的眼睛"，是一首清新温婉雅丽的爱情诗。比如《界限》中的"河水涂改着天空的颜色，/ 也涂改着我，/ 我在流动 / 我的影子站在岸边，/ 像一棵被雷电烧焦的树"云云，哲思上将此岸与对岸、来与去、动与静、天空与和河水、我与影子等等的辩证关系揭示出来；表现艺术上更有着多重转换的创新。比如《履历》对于荒谬世界的一些荒谬特征的凸现，"万岁！我只他妈喊一声 / 胡子就长出来；纠缠着，像无数个世纪"云云，真像一把尖刀，洞入历史的心脏。比如《触电》，更是极现实的超现实，极古代的后现代。而重要的长诗《白日梦》，是极可怖的难醒噩梦。

便是一些似乎平常的短篇都能显出不平常来。《八月的梦游者》：

海底的石钟敲响 / 敲响，掀起了波浪 // 敲响的是八月 / 八月的正午没有太阳 // 涨满乳汁的三角帆 / 高耸在漂浮的尸体上 / 高耸的是八月 / 八月的苹果滚下山冈 // 熄灭已久的灯

塔／被水手们的目光照亮／／照亮的是八月／八月的集市又临
霜降／／海底的石钟敲响／敲响，掀起了波浪／／八月的梦游者／
看见过夜里的太阳

8 节 16 行。还原成平直的叙述散文：航行在涌浪的海上，"八月的正午
没有太阳"。水手们看见鼓风的白色三角帆，苹果熟了的山冈，"熄灭
已久的灯塔"；聆听着"又临霜降"的集市。这里并没有诗，诗是诗人
藉此而腾飞的诗美创造。起首与末尾的 4 节，是重而不复的似回环的
跃升，指明艰苦航行着的水手们是"梦游者"，在"没有太阳"的"八
月的正午"，梦想着"夜里的太阳"，中间 4 节所涨满的诗味，多赖于
新丽造句的力量，把话转了又转地说得新颖奇特。而全诗又有关于人
生命运的开远投射象征，凭实而凌虚，乃有诗味的耐人品尝。北岛颇
多以《无题》为题的诗篇，光《北岛诗歌》便有 16 首之多。其实所谓
无题，不过是题旨的广泛与流动，不便亦不须作特定的确指罢了。且
看其中最短的：

比事故更陌生／比废墟更完整／／说出你的名字／它永远
弃你而去／／钟表内部／留下青春的水泥

3 节 6 行，说得多么巧妙而宏深，处处显见张力平衡的高超。事故当
然是陌生的，但此事更陌生于事故，好新颖的比喻。而"生"与"故"
在字面上又对比鲜明。废墟当然残缺至极，却说它较之更完整，是多
好的矛盾语法，极新鲜的吊诡。第 2 节是上节的变奏，第 3 节是进一
层的思考。钟表指易逝的时间，水泥则为遗存的固形物，唯青春的某
种存留却永不消逝。全诗语冷情浓。诗人想说点什么呢？"只是当时
已惘然"，恐怕。但不同的受者尽可各做各的填充法。

最难得的是这位一出道便号召同辈新诗人《走吧》，今天已誉满中
外的今天派诗人，至今仍在"飘满红罂粟"的渐行渐宽的路上奋力前
行不辍。且看近年新作《拉姆安拉》：

在拉姆安拉／古人在星空对弈／残局忽明忽暗／那被钟关住的鸟／跳出来报时／／在拉姆安拉／太阳像老头翻墙／穿过露天市场／在生锈的铜盘上／照亮了自己／在拉姆安拉／诸神从瓦罐饮水／弓向独弦问路／一个少年到天边／去继承大海／／在拉姆安拉／死亡沿正午播种／在我窗前开花／抗拒之树呈飓风／那狂暴原形

这是中国新诗不动声色的崭新大美。这是一首因篇定格的新格律诗。4节，每节5行；且各节各行字数在5、7、6、7、5地有规律重复；虽不押尾韵，却因各节首句重复，诗句内有错落的安、暗、关、罐、弦、边、原等的押韵，总体上音声比较和谐。但诗的内容却放而有节，散而不乱。第1节说夜晚星空，第2节说早上太阳；第3、4节落到"我"的独特经历，有志趣与抗争。诗中古典与现代、中国与世界（主要是西方）等各种元素有水乳的无迹交融，预示着中国新诗向某种化境进军。

鸢尾花开：舒婷（1952—）

舒婷与北岛，作为新崛起的朦胧诗界的各异而互补的并肩带头人，一女一男，一南一北，一柔一刚，一温一冷，一阴一阳，是崭新诗美创造的光耀双子座。北岛固然是这个新交响乐团的第一提琴手，而演奏最为朝野雅俗共赏的则数舒婷。

舒婷诗歌之所以为当时朝野雅俗所共赏，首先在于诗美蕴涵，且更在于艺术探索与表现，又归于两者的谐和一体。舒婷诗较倾向于歌颂。她写海，有《致大海》《海滨晨曲》《秋贝——大海的眼泪》《船》《岛的梦》《礁石与灯标》《小渔村的童话》《海的歌者》与《放逐孤岛》等，更多的是写爱情、亲情与友情，深情而有新意。不说脍炙人口的《致橡树》《双桅船》与《神女峰》了，便如《四月的黄昏》吧：

四月的黄昏里／流曳着一组组绿色的旋律／在峡谷低回／在天空游移／要是灵魂里溢满了回响／又何必苦苦寻觅／要歌唱你就歌唱吧，但请／轻轻，轻轻，温柔地／／四月的黄昏／仿佛一段失而复得的记忆／也许有一个约会／至今尚未如期／也许有一次热恋／而不能相许／要哭泣你就哭泣吧，让泪水／流啊，流啊，默默地

　　舒婷诗大多清新而雅丽，轻声而温柔，即使默默地流出泪来，也是温热的。她对于祖国的歌颂，如《祖国呵，我亲爱的祖国》："我是你河边上破旧的老水车，／数百年来纺着疲惫的歌；／我是你额上熏黑的矿灯，／照你在历史的隧洞里蜗行摸索；／我是干瘪的稻穗，是失修的路基；／是淤滩上的驳船，／把纤绳深深／勒进你的肩膊／——祖国呵！"情真意切，在思与诗上都有新鲜的东西。

　　舒婷与北岛，对于历史与现实的感观，总体上是新锐而共同的，而在抒发与表现的侧重上，却又相异而互补。舒婷有《这也是一切》，副题正是"答一位青年朋友的《一切》"。开头说："不是一切大树／都被暴风折断；／不是一切种子／都找不到生根的土壤；／不是一切真情／都流失在人心的沙漠里；／不是一切梦想／都甘愿被折掉翅膀。／／不，不是一切／都像你说的那样！"两者形似针锋相对，实则相辅相成。舒婷更有《一代人的呼声》与《献给我的同代人》。前者开头："我绝不申诉／我个人的遭遇，／……／但是，我站起来了／站在广阔的地平线上／再没有人，没有任何手段／能把我重新推下去。"后者末尾则申言："为开拓心灵的处女地／走入禁区，也许——就在那里牺牲／留下歪歪斜斜的脚印／给后来者／签署通行证。"显出是一位形柔实刚的勇敢开拓者。

　　是的，在骇世的诗美创造上，舒婷是思与诗的勇敢开拓者。这位曾是女工的新诗人有娓娓道来的《流水线》：

在时间的流水线里／夜晚和夜晚紧紧相挨／我们从工厂的

流水线撤下／又以流水线的队伍回家来／在我们头顶／星星的流水线拉过天穹／在我们身旁／小树在流水线上发呆／／星星一定疲倦了／几千年过去／他们的旅行从不更改／小树都病了／烟尘和单调使他们／失去了线条与色彩／一切我都感觉到了／凭着一种共同的节拍／但是奇怪／我唯独不能感觉到／我自己的存在／仿佛丛树与星群／或者由于习惯／或者由于悲哀／对本身已成的定局／再没有力量关怀

好一篇活得像死尸的血淋淋的劳动异化论，好一首空前且永生无法朦胧的朦胧诗。此诗在百年新诗史上的新而且深的意义，似乎至今仍处于待开发的幽暗处。

《旅馆之夜》是即兴式的生活实录，由于多种艺术手法的交互并用，颇显情意真切与情景活现：

唇印和眼泪合作的爱情告示／勇敢地爬进邮筒／邮筒冰冷／久已不用／封条像绷带在风中微微摆动／／楼檐在黑猫的爪下柔软起伏／大卡车把睡眠轧得又薄又硬／短跑选手／整夜梦见击发的枪声／魔术师接不住他的鸡蛋／路灯尖叫着爆炸／蛋黄的涂料让夜更加嶙峋／穿睡袍的女人／惊天动地拉开房门／光脚在地毯上狂奔如鹿／墙上掠过巨大的飞蛾／扑向电话铃声的蓬蓬之火／／听筒里一片／沉寂／只有雪／在远方的电线上歌唱不息

4节诗，第1节说投邮，第2节说投邮的女人在床上等亲人的电话；第3、4节说电话铃响了，冲出去接却已挂掉了。这个故事情节是有诗意的，但诗味的丰盈与漾动则主要靠诗美创造的技艺给力。几乎所有的叙述都靠新颖的隐喻意象与二度意象呈现，以及语词的词性变换或别样搭配。组诗《再见，柏林西》尤见诗人匠心与功力。第一首《代邮吉他女郎》：

　　一把小伞／在岑寂的长街漂流／漂流在混血姑娘的辛酸身世／漂流在我空漠的山林如雨后香蕈／再漂流成一条长江／一条莱茵河／／别让你云意深深的眼睛／将我整个儿淋湿了啊，蕾娜托／／黑色的热情有如丛林鼓声／烈马在弦上踩出蓝火／一个黑发的年轻妈妈，和／一个金发的小女儿／明媚我又刺痛我／已经把我弹成一渊寂静／你的指尖还在探索／／你触摸到的只是一堵墙／把我编进歌曲里已太晚了啊，蕾娜托／／在出租汽车前，／在旅馆大门口／我们一再相见，又重新道别／阳光和雾雨是柏林西的气候／母亲遗下的旗袍把你的凄绝／裹成一册线装书／让老威廉教堂失色／／我们真正告别，是在出生的那一刻／再见，柏林西；再见，蕾娜托！

　　这是真正的艺术品。是自设的新格律诗，虽然并不严押尾韵。三声蕾娜托，颇有三峡哀猿神韵。这位出现在阳光和雾雨的柏林西的混血的吉他女郎，这册让老威廉教堂失色的由母亲遗下的旗袍将"凄绝"裹成的"线装书"，将在空阔而绵长的诗美时空里辛酸而美丽。这是中西合璧现代而古典的胜利。

　　舒婷的诗探索是开阔而多面的。她有电视诗《银河十二夜》，更有长诗《会唱歌的鸢尾花》。这16章的长诗也是诗人自画像。她在《自画像》中说："她是他的小阴谋家。／／祈求回答，她一言不发，／需要沉默时她却笑呀闹呀／叫人头眩目花。／她破坏平衡，／她轻视概念，／她象任性的小林妖，／以怪诞的舞步绕着他。"如此再三变奏，是给深爱着的"他"的轻俏顽皮的自画像。但这首长诗却是献给"妈妈"且隐含着母国的已然而誓愿的自画像："在你的胸前／我已变成会唱歌的鸢尾花"。长诗中有成长的生活情景，也有衷心的愿望，如"我情感的三角梅啊／你宁可生生灭灭／回到你风风雨雨的山坡／不要在花瓶上摇曳"等等。更有"把我叫做你的'桦树苗儿'／你的'蔚蓝的小星星'吧，妈妈／如果子弹飞来／就先把我打中／我微笑着，眼睛分外清明地／从母亲的肩头慢慢滑下／不要哭泣了，红花草／血，在你的浪尖上燃烧"。而铿锵的结末："你的位置／在那旗帜下／理想使痛苦光辉／这是我嘱托橄榄树／留给你的／最后一句话／／和鸽子一起来找我吧／在早晨来找我／你会从人们的爱情里找到我／找到你的／会唱歌的鸢尾花"。

也许这朵佩戴在多难而强韧的健步向前的祖国母亲胸前的会唱歌的鸢尾花，会用另一种样式唱歌，但这已经回荡在大地与长空的美妙歌声，必将长久地在更大的时空荡气回肠。

151. 昌耀 海子

高迥岩原：昌耀（1936—2000）

在百年中国新诗史上，昌耀是冰封的高迥岩原，一个突兀涩硬苍凉的巨大存在。命运之于昌耀，是沉重甚至残酷的打击，也是宽厚乃至格外优宠的玉成。桃源乡间草根坷垃的"湖南伢子"，战火煅烧的伤残者，崭露头角的诗歌新苗，慷慨赴边的建设者，化铁炉前"有文化的犯人"，实实在在的荒原上被流放的"野人"，举国瞩目的"青海诗人"，自觉或被迫的百变金刚。在这苦难剧变中的昌耀，唯韧性坚持开拓诗歌天赋与八方汲取思与诗的文化素养，锻造恢宏刚健的诗人气质不变。昌耀凭气质写诗。他的诗是他的气质、诗美创造个性和艺术精神的自画像。其核心是深入人性底蕴的一种旷漠、冷硬、雄强、苦涩、神秘的悲剧精神。对人生和人性的追问与沉思，深感其宿命之悲凉，而又执着奋进，正是昌耀诗的总主题。

昌耀的诗创作，始于1953年，他17岁时的少年时光；至2000年3月病榻前的《十一支红玫瑰》，跨越了近半个世纪。若从个人生命处境和精神行程来考察，可分为四个区段：1955—1957年，初到青海的高原风情写生；1959—1967年，荒原流放中心灵的磷火流萤；1978—1986年，复出之后的心灵史记与高原形体造型；1986—2000年，常态生存中的百年焦虑与灵魂烘烤。[23] 但若就其诗美时空建构方式的主要特征而言，则可将其全部诗创造划分成实像、超像、抽象三个阶段。大体上先以 1985 年 8 月为界，《人群站立》以前为实象阶段；《钢琴与乐队》开始超像阶段，至 1988 年 11 月又划一界，而《燔祭》与《内陆高迥》则开始了抽象阶段。

在实象阶段，昌耀的诗美时空建构方式，大体上是由于某种客观事物的激刺，情动于衷，以诗美意象妙肖于实境地构建某种比较确定的情感意蕴。比如《在地铁》：

> 在底层。／在被人生顽强掘进的最底层／是三千万年冲击扇之惰性淤积，／是八百岁皇城风水之所在。／铁的十字镐难得支起了这处光明的港口。／／怀着开拓最初于深井屈曲掘进的记忆，／希望的潜艇才这样一路雷霆／呼叫着新的地平线？

诗的所有意象几乎都有两个层面，显露的是现实描摹层面，隐含的是隐喻象征层面。其蕴涵直指历史与现实的交会，张扬开拓者的奋进及其光明企望。昌耀在这实象阶段即已佳作如林。诸如《鹰·雪·牧人》《边城》《高车》《踏着蚀洞斑驳的岩原》《水手长——渡船——我们》《这虔诚的红衣僧人》《给我如水的丝竹》《黑河》《红叶》《美人》《楼梯》《题古陶》《伞之忆》《长沙》《丹噶尔》《关于云雀》《建筑》《鹿的角枝》《在山谷：乡途》《在敦煌名胜地听驼铃寻唐梦》《母亲的鹰》《浇花女孩》《驿途：落日在望》《背水女》《天籁》《放牧的多罗姆女神》《边关：24 部灯》《人物习作》《圣祭》《她站在剧院临街的前庭》《寻找黄河正源卡日曲：铜色河》《巨灵》《即景：五路口》《夷〈东方人〉》《某夜唐城》《午间热风》等等，尤其是脍炙人口的《日出》《风景：涉水者》《戈壁纪事》与《斯人》等杰作。更有长诗《大山的囚徒》《慈航》与《雪。土伯特女人和她的男人及三个孩子之歌》等。特别是后二首，皆为杰作，且各有千秋。

在超像阶段，昌耀的诗美时空建构方式向虚幻结构倾斜，其蕴涵的不确定性显增。比如《黑色灯盏》：

> 黑色灯盏：草原神柱过目不忘的图腾乌鸦，/它们不啼不惊不食不眠也不飞翔，冷焰袭人。/那时边草深茂，黑帐虚掩，有不言的威慑。/异乡客沿山路趑行，渴望奇迹。/时光难再。/季节河上，缥缈天宇，鸟儿们失去身子，/无眼的眼珠悬为不腐的星辰，/过来人望见森严中脉脉含情。/时光难再。

此诗显出如下特点：一、有超现实景象；二、意象群体之间的跳跃性大，全诗难以组成完整画面；三、有时空交错的虚幻性和神秘性；四、情感意蕴因意象多维投射的不确定性而走向宏深、奇幻，更引向人生的哲理沉思；五、全诗因情景虚实浮动奇丽而余韵永长。这也是昌耀诗在超象阶段的总体特征。这个阶段同样有不少特有价值的好诗。诸如《悬棺与随想》《谐谑曲：雪景下的变形》《晚钟》《空城堡》《巴比伦空中花园遗事》《晴日》《穿牛仔裤的男子》《人间》《两个雪山人》《司命》《太阳人的寻找》《刹那》《灵霄》《冷色调的有小酒店的风景》《长篇小说》《周末嚣闹的都市与波斯菊与女孩》《造就的时代》《猿啼》《冷太阳》《达坂雪霁远眺》《淡淡的河》等，而以《一百头雄牛》《稚嫩之为声息》与《热苞谷》尤为杰出。又有长诗《听候召唤：赶路》。

在抽象阶段，昌耀诗歌又显另一些特征：一、诗美创造的动因，大多在于饱和情绪的抽象意念；二、诗中亦有描摹、明喻、隐喻、象征、暗示等各类意象，但其主体为超越具体小象的大象，无象之象，或概括性的抽象语词；三、虽不排斥某种实景再现或幻景虚构，但叙述与论述的比重颇大，且成为诗美时空建构的主要脉络；四、往往出现某些生动细节与哲理性抽象论断的暴力式衔接，更加突出即小见大虚实相生；五、其中蕴涵并不单一，亦颇难确定，但显然深入生命本体的底蕴，其涵盖时空愈见深广。在这个创作阶段，昌耀的创作心态更豁达自由了，昌耀更显其之所以为昌耀。其佳作杰构迭出更为常事。开首《燔祭》便洋洋一百多行，分《1. 空位的悲哀》《2. 孤愤》《3. 光明殿》《4. 罡的结构》《5. 京都前门·狮面人》与《6. 箫》六章。题辞引曹植《野田黄雀行》"高树多悲风，海水扬其波"，颇能标其恢宏悲凉之神韵。紧接的《内陆高迥》《受孕的鸟卵》《恓惶》《元宵》《听到响板》皆为杰构，而《一只鸽子》：

> 一只鸽子惦记着另一只鸽子。／旷野有一只鸽子如一本受伤的书，／洁白的羽毛洁如书页从此被风翻阅，／浩如一炉纯净的火。／而它安详的双眼为阴翳完全蒙蔽。／太阳黯淡了。有一只鸽子还在惦记着／另一只鸽子。在不醒的梦里／旷野有一只鸽子惦记着另一只小白鸽。

化平常为奇丽，蕴深味于平淡，于不经意中见功力。《哈拉库图》又是150 行长诗。开首"城堡，宿命永恒不变的感伤主题／光荣的面具已随武士的呐喊西沉，／如同蜂蜡般炫目，而终软化，粉尘一般流失。"即为全诗定调。结尾"他为眼前这一发现而震悚觉心力衰竭顿生／恐惧，他不解哈拉库图的译意何以是黑喇嘛？／历史啊总也意味着一部不无谐戏的英雄剧？"留下不胜慨叹。接下的好诗不胜枚举，而以《紫金冠》《象界（之一）》《鸷》《苹果树》《处子》《盘庚》《俯首苍茫》与《降雪·孕雪》为最。

然而，昌耀洋洋 150 万字的诗歌文本，是完整的生气勃勃的有机体。他的诗格外彰显自我，俨然个人精神传记；又四放溢出，善于向历史、山河、人民乃至众生平等的人类张扬与超越。他的诗力求融合表现美于内涵美，美言与精言、骨骼血肉的具体与灵魂气韵的抽象，极有个性与创造力地体现了意象艺术与抽象艺术与叙述艺术的三位一体，独特雄丽，苍凉大气。倘若要在百年新诗二十家中遴选"四鼎甲"，我便斗胆推举：郭沫若、艾青、穆旦与昌耀。

太阳王子：海子（1964—1989）

海子是中国新诗"无论他完成与否他都完成了"的天才，[24] 一个仅 7 年诗龄 25 岁年龄的青春生命闪光夭亡的不朽诗人。他的诗是真正由生命钢水浇铸而成的。7 年灼热青春竟铸成近 80 万字诗文本，谁不叹为观止？

就诗作的篇幅而言，海子的短诗与长诗几乎平分秋色，但以流传广阔来说，当然以短诗为远胜。短诗中尤以《面朝大海，春暖花开》为最。开头二节："从明天起，做一个幸福的人 / 喂马，劈柴，周游世界 / 从明天起，关心粮食和蔬菜 / 我有一所房子，面朝大海，春暖花开 // 从明天起，和每一个亲人通信 / 告诉他们我的幸福 / 那幸福的闪电告诉我的 / 我将告诉每一个人。"晒出了自己平和良善知足的幸福观，末节云："给每一条河每一座山取一个温暖的名字 / 陌生人，我也为你祝福 / 愿你有一个灿烂的前程 / 愿你有情人终成眷属 / 愿你在尘世获得幸福 / 我只愿面朝大海，春暖花开"。为陌生的世人送祝人人向往的三愿。这首后朦胧诗的路子属于现代浪漫主义，是海子诗歌的基调。但他更出色的佳作，则在这种透明纯粹的境界中，天才地介入迷醉与沉默，且诗美与语言美相互激荡而交融。比如《自画像》：

> 镜子是摆在桌上的 / 一只碗 / 我的脸 / 是碗中的土豆 / 嘿，
> 从地里长出了 / 这些温暖的骨头

所有的意象都极为平常，但意象间的隐喻关系的特异，则为诗人的发现与创造。而《打钟》则有超现实的童话的韵味：

> 打钟的声音里皇帝在恋爱 / 一枝火焰里 / 皇帝在恋爱 //
> 恋爱，印满了红铜兵器的 / 神秘山谷 / 又有大鸟扑钟 / 三丈三
> 尺翅膀 / 三丈三尺火焰 // 打钟的声音里皇帝在恋爱 / 打钟的
> 黄脸汉子 / 吐了一口鲜血 / 打钟，打钟 / 一只神秘生物 / 头举
> 黄金王冠 / 走于大野中央 // "我是你爱人 / 我是你敌人的女
> 儿 / 我是义军的女首领 / 对着铜镜 / 反复梦见火焰" // 钟声就
> 是这枝火焰 / 在众人的包围中 / 苦心的皇帝在恋爱

此诗在大鸟扑钟、打钟的声音，火焰与皇帝恋爱之间建立了对等互喻的诗性关系，又将皇帝的恋爱对象设定为敌人的女儿与义军的女首领，于是诗的意和味便似钟声似火焰似梦幻般激荡回响，且可作所指的多方投射，就有了诗的莫名其妙之妙。超现实的《坛子》，依靠子宫与坛子这个中心喻象生发出去，便成一首圆盈而奇丽的好诗。广泛传诵的《麦地》亦颇有一些寻常而又不寻常的东西，比如"月亮下／有十二只鸟／飞过麦田／有的衔起一颗麦子／有的则迎风起舞，矢口否认"；比如"我们是麦地的心上人／收麦这天我和仇人／握手言和／我们一起干完活／合上眼睛，命中注定的一切／此刻我们心满意足地接受"；再比如"就让我这样把你们包括进来吧／让我这样说／月亮并不忧伤／月亮下／一共有两个人／穷人和富人／纽约和耶路撒冷／还有我／我们三个人／一同梦到了城市外面的麦地／白杨树围住的／健康的麦地／健康的麦子／养我性命的麦子！"为什么说这些，为什么这样说，追究下去都有点说不清道不明。全诗 12 节，就这样排列起来成一道意识流。

海子有一些不大为人注意的短诗，其实很精警很出彩。比如《粮食》：

> 埋着猎人的山冈／是猎人生前唯一的粮食／／粮食／是图画中的妻子／／西边山上／九只母狼／东边山上／一轮月亮／／反复抱过的妻子是枪／枪是沉睡爱情的村庄

前二节，将山冈喻为猎人的粮食和妻子，既实在，又异想天开。第三节荡开，山冈的呈现。末节说到枪，喻为妻子和沉睡爱情的村庄。海子的诗思，深细精微，跳跃飘荡。又如《西藏》：

> 西藏，一块孤独的石头坐满整个天空／没有任何夜晚能使我沉睡／没有任何黎明能使我醒来／／一块孤独的石头坐满整个天空／他说：在这一千年里我只热爱我自己／／一块孤独

的石头坐满整个天空 / 没有任何泪水使我变成花朵 / 没有任何
国王使我成为王座

　　第一句极精警，将顶天高原的神魂凸显出来了，又说得如此隐晦。
因此用作三节诗的三个首句。三节诗都以不同的方式说明西藏的孤独
与高傲。而在此背后有一副隐约的诗人自画像。再看《桃花》：

曙光中黄金的车子上 / 血红的，爆炸裂开的 / 太阳私生的
女儿 / 在迟钝的流着血 / 像一个起义集团内部 / 草原卜野蛮荒
凉的弯刀

世界上有这样写盛开的桃花的吗？唯有海子。上四句是一组隐喻意象
组合，下二句是又一组隐喻意象组合，两组意象间则是明喻关系。全
诗是一个复杂的意象关系组合，然后总体投射到标题桃花。是一种独
创的写法，要慢慢地才能品出诗味来。再举一首《献诗》：

黑夜降临，火回到一万年前的火 / 来自秘密传递的火，
他又是在白白地燃烧 / 火回到火　黑夜回到黑夜　永恒回到永
恒 / 黑夜从大地上升起　遮住了天空

简直是在说胡话，这胡话所成的诗是献给谁的呢？请注意写作的年代。
这短诗是诗人无声的抽泣。老实说，这些不大为人关注的胡话似的超
短诗，才是海子的不朽精品。
　　海子有十来首组诗。有些是短诗的集合。比如《燕子和蛇》。内中
有《1. 离合》《2. 三位姑娘——写给莱蒙托夫的不幸爱情》《3. 包谷地》
《4. 母亲的姻缘》《5. 手》《6. 鱼》。各各可独立成短诗，合则成一有机
组诗。《离合》说："美丽在春天 / 疼成草叶 // 一种三节的草 / 爱你成
病 // 美丽在天上 / 鸟是拖鞋 // 长草的拖鞋 / 嘴埋在水里 // 美丽在水
里 / 鱼是草的棺材 // 一种草 / 一种心尖上的草 // 美丽在草原上 / 枕

着鹿头"。几乎每节皆可相对独立,其比喻尤其用字,皆为绝妙。有些是准长诗。比如《早祷与枭》。共11章,早祷与枭这个中心意象贯串始终,开首第1章:"早祷时刻／请你接住我,枭／用胸脯接住我／你要忍痛带走我／我是赠给你的爱情／我是赠给你的子弹"。独特的爱情表白。第2章说爱情是水,是船,带水的骆驼,会给"死在沙漠的枭"以复活。第3、4、5、6、7章,说到船,"装满了新娘","月亮被枭泪洗过又洗",而"死后／几只枭／分吃了你","所有的小蜻蜓／都找不到你的坟墓",因为"太阳太远了／否则我要埋在那里"。第8、9、10章,都说到早祷与枭。结末之章:"早祷时刻／七个未婚的老头／躺在床上／眉毛挂霜地／梦到了枭"。成一出爱与死的离奇悲剧。全诗80余行连贯而完整,确为一首出色的准长诗。

长诗是海子一生最钟情最雄心的诗美创造追求,可惜留下的大量长诗多未打造完整。全集中存有长诗:《河流》《传说——献给中国大地上为史诗而努力的人们》《但是水、水》,写于1984—1985年,在第二编,已相对完成;写于1986—1988年的第四编,总称《太阳,七部书》。是古今汉诗空前的长篇。其中有:《太阳,断头篇》,是三幕剧诗,未完成;《太阳,土地篇》,从1月到12月共12章,已完整;《太阳,大扎撒》,是残稿;《太阳,你是父亲的好女儿》计划写一部长篇小说,名为《大草原》三部曲,只写成这一篇;《太阳,弑》,三幕三十场剧诗,已完整;《太阳,诗剧》,只选编其中一篇;《太阳,弥赛亚》,也是残篇。从《太阳,七部书》整体来说,更是远未打造完整,是伟大的流产。但是,这毕竟是百年新诗史上巨大的陨石,它在呼唤着歌德型的新海子。而且,在这些未完成的诗文本上,到处珠玉,琳琅满目。例如在《太阳,大扎撒》残稿的《抒情诗》中其五云:

　　夜黑漆漆。有水的村子／鸟叫不定、浅沙下荸荠／那果实在地下长大像哑子叫门／鱼群悄悄潜行如同在一个做梦少女怀中／那时刻有位母亲昙花一现／鸟叫不定,仿佛村子如一颗小鸟的嘴唇／鸟叫不定,小鸟没有嘴唇／你是夜晚的一部

分 谁都是黑夜的母亲 / 那夜晚在门前长大像哑子叫门

独立出来何尝不是一首好的抒情诗？海子大量未完成长诗自有其诗学文本的宝贵价值。海子的夭亡是生命的痛惜，也是诗的玉成。

152.杨炼 欧阳江河

饕餮之问：杨炼（1955—）

　　北极星嵌在额头正中 / 幽蓝 晶亮 瞳如冰 / 毁了一切 被烹煮的少女 / 孤零零怀抱着一切？ / 逃出安阳 逃进殷之夜 / 没别的光除了这目光 / 奢华磨洗一把大钺 / 粉嫩的残肢吻落在哪儿？ // 千百年 抬头 / 我们就在陷落 水切齿 / 总在下面 少女坍塌为哗哗声 / 攫 或者嚼？ // 千百个字再分裂还是 / 唯一那个 一笔写尽流淌的 / 烹煮一万次 肉仍浸着忧伤 / 醒来 攫 恰是嚼？ // 这张脸比不在更无情地 / 存在 这种无力 / 盯着谁就把谁凿穿成隘口 / 磨啊 什么美不是血淋淋的？ // 浅浅的青铜上浮雕着 / 我们浅浅的漂浮 瞳之轴 / 冷冷一问又把天空变小？ / 命名之黑里多少不升不降的太阳？ // 少女婀娜自殷之夜 / 荡回 一缕香捻熄了灯火吗？ / 人面兽面都温驯依偎进了轻烟吗？ / 什么也不说的语言 已完成了祭祀吗？

这首用来命名杨炼新出诗集的《饕餮之问》，最能代表杨炼诗的主题及风格。神兽饕餮，古代钟鼎彝器上多其头形，又成图案化的兽面。这首《饕餮之问》是借商汤革夏桀命的史实而作现代人的慨叹，尤针对妺喜之死。诗中一连写了十个问号，着重在末节。也许使"人面兽面都温驯依偎进了轻烟"的用于祭祀的"不说的语言"正是真诗好诗大诗的魂魄。诗中思与诗有极好的融合，警句迭出，诸如"千百年 抬头 我们就在陷落"，"烹煮一万次 肉仍浸着忧伤醒来 攫 恰是嚼？"，"这张脸比不在更无情地存在"，"磨啊 什么美不是血淋淋的？"等等，往往因吊诡而更深刻，更具青铜的光泽。

《纣王的腰坑》是其姐妹篇。开头便说：

> 妇好身下那摊经血 殷红了三千年／再殷红三千年 才抵上妲己的一瞥／来 斟酒 玄鸟振翅于俯瞰的玉碗／美哉着火的雪腕 袍襟绣满蝴蝶／一只漏斗静静漏下 一座倒置的鹿台

随后是如此两个两节的演进，达致妲己"回眸 一瞥盈漾生命／一只漏斗静静漏下／一 天地相视而笑"。揭示历史中永恒的东西，且深度现实。杨炼也有直面现实的诗。如《血与煤》：

> 一只肮脏的桶搅着绝对的硬度／一滴血 粘着你的名字抽出／就在坠入 粘稠得不分姓名的毒／一根膻腥隧道的针 扎进深处／／灌满针管的 叫血或煤有什么关系／一只钙化坏死的肺按住呼吸／某人又兑换成艳红黝黑的污泥／某个二十一世纪 流通一场活祭／你爬不出血分子霉烂发烧的洞／胸骨的支架折断时你的矿坑／从埋葬塌到遗忘 锁着的地层／锁住用尽稀薄氧气的呼救声／再提前些 皮肤下淤紫的阴间／合成阴间的赝品 桶里一张张脸／只被收购一次 亮出手臂上的针眼／一次 就连死也卖给了谎言

这是一种独特的诗性叙述，以煤矿工人验血为端由，贯串了煤矿工人悲惨生活的全部和命运。其苦难生命的具体景象被打成一些碎片，然后以深沉的追问与慨叹为金丝，纺织拼贴成斑斓的采煤工宿命全图。也是杨炼式的饕餮之问。杨炼在诗美艺术方式上也在锐意多方进取。诸如《䴔䴖十四行》《Fado——海的归来》《双行体（组诗）》，乃至不分行无标点的《不断云石》。

杨炼最拿手而喜用的是组诗。在上世纪《五人诗选》中，就选了

《诺日朗》、《礼魂》选章、《自在者说》选章、《与死亡对称》；在《先锋诗歌》中，选了《无人称的雪》；在2000年的《中国当代名家诗歌经典》中，选了《人与火》的之一与之二；在《饕餮之问》中，自选的组诗代表作除了《诺日朗》与《无人称的雪》之外，有《面具与鳄鱼》《大海停止之处》和《水肯定的》，而在新诗作一辑中，还有《舞，和李白裸泳》《春日的晦涩室内乐（一）》及《（二）》《冰川诗（四首）》《石头摇篮颂诗（十首）》《抵达》《超前研究》《挽诗》等，都可算作组诗。杨炼是以擅长组诗称著的新诗大家。

《诺日朗》确是杨炼的成名作与代表作，也是中国新诗的组诗杰作。全诗五章：《一 日潮》《二 黄金树》《三 血祭》《四 偈子》《五 午夜的庆典》。实质上是五场剧诗。《日潮》可为歌队合唱，是诺日朗的总体呈现与绍介："哦，光，神圣的红釉，火的崇拜的舞蹈／洗涤呻吟的温柔，赋予苍穹一个破碎陶罐的宁静／你们终于被如此巨大的一瞬震撼了么／——太阳等着，为陨落的劫难，欢喜若狂"。《黄金树》是高吭独唱："我是瀑布的神，我是雪山的神／高大、雄健、主宰新月／成为所有江河的唯一首领"云云。《血祭》可以合唱与独唱交织轮替。《偈子》由一人朗诵："为期待而绝望／为绝望而期待／绝望是最完美的期待／／期待是最漫长的绝望／期待不一定开始／绝望也未必结束／／或许召唤只有一声——／最嘹亮的，恰恰是寂静"。深邃朗旷的哲理，胜过一些佛家大德。《午夜的庆典》采用四川民歌中"丧歌"仪式，其《开路歌》《穿花》《煞鼓》三小段标题即来自原题，可用合唱形式。若有人将《诺日朗》配以歌舞，则是风光舞台的极好歌舞诗剧。说到底，《诺日朗》是一首有机完整如长诗的组诗，雄健、严峻、灼炽而不失静冷沉思。

《水肯定的》是杨炼最长的组诗新作。共25首，是开放式的拼贴。其中三、六、七、十、十一、十二、十六、十七、十八、二十一、二十二、二十三、二十四、二十五为《离题诗》，计14首，占一大半。不离题的《一》开头：

肯定　风也在沿着自己离去

遗传　姓氏里一片波光粼粼

秋天带着散步的人　慢跑的人

和十一月挂满树梢的铁铃

绕过街角　温暖

　　　　如别处的秋天

过去的所有形式舔向一道金黄的边缘

中间是或一行或三五行的九节，然后是结末：

体内推移的岸　暴露一刹那

就搁在厨房窗台上　肯定

窗外有疯子佝偻着　有颗头哐哐冲撞

芦花四散　河一缕缕撕成絮状

他心里的盐认出了此地

11 首不离题的诗都在写"四十七岁"的"他"的各种生活场境遭遇与慨叹。到处是"肯定沿着他的下午／漆黑的柏油路在沉思这座房子／一只鸟头烂出了骷髅"，"两部书相距千年　他穿行／于一个裹在羽毛里的季节／另一个自己中另一场梦呓"，"在哈克尼　河流是一位隐身的神／深秋涨水才看得见　街道下面／冰川在凹槽里继续磨着／木版《水经注》俯向漂泊的涵义／此日独一无二的在／／沁着光／被一只水鸟的翻飞一一穿透／／乔治亚　维多利亚　爱德华　伊丽莎白"，"她任我们喝醉了潜入一道雪白的折痕／夕阳在未成废墟的墙外落下／棕榈涮洗一只摘掉的眼珠时／绿意　像孔雀进驻的蓝又冷又亮"，"时间的秘密是这空间／得守着肉体再添一点儿重／对称的美学　对称于皮肤下溃散的／一微秒"云云，现实的与超现实的种种景象，轮替、融合、交织、演绎，顺着沉思的意识流动前行，是"他"即"我"的某种自画像。而《无题诗》构成了大组诗的复调写作。14首《离题诗》中，有《墓园》，为黑龙江知青墓地而作；有《又十年了，哈德逊河》；有《信》，"父亲的信"，末节云："你给的舌尖 舔 就取消 / 母亲死的咸味 死 堆垒生的一半 / 爸 这遂道没有导游 你最棒的逍遥 / 是粘紧信封 让嗓音静谧如蚕 / 织一夜丝光闪闪的茧子——'一切 安好'"；有三首《慢板》：《莱比锡，秋天》《本地墓园，夏天》《火车上，春天》，是组诗中的组诗；有赠人的：《湖——赠 D.M.》《玫瑰——赠友人》《洪荒时代——赠张枣》，计三首；有写"他"的：《某一个他：水是无色的》《另一个他：绿琥珀》《某一个他：沿着自己离去》《另一个他：水中》《某一个他：傍晚的某座庭院》，计五首。这些《离题诗》与不离题诗，都是分可自立，合即成小、中、大组。且看《离题诗》中的《洪荒时代——赠张枣》：

> 空旷的水银色连成一片 侵蚀到眼里 / 湖畔青苔累累的木桌上摆着 / 我们的孤独 押着雪的韵脚 / 一万张鸟嘴重复一种白 / 时间平铺直叙 像野餐结束不了 / 我们坐着 也指爪碧绿 / 抠入死寂就成为死寂明月的一部分 / 写得好 就写至阴暗生命的报复 // 有鹤的家风 就出一张鱼的牌吧 / 水原地转身捻着石质的小骨头 / 不转 一半倒进湖中的大树同时有四季 / 蜗牛被发霉的听觉牵着爬 爬 // 星空的小巷有道木头跳板 / 船却烂了 帆紧紧卷起像从未发明过 / 我们形同受苦 被再次发明一次 / 甩掉人类 关进自己的光兴高采烈

人的本质是关系，人与人互为镜子。凡赠人一半是自赠。这是一位杰出诗人对另一位关于诗与人生的深叹。通观大组诗《水是肯定的》的强烈印象是杨炼这位百年新诗大家仍在气势恢宏地精进不已。

智慧之舞：欧阳江河（1956—）

> 智慧就是新旧之间孤零零的求偶／相反，对立，不可能
> 的可能／灵肉两败俱伤。落泪之初／一场大雪使闪光的泪水变
> 得无关紧要／／但谁是那狂想和辞藻的主人／用火焰说话，用
> 郁金香涂抹嘴唇／躯体的求偶，文体的称寡／拥有财富却两手
> 空空／背负地狱却在天堂里行走／他突然的死去是整个世界的
> 死去／而我们为谁活着，谁又为我们活着

这是欧阳江河《智慧的骷髅之舞》中的一截。而在《公开的独白——悼念埃兹拉·庞德》中则说：

> 你们看见的每一只飞鸟都是我的灵魂。／我布下的阴影比
> 一切光明更肯定。／我真正的葬身之地是在书卷，／在那儿，
> 你们的名字如同多余的字母，／被轻轻抹去。／所有的眼睛只
> 为一瞥而睁开，／没有我的歌，你们不会有嘴唇。／而你们传
> 唱并将继续传唱的／只是无边的寂静，不是歌。

如果将这两段诗合起来读作欧阳江河的自白或自传，恐怕不会离题万里吧？早在 1987 年，欧阳江河就在唐晓渡、王家新编选的《中国当代实验诗选》中宣言：“诗是一种奇怪的自悖现象：它是完美的生命形态，同时占有死亡的高度；它是帮助人类认识和体验真理的出自灵感的谎言；它是驱除死亡、灾难和魔鬼的持久努力，同时是这种努力的永恒的未遂。水是用来解渴的，火是用来驱寒的——这些都与诗无关；要进入诗就必须进入水自身的渴意和火自身的寒冷。至于诗人，我认为除了伟大他别无选择。”当时他刚 30 岁，口气是够大的了。不过，他已有了《天鹅之死》《阳光中的苹果树》《手枪》《肖斯塔科维奇：等待枪杀》《公开的独白》与《汉英之间》等名作；尤其是《玻璃工厂》，堪称百年新诗的杰作。他的诗歌写作已呈现“强阔思辨上的奇崛复杂

及语言上的异质混成，强调个人经验与公共现实的深度混成"[25]的显著特色。便如较短的《蛇》：

> 肉体即环绕。/ 冬眠之后，风景更痛了。/ 在痛中，蛇是最微弱的。/ 火焰的舌头，水的腰。/ 首尾之间，腰在延长。/ 所有的词语中，一个词在延长，/ 在耽误，引伸，蠕动。/ 所有的苹果中的一个苹果。/ 天堂即悬挂，/ 腰的诱惑弱于水。/ 词根的蛇，众词之词，纸的挪动。/ 掌上无水，水下无脚，/ 匆匆行走连脚也多余。/ 春天沿着腹部的闪电到来，/ 伸展在委屈里，/ 缠绵于得体的空虚。/ 禁止的苹果被手环绕，/ 语言被舌头，爱情被腰。/ 首尾衔接的时间。软组织长出了硬骨头，/ 怕痛的人，终不免一痛。/ 来自蛇尾的头颅，无一不是老虎。

这样写蛇，诚属独创。也有文化和语言上的背景，如《圣经》故事及成语"虎头蛇尾"等。当然更有生物学上现实的蛇的形态与性状。而在这一切的背后，则是人性与人生。但能将这一切协同交织运用起来的，是诗人的聪明智慧与语言功力。"肉体即环绕"，简洁，精准，重音。"火焰的舌头，水的腰"，舞蹈的生动，悠远的深意。全诗即在"腰"上大做文章，而且连珠妙语不穷。若能深思，此蛇即为或一种人的原形与某些社会现实的本身。

1993 年，欧阳江河写了一篇长文认为，"1989 年是个非常特殊的年代，属于那种加了着重号的、可以从事实和时间中脱离出来单独存在的象征性时间"。[26]此后的诗歌写作将显出"某种深刻的转变"，即具有中年特征、本土气质与知识分子身份"三条大致清晰、前后贯串的线索"[27]。在这三条线索中，本土气质的加重的确涵盖了整个诗歌界，中年特征只属于朦胧诗与后朦胧诗群体，而知识分子身份则只为这个群体的一大部分所认同，尚有不小的一部分则标榜民间或草根写作。只有对于欧阳江河本人及其同道者则以三者合一为前行方向。欧阳江河的诗歌在 1990 年代以后有着明显的变化。

先看写于 1990 年 9 月的短诗《寂静》：

> 站在冬天的橡树下我停止了歌唱／橡树遮蔽的天空像一
> 夜大雪骤然落下／下了一夜的雪在早晨停住／曾经歌唱过的黑
> 马没有归来／黑马的眼睛一片漆黑／黑马眼里的空旷草原积满
> 泪水／岁月在其中黑到了尽头／狂风把黑马吹到天上／狂风把
> 白骨吹进果实／狂风中的橡树就要被连根拔起

第一行我的境况是寂且静的，且是此刻的现实。第二行上半也是现实
且寂静的，下半用"像"字的明喻就虚化起来了。第三行却将比喻化
作实境，点明"早晨停住"，把"夜"也坐实了。虚虚实实是诗人的狡
黠，诗味便出来了。这三行是诗的上半，算是背景。下半以黑马为主
角，第五行用"歌唱"与第一行连接起来。这"黑马"是否即是"我"
呢？也许。用"没有归来"并非截然的否定。第五行凸显"黑"字。
第六行黑到了"眼"里。第七、八行从"黑"延伸。第八、九、十行
用"狂风联结"。这后半似乎全部是生动的实景，其实这"曾经歌唱过
的黑马"一直"没有归来"，所有的眼睛、草原、泪水、岁月、狂风、
白骨、果实云云，一概都会是"我"想象中的子虚乌有。真有的不过
是诗人外表木立中"寂静"不下来的心境，以及似实而虚的韵味隽永
的诗境。这也是中年特征的一首佳作吧。

写于 1993 年 2 月的 120 行长诗《关于市场经济的虚构之笔》，第
1 章说：

> 从任何变化比它自身更小的窗户／都能看到这个国家，
> 车站后面还是车站。／你的眼睛后面隐藏着一双快速移动的／
> 摄影机的眼睛，喉咙里有一个带旋钮的／通向高压电流的喉
> 咙：录下来的声音／像剪刀下的卡通动作临时凑在一起／构成
> 了我们这个时代的视觉特征／一列蒸汽火车驶离装饰过的现
> 实，一个口号／使庞大的重工业变得轻浮。在口号反面的／广

告节目里，政治家走向沿街叫卖的 / 银行家的封面肖像，手
中的望远镜 / 颠倒过来。他看到的是更为遥远的公众。

虚虚实实、吊诡反讽，是机智的欧阳江河的拿手。标题中将当前初起
的"市场经济"与"虚构笔记"放在一起，便有一种时髦的张力平衡。
这开首 12 行的第 1 章可以独立成诗。而全诗 10 章每章一概 12 行。第
2 章开头"银行家会不会举手反对省吃俭用的 / 计划经济的政治美德？"
云云，是对上章末尾的顶针。随后便在一些字词的关联顶针与意识随
机流动，流成了 2、3 两章，中间自然地流出了"花光了挣来的钱，/
就花欠下的。如果你把已经花掉的钱 / 再花一遍，就会变得比存进银
行更多，/ 也更可靠。但是无论你挣多少钱，/ 数过一遍就变成了假的。
一切都在增长 / 和变化"，"你将眼看着身体里长出一个老人，/ 与感
官的玫瑰重合，像什么 / 就曾经是什么。机器时代的成长 / 总是在一
秒钟的晕眩里嫌一生太漫长"，"想要在年轻时 / 挥霍老年的巨大财富，
必须借助虚无的力量 / 成为自己身上的死者"等似荒诞而极真实的诗
句。第 4、5、6、7、8 章便借此风格前行，怪而佳的诗句迭出。第 9
章说：

> 起伏的蛇腰穿过两端，其长度 / 可以任意延长，只要事
> 物的短暂性 / 还在起作用。犯人在被抓住之后 / 才有面孔，然
> 而本来就不那么肯定的证据 / 否定不了什么，也不可能被否
> 定。/ 辩护词是从另一桩案子摘抄下来的，/ 其要点写进了教
> 科书。从前的进修生 / 摇身变成法官，他的外省口音 / 听上去
> 带有大蒜发芽的味道，使两个 / 彼此接近的事实变得必须单
> 独面对。/ 法律从嗓子沙哑的遗产纠纷中取消了 / 抑扬格，把
> 它转变成一道空想的象棋难题。

第 10 章又以"火车 / 就要进站了"照应 1 章开头，成一蛇环。而
长诗即以"河流总是在远方。大地上的列车 / 按照正确的时间法则行

驶，不带抒情成分。／你知道自己不是新一代人。忘记我在这里"作结。此诗对于欧阳江河乃至中国新诗都是在意义与艺术上的崭新杰作。

真正的大艺术家大诗人都有不断求变精进不已的特点，欧阳江河亦在力求如此。在1993年至今，他更加各式佳作如林，诸如《雪》《时装街》《泰姬陵王泪》《在VERMONT过53岁生日》《梦见老虎》《在永嘉，与谢灵运相遇》《凤凰》《黄山谷的豹》《苏堤春晓》等等。而写于2012年12月的《暗想薇依》结末，出此铿然一问：

> 这依稀，这弃绝，不过是圆桌骑士／递到核武器手上的
> 一只圣杯，／一失手摔得碎骨。／众神渴了，凡人拿什么饮
> 水？／二战后，神看上去像个会计，／但金钱并没有让一切变
> 得更好。／账户是空的，贼也两手空空。／即使人神共怒也轮
> 不到你／替她挨这必死的一刀。／词的一刀，比铁还砍得深，／
> 因为问斩的泪哗哗在流，／忍不住也得强忍。／而问道的手谕，
> 把苍天在上／倒扣过来，变为存在的底部。／薇依是存在本身，
> 我们不是。／斯人一道冷目光斜看过来，／在命抵命的基石之
> 上，／还有什么是端正的，立命的？

近年来欧阳江河又有些认同"晚期风格"。萨义德强调"只有在艺术没有了现实而放弃自身权利的情况下出现的东西，才属于晚期风格"。[28]而欧阳江河则认为自己"中断的，带有那种碎片的，乖戾的、紧张的、不妥协的、枯燥的，甚至有一定说教色彩的东西，是老年人的抑郁、不舒服的那种东西。但是它高度进入到了专业意义上的那种极致了，那就是纯粹专业性的纯粹诗歌的一些东西在里面"。[29]其实，不过是他"中年写作"的诗歌的专业性、纯粹性走向自由散放的更高境界罢了。他写于2014年的《八大山人画鱼》云：

> 鱼，游出鱼的骨头／在阳光的垂直照耀下／／迷幻地待了
> 一小会／然后，游回词的无处安身／／鱼以词的身体，在地上／

活蹦乱跳，它刚刚离水 // 八大山人想吃鱼 / 但山中无鱼，只好画鱼 // 渔夫觉得不像 / 抓了条活鱼放进画里 // 一条真身人画的鱼 / 反而更不像了 / 鱼像了词，像了别的东西 / 不再是它自己 // 在词的身上，鱼不过是 / 词的无处安身 // 彻底安身，也就彻底死了 / 鱼在地上，一动不动 // 谁会是一条真鱼呢？/ 如果它不是 // 八大山人画过的同一条鱼 / 早已被渔夫捕获 // 鱼听从了词的放逐 / 眼睛，在水里中瞪着 // 词没有的东西，物也没有 / 如果有，它会自己现身 // 比如，一只孔雀 / 会慢慢出现在鱼的肺部 // 鱼在纸上游来游去 / 而不是水下 // 孔雀肺一呼一吸 / 直到空气全无 // 文明的幽暗 / 对鱼的孔雀是个诱惑 // 它刚要开展 / 却被浪花溅了一身 // 鱼忘记了八大山人 / 从水的抽象游入博物馆 // 鱼也忘记了渔夫 / 且在阳光中待得太久

几乎通篇是叙述，用的是常见字词的大白话。一口气娓娓道来，夹点议论。似乎是随口漫说，却又饶有风趣。诗有二层含义：一层，称赞在博物馆里看到的八大山人所画的永远活生生的鱼；再一层，探讨诗画的艺术规律，应在词与物、真与假、现实与超现实的水中，鱼一样自由自在地摆尾遨游。这正是欧阳江河所追求的诗的艺术境界。

153. 于坚 西川

述说所见：于坚（1954—）

于坚 1973 年开始写新诗。1980 年考入云南大学中文系，1983 年与同学创办《银杏》文学社，任社刊主编；创作《尚义街六号》。1984 年与韩东、丁当等创办民刊《他们》。次年开始写作《作品某某号》系列。1986 年参加《诗刊》社第六届"青春诗会"。《尚义街六号》等在《诗刊》11 月号发表，名声大著，被论者称为"第三代诗人的主要代表"。第三代或曰后朦胧诗人高喊"pass 北岛"，虽属一时的青春躁动，

但也确有自己诗美创造的路数与风格。《尚义街六号》开头：

> 尚义街六号／法国式的黄房子／老吴的裤子晾在二楼／喊
> 一声 胯下就钻出戴眼镜的脑袋／隔壁的大厕所／天天清早排
> 着长队／我们往往在黄昏光临／打开烟盒 打开嘴巴／打开
> 灯／墙上钉着于坚的画／许多人不以为然／他们只认识梵高／
> 老卡的衬衣揉成一团抹布／我们用它拭手上的果汁／他在翻一
> 本黄书

便这样用大白话将日常琐屑所见，诸如"李勃的拖鞋压着费嘉的皮鞋／
他常常躺在上边／告诉我们应当怎样穿鞋子／怎样小便 怎样洗短裤／
怎样炒白菜 怎样睡觉／等等"，"没有妓女的城市／童男子们老练地谈
着女人／偶尔有裙子们进来，大家就扣好扣子／那年纪我们都渴望钻
进一条裙子／又不肯弯下腰去"云云，啰哩啰唆，一口气述说了92行。
与北岛们高深、奇崛、隐喻、文雅的诗风的确大异其趣。这是一种神似
意识流的生活流，一种貌似漫不经心实则典型化了的富于总体象征的
现实主义，而颇富于语言趣味。其诗美创造效益可能已超过诗人预期。

纵观于坚迄今的诗歌创作，大体上有"作品""事件""人物""杂
见"四个系列；《0档案》与《飞行》两首长诗。《作品1号》始于1983
年，《作品33号》改定已是2002年。这种只编号的无题诗较集中于他
诗创作的初期，写法多样，1982年的《作品19号》写法与《尚义街
六号》一个路子，只是写的是"我"的琐事。1989年的《作品112号》：

> 谁见过那阵风碰落了那么多树叶／谁在晴朗而明亮的下
> 午／看见那么多的叶子／突然落下 全部死去／谁就会不寒而
> 栗／赶紧呼吸阳光

写的是一瞬间的所见所感及其对应。简洁而大气，意外地令人心惊而
思远。

事件系列写了《三乘客》《写作》《铺路》《停电》《挖掘》《结婚》《翘起的地板》与《寻找荒原》等15首，几乎遍及日常生活的各个方面。写于1982年至1999年。《事件：铺路》开头说要把"最后一截坏路""铺平"：

　　这是件好事　按照图纸　工人们开始动手／挥动工具　精确地测量　像铺设一条康庄大道那么认真／大陆高低凸凹　地质状况也不一样／有些地段是玄武岩在防守　有些区域是水在闹事／有一处盘根错节　一棵老树　二百年才撑起这个家族／锄头是个好东西　可以把一切都挖掉弄平／把高弄低下来　把凹填成平的／有些地方　刚好处在图纸想象的尺度／也要挖上几下　弄松　这种平毕竟和设计的平不同／就这样　全面　确保质量的施工／死掉了三十几万只蚂蚁　七十一只老鼠　一条蛇／搬掉了各种硬度的石头　填掉那些口径不一的土洞／把石子　沙　水泥和柏油一一填上／然后　压路机像印刷一张报纸那样　压过去／完工了　这就是道路　黑色的　像玻璃一样的光滑／熟练的工程　从设计到施工　只干了六天

结尾说："这是城市最后一次震耳欲聋的事件　此后／它成为传说　和那些大锤　丁字镐一道生锈／道路在第七天开始通行　心情愉快的城／平坦　安静　卫生　不再担心脚的落处"。这首诗几乎纯粹是叙述。叙述中稍带议论与比喻。功夫全在叙述的艺术上，要妙有二：一、说什么，不动声色地将铺路事件典型化；二、怎么说，说得简洁、生动而风趣。因而诗便即实而凌虚。

　　"人物"系列是我们给《弗兰茨·卡夫卡》《伊曼努尔·康德》《比利·乔或杰克逊》《罗家生》《舅舅》等一些写人诗篇的总称。于坚写人自有特色。《文森特·梵高》：

　　梵高　外省地方的乡巴佬／红头发的疯子　一辈子　只会画

画／种了几株向日葵 无人理睬 只有太阳／悄悄地跪下来 为它们祈祷／三十七年 调色板从未干过／世界无视你的视觉 它分派你贫穷 饥饿 卑贱／人不助你 神不助你 痴人一意孤行／艺术史上的黑夜 你像哥白尼那样计算 神的向日葵／应该在哪一处脱离大地 重新在画布上 复活／二十世纪 你的葵花籽 被神的大锅炒熟了／每一粒都价值千金 亲爱的文森特 女士们久仰了／男诗人为您献诗 只是"他长得怎么这么难看，／尖嘴猴腮，还绑着一头绷带。"／站在那不朽的肖像下 艺术人士／个个神经正常 耳朵完美无缺／一百年过去了 凡高之于凡高／仍旧是圣雷米医院 那位尚未出院的患者／无论这疯人怎样用火焰燃烧自己的 手指／世界这个女郎都毫不动心 她的视线 越过某个终身未娶的怪物 停留在沙龙昂贵的墙上／把那些个永恒的向日葵 雅正

用 21 行诗凸显这位世界美术史上特怪的大画家，诗人只抓住"怪"和"神的向日葵"。怪，生活形状的怪，历史遭遇的怪，以及两者的怪异纠结。"神的向日葵"代表梵高的一切，使这"红头发的疯子"成为绘画王国的"太阳"。而全诗以贬为褒的吊诡反讽的话语方式使之相得益彰。

"杂见"系列则指作品、事件、人物系列以外的全部诗作，是于坚诗歌的重头，其杰作佳构更多见于此。作家出版社标准诗丛《于坚集1982—2012》命名《我述说你所见》，是抓准了于坚诗歌主要特征的，他的确惯于更善于述说所见。且看《阳光下的棕榈树》：

我看见那些绿色的手指／为春天之水洗净的手指／在抚摩大理石一样光滑的阳光／白色的阳光 像高大的圆柱在它们之间挺立／并从那儿向高处上升／直到整个蓝天的穹顶都被撑开／它们像朝圣者那样环绕它 靠近它／像是触到竖琴 我看见那些手指在颤抖／那时我看不见棕榈树 我只看见一群手指／修

长的手指 希腊式的手指 / 抚摩我 / 我的灵魂像阳光一样上升

全诗为两个"我看见"所引领。出现了各种色彩、形状、动作。有一些明喻与暗喻，使看见得更清晰、生动而引人遐思。在第二个"我看见"之后的"我看不见"与"我只看见"，只是它正反方的具体化。最后落到"抚摩我，我的灵魂像阳光一样上升"。看见了看不见的东西。

《嘴巴疯狂地跳舞》："嘴巴疯狂地跳舞 / 跳红色的快乐之舞 / 跳黄色的忧伤之舞 / 跳白色鼻子的小丑之舞 / 跳蓝色打字机的哒哒之舞 / 只有心永远不跳 / 这个大导演 / 坐在黑暗的观众席间 / 仿佛和一切无关 / 它那份沉默 / 像是一只鬣狗 / 正在黑夜里悠闲地蹚过茫茫草原"。10行诗，前5行与后5行构成动静实虚之间的张力平衡。后5行也在静中虚化出动来。而诗的意味正是从这只"鬣狗"生发出来。《坠落的声音》当然是在写声音的"听到"了，可是却怪"那个声音 / 从某个高处落下 垂直的"。声音的飞上或落下，耳朵或许还能辨别，但它是否"垂直"，则只能靠眼睛"看见"了。随后的近20来行的详细描述，声音的如何"向下""穿越"，实则都很难离开"看见"。而结束："那是什么坠落 在十一点二十分和二十一分这段时间 / 我清楚地听到它容易被忽视的坠落 / 因为没有什么事物受到伤害 没有什么事件和这声音有关 / 它的坠落并没有像一块大玻璃那样四散开去 / 也没有像一块陨石震动四周"。这些也主要是靠眼睛看见。这首诗的根本特点是"观音"，细细地看见"坠落的声音"及其所隐含的东西。

《避雨之树》与《避雨的鸟》是述说所见的亦同亦异的两首脍炙人口的杰作。前者开头说："寄身在一棵树下 躲避一场暴雨 / 它用一条手臂为我挡住雨水 为另外的人 / 从另一条路来的生人 挡住雨水"，随后用40多个"它"来说这"避雨之树"的种种情状，特别是"它不关心或者拒绝我们这些避雨的人 / 它不关心这首诗是否出自一个避雨者的灵感 / 它牢牢地抓住那片黑夜 那深藏于地层下面的 / 那使得它手掌永远无法捏拢的 / 我紧贴着它的腹部 作为它的一只鸟 等待着雨停时飞走"；"那时候全世界都逃向这棵树 / 它站在一万年后的那个地点 稳若高山／雨停时我们弃它而去 人们纷纷上路 鸟儿回到天空／那时太阳从天上垂下 把所有的阳光奉献给它／它并不躲避 这棵亚热带丛林中的榕树／像一只美丽的孔雀 周身闪着宝石似的水光"。这棵避雨的大榕树，正是"天地不仁，以万物为刍狗"[30]的大自然本身。这首诗的述说者虽为诗人，而其主体则为大榕树，真正是"我述你所见"。而《避雨的鸟》虽以鸟为题，诗的主体却是"我"，是我述说我所见。不过两诗都说的是人与大自然的关系，合起来看也就相反相成，合异而同，正是大诗人的心态，正是于坚诗歌的菁华所在。

人境独步：西川（1963—）

西川长海子 1 岁，少骆一禾 2 岁，三人被称为"三剑客"。但在《深圳青年报》、安徽《诗歌报》推出"中国诗歌1986'现代诗群大展"时诗群浪涌旗帜林立的喧哗骚动中，他却以一派一人一旗的"西川体"为人所注意。他在《艺术自释》中宣称："对于我，诗歌应当面对自然；人是自然的回声，以自然的伟大而伟大。""诗歌在三种层次上出现等级之差：一机智、二智慧、三真理。""衡量一首诗的功过与否有四个程度：一、诗歌向永恒真理靠近的程度；二、诗歌通过现世界对于另一世界的提示程度；三、诗歌内结构、技巧完善的程度；四、诗歌作为审美对象在读者心中所能引起的快感程度。""在这个心灵浪迹天涯的时代，请让我讲述家园。"[31]所选的一首诗为《读1926年的旧杂志》：

一页页翻过，疏散的枪声／远远超过枯竭的河流／发黄的广告竟魅力无穷／我无忧无虑地看那纸上的／夕阳陨落。我应该／回到那个时代，倾囊而出／买一支钢笔，或／一架嘎嘎响的风车／／1926年会有一个青年／翻阅更破旧的杂志／嘴里咀嚼着被战火／烤熟的花生米／在太平洋西岸／荒芜的花生地里，季风／吹得露水清澈／吹得诗人的草帽歪斜／／很多事物需要慢慢咀嚼／甚至很多年，那些事物／依然新鲜／完全是我们身

边的 / 我在初春的窗下 / 读一本旧杂志直到黎明

本来，1986年的一位青年诗人在"读1926年的旧杂志"，是并无诗意的一件平常事。其间诗的意味是"我"读出来的。生发诗意的要妙集中在三点：一、想到"1926年会有一个青年 / 翻阅更破旧的杂志"。这就有了现实与历史之间的张力，有了沧桑感。这是前二节诗的基础，又是最后一节诗的根据。二、用词造句上的现代主义。"疏散的枪声 / 远远超过枯竭的河流"，"我无忧无虑地看那纸上的 / 夕阳陨落"，"嘴里咀嚼着被战火 / 烤熟的花生米"云云，将古今、虚实、巨细陌生化地组合在一起。三、就实论虚，"很多事物需要慢慢咀嚼 / 甚至很多年，那些事物 / 依然新鲜"。末节的哲理沉思使得全诗顿时升华。此诗足证"西川体"并非狂妄的空炮。

西川在此后也好诗迭出，诸如《起风》《体验》《柏树》《云瀑》《聂鲁达肖像》《在哈尔盖仰望星空》《明媚的时刻》《眺望》《夕光中的蝙蝠》《十二只天鹅》《远方》，等等。这些诗多样而统一，朗健而善思，灵秀而有味。且看《受伤的野兽》：

> 受伤的野兽 / 来了又走掉 / 穿过迎春花丛 / 留下血迹 // 受伤的野兽 / 爱过我们　如痴如醉 / 我们也爱过它 / 爱得它流血 // 它走掉 / 带走一瓣迎春花 / 它留下的 / 是血色的脚印 // 印在岩层中 // 受伤的野兽 / 带走一瓣迎春花 / 留下了 / 血色的黎明

所说的故事极简单："受伤的野兽 / 来了又走掉 / 穿过迎春花丛"，留下"血色的脚印"，"带走一瓣迎春花"。看来，这"野兽"是在"穿过迎春花丛"时受伤的，因为它"爱过我们，如痴如醉"，而"我们也爱过它"，却"爱得它流血"，是我们的"爱"使它受伤，"走掉"。但它不仅"带走一瓣迎春花"，且更"留下了 / 血色的黎明"。看来，此诗创造了一个爱我们的先驱者反被我们的爱所受伤的现代神话。

在1985年至1994年的近十年间，西川写下了《雨季》《挽歌》《远游》《哀歌》《造访》等长诗。在《雨季》第 6 章上半，西川说：

    曾有三个男人和两个女人 / 在一片废墟上锻炼夺目的石头，/ 并企图将那石头投向 / 混乱街道、房屋、行人 / 并投向高天。/ 但那抛弃的石头复又落在地上。/ 于是那其中的一个经过早秋的激动 / 开始步入第一个晚秋。/ 这时他发现了 / 朝阳与和煦的风 / 海上的夜与星空的宁静；/ 喧嚣与骚动被镇压在 / 律动的宇宙整体之下，/ 有如雄伟的海象群 / 卧伏于大洋之滨，长久地 / 翘着凝望那生命最原始的冲动。// 这个人便是西川，一个男人，爱智者，/ 在咖啡馆里人们称他为诗人。/ 你要读西川的诗，因为 / 他的诗是智慧的诗。

是的，这位由早秋开始步入第一个晚秋的爱智诗人，从此将他的智慧更集中于宇宙人生尤其是死生人我的沉思。《远游》第一章说：

    ……无能而沉思，/ 在蟋蟀宛如清风的歌唱里，/ 在吊死鬼儿的树下，在毛毛虫的台阶上，/——这是星宿的意愿。/ 而就在星宿认出我们的一刹那 / 我们也认出了，我们可怜的小生命 / 乃是大生命的一部分；/ 我们的清贫并不比蟋蟀更清贫。// 灯火费力地照耀着大地，/ 大地上依稀可见的脚印 / 岂非灵魂升天的见证？/ 我们远望见二十八个巡逻兵在星空迷路，/ 一个逃离生活的少妇提灯问道，/ 去远方，不回头。/ 从未听说过她从星空坠落，/ 从未听说过她后来化身为白骨。// 曰："天地毁乎？" / 曰："天地亦物也。" / 曰："既有毁也，何当复成？" / 曰："天地毁于此，焉知不成于彼也？" / 曰："人又有彼此，天地亦有彼此乎？" / 曰："人物无穷，天地亦无穷也。/ 至人坐观天地，一成一毁，/ 如林花之开谢耳，宁有既乎？" // 我们这些方生方死的徘徊者 / 头顶星空低语或高歌 / 当我们有时企望一手遮天，/ 一场流星雨便撒落在我们身后！

这种大视域的大哲思正是走向大诗人的切实契机。

一种死生的骤然变故震惊了敏感的沉思诗人。1989年3月，诗人海子的死使西川"从中收获悲哀、痛苦、焦虑、愤怒、无奈、荒诞，以及真理"。5月诗人骆一禾又骤然病故。然后是1991年9月，诗人戈麦自沉于北京西郊万泉河。1992年秋天，"我的大学同学，我最早的诗友之一张凤华在深圳跳楼自杀。从那只黑色的电话里得到张凤华的死讯时，我的脑子轰地就木了"。"也是在1992年秋天，在西安，我亲眼目睹了一个农民从鼓楼南大街上的一座商业大厦高高的雨棚上一跃而下，'嗵'的一声把死亡固定为一个不可磨灭的场面。这个场面把所有的死亡吸收过来，以无比暴烈的形式述说着生命的哀痛。我好像一下子被死亡击出天外，等我回落到地上，尽管还活着，但已经是另一个我。这时我越过种种谎言、虚饰、小布尔乔亚的多愁善感与儿女情长，看到了约翰·堂恩所看到的生命的真相、世界的真相，看到了一向处于遮蔽状态的负面的事物，于是我抱持了很久的世界观、道德观、艺术观、生命观訇然崩塌。只有体验过这一切的人才清楚这一切的分量。""刺眼的死亡强迫我思考死亡究竟想对生命说些什么？对于生命，死亡的意义何在？人能否在生命的立场上谈论死亡？人应当怎样生活？"[32]西川顿时悟道了，在相当可观的程度上，悟宇宙人生之道，悟死生与艺术之道，悟诗美创造之道。细检西川此后的诗创作，确也面目大变，境界飙高。他将死与生、非我与我、论说与呈现等打通了，视域开弘，形式随便，语言豁达，有一种放手放脚的大气。从《致敬》开始，"西川体"有了新面貌，无论长诗短诗。

《近景和远景》从《1.鸟》至《18.海市蜃楼》共18章，其中《3.阴影》：

> 我长大成人，我有了阴影。我对它不可能视而不见，除非它融入更大的阴影——黑夜；而黑夜是什么人或什么东西的阴影呢？地球投影于月球视为月食；月亮投影于地球为日

食。所有的人都生活在阴影之中。阴影的反面是火焰。阴影是我们测算太阳的唯一依凭。在我们的日常生活范围内，由于太阳只有一个，因而任何一件物体都不可能有多重阴影；而对我们的灵魂来说，阴影就是欲望、私心、恐惧、虚荣、嫉妒、残忍和死亡的总和。是阴影赋予事物真实性。剥夺一件事物的真实性只需要拿去它的阴影，海洋没有阴影，因而它们感到虚幻；我们梦中的物体没有阴影，因而它们构成了另一个世界。人们由此合情合理地认定鬼魂是没有阴影的。

是不分行的散文式文字。但大半类似于科普类小品，小半是社会学小议论，却都归结到"鬼魂是没有阴影的""认定"。这也算是诗吗？不但算，而且是有创意的好诗。因为诗人要说的新深之意全隐在文字的"阴影"里。这是极现实极深痛的人生体验，且说得如此骨子里的俏皮。这就有着耐人品尝的诗的意与味。这是可以独立成诗的。但同全诗的鸟、火焰、阴影、我、牡丹、毒药、银子、城市、国家机器、扑克牌、自行车、地图、风、小妖仙、幽灵、废墟、旷野、海市蜃楼等互不搭界而各擅其妙，拼搭成庞然的生命体，这就不能不成为一首大气而有分量的好诗了。在当今最具实力的诗人中，西川与欧阳江河是两名探向诗美创造新境界的尖兵。

注释：

［1］闻一多：《〈女神〉云时代精神》，《唐诗杂谈 诗与批评》，生活·读书·新知三联书店 1999 年版，第 123 页。

［2］周振甫编注《鲁迅作品全编·诗歌卷》，浙江文艺出版社 1998 年版。

［3］张浩宇：《独醒者与他的灯——鲁迅〈野草〉细读与研究》，北京大学出版社 2013 年版，第 3 页。

［4］卡尔维诺：《费朗索瓦·蓬热》，黄灿然译：《为什么读经典》，译林出版社 2014 年版，第 217 页。

［5］朱自清：《〈中国新文学大系·诗集〉导言》，邹建军选编《二十世纪中国文学史文论精华》，河北教育出版社2000年版，第144页。

［6］闻一多：《诗的格律》，《唐诗杂谈 诗与批评》，生活·读书·新知三联书店1999年版，第165—167页。

［7］［8］陈梦家编：《新月诗选》，上海书店出版社1981年版，第17，22—23页。

［9］徐志摩：《致刘勉己函》，见顾永棣编《徐志摩诗集（全编）》，浙江文艺出版社1983年版，第187页。

［10］［11］［12］《戴望舒诗集》，四川人民出版社1984年版，第9、2、6页。

［13］［14］艾青：《我的创作生涯》，《艾青诗选》，人民文学出版社1984年版，第3、3页。

［15］闻一多：《艾青和田间》，《唐诗杂谈 诗与批评》，生活·读书·新知三联书店1999年版，第230页。

［16］见杜运燮《穆旦著译的背后》。

［17］余光中：《后记》，《五行无阻》，九歌出版社有限公司1998年版，第172—173页。

［18］侯吉谅：《大师的雏形——洛夫〈石室之死亡〉及相关重要评论》，汉光文化事业股份有限公司1988年版，第250页。

［19］洛夫：《导言》，《诗魔之歌》，花城出版社1990年版，第2页。

［20］任洪渊：《洛夫的诗与现代创世纪的悲剧》，《诗魔之歌》，花城出版社1990年版，第162—164页。

［21］杜甫：《戏为六绝句》其六。

［22］叶珊：《〈深渊〉后记》，《痖弦诗集》，广西师范大学出版社2016年版，第289页。

［23］燎原：《高地上的奴隶与圣者（代序）》，《昌耀诗文总集》，青海人民出版社2009年版，第3页。

［24］西川：《出版说明》，《海子诗全集》，作家出版社2009年版，第4页。

［25］见欧阳江河：《如此博学的饥饿——欧阳江河集1983—2012》，作家出版社2013年版。

［26］［27］欧阳江河：《1989年后国内诗歌写作：本土气质、中年特征与知识分子身份》，《如此博学的饥饿——欧阳江河集1983—2012》，作家出版

社 2013 年版，第 289、293 页。

［28］爱德华·W.萨义德：《论晚期风格——反本质的音乐与文学》，阎嘉译，
生活·读书·新知三联书店 2009 年版，第 6—7 页。

［29］何同彬、欧阳江河：《若无死亡冲动，别去碰诗》，《当代作家评论》2010
年第 4 期。

［30］《老子》五章。

［31］西川：《艺术自释》，徐敬亚、孟浪、曹长青、吕贵品编《中国现代主义诗
群大观 1986 年—1988 年》，同济大学出版社 1988 年版，第 361—362 页。

［32］西川：《生命的故事》，《我和我（西川 1985—2012）》，作家出版社 2013
年版，第 264—266 页。

第十九章

为中国新诗一辩

154. 为中国新诗正名

"必也正名乎!"是孔子回答子路"卫君待子而为政,子将奚为先"的第一句话,引起了师生间"辻"与"野"的一番相互批评,然后有孔子"名不正,则言不顺;言不顺,则事不成""君子于其言,无所苟而已矣"[1]一段宏论名言。显然,孔子这则名言,在两千多年后的今天,仍有现实实用性。例如关于中国新诗,我们仍然不得不为之正名。因为最近就出现过"新诗百年,还能否称其为'新'"的问题的讨论。据在杭州举办的新诗论坛报导:

> 将五四时期诞生的白话诗称为"新诗",是将之与传统诗词相对立而命名的。在那个时候,"新诗"的叫法契合了一种"一切求新求变"的时代氛围,让白话诗从传统诗词中突围出来。但诗歌评论家徐敬亚认为,新诗如今已走过将近百年的历程,百年了就不应该再叫"新诗"。"新诗"这个词应该成为一个历史性的概念,"在现在时的意义上停止使用"。因为新诗在内涵、外延、形式等方面都形成了自己完整的骨架,而且传统诗词和新诗在现在的语境中已经不是"对立的他者"。
>
> 徐敬亚的观点得到与会者的积极回应。诗歌评论家江弱水提议,在"新诗"即将百年之际,应该给予更确切的称谓。诗人、翻译家汪剑钊认为,可以用"现代诗"来换掉"新诗"。如果只叫"诗歌"的话,跟传统诗歌好像有的时候不太

好区分。如果我们用"现代诗"的概念来替换一下，也许更可行一些。

但也有与会者提出不同的看法。他们认为"新诗"的叫法之所以一直被沿用，是因为新诗"一直没有完成"，"始终处于寻求变化的过程中"。而且，如果仅仅因为新诗到了百年而去更换一个名字，并没有太大的必要性。或者说，即使有必要，也并不是那么迫切。[2]

看来与会者是一致认为"新诗"这个名称是"不应该再叫"了，分歧只在于是否即刻改或改成什么新叫法。

然而，我却认为"新诗"名称不该改，不应"在现在时意义上停止使用"。新诗，在当今"世界文学"的语域中，全名当称"中国新诗"。"新诗"只是其简称。"中国新诗"有其外延上的界定和内涵上的统一性。就其外延而言，当与其近邻外国诗、中国旧诗相对待、相区别。是中国的新诗，新的中国诗。

中国的新诗，将中国新诗与外国新诗及所有外国诗划分开。中国新诗自有中国诗的气派，中国诗的特质，绝不是外国诗或者欧美诗的附庸或分店。不错，中国新诗在创制伊始，诚如朱自清所说"最大的影响是外国的影响。"[3]但是，中国新诗必须更已经是中国特色的独立的现当代中国的新诗。百年新诗的卓著业绩，尤其是大量的足以经典化的好诗，已经给出雄辩的实证。

新的中国诗，将中国新诗与中国旧诗划分开。不带任何贬义的"旧诗"亦称古典诗词或传统诗词，与现当代"新诗"的明显区别倒是众所公认的，却又常被不少人因其不同于旧诗而卑之为非诗。"这也算诗吗？"此类质疑乃至斥责之声，至今仍未绝于耳。中国新诗不仅同中国旧诗一样具有中国的特质，而且更有导源于语言、时代、生活、思想、情感、形式等等同中国旧诗相异的新诗特质。新诗之"新"，绝非仅限于同旧诗在时间上的更迭，更有在诗质上的崭新的独特性。中国新诗正是在诗歌特质上既与外国诗相区别又与中国旧诗相对待。

中国新诗当然为中国旧诗母体所孕育，但更受孕于世界和中国时势的急剧变革。中国新诗确为应运而生，更自有其新诗的特质。严家炎说："中国现代文学之所以有别于古代文学，是由于内含着这三种特质：一是其主体由新式白话文所构成，而非由文言文所主宰；二是具有鲜明的现代性，并且这种现代性是深厚的民族性相互交融的；三是大背景上与'世界的文学'相互交流、相互参照。理解这些根本特点，或许有助于我们比较准确地把握中国现代文学与古代文学的分界线之所在。"[4]这对于作为中国现代文学的先锋与重镇的中国新诗至少是同样适用的。新诗第一次出现在《新青年》四卷一号上，作者胡适、沈尹默、刘半农三人，共九首，其时为 1918 年 1 月。具有这种新诗特质的中国新诗，什么时候才会因寿终正寝而必须改名呢？照理，也当在其特质根本至少是基本改变的时候。倘若类比于旧诗在经历了三四千年之后才会出现中国新诗，新诗如今恐怕还刚刚进入青年期，离老死还显得遥遥无期呢。

中国新诗有其内涵上的统一性。只要新诗这个内涵上的统一性大体未变，它就是名实相符的新诗，不管它延续多少年。不过，正如延续了三千多年的旧诗，在其漫长的发展途程中，会出现诗经、楚辞、乐府、唐诗、宋词、元曲等阶段性体式性名称一样，新诗在不长的百年中，也出现过白话诗、小诗、自由诗、新格律诗、民歌体诗、现代诗、朦胧诗、后朦胧诗、现代汉诗、探索诗、先锋诗、实验诗等名称，但都可以用"新诗"为总称来概括，因为它们在中国新诗的特质上都有统一性。

中国新诗的疆域是宽广的。据说美国出了一本书，叫作《100 首现代诗》，除了我们一般认为的诗歌之外，也收了卡夫卡和乔伊斯小说的片段。其实我们中国人早就这么干了。郭沫若《女神》的第一辑就是三首剧诗。第三辑的《凤凰涅槃》也有剧诗的意味。鲁迅《野草》称作散文诗。而散文诗就是新诗的一种形式。其中有分行的，更多的是不分行的。而《过客》则是个短剧。在鲁迅的十多个杂文集中，足够辑出一本类似《野草》的新诗集来，如上章所论及。说到底，中国新诗是一种具有一定现代诗美含量的不拘形式的白话文体。在新诗的广大疆域中有三个基本点：一个是白话，一个是现代性，一个是新诗美，是三者的三位一体。新诗的创作是白话语言创造和现代诗美创造的合二而一。从本义上讲，新诗之"新"即已包含着诗的现代性、当下性、探索性和创造性。经过风雨的约定俗成的根本特质未变的中国新诗这个总称，不必变，不应变，当言正名顺堂而皇之地沿用下去，直到可以同旧诗、新诗鼎立的诗质崭新的一种诗体出现的那一天。

155. 中国新诗的新特质

现在，我们更全面深入地探讨中国新诗的新特质。作为既同外国诗又同中国古典诗词显著区别的中国新诗，其独有的崭新诗歌特质，可以从语言、时代、生活、思想、情感、表现、体式、风格、肌质等诸多方面予以考察探究。

（1）语言。诗是最精美的生成性语言艺术。新、旧诗的第一大变革，是将文言文更改成白话，从根本上使文与言趋于合一。最早与夏曾佑、谭嗣同诸人提出"诗界革命"的黄遵宪，早在1887年定稿的《日本国志》中论说"语言与文字合"的好处和"天下万国"言文一致的共同趋势；更在诗中呼吁："我手写我口，古岂能拘牵！"[5]"五四"时期的胡适则说："文学革命的运动，不论中外古今，大概都是从'文学的形式'一方面下手，大概都是先要求语言文字文体等方面的大解放。""这一次中国文学的革命运动，也是先要求语言文字和文体的解放。新文学的文体是自由的，是不拘格律的。"因此，"中国近年的新诗运动可算是一种'诗体的大解放'。因为有了这一层诗体的解放，所以丰富的材料，精密的观察，高深的理想，复杂的感情，方才能跑到诗里"。[6]显然，中国新诗的新特质首先是用白话来写诗，基于此而有"诗体的大解放"。近百年来新诗的拓展，正是在以白话成诗的基底上不断开发诗语言的沉默性、意象性、象征性、表现性、直觉性、主情性、音乐性、整体性、审美性、独创性、共享性和超越性等等上殚精竭虑，多方探索，乃至有"诗到语言为止"的极度强调。

（2）时代。新诗之所以有语言文字文体上的大解放新特质，究其根本在于时代的大变革。中国新诗是十足的应运而生，是中国社会经济政治文化现代化在文学上的产物。关于中国现代文学的"起点"问题，严家炎提到：在1962年秋的一次会议间，他曾向当时与会的中宣部副部长林默涵提议："我们的文学史可不可以直接从黄遵宪这里讲起呢？"林摇头回答得很干脆："不合适。中国现代文学史必须从'五四'讲起，因为毛主席的《新民主主义论》已经划了界线：'五四'以前是旧民主主义，'五四'以后才是新民主主义。黄遵宪那些'文言一致'的主张，你在文学史《绪论》里简单回溯一下就可以了。"这就有了人民文学出版社1979年版的《中国现代文学史·绪论》里的写法："中国现代文学发端于五四运动时期"，"现代文学是新民主主义革命时期现实土壤上的产物"。而在半个世纪后的今天，严先生仍然著文重申现代文学史应当"从黄遵宪这里讲起"。[7] 不过，我倒是赞成林默涵和《绪论》里的写法的。不是因为某种权威论断，而是因为历史事实。"五四"的确是中国现代化的崭新开端，而中国新诗也确实是从1919年发始兴盛起来。黄遵宪本人就没有写出新诗来。他的"诗界革命"志愿，只"对于民七的新诗运动，在观念上，不在方法上"，更不在实绩上，"给予很大的影响"。[8] 尊重史实，中国新诗的确从胡适《尝试集》，从《新青年》最早发表的《鸽子》等诗开始。试看胡适《鸽子》：

> 云淡天高，好一片晚秋天气！
> 有一群鸽子，在空中游戏。
> 看他们三三两两，
>> 回还来往
>> 夷犹如意，——
> 忽地里，翻身映日，白羽衬青天，十分艳丽！

显然是一首带有新的审美趣味的白话自由诗，截然不同于古典诗词。

它的出现首当归根于新时代的需要与召唤。在中国新诗的新特质里，现代性正同用白话文互为表里的。一百年的新诗发展最根本的正在于其现代性特质，虽不无起伏曲折，而在大体上总是与时俱进。

（3）生活。中国社会经济政治文化的不断现代化，必然在总体上落实到民众的日常生活中。新诗归根到底是民众新生活厚土上长出来的新花朵。"身之所历，目之所见，是铁门限。"[9]厕身于民众新生活中的诗人，其诗作不可能不是新生活的反映和表现。于是，在中国新诗的新特质的现代性里，特别重视保持民众生活鲜活的原生态和湿润泥土的芳香。

（4）思想。在现代社会中过着新生活的现代人，当然具有现代人的思想感情。诗为心声，必须更必然言志抒情。新诗的言志与旧诗有两点明显的不同。一是增强了诗的说理成分；二是所说的理大多是新时代的新道理，是古人所不曾想见的，也是古人所无法表现的。胡适说周作人的《小河》"是新诗的第一首杰作，但是那样细致的观察，那样曲折的理想，决不是那旧式的诗体词调所能表达得出来的"。[10]闻一多《死水》用的是新格律体，但它所蕴涵的思想绝不可能为古人旧诗所有。至于后来的现代诗、朦胧诗、探索诗等所表达的现代后现代的思想更不是任何旧诗所能表现。新诗之新正在于现代人必须用自己的话语吐出自己的心声。

（5）情感。情感与思想互为表里。诗中的思想必须溶解于感情且呈现为意象，必须成为可感触的活生生的东西，必须使人"象闻到玫瑰花香一样立刻感受到他们的思想"。[11]现代人的思想情感更为复杂深广曲折细致，绝非旧诗所能全部容纳和表现，所以非有新诗不可。比如鲁迅《墓碣文》，即使鲁迅本人也无法用旧体诗词写出来。北岛《回答》同样如此。

（6）表现。新诗在艺术表现的方式方法上，与旧诗相比较，更显新颖乃至怪异，而且大多是从国外主要是从欧美现代诗学来的。也正因为这一点，使新诗至今仍遭到不少人的鄙夷和拒斥。然而这种学习是必要的；而且借此反观中国旧诗，还能更好地发现许多外国现代诗的新手法，在中国古典诗词中早就有了的，有些还是现代外国人从中国古诗当宝贝学去的。例如费诺罗萨和庞德。费诺罗萨说："中国诗的独创长处在于把两者结合起来。它既有绘画的生动性，又有声音的运动性。在某种意义上，它比两者都客观，更富于戏剧性。读中文时，我们不像在掷弄精神筹码，而是在眼观事物显示自己的命运。"[12]庞德倡导意象主义诗歌，更显然导源于中国古典诗歌。

（7）体式。新诗的诗体与旧诗迥异，更为一目了然。尤其是自由诗，不仅用白话，追求诗的散文美，而且篇无定节，节无定行，行无定字，往往"无韵、带杠、有点、隔开、高低不平"。这也是新诗长期受讥讽被斥的重要原因。殊不知新诗自由体正是对于旧诗最大的解放，也提供了新诗美最大的创造天地。

（8）风格。从大处看，新诗的调式与风格同旧诗是一样的。论调式，也可分作雅调、俗调、共调；或者阳调、阴调、和调。说风格，新诗人也同旧诗人一样，凡成熟优秀者人人各有自己的风格。但由于新旧诗语言、时代、生活、思想感情、表现与体式等等的各异，两者的调式仍显然可别。比如，同为雅调或阳调，新、旧诗的不同仍旧一目了然，因为两者的风味迥异。总的来说，旧诗多较柔和，新诗时显涩硬。或者，这里也留有新诗前行的极大余地。

（9）肌质。也称肌理。诗的肌理或曰肌质理论，中西方都有。在中国，清代翁方纲论说较早。若说滥觞，《文心雕龙·序志》中即有"擘肌分理，唯为折衷"之言。翁方纲从杜甫《丽人行》的"肌理细腻骨肉匀"一句中借得"肌理"一词，来救正"神韵""格调"诸说之弊。在西方，英国罗伯特·格雷夫斯在1929年出版的一个小册子中就提到肌理。有词典解道："基质（texture），英美新批评派术语。新批评家认为作品可以从总体上分为'基质'和'结构'两部分。一部文学作品的情节框架可称为'结构'。抽取结构之后剩余的全部成分（即细节、隐喻、格律、想象、主调色彩、韵律等等）就是作品的'基质'。"[13]的确，对于基质（肌质）理论美国新批评派首领兰色姆贡献最多。按照新批评派对于诗的总体上的结构与肌质这两种分法，肌质就能包括思想感情、表现方法、体式风格等等，因而新诗与旧诗在实质性上的最大区别，则在于所含肌质的不同。如果新诗对于旧诗的区别，"在诗的肌质方面无话可说，那就等于在以诗而论的诗方面无话可说"，那就等于中国新诗从根本上不存在新特质。只有真正认清自身的新特质，中国新诗才能昂首挺胸，大步前行。

156. 为中国新诗一辩

中国旧诗若从涂山氏之女令其妾待大禹于涂山之阳，始发"候人兮猗"的南音算起，至今已悠悠四千余年，中间经过《诗经》、《楚辞》、唐诗、宋词一浪叠一浪的经久辉煌。延至 20 世纪初叶，蓦然冒出一种用白话而自由散放的新诗来，从诗坛到举国朝野，怎不惊骇而哗然，乃至鄙夷而拒斥？

新诗草创者胡适的第一部诗集特名《尝试集》，其代序二《尝试篇》云："莫想小试就成功，那有这样容易的事！有时试到千百回，始知前功尽抛弃。"难道竟成一百年驱不散的谶语？上世纪末有过周涛《新诗十三问》。连连质问："新诗是怎样诞生的？这个婴儿究竟有没有连接于民族文化之母的脐带？随着它渐渐成少年，人们是不是发现它越来越像异国人了？""毛泽东是和新文化运动一起成长的革命家，而他却只写旧体诗词不写新诗，甚至有传言他曾道'新诗给一百块大洋也不看'。是毛泽东看不懂新诗的奥妙吗？""新诗发展的大方向是不是错了？如果不错，为什么这条路越走越窄？如果错了，那么会不会是一个延续了近百年的大错误？""当我们读了几首半懂半不懂的译诗，数念着一些数典忘祖的外国诗人的名字时，是不是内心也隐隐升起一些羞愧呢？""是诗这种古老的艺术形式的末日呢，还是一群误入歧途的诗人的末日呢？"[14]直到新近我们尚在报纸上读到：

82 岁的四川老诗人流沙河在成都图书馆为市民做唐代七言诗讲座时认为，新诗是一场失败的实验，他认为失败的原因是"不是做得太少，而是做得太多了"。这样对新诗善意的批评或否定之声实际上已经由来已久了。诗歌如何通过自身在创作、传播等方面的努力为公众接受已经成为亟待解决的难题。自媒体时代的诗歌写作和阅读的难度在我看来已经变得愈益艰难。交叉小径一样的诗歌写作图景更像近乎没有出路可言的迷宫。[15]

果真如此吗？否否！请容我约略申辩。

诗是人的一种本真的存在方式。只要有人存在，诗便不会死灭。但诗又"与时俱进"，[16]处于永恒的变易更新之中。就中国新诗而言，胡适认为：从《三百篇》到"南方的骚赋"是"一次解放"；再一变而"产生《焦仲卿妻》《木兰辞》一类的诗"，"这是二次解放"；在"五七言成为正宗诗体以后，最大的解放莫如诗变为词"，"这是第三次解放"，而"直到近来的新诗发生，不但打破五言七言的诗体，并且推翻词调曲谱的种种束缚；不拘格律，不拘平仄，不拘长短；有什么题目，做什么诗；诗该怎么做，就怎样做。这是第四次的诗体大解放"。[17]在这四次解放中，第四次大大不同于前三次：一是文言变白话，用语大变革。前三次都在同一的文言基底和框架上，第四次却从语言根底上焕然一新；二是外国诗的潮流冲击，生面别开，影响至巨。且都是新诗人们汲汲自求的，从胡适郭沫若鲁迅到北岛西川王自亮皆是如此。三是诗写方式大变。这是最内在最根本的，是前二者最深层的归结。可惜胡适当年不甚了了，即便百年后的今日亦深知者寥寥。

"新诗给一百块大洋也不看"这句传言，想当并非空穴来风。"是毛泽东看不懂新诗的奥妙吗？"是的，这位当代旧体诗词大家"只写旧体诗词不写新诗"是不争的事实。看来他有一种强劲的单赏旧诗的审美定势，屏蔽了他对中国新诗以及外国诗的赏识，成了这一场域的弱视听者。他之所以不写新诗不仅是不屑写，到底更在于不会写。滞留于此种境地的几乎包含了所有偏赏、单写旧体诗词者。便是广大民众，由于文化教育的惯性，往往造成单赏旧体诗拒斥新诗的审美定势，造成了对新诗的"看不懂"与"不肯看"的正反馈，恶性循环。

文学艺术的审美定势以诗歌最为强劲与顽固。诗歌的审美定势扎根于对诗美创造方式的辨析、变革与创新。旧诗有旧诗的诗美创造方式，新诗有新诗的诗美创造方式。旧诗中的四言、五言、七言、律绝、乐府、歌行、词曲各各有其不同的诗美创造方式。比如王国维《人间词话》说："词之为体，要眇宜修，能言诗之不能言，而不能言诗之所能言。诗之境阔，词之言长。"便说到诗与词在审美特质上的区别，因而在两者的创作和欣赏上也会有所不同。新诗中的现实主义、浪漫主义、象征主义、意象主义、现代主义、后现代主义、超现实主义等等不同主义流派亦各各有其特异的诗创造方式。因此，不论是诗的创作者和接受者，人人都自觉不自觉地秉有自己的诗观，同异交错，千差万别。不同的诗观造成不同的审美定势，造成众说纷纭的审美评价，以致"诗无达诂"。这就是某些人会看不懂某些诗的奥妙的根本原因。朦胧诗的刚出现，后朦胧诗的种种探索实验，都曾引起不少著名新诗人叹说"古怪""看不懂"。

对新诗的"看不懂"的诟病、斥责乃至摒弃，一百年来似乎已成共识、定论。其实这正是最需要深入分辨探究的。大多数新诗对于大多数人来说，"看不懂"确是板上钉钉的事实。问题在于为什么、谁之过、怎么办。为什么？新诗创作与传播与接受都有问题。谁之过？创作者、传播者、接受者三方都有亟待解决的严重问题。但近百年来板子几乎都打在诗作者身上，这是天大的不公平。斗胆说句最不中听的话：板子第一该打到接受者身上。你要当新诗的接受者，一味高喊"看不懂"就能看懂了吗？你为什么不喊旧诗看不懂呢？你的看得懂旧诗是你从小就学来的。甚至你看懂旧诗造成你的审美定势，加重了你对新诗的看不懂。诗创作与诗接受是互为因果的。"只有音乐才激起人的音乐感；对于没有音乐感的耳朵来说，最美的音乐**毫无**意义，**不是**对象，因为我的对象只能是我的一种本质力量的确证，就是说，它只能像我的本质力量作为一种主体能力自为地存在着那样才对我而存在。"[18]"没有生产就没有消费，没有消费就没有生产。"[19]固然，

"艺术对象创造出懂得艺术和具有审美能力的大众,"[20] 反过来,"懂得艺术和具有审美能力的大众"更能"创造出"艺术对象的发展繁荣。造成新诗看不懂的第一责任人,是一味高喊"看不懂",不懂得新诗和不具有新诗审美能力,更不肯学习去读懂新诗的接受者大众!

诗的评介传播是诗创作与诗接受之间的不可或缺的重要中介。中国历来是个诗歌大国,其根本正在于一向重视诗教。孔鲤过庭之训是:"不学诗,无以言";"不学礼,无以立"。[21] 诗礼传家简直成了传统中国社会的集体无意识。然而偏偏新诗自诞生至今几乎一直被摒弃于诗教之外。唐诗所以大盛,显然与以诗开科取士有关。对新诗的普遍看不懂,高考指挥棒能辞其咎吗?倘若新诗从小学到大学的课本中都有相当数量的选读与教授,识字有文化的人会有一叠声高喊"看不懂"的怪现象吗?更有怪得出奇的,据说新近由于自媒体的大普及,新诗的日产量已比肩于《全唐诗》,却在不少人看来,当今的新诗坛似乎仍是一片驼铃叮当的大戈壁。究其原因,诗传播新老问题多多,实在是大大的不给力。诗是诗人与读者共同创造的。"酒香不怕巷子深。"无奈时下的人大都改喝可乐或白开水了。锦衣夜行是当今中国新诗坛日日上演的悲喜滑稽剧。更堪深思的是,当今的中国新诗正日益形成一种自产自销、朋友圈自给自足的忧喜参半的特异现象。可喜者诗的作者、读者、产量一概惊人大增;可忧者不仅诗多好的少,且更极易使少数真诗好诗大诗被口水大浪所淹没。因此亟需一批公正而高水平的新诗评选家出来大力推介,沙里淘金,弘扬珍品。

新诗"没有连结于民族文化之母的脐带","越来越像异国人"的诟病与责难,百年来始终不绝于耳,这是新诗又一天大不白之冤。不错,新诗"最大的影响是外国的影响"。然而该否提出这样四个问题重新深入思考:一、新诗人们的大力学习汲取外国尤其是西方现代诗,仅仅是个人的偶然兴趣或数典忘祖的偏向,还是中国现代化和走向世界在中国诗歌发展上的一种历史必然?二、百年新诗"最大的影响是外国的影响"这种新诗史现象,究竟是坏还是好,是大功小过还是小功大过?三、我们当今日常生活的食、衣、住、行、娱乐、体育、文化等等是否更其"最大的影响是外国的影响"？为什么西装革履轿车手机的人们硬要中国新诗只能长袍马褂拖辫子？四、对于诗歌乃至全部文化是否应当有一种超越向来的本土传统纵向继承与外域他者横向借鉴的两分法，从而革新为全球诗歌文化一体化唯美唯好是取的大传统大继承理念？只要实事求是地对待这四个问题，予以正确的新解答，便能一雪新诗总体上"崇洋媚外"的大冤案。

说到底，为中国新诗伸冤辩诬，最雄辩的是对新诗百年业绩的证明与显示，其最好的办法是中国新诗的经典化与大众化。

157. 新诗的经典化与大众化

新诗的经典化与大众化是对抗被诟病与边缘化的根本办法。经典化是大众化的重要前提，大众化则是经典化的落地生根。

"经典"一词，首见于《汉书·孙宝传》。孙宝曰："周公上圣，召公大圣，尚犹有不相说，著于经典，两不相损。"此经典系指《尚书》。可见"经典"一词，旧指作为典范的经书，也指宗教典籍。现今则泛指一切最重要的能长久流传的有指导示范意义的权威著作。凡经典必须有极高的真理性（或审美性）、重要性、经久性，亦即真（美）、要、久三性。这经久性与广泛阅读传诵分不开，所以传播或曰大众化是经久性的核心与灵魂；也是真理性（审美性）和重要性的经久实现。

在"经典"后面缀以动词"化"，便成了践行到底的一种过程。指明凡"经典"都是"化"出来的。"四书五经"或者"十三经"便是逐步"化"出来的。"六经"的名称最早见于《庄子·天运》："丘治《诗》《书》《礼》《乐》《易》《春秋》"。这个"六经"便是孔子"治"出来的。怎么治？一是编著。《诗》《书》《礼》等都是孔子编辑出来的，《春秋》是孔子根据史册的著作。只有《易》，经成于孔子之前，传则尊孔子以成。而《乐》，今文学家说本来无经，附于《诗》中；古文学家说本有《乐》经，秦焚书后亡佚。汉武帝"罢黜百家，独尊儒术"，立《诗》《书》《礼》《易》《春秋》于学官，方定为"五经"。二是推介。评论、传播与教化。汉武帝的推介比孔子私学更有权威与力量，连孔子本人也被"化"成了万世师表的"经典"。至于"十三经"怎样在"六经"的基础上演化而成，便不作详论了，只是其所需时间竟长达三四千年之久。"四书"主要是朱熹"化"出来的。《论语》是孔子弟子和再传弟子们将老师的语录编辑出来的。《孟子》是孟轲著作。《大学》《中庸》本为《礼记》中的两篇，朱熹将其提出来同《论》《孟》合在一起作注，出了一部《四书章句集注》。元皇庆二年（1313年）钦定，科举考试科目，必须在"四书"内出题，发挥题意须以朱熹《集注》为据。这才使"四书"与"五经"并列。即使从朱熹《集注》算起，也是"经典化"了将近三百年。

这些主要是中国文化典籍上的经典化。文学作品也是可以而且必须经典化的。卡尔维诺曾经为文学经典下过十四个构成一体的定义。择其最要者可以说："经典是那些你经常听人家说'我正在重读……'而不是'我正在读……'的书本。"[22]"经典作品是一些产生某种特殊影响的书，它们要么本身以难忘的方式给我们的想象力打下印记，要么乔装成个人或集体的无意识隐藏在深层记忆中。"[23]"一部经典作品是一本每次重读都像初读那样带来发现的书。"[24]"一部经典作品是一本永不会耗尽它要向读者说的一切东西的书。"[25]"经典作品是这样一些书，我们越是道听途说，以为我们懂了，当我们实际读懂它们，我们就越觉得它们独特、意想不到和新颖。"[26]"一部经典作品是这样一个名称，它用于形容任何一本表现整个宇宙的书，一本与古代护身符不相上下的书。"[27]对于一本经典诗集，他还有更简明的说法："这将无疑确保他的长存：因为不管细读和重读多少次，他的诗都能一打开就吸引读者，却永远不会被耗尽。"[28]这些是我们辨别与选择经典文学作品可行的标准。

在中国，除了那些经过时间汰洗的大诗人专集外，编辑各种诗文选集为最有效途径。除了《诗经》《楚辞》，《昭明文选》便是适例。它是南朝梁昭明太子萧统编选成的，辑录了自先秦卜商、屈原至梁代沈约、徐悱约近800年间最好的诗文，使之"化"作文学经典。连杜甫也告诫儿子要"熟精文选理"。[29] 隋唐以来的诗人文士无不奉为经典而精研熟读之。《唐诗三百首》《千家诗》等至今乃为广大青少年所背诵，亦为旧诗经典化成功适例。颇有助于新诗经典化的好书，我看到的有四本：《中国新文学大系（1917—1927）》中朱自清选编的《诗集》，1947 年开明书店版《闻一多全集》第四卷中的《现代诗钞》，《九叶集》与《中国当代实验诗选》。近年来《中国新诗百年大系》一类的新诗经典化工程，多在积极进行，亦颇为可喜。

新诗大众化到底化什么，怎么化？长期以来颇有一些混乱思想需要澄清。其一，新诗大众化并不要求大众人人都来写。只要喜欢写诗的人或曰诗爱好者来写就好了。"大跃进"时期鼓动写诗也要大跃进，新民歌潮涌蹴天，虽然也出过极少极少的好诗，实际上是诗创作上大刮浮夸风，是新诗的一劫。现今因自媒体的普及写诗的人骤增，这倒不同于当年的浮夸风。但也带来某些新的问题，亟须因势利导，提高质量，更好地经典化。其二，新诗大众化中要正确解决普及与提高的张力平衡问题。长期以来，我们往往将"我们的提高，是在普及基础上的提高；我们的普及，是在提高指导下的普及"[30] 的真经念歪了，弄成夹缠不清的方向性错误。其实，诗创作与诗接受在普及提高问题上是两码事。就创作而言，专业与民间两支队伍的人数可以适当扩大，却非越多越好。诗创作的根本问题在于提高、提高，再提高，向着经典化的方向提高。就诗接受即诗传播来说，根本问题在于普及、普及，再普及，向着越来越多的人都能品读新诗尤其是经典文本的方向作提高性的普及。绝不是像我们曾经所误导的以为：降低创作水平便能扩大普及面。这正像一个上海人想去北京反而跑到海南岛去了。真正要扩大新诗品读接受的普及面，是对于受众的接受能力通过多媒体与学校教育等多途径的大力提高。新诗接受的大普及，关键在于受众接受能力的大提高。做了七八十年的荒唐大梦该是猛醒的时候了！

158. 怎样品读现代新诗

读旧诗要品，要努力学习如何品读。读新诗更要品，更要努力学会如何品读现代新诗。然而悠悠而匆匆的新诗诞生一百年来，有个怪现象偏历久弥新。读不懂旧诗的人，乖乖怪自己，自惭形秽，努力去学习，直到能解读品赏为止。读不懂新诗的人，却几乎个个气壮如牛，专怪诗人作者，斥为"这算什么东西"，让人莫名其妙。很少有人因为读不懂新诗而脸红的。其实，现代新诗的创造性和艺术造诣，那些优秀杰出文本，并不亚于我们惯常所赏读的旧诗。我们正在创建文化大国强国的 21 世纪中国，亟须培养以读不懂现代新诗而自惭的良好社会风气。

其实，读现代新诗并不难，更不难学。只要有一定的文化素养，又有读新诗的愿望兴趣，任何人都能读现代新诗，且愈读愈觉其味滋滋。怎样品读现代新诗呢？我想作如下建议：

（1）先逐字逐句通读一遍，品尝一下总体上的感觉、印象、滋味。别烦、别怕，就算无感觉，无滋味，不得要领，莫名其妙，也要坚信硬核桃是总能敲开的，总能咀嚼到美味的好东西。

（2）然后细读。要将词句上的细读、诗艺上的细读与诗美上的细读三者反复交融合一。一般语言文字上的解读是需要的，这是诗语言与日常语言之间的翻译。然仅此一道往往走不通，特别需要诗艺上的解读。而且需要多方设想试通，直到全诗的行、句、节、篇一气畅通无阻，全诗豁然有所解悟。

（3）诗艺上的细读是现代新诗品读的关键。其具体方法有九：一、一体两翼。诗的叙述艺术、意象艺术与抽象艺术三者轮替交融合一。大体上是古人赋、比、兴的现代发展。二、"立象以尽意"。[31] 诗往往靠通过某些意象去象征投射某些意思。三、运用诗的意象逻辑，互渗无矛盾，相关即相通。这是诗与文最大的逻辑区别。四、一象多征，象一征万。这是立象尽意在现代新诗中的妙用所在。立一象可以同时征指千百万无穷多的投射物。这也是新诗更无达诂的重要原因之一。

五、意象叠加。与上一法相反，可以由数个数十个不同意象征指同一投射物。六、意象多重转喻，是隐喻的隐喻的隐喻；像接龙，却神龙见尾不见首。七、在抽象艺术与传统叙述艺术上多用反讽、吊诡即矛盾语法等等。八、在诗美时空建构即意境创造上多用瞬时艺术、超现实景象、拼贴手法等。九、诗即是人，真诗好诗的意味总是以人的境况与心魂为源头与归宿。大体总此九艺，多方交相并用。

（4）最后，将全诗反复讽诵，得我所得，自己受用。这次是着重诗美诗意诗味上的品读，是融合了词句上的细读与诗艺上的细读之后的诗美领略与享受，力求得其美，得其意，得其神，得其味，得其韵。而诗无达诂，我只于三千弱水中饮我之一瓢，得我所得，私心受用，不亦悦乎？

这就是我所建议的品读现代新诗的三读九艺法。或者可以聊举数例以期更为明晰。

例一，北岛《收获》：

一只蚊子
扩大了夜的尺寸
它带着一滴
我的血

我是被夜的尺寸
缩小了的蚊子
我带着一滴
夜的血

我是没有尺寸的
飞翔的夜
我带着一滴
天堂的血

一读。可以朦胧地感知：我收获了一滴天堂的血。二读，探究为什么，诗美艺术上的奥秘何在。哲理的要妙在于：我，蚊子，"飞翔的夜"的直接相等；"尺寸"的"放大""缩小"与"没有"的巧妙变换；"我的血""夜的血"与"天堂的血"的诗性同一。我是大夜中带着热血的"蚊子"，去叮咬大夜的血，终于"收获"了"一滴 / 天堂的血"，胜利果实。三读。通贯全诗，勇敢的蚊子即我，斗争对象的大夜是社会政治现象，也是超过此限的任何压迫者。此诗是对于任何逆境中，不怕牺牲的勇敢而获胜的斗争者的点赞。

例二，王家新《12月7日，霜寒》：

> 仿佛一道巨大的冰川从深海中突然浮现，
> 有一种真理的到来，
> 使我们目盲。
>
> 茫然，如这一夜间蒙霜的耀眼田野。
> 在一枝晶莹的弯垂的苇草上，
> 是喜悦的重量。

在通篇的略读之后，可以找出"一夜间蒙霜的耀眼田野"一语。上节三行诗写诗人对于这蒙霜田野的初生态感觉。第一行是一种突兀的惊叹，第二、三行是给这惊叹以绝妙的隐喻。下节后二行是对于惊叹中一个发现的特写镜头。这首诗体现了现代新诗的瞬时艺术与看重初生态感觉。结尾"喜悦的重量"既指"蒙霜"，也指诗人心态，更指大自然的生意。

例三，多多《青草——源头》：

> 听我们声音中铜的痛苦
> 留下山谷一样的形式

什么在生活里
掩埋开阔听力的金耳朵

什么走出来
告诉残酷世界的垂泪的悬崖

什么是人，为什么是人
介入了流浪的山河……

此诗的标题表明它写的是某河流长青草的源头。第一节说它是一支鸣响"痛苦"的大喇叭。后三节一迭声写了四个问号：为什么听而不闻？为什么世界是残酷的垂泪悬崖？什么是人？为什么是人都会像山河一样流浪？而没有回答正是最好的回答。

例四，昌耀《稚嫩之为声息》；

稚嫩之为声息从深层地底向外辐射，
使红叶兴奋，
使绿叶感受威胁，
使黄叶猛悟老之将至，
灰叶安然坦然。

稚嫩之为声息在地底跑步前进，
步履齐整，节奏沓沓，同声反复四个基数词。
稚嫩之为声息如束束晨光作处女苏动身子。
如葱韭东方勃发。

全诗在"稚嫩之为声息"的三叠导引下构成。第一叠为上节。"辐射"所及，四"叶"各有感奋感悟。第二叠为下节上半，凸显"跑步前进"

姿式。第三叠为下节下半，用了两个生动明喻。写稚嫩之为声息，遍指宇宙间所有生物，但重点显指人生。

看来，我们建议的品读现代新诗的三读九艺法并不难掌握，且实在有效。"三读"当然可以灵活，要旨在于需要反复，粗细结合。"九艺"中的一、二、三、四、九各艺，几乎每诗必用；而五、六、七、八各艺则因篇制宜。要旨在于九艺的有机交合并用，更在篇中找出其特有的主脑或诗眼，用以统率全诗的品读。

159. 新诗的十字架与新天命

跟跄百年的中国新诗既背负沉重的十字架，又胸怀宏伟的新天命。在面对第二个百年前景之际，既自豪底气十足，又惶惧任重道远。

紫檀的十字架凝集着三位一体的超级重量。首先是四千年中国古典诗歌遗产的冰峰与雪原，是世上任何民族国家不可企及的取之不尽的宝藏。其次，秉持诗的全球化大继承理念，打破中外古今纵向继承横向借鉴的人为阈限，实行唯真善美信是求唯好诗是求的彻底拿来主义，那全部人类诗歌遗产，尤其是现代后现代西方诗歌，都是威力无比的武器的海洋。再者，是断断不可忘却与轻忽的百年中国新诗最受用的新传统。这是千万不可小觑的。百年新诗的业绩成就，较之唐诗宋词，自知稍逊风骚；倘若置诸其他各朝，恐怕可差强比肩。设想一下，在百年新诗经典化工程中，倘若有人仿照上海古籍出版社出版高文主编的《全唐诗简篇》，也编辑出一部收有大约 550 人 5500 首诗的《百年新诗选编》来，其所呈现的百年新诗审美艺术上的业绩风貌，是会让不少人瞠目以对、惊诧不已的。便是以上第十八章《百年新诗二十家》所评价的郭沫若、鲁迅、闻一多、冯至、何其芳、徐志摩、戴望舒、艾青、穆旦、余光中、洛夫、痖弦、北岛、舒婷、昌耀、海子、杨炼、欧阳江河、于坚、西川等 20 位大诗家的创作业绩，不管我的点名与评论是否恰切，但只要认真品读他们的作品，便不能不首肯百年中国新诗的成绩惊人巨大。当今的新诗人们切勿妄自菲薄。这泰山般沉重的紫檀十字架，我们是背定了的。是压得人喘不过气来的重负，更是装在胸间与四肢的喷气机的无尽燃料。

中国新诗的新天命，是跻身世界诗歌的先进行列。不是对当今外国诗歌邯郸学步式的所谓赶超与接轨。而是要有既富于中国气派又属于世界一流的诗美艺术新创造，要成为现代世界诗歌的大国强国。这就凸显了格外的任重道远。

当今新诗发展的瓶颈何在？在于因自私与无知而对好诗本真标准的肆意亵渎造成的诗美评价的"无政府主义"。将"诗无达诂"有意无意地去曲解成新诗的好差谁也说不清，因而根本就没有什么好差。同一首诗，捧之者说它好上天，贬之者将它打倒在地，再踏上一脚。说得难听点，当今中国新诗坛自觉不自觉地泛滥着某种"红卫兵"的遗风。对新诗好差标准"无政府主义"的偏颇与混乱，着重表现在批评与褒扬两个方面。在批评方面的乱象，有人作如是概括："如果你喜欢用大白话，人们说你的诗过于粗鄙直接，如果你的诗讲究修辞策略，喜欢暗示、象征和隐喻，人们就说你的诗云里雾里、绕来绕去、磨磨叽叽；你写亲吻身体，就有人骂你是下半身、臭流氓；你写宗教与高蹈，就有人骂你不接地气、有精神病；如果你写宏大题材和主旋律，立刻就有人过来说你是假大空；如果你专注于个人情感世界和私人生活，又会有人指责你不关心现实、远离了时代。如此种种诘难就像在运动场上，你作为跳高运动员裁判却说你跳得不够远，你是马拉松运动员裁判却说你没有爆发力。"[32]这是相当切合当下新诗实际的，只是原因并非是什么"热病"。

在褒扬方面的乱象，择其要者可以总称为"五唯"。"唯代际"。上世纪80年代中期开始，便有了"第三代""新生代"等名称，称谓新出新崛起的更年轻的一茬新诗人，且往往以pass上一茬诗人或其中代表人物某某为口号。又流传着"各领风骚数十天"等说法。后来，可能第几代的编号较难了，才用"70后""80后""90后""00后"等称谓作"唯代际"的标签。写诗确与年龄有关，而且"第三代""新生代"的出道确实也带来诗风上的某些变化。但新诗坛绝不会形成"各领风骚数十天"的短命异象。对于一个诗人来说，随着年龄增大，诗风是会有所变化的；但在诗美质量上则情况不一，有江郎才尽的，也有像庾信"老更成"的。各行各业在技艺上几乎都以老为尊，唯独中国新诗"唯代际"现象特别严重，而且早已形成不良的压力。某些著名诗人倡导"中年写作"，便自觉不自觉地透出"唯代际"压力的端倪。邵燕祥晚年的诗比早年好，也脱口自己是"80后"以自嘲。"90后""00后"这些称呼或可沿用，但其中某些年龄歧视的成分应当彻底取消。至于某个年青诗人的出色表现当然可以表扬鼓励他／她的年轻有为，但切勿造成群体性的某代际诗人便天生当然出彩，更不必对愈年长的诗人愈加歧视。最好实事求是，就诗论诗。

"唯先锋"。先锋性是诗的本质特征，因为诗美创新与诗美艺术方式的创新是新诗先锋性的精髓。但是，在崇尚先锋性的同时，需要杜绝两种流弊。一是伪先锋的鱼目混珠。并不是任何新出现的东西都属于新生事物。某些随意玩弄新花样而诗美质量低下的七彩空花，多年来屡见不鲜，大倒受众胃口。二是比较机械地将诗歌划分为先锋诗与守旧诗，重此轻彼，往往在诗美评价上有失客观公允，容易将看似不够"先锋"的好诗撇在视域之外。

"唯口语"。一定程度上倡导用口语写诗是可取的，在某种意义上是有好处的。新诗改革旧诗时用口语便是一面旗帜。但将用口语强调到只能用大白话写诗，其流弊便显然是口水横流。说到底诗的本质本体是诗美，其主体主流是"雅文学"。新诗在用口语上是白话，但应是富于审美性艺术性的白话。为了创造诗美，其创造的艺术方式和艺术语言都需要最新最美的。老实说，在草创期，以胡适为代表的白话诗，就诗美质量而言，实以稚拙低下者居多。现代新诗的用语，需要近乎口语，却应以典雅为尚，某些文言中活着的词语句式，亦可间或运用。

"唯草根"。似乎是新世纪初年新兴起的。其实上世纪50年代以来，便强调工农兵诗创作。不过，那时主要是扶持培养，可惜成为优秀杰出诗人者不多。如今主要是炒作，以草根、某特征、某题材为标榜，往往有一夜使之走红的神通。其实，对于已成的诗文本的评价，应该与作者的职业、社会身份等关系不大。在诗美评价面前人人平等。任何非诗的附加迟早会失效。

"唯圈子"。当前对诗美评价公正的最大祸害是"唯圈子"。写诗者往往以自我为重，各自有一个写诗朋友的小圈子。对于诗的评价一圈障目，抹尽圈外。同圈者瞎捧，圈外者一概贬斥。在诗美评价上，一翻乎变"无政府主义"为"极权主义"。于是，在当下的中国新诗坛，甚嚣尘上者都是批评话语权上的"极权主义"与"无政府主义"的二重唱。总之，当今新诗发展的瓶颈是对于好诗评价在批评与褒扬两方面的乱象丛生，新诗生态环境的污染严重。

纵观当下中国新诗坛或可作如下概略估计：

队伍。数量上大体可以，质量上亟须提高。应该有较多具有专业心态，以写诗为天命决心行远的诗人。这样的诗人是很难实际增长的，当然是多多益善。这个诗创作群体实际上也是提高质量的核心力量。他们已是有实力的优秀诗人，不管目前的知名度大小。克尽中国新诗新天命的中坚力量是他们。全国性的杰出诗人、大诗人乃至世界性的顶级诗人，有望甚至必将在他们中间诞生。诗美创造一定的数量是需要的，但决定的因素是冒尖的质量。质才是真正的量。

目标。即是天命。对于当今的诗人、诗爱者和社会公众，似明确而实则模糊混乱，形形色色的非诗追求太乱太多，"工夫在诗外"的花样日新月异。亦不过万变不离其宗，追名逐利弄权而已。而对于真诗人好诗人大诗人，目标也只有一个：写出诗美含量尽可能高的真诗好诗大诗来。

动力。在目标正大、克尽天命的前提下，真诗人奋力前行的动力有三：一、秉持文化尤其是诗歌的大继承理念，放出眼光，将合用者尽量拿来，宏大丰厚自己的诗美创造主体；二、纵观宇宙社会人生，深入历史与时代的深层，深入人心，深入自身的深底，汲取诗美创造的情感意蕴的不竭源泉；三、凭借天赋与修养，在诗美质体、诗美形式与诗美语言的生成性上发挥最大的创造性创造力。

生态。诗坛内外对于诗创作与传播的客观环境条件，有利者不少，不利者尤其是新诗生态环境的混乱与污染相当严重，亟须有关当权者与社会各方予以治理与净化。特别是障碍发展瓶颈的扩大与短板的补齐，以期打造出比较理想的海阔鱼跃天空鸟飞的新诗生态环境。

努力哟，奔向第二个百年的中国新诗！

注释：

[1]《论语·子路》。

[2] 黄尚恩：《诗人应深化自身对时代的感受力》，《文艺报》2013 年 12 月 6 日。

[3][8] 朱自清：《〈中国新文学大系·诗集〉导言》，邹建军选编《二十世纪中国文学史文论精华·新诗卷》，河北教育出版社 2000 年版，第 138，138 页。

[4][7] 严家炎：《中国现代文学的"起点"问题》，《文学评论》2014 年第 2 期。

[5] 黄遵宪：《杂感》。

[6][10][17] 胡适：《谈新诗——八年来一件大事》，邹建军选编《二十世纪中国文学史文论精华·新诗卷》，河北教育出版社 2000 年版，第 3、3、6—7 页。

[9] 王夫之：《姜斋诗话》卷下，王夫之等撰《清诗话》上册，上海教育出版社 1978 年版，第 9 页。

[11] 艾略特：《玄学派诗人》，《艾略特诗学文集》，国际文化出版公司 1989 年版，第 31 页。

[12] 菲诺罗萨：《作为诗歌手段的中国文学》，《庞德诗选：比萨诗章》，漓江出版社 1988 年版，第 253 页。

[13] 林骧华主编《西方文学批评术语词典》，上海社会科学院出版社 1989 年版，第 156 页。

[14] 周涛：《新诗十三问——〈绿风〉诗刊百期献芹》，邹建军选编《二十世纪中国文学史文论精华·新诗卷》，河北教育出版社 2000 年版，第 506 页。

[15] 霍俊明：《"让诗歌，记住乡愁"》，《文艺报》2014 年 1 月 27 日。

[16]《庄子·山木》。

［18］《马克思恩格斯全集》第3卷，人民出版社2002年版，第305页。

［19］［20］《马克思恩格斯选集》第2卷，人民出版社1995年版，第11、10页。

［21］《论语·季氏》。

［22］［23］［24］［25］［26］［27］卡尔维诺：《为什么读经典》，卡尔维诺：《为什么读经典》，黄灿然、李桂蜜译，译林出版社2012年版，第1、3、3、4、5、6页。

［28］卡尔维诺：《蒙塔莱的悬崖》，卡尔维诺：《为什么读经典》，黄灿然、李桂蜜译，译林出版社2012年版，第258页。

［29］杜甫：《宗武生日》。

［30］《毛泽东选集》第3卷，人民出版社1966年版，第819页。

［31］《周易·系辞上传》。

［32］霍俊明：《当下诗歌的"热病"》，《文艺报》2016年7月18日。

附录：

兰苕翡翠 碧海鲸鱼

——王自亮诗简论

王自亮 1978 年开始在杭州大学（今并入浙江大学）中文系求学时，即开始诗歌创作。1982 年参加诗刊社第二届"青春诗会"。孜孜 40 年来，著有诗集《三棱镜》（合集）、《独翔之船》、《狂暴的边界》、《将骰子掷向大海》、《冈仁波齐》与《浑天仪》。2013 年 10 月北京、2016 年 12 月杭州先后就他的诗集《将骰子掷向大海》《冈仁波齐》开过两次诗歌研讨会。王自亮诗作入选《青年诗选》《朦胧诗 300 首》等各种全国诗歌年度选本。著有随笔集、批评集、艺术鉴赏集等多种。最近又因长诗《上海》获第二届江南诗歌奖。

王自亮写诗一开手便本着远行朝圣的宏愿，深知只有血管里流出的才是血，始终驱动诗美创造主体建构与具体创作实践相辅前行，善于五维展开、交合与挺进。

一是生活维。他 1958 年生于滨海的浙江省台州市。1975 年高中毕业后下乡，做过农民、手艺人和乡村教师。1977 年考入杭州大学。1982 年起，任职于台州地区行政公署、台州日报社、浙江省政府办公厅、吉利控股集团，现为浙江工商大学教授。以科长、总编、处长、副总、副院长等角色转身于政府、传媒、企业、大学等，一贯忠于职守，诚心而出色地为社会和公众服务。繁复多变的工作重负，纷纭纠结的人际交往，促其投身现实生活的旋涡。他在心志上的捶打磨炼，颇有其丰富性、复杂性和深刻性。

二是游历维。他热衷行脚，常利用工作出差和休假旅游，城市乡野、名山大川、西欧北美、日俄中东，足迹遍布国内外十方遐迩，耳目身心亲接万里风雨。作为诗人诗性生活的游历维，往往起到酵母菌或催化剂的作用，王自亮诗歌创作大受其益。

三是阅读维。藏书万册，博览群书，书籍阅读是王自亮的第二生命。不仅"三余三上"，尤其是夜半更深，都是自亮开卷采掘的黄金时节。他是文史哲政经以及最新自然科学动态无所不览，中外古今典籍纵横驰骋。就诗歌而言，他热爱诗经、楚辞、汉赋、文选、陶渊明、王维、李杜、苏辛，直至近世的古典"大传统"，又爱包括古谣谚、竹枝词、梨园和傀儡戏曲、敦煌变文和曲子词、明清时调、吴越歌谣，乃至蒙古、藏族、白族、彝族的史诗唱词歌谣的民间传统。他曾着意点到过的域外诗人就有但丁、莎士比亚、惠特曼、聂鲁达、帕斯、博尔赫斯、沃尔科特、希尼、圣琼·佩斯、勒内·夏尔、策兰、曼德尔施塔姆、米沃什、索因卡等，举凡现当代外国诗人的中译本几乎没有不搜罗研读的，每到国外也经常搜罗域外诗人诗集原著。他是中外古今诗歌的杂食性动物和美食家。人类文化和诗歌的精华，已成为他的诗美创造主体的DNA。

四是沉思维。融诗性的生活，游历与阅读而时时沉思之，尤显王自亮诗美创造主体建构的特色和独到之处。诗人首先是情感动物，其沉思天然有别于哲学家。他直面生活世界，始终饱含鲜活的感性印象与直觉，善于心灵体验，再伴以阅读的积累与感悟，然后宁静凝神沉思。自亮的沉思，也触及政治、经济、文化、社会、历史，更焦聚于宇宙人生和诗本体，亦即三维一体的天、地、人，或曰物、我、诗。终于养成悲悯的大胸怀，而趋于人的真善美信四维合一的极致。

五是创作维。诗人主体建构无非是为了诗歌创作。王自亮的特征是两者交互并进。他在多读多思中追求诗观的本真与新锐，追求诗美创造道、艺、技的统一与精湛。他从1978年开始写诗，40年来虽有起伏间歇，总体上是一路高歌奋进。其间可大致分作三个阶段。从1978年至1993年是第一个十五年，大多写海。崭露诗性感触的灵敏与律动，带有苗长青春期的清新浪漫和纯真。集结的诗有1984年与孙武军等五人的合集《三棱镜》中的《群岛》诗辑，1993年的诗集《独翔之船》。其中《巴蜀人》《独翔之船》《细节》《舟欲行时》《阳光·树·人》《南方》《凝霜的土地》《鸥蛋》等等，佳作如林。在上世纪九十年代海量的朦胧后朦胧诗集中，王自亮《独翔之船》确系远航的独翔之船。

从 1994 年到 2008 年是第二个十五年。这一段有 1994 年上半年和 2003 年、2004 年相接的大半年二次短暂的爆发与十年无暇创作的间歇。2004 年出了诗集《狂暴的边界》。他的诗观在探索中更变、拓展与深化。他瞩目"总体上'大海'已经逐渐消失，取代它的，是更为汹涌的日常生活"，而"赋予生活以海的形式与力度"，他"试着改写了大海"[1]。此集更多上乘的好诗，诸如《黄金分割》《夏加尔式的混乱》《钟表馆》《日本歌手》《北回归线》《非洲木雕》《大运河》《雨水》《九月》《一闪而过》《又一个春天》《狂暴的边界》等等，各显特色，满目琳琅。诗集《狂暴的边界》在王自亮诗创作中担当了出色的二传手，预示着获得满堂彩的胜利扣击。

从 2009 年至今的十年，是王自亮赫然贡献新世纪新诗歌的华彩段。接连于 2013 年出《将骰子掷向大海》，2016 年出《冈仁波齐》，2017 年又出《浑天仪》。犹如航天飞船，推进器火箭三节连发，雷鸣电掣。短短五年，一本好过一本。在北京、杭州两次诗歌研讨会上，获得与会著名诗人诗评家的热烈评赏。唐晓渡说："作为继《将骰子掷向大海》后的又一杰作，《冈仁波齐》让我进一步见识了自亮作品中那种与其'平缓的自信'互为表里，共同致力于在碎片化的现实之上重建存在整体的野蛮生长的力量，那种在内视中将强有力的思考、梦幻、死亡和爱，以及表象世界搅拌在一起，把日常生活拓展得像史诗一样开阔的力量。据此，他有更多的理由俯瞰这个经历全球化之劫的星球，并将身边琐事和万里见闻，包括内心隐秘的折磨和狂喜，统统体验为同一的世界／灵魂图像，其热情、沉迷的程度和基于其复杂性而深察精审的程度相互较量，酒神精神和日神精神扭成一团。必须首先着眼他摄取历史全景的广角，才能穿透他作品中似乎触目皆是的反讽和忽冷忽热的幽默，品味出其更深处的精神分裂、搏击，以及与此伴随的痛楚和悲悯，才能领略其将具象和抽象、偏移和错位、变形和幻化及大块的碎片、狂野悖谬的想象和博雅精准的修辞熔于一炉，并使悲喜剧混而不分的超现实主义长技。"

而臧棣的评价则是："王自亮的诗歌姿态，在当代诗人的谱系中是比较特异的。近二十年来，当代诗的想象力越来越趋向日常经验，但王自亮的诗却努力建构着一种现代人的人文视野；这种态度展示了一种低调却很强悍的诗歌理念，所有诗的素材必须以人文经验为尺度，才能获得新的诗意。他的诗歌风格，总体上看，具有高度的智性；它不拘泥于细节和场景，而执着于诗人的综合思想能力。在诗的语言方面，他的措辞格调俊朗，基于书面的表达，却又有一种穿越荒野的气度。"另一位重要诗人于坚评论说："王自亮的诗有一种巴洛克风格。语词密集、考究、博学、思路开阔，透露出一种历史感和现代主义的感悟力。更重要的是，他的诗歌写作属于这个世界文学时代的证词之一。"

诚哉斯言。这些评语中肯精到，并非溢美。王自亮这一气呵成的三本诗集，确为众体兼备，佳作随处，杰构迭出。短诗精彩的有《马》《灵犀之歌》《石头、香芹和野蛮的孤独》《有一些夜晚》《另一些声音》《黑人女歌手——致韩星孩》《古琴抄》《雪后的陌生城市》《飞机与贝多芬的激战》《英国乡村》《廊桥》《雪中北京》《凝视对眼睛的胜利》《梦露读书》《大神造土》《晚霞》《渔港轶事》《对仗》《屋顶上的雪》《俯仰自如》《寻求整体性》《谁能拍摄什么》《穿越时间》《暗物质》《关于时空弯曲的三个寓言》《诗。酒后藐视时间之作》《轮孤独》《大提琴手》《白鸟》《河湾》等等。请看《下弦月》：

母亲，下弦月升起来了
神秘的事总留在天空背后
你意志的箭，语气的弓
射穿一生的沟坎，激起尘土

在芦苇中，下弦月
将海的叮请抹上逆风的叶鞘
在夜的池塘，下弦月仰泳

把最后的表情沉入水底

母亲，下弦月的意思
是梦幻的犄角唱着无词的歌
是黑暗的耳环，夜空的括号

母亲啊，不必张开你昏聩的眼睛
下弦月升起来了

　　睹景思亲，情真意切。而现代后现代诗歌的热忱，经过意象化新锐的语言淬火，更为坚利，搕人深心。再看《广玉兰之涅槃》：

你的凋谢是一场雪，一次完美的转世之举。
而今雪已融化，花瓣被揉成纸屑，树干成为戏台。
楼兰转世为杭州，或上海，
可见，转世是另一次诞生。
我们真的不知道——
你的涅槃是否彻底消失？
此刻，雪有了塑像的气息，纸屑已化为灰烬。
唯有白色花朵，死后
成为不可雪藏之雪。

　　因涅槃而转世，是一切生命的规律，也是社会历史的规律，这首超短诗以矛盾语法，即吊诡而风趣的诗性叙述，显呈了如此深广的沉思。结末三行尤为精警。这些年来，王自亮更多的是三五十行至百多行的中篇好诗。诸如《青藏高原》《一个下午的红楼梦》《天鹅》《非洲木雕》《帕潘亚绘画、"宗歌"与梦境——献给澳大利亚土著艺术家》《面具》《朱鹮之歌》《米洛的维纳斯》《生死速递》《海、莎士比亚、灰鲸与双头怪》《曼彻斯特》《滇藏之间》《天象仪，或香港诗篇》《冈仁波齐》《水》《刮雨器》《噩梦》《掠夺者》《树叶——献给罗伯特·潘·沃伦》《废弃的车站》《沪杭线上》《从量子角度看待问题》《弦》《大海鲢、盲人与命名之光——献给德瑞克·沃尔斯特》《管管行状录》等等。在写法上或纵或横，百态纷呈。比如《猛虎颂》，开首 5 行"要"字领头的排句，紧接"那只斑斓猛虎定会一跃而起／而心，这孤独的猎手，陡然收紧"，然后是"那血痕，那洞穴之光，那阵气息／那种猫的步态，那道迷离之影"云云，一连 12 个"那"起首的错落叠句，意象斑驳纷纭地呈现虎形的雄猛，随之以"亚洲的爱、血的火炬和灰色丘陵／在召唤着我心中之虎，虎中之虎"转向虎的内质，又是 7 个"一只"的叠句，而结之以：

> 一只虎，只是虎，因为来自一颗心
>
> 　　来自我的心，在变成真实之虎的途中
>
> 　　如此形单影只，如此夜色昏沉，如此迷惘
>
> 只是虎，但它是亚洲虎，深沉而勇猛
>
> 哦，狂放的风。舒展的花瓣
>
> 虎中之虎。冲积的心形平原——

虎耶我耶，何其孤独，威风而超拔！难怪诗人陈东东对这首诗十分推崇：认为《猛虎颂》是诗人的恰切自况，"除了是王自亮关于'心中的虎，虎中之虎'的想象和呼唤，不更是关于在他身上自生自发的这个诗人，对这个诗人已经唱诵和可能唱诵之诗歌的想象和呼唤？"再看王自亮的《隋梅——献给章安大师，佛教天台宗五世灌顶（561—632 年）》，完全另一种写法。开头是"微微闭上眼睛，他在苦修。／默想寺门口的一棵梅树，／默想洁白的花瓣，驰驱的马，／花萼微卷，涧水回澜。／没有人敢于惊动他，阳光灌顶。／树根起伏如腹部，块然／似黑色岩石，或一堆蟒蛇。"然后是苦修中的一些得道历程转揿的忆及，而透迤来到三节诗的末节："唯一陪伴灌顶的，／只有寂静

的梅花和奔涌的溪流。/ 而梅树是需要目光养护的，/ 春来秋往，纸鹞也变成大雁了。/ 灌顶在梅树下枯坐，/ 低头刹那，思绪涌来如东海：/ 在语言的深处，在神迹的浪头。/ 雪，就是铺陈大地的字纸，/ 池塘之鹅，一笔难成，而影子 / 在水中，在千山万壑之上，/ 灌顶微微闭上眼睛，他惯于独坐，/ 默想寺门口的一棵梅树，/ 默想：为何身世纠结如根，/ 思想却如梅花盛开？"涧水与梅花、雁鹅与树根、静坐与坎坷、佛性与人生、时与空、静与动、真与幻、阳光与清风，诸多矛盾张力纠结平衡，以梅的幽香与水的活性的语言呈现天台灌顶大师，令人虔敬而神往。

组诗是王自亮又一出彩的大宗。有些是超短诗的集合，例如《穿越罗布泊》组诗，包括了《落日》《土地》《天空》《风》《耳朵》《太阳落》《人类遗址》七首。其一《落日》：

> 这个过于复杂的世界此刻被简化，
> 简化成一条地平线——
> 总体上直，近似弧形。
> 半球形太阳，内部的黄金液体，
> 在沸腾中彼此撞击。
>
> 然后是：佑护一只金蛋的
> 无边大地，还有那黑暗，
> 体温缓缓下降的黑暗。
>
> 最后，
> 是一只蝼蚁的遗体告别仪式。

永恒瞬间不动的动画，彩绘的是罗布泊的灵魂，旷莽、原始而雄强。首首如是，全组诗即显大气厚重而超越。这组诗被著名诗人沈苇认为是书写楼兰的代表性作品之一。有些是宏大组诗，例如《欧旅诗抄》，共 8 首：《翻过乌拉尔》《意外的欧洲》《塞纳河：积雪与幻影——献给策兰》《他的内伤》《巴黎，赤裸的天空》《欧亚大陆，因哀伤而气韵生动》《三个丑角》《逆光，意大利女子》。这大组诗有个幽隐的特性，即欧旅行程与诗人当时心路有着某种殊异的交融。所以组诗的中间突然出现了《他的内伤》：

> 谁了解他的内伤？在这个世界
> 谁知道花岗岩内部的裂痕？爱，
> 仅仅是爱的分裂？大地为何破碎？
>
> 虚空与死亡，在烈日下晒得发烫。
> 而意大利岩石，在松树的庇荫下
> 依然散发出安东尼情欲的热力。
>
> 谁知道离别确凿如群山？谁明白
> 怨尤之言正好是爱情的至高自语？
> 谁知道大地的伤口？在欧洲大陆
>
> 伤痕就是阿尔卑斯山；而他的伤口
> 完美如花朵，就在他微笑的时候，
> 一切分崩离析，如布景上的黎明。

此诗带有"自白派"的况味。他即是我，而欧陆成了诗人灵魂的玉体横陈。

但是，王自亮诗歌的代表作当数两首三五百行的长诗，两首以《大城纪》面目出现的杰出现代长诗。先看《浑天仪，或西安诗篇》，有多形态多层级结构类似特大组诗。其中《时间装置》分 2 章，写浑天仪，及西安的总体象征。《失传的长安》不长，却博古通今，写得很开阔。《副歌：大雁塔、兵马俑与铜车马》包括 4 首短诗。其《杂耍俑》纯用速写白描，活泼泼地，别饶风趣，拼贴在长诗中格外抢眼。《西安影像：颓废与刚毅》是3首短诗。但写得很跳脱开远：如《孔雀》结束云："李商隐与孔雀对视，以音影相接／令玉生烟，诗赋略胜于造化"。《茂陵石刻》又是4章一气散文式现代诗。其中的精华则是诗性的精妙的现代艺术论。更终于如是一语："茂林石刻，正是：'绝世之美，栖于荒诞的质朴'。"到了《副歌：年代纪》，长诗回到分行书写，且如是作结：

> 在交织的光影中，人们依稀看到
> 西安的那些深层次的浅浮雕，台阶上蹲伏的
> 野兽，神灵的弦外之音，星光的遗址；
> 浑天仪下，人与时间浑然一体。

长诗多姿彩地显呈了当代古都西安的精神风貌，悠久华夏的雄伟魂魄。

洋洋六百行长诗《上海》尤为大气、重厚而超越，足称新世纪中国现代史诗的杰作。在写法上与"西安"风采各异，各擅其长。"西安"重在博古，借以通今。《上海》直陈现今，深蕴古昔。《上海》写出了中国最现代化国际化第一大都会的精魂伟魄，是近代、现代、当代中国的鲜活缩影。在诗美创造路径手法上，将纷纭杂多的浓情深意诗歌碎片，从远缘杂交又天马行空方式，作春色满园大拼盘的现代后现代多层建筑的创制。全诗十七章构成宏丽的交响乐，开篇便说：

> 说得对。牟森，你说得对——
> "上海是中国唯一的城市"。
> 历史短暂，形体庞大，世故而冲动。
> 外滩与船只，海关与廊柱，
> 一道阴影追逐七个矮人，外白渡桥。
> 从夜的高空俯视这座城市，

如同一块巨大、炙热的集成电路。

这就是上海。一颗光头被灯光照亮，

你站在那儿犹如一座吊塔，

上海匍匐在你脚下。那只是假象。

没有人能够这样勾勒上海：

水泥章鱼与玻璃河马的混合体。

　　这是上海形神兼备的极好勾勒。随后洋洋洒洒，大开大合，鸟瞰显微，曲折起伏，摇曳多姿，让人将这"中国唯一城市"从肉体到魂魄，看个饱，听个够，闻个透。《上海》的章章节节几乎皆可独立成为好诗。比如第 2 章第 2 节：

问题在于，上海是一座不信上帝的城市。

城隍老爷和蛊道巫师同居一街，

更多的是，对现实的切实信仰。

这个空间，一座废弃的铁青色水泥厂，

担当不起人类始祖之梦。

这里只有能量，只有水泥的骨骼。

那个超规模、长时段，

剧烈的、英雄史诗般的进程，

使整座工业遗址摇晃不已。

劳动，使资产阶级趣味得以扩充，

汗水被挥洒成旗袍上的碎叶。

比如第四章第 2 节：

尼克松没有从十六铺登陆，

从西湖到黄浦江，心绪终于安定下来。

平生第一次使用象牙筷子，

夹一块荸荠，就像抬举地球那般沉重，
他用同样的手签署《上海公报》。
身旁那个著名的中国政治人物，
对上海每一条街道熟悉到如同掌纹。
暗号与花束，匕首与喉管，
半个世纪之前这座城市就留下了他的足迹。
不久前，在北京的一个书房，
尼克松领教了神秘、辽阔和权力：
一双软弱的大手控制着按钮、长城和话题。
锦江饭店，透过周恩来的满脸褐斑，
透过他当年藏身其中的剥落之墙，
尼克松领略了这个人早年的铁血与优雅。

全诗更警句、妙句、精彩片段俯拾即是。"一支歌，夜半歌，一朵花，锦上花 / 诡异的事，意外的事、窘困的事 / 都与苏州河结下不解之缘"，"苏州河，乃上海旗袍性感之开叉""光头不是灯泡，正好徐光启不是达芬奇 / 海上花列传年年传列花上海"云云，随处开花。其最后结尾：

散发出柠檬酸味的草上黄色花朵闭合，
马家浜双耳罐打开，谷物与石器打开。
石库门晾着内衣与花袄的天井闭合，
良渚玉琮打开，黑衣陶器打开，盐、梦境与光芒打开。
长江的钥匙，开启太湖之秘境，
因浑浊和丰饶而浑然一体的东海，
拍击着人声鼎沸、屋顶错落之城。
此刻，无与伦比的宁静，灌注了
这儿的每一时辰，灿烂的海青，
正将巍然殿宇驱进一口青铜色大钟；

而几只盲目的小鸟，自深郁的树丛里

倏然起飞，投入无边夜色。

为宛如长江宛如浑天仪的洋洋六百行长诗《上海》画上句号，是闭合更是打开。

"或看翡翠兰苕上，未掣鲸鱼碧海中。"[2]兰苕翡翠、碧海鲸鱼的两种卓越诗风，特别是两者的和合一体，在王自亮40年尤其是新近10年中，经过现实主义与超现实主义、古典主义与现代后现代主义大熔炉的历久冶炼，已自成大气、重厚与超越的新世纪新诗歌，日益为诗坛内外所瞩目。尤为可贵的，是他的诗歌远行朝圣的本初宏愿，依然有增无减，日新又新。

注释：

[1] 王自亮：《自序》，《狂暴的边界》，大众文艺出版社2004年版，第3页。
[2] 杜甫：《戏为六绝句·其四》。

后　记

　　起先，我关注探索诗学，纯乎为了自己，为了自己的哲学与美学沉思，更为了自己的诗创作，关切当前中国新诗的创作评论动态，是后来萌生与渐增的。

　　在学术上，我有个画圆情结。明知诗不可说，往往一说便错；但我仍不自量力，要为诗学画一个既熔铸中外古今一切诗学真知，更突显我一己独见的永世画不圆的圆。知无涯而生有涯，悠悠匆匆，一晃便将近40年溜走了。在这40年中，我一直起起伏伏、断断续续为诗学画圆。于是便有一再易名的1992年的《现代诗美的创造》、2008年的《大诗歌理念和创造诗美学》与现今的《诗学》。三本书实质上是一本书，且并未番番重写，而是次次琢磨拓展深化，祈求将这个既荟萃前人诗学精华，又提炼古今中外诗歌创作鲜活经验，打造一己特有的诗学生命，也就是画一个属于我的诗学之圆。可惜，我花长时间大力气所画成的残缺与歪扭的东西，只可同阿Q在"大团圆"时"立志要画得圆"的那个"瓜子模样"相媲美。

　　在这个注定画不圆的诗学之圆中，属于我一己杜撰的则几乎随处可见，小大间错。诸如：判定诗的生命、创造、诗美、语言的本体四说，以为唯有这四者的有机统一，才是诗美本体的圆成；提出诗美时空演化动力有七类：意、情、象、形、韵、语及综合动力型；提出诗的意象逻辑的求美律、情动律、互渗律、无矛盾律、相关律、凝结律与变形律等七条规律；提出在诗语言的本体性与工具性、意象性与抽象性、日常性与超越性、自语性与宣讲性、言说性与沉默性等五种二重性基础上的诗语言的沉默性、意象性、象征性、表现性、直觉性、主情性、音乐性、整体性、审美性、独创性、共享性和超越性等十二种特性；又将古人的赋比兴拓展深化为现代诗歌艺术的意象艺术、抽象艺术与叙述艺术，视作一体两翼，并予以多方深化细化具体化；还提出大诗歌理念与诗的大继承理念，等等。对于这些杜撰，务请读者朋友予以严格审查检验校核，多多教正。

便是这么个"瓜子模样"的东西，在描画的近40年长过程中，得益于师友同道从草稿到出版的扶持相助甚多，尤其是金津、王自亮、蒋承勇、伤水、潘灵剑与邵凯云。王自亮慨然以本书稿第一读者自任，尽心细读，随处提出删改意见。除极少数几处外，我一概欣然照改。因而使本书在思想理论和文字的洗练精到方面显著增色。古人有"一字师"之称，自亮于我，其殆"百字师"欤？正好，恰值中国新诗百年华诞之庆，那就将我的谢忱与这诗学的"不圆之圆"，一并作为野人芹意为之恭献吧。

2017 年 9 月 28 日

于台州临海龙顾山麓三光鸟巢

图书在版编目（CIP）数据

诗学：关于诗本体诗创造及诗传统／洪迪著.-- 北京：
作家出版社，2019.3

ISBN 978-7-5212-0402-5

Ⅰ. ①诗… Ⅱ. ①洪… Ⅲ. ①诗学研究 Ⅳ. ①I052

中国版本图书馆CIP数据核字（2019）第039800号

诗学：关于诗本体诗创造及诗传统

作　　者：洪　迪
责任编辑：江小燕
装帧设计：孙惟静
出版发行：作家出版社有限公司
社　　址：北京农展馆南里10号　　邮　　编：100125
电话传真：86-10-65067186（发行中心及邮购部）
　　　　　86-10-65004079（总编室）
E-mail:zuojia@zuojia.net.cn
http://www.zuojiachubanshe.com
印　　刷：三河市北燕印装有限公司
成品尺寸：152×230
字　　数：540千
印　　张：38.5
版　　次：2019年9月第1版
印　　次：2019年9月第1次印刷
ISBN 978-7-5212-0402-5
定　　价：78.00元